第一部全景式
展现中法战争全貌
的历史小说

汪衍振 著

THE SINO-
FRENCH
WAR

中法战争

中国青年出版社

（京）新登字083号

图书在版编目（CIP）数据

中法战争/汪衍振著. —北京：中国青年出版社，
2012. 04
ISBN 978-7-5153-0680-3

Ⅰ．①中… Ⅱ．①汪… Ⅲ．①中法战争—史料 Ⅳ．①K256.206

中国版本图书馆CIP数据核字（2012）第061622号

责任编辑：孙梦云
书籍设计：孙初＋林业

中国青年出版社 出版 发行
社址：北京东四12条21号
邮政编码：100708
网址：www.cyp.com.cn
编辑部电话：(010) 57350505
门市部电话： (010) 57350370
印刷：三河市世纪兴源印刷有限公司
经销：新华书店

规格：170mm×240mm 1/16
印张：42.5
字数：600千字
版次：2012年4月北京第1版
印次：2012年4月河北第1次印刷
印数：0001—6000册
定价：58.00元

本书如有印装质量问题，请凭购书发票与质检部联系调换
联系电话： (010) 57350377

刘永福（1837—1917），广西钦州人，字渊亭。黑旗军将领。中法战争初期，曾连败法军，被越南政府封为三宣副提督。法军将领可加拉德克这样形容刘永福："我至此才发现，我们面前最大的敌人，不是安南国王，而是这个黑旗刘团。他是坚持与我们对抗到底的，毫不通融。我们如果不能取得保胜，则我们在北圻无所作为。"

中法战争期间法国人笔下的黑旗军

慈禧太后（1835—1908），叶赫那拉氏。统治中国长达半个世纪。

李鸿章（1823—1901），安徽合肥人，字少荃。同治九年任直隶总督，同治十二年授武英殿大学士，次年调文华殿大学士，仍留总督任，成为洋务派首领、外交重臣。他对外交涉以和为主，深为慈禧太后所倚重。他引进外国的设备，在国内兴办了许多工业。中法战争期间，是主和派，受到张之洞等人的指责。

恭亲王奕訢（1832—1898），爱新觉罗氏，道光皇帝第六子，咸丰
帝异母弟。受命主持军机处和总理衙门。恭亲王与慈禧太后之间
的分歧，产生于对法国的战、和，对越南的放弃与否上。在中法
战争期间，奕訢经历了从得势到失势的过程。

庆亲王奕劻（1836—1918），爱新觉罗氏，乾隆皇帝第十七子永璘孙。光绪十年，接替恭亲王奕䜣出任总理衙门大臣领班，并封庆郡王。中法战争期间，始终处于摇摆不定状态。为人贪鄙昏庸，结私揽权。

　　醇亲王奕譞（1840—1891），爱新觉罗氏，道光帝第七子。咸丰元年封醇郡王，咸丰九年受命在内廷行走。咸丰帝死，因参与"祺祥政变"，得慈禧太后信任。同治十一年进封醇亲王。同治帝死，由慈禧太后做主，由其子载湉入继帝位（即光绪帝）。中法战争期间，先是空喊主战，继则惊慌失措，转而求和。

清末《点石斋画报》关于中法战争的报道

赫德（RobertHart，1835—1911），英国人，生于爱尔兰亚尔马郡波达当，字鹭宾。
在中国任海关总税务司达四十八年之久。中法战争期间，受总理衙门委托，密遣金
登干赴巴黎求和。

冯子材（1818—1903），广西钦州人，字南干，号萃亭。军功出身，积功累官至广西提督。遭张佩纶弹劾，去职回籍。中法战争期间，经两广总督张之洞上折举荐，诏授其帮办广西军务，赴前线督军，会同王德榜及王孝祺二军，大败法军，收复谅山。后调任贵州提督。

曾纪泽，字劼刚，曾国藩之长子。荫生，袭一等毅勇侯，授出使英法大臣，兼任使俄大臣。中法战争初期，便向法国提出抗议，并力主向越南加派军队，深受法国内阁总理茹费理忌恨。回国后，历官太常寺少卿、兵部右侍郎、总理各国事务衙门行走、总理海军事务衙门帮办。

中法镇海之战中的守备苗杰

中法战争期间北洋水师在天津演习时的主帆船

中法战争中清军使用的火炮

目录

THE SINO-
FRENCH
WAR

上卷

第一章　北圻——法国的梦中情人

第一节　堵布益大闹河内省 / 010

第二节　越南朝廷的请求 / 015

第三节　安邺攻占省城 / 019

第四节　刘永福设伏败法军 / 024

第五节　黎竣受骗订条约 / 029

第六节　恭王的委婉警告 / 035

第二章　刘永福——强盗眼中的钉子

第一节　处于疯狂状态的游列居伯利 / 042

第二节　法国人的武力恐吓 / 048

第三节　刘永福离开保胜 / 056

第四节　黑旗军的隐衷 / 061

第五节　大清国的反响和法使的含混 / 067

第六节　徐延旭统军入越 / 073

第三章　唐景崧——晚清定远侯

第一节　纸球决定使臣 / 079

第二节　越南钦差到保胜 / 087

第三节　堵布益心怀叵测 / 092

第四节　李维业攻占河内 / 098

第五节　中国人的尴尬 / 105

第六节　壮哉班定远也 / 111

目录

第四章 黑旗军——越南抗法主力军

第一节 《备忘录》签订之后 / 118

第二节 主事大人的苦口良言 / 125

第三节 黑旗军大败法军 / 131

第四节 地府里来了位诗人 / 137

第五节 法国撕毁条约 / 140

第六节 脱利古咄咄逼人 / 146

第五章 徐延旭——摇摆不定的前敌统帅

第一节 三巨头海防筹大计 / 152

第二节 越南皇宫血光冲天 / 159

第三节 唐景崧左右为难 / 165

第四节 大战前的筹防 / 171

第五节 法军肆虐怀德府 / 177

第六节 奔波只为固藩圉 / 182

第六章 李鸿章——久经沙场不轻言战的相国

第一节 筹守山西将帅不睦 / 190

第二节 求援无门 / 196

第三节 黑旗军退守兴化 / 201

第四节 徐延旭的苦恼 / 209

第五节 天朝接纳刘永福 / 212

第六节 北宁筹防 / 218

中卷

第一章 抬枪——清军统领眼里的攻敌利器

第一节 法议院增加侵越经费 / 230

第二节 战云密布北圻上空 / 235

第三节 扶朗激战 / 240

第四节 黄、赵二帅乃脱兔 / 248

第五节 退守太原 / 254

第六节 军门自裁谢国 / 260

第二章 军机处大换班

第一节 逮问徐延旭 / 264

第二节 恭亲王遭罢黜 / 271

第三节 潘鼎新兴化布防 / 277

第四节 法国人的如意算盘 / 282

第五节 基隆来了艘法国兵船 / 288

第六节 福禄诺大耍刁蛮 / 294

第三章 一名校官成了世界瞩目的人物

第一节 "窝尔达"直奔香港 / 302

第二节 福德密谈 / 309

第三节 德璀琳到了天津 / 314

第四节 先事图维 / 320

第五节 各有算盘 / 326

第六节 福禄诺聪明反被聪明误 / 331

目 录

第四章 观音桥事变

第一节 德璀琳恬记黄马褂 / 338

第二节 风波再起 / 343

第三节 唐景崧受命于危难之时 / 349

第四节 杜森尼前来接收防地 / 354

第五节 中法两军正式交火 / 359

第六节 法军兵败观音桥 / 365

第五章 法国人费尽心机搞敲诈

第一节 谢满禄的照会 / 370

第二节 日格密面见李鸿章 / 378

第三节 茹费理的真面目 / 385

第四节 大清国的天真 / 390

第五节 法舰驶入福州内港 / 395

第六节 刘铭传基隆筹防 / 402

第六章 利士比基隆遭败挫

第一节 曾国荃误会了朝廷的意图 / 407

第二节 法军舰炮轰基隆炮台 / 411

第三节 利士比登陆遭惨败 / 417

第四节 王大臣们慌作一团 / 422

第五节 巴黎的狂欢 / 430

第六节 法国驻华使馆下旗 / 437

下卷

第一章　水师、船厂瞬间凝固

第一节　孤拔好想为张会办颁奖 / 448

第二节　钦差船政亡命彭田 / 452

第三节　中将少将齐聚基隆 / 458

第四节　远东舰队兵分两路 / 465

第五节　法陆战队沪尾受重创 / 473

第六节　醇亲王惊慌失措 / 479

第二章　清军西线受阻东线溃败

第一节　冯子材临危受命 / 486

第二节　茹费理临阵换帅 / 492

第三节　中法激战宣光城 / 498

第四节　纸作社前的较量 / 505

第五节　苏元春隔岸观火 / 511

第六节　谅山失守 / 515

第三章　李秉衡出手挽危局

第一节　尼格里逞凶镇南关 / 520

第二节　刘永福巧布火药阵 / 525

第三节　冯子材忧心忡忡 / 531

第四节　老军门请缨出战 / 537

第五节　潘抚台被动督师 / 542

第六节　法国人得寸进尺 / 545

第四章　孤拔不可一世

第一节　宣光城里的密谋 / 551

第二节　尼格里阳奉阴违 / 555

第三节　波里也极其丧气 / 560

第四节　大雾救了南洋三舰 / 566

第五节　"驭远""澄庆"双过年 / 571

第六节　欧阳利见镇海设防 / 575

第五章　镇南关中法两军再交手

第一节　招宝山炮战大挫凶焰 / 581

第二节　澎湖失陷 / 585

第三节　萃军出击文渊州 / 592

第四节　战场摆在关前隘 / 597

第五节　硝烟弥漫镇南关 / 602

第六节　爱尔明加迷路了 / 607

第六章　西欧强国发财梦的破灭

第一节　决战驱驴墟 / 614

第二节　尼格里魂归故里 / 619

第三节　乘胜追击 / 624

第四节　茹费理想干掉福禄诺 / 628

第五节　大清国议和无门 / 634

第六节　目标离法国越来越近 / 640

第七节　雾里看花朦胧美 / 652

附录：中法战争大事记 / 660

第一章 北圻——法国的梦中情人

第一节 堵布益大闹河内省

大清国的云南与越南的北圻河内省，仅隔着一条大河，这条河就是大家都知道的红河。尽管河名有红，但红河的水其实并不红，看上去还很清澈。至于为什么把这样一条清澈见底的河以红字命名，千百年来，两岸百姓一直众说纷纭，莫衷一是，直到现在也没有统一说法。红河多肥鱼大虾，两岸居民常年靠打渔摸虾过活，和平相处，甚是快活、安稳。安稳的生活像河水一样日复一日，年复一年，静静地流淌着，一直流淌到清同治十二年的三月。这年的三月，四艘法国汽轮船的到来，无端打破了这条河的宁静，把两岸百姓快活、安稳的生活，倏地一下变成了历史。靠这条河讨饭碗的人们开始惶恐了。

清同治十二年（公元1873年）三月二十一日，悬着法国国旗的四艘汽轮船，呜呜叫着从云南驶入越南河内。

越南驻扎在河内边境的哨卡，一见有船只凶猛闯入，急忙挥旗拦截，示意其靠岸。

四艘法轮缓缓在岸边停泊，从船上走下五十几位商人模样的法国人。

走在前边的那人，身材高大，趾高气扬，戴着副大大的墨镜，手里拎着根文明棍，哇哇叫着蹿到哨兵的面前，抡棍便打。

哨兵见那棍来得凶猛，急忙闪身躲过，口里却大叫道："小哨是奉巡抚大人之命例行检查，你敢抗命，我们就敢把你们逮进牢里去受苦！"

船上随行的一名越语翻译跨前一步道："你这个小土佬，胆子真是太大了。我们是奉法兰西总统之命勘察航道的专家。你们无权拦截，快快让开，否则一枪干掉你！"

哨兵听了翻译的话说道："你们只要拿出牌照，小哨就放你们走。不然，你们就得随小哨到巡抚衙门走一趟。见了巡抚大人，随你们怎么说，都与小哨无干。"

手拎文明棍的那名法国人不听便罢，一听之下，不由嗷地二次抡起文明棍打向哨兵，口里用法语骂道："瞎了你的狗眼！我是法兰西国内赫赫有名的堵布益！我堵布益无论走到哪个国家，都是上宾，无人敢不尊重我！你一个小小的哨兵，敢对我如此无理！我要干掉你！"

翻译忙把话翻译给连连躲闪的哨兵听。

哨兵一边向身后的军营挥旗，一边大叫道："你堵什么也不能堵小哨！你对小哨如此无理，我是一定要把你抓进大牢里！"

军营很快便拥出上百名手握土枪的越南军兵来。

堵布益一见军兵向他们扑将过来，急忙从腰里掏出一把短火枪，对着扑过来的军兵就是一枪。船上的人听到枪响，急忙各操长、短火枪登上岸来，竟有五六十人之多。

枪声响过，一名越兵中弹仆倒，余皆弃械星散。

堵布益哈哈大笑，又对空鸣放了两枪，这才带人离岸登舟，向城垣开去。沿途凡遇哨卡拦截，堵布益要么大声谩骂，要么挥枪恐吓，气焰极其嚣张。

法船在河内城垣泊定，堵布益留下五十人守船，另一百余人随他进城到客栈歇脚。

堵布益进城之后又是一番招摇，不仅在客栈召妓狂欢，还对店主大打出手，又将店主的女儿拉进房里，剥了个精光，肆意侮辱，百般取笑。

堵布益究竟何许人也？他为何敢在此这般胡闹呢？

堵布益（Dupuis）又译涂普义，是法国的一名军火商人，清咸丰七年（公元1857年）至九年（公元1859年）旅居埃及寻找商机，咸丰十年（公元1860年）到中国汉口推销军火。在汉口期间，湖广总督李鸿章曾奏委他建立军械库，颇发了笔横财。于是他游移于大清各省总督、巡抚衙门，大肆推销军火，亦做其他生意。几年光景，清廷朝野均悉其人，他也发得腰包鼓胀。

堵布益于同治七年（公元1868年）离开汉口，次年到达云南昆明，多次游说云南巡抚岑毓英、署临源镇总兵马如龙等人购买外国军火，又大获利润。

同治十年（公元1871年），他借口购运军火查勘越南红河通航，功成。次年四月，他上书法国政府，提议由红河上溯中国云南，得到法国政府非正式支持。十一月，他载运军火以武力强航红河到达云南。

堵布益此次由红河进入越境，是把军火运抵云南后回返。

堵布益用汽轮船运送军火强行出境，已经引起了越南河内巡抚阮知方的不满。阮知方将法国人强航的事，多次禀告总督衙门，偏赶上这时的河宁总督更换频繁，无人肯理睬此事。阮知方只有一个人生闷气。

此次堵布益又押着一大船军火从河内强行进入中国云南，阮知方收到哨卡的报告后，只得再次把事情向总督府禀告，哪料总督府很快行文下来，着河内巡抚衙门在法船由云南返回时予以扣押，派军兵解送总督衙门办理。

阮知方接到回文大喜，当即在边境加派了一营军兵，又沿街张贴告示，反对法国人在红河强行通航。阮知方的一系列做法，并不为堵布益所知，因为他根本没把越南河内巡抚衙门放在眼里。

堵布益大摇大摆地进入了河内，并开始在河内城客栈里胡作非为。

得到边境哨卡和客栈店主的禀报后，阮知方马上便委派儿子阮林，统带一百名军兵赶往码头，决定先把船上的法国人捉拿归案，然后再集中优势兵力对付堵布益。

阮林带人赶到码头时，堵布益留在船上的人大部分都上岸闲逛去了，只有四个人坐在船头一边看岸上风景，一边说话，没有丝毫的防范。

阮林一见大喜，忙命军兵各乘小船悄悄向法船靠拢，然后发一声喊，一齐扑向船头，把四名法国人分装进四张渔网里，飞跑着抬进巡抚衙门。

堵布益一得到消息顿时暴跳如雷，他马上选了五十名身强力壮的随行人员，持械飞速闯进巡抚衙门。

一脸大胡子的阮知方，当时正伏在桌上草拟给河内总督府的禀文，但听咣当一声门响，眼见门被一只大皮靴踢开，堵布益跟手下风也似地闯了进来。

堵布益将阮知方面前的桌子掀翻，大叫道："你这个老混蛋，快让你们的巡抚出来见我！"

性格暴烈的阮知方气得大叫："快快来人，把这群富浪沙恶鬼轰出去！"越南称法国为富浪沙，乃法兰西的越译音。

阮知方并不知道，此时的巡抚衙门，已经被堵布益带来的人给团团围住。

堵布益随行的翻译说道："老胡子，我们并不想难为你。你快告诉我们，你们的巡抚大人躲在什么地方？他把我们的人抓走了，我们要找他要人！"

年迈的阮知方哆嗦了好一阵，才喘着粗气说道："你们要找巡抚大人，为什么掀我的桌子？你们的人，是被河宁总督府抓走的，与我们巡抚何干？"

翻译一愣，忙把这话讲给堵布益听。

堵布益听了也是一愣，但他随后就挥起双手吼道："这个老胡子在撒谎！我们要搜查！"

堵布益话音落下不久，河内巡抚衙门内外便开始鸡飞狗跳，乱作一团。

抓来的人终于被法国人从大牢里找到了。四个人被四张渔网分别捆束着，齐齐地吊在牢房的屋顶上，像四头待宰的猪猡，个个垂头丧气。

一见自己的人受辱，堵布益愈发气愤。他让人把巡抚衙门的一应办公用具全部打烂，又抓过阮知方狠狠地踢了几脚；临走，又用一根大棍子，把悬挂在大门上方的木制匾额打掉砸坏，这才很不情愿地离开巡抚衙门。

阮知方好不容易爬起身，当日便打发人，将堵布益等人大闹巡抚衙门的恶劣行径，火速报给河宁总督府。

河宁总督府一见公文不敢怠慢，连夜派出快马报给越南朝廷。

岂料，就在阮知方把堵布益胡作非为的行径禀报河宁总督，河宁总督又向朝廷禀报的期间，堵布益又带了人，将红河沿岸的军事设施逐一烧毁，又指使人在城内各条街、路巡查，一发现巡抚衙门的告示，便强行撕碎。路人纷纷躲避，军兵亦不敢靠前。

阮知方得到消息气得不行，马上让文案二次草拟出一份驱逐富浪沙人的告示张贴出去，又指示布政使等官员，出面阻止堵布益的行为。

丧心病狂的堵布益得到消息，当即率人携了一挺机枪，先把告示撕碎，又对前来阻止的地方官员恐吓道："如你试欲拦路，我将用机枪尽杀你等。如你让我们经过，我们将会成为世上最好的朋友。你要知道，我杀你合理合法，天经地义，能受到表彰；你拦路便罪该万死，要受到惩罚。我说的话永远有效。如果你问为什么，我告诉你，因为我是法国赫赫有名的堵布益！"

堵布益话毕，命令机枪手对着天空放了两枪。枪声响过，越南官兵四散奔逃。

见此情景，堵布益得意地仰天大笑："一群越南猪，还敢拦我道路！中国人我都不怕，还怕你们吗？"

堵布益是在越南北圻河内行凶闹事，他如何扯上了中国？这主要因为，大清国与越南之间，存在着一种世界各国尽知的特殊关系——越南是大清的附属国，而且这附属关系由来已久，并不是现在才形成的。堵布益这么说，不过是想告诉越南人，在这个世界上，他堵布益谁都不怕。因为他是贩卖军火的，手里拥有世界上最先进的武器。

我们现在再来说说越南。

越南古称安南，当时既未建立国家，也没有形成完善的体制，只是一个蛮荒部落。

在清朝顺治初年，安南一带甚不安宁，小部落之间互相蚕食，到处有匪人出没。鉴于此，首领莫敬耀为了给部落寻找一个可以依托的靠山，巩固自己的统治地位，经过一番缜密思考，决定派遣使者带着当地特产、金银器皿，主动向大清国臣服，希望大清国能接纳。使者打点整齐，同一班随员经云南入境，辗转来到京师，被安排进官栈住下。不料莫敬耀命运不济，顺治皇帝尚未正式给他授爵，他竟然突患急症死去。其子莫元清急把消息通报大清朝廷。顺治皇帝见安南归顺心切，便按着本国的体制，下旨加封莫元清为安南都统使。安南使者大喜，很快拿上皇帝的加封圣旨和印绶，回封地缴命。清顺治十六年（公元1659年）八月，经洪承畴奏言，顺治皇帝改安南都统使为国王。嘉庆（公元1802年）七年，安南王阮福映遣使入贡，奏请改安南国为南越国。嘉庆皇帝经朝议，不准。嘉庆八年（公元1803年），嘉庆帝下诏，改安南国为越南国，封阮福映为越南王。越南国规制与大清国同。此越南国名之来历也。

越南国地域狭长，分南、北、左、右四圻，共三十一省。平顺、富春、广和、边和、嘉定、安江、昭笃、河仙、永隆、定祥十省为南圻；河静、海阳、广安、清化、义安、南定、宁平、兴安、河内、谅山、北宁、高平、太原、山西、宣化、兴化十六省为北圻；广治、广平二省为左圻；广南、广义二省为右圻。越南北圻与大清广西、云南接壤，南圻之嘉定、边和、定祥、永隆、昭笃、河仙六省并昆仑岛则割让给法国。法国将此改名西贡，成立交趾支那总督府，设总督一名，管理在此经商、传教人员。法国另在西贡驻海军一部，由殖民部长担任司令。越南国都原设北圻东京，后迁南圻顺化（法国人称之为富春），改东京为河内。越南虽名为三十一省，但各省管辖的地面及人口都很有限。有的相当于大清一州，有的仅及一县，有的不及一县，但官员却多如牛毛。越南在一省或两省都设有总督，每省都设巡抚一，布、按各一，若干分巡道，道下面有府，府下设若干直隶州、若干县。人口少的省份，官员比治民还多。此越南清同治初年（公元1862年）情形也。同治二年（公元1863年）以后，省份又有增加，衙门又多设置不少，而百姓与地面却与以前相同。

第二节 越南朝廷的请求

阮知方眼见法国人越闹越凶，无奈之下，只好拿出自认为一定能把法国人逼走的好办法：晓谕城内外各家粮商、店铺，不准售粮给富浪沙人，违令严办。

此令一下，堵布益等人果然在河内城未买到一粒粮食。但他并未就此离开，因为他还有两船军火要运进云南。他打发二十几人，乘一条船驶往保胜。堵布益认为，越南人不肯卖粮给他，不受越南节制的黑旗军，肯定能卖粮给他。

堵布益的算盘没有落空，他派往保胜的人，果然从黑旗军手里买回来半船粮食，只是价格比以往高出一倍还多。

堵布益大怒，当即向取粮款的两名黑旗军军官问道："价格为何会这么高？你们想干什么？想发横财？"

一名黑旗军的军官答："河内去年歉收，我部粮食均系从云南高价购进。粮价故此比以往要高！"

堵布益恶狠狠地说："告诉你们的刘永福，如果你们试欲和我捣乱，我将用世界上最先进的武器，从老开至河内全区，把你们歼灭净尽。我说的话永远有效！"

堵布益说完这话不久，发现北圻的越南官、民，对他们一行人的抵触情绪越来越大，不仅无粮可买，连日常的生活用品也无人肯卖给他们，甚至连娼门中人，也不再做他们的买卖。几日光景，这些法国人全部被逼近疯狂的边缘。

堵布益气极，决定向北圻的越南人及黑旗军施加更大的压力，达到他在北圻通航贩运军火畅行无阻的目的。他快速派人向法国驻交趾支那（法国称西贡为交趾支那）总督堵白蕾（Dupre）递交了一封求援信。他希望堵白蕾总督能在最短的时间内，向北圻派一支武装，让北圻官府屈服。

法国交趾支那总督府接到堵布益的求援信时，越南王派来的使者也恰好赶到。

满脸胡须的堵白蕾把堵布益的信放下，先热情地把越南使者迎进来。

施礼毕，归座，堵白蕾着人给越南使者上了杯咖啡。

越南使者把杯子向外推了推，顺怀里摸出一封公函，双手递给堵白蕾道："总督阁下，鄙使前来，是奉敝国皇帝之命，向贵总督递交一封公函。请贵总督阅过之后，能给敝国一个满意的答复。"

堵白蕾笑着把公函接在手里，一边拆封，一边问道："贵国大皇帝陛下还好吧？皇后还像以前那样美丽吧？"

越使急忙欠身回答："承蒙贵总督挂怀。我国皇帝陛下和皇后都很好。我国皇帝陛下向贵总督致意。"

堵白蕾没有言语，只是象征性地点了一下头，便开始读公函。

公函用越法两国文字写成，主要叙述堵布益在河内的胡作非为。公函强烈请求堵白蕾，能够派艘军舰赶往河内，帮助河内巡抚衙门，将堵布益驱逐出境，以固越法邦交。

堵白蕾看完公函，沉思了一下，说："请回去转禀贵国大皇帝陛下，堵布益这件事，本总督会好好处理的。"

越使却坚持说道："我国皇帝陛下命鄙使务必转呈贵总督，贵国的堵布益，在河内闹得很不成体统。他撕了巡抚衙门的告示，又指使人把沿河岸边的哨卡木栅拆毁烧掉，还到处强奸女人。他把巡抚衙门里的办公设备全砸坏了，巡抚衙门已无法正常在衙门办理公事。"

堵白蕾笑着说道："请贵使转禀贵国大皇帝，本总督马上就派人赶往河内调查这件事。我国与中国的云南官府成交了一笔枪炮生意。堵布益从河内过境，是奉我国的指派，向云南运送枪炮。你们只要不拦截他，他不会为难河内巡抚衙门的。当然，不管怎样，本总督都要派人过去调查的，请贵国相信本总督。"

越使离去后，堵白蕾急忙拆阅堵布益的公函。

堵布益先在公函中狠狠告了河内巡抚衙门一状，说老胡子阮知方如何无理，如何混蛋，不仅指使沿岸军兵设卡阻拦舰队，且公然发布布告严禁粮商卖粮，还派人把舰队上的人抓走，装进渔网里进行羞辱。堵布益最后请求总督府，立即派出兵船驶往北圻，逮问阮知方并一切行凶肇事之人，还法国商人一个公道。

堵白蕾想了想，铺开公函纸，提笔给堵布益写了一封信。

堵白蕾在信中写道："我知道，您向中国云南运送枪炮的任务肯定没有最后完成，否则，您不会在河内一直逗留。您与河内巡抚衙门之间所发生的不愉快，我已经大概知道了一些。我认为，我们目前还不能与他们闹得太僵，因为我们尚没有与他们就开放北圻一事达成条约。为了给越南皇帝一个答复，显得我已经重视了此事，我即将以交趾支那总督的名义，派遣安邺上尉到河内去调查此事，同时实地考查一下您向国内提交的所谓北圻的通商路线是否可行。我希望安邺上尉到达河内的时候，您已经离开了那里，载着云南官府购买的枪炮运往云南。当然，我并不是想让您把人全部带走，包括船和枪。"

堵白蕾把信交信使快速送出，然后把上尉安邺传了进来。

堵白蕾把越南皇帝的指控书递给安邺，说："我准备派你和你手下的五十六名军兵，另外给你配备四艘小舰艇，到河内去调查这件事。堵布益与中国的云南做成了很大一笔生意，但他运送货物的路径并不是很通畅。河内巡抚阻挡他，保胜的黑旗刘团也对我们不友好。我希望你在不激化矛盾的前提下，把这些棘手的问题，都一一处理好。当然，越南人说，堵布益的人强奸了当地的女人，还砸坏了巡抚衙门的几只凳子。关于这件事，我个人认为，你没必要去做认真的调查。安邺上尉，你对此行所肩负的任务清楚了吗？"

安邺眼珠转了三转，立正答道："请总督先生放心，为了法兰西的繁荣昌盛，安邺愿献出自己的一切！"

堵白蕾急忙摇头道："不不！年轻人，你这次到北圻去，只是调查一下我们和他们之间不愉快的起因。同时力争说服他们，以后不要为难我们的商船。安邺上尉，你是一名军人，但你同时又是一位很有前途的作家。就目前来说，我们和他们还不能闹得太僵，更不能发生战争。年轻人，你懂了吗？"

安邺沉思了一下，答："总督先生，我知道该怎么做了。"

堵白蕾起身用手拍了一下安邺的肩头，说："年轻人，你代表我去河内这件事，我会及时通报给越南的朝廷，他们会欢迎你的。你的军阶能否由三星变成四星，就看这次了。你下去，准备出发吧。"

不久，安邺和他的五十六名士兵，每人佩带一支快枪一把快刀，携两门重炮，乘四艘舰艇离开西贡码头，驰往河内。

安邺离开西贡的当天，堵白蕾即分别向越南当局和法国驻越南公使馆，通报了安邺赴河内的事。

堵白蕾为什么选中安邺到河内去处理事关两国前途这么重要的事呢？安邺有什么与众不同的地方吗？

说起来，这位安邺还当真不是个一般的军人。

安邺（Garnier），又译加尔尼埃，时年三十四岁。早年加入法国海军赴巴西和太平洋服役。后调法国海军中将沙内的参谋部任职，参与咸丰十年（1860年）至同治元年（1862年）法国侵略中国和越南的战争，战后晋二星中尉军阶，管理西贡监察安境事务。同治五年（1866）六月，受法国交趾支那总督府派遣，随以法国海军中校特拉格莱（Doudart de Lagree）舰长为队长的探测队，从柬埔塞的桔井出发，溯湄公河而上，直达中国云南境内。特拉格莱病死途中，他接替队长，继由云南而四川，沿长江而至汉口，于同治七年（1868年）六月到达上海。历经两年的探测，证明法国企图从湄公河上溯通航进入中国西南门户的设想无法实现。普法战争中，调巴黎，出任第八战区海军上将的首席参谋。战后又调西贡任职，晋三星上尉军阶。安邺曾根据自己赴中国探路的经历，著《印度支那探险记》一书，引起法国军政各界的关注，崭露头角，被人称作军旅作家。有很长一段时间，安邺都把自己当成一颗在法国上空冉冉升起的政治新星，并为此很是大练了一阵签名。

堵白蕾对安邺颇为欣赏，并已将拟晋安邺四星军阶的报告写好，只因副总督霍道生（Philastre）坚决反对，故未上报国内参谋总部。霍道生认为，安邺算不上称职的军人，和作家更相去甚远。他性格暴戾，狂妄自负，喜欢膨胀自己的长处，平素不大受管束，又常在背后很不友好地肆意诋毁别人，把周围的人全当成点燃的蜡烛。他写的《印度支那探险记》，也是满纸荒诞，胡言乱语，没有丝毫文采。在霍道生的眼里，安邺一无是处，简直就是一个臭无赖、偏执狂。

那么，安邺到底是个什么样的人呢？

同治十二年（公元1873年）九月中旬，安邺率四艘舰艇驶抵河内。

翌日晨，安邺即指令士兵在河内各主要哨卡、要道贴出布告，声明奉交趾支那总督府派遣，特来调查堵布益在河内运送军火受阻的事。布告又说："我的使命还有另外一个目的，主要在于保护商务，在法兰西的保护下，把这个国家及其河流向各国开放。"布告中所称的河流自然是红河。从布告的口气上可以看出，此时的安邺，早已不是上尉安邺，他已经把自己想象成了河内的主宰。

在大肆张贴布告的同时，安邺又将堵布益遗留的兵船及五十几人召集过来，和自己的人马屯在一处，以壮声威。

布告的内容传到河内巡抚衙门后，阮知方气得亲自带人出城来码头见安邺。

阮知方浑身颤抖着说："安将军，贵国堵白蕾总督已将你来河内的任务，很明确地通报给了我国巡抚衙门。你安将军此次来河内，只是帮助我国驱逐堵布益，其他的事你无权谈论！"

安邺冷笑着说："你这个大胡子好不晓事！堵布益是我国最优秀的商人，他听从我国堵白蕾总督的劝告，已押着他的货物离开了这里。这也就是说，本人此次来河内的目的和堵布益没有任何关联。你必须按照本人布告上说的办。"

安邺话毕，特意用手拍了拍身边的一门大炮说："这种炮的威力很大，它能把你打到天边去！我的话，你一定要相信！"

阮知方见安邺公然用武力威胁自己，当即带人离开码头回城。

阮知方一回到衙门，先派人赶往河宁总督府通报情况，又紧急传令，闭上城门，不准安邺的人进城居住。阮知方没有想到，他刚刚驱赶走堵布益这个魔鬼，法国人又打发来一个妖怪。安邺比堵布益还狂妄。

河宁总督府一见到阮知方的公函，立即派出快马向朝廷转禀。

越南朝廷收到禀告的当日，即飞速派出使臣，向交趾支那总督府与法国驻越公使馆提出交涉。

第三节　安邺攻占省城

阮知方紧闭城门、严禁法国人进城的举动惹恼了安邺。

安邺认为，阮知方此举，并不仅仅是在对抗他本人，其实是在蔑视法兰西的尊严，他要替国家挽回面子。他有这个责任和能力。

他把随身翻译传进舱里，命令翻译用法、越两国文字，给河内巡抚衙门书就公函一篇，勒令巡抚衙门立即打开城门，迎接大法兰西交趾支那总督府派遣来的重要客人到城内安歇，并就河内巡抚衙门单方面关闭城门，拒绝法军进城一事作出解释。

公函由城门官急递巡抚衙门。

阮知方见到公函，抚须冷笑数声，反手丢到地上，又起身狠狠地踩了几脚，骂道："富浪沙安鬼欺人太甚！富浪沙安鬼欺人太甚！"

越四日，安邺见河内巡抚衙门既无回函辩解，又不开城门迎接，便又着翻译飞函一封，称：如果河内巡抚衙门，在天黑前不接受前函所载明的条件，本军将要炮轰城门，占领河内，城内巡抚以下各官，将要受到最严厉的惩罚。

公函递进城的同时，安邺集结军兵，架好大炮，用武力胁迫巡抚衙门就范。

安邺本有五十六名士兵，堵布益离开河内时，又留下一船一炮及三十二人，共计八十八人。堵布益的人也都是武装人员，每人配有长短快枪以及战刀。

日落西山，天色渐晚，北圻上空的蚊虫开始多起来。

安邺见城内毫无动静，不由怒从心头起，恶向胆边生。他拔出指挥刀，用刀尖一指城门，气极败坏地命令炮手："对准城门轰击！法兰西的尊严不容亵渎！"

炮手得到号令，马上将炮弹推进膛里，三门大炮几乎在同一时间发射。

随着炮声响起，城门不仅被轰没了踪影，守在城楼里的越南军兵，也被轰倒一片。

安邺旋命大队士兵，一边用快枪射击，一边闯进城去。

三门大炮压后进城，以壮声威。

见安邺带人闯进来，城门官也不及多想，当先向远处奔逃。城内其他军兵一见，谁还敢来迎战，全部一溜风四处躲藏。安邺等人一路无阻，直奔巡抚衙门。

恰巧这时，阮知方的儿子阮林奉父亲之命，带了二百余亲兵，冲出巡抚衙门前来迎敌。

安邺一见，抬手就是一枪。那子弹仿佛长了眼睛，嗖地一声就射进了阮林的脑袋，把脑门打了个大洞。

阮林晃也未及晃一下，扑通栽倒，一命归西。身后的亲兵一见情形不好，呼啦一声向四外逃开，无人肯管阮林的死活。

到了巡抚衙门，安邺命人守住前门，三门大炮一字排开架好，这才一脚踢开大门闯将进去。

安邺带人从前门闯入，衙门里的官员纷纷从后门逃跑，转眼只剩下阮知方一人在抵抗。

安邺着人将阮知方提进公堂，像审犯人一样，大声喝道："该死的老胡子，你现今成了我的俘虏，还有何话说？本将军提的条件，你到底答不答应？"

阮知方气得浑身直抖，胡子乱颤。但他仍倔强地抬起头来，手指安邺骂道："富浪沙恶鬼！你霸我南圻数省，侵我老大国土还不满足吗？如今又要占我北圻，霸我河流，你休想！我大越南国，并不都是软骨头！"

听了翻译的话，安邺愣了愣，随即哈哈大笑："老胡子说得好！你们大越南国，都不是软骨头！都是英雄好汉！"

安邺话毕，飞身走下公堂，一脚把阮知方踢倒在地，手指着他说道："老胡子，你给本将军听好。你现在是本将军的俘虏，不是河内省的巡抚！更不是英雄好汉！我让你怎么办，你就必须怎么办。我现在命令你，马上发布公告，接受本将军提出的所有条件。否则你和你的国家，将要为此付出沉重的代价！"

阮知方气愤地闭上眼睛，对安邺不予理睬。

安邺大步走上公堂，很神气地坐下，然后以胜利者的口吻发布命令："把这个老胡子，给本将军押进牢房里反省。传本将军的命令，从现在开始，我们正式接管河内省。把我们的大炮架到城门上，并发布公告：全城戒严并传檄北圻各省，拔掉江栅，我们将在他们那里设立关津。从明天开始，所有我国商人，可以在河内乃至云南自由行商。请传班尼中尉进来见我！"

牛高马大的班尼大踏步走进来，立正报告，也神气得像个将军。

阮知方这时大声说道："富浪沙安鬼，你无权这么做！河内巡抚是我不是你！你给我滚出去！"

安邺粗暴地大吼道："你们还愣着干什么？快把他扔进大牢，装进渔网吊起来！"

两名法国士兵粗暴地抓住阮知方的肩头，把他生生拉将出去。

安邺狠狠咬了一下牙齿，说："班尼中尉，我们已经占领了河内省城，但还不是最后的胜利者。为了让越南人完全屈服于我们，我希望你马上组织一个巡逻队。因为我们人员有限，这个巡逻队不能超过十人，专门负责城内的治安。其他的人，由海尔涛中尉统带，负责城防。对不服从我们的指挥，或者仇视我们的人，你有权直接审判，不用向我报告。"

班尼敬了个军礼，说："上尉先生，我会绝对执行您的命令。但我有责任提醒您一句：我们应该及时发布公告，告诉越南人，这里的一切，将由您代替巡抚衙门的老胡子做主。他们必须服从命令，有胆敢违抗者，将由班尼中尉负责实行审判。"

安邺起身步下公堂，微笑着拍了拍班尼的肩头："中尉先生，尽管你目前的军阶只有两个星，但我坚信，第三颗星正在快速向你飞来，我们必须牢牢把握好这次机会！你说，上帝会不会保佑我们呢？"

班尼挺胸答道："尊敬的上尉先生，上帝一直和我们在一起。否则，凭我们这八十余人，怎么可能取得这么辉煌的战绩？"

很快，河内城的大街小巷，贴满了由安邺亲自签名的布告，班尼的巡逻队也开始在大街上出现。

这些人强奸妇女，抢掠财物，随便杀人，干尽了坏事。受其影响，负责城防的法国人也开始动起手来。河内城开始鸡飞狗跳，再无一刻安宁。

消息传到南圻越南都城顺化，越南皇帝急忙派出使臣约见堵白蕾，要求法方快速召回安邺，交还河内，和平解决双方的冲突。

堵白蕾着令霍道生致函安邺，对他擅自发兵攻占河内的鲁莽行为表示不满。

霍道生在信中说："你被遣派，乃在驱逐某冒险者，并与安南官员取得谅解。而你反与此冒险者相结连，没有预先的警告，而以炮弹射击未曾攻打你而且毫无防卫的人们。你曾否想到，倘人们将来知道这事，将使你和我们蒙受如何的耻辱。无论是从你个人或是从法国所欲达到的目的来说，这是一个不能补偿的损失……你的训令没有叫你这样做。"最后霍道生以总督府的名义，命令安邺立即放出巡抚阮知方，撤出河内，返回西贡。

信到安邺的手上，他没有读完便噌地蹦起身来，大骂："该死的霍道生，我为法兰西创造了战争奇迹，你竟然眼红了！我要用实际行动，来证明你的愚蠢！"

他很快把负责城防的海尔涛传进巡抚衙门，用不容置疑的口吻说："我们的行动，已经让越南朝廷手忙脚乱。他已经派出十几人去见堵白蕾总督，希望我们能交还河内。我决定进一步扩大战果，直到他们的皇帝，亲自跪在堵白蕾总督的脚前告饶为止。我现在命令你，带上你的所有人马和两门大炮，去攻取海阳省，直至将北圻全部占领为止。你有信心吗？"

海尔涛立正回答："海尔涛以上帝的名义向您保证，坚决完成任务！上尉先生还没有说，我走后，河内怎么办？您一个人把守吗？"

安邺果断说道："安南的军队全是些不经打的猪猡！河内有班尼的巡逻队就足够了！"

当时的越南军队，武器陈旧，没有战斗力，安邺不可能放在眼里。

海尔涛带人出发后，安邺立即给河宁总督府快函一封，命令总督府立即接受他所提的各种条件。否则，战无不胜的法兰西军人，将会有超出他想象的动作。

得知堵白蕾并没有阻止安邺的行动，越南朝廷顿时慌了手脚。为了缓和与安邺的紧张关系，经过朝议，越南朝廷照会总督堵白蕾，告知已将河宁总督及所辖各省官员悉数革职，另委任陈廷肃为河宁总督，阮仲合为河内巡抚，张嘉会为河内布政使；越南请求堵白蕾，派遣一名足够说服安邺的官员，会同陈廷肃等河宁新官员，赶往北圻与安邺谈判，避免事态进一步恶化。

收到越南朝廷的公函后，霍道生一面大骂安邺无知，一面自告奋勇去河内说服安邺罢手。

陈廷肃带着新委派的河宁总督府及河内省大小官员，会同霍道生离开南圻后，越南朝廷又密令大学士、驸马黄佐炎，带着亲兵卫队，赶往北圻督办北圻军务，伺机用武力驱逐安邺犯军。

越南朝廷将河宁官员全部革职的消息传到河内后，安邺一阵狂喜，认为自己做对了。但在收到陈廷肃带着大小官员，会同霍道生，即将到河内与他谈判的公函后，安邺却有些生气。他认为堵白蕾不该让该死的霍道生到北圻来。安邺私下以为，霍道生是个蠢才，他到北圻后，只会把事情越办越糟。很快，越南朝廷密令黄佐炎督办北圻军务的消息也传进安邺的耳中，安邺愤怒了。他一面发函质问越南朝廷，密派黄佐炎督办北圻军务是何用意？一面给海尔涛飞传命令，着其速向海宁发起攻击，争取在最短的时间内，将北圻全部占领，把北圻变成第二个西贡。

海尔涛接令不敢怠慢，拖着大炮飞速扑向海宁省城。

海宁省城大小官员风闻法军拖炮而来，慌忙拖家带口携上私财逃将出去。防军见官员如此，也不做丝毫的抵抗，竟然一哄而散。海尔涛没费一枪一弹而得海宁。法军在海宁闹腾了三天，只留下五名士兵把守，便大队扑向宁平、南定二省。二省亦不战而下。

越南朝廷眼见局面越变越坏，慌忙加派黎竣为谈判全权代表，阮文祥副之，紧急赶往河内；又给黄佐炎传旨，着黄佐炎征调刘团阻挡法军锋芒。刘团即是刘永福统率的黑旗军。黑旗军在北圻保胜屯扎。其实，就算朝廷没有征调刘团的圣旨，黄佐炎也是要调刘团参战的。因为凭黄佐炎和他亲兵卫队的作战能力，他是无论如何都不敢迎战法军的。法军枪快炮烈，而他的亲兵卫队，人数虽众，却只有极少数军官配备了快枪，而大炮，不仅没有一门，就整个越南来说，也只有二十几门小土炮而已。

而刘永福和他的黑旗军却有着相当强的作战能力，枪械也和法军不相上下。黑旗军不是越南的经制之师，他是从中国广西移驻到这里的一支农民义军。

刘永福和黑旗军都各有一番来历。

先说刘永福。刘永福是广东钦州人，一名义，字渊亭，时年三十六岁。幼时随父母迁至广西上思，十三岁为"滩艇中佣工"。十五岁跟叔父习武，父母亡后于咸丰七年（公元1857年）参加天地会起义，在广西归顺活动。因武艺绝伦，渐成头目，有部属二百余人。同治三年（公元1864年）率部加入吴亚忠部，驻安德，制七星黑旗一面，为所部旗帜。同治六年（公元1867年），义军为清军所败，吴亚忠战殁，刘永福率残部三百余人退入越南六安州，正式创立"中和团黑旗军"。同治九年（公元1870年）率部进入保胜驻扎，并设卡抽税以自保。越南朝廷无力制止，又想借其力量保边，遂诏令抚之，又因黑旗军帮助越军助剿黄崇英部，授刘永福保胜防御使，准其在保胜设卡抽税，亦准其自行扩充兵力。至同治十二年底（公元1873年），黑旗军已拥有兵额近千，大炮五门，长短快枪过半，颇具实力。刘永福对法国在越南北圻的猖狂行径早蓄怒火，对越南朝廷软弱无能的表现也极其不满。

第四节 刘永福设伏败法军

黄佐炎请黑旗军出面帮助驱逐安邺的快函递到刘永福之手时，越南加派的谈判全权代表黎竣与副代表阮文祥，已经来到河内，正会同先一步到达的河宁总督陈廷肃、河内巡抚阮仲合、布政使张嘉会等人，坐在河内巡抚衙门的公堂之上，同安邺、霍道生举行会谈。

会谈刚刚开始，一名法兵便向安邺报告，说前河内巡抚阮知方因绝食多日，已经毙命。安邺一听这话，一拳砸在桌面上，恶狠狠地说："这就是不肯与伟大的法兰西合作的后果！以后谁敢违抗法兰西的意志，大胡子的下场，就是他的下场！把那个大胡子，给本将军吊到城楼上示众！"

陈廷肃、阮仲合、张嘉会一听这话，全吓都得连打冷战不止。黎竣和阮文祥二人的脑门，也冒出细细的一层汗珠。

见自己的恐吓达到了预期效果，安邺一阵大笑，然后用手指着拟好的条约问："你们说吧，什么时候签字画押？——难道非等战无不胜的海尔涛中尉把北圻全部占领，你们才肯表态吗？啊？说话！"

黎竣急忙陪着笑脸道："安将军息怒，安将军息怒。贵我两国无论签什么条约，小臣总须向我家皇上请旨才能办理。安将军请给我们一天的时间，让小臣把条约誊抄一份，然后报给朝廷。等圣旨一下，我们便签约如何？"

安邺自豪地望了霍道生一眼，神气地说："本将军给你们面子，你们现在就着人誊抄条约。明日午饭前，条约必须送出去！"

黎竣汗流满面道："小臣照办。小臣向安将军保证，条约在明日午饭前，一定能送出去！安将军，请您下令，把海将军召回来吧。"

安邺大手一挥："不行！先签约，后撤军！"

黎竣两腿一软险些跪倒，口里迭声说道："好好，小臣一切照办！一切照办！"黎竣是越臣当中胆子最小、最没骨气的一个。

自打和黎竣等人会面后，安邺没让霍道生插一句话，霍道生的肺都快气炸了。但他又不能当着越南人的面发作，他不能让越南人看出他与安邺之间的矛盾。

就是这日的晚饭后，黄佐炎率领亲兵卫队，悄悄来到距河内城二十余里的一处山腰，并扎下营盘。不久，刘永福携先锋营管带吴凤典，统率二百四十名黑旗军将士，从人迹罕至的羊肠小道，裹粮翻越宣光大岭，疾驰到此，埋伏在距离黄佐炎大营前面二三里处。

把人马安顿停当，刘永福急忙来见黄佐炎，筹议战事。

得知刘永福此次只带了二百人到此，黄佐炎大惊失色："本帅统领一千二百名勇士，尚不敢与安酋正面交战，贵帅如何只带了二百余人？富浪沙恶鬼炮烈枪快，安酋又是能征惯战之人，你我合兵一处，才只一千余人，如何迎敌？——要误人事！要误人事！本帅此次可是让你坑苦了！"

刘永福哈哈笑道："黄相国未与安酋交火，如何便怕成这样？本帅听说安酋此次犯河内，只有不足一百名军兵，几只小艇。他攻占河内后，又分兵去攻打海阳、宁平、南定三省，他手里现在能有几个兵呢？"

黄佐炎连连顿足道："刘帅此言谬矣！如今非比从前，如今作战只看器械不看兵额。富浪沙的火炮极其厉害，只一炮，说不定就能轰倒一千余人！"

刘永福气定神闲地说道："黄相国，我们先说眼前，您老想怎样迎敌？"

黄佐炎低头走了几步，说道："本帅计议已定，此次收复河内，你做先锋，我督后队。你可有此胆量？"

刘永福想了想答："请相国明言，我军做先锋就做先锋，但粮草怎么办？赏格定了没有？无粮无饷，将士们不干。"

黄佐炎答："我已奏明圣上，此次收复河内，贵团粮饷由本帅全额承担。"

黄佐炎话毕，再次坐下，由袖中摸出一张纸来，指着说道："斩富浪沙恶鬼首级一颗，赏银一百五十两；斩一颗星富浪沙酋，加十两，二颗星则加二十两。以此类推。此次若果能收复省城，除粮饷、赏格外，本帅还将奏明圣上，重奖你本人。如何？可你只带这么几个人，怎么去收复省城啊！"

刘永福点头笑道："如此甚好。请把粮饷准备好，本帅现在就回去布置迎敌事宜。收复省城后，可不准拖欠。"

黄佐炎忙道："本大臣恭候贵团的捷报！"

把刘永福送走，黄佐炎急忙传令全军，兵不解甲，马不卸鞍，并把后路变作前路，准备随时逃跑。

辞别黄佐炎，刘永福、吴凤典二人连夜向河内开拔，直行至罗城才扎下营盘。罗城距省垣仅十里左右。罗城有木桥一座，名曰纸桥。城垣到纸桥之间，地形宽阔，道路畅直；纸桥之后，则地形狭隘，道路崎岖不平，道两边山虽不高，却杂树从生，极其险恶。当地人管这一带叫鬼见愁。

刘永福同吴凤典在纸桥周围反复勘察了几遍，然后命人在纸桥之后鬼见愁的小路上掘了三口陷阱。陷阱深一丈开外，上盖细木，细木之上覆细土、树叶遮之。依刘永福的算计，安邺交战全靠火炮轰炸，快枪扫射。只要把他的火炮诱入陷阱里，便不难打败他。刘永福知道法国人火炮的威力，所以格外小心。

翌日晨起饭罢，刘永福先将大队人马预先埋伏在纸桥附近的树丛里，然后命吴凤典只率四十人到城下去搦战。

吴凤典得令，率四十骑飞至河内城下。

安邺当时正在用饭，闻报驻保胜的黑旗军四十余骑来到城下，传话让他把城池交还给越南。他先是打个愣怔，随即跳起身来，把钢盔戴在头上，又扎上武装腰带，拿上腰刀和快枪，大步走出巡抚衙门。他对外面守卫的一名士兵命令："立即跑步通知班尼中尉，集合城内所有部队，拖上大炮，随我去消灭该死的刘永福！"

哨兵得令，马上跑步离去。安邺仰天大笑道："上帝呀，谢谢您把好运一次次地降临给我。本作家总算又找到了写作的好素材！——让该死的霍道生见鬼去吧！"

班尼很快带着城里仅有的二十个法国兵持枪拖炮而来。

安邺留下两个人保护霍道生，然后和班尼各乘上战马，杀向城外。

队伍走出城垣，远远地便看见四十几骑，打着黑旗，列阵等候开战。

安邺命令停止前进，把大炮拉到前面，装弹射击。

浓烟过后，吴凤典的人马遁得无影无踪。

安邺喝令队伍奋力追击，不得让黑旗军逃掉一人一骑。

班尼得令，督促队伍前行，安邺压阵。

队伍行到纸桥附近，忽然从前面的丛林中传出十数声枪响，班尼身后的一名法军士兵中弹栽倒。

安邺急命士兵就地卧倒，他和班尼也飞身下马。

安邺用千里镜向对面侦看，隐隐见密林中有黑旗闪动。

安邺知道黑旗军都在密林中伏着，当即冷笑一声，对班尼说道："中国的大辫子都是怕死的，我们应该让他们死得痛快些。"

安邺话毕，也不等班尼说话，便命令大炮向道两旁的密林中轰击。

十几发炮弹过后，丛林中忽然又传出十几声枪响，一名法国炮兵中弹。

班尼大叫："上尉先生，这是中国人的诡计。他们想把我们的炮弹消耗干净，然后再对付我们。听说刘团一贯如此，我们不能上当啊！"

安邺眼珠转了三转说道："刘永福这个人果然很狡猾，我们就冲过桥去，搜索他们，把他们一个一个干掉！"

班尼说道："上尉，我们对付中国人必须小心！他们很能战！还有，过了纸桥，就是安南人说的鬼见愁。那里地形复杂，很恐怖。"

安邺不屑地说道："班尼，请你不要满嘴放屁！这里没有鬼见愁，这里是中国人的天然墓场。我要在这里，把该死的刘永福送进地狱！让我们的大炮开路。法兰西是战无不胜的！"话毕，安邺信心十足地对着炮兵挥了一下手。

四名炮兵拖着大炮，吱呀吱呀地越过纸桥，进了鬼见愁。

安邺与班尼二次翻身上马，督队边用快枪射击边匍匐过桥。

道路两旁的枪声也开始密集起来，间或杂有石块，并传出阵阵喊杀声。

安邺并未在意，喝令大炮开火，自己则飞身下马，猫腰躲在一块巨石后面，手举千里镜，向周围观察。

炮声突然从半山腰惊天动地地响起来，炸得漫天硝烟。隆隆的炮声，很快淹没了喊杀声。安邺被炮声震得晕头转向，在巨石后面疯狂地乱骂。

炮声刚停，一大队人马呼喊着突然从正面冲过来，足有五十余骑。

安邺急忙命令班尼督队用快枪射击阻挡，他也拔出枪来向树丛里乱射。

前方人马疾退，班尼率队一边射击一边追赶。讵料前行不足十米，便听两声闷响，两门重炮全部掉进陷阱里，所幸炮兵跟在后面，没有一同栽进去。

安邺一见，当即大吼一声："所有人跟我追杀中国人。不把中国人打跑，我们的大炮弄不上来！"

安邺话毕，快速绕过陷阱，瞪着血红的眼睛飞快地冲上前去。

道路两边的树丛中，再次响起喊杀声，枪声也密起来；前面正在后退的人马一闻喊杀声，又一起返身杀回来。

法军急忙各寻隐身的地方还击。

刘永福挥动令旗，指挥马步各哨，从三个方向，一点一点对法军进行包围。

班尼见安邺边射击边向前面移动，不由大喊："上尉先生，我们的子弹不多了。我们是不是先退回城去补充一下弹药？"

安邺大叫道："班尼中尉你听着，不把中国人消灭，我们是无法后撤的。法兰西是战无不胜的！"

班尼无奈，只好命令人马，边射击边向前移动脚步。

黑旗军只在三面呐喊、射击，却无法接近法军。

刘永福心下焦躁，传令擂鼓助威，然后拔出腰刀，一纵身跃下山头，旋风似地向法军扑过去。

黑旗军将士一见统领拼命，也不敢怠慢，全部闪出身来，跳跃着扑向法军。

安邺见黑旗军拼命扑来，心下不由慌张，偏巧这时左脚又绊着一根树根，摔了一个跟头。他不敢马上起身，怕被飞来的子弹伤着，便就地一滚，想滚到一个隐身处再做还击，却一下子顺势滚向了路中间。他见不远处有一个土包，就急忙向前一滚，想隐藏到土包后面去。却不料身下一空，整个人掉进了陷阱里，摔了他一身一脸的泥水。他一边举枪向外面连连射击，一边观察陷阱，心里又是一惊：陷阱足有丈余，四周陡峭，下面蓄了齐腰深的水。上面若无人搭救，再高的身材也难爬出去。

"中国人真是坏透了！"安邺在心里大骂不止，已经嗅到了死亡的气息。

班尼发现安邺一眨眼便没了踪影，心下愈发慌乱，不及多想，便下令后撤。这时，法军已有七个人中弹身亡，另有三人负伤。

班尼为跑得快些，飞身上马。也是班尼气数已尽，他刚跨上战马，马的肚子便着了一弹，那马负痛，长啸一声跃向大道。

班尼眼见战马发疯，便急忙纵身一跳，却不偏不倚跳进另一个陷阱里。

刘永福督队已经杀将过来。十来名法军拼命向城里奔逃。途中又有几人丧命，最后只有四个人逃进了城。

霍道生一见法军败归，当即让六名法兵押着阮廷肃、黎竣、阮文祥三人，飞速赶往码头。临行，霍道生恶狠狠地对河内巡抚阮仲合说道："你马上命令中国人收队。否则，我便代表堵白蕾总督，判处阮廷肃三人死刑！"

阮仲合吓得双膝跪倒，一边磕头一边流着泪说："小臣马上派人，出城去劝阻刘团。霍大人一定要保全我国三位大臣的性命啊！"

上船之后，霍道生这才派人给占领海宁、宁平、南定三省的海尔涛送信，命他立即回师西贡。

刘永福率大队人马追击逃敌。吴凤典则率五十余人收拾残局。他先用一根木棒把安邺打昏，然后用铁钩把安邺勾出，这才用腰刀斩下人头，扒下安邺佩有军阶的上衣把人头包住。

吴凤典又命人从陷阱里抬出两门大炮，捎带把班尼的首级砍下。

是役，黑旗军共击毙法军十六人。其中三星一人，乃安邺也；二星一人，班尼是也；一星一人并无星士兵十三人。另获火炮两门，长短快枪十六把，及钢制头盔、腰刀等物。黑旗军亡十人，伤二十二人。

战后，越南朝廷向黑旗军颁赏银三百四十五两，钱三千缗；管带以下赏升秩，升授刘永福本人副领兵衔，仍充保胜防御使。

黑旗军此次歼敌并不多，却打破了法军不可战胜的神话。这在一定程度上，鼓舞了越军的士气。但黑旗军却至此与法军结下了冤仇。

第五节 黎竣受骗订条约

霍道生押着阮廷肃等人驶抵西贡。上岸后，霍道生着人把阮廷肃三人关进一间空房子里，他一个人来见堵白蕾。

听了霍道生的介绍，堵白蕾沉思片刻，说："安邺战败了，却给我们提供了一个机会。我们可以利用安邺的死，达到让安南开放北圻的目的。霍道生啊，你就全权来办理这事吧。你告诉安南人，安邺是法兰西无比优秀的一名军官，他的死，震动了国内，也震动了世界，更让堵白蕾总督非常恼火。堵白蕾总督已急告国内，发兵安南替安邺报仇。但如果他们肯同我们订立条约，您就可以说服我，取消为安邺报仇的念头。霍道生先生，您有信心吗？"

霍道生笑着答道："从以往经验来判断，我们的目的可以达到的。但有一点我必须声明，您适才说，安邺的死，不仅震动了国内，还震动了世界，这怎么可能呢？不要说安南人不会相信，连鬼都不会相信！安邺是个什么东西？他就是个混蛋！"

堵白蕾笑道："您说的这些我都知道，但我们必须对安南人这样说。"

霍道生临别的时候，堵白蕾又特别说道："有两点特别重要：一、安南以后不得再臣服于中国，而应臣服于我们。安南国以后的所有事情，都须征得我们同意后方可办理；二、北圻必须开放，我们有权在北圻各省设领事馆和驻扎军队。只要他们答应了以上两点，在其他方面，我们可以放宽条件。"

霍道生面带微笑，口上连连称是，心里却骂道："这个混蛋，他这是在胡说八道啊！安南只要同意了以上两点，其他问题不就都解决了吗？——堵白蕾比安邺还混蛋啊！"

此后近三个月的时间里，在堵白蕾的操纵下，霍道生对黎竣等三人开始了引诱、欺骗的谈判。

依常理推算，安邺在纸桥战败，海尔涛交还海宁、宁平、南定三省，越南在此形势下与法抗衡还是有资本的。但越南王朝已经被法国的烈炮快枪吓破了胆子。他们不敢对霍道生说一句硬朗话，反倒百般恳请霍道生，希望他能说服堵白蕾，不要加兵于越南。越南王朝的软弱，黎竣等谈判大臣的无能，把自己完全置于被动、受辱的境地。

霍道生根本不把黎竣等人当成谈判代表，反倒像对待俘虏、人质一样对待他们。他让看守人员一日只供应黎竣等人两顿饭菜，却又不准吃饱，说是这样对身体有好处。霍道生每次来见他们，都带着三名以上武装人员，口吻也都是居高临下，仿佛不是谈判，而是在审判。他们主要对付的人便是黎竣。

在西贡谈判的日子里，黎竣不止一次在梦里哭过，阮廷肃也几次在夜半时分出现被人杀死的幻觉。阮文祥更是被霍道生吓出了毛病，竟然一坐到谈判桌前小便就失禁，裤裆整日都是湿乎乎的。

同治十三年一月二十八（公元1874年3月15日），霍道生与黎竣共同签署了《法越和平同盟条约》（又称为《1874法越条约》）。

该条约包括以下各条：法兰西共和国总统阁下，面对一切外国，不论哪一个外国承认安南王的主权和他的完全独立，答应给他帮助及救援，并约定在他要求时，将无偿地给予必要的支持，以维持他国内的秩序与安宁；以防卫他对抗一切攻击，并以消灭蹂躏安南王国一部分海岸的海贼活动；为对此保护表示感谢，安南王陛下约定使他的对外政策适应法国的对外政策，并且丝毫不变更他现有的外交关系；安南王陛下承认法国在它现在所占领的全部领土上有充分的、完全的主权；安南政府约定开放如下诸埠口通商——平定省的施耐汛、海阳省的宁海汛与河内市，以及由海至云南经由珥河的通道；在每个开放的通商口岸，法国将任命领事或代理人驻扎，并派足量军队随伴，以保障其安全，使其权威受尊重，并在外国人间行使警察职务。这种军队的人数不得超过一百人；如果有法国旅行者应以学者资格周游国内，也应将此事实向当局宣告。在此名义下，他们将享有政府的保护。除以上各条外，还规定法国在越南享有领事裁判权等。

条约签订，霍道生长出一口大气。堵白蕾连道出三个"好"来。

条约签订的当晚，黎竣、阮文祥、阮廷肃三人，飞也似地离开西贡，黎竣中止了恶梦的缠绕，阮文祥小便失禁的毛病也登时痊愈。

条约的内容传到保胜后，刘永福马上给刚驶抵河内运送货物的法国轮船"红河"号的船长乔治写了一封措词激烈的信。这封信一是表明他对《法越和平同盟条约》所持的反对态度；二是警告法国商船不准进入保胜。

刘永福的信这样写道：

"我得对你说，既然现在法国与安南王已有一项条约，你们就能把你们买到的货物托付给中国人，他们可以自由地沿河到保胜，只是我不同意欧洲人的轮船和外国人到那里。假若中国商人偶然在途中遭到抢劫，我将负责赔偿他们的损失。但是，我还要重复一遍，如果欧洲船或欧洲人要来保胜的话，我声明我将以武力阻止他们，我们要看看谁能压倒谁。"

乔治读过信后当即暴跳如雷，可惜他的船上只有十几名武装人员，没有同黑旗军进行作战的能力。但他并不甘心，在派员将刘信转递西贡的同时，他又亲笔给堵白蕾写了一封密信，请堵白蕾从速派出一支武装部队，将黑旗军荡除，彻底打开通往中国的商路。

乔治同堵布益一样，都是法国出了名的冒险家。

堵白蕾同霍道生在总督府密商了十几天，最后给越南朝廷递交了一份充满恐吓、威胁的抗议照会。照会质问越南朝廷，刘团不准法国商船进入保胜，是何用意？

不料，刘永福的做法却正合越南朝廷的心意。因为黎竣与法所订之《法越和平同盟条约》，越南王从心里并不承认，认为是黎竣等人上了法国人的当。见过堵白蕾的照会后，越南朝廷先是不予理睬，后在堵白蕾的连连追问下，才不得不象征性地敷衍一篇答复。

越南朝廷在回文中这样称：保胜原为悍匪黄崇英霸占，设卡收税外，还打家劫舍，残害官府百姓，下国深受其害。刘入境后，经我国邀请，率部与黄匪交战累年，终将该部驱逐。我国为表谢意，方将保胜一地相酬。刘团驻保胜有年，保境安民，无不妥帖；替我国驱贼剿寇，甚为得力。下国多有嘉奖，已拔擢刘本人武职大员。闻发檄拒不许贵商船入境，不独贵总督诧异，下国朝廷亦诧异。下国已委大学士督办北圻军务大臣黄佐炎就近查办此事。越王将回文递西贡的同时，又给北圻各省密颁圣旨，严禁富浪沙人入境。越南朝廷不敢公然与法国抗衡，只能私下搞些小动作，试图把事情拖黄。

堵白蕾收到越方的回文后，只能耐下心来等待黄佐炎查办的结果。

就当时而言，法国因在普法战争中惨遭失败，导致割让阿尔萨斯和洛林两地给德国，并赔款五十亿法郎，已经没有能力对越南发动大规模的战争。普法战争的创伤尚没有抚平，偏偏法国当局又出现王党与共和派之争。两派政见纷歧，勾心斗角，严重削弱了最高当局的决策能力和行政能力。

堵白蕾非常清楚国内的局势，所以也就不太敢对越南政府使用太强硬的手段。但一同驻在西贡的法国海军殖民部长蒙塔那克，却持有和堵白蕾相反的意见。他得知《法越和平同盟条约》虽然签订，但越南并不想履行这个条约的消息后，当即致函外交部长德加斯，指出："我们目前的介入是为保护国制度作准备，以后保护国制度一定要明确地建立起来并得到公认。"他又说："安南王国今日已经孱弱不堪，他也承认自己无力使臣民对它俯首听命，因此他不得不接受一个大国的保护。我们在交趾支那所得的权利，不允许听从除了我们之外的其他势力来对它施加影响。"该函最后道："我们为在这个国家奠定法国统治的基础已经付出很多代价，因此，我们应当继续我们的事业，要做到既不冒进，又不偏离目标，尤其是我们不能走回头路，致使前功尽弃。"

信函发走不久，蒙塔那克又离开军营，到总督府来面见堵白蕾和霍道生。

蒙塔那克比堵白蕾要长几岁，长年的军旅生活，使他的外表极其苍老，头发已经全白，长年拄着根文明棍。他是位即将卸任的海军将军。

礼毕，堵白蕾亲自给蒙塔那克沏了杯咖啡摆到桌上，然后笑着说道："将军，您的胡子更白了，白得好像大海里翻滚的浪花。"

蒙塔那克面无表情地看了堵白蕾一眼，回敬道："我知道总督这话的含意。我这朵即将休息的浪花，不该再对安南的事说三道四，但我必须要发表我的意见。我认为，安南国必须认真履行已经签订的条约！必须履行！"

堵白蕾摇头说道："将军，国内的指令尚未到达，你我都无权做任何决定。是安邺这个混蛋搞糟了事情。"

蒙塔那克用手顿着文明棍说道："不！不！是安邺上尉的大胆出击，才促成了《法越和平同盟条约》的签订。我们必须承认，这个条约是安邺用生命换来的。难道不是吗？安邺是法兰西的骄傲啊！"

堵白蕾两手一摊道："您说的不错。但事实是，安南朝廷后悔了，他们不想履行这个条约。您以为，凭我们现在的国力，有能力去管理一个比交趾支那大二三倍的北圻吗？"

蒙塔那克急道："总督先生，您没有明白我在对您说什么。我要说的是，《法越和平同盟条约》既已签订，安南就必须履行他的诺言。否则，法兰西大国的形象，必将受到伤害。您难道不赞同这个观点吗？"

堵白蕾苦笑道说道："可爱的浪花，安邺搞得我很恼火，您搞得我很疲倦。您为什么不把话说得更清楚一些呢？您以前可不这样啊！"

蒙塔那克喝了一口咖啡，说道："应该疲倦的是我，但做出理由充分姿态的却总是您。我是说，我们应该及时地，向北圻各省，派出领事和一定数量的军队。您还等什么？等着安南人把条约撕毁吗？您不能让安邺的血白流啊！"

堵白蕾皱着眉头说道："与安南把关系搞僵，对我们没有丝毫的益处。何况，国内的指令还没有下达，刘永福的态度又那么强硬。将军，我说的这些，您应该是清楚的。我们不能把整个身子，都陷到与安南的争斗中，尤其是现在。"

蒙塔那克大声说道："是的，您说的不错。我们现在的确无力发动战争，但您是政府派在交趾支那的总督，您有权向北圻各省派遣领事和保证安全的军队，这和发动战争是两码事。《法越和平同盟条约》是安邺用鲜血换来的，我们军人的血不能白流！"

堵白蕾笑道："将军，您应该知道，安邺并不是个合格的军人。"

蒙塔那克瞪着眼睛说道："总督先生，您为什么非逼着我向国内报告呢？"

堵白蕾沉思良久，终于无奈地说道："将军，也许您是对的。我决定改变一下自己的观点，接受您的建议。将军，您不想说点别的吗？"

蒙塔那克满意地笑了笑，说："总督先生，您适才有关浪花的比喻，让我很兴奋。我在海军已经服役了四十几年，我的生命和大海紧紧地连在了一起。我真的不敢想象，我离开大海后会是什么样子，真的！"说完这话，蒙塔那克的眼圈红了。

堵白蕾戏谑道："将军，您适才的话打动了我。但我不能不对您说，浪花无处不在。比方说水池，还有——"

蒙塔那克缓缓站起身来，边走边道："我们的交谈非常愉快，还有咖啡。"蒙塔那克拄着文明棍推门走了出去。

望着蒙塔那克的背影，堵白蕾轻轻叹了一口气。

但蒙塔那克又推门走进来，说："总督先生，我忘了告诉您，水池里泛出的是气泡，不是浪花。"丢下这句话，蒙塔那克再次走出去。

堵白蕾轻轻叹息道："法兰西海军的骄傲，可惜不懂政治！"

但蒙塔那克的一番话，还是改变了堵白蕾的一些做法。在以后的几天当中，他不仅列出了即将派往北圻各省的领事人选，还指令霍道生，从西贡海陆两军中，挑选几百名士兵赶往北圻各省驻扎。

不久，接替蒙塔那克出任交趾支那海军殖民部长的傅里松来到西贡。

蒙塔那克一身轻松地与傅里松办了交接，择日恋恋不舍地携带一家大小乘船回国。

法国派往北圻的领事与军队来到北圻后，当即遭到越军的阻拦。哨卡向法领事传话说："未奉到我国皇帝圣旨，贵国船只不能靠岸。"但法领事不予理睬，命令舰船强行靠岸。

当地衙门一见法军气势汹汹，只好一面向总督衙门报告，一面布告粮商，不准向富浪沙人出售粮食，同时又暗遣防军，伺机破坏富浪沙营地设施，逼使法军离开北圻。

法军鉴于安邺的前车，不敢轻易向越军开战，只好把实情上报给堵白蕾。

第六节 恭王的委婉警告

堵白蕾把傅里松请到总督府，共同研究解除北圻法军困境的办法。

傅里松说道："总督先生，我个人以为，您可以指令我国驻河内的领事可加拉德克先生到保胜走一趟。安南敢于破坏《法越和平同盟条约》，主要是仗着刘团的力量。只要刘团肯做出让步，安南国就会认真地履行条约。这不会错。"

堵白蕾犹豫着说道："部长先生，您以为，刘团会听从我们的劝告吗？"

傅里松话锋一转道："总督先生，在我很小的时候，我没有吃过山狸肉，听人说山狸的肉是酸的。"

堵白蕾笑问道："部长先生，什么是山狸？我怎么没有见过？"

傅里松说："山狸就是山猫，这里的山上很多，我们的士兵们经常烤着吃。"

堵白蕾随口道："我也吃过，但肉并不酸。"

傅里松点头道："是啊，想知道山狸的肉酸不酸，我们必须亲口尝过才知道。"

堵白蕾似有所悟，突然反问一句："部长先生，您总喜欢这样绕着弯讲话吗？"

傅里松答："我是学哲学的。所有的事情，当你用哲学的方式解答时，就是这样。"

礼送傅里松出门后，堵白蕾跳起脚来大骂道："该死的哲学，见你的鬼去吧！"

骂归骂，气归气，经过几天的思考，堵白蕾还是决定接受傅里松的建议，指令河内领事可加拉德克，乘船赶往保胜笼络刘永福，把黑旗军拉到法军的旗下。

但刘永福看透了法国欲吞并全越，打开中国西南大门的狼子野心。他号召全军严加戒备，随时准备迎战来犯法军。

当可加拉德克带着翻译满怀信心地来到保胜时，话还未说完，刘永福就明明白白地告诉他："你们在河内干什么我管不着，但你们就是不能进入保胜。这句话我曾经对乔治船长说过，我今天再对你说一遍。"

可加拉德克忙道："请刘将军息怒。我们进入保胜，只是从这里通过，并不是要与你为敌。"

刘永福大声道："你进入保胜，就是要与我为敌。"

可加拉德克见刘永福不为所动，知道再说下去无益，只好气哼哼地无功而返。他在给堵白蕾的信中这样写道："我至此才发现，我们面前最大的敌人，不是安南国王，而是这个黑旗刘团。他是坚持与我们对抗到底的，毫不通融。我们如果不能取得保胜，则我们在北圻无所作为。"

光绪元年四月二十一日（公元1875年5月25日），法国驻华代办罗淑亚禀承国内指令，向清总理衙门通报了法越两国订约的事。在将《法越和平同盟条约》送达的同时，罗淑亚在给衙门领班恭亲王奕䜣的函件中这样写道："本国执政与交趾国大皇帝，于去年正月二十七日议准一个和约。现经本国公会堂允准，订于本年二月初七日在交都之交州府交换此和约之底，本大臣抄录一纸送贵亲王查阅。交趾国嗣后得保无虞侵凌，且得自主，皆资法国之职分所顾。"法国这么做，明显是在试探大清国对这件事的态度。

当时，大清国正因"马嘉理被戕案"与英国关系非常紧张。为了避免英法联手共同对付大清国，恭亲王经与慈禧太后反复商议，于五月十二日给罗淑亚回复了一封措词耐人寻味的函件。函件通篇充溢着不切实际的外交辞令，但在谈到中越关系时，却特别强调了这样的一句话："至交趾即越南，本系中国属国。且历史悠久，世界各国尽知。"

恭王这篇复函，其实是在告诉法国人，中越宗藩关系是历史形成的，不是想改变就能改变的。但罗淑亚读过恭王的信后，却大喜过望。他给国内的回函乐观地认为："这次恭王写来的回信，要比我所期望的好得多，因为亲王只是以过去的方式来谈安南对中国的附庸地位，这是对新地位的默认。我个人认为，我们的目的已经达到了。"

法国外交部长德斯加就总理衙门的函件函询堵白蕾的看法，堵白蕾也站在罗淑亚一边，认为总理衙门这个含糊的复函，是对安南新地位的默认。

堵白蕾致函国内说："中国的亲王，仅仅表示了他们与安南过去的宗藩关系，而并没有对《法越和平同盟条约》公开提出质疑，这实际就是对该条约的默许。"

德斯加又函询傅里松的意见，哪知傅里松的看法比堵白蕾还乐观，回信表示："中国摄政王的回信，显然是承认了这个条约。我们胜利了！"

光绪二年初（公元1876年），就在可加拉德克从保胜返回河内不多几日，越南朝廷为显示自己不履行《法越和平同盟条约》的决心，继续以属国的身份，公开向中国派了比上次还庞大的朝贡使团。朝贡使团按着以往路线先到达河内，再由河内入云南，由云南巡抚衙门派军兵护送入京。

越南此举，等于公开否定了《法越和平同盟条约》。

使团抵达河内的当晚，可加拉德克禀承堵白蕾、霍道生、傅里松三人的指令，带上越语翻译，赶到驿站来见使团代表。

礼毕，可加拉德克装作不知情的样子发问："听说几位大臣，欲过境到中国的云南，不知有何公干？如系私事，我们可以代劳。"

首席代表答："我等奉使钦差，到中国北京，去叩拜中国大皇帝陛下和两宫皇太后。"

可加拉德克问："你们为什么去叩拜中国的大皇帝？"

代表答："我国一直是中国的属国，按着中国的宗藩制度，我国必须定期朝贡。"

可加拉德克道："贵我两国已经签署了《法越和平同盟条约》，并经两国批准，交换了新的商务条约。这就是说，贵国已经成为一个完全独立自主的国家。鄙人希望几位大臣，能够尽快结束这次中国之行，马上返回富春，向贵国皇帝陛下转述鄙人讲过的话。"

代表答："我们必须去中国叩拜中国的大皇帝，因为这是我国皇帝交给我们的任务。我们没有完成任务，不能回富春。"（富春是越南当时的首都，也就是现在的顺化，位于南圻。）

可加拉德克瞪起眼睛说："贵国与中国之关系，已经成为过去，贵国现在是一个独立的国家，已经没有必要去朝贡中国皇帝，你们必须返回富春！必须！"

首席代表却坚持说："这是贵国的观点。事实上，我国就是中国的属国，无人能改变这一事实。"

见强劝不能让使团回头，可加拉德克沉吟了一下，马上又换上一副和气的面孔说道："贵使团到了北京，可否去见我国派在北京的公使？"

代表答："临行我国皇帝特别指示我等，对中国大皇帝朝拜结束，可以去访问贵国派在中国的使臣，但必须要经中国负责接待的大臣同意。因为我国是中国的属国，所有行动都要听从中国大皇帝的安排。"

可加拉德克见使团代表态度强硬，知道无论怎样问答下去，都将于事无补，只好恨恨地辞出。

越南公然向中国继续派遣贡使的做法传至巴黎，德斯加顿感眼前一片模糊。他马上意识到，头脑简单的罗淑亚和堵白蕾，还有该死的傅里松，都把事情想得太简单了。法国做的一切的一切，原来都是一厢情愿。

光绪三年（公元1877年）初，经过深思熟虑的德斯加，直截了当地向法国驻华公使白罗尼发问："依你对中国的了解，你应该能够告诉我：中国亲王给罗淑亚的复函，是对我们与安南新地位的默认还是否认？"

白罗尼是个老牌的外交家，在中国多年，出任过领事助理、副领事、代办、公使馆参赞等职，是法国外交界公认的中国问题专家。德斯加认为，白罗尼的观点应该很客观。

收到德斯加的电报后，白罗尼综合中国与越南的种种做法，很快电告德斯加：

"我本人和罗淑亚、堵白蕾、傅里松的看法正好相反，我本人认为，中国的恭亲王聪明无比，他复函罗淑亚，实际上是援引宗主权，向我们强调，中国与安南一直存在着传统意义上的宗藩关系。他实际在暗示，我国无权改变他们与安南的地位。我个人认为，我们既然与安南签订了《法越和平同盟条约》，我们就拥有了改变中国与安南之间宗藩关系的基础，我们可以采用各种方法解决这件事。我的话仅供参考。"

两个月过后，德斯加卸任，班纳维尔接任外交部长。

德斯加把白罗尼的信郑重地移交给班纳维尔。

德斯加对班纳维尔说："我个人认为，白罗尼的见识超过堵白蕾。我建议扩大他的权限。"

班纳维尔接过信说："我接受您的建议，但不是现在，而是在适当的时候。"

德斯加笑道："我相信，如果交趾支那总督是白罗尼而不是堵白蕾，事情会好办得多。"

班纳维尔摇头笑答："不不！接替堵白蕾职务的是罗丰，而不是白罗尼。在适当的时候，我会请示总理，授予白罗尼特殊的权力。比方说，他可以直属内阁，可以向交趾支那总督发布命令等等。请您相信我。"

德斯加长舒一口气说道："我总算可以安心地休养了！"

光绪四年初（公元1878年），法国内阁人事再度发生变化。堵白蕾被法国内阁解职，任命罗丰出任交趾支那总督。西贡海军殖民部长一职则由波多出任，傅里松专任西贡海军司令一职。按法国参谋部的指令，交趾支那总督府与西贡海军司令部均划归殖民部管理。之后，外交部长班纳维尔因病被免职，接替他的是瓦定敦。

野心勃勃的波多上任伊始，便致函瓦定敦称："我认为，不管是安南要求我们进行武装干涉——因为它本身无法维持政权而要我们帮它维持；或者是叛乱者通过突然的暴力行动，占领东京后同我们交涉，我们在安南的保护国制度，都应该切实地建立起来。我个人认为，在北圻建立保护国制度，会给国家带来诸多好处。"

波多决定把上任的第一脚踢得轰轰烈烈，让内阁对他刮目相看。

波多的观点得到瓦定敦的赞同后，他马上给罗丰发指令一道，曰："我授予您必要的权力，缔结一项新的条约，以便在东京确立我们的保护国制度。"

西贡的老大，向下辖的交趾支那总督，发出了第一道命令。在此之前，西贡殖民部与交趾支那总督府是平行关系。身为殖民部长的波多，要尝试一下，给交趾支那总督府发号施令的感受，同时也是想试一试，他这个殖民部长，在总督眼里，到底有多重。

罗丰接到波多的训令，似乎没有太多联想，马上便照会越南政府，称："贵我两国尽管缔结了一个非常好的和约，但从我们掌握的情况来看，贵国并没有很好地执行它。首先，我们的人不能进入保胜，而保胜就坐落在红河的要道。国内已经给我发来了训令，决定在适当的时候，采用特殊的手段，来保证条约的很好执行。"罗丰在照会里耍了个小手腕，他不说是受波多指令，而说是国内发来了指令。这无形中等于告诉越南，交趾支那总督府，仍是法国在西贡的最高行政权力机关。

罗丰的照会让越南朝廷一片慌乱。他们经过朝议一致认为，不将刘团迁出保胜，无以熄灭富浪沙之怒火。

于是越南朝廷飞旨黄佐炎："为息富浪沙之怒，速择善地以处刘团。"圣旨的后面，附着罗丰的照会。

黄佐炎把身边的亲信召进相府，密议此事。哪知议了十儿大，不仅毫无结果，还把几件公事给耽搁了。他没有办法，怕朝廷催问的圣旨下来，只好硬起头皮，派人把刘永福请进相府，直言相告："朝廷有旨，欲将贵团迁离保胜，以避富浪沙锋芒。这件事已刻不容缓，贵团三天之内就得搬离保胜，否则便有大祸。"

刘永福问："相国突然说出这话，我没听明白。朝廷想让我们搬到何处？相国之意若何？"

黄佐炎答："朝廷没有言明，鄙意想请贵团到海宁屯扎。不，是必须到海宁屯扎。富浪沙限你三天时间，我给你们四天时间。"

刘永福斜着眼睛看了看黄佐炎，心里骂道："首鼠两端！软蛋！我搬你个球！"但口里却答道："既然朝廷圣意已定，那就烦请相国上奏朝廷，敝团照办就是。"话毕刘永福起身离去。

黄佐炎大喜，当日便将刘永福的答复奏明朝廷，称："刘团同意迁往海宁，大局安定矣。"他又把刘永福搬离保胜的消息，及时通报给法国驻河内领事馆，以此显示一下自己办事的能力，希望法国人能在朝廷面前替自己美言几句。

哪知可加拉德克接到公文后，不仅未夸奖他，还大骂道："黄佐炎这头安南猪，他早就该把该死的刘永福赶出保胜！"

但刘永福回保胜后，却一如既往，全无搬迁的迹象。

四天后，法国驻河内领事可加拉德克，带着翻译及十几名武装人员，乘着一艘轮船，特意到保胜打探动静。在接近保胜时，突然传来两声枪响。可加拉德克吓得身子猛然一晃，险些一头栽进水里。

二十几名黑旗军兵一边挥旗一边喊话："大帅有令，这是我们防地，若敢擅自闯入，格杀勿论！"话音刚落，又是两声枪响。可加拉德克见自己势单力孤，未敢命令士兵开枪，只好掉转船头，气急败坏地离开保胜。

回到河内，可加拉德克派出快艇把情况紧急报告给波多。

波多未及把可加拉德克的信读完，已是气得一蹦三尺高。他想也没想，拿上可加拉德克的信，带上随员，气势汹汹地向罗丰问罪。

波多一脚踢开罗丰办公室的门，把可加拉德克的信往罗丰的面前一摔，大骂道："你这个混蛋！你敢违抗我的命令，我要把你送上军事法庭！"

罗丰抽出可加拉德克的信看了看，笑道："部长先生，您骂得很对。刘永福的确是个混蛋。您喝咖啡吗？"

波多一屁股坐下，咬着牙问："总督先生，您为什么违抗我的命令？您要做不出合理的解释，您将会站到军事法庭上接受审判！您应该知道，总督府已经不是以前的总督府了，它现在归我管辖。我才是法兰西驻西贡的最高长官。"

罗丰不急不恼，笑道："部长先生，我纠正您一句话，总督府现在归西贡殖民部管辖，不是归您。您现在是部长，但我相信，这一切都是暂时的。明天，也许后天，我可能是部长，您可能是总督。就这么简单。安南朝廷没有把刘永福赶出保胜，这是黄佐炎的错，而不是我的错。您认为，就凭这点，我会站到军事法庭上吗？政治不是儿戏，它是需要耐心的。我今天心情好，想听我给您讲一节政治课吗？"

波多大怒道："我没有耐心！我现在只想知道，该死的刘永福什么时候撤离保胜！我们的条约什么时候才能彻底实行！"

罗丰笑道："我讲课是免费的，您不用担心付不起费用。我们开始吧。"

脾气暴躁的波多一脚把椅子踢翻,说道:"您不要逼我一枪把您干掉!我希望,晚饭前,安南朝廷能看到我们的抗议书!刘永福不在我们规定的时间内撤离保胜,我拿你是问!"波多气哼哼地大步走出总督府。

"部长先生,我祝您今晚做个好梦。"罗丰在后面阴阳怪气地说。

越南皇帝在罗丰的压迫下,第二、第三次旨令黄佐炎督饬刘永福搬迁的时候,越南却发生了大暴乱:清军将领李扬才,打着为越南原李姓王复仇的幌子,率千余人突然反叛入越,勾结已在越境北圻一带为匪多年的黄崇英部,向北圻各省防军发起了攻击,几日光景便占领多省,兵锋直指南圻富春。越南朝廷督饬黄佐炎指挥各省防军与李、黄二部交战,竟连连败北。无奈之下,只好一面着黄佐炎向刘永福求援,一面请中国出兵助剿。因为在此之前,中国曾四次应越南王室之请,派兵入越替其平乱,均得功成。中越唇齿相依,自古以来又是宗藩关系。越南之难,自然就是中国之难,断无袖手旁观之理。

越南朝廷的求援信递进广西巡抚衙门后,清广西巡抚刘长佑一面转奏朝廷,一面就督饬提督冯子材,统率赵沃、党敏宣二将,整旅入越剿贼。

光绪五年(公元1879年)五月,法国政局发生巨大的变化:企图复辟帝制的王党统治,随着麦克马洪总统的下台而宣告结束,扩张欲极强、狂热鼓吹殖民政策的共和派刚必达,则组成新内阁执政。

刚必达上台的第二天,便将波多撤任,然后任命侵略成性的游列居伯利出任法国海军殖民部长兼驻西贡殖民部长。

游列居伯利上任伊始,先建议政府将罗丰撤任,推荐卢眉担任交趾支那总督。

这时,越南的局势已趋于平稳。李扬才与黄崇英二部,在清军、黑旗军、越军的联合打击下,连连败北,终于溃不成军。

黄崇英率残部逃进广西后,部众被广西防军剿绝,黄崇英本人亦被擒获砍头;李扬才只带领十几人跑进越南的大山中苟延残喘。

为防李扬才卷土重来,越南朝廷一面升授刘永福三宣副提督,拨宣光、兴化、山西三省归其管理,以示拢络,一面上奏清廷,请留部分助剿官兵在越境屯扎援剿余匪。清政府传旨广西巡抚衙门,着其视边情酌留部分入越官兵留防援剿。广西巡抚衙门传命冯子材率部提标亲军回国,赵沃、党敏宣二部则留在越境,分驻宣光、兴化、山西三省。为防李扬才犯境,广西巡抚衙门又调派记名提督黄桂兰,统带三营防军在越南近边地方驻扎,也为策应赵沃、党敏宣二部。

法国会就此放弃北圻吗?

第二章 刘永福——强盗眼中的钉子

第一节 处于疯狂状态的游列居伯利

光绪五年七月一日（公元1879年8月18日），三艘法国军舰缓缓驶抵西贡码头，一脸凶相的法国海军殖民部长游列居伯利，手拎文明棍，很高傲地步下船头。候在岸边迎接的交趾支那总督卢眉，同着西贡海军部司令傅里松，大步迎上前去。施礼毕，仪仗队鸣放礼炮。游列居伯利在卢眉与白罗尼的陪同下，象征性地检阅了一下驻扎在这里的陆、海部队，然后便乘车赶往西贡海军殖民部。

休息了两天，游列居伯利驱车赶往交趾支那总督府。总督卢眉和海军司令傅里松，正会在一处，一边喝美酒，一边谈论女人。他们的面前没有任何菜肴，女人就是他们的下酒菜。

得知部长来了，两个人急忙放下酒杯，又把头发梳理了一下，这才红头涨脸地迎了出去。游列居伯利不同于其他的西贡海军殖民部长，他是法国海军的殖民部长，他直接听命于内阁总理。

卢眉和傅里松，很小心地把游列居伯利迎接进总督办公室。

游列居伯利刚一坐下，不及喝咖啡，便向卢眉、傅里松二人道出了他此行的目的。

游列居伯利瞪着圆眼睛凶狠地说道："最近，安南发生了许多事情。按着我们与安南订立的条约来看，这些事情都与我们有关，而与中国无关。但该死的安南人，却不准我们参与，反倒与中国人打成一片，这是无视法兰西尊严的事情，我们不能再任其发展下去了。为了能拿出一个切实可行的办法，真正把北圻变成我们的基地，并确实能扫清通往云南、广西的种种阻碍，鄙人禀承刚必达总理的指令，实地考察一下北圻的情形，以为政府决策提供依据。鄙人明日就到北圻去。还有，鄙人行前，听说安南朝廷竟然照会我们，提出让我们交还南圻六省？是不是真的？安南人的胆子，为什么突然大起来？"

卢眉答："您得到的情报很准确。"

傅里松也急忙说："是的，很准确，非常准确！部长不仅决策正确，得到的情报也正确。"

卢眉接过话茬说："该死的安南朝廷，的确派了名猪猡一样的使臣，向我们递交了一份索要西贡的照会。"

游列居伯利气愤地问："总督先生，您快说，您是怎样答复他们的？"

卢眉冷笑一声："鄙人没有接受，还把那个猪猡臭骂了一顿！他吓得尿了裤子。部长先生，您用鼻子闻一下，是不是还有尿骚味？"

游列居伯利用鼻子嗅了嗅，突然冒出一句："安南人全是酒鬼，尿里都含有酒精。我们应该承认，安南朝廷敢这样对待我们，这都是我们的忍耐所造成的恶果！你们二位说说，北圻的商路打不开的症结在哪里？这是我目前最想知道的问题，也是内阁最想知道的事情。"

卢眉答："我个人认为，北圻的症结在刘团而不在安南。安南国积弱已深，官多而民少，有兵而械劣，我们想摆布他很容易。刘永福和他的军队却不好对付，我们的安邺就丧在他的手里。他与我们有仇，不许我国人靠近他的防地一步。安南皇帝虽然已经向我们做出了保证，他们会将刘团迁到远离红河的地方屯扎，但至今不仅毫无动静，安南竟然又把宣光、兴化、山西三个省，交给他来管理。还提升他为三宣副提督，允许他在三省设卡抽税、募勇扩军。"

游列居伯利气愤地一拳砸在桌子上，咬牙切齿说道："这是安南人使用的一种计策。我们必须给安南人提出一个时限，在这个时限内，刘团必须迁走，由我们的军人接防！我们可以告诉他们，我们法兰西想办的事情，没有任何一个国家能阻挡得住！"

傅里松接口道："您说的对！是罗丰把事情搞糟了。您该把罗丰送上军事法庭。"

一听这话，卢眉也急忙抢着说："还有波多。是他们两个把事情搞糟了！"

游列居伯利摇头说道："不不！这不关罗丰和波多的事，是堵白蕾的无能，导致了现在这个局面。可惜，堵白蕾的军阶比我高，我治不了他。你们快告诉我，那个安南猪猡，到底在这里撒了多大一泡尿？这屋里怎么这么大酒味？"游列居伯利话毕，又起身四处嗅了嗅，忽然说道："安南人把尿莫非射进了你们的嘴里？你们嘴里喷出的酒气，怎么比屋里的酒味还大？"

一听这话，卢眉和傅里松相互看了看，谁也没敢言语。

第二天，游列居伯利乘军舰驶往北圻，开始沿红河航道巡视。

船抵海阳，游列居伯利当晚派人把居住在城里的间谍吴源成传到舱中，吩咐道："我以我个人的名义，给保胜的刘永福写了封密信，由你送到刘永福的手上。你对他说，我很敬仰他，并准备保举他在安南做更大的官。我国即将按照《法越和平同盟条约》，向保胜、宣光、兴化、山西等地派驻领事及军队，保证航道畅通无阻。只要他按兵不动，我们就会送给他一大笔钱；如果他肯率军迁往他处，让开红河，任由我们舰只来往，我们就能让安南朝廷赐封他王位。你告诉他，按照我们与安南订立的条约，安南国内所有的事情，都将由我国做主，别国不得干涉。"游列居伯利话毕，随手递给吴源成一个纸包，说："这是你此行的酬劳。伟大的法兰西，不会亏待任何一位替他做事的人。我们在河内会面，上帝保佑你。你去吧。"

吴源成揣着游列居伯利的密信，连夜由陆路赶往保胜。

吴源成刚刚离开，吴源成的妻子法国人玛丽便跟着走进船舱。

玛丽是法国参谋部在册的谍报人员，受过专门的训练。她被派到北圻后，由法国政府出资，开一家杂货铺作掩护，后嫁当地人吴源成为妻，亦把吴培养成自己的人。游列居伯利召玛丽到船，一是想全方位地了解一下北圻各省及刘永福的情况，二是想让她替自己解除一下连日来的疲劳。

十几日后，游列居伯利乘船一身轻松地驶抵河内。在河内码头，游列居伯利见到了狼狈而归的吴源成。吴源成白布缠头，右臂吊在胸前，脸色乌青，左手还捂着腰部，走起路来，两腿一瘸一拐。

吴源成一见游列居伯利，马上翻身跪倒，放声大哭，赛似死了爹娘。

吴源成哭了许久，才开始叙述他到保胜后的遭遇。

吴源成到了保胜，三次求见刘永福不成，无奈之下，便将游列居伯利的密信交给哨卡递了进去。不久，里面竟然传出话来，准放吴源成进城面见刘永福。吴源成大喜，以为刘永福向法国人妥协了。

哪知见到刘永福之后，不容吴源成讲话，刘永福便发起威来。

刘永福一拍桌子，高声喝问吴源成："狗杀才，你如何放着好好的越南百姓不做，偏要去勾结法鬼？法鬼给了你什么好处？你从实招来！"

刘永福讲话的口吻，分明是在审问案犯！

吴源成两腿一软，当即跪倒，边磕头边道："富浪沙人只求我送信给大帅，这如何便是勾结他们？好处更是无分毫啊！"

刘永福眼珠一转问："你定是教徒了？你说，为何要入法鬼的教门？"

吴源成以为刘永福掌握了他的根底,遂不敢隐瞒,据实答道:"入了教会,便不受地方衙门的欺辱。这些,大帅久居北圻,应该是知道的。"

刘永福于是冷笑一声道:"你入了教会,自然要替法鬼办事。但法鬼要到本军的地面上传教、行商却是不行。这没有丝毫的商量。"

吴源成忙道:"大帅容禀,富浪沙人在奴才行前曾当面许下诺言,只要大帅按兵不动,或迁往他处,让开红河航道,富浪沙人就让皇帝赐封您老个世袭的王位。这是千载难逢的好事啊!"

刘永福用鼻子哼一声道:"越南的皇帝尚且听法鬼摆布,他许我的王位顶什么用!来人!"

两名亲兵应声而入。刘永福指着吴源成说道:"他来替法鬼送信,本镇总要他回去后同法鬼有个交代。你们把他带到外面,将他的双耳割下,右手剁掉,然后把他送走!"

吴源成闻听之后,浑身抖个不住,一边磕头一边涕泪横流地哀求道:"两军交战不斩来使,大帅不能这么做呀!"

两名亲兵拉起他便走。拉出城门口,仇视法国人的两名亲兵,先用木棒把吴源成痛打了一顿,直打得吴源成呼天抢地,就地往来翻滚,这才摁住脑袋,用腰刀斩下他的双耳、剁掉他的右手。

吴源成负痛奔跑,脱兔一般。远离哨卡后,才将伤口简单包扎了一下,却不敢停留,只拣荒山野岭处往河内窜逃。逃得慢了,怕被黑旗军逮住,取了性命去,吃的亏可就更大了。

未及吴源成把话讲完,游列居伯利便像一头困兽一样大吼道:"不采取实际行动,法兰西尊严何在?北圻何得到手?红河何时才能通航?"

吴源成听不懂法语,不知游列居伯利缘何发怒。还以为自己没有把事情办好,法国人要干掉他。一时吓得两腿发软,浑身颤抖,跪地磕起头来。游列居伯利命人把他赶下船去,喝令他滚开。吴源成只好从陆路返回海阳。

一见他变成这副摸样,他那当间谍的妻子马上翻转面皮,雌狮一般地把他赶出了家门。他走投无路,本想搭乘一艘商船到南圻去谋个生路,哪知驻扎在这里的法军不仅不准他靠近码头,还把他捆翻,丢进海里喂了王八。

游列居伯利回到海阳的当晚,亲自给外交部长瓦定敦一封急函,提出动用武力侵略北圻的具体方案。

游列居伯利在函中这样写道:

"安南敢于破坏《法越和平同盟条约》,完全是我们软弱的态度造成的。现在，安南不仅扩大了刘团的管辖范围，而且还准许中国军队在境内驻扎。这样一来，为了保证条约的实施，我个人认为，必须进行一次远征。而根据我得到的情报，这次远征不仅要征服东京（河内），而且要在那里停留几年。三千名海军陆战队或炮兵队，三千名安南部队，十二艘炮舰或通讯舰。有了这些行动手段，我们的目的就可以达到。您必须说服总理同意这些计划，否则我们的尊严便要受到伤害。我不是在鼓吹战争，我是在为我国的前途做着某些投资。我坚信，这次的投资，将会有意想不到的巨大的回报。"

瓦定敦把游列居伯利的急函送交刚必达的同时，又说道："总理先生，我个人认为，对安南北圻，是该采取实际行动的时候了。游列居伯利说得对，我们对北圻的投资，肯定能收获巨大的回报。您以为呢？"

刚必达没有言语，展开游列居伯利的这封措词激烈的信看起来。

刚必达把信放下，深思了一下说道："您说的对。安南那里，是该到了非解决不可的程度了。但是，按着游列居伯利的计划，这却是笔不小的支出。动用这么大一笔经费，不经过议院讨论是做不到的。瓦定敦外长，您可否形成一个正规的书面报告？您要把理由说得再充分一些。我们有些该死的议员，是不喜欢冒险的。这些人目光短浅，只会空谈，实事一件也做不来。"

瓦定敦起身说道："总理先生，我会在最短的时间内，向您递交一份最具说服力的书面报告。我要让那些反对政府决策的议员，无话可说。"

刚必达起身道："法兰西是个文明的国家，他的现任总理不好战，外长也不好战。一个国家的文明是怎样体现的呢？文明是需要用强大的国力来体现的。法兰西要保持文明，就要坚持不懈地去创造财富。瓦定敦先生，您个人认为，鄙人的这个理由，能不能把一些议员说服呢？法兰西永远都讨厌战争，倡导和平。法兰西永远都不会去破坏和平，只会去创造财富。"

瓦定敦笑道："总理先生，如果有一天您想远离政治，鄙人建议您，到一所大学去做哲学教授。您是一个哲学天才呀！"

刚必达用手拍了拍瓦定敦的肩头："我不喜欢哲学，我的梦想是做一个诗人。"刚必达摊开两手，闭上眼睛："美丽的夜空闪烁着焰火，一个人坐在斯特拉斯堡的莱茵河畔，手里握着盛满红酒的高脚杯，怀里搂着浑身冒火的女郎，口里朗诵着能改变历史的诗歌——"

瓦定敦大叫道："天哪，一个接近八十岁的男人，怀里搂着一位冒火的女郎！还要朗诵诗歌！这个世界太疯狂了！太不可思议了！"

　　一个月后，刚必达向法国议院提交了瓦定敦的报告，并亲自讲解了这个报告。但让刚必达没有想到的是，瓦定敦的报告和他本人的讲解，不仅没有收到预期效果，反倒引起了一片哗然和满堂的反对声。多数议员更倾向于利用示威或外交的方式，把越南北圻掠为己有，而不是通过实际的武力。瓦定敦的报告未获通过。

　　游列居伯利听到消息的当天即飞速赶回巴黎，他要亲自劝说议院通过瓦定敦的报告。返回巴黎的途中，游列居伯利一会儿大骂刘永福该死，发誓早晚有一天要亲自干掉这个中国人，一会儿又大骂越南朝廷混蛋，从皇帝到大臣没有一个是好人。最后，他连身边侍候他的人也破口大骂起来。他说这些人心怀不轨，不是想偷他的金表，就是在打他别墅的主意，要么就是欲强奸他的宝贝女儿。此刻的游列居伯利，活脱脱是一条疯狗。途中，游列居伯利又接到卢眉紧急递送的一封情报：越南朝廷又派出贡使，由北圻过境赶往中国，去朝拜中国的大皇帝和两宫皇太后。情报又说："我以法兰西交趾支那总督府的名义照会安南皇帝，劝他立即停止这种违反《法越和平同盟条约》的行为，但安南皇帝置若罔闻，仍然向中国派出了朝廷的贡使。我们不能再忍受了！还有一件事，也让我们无法再沉默。据我们所掌握的可靠情报，中国出兵帮助安南平叛后，把一部分军队留在了北圻，也是安南皇帝一再请求的结果！如果我们的议员，认为他本人可以不要尊严地存在，我无权说什么，但他要是认为法兰西也可以不要尊严的话，我就要杀死他！法兰西万岁！法兰西是不可战胜的！"

　　卢眉的信，更加坚定了游列居伯利说服议院的信心和决心。但游列居伯利赶到巴黎的当晚，外交部长瓦定敦竟然出现了麻烦——他感染上了一种莫名其妙的怪病。他一会儿冷得牙齿打战，一会儿又热得浑身冒汗，而且一连几天持续发烧。经过请求，瓦定敦被获准暂时离职住院治疗了。不久，经刚必达任命，外交部长一职由法来西纳接署。此时，游列居伯利已经在巴黎等待了半个月的时间，他快急疯了。

　　法来西纳宣誓就职的当天，便把游移在半疯狂状态的游列居伯利请进外交部，会同公共教育部部长茹费理一起，请游列居伯利在最短的时间内，重新拟定一份武装占领越南北圻的具体计划书。

　　法来西纳凶狠地说道："瓦定敦老了，他已经失去了爱国的热情。他提交给议院的计划不温不火，毫无说服力和诱惑力。刚必达总理认为，东京是打开中国西南大门的钥匙，占领东京已是迫在眉睫。东京，我们必须占领！谁敢阻挡，我们就让他头破血流！"法国人习惯把越南的河内称作东京。

游列居伯利气愤地说道："我只是不明白，我们的议员都怎么了？脑袋生锈了吗？进水了吗？"

茹费理这时说道："部长先生，议院的事由我去说服，您的任务是尽快拿出一份切实可行的计划书来。我们与安南之间是有约定的，我们必须强迫安南国按我们的意图来办。安南必须听命于法兰西，这是刻不容缓的事。"

第二节 法国人的武力恐吓

光绪七年九月十一日（公元1881年11月2日），法国内阁总理刚必达辞职，茹费理被推举为新内阁总理。茹费理上台做的第一件事，便是采用强制手段，逼迫法国议院通过了游列居伯利提交的侵占越南东京的计划书。转天，议院又通过决议，同意拨款二百五十万法郎，作为出兵越南北圻的经费。法国民众在政府的鼓噪之下，也开始狂热起来。

游列居伯利马上给卢眉写了一封密信："经费已经拨定，士兵正在训练，但我们总要找到一个适当的借口，来实施我们的计划。这个借口既要合情合理、无懈可击，又要安南和中国都无话可说。总理先生和我本人，都在等着您提交上来的这个借口。"

把信发走，游列居伯利对着雾蒙蒙的天空大叫道："伟大的法兰西啊，您的版图里，就要增加东京两个字。滚滚的财源，将会使法兰西变得更加强大！让愚蠢的安南猪猡和大辫子中国，在法兰西的脚下颤抖吧！"

游列居伯利的信，终于被送进了交趾支那总督府。卢眉未及把信读完，便已喜得眉开眼笑。他当即把总督府的所有幕僚传来，吩咐道："你们马上组织一批人，到红河沿岸去。他们的身份可以是学者、商人，也可以是自行游历者。他们要到云南去游历，所以必须要乘船前往。他们此次的任务只有一个，那就是在北圻制造麻烦，力争和刘团引起冲突。冲突越大越好！"

一位幕僚这时问了一句："总督先生，您还没有说，是谁要乘船去游历？他们为什么要去红河游历？他们不怕黑旗军吗？黑旗军不准我们的人进入保胜，您难道不知道吗？"

卢眉大怒道："你这个蠢货，不是看在你妻子份上，我肯定一枪干掉你！"这位幕僚的妻子也住在西贡，她因为长得太美丽，一直与卢眉通奸。这是西贡法国军界公开的秘密。

卢眉的一句话，使那位幕僚登时面红耳赤，嗫嚅不能语。其他人开始窃窃私语。幕僚们下去后，几天光景便网络了一批人。卢眉对这批人稍加培训，便拨出一艘船，船头插着法国国旗，载着他们驶往北圻河内。到河内以后，他们住进法国领事馆。第三天，这批人便握着由领事馆签发的护照，登船沿着红河开向保胜，声称要到中国的云南去游历、考察商务。法国船进入黑旗军防地，刘永福自然不能允许。这批假学者被黑旗军赶出了保胜，很有成就感地回到了河内。可加拉德克把他们安顿好以后，便给卢眉添油加醋地写了个汇报材料。

一个月后，法国海军殖民部收到了卢眉急递的一封书面报告。报告只在海军殖民部停留了一天，便递交到内阁总理茹费理的手上。

游列居伯利双手把报告放到茹费理的桌前，笑着说道："卢眉很能干，他为政府出兵东京，制造了一个无懈可击的借口。我以海军殖民部的名义向总理提议，应该给卢眉先生一个奖赏，或者发一笔奖金。卢眉太能干了！"

茹费理示意游列居伯利坐下，然后快速地翻开报告浏览起来。

报告这样写道：

"我今天同时收到法国驻河内领事先生的两封信，有关两个法国人古丁先生和威列罗亚先生在红河上进行考察一事。他们持有领事馆签发的护照，原打算以学者身份前往云南。没过多久，两位考察家就不得不中断旅行，因为十月八日在离开宝河时受到辱骂后，又在离老街约四十里的小城堡受到袭击，他们雇用的一个马来西亚人大腿上中了一弹。他们被迫又回到该省省会宁和，在中国人咄咄逼人的态度面前又不得不再向后退，一支几百人的中国队伍在黑旗军亲自指挥下刚刚到达此地。这两个法国人在没有了船夫，又没有安南当局保护的情况下，毫无办法，只好一直退到黑水河汇合处。据最新消息说，他们准备再从另一河流逆水而上。"报告写到此处发了几句感慨，接着又讲述了另一件事："考察东京海岸的煤矿，是我国内阁早就要办理的事情。我为了这件事，特请一个矿务工程师考察团。考察团团长是赫赫有名的矿务专家菲希教授，副团长聘请的则是萨拉西工程师。他们于本年十二月间考察了鸿基煤矿，当他们准备继续考察另一处海岸时，却发现那里已被黑旗军占领。黑旗军阻止他们登陆，声称若敢不照他们的话去做，他们就开枪射击。面对全副武装的黑旗军，考察团被迫撤离，考察计划随之成为泡影。"

茹费理把报告放下，口里一边道着"好，很好"，一边转动着眼珠思考起来。

游列居伯利见茹费理看完报告后面色犹豫，不知发生了什么事，只好起身说道："总理先生，我们的三千名海军陆战队，可以启程了吧？"

茹费理站起身来，一边踱步，一边紧锁着眉头说道："部长先生，事情有点变化，我们眼下还不能向东京调拨大批军队。我们的经费出了点小麻烦。"

游列居伯利一愣，问："总理先生，议院不是已经批准通过，可以动用二百五十万法郎，去占领东京吗？某些该死的议员，莫非又给我们出了难题？天哪，他们到底想干什么呀！"

茹费理长叹一口气："您说的不错，但也不全对。问题不是出在议员身上，而是经费。我们的财政部，眼下根本拿不出这么多的法郎。"

游列居伯利急道："那怎么办？您应该能想象得出，为了找到出兵的借口，卢眉先生是下了很大功夫的！"

茹费理又坐到桌前，重新拿起报告看了看，忽然抬头说道："部长先生，我们可不可以这样，您可以用殖民部的名义，通过卢眉所报告的事件，向安南朝廷发出通牒，限令他们最迟在明年初，将刘永福的黑旗军迁离红河沿岸。否则，我国将代为处置。通牒可以发给卢眉，由卢眉派出少数军兵来完成。您务必要告诉卢眉，我们还没有准备好一笔可以发动战争的经费，但我们动用武装人员去警告安南却是必要的。人数不要超过两个连。您知道，卢眉也肯定知道，两个连的军队，是不可能发动战争的，但却能让安南对我们作出让步。"

游列居伯利咬牙切齿说道："总理先生，除此之外，我们没有其他办法了吗？为了这个出兵的借口，卢眉费尽了心机。我们不能让他失望啊！"

茹费理耸了耸肩膀："部长先生，我们要能变成法郎该多好啊。"

游列居伯利垂头丧气地走回海军殖民部。他为自己沏了杯咖啡，又背起双手在屋里来回踱了几趟步，口里忽然莫名其妙地冒出了这样一句话："堂堂的法兰西，怎么能穷到连发动一场战争的经费都没有呢？鬼都不会相信！——不是财政部捣鬼，就是某些议员在捣鬼！该死的财政部！该死的议员！"

通牒发走后，他又思考了两天，又提笔给卢眉写了这样一封信："通牒您已经看到。您不用把它直接递给安南朝廷，可以派不低于两个连的兵力航至东京，直接把它交给河内总督，这样就形成一种压力，逼迫他们答应我们的条件。另外，我还要向您通报一件事。国内还不能向北圻派去大批的军队，因为还有一些急需的设备没有准备好。也就是说，我们眼下，还不能对北圻发动大的战争，但武力压迫是必要的。您肯定赞同我的观点。"

卢眉读过游列居伯利的信后，脑海顿时一片空白。

依他对茹费理和游列居伯利的了解，这两个人对扩张殖民地的狂热程度只在他卢眉之上。如今万事俱备，发动战争的条件已经成熟，内阁为什么打了退堂鼓？是内阁的哪个环节出了问题？

他把刚刚接替傅里松出任海军司令的白罗尼请来，把通牒和游列居伯利的密函递给他，说："将军，您对国内的了解比我多。您帮我分析分析，我们的内阁究竟怎么了？"

白罗尼读过通牒和信后，当即肯定地说道："总督先生，可以肯定，是经费出了问题！——但我敢保证，总理先生正在督促财政部想办法！"

卢眉点头说道："您说的有道理。但我还是不明白，我们目前既然无力发动战争，为什么还要向北圻派军队呢？而且是不低于两个连的军队。这和把通牒直接送给安南朝廷，有什么区别呢？效果不是一样吗？"

白罗尼笑道："总督先生，您认为我们的总理很蠢吗？不！我们的总理先生非常聪明！总督先生可以设想一下，由我们的武装人员，直接到东京去谈判说明什么？说明如果东京继续不执行《法越和平同盟条约》的话，我们将要采取实际行动。何况，对是否发动战争，主动权掌握在我们的手里。对于何时发动战争，发动什么规模的战争，也要由我们说了算。总督先生，您还不明白吗？"

卢眉未及讲话，一名下级军官大步走进来报告："报告总督先生，海军部派遣的交趾支那海军分舰队司令李维业上校，前来向您报到！"

卢眉一愣，随口说一句："我正在和白罗尼将军研究重要的事情。你可以转告李维业上校，我准许他休息一天，后天再来总督府报到。"

军官答应一声"是"，敬礼退出。

望着军官的背影，白罗尼忽然气愤地说道："我有时真的想不明白，警戒从新加坡直到海南海峡的印度支那海岸，还要巡视这里和柬埔寨之间的江河航行，这是多么重要的一个岗位！海军部有那么多年轻有为的军官，为什么偏要让李维业来呢？他已经五十四岁了，还有几天就该退役了！"

卢眉笑道："海军部的事情我无权干涉，我只知道，李维业即将到任的岗位，是一个非常乏味的工作。很多人都是因为不能适应当地的气候，而拒绝接受海军部的任命。我原以为，李维业不会来的，但他来了，这就值得赞扬。献给勇士的应该是鲜花，而不应该是攻击。将军，我的话没有伤害您吧？"

白罗尼起身说道："总督先生，如果没有其他的什么事情，我想我该告辞了。——听说李维业又自费出版了一本诗集？您应该劝劝他，请他不要再为自己的胡言乱语浪费了！他再这样下去，早晚有一天会被送进精神病院！"白罗尼大步流星地走了出去。卢眉满脸苦笑，自语了一句："让外交官出任海军司令，这本身就是一个笑话。"

两天后，身材矮小满脸皱纹的李维业，正式来向卢眉报到。

卢眉简单问了问他的履历，又夸奖了他几句，便命他到任所视事。

李维业前脚离开总督府，卢眉后脚便做出一个决定：他将派李维业到北圻去完成游列居伯利赋予的使命。

卢眉为此找了三条派遣李维业去北圻的理由：一，李维业身材瘦小，缺少一种冒险家的刚毅之气；二，李维业即将退役，不会在北圻擅自行动；三，李维业虽然是名军人，但他最擅长的却是诗歌创作。

卢眉又拿过通牒和李维业的履历各看了一遍，越看，越觉着派李维业到北圻去交涉这件事是最佳的选择。

卢眉为什么非要派李维业到北圻去递交通牒呢？

李维业生于公元1827年，1843年进入法国海军学校。毕业即到海军服役，曾参加过远征墨西哥。但他并不是名合格的军人，服役以来，在军事上毫无建树，却创作了大量的诗歌。他自费出版过诗集，期望能一举成名，哪知只卖掉三本，余则送人，大部分被当做垃圾处理。诗歌没有搞出名堂，他转而写起了小说，偏偏小说让他出了名，不仅被巴黎最大的一家杂志发表，还被人告上了法庭，说他抄袭。他为此动用了许多关系，又赔给原告一大笔法郎，这才把官司了结。眼见诗歌和小说都不能改变自己的命运，他又写起了剧本。此时的李维业，因为抄袭一事，在军队的名声已经很臭。他为了扭转自己在人们心目中的坏印象，剧本还未写完，就对人说，剧本已经被巴黎歌剧院巨资购买，即将排练。这话说了一年又一年，但他创作的剧本却迟迟未被搬上舞台。人们那时遇见他问的第一句话就是："听说您的剧本正在巴黎歌剧院排练？"很快，他又写起了诗歌，而且一连自费出版了三本。尽管每本都卖不出去，但他总算给自己的头上好歹安上了一顶诗人的桂冠。此后，他每逢与人谈话，开场都是先送诗集，然后便吹嘘，自己已是法国最有才华的著名诗人。他的军阶也和他的创作一样，从一星开始，缓慢地蜗牛一样地递增，直到五十二岁才上升到五星上校，但已距退役不远了。李维业赶在即将退役之时，欣然接受海军部的任命，并非是在军界有什么野心，不过是想为以后的诗歌创作增加些素材罢了。白罗尼说他写的诗是胡言乱语，但大多数人认为，他是得了一种叫狂想症的疾病。李维业对以上言论嗤之以鼻。

十几天后，李维业奉命来到总督府接受新的任务。

礼毕，卢眉着人给李维业沏了杯咖啡，这才把海军殖民部给越南政府的通牒递给他，说道："上校先生，请您把它看完，然后我们详谈。"

李维业狐疑地接过通牒，随口问道："难道我的退役期提前了吗？"

卢眉笑道："不不！这和您的退役期没有丝毫联系。我只是想为您退役后的文学创作，增加点素材而已。——听说您又出版了新诗集？"

李维业眼睛盯着通牒，口里却说道："总督先生读过我的诗集？"

卢眉笑答："能够读懂诗的人，要么是天才，要么是疯子。很遗憾，我不是天才，也不是疯子。上校先生，您手里的东西读完了吗？"

李维业抬头望着卢眉问："总督先生，您想让我做什么？——领兵打仗可不是我的长项啊。"

卢眉说道："领兵打仗自然有人来干。您的任务，是负责把这份通牒，送交给河内总督。您回去后，就挑选两个连的陆战队，然后紧急训练。何时动身，待国内殖民部的训令到达后再定。届时，我会向您下达命令，和更具体的行动计划。"

李维业很无奈地站起身来，懒懒地对着卢眉行了个军礼，说："总督先生，我等待着您的命令的下达，并会很好地执行它。——您读过我的诗吗？"

卢眉两手一摊，笑着耸了耸肩："您认为我发疯了吗？"

光绪八年二月初七（公元1882年3月25日），卢眉下达的命令经游列居伯利批准后正式递到李维业的手上。

命令说：

"由于两名持有正式护照的法国旅游者古丁和威列罗亚遭受袭击，我不得不向安南政府提出抗议，要它将它豢养的名为黑旗军的中国雇佣兵驱逐出境。顺化朝廷没有拒绝我的要求，但它推说这些非正规军过去曾为它效劳，然而实际上是由于它的软弱无力，所以无法满足我们的要求。它只是答复我，它将设法让他们离开该地。另一方面，我听说，刘永福前不久曾往中国，沿途受到军事首脑般的欢迎。他身上携带巨款，肯定是作为招募新兵之用。与此同时，海关扣押的东西中，可以证明他得到大量速射枪支和弹药的补给。在这种情况下，我认为有必要使我们的部队不受突然袭击。所以我决定，把河内的驻军增加一倍。请您令'斗拉克'号在星期四下午，载两连援兵启航东京，我希望您能主持此事。您知道共和国政府的意图。政府绝不要在远离法国四千公里处进行一场战争，因为这会把国家卷入严重的纠纷之中。我们必须以政治的和行政的方式来扩大和巩固我们在东京和安南的势力，因此我们今天所采取的措施，基本上都是属于防卫性质的。因此，您只能在绝对必要时才使用武力。我信赖您一定会谨慎从事以避免发生意外，何况目前仍不太可能发生。……您绝不可与黑旗军发生任何直接或间接的联系，对我们来说，这些人都是盗匪。如果您碰到他们，您也应该这样去对付他们。不过，因为我们要表现出爱惜人命，您不要枪毙他们，而是把他们押到西贡来，让我把他们关到昆仑岛上去。如果您碰到中国军队——这种情况是不大可能的，您要注意避免同他们发生冲突。……我想不必要向您发出更详尽的指示，这只能给您带来不便，因为很可能会发生那些难以预料的事端和需要。但是我相信，您的爱国热忱和您的智慧，不会使共和国政府走上一条它不愿意走的道路。我的想法，总的可以归纳为这样的一句话：避免开火，干戈只会给您带来烦恼。我们常说，诗人的体内，常常流淌着两种血液：天才的和疯狂的。我希望您和您的军队到达东京后，体内经常流淌前一种血液。如果您的后一种血液占了上风，我希望您把自己干掉。"

命令之后又附了一张这支部队的指挥和配置情况：五星上校李维业出任司令，四星军阶中校韦医为副司令；山炮两门，炮兵十五名；雇佣安南狙击手十五名；足额两连法国海军陆战队，兵额二百四十名；舰艇两艘："斗拉克"号和"巴斯瓦尔"号。

命令下达的第二天，李维业率队正式启航北圻，于五日后到达法国西贡的海军基地海防码头。法国在这里设有海关，刘永福刚刚购买的枪支弹药就是被这里的海关查没的。这里同时又是法国海军的油料基地。

李维业率两艘舰艇在这里加油毕，没有停留，继续前行，一天时间即到达河内。法国驻河内新任领事率一应官员，把李维业很隆重地迎进领事馆歇息，韦医则留在舰上待命。

到了领事馆，李维业开门见山地阐述了自己率队来河内的目的。

李维业说："鄙人率队前来，不是要与黑旗军开仗，而是用这种方式，逼使东京当局把黑旗军迁离这里，彻底打开通往云南的航道。领事先生，听说您此前一直在领事馆工作，已在东京居住了多年。您认为，我们的目的能达到吗？"

领事深思了一下答："上校先生，鄙人认为，您此行的时机，把握得比较好。因为刘永福此时恰好不在保胜。我们通过武装的形式，来与东京当局谈判，他们不敢不答应。我们此次一定能达到目的。上校先生，您可能还不知道，鄙人可是您的崇拜者呀。我拜读过您的诗集，还看过您编写的剧本。您在鄙人的心目中，是法兰西军界无与伦比的大文豪啊！"

一听这话，李维业的鼠眼蓦地瞪成猫眼："您是说，您读过鄙人的诗集？还看过鄙人写的剧本？您说说看，都读过鄙人的哪首诗？"

领事毫不犹豫张口便道：

"我的岁月在飘泊中消逝……

我再不害怕谁将我纠缠，

因为一切都归结于死亡。

和蔼的放荡之辈今在何方？

往日我曾经将他们追随，

他们口若悬河，纵情歌唱，

他们的言行是那么富于趣味！

他们全都与世长辞，

谁也不再在这人间逗留，

但愿上帝将幸存者拯救！……"

上校先生，您还听吗？

李维业已经兴奋得满脸通红，他一把抓过领事的一只手，拼命地摇着，口中吐着梦呓一般的话："我知道我的诗已经深入人心，我知道我的诗能够改变历史进程，可白罗尼和总督全不信！这不是我个人的悲哀，这是整个法兰西的悲哀，这是全民族的悲哀！——您还没有说，您为什么单单喜欢我的诗呢？"

领事笑答道："这有什么可奇怪的呢？鄙人昨晚在梦中，还得到了一本由您亲笔签名的诗集呢！我都兴奋得哭了！"

李维业一把抓过领事的另一只手，边摇边道："领事先生，您是个天才呀！您是个天才呀！鄙人回西贡后，一定向总督先生，举荐您出任更高级的职务！一定！"

领事却苦着脸说道："谢谢上校先生的夸奖。上校先生可能还不知道，总督先生对我并不欣赏，他说我是个疯子！还有该死的白罗尼，口口声声要把我送进精神病院！"

李维业急忙摇头说道："不不！领事先生，您肯定是误会总督先生了。鄙人记得很清楚，总督先生的原话是：能够读懂诗的人，要么是天才，要么是疯子，而鄙人认为您是前者。领事先生，请您马上布置一下，我要在最短的时间内和东京对话。我们要赶在那个该死的刘永福回来之前，把使命完成。"

领事急忙答道："上校先生，您与东京对话的事，在我去码头接您的时候，就已经派人去通知东京了，他们很快就会答复的。上校先生，鄙人不能为您效劳别的什么吗？"

李维业高兴地说道："鄙人没有看错，您真的是个天才。领事先生，晚饭后，请您把东京美丽的姑娘请来，鄙人要教她写诗。怎么样？您不感到为难吧？"

领事一听这话，马上兴奋地大声说道："太好了！鄙人也能向法兰西最伟大的诗人讨教问题了。届时，鄙人一定亲自为你们沏咖啡！"

李维业脸一沉道："领事先生，您又误会了。鄙人向美丽的姑娘传授写诗技巧的时候，不想看到第二个人在场，那样我会很扫兴的！"

领事很无奈地说："鄙人明白，鄙人去为上校先生准备美酒。"

领事快快地走出去。

李维业两手一摊，口里嘟囔一句："总督没有看错，他的确是个疯子！"

领事回到自己的房间，经过核对才发现，他读的那首诗，原来摘自法国大诗人维庸的《遗言》。《遗言》是维庸的成名诗作，他在十年前就能背诵。他张口便背诵《遗言》，是因为，他根本就没有读过李维业的诗。

领事把维庸的诗集放回书架，突然冷笑一声道："看样子，该死的李维业，离去精神病院的确不远了。"

第三节 刘永福离开保胜

法国交趾支那总督卢眉在给李维业的命令中说："我听说，刘永福前不久曾往中国，沿途受到军事首脑般的欢迎，他身上携带巨款，肯定是作为招募新兵之用。"

法国驻河内领事也说："刘永福此时恰好不在保胜。"

那么，刘永福此时究竟在哪里呢？卢眉的情报到底准不准？

法国的情报的确很准，刘永福果真已离开保胜许久，此时正在广西上思县平福新圩为父母之墓扫祭焚黄。这究竟是怎么回事呢？

此事说来话长。光绪四年（公元1878年），越南国王五旬大庆，依例要对文职四品、武职三品以上官员的父母封赠（父母亡者则追赠）官职。刘永福当时是以领兵官权充三宣副提督，属武官三品，其父得追封侍读学士加资政大夫，母得追封三品夫人。但对刘永福满腹成见的协办大学士礼部尚书黎竣，却上奏朝廷说："刘系中国叛民，得我国荫庇，才苟延至今，对刘之赏封不能同本国大臣同，不应回赏资政大夫。"

昏聩无能又体弱多病的国王认为，黎大臣所奏甚为有理，于是连夜收回成命，用笔抹去资政大夫四字。

黎竣却又上奏说："侍读学士为四品官，其夫例得追封恭人，不应是夫人。"

国王于是又收回成命，把三品夫人改作四品恭人。诰命轴子应由礼部派人送交到受封大臣的府上，但黎竣却没有把诰命轴子送给刘永福，还欺上瞒下，严密封锁消息。刘永福自然无从知道此事。

光绪六年（公元1880年），越南皇太后七旬大庆，刘永福因平叛李清扬、黄崇英有功，越南朝廷又晋封刘之亡父刘以来三品太仆寺卿加中义大夫、其亡母得封三品夫人。但黎竣仍未把诰命轴子交给他。

许久以后，刘永福才从黄佐炎的口中得知此事。刘永福通过这件事看出了越南当局并没有把他当成自己人看待，黑旗军在越南的前途不光明。刘永福由此推断，一旦法国兵犯北圻，越南很可能出卖他。为了给自己和黑旗军找出一条出路，刘永福开始频繁地和赵沃、党敏宣等广西统兵官员接触。有一次刘永福酒后甚至直接向赵沃提出："宁做中朝千把（从五品千总、正七品把总，千总与把总均为大清国武职小官员），不为越南提镇，不知大人肯允否？"赵沃自然无权应允，但答应日后寻机把他的想法，通禀给广西提督冯子材，由冯子材转禀巡抚衙门。

刘永福以后就开始焦急地等待广西巡抚衙门的消息。这期间，越南政府迫于法国的压力，迭次着黄佐炎转饬刘永福迁离红河，让开航道。

刘永福至此，已经完全看清了越南朝廷的无能嘴脸和首鼠两端的态度。他甚至得出这样一个结论：法越北圻之争，妥协的肯定是越南，受害的必将是黑旗军。

是年九月，李清扬残部陆之平卷土重来，在北圻连夺数城。黄佐炎秉承越南朝廷的密旨，以供应粮饷、奖励为诱饵，请刘永福率本部人马兜剿，他在旁边观敌掠阵。

战至两月光景，并未分出胜负。刘永福却在此关键时刻，突然命令本部人马全部撤离战争，回保胜休整。黑旗军突然撤出战场，正中陆之平下怀。

陆军一时军威大盛，锐不可当。消息传到顺化（富春），都城朝野一片慌乱。国王急派靖边副使张光憻驰赴保胜了解原因。

见到张光憻后，刘永福气愤地质问："刘某究竟是不是越南国的领兵大臣？"

张光憻忙答："刘帅系三宣副提督，中外皆知，当然是国家领兵大臣！"

刘永福又问："刘某系几品官？"

张光憻答："刘帅与张某同系二品官。"张光憻给刘永福加了一品两级。

刘永福冷笑一声道："刘某既是二品官，国家大庆封赠大臣先人，刘某缘何未得诰命轴子？国家其他大臣系父母生养，难道刘某不是人子？说不清楚，吾定不与汝国甘休！"

张光憻大惊道："此话从何说起？这一定是误会！一定是误会呀！"

刘永福摇头说道："刘某不管是否误会，总归一句话，刘某为国家出了许多力，不想再战了。从此后，我只在保胜州练兵休养。国家有事，找别人干去！想赶刘某走，只管发兵！刘某严阵以待！"

张光憻连连劝道："刘帅息怒，刘帅息怒。刘帅乃国家栋梁，朝廷巨擘。国家有事，刘帅不出面如何得了！刘帅，听我一言，前方战事正紧，黄相国一人如何顶得住？您老先出兵，您老适才提的事，我回去就奏明圣上，圣旨很快就能下来！决不食言！"

刘永福恨恨说道："朝廷做事不公！刘某入境以来，出了多少力？法国三星大将安邺被谁斩的？河内又是谁收复的？李清杨、黄崇英的声势何其浩大，结果又怎么样？我不求朝廷格外加恩，只求一个平等足矣！——刘某看张大人心地诚实，并非欺人之鼠辈，就信尔一回。"

刘永福话毕，当着张光憻的面便传下令：明日早饭全部开拔，继续征剿陆之平，务必将其斩尽杀绝。

张光憻回到顺化（富春）后，越南皇帝这才知道黎竣两次擅自扣押刘永福诰命轴子的事。于是紧急下旨先将黎竣革职，又破格追赠刘永福之父刘以来一品兵部尚书加光禄大夫，刘母追赠一品夫人。诰命轴子由专人送刘永福之手。但刘永福只是虚晃一枪，他的真实意图并没有显露出来。

光绪七年十月（公元1881年9月），陆之平被剿灭，刘永福的黑旗军次第撤回保胜。此时，来北圻各省的法国人开始多起来，黑旗军与法国人之间的矛盾越来越深。刘永福为了摸清大清国对法国人的态度和对自己的态度，决定亲自回国一次，以回籍扫墓的名义，和广西巡抚衙门直接接触。

他看到法国人在北圻四处活动，预感到法国将对北圻下手，他必须要抢在法国行动之前，为黑旗军寻找到一座靠山。至此刘永福才真正意识到，越南只是黑旗军的暂居地，并不是靠山。

他急函黄佐炎，请黄佐炎转奏朝廷，请赏假半年，他要回籍去为父母扫墓焚黄，尽自己的孝心。

越南朝廷见到奏报大惊失色，慌忙给刘永福下旨，以匪患未清为由，命他缓步回籍。这实际是变相的拒绝。

刘永福不为所动，二次函告黄佐炎，申明自己回籍的决心，称："军务已料理妥帖，行装已打点完毕，只等旨下，就可登程。"

越南朝廷无奈，只好下旨照准，称："加恩赏假五月，事毕速归，不可耽延。"

刘永福于是命令黄守忠、吴凤典、杨著恩、邓遇霖等将军各率所部兵勇分驻在山西城外，遇事不可轻举妄动，等他来后一并料理。军务安排妥帖，他便统带亲兵二百名，带上筹措好的十万两银子，从兴化起程，经由广安到达海宁，然后，由东兴过境。

过境后，刘永福当先遇着黄桂兰属下的游击梁平章。此处是梁平章的防地。

得知刘永福统亲兵过境，梁平章急忙请刘永福到军营一叙，探问情由。

礼毕，梁平章着人给刘永福摆上茶来，问："渠帅行色匆匆，意欲何往？"渠帅是尊称，实为头领之意。

刘永福答："蒙越王赏假，鄙回籍祭奠先灵。"

梁平章又问："北圻情形如何？"

刘永福答："法人意在河内、北宁、山西、南定、海阳五大省。法人不肯罢手，是想由云南、四川开修铁路。铁路一旦修成，十日可达京师，极其迅速。"

梁平章闻听此言色变，急道："渠帅既知法鬼意图，如何还轻离保胜？若此时法鬼兴兵，又当如何？越南军队都是不中用的！"

刘永福答："敝军现分驻山西城垣、河内及保胜、宣光，兴化也屯有二百余人，想来法鬼不敢轻举妄动。"

梁平章摇头道："群龙无首，不济事，不济事。渠帅还是快速返回为上。如若开战，我定当禀告黄军门，暗中资以钱粮、枪、械，可不是好？"梁平章口里的黄军门，就是大清国驻越统帅黄桂兰。黄桂兰因是提督衔，故有军门一称。

刘永福笑问一句："大人此言，是黄军门意，还是冯军门意？抑或是大人自己之意？"冯军门指的是广西提督冯子材，刘永福此时尚不知冯子材已经被朝廷开除广西提督职务，回到原籍广东钦州多时。

梁平章答："鄙告渠帅实言，鄙适才所言，乃鄙之意。但鄙可以转奏黄军门，想来不会有差迟。"

刘永福默然起身，施礼道："谢大人赏茶赏座，鄙告辞。"

刘永福继续前行，转赴那良，又到扶隆，于光绪八年正月二十一日（公元1882年3月10日）到达原籍。

刘永福的到来，在当地引起很大的轰动。

上思县闻讯之下，急报左江道周星誉。

周星誉接报在手，大惑不解，连夜便把与刘永福相识的守备谢润传进衙门。

礼毕，周星誉开言说道："本道听人传言，谢总爷与刘渊亭是同里，而且一直交往不断，不知确也不确？"

谢润慌忙施礼答道："大人容禀，大人所言不错。卑职的确与刘渊亭是同里，但并无交往。不知大人缘何问起此事？"

周星誉忙笑道："老弟不用紧张，本道不过是随便问问。老弟且请坐下，容本道把缘由细细说与你听。"

谢润一听这话，这才长出一口大气，慢慢地坐下去。

周星誉道："老弟大概已经听说，刘渊亭回籍省墓之事吧？"

谢润答："渊亭已离籍十余年，他做了越南的官，自然要回籍省墓。这是人之常情啊！"

周星誉皱眉说道："他回籍省墓自无不当，可本道以为，他选的时候不对呀。本道听说，法国正整兵备械，即将大举北侵。刘渊亭身为越南朝廷倚重的领兵大员，为什么不陈兵以待，反倒离开军营呢？他莫非另有隐情？"

谢润一愣道："大人的话语高深，卑职有些听不明白。"

周星誉深思了片刻，又道："老弟呀，你与刘渊亭同里，想来肯定相识。你到平福新圩走一趟如何？"

谢润一愣，急忙起身问："大人，您老让卑职去平福新圩，到底要干什么呢？卑职见了刘渊亭后，又说些什么呢？他以前反过我大清不假，但他现在是越南的官啊。"

周星誉道："你误解本道的意思了，本道着你到平福新圩后，就是替本道打探一下，刘渊亭此次回来的真实意图。"

谢润点一下头道："大人的话卑职听明白了。但大人，卑职怕白走这一趟啊。卑职与刘渊亭虽为同里，但我二人并无交往，卑职怕他不肯说实话呀。不过，有一个人，倒是与刘渊亭有交往。大人只要让这个人去，刘渊亭肯定能把实情相告。"

周星誉问："老弟，你要说的这个人究竟是谁？本道怎么想不起来？"

谢润答："大人怎么忘了？卑职说的这个人，就是宣化县典史王敬邦啊。"

周星誉先是一愣，随后便两手一拍道："对呀，王敬邦也是平福新圩的人啊，本道怎么把他给忘了呢？好，本道就让王敬邦走这一趟平福新圩！"

第四节　黑旗军的隐衷

王敬邦奉到札委，快速赶到平福新圩来见刘永福。

刘永福正在本家的堂屋里与父老乡亲拉家常，闻报王敬邦求见，他先是一愣，旋起身快步迎出去。

一见王敬邦，刘永福抢先一步施了一礼，口称："王右堂，久违了！"

王敬邦一把拉过刘永福的手，上下打量了一下，笑道："渊亭，你比以前发福了。几时到的这里？"

刘永福拉着王敬邦，一边住屋里走一边答："说起来呢，我是三天前就到了，不过在县里盘桓了两日，也难得县上这么看重我。我是一早才到这里，刚刚用过午饭，你老哥就来了。听说你现在宣化县？"

刘永福话未说定，二人已走进屋里。刘永福带来的亲兵急忙沏了新茶摆上。二人又是一番客套，这才落座。

刘永福大声对外面喊一声："奇勋，你带他们几个进来一下！"

外面答应一声，很快便走进四个人来，成一字站到刘永福的面前，施礼称："请大帅吩咐！"

刘永福起身，用手指着王敬邦说道："这是我的从前老友王大人。"

四人一齐对着王敬邦施礼称："卑职见过王大人。"

王敬邦起身还了一礼，问："渊亭，他们都是你的属官？也在越南？"

刘永福指着第一位与第二位道："这两位是上思州人刘奇勋、刘奇谦兄弟，在越南官拜守备，打仗颇为得力。"

二人忙对刘永福施礼说："多蒙大帅抬举，我二人才有今天。"

刘永福得意地哈哈一笑，又指着第三位道："这位叫韩再生。"韩再生面无表情地点一下头。刘永福只好指着最后一位道："这是我的粮台李德才，宣化人。"

李德才冲王敬邦笑了笑。

刘永福挥了挥手，四人鱼贯而出。

王敬邦坐下问："渊亭，这些人都是你的得力大将？"

刘永福笑道："统领们没来，他们在越南料理营里的事。他们都是越南朝廷明旨实授的三品武官。你适才见到的几位，算是我的心腹吧。右堂，你怎么知道我回来了？你是特意来见我的？你莫非又想做十七年前的事？"

王敬邦笑道："渊亭，你还记得十七年前？我可是早就忘干净了！"

刘永福喝了口茶，缓缓说道："同治三年，我率二百余天地会兄弟，投奔了吴亚忠，你恰在此时奉宪命找到我，劝我归顺官军。"

王敬邦接口道："你那时已被官军追打得走投无路，而吴亚忠又不是很相信你。哪知道，你却把我骂了出来。然后就带着人马去了越南。现在想起来，还恍如梦中。我适才还在想，设若当初你听了我的话，归顺了官府，哪还有今日的荣耀？你在越南虽然只是三宣副提督，却管着三个省啊！这相当于大清国的两江总督啊！不得了啊！"

刘永福脸一红道："行了我的好右堂，你就别揶揄我了！我管理的那三个省，加起来还没有大清国的一个府大呢！"

王敬邦一愣，连连问道："渊亭，这是怎么说？这是怎么说？三个省还没我大清的一个府大？你不是在跟老哥开玩笑吧？"

刘永福长叹一口气道："右堂啊，你想想，越南南北才只三千六百余里，东西呢？也才只一千七百余里。西北靠山，东南滨海。这么一个弹丸之地，却设了三十余省，仅北圻就占了十六省。我适才说宣光、兴化、山西三省，不如我大清的一个府大，那还是毛数。若论实际情形，大概也就相当于大清国两个宣化县吧。"

王敬邦问："渊亭，你的俸禄是多少？"

刘永福小声说道："我哪有俸禄啊。我在保胜，一直靠设卡抽丰过日子，年收入不过三万余两白银。扣除军需，几乎没有盈余。阵斩法酋安邺后，越南才把山西、宣光、兴化划给我，一年收入也不过五万余两。但黑旗军的兵额也增加了，一年光军用就是三万余两。扣除一些杂费，还能剩几个呢？”

王敬邦深思了一下又问：“你现在兵额是多少？有没有三万人？”

刘永福答：“你不要和我开玩笑。三万人？你让我上哪儿弄那么多银子养他们？我现在实际兵数只有三千多一点。”

王敬邦大惊道：“渊亭，你只有三千人马，如何敢和法国人对阵？不仅把他们打败，还将大元帅安邺斩杀！”

刘永福一笑，道：“真是五里不同风，十里不同云。安邺哪是什么大元帅，你见过只统带几十人的大元帅吗？他不过是法国的一名三星武官罢了。他和我对仗时，只拉了两门大炮，二十几人。右堂，这里的人到底是怎么说我的？”

王敬邦笑道：“这里说的可就神了，说安邺统带三千人马，一连攻破越南四个省城，越南官军被打得抱头鼠窜。你一出来，形势登时逆转，不仅把四省收复，还砍下安元帅的项上人头。还说安元帅临死前向你跪地求饶，越南皇帝也亲自出面替他求情，你却抵死不肯答应，挥刀便将他砍了。”

刘永福高兴地说道：“右堂，照你说来，我岂不是成了岳武穆？”

王敬邦喝了一口茶说道：“渊亭啊，你讲的这些，不仅让我感到意外，大概许多人都不会相信是真的。渊亭，我现在问你一句话，你可要说实话，我听说，法国人早在两年前就练兵制械，想吞并全越，听说最近风声更紧。值此非常时期，你怎么敢离开军营？你就不怕法国人趁这时机动手？”

刘永福皱眉答道：“右堂，你以为我愿意离营？我有我的苦衷啊！越南朝廷纲纪紊乱，民少官多，遍地都是衙门。上到都城富春，下到各省，大小官员每日只知醉生梦死，不作他想。防军只知吃饭拿饷，讹诈百姓，从来就不操练。这样的　个国家，这样的一群官员，这样的一些军队，内乱尚需我大清出兵替他平叛，如何敢和法国抗争啊！若想抵挡法国入侵，越南朝廷是靠不住的，他的军队也是不行的，我进退两难哪。右堂，你能否也同我讲句实话，你这次赶来见我，是不是奉有宪命？”

王敬邦答：“你既然问起来，我也就不瞒你了。左江道周星誉周大人你知道吧？就是他老让我来见你的。周大人是两榜出身，为官很是明白。他对我讲，法国不日就要兴兵犯越，你是越南朝廷倚重的大员，此时是断无离营之理的，其中一定另有原因。现在想来，周大人真是明察秋毫啊。渊亭，你有话，只管对我从实讲来，由我回转禀给周大人。”

刘永福说道：“有些话，我曾经跟赵沃赵大人讲过，也不知赵大人是否转禀给了冯子材军门？”

王敬邦一愣道："你还不知道吗？冯军门已于两月前因病休致了。现在的广西提督，是黄卉亭黄军门。他老现在奉抚台令接统边军。黄军门曾随冯军门入越征剿李扬才，你应该见过他呀。"

刘永福知道王敬邦口里的黄卉亭，就是现在中越边境统军的黄桂兰，于是随口说道："我记得黄军门入越时，还只是提督衔的总兵，想不到，现在倒真成了提督了。怪不得赵沃不肯再说起我的事，原来是冯军门去职了。冯军门可不是一个一般的大帅，他老很会用兵啊！越南人都很敬重他。"

王敬邦道："谁说不是呢。像冯军门这样的将才，全国能有几个？可惜制军和抚台对他都有成见。冯军门干得不舒心，便只能称疾引退，回广东原籍享清福去了。渊亭，你到底和赵沃说过什么话？"

刘永福道："我请赵沃转禀冯军门，我想带着人马回来，我不想再为越南效力了。越南朝廷首鼠两端，靠不住。他们早晚会把我卖给法国人。哪知冯军门已经离开广西了！"

王敬邦一愣，马上戏谑一句："你这样做，岂不是终点又成了起点了？"

刘永福苦着脸道："你让我怎么办？法鬼一旦兴兵北犯，越南人根本就靠不住，我孤军作战能支持多久？到那时，我再退回国内谁能容我？如果越南与法国再联起手来，我还有活路吗？三千人马可就完了！我已经思考了许久，也观察了许久。越南积弱已深，很难救药。他并不是真心和法国人交往，但他怕人家；他也不是真心和大清国好，可他一有事还求大清国。他们对所有的人都不讲信用。他们是一群混蛋啊！"

王敬邦道："渊亭，你不能这么说，越南毕竟是我大清的属国啊！"

刘永福用鼻子哼了一声道："右堂，你还是不要说这话了。他越南要真把自己当成大清的属国看，他就不会背着大清与法国签订《法越和平同盟条约》了，法国也就不成天惦记北圻了。越南与法国签的这个条约，既害了自己，也耍了大清，更坑了我黑旗军啊！法国占领北圻干什么？不就是为了能通航进入广西、云南嘛！法国人一心要干掉我，就是因为我堵了他们的道啊！"

王敬邦点头说道："渊亭啊，你所言甚是。你虽是越南的官，但大清国一直不肯忘了你，也是这个原因啊！周大人曾同我讲，没有刘渊亭守着保胜州，我大清的西南大门，早被法国人打开了。刘渊亭有功于大清国呀！"

一听这话，刘永福一下子站起身，睁圆眼睛问："王右堂，左江道周大人真是这么说的？"

　　王敬邦肯定地说："这还有假！不仅周大人说过这话，抚台庆裕大人也对你赞不绝口呢！"

　　刘永福未及王敬邦把话说完，便双膝跪倒，一边磕头一边说道："刘渊亭替三千黑旗军，谢过左江道周大人！谢过抚台庆大人！如果大清肯接纳我黑旗军，准刘渊亭回国效力，渊亭一定万死不辞！"

　　王敬邦双手扶起刘永福说："渊亭，你不要如此！你的事，周大人和庆大人都做不了主，需慢慢计议。但我这次来，总算知道了你的心愿。你还没有忘了自己是中国人。"

　　刘永福一脸泪水，握着王敬邦的手说："右堂啊，我不是捡好听的说，我刘渊亭，抵死不肯向法国人让步，就是不想让他们打开我大清国的西南大门啊！"刘永福冲门外高喊一声："快快备酒，我要与右堂大人一醉方休！"

　　饭后，得知刘永福雇了匠人，正在重新修整其父母的墓地，王敬邦又随刘永福到现场看了看，在坟前化了几张黄纸，磕了三个响头，这才返回。

　　当晚，二人宿在一处，又作了一番交谈。

　　刘永福试探性地问道："右堂，依你的经验，对我的请求，朝廷能否答应？"

　　王敬邦一边思考一边回答："不好说。渊亭你应该知道，我大清的武官也是多如牛毛啊，可得实缺的又有几人？渊亭，我们先不谈你回国的话，我们就说眼前。法国如若兴兵北犯怎么办？凭黑旗军的力量，能否顶得住？"

　　刘永福长叹一口气说："法国大举兴兵，单凭我黑旗军的力量，肯定顶不住。但若我国朝廷当真要固西南门户的话，指令广西、广东、云南三省，就近调兵二万，分道出师，则败法国便不难矣。"

　　王敬邦点了一下头，许久才说道："渊亭，你要在这里耽搁多长时间？"

　　刘永福思索了一下答："我此次回来，一为省墓，二想见见冯军门，三想再招募些兵勇。如此算来，总得二十几天光景。"

　　王敬邦说："好，我明儿就回去见周大人，把你的话替你说过去。结果如何，我一定赶在你离开之前转告于你。"

　　第二天一早，王敬邦简单用了早饭便登程返回来向周星誉禀告。

　　听了王敬邦的话后，周星誉沉思良久，忽然问了一句："王右堂，你看刘永福这个人怎么样？能否担当大任？"

　　王敬邦答："禀大人，下官看那刘永福，为人气豪志锐，精悍绝伦，又久在戎行，练于兵事。下官与他论及法事，他词色愤然。下官到现在才知道，他斩杀的法酋安邺，并非法国大元帅，只是个佩带三星的小武官。与黑旗军交战时，安邺只带了二十余人。下官窃思，刘永福勇则勇矣，谋略如何尚不得知。下官在平福新圩见到了他的几名心腹之人，一个个獐头鼠目，全没有一点军中豪气！说不定这刘永福，将来要败在他自己人手里。"

周星誉没有言语，起身踱起步来。

足足有两刻钟，周星誉才止住脚步，坐在案前说道："本道适才想了又想，本道以为，刘永福虽明归越南，但他在保胜坚决抗法，这实际也是替我大清固守西南门户，其功大矣。你连夜返回平福新圩去见他，让他写个能表明自己心迹的条陈。你告诉他，法国即将对越兴兵，他想重新归顺大清的话就不要提了。他当务之急，是如何迎战法军，保全保胜。其他的话，由本道替他说。朝廷怎么想的不知道，但他对抗法国不肯让步，这总没有错。念他报国情真意切，本道尽全力帮助他。"

王敬邦知道事关重大，当下没敢耽搁，连夜又飞速来到平福新圩。

听了王敬邦的话，刘永福心下大喜，马上便把文案传来，命他铺纸赶写条陈。文案倒也好笔头，用不半天，便书写停当。刘永福把条陈递给王敬邦，说："也不知能用不能用，你给看看。"

王敬邦笑着接过，展开看起来，条陈这样写道：

"福供职越南十余载，松楸怅望，怆感莫名。去岁乞假，蒙国王旨赏假准五个月回籍省扫，遂即抵钦州那良、扶隆筹处，业经焚黄，兹由钦程于新正二十一日抵上思平福圩。适宪台所委王委员亦于是日同到，晤谈之下，仰见宪怀慈惠，垂怜小邦，于慎重洋务之中，仍寓维持弱国之意，曷胜钦佩！遵即将南国与滇粤毗连地界及法人占据地方，逐一商知，王委员旋回面禀，自归洞鉴，可勿渎禀。惟南国孱弱不振，饷则取于赋，而赋出无多；兵则寓于农，而农未知战。法人果欲并吞疆土，福受恩深重，自当鞠躬尽瘁，率部下三千勇士，相与决战。北圻等省法人虽未必灭此朝食，而沿海各省欲办防堵，恐勇少难分。因念南国屡蒙中国三置之恩，一国同感，此万不得已之际，仍为依庭之请，务恳宪台详请发兵助援，南国之保全，即以彰中国之威声。"

王敬邦想了想说道："你这还是在为越南说话，但里面也含有保护中国藩篱之意。就这个吧，我转给周大人。周大人让我转告你，你还是尽快回去吧，不要落法人后着。你的事情，他老自会料理，你尽管放心吧。还有，冯军门已经离任，现在回了原籍。你的事，他现在已经说不上什么话。就算他肯替你说话,上边也未必肯听。你还是赶紧回去吧。"

刘永福神色凝重说道:"周大人所言甚是。请转告周大人,我这一二天就起程返越。"

第五节 大清国的反响和法使的含混

在侍卫的指引下,一身戎装的李维业,带着十几名全副武装人员,趾高气扬地大步走进河内总督府。河内总督黄耀起身相迎,有人跑进跑出奉茶倒水。

李维业落座,从护书里摸出一封他给黄耀的信,又把法国政府的通牒摆到黄耀的眼前。李维业的这封信用法越两种文字写成,通牒亦然。

黄耀把通牒看完,又展开信来读。

李维业的信这样写道:

"总督先生:您要求我给您写信,告诉您我在拜访时要对您谈些什么,我非常愿意。交趾支那总督派我来东京,是为了加强驻河内的部队,军队已经增加了一倍。法国政府和交趾支那总督有某些理由对安南政府提出指责。即使不谈古丁先生及威列罗亚先生和黎那先生家中仆人的往事,最近又发生一件更为严重的事,法国学者福希在黑旗军占领的芒街万宁,没有能够下船登岸,刘永福用枪炮对准他乘坐的船只。这是对法国的一种侮辱,因为船上持着法国国旗。这也是对法国的朋友和同盟者安南政府的一种侮辱,因为条约规定两国互相支援。然而,安南政府回答说,它不能反对黑旗军,由于黑旗军曾为它效劳,因此,它对黑旗军承担了义务。因此,法国有义务保护它的国民和旅游者,给予它的同盟者所应有的行动手段,这就是河内驻军增加的原因。总督先生,至于我本人,我将尽一切努力,使我的士兵同黎民百姓,保持非常友好的关系。"

黄耀把信推向一边,抬头问:"李将军,信我看完了。您想对我本人说些什么?因为您的信写得糊涂,我看不明白。"

李维业身边的翻译急忙翻成法语,李维业一愣,说道:"我本来是要同总督先生谈谈诗的,哪知道您连一封信都看不明白!——我同您说,您马上把黑旗军迁离保胜,离河道越远越好。他多次侮辱我国政府,制造了许多麻烦,我们不能容忍他再胡闹下去!总督先生,您听懂我的话了吗?"

听了翻译的话，黄耀大怒道："你胡说！你想让我死我就得死吗？我是越南国大臣，不是你富浪沙大臣！我今天明确告诉你，刘团的事由朝廷定夺，我无权管。何况，他是在保胜制造麻烦，不是在河内！"黄耀把李维业说的"谈谈诗"，听成了"让你死"。

翻译未及把话讲完，李维业已是腾地一声站起身来，非常痛苦地大叫道："上帝呀，他不仅看不懂我的信，连我说的什么他也听不懂啊！我可怎么办哪？"

翻译话音刚落，黄耀马上气愤地说道："怎么办是你的事，与我无关！"

李维业失魂落魄地走出总督衙门，口里很无奈地叹道："这可怎么办哪！——我来到了一个没有诗的国家，碰到了一个不懂诗的总督！"

李维业回到领事馆，苦着脸对领事说道："领事先生，您大概做梦都没有想到，混蛋透顶的安南国王，竟然派了一个既看不懂信，又不懂诗，还听不懂话的人，来河内当总督！"

李维业说完这话，便铺开纸拿出笔，向卢眉写述事件经过的书面报告。几乎与此同时，黄耀也派出快马，将法国的通牒及李维业的信函送交朝廷。

此时，与越南有宗藩关系的大清国在干什么呢？其实，从法国与越南签订《法越和平同盟条约》的那一刻起，大清国朝廷及内外臣工，就一直暗中关注着事态的发展，并在积极地寻找一条切实可行的办法。中国自古就是一个爱好和平的国家，但事关属国、邻邦的安危，中国又不能无动于衷。

光绪五年底（公元1880年初），大清国驻英、法两国公使曾纪泽无意中从巴黎一位官员的口中得知，法国欲兴兵犯越，就马上带上一应随员赶到法国外交部，向当时的外交部长佛来西尼声明："越南系中国属邦，闻知贵国欲对越南兴兵，不知法越两国有何矛盾？中国乃越南上国，可代为调解。"

佛来西尼急忙回答："请曾公使放心，法越两国极其和睦，法国并无兴兵犯越之事，此系谣传。"

但曾纪泽并不相信法国人的话。他在作了一番调查后，不久即致电总理衙门，提出："法人谋据安南……惟蕴蓄久者其发必烈，异日事端之起，必有突如其来之势，使人猝不及防。"曾纪泽在提醒国内，对法国欲侵越南之事，要提前筹划，未雨绸缪，以防战争突如其来。

电至总理衙门，大清朝廷却久议不决，一直拖到光绪七年初（公元1880年底），听政的慈禧太后才就总理衙门上奏的"臣等查法人占越南境，久割膏腴，此次添船筹款，虽以捕盗为名，其叵测已可概见。越之积弱，本非法敌，若任其全占越土，粤西唇齿相依，后患堪虞。"一折，发交文华殿大学士、直隶总督、北洋通商大臣李鸿章、两江总督刘坤一、两广总督张树声、云贵总督刘长佑、广西巡抚庆裕、云南巡抚杜瑞联等人，并电致驻英、法、俄三国公使一等毅勇侯曾纪泽、驻美国公使陈兰彬、容闳等驻外使臣，命他们从速妥筹复奏。

当时大清国的皇帝冲龄践阼，执政名义上是恭亲王奕䜣，实际权柄全掌握在慈禧太后一人的手里。慈禧太后又称西太后，那拉太后。满州正黄旗人（一说满州镶蓝旗人，后抬旗入镶黄旗），叶赫那拉氏，安徽徽宁池广太道惠徵女。她于咸丰二年（公元1852年）被选入宫，封兰贵人。四年后生子载淳，封懿妃，次年进懿贵妃。咸丰崩后，年仅六岁的载淳入继大统，年号"祺祥"。母以子贵，她与皇后钮祜禄氏并尊为皇太后。咸丰遗命怡亲王载垣、郑亲王端华、协办大学士户部尚书肃顺、御前大臣景寿、军机大臣穆荫、匡源、杜翰、焦佑瀛等八人总摄朝政，为赞襄政务王大臣。她不甘心被排斥在朝政之外，便伙同恭亲王奕䜣，在英国公使卜鲁斯的支持下，采用霹雳手段发动政变，将摄政王大臣悉数逮问，或杀或流放，改元同治。加恭亲王奕䜣议政王封号摄政，她与慈安太后（钮祜禄氏）共同垂帘听政。慈禧太后确非常人可比，她识满文、通汉文，早在咸丰崩前，就协助皇帝批过奏折。说是两宫太后共同垂帘听政，其实是她使用的障眼法。慈安太后性格懦弱，又识不得汉字，加之处居深宫，对朝政几乎是一无所知，但凡是国家大事，只要慈禧太后拿不出主意，她便也没主意；慈禧太后定的事，她全不反对。恭亲王奕䜣倒是个比较有见识的议政王，他受命主持军机处和总理衙门以来，一改老祖宗定下的"重满轻汉"的方针，大胆起用一些有能力的汉员，使大清国朝纲大振。但就是这样一位能办事的王爷，因为擅自做主的时候多了，慈禧太后便以"专权"为由，在同治四年（公元1865年）罢去他议政王等一切职务。尽管很快又起复他为军机处和总理衙门领班，但头上的"议政王"头衔却没了。这就使奕䜣不敢不夹起尾巴老老实实地做人、办差，一有什么事情，飞也似地往宫里跑，唯恐一不小心，又被她打闷棍。同治帝病危，她为了能继续把持朝政，便一个人做主，把与同治帝同辈分的醇亲王奕譞的儿子载湉过继给咸丰帝为子。同治帝前脚驾崩，她后脚便让年仅五岁的载湉登基。改元光绪，她仍以皇太后的身份垂帘听政。从同治元年至光绪七年，大清国一直是牝鸡司晨，已达二十余年，中外尽知。

李鸿章收到曾纪泽电报的时候，恰好法国驻华公使宝海由上海乘船返京路过天津。

李鸿章为了探听法国的真实意图，所以就在把曾纪泽的电报转递京师的同时，特意约见宝海。

宝海如约来到北洋大臣公署。

李鸿章带着翻译热情地把宝海迎进会客厅，又摆上香喷喷的咖啡，这才开始有了下面的一段对话。

李鸿章："宝公使啊，老夫听外国传闻，说贵国欲加兵于越南，不知确否？"

宝海："李中堂容禀：同治十三年，我国与越南订立《法越和平同盟条约》，无非是为了多开口岸，并在富良江（红河）通航。现富良江沿岸盗贼颇多，阻碍商路，而越南又无兵无船，我国只好派几艘小船代为巡逻，这都是越南王同意的。中堂适才所言实为谣传。"

李鸿章："但愿公使适才所言是实。但老夫有几句话，要说给公使听。公使应该知道，越南本属中国，贵国如欲吞灭，中国断无坐视不理之理。"

宝海："中堂的咖啡很好喝，是进口别国，还是自制？"

李鸿章知道宝海心存打岔，只好道："我国咖啡全系进口。"

宝海："味道很特别，鄙人是第一次喝。"宝海显然是不想谈下去了。

送走宝海，李鸿章仍不放心，因为越南北圻，毕竟关乎大清国的西南之门户，于是又给轮船招商局的总办唐廷枢急函一封，着唐廷枢转饬粤局商董老于世故之人，利用往越南运粮之便，全方位了解一下法国、越南，以及让法国人恨之入骨的黑旗军等三方面的实际情况。李鸿章是外交重臣，又老于兵事，做事向来缜密。恭亲王与慈禧太后都对他格外高看。

总理衙门的奏折随旨发下来后，李鸿章并没有复奏，因为唐廷枢派到越南的人还没有回来，他不能无的放矢。

慈禧太后收到的第一份复奏，竟然是云贵总督刘长佑递过来的。刘长佑也不是个等闲人物。刘长佑是湖南新宁人，字子默，号荫渠，拔贡出身。他同李鸿章一样，也是靠办团练成为封疆大吏的。他先是出任广西巡抚，三年后升授两广总督，未几调任直隶总督、广东巡抚、云贵总督。云南与广西都与越南毗邻，有关越南的事情，刘长佑最有发言权。

刘长佑认为，越南乃云南、广西的门户，不可等闲视之；法国觊觎越南北圻，实为窥我滇粤，欲由此而进入四川，若任由其所为，则我大清边境不得安宁也。

刘长佑的奏折拜发不久，他便收到两广总督张树声的一封急函，函后附有左江道周星誉上给张树声的一个条陈抄件。周星誉的这个条陈，是在宣化县典史王敬邦见过回籍省墓的刘永福之后，单写给张树声的。周星誉个人认为，大清国应该出兵支持刘永福抗法，或将刘收归我有，以破法人吞北圻之志。这就是说，大清国不能办的事，可让刘永福出面来办。

周星誉的条陈这样写道：

"职道窃查刘永福仕孱弱之邦，外危疑之地，将兵数仅三千，筹饷年仅五万，前此之阵斩法将安邺即安都司，亦属偶然幸事。而刘永福狃于小胜，好作大言，似不屑措意者。法人于永福则畏之如虎，如该国所恃惟伊一人，是以涂普义（堵布益）、吴源成辈，或阳饵甘言，或阴施毒计，必欲得而甘心。永福孤立无援，支持不易。即使扼据陆地要害，所向无前，而游匪李亚生、覃四娣等与之仇怨滋深，今又被我军夹击，穷蹙无归。万一纳款法人，为之先导，该匪等素娴陆战长技，亦与永福所部黑旗兵相等，若为法人所用，即足与永福为难。是越南专恃永福，而永福究似未可深恃也。若粮饷炮械之不逮法人，更无论矣。据永福来禀及告王典史之言，虽称鞠躬尽瘁等语，而察其隐衷，系情中国官职，蓄志来归，已非一日。每对人言：愿为中朝千把，不愿为越南提镇云云，似此情形，恐未必为彼国效死。若一旦不支，不北走滇，即东走粤，款关求附耳。其实永福为我用，不过授以偏裨，即充其量亦不过分统数营，效力边防。留之越南，则所系甚重。且北圻十六省为该国统督黄佐炎辖境，永福向受佐炎拔擢深恩，虽无必胜把握，亦不至一蹶不振，尽覆其巢。惟北圻地广途遥，专赖一人转战其间，不免疲于奔命。若但能固守宣光一带，则可为云南蒙自、开化作一外屏。如广南府及广西镇太各边，则隔保胜千有余里，伊兵力势不能兼顾也。至滇粤三省合力助兵二万之请，由永福不知我国目下边储，亦属力有未逮，而其不足深恃之处，已可概见矣。"

读完条陈抄件，刘长佑再展读张树声的急函，这才知道张树声的用意：主张联刘抗法。张树声在信中说：

"黑旗军虽只三千，永福又好大言，但就目下观之，其实乃越国抗法主力，无人可取而代之。刘之胜败存亡关乎抗法大局。以弟观之，法人曾为之所创，必将调船征兵，寻隙于永福，除之而后已。永福既去，则越人无能抗其颜行者，累卵之势将益难展。弟窃以为，除广西防营出关设防外，滇军应否也出关与黑旗军联络。因由保胜入滇之路并澜沧江上游与云南相近地方，当由滇省筹布兵备，相度设险，东与粤营联络声势，驾驭刘永福使为官军犄角。"

张树声又在信后说，他已上奏朝廷，并将周星誉的条陈附后，供上采择。

刘长佑连日把身边的幕僚召到议事大厅，公议张树声的信函及周星誉的条陈。幕僚们议了两天，一致赞同张树声"联刘抗法"的主张，但不赞同公开支持刘永福，建议不露痕迹地"暗助"。

刘长佑于是又紧急给朝廷加奏一折，提出："越南之副提督刘永福者，籍本广西，……今驻兵保胜州，与滇南接壤。倘朝廷密谕越南信用其人，而令其招抚贼豪覃四娣等，翕老同力，中国稍为资助，俾不穷溃，则越境西北可借为藩篱。悍贼不亡，即越不亡，法人之谋可不折而自沮矣。"

刘长佑虽赞同张树声"联刘抗法"，但却认为，应该由越南明助，中国只可暗资。刘长佑更深一层的用意是：借刘永福之力与法抗衡，既可达到巩固西南门户之目的，又可保存中法之间现有之关系。刘长佑此折与云南巡抚杜瑞联联衔题奏。

折子拜发，刘长佑忧心忡忡地对幕僚说："黑旗军寡饷粮薄，枪炮又不敌法，恐不足恃也。"

不久，广西巡抚庆裕的奏折也递进京师。庆裕观点虽与张树声大同小异，但较张树声更进了一步，认为应该加强援越桂军，并明谕刘永福，有警互相接应；内地则预筹精兵，多办军火粮饷，以备不虞，并特别强调：如此大张声势，法人必有所顾忌，得弭衅端，实为厚幸。庆裕的折子接着又说："倘仍遵其狡谋，一闻警报，奴才惟有将腹地防营，先其所急，酌量调往关外谅山等处布置严防。发文照会法人，以越南本系我之藩服，谅山等处系用我兵力粮饷收复之地，为粤西边境屏障。断不能轻弃与人，慎勿相侵，以敦和好。一面密谕刘永福，预为决战地步。"

庆裕显然是建议朝廷先"示形摄敌"，然后再联刘抗法。

恭亲王奕䜣把张树声、庆裕以及刘长佑与杜瑞联联名题奏的折子，同着军机大臣宝鋆、李鸿藻、景廉、翁同龢等人，反复计议了数天，一致认为刘长佑、杜瑞联二人的观点比较可取，因为自打越南背着中国私下与法国签订《法越和平同盟条约》以后，中国就一直处于非常被动的境地。从中也可看出，越南嘴上承认自己是中国的属国，但心中并未把中国当成上国看。也就是说，对中国的感受，越南并没当成一回事。否则，法国也不会公然抓住北圻不放。但恭王还不敢贸然表态，因为还有几位督抚的复奏没有递到，这里面包括李鸿章；还有驻法公使曾纪泽，他的意见也很重要。

驻法公使曾纪泽这时也已经认识到，要想打掉法国吞并北圻的野心，必须先把《法越和平同盟条约》从根本上否掉。此条约不除，法吞越之心永远都不会死。主意拿定，他紧急约见当时临时担任法国外交部长的桑迪里，明确向对方表示："贵国与越南所定之约，中国碍难认之，且越南国王并未奏明中国。如贵国在该处有何意思，务与中国先行商议，以免碍难之事。"

桑迪里则冷笑着回答："本大臣不知贵爵所言系何意思？安南乃自主之国，彼与我国订约，未奏明贵国，系彼之事，与我国何涉！"曾纪泽因是世袭的侯爵，桑迪里故对曾纪泽有贵爵之称，也是为了显示尊重。

曾纪泽马上回应："越南系我中国属国，贵国也知道这点。彼与贵国订约，均应奏明我国，否则我国碍难认之。"

但桑迪里并不做正面回答，只是用他事敷衍。

曾纪泽交涉无果，只好急电国内建议："此事动静之机，与口舌争辩绝不相关，仍视吾华应付处置之方何如耳。若我备预周详，隐然示以不可犯之势，则法人语气虽硬，而侵伐之役仍当缩手。若实事未经布置，但与外交部公使往复争辩，在我虽据理辩胜，仍恐无济于事。"曾纪泽劝国内采取实际行动。

电至总理衙门月余，朝廷未有只字回复。事关西南门户的大事，朝廷竟然要作置身事外状。曾纪泽大为不解。

曾纪泽并不知道，大清国朝廷各主事大臣，此时正在激烈地讨论李鸿章转递的唐廷庚有关越南的条陈，顾及不到国外。

第六节　徐延旭统军入越

唐廷枢奉李鸿章之命，为了解越南、法国、黑旗军三方面的实际情形，特遣自己的弟弟轮船招商局道衔委员唐廷庚，以押粮为名乘轮赶到越南，历经两个月的访查，掌握了许多内情。唐廷庚回来后，急忙把自己访查的结果，用条陈的形式报给了唐廷枢。唐廷枢知道事机日迫，当日即将条陈派专人送给李鸿章。

李鸿章同着一班幕僚把唐廷庚的条陈论证了十几天，渐渐形成了自己的一些观点。他把办理文案的幕僚薛福成传进签押房，口述了一封给总理衙门并恭王的密函，主张越南的事让越南人自己去解决，中国不要过多干涉。这实际等于否定了张树声等人联刘抗法的主张。

李鸿章在函中这样写道："越南孱弱已甚，事事求助法人，既立有约据，恐非中国所能劝阻。"又说："唐廷枢又称'正月十六日回海防，见法人所泊大小兵船多已开去，添兵添船之说亦无影响；而洋船入河内，必由桃山海口入泊海防'等语。是该国目前尚无甚举动，似是虚疑恫喝之故技。只要滇、粤边境稍有防备，军火备足，则胜负尚不可知。西人用兵素最慎重，即有浅水钢皮轮船，未必遽尔深入也。谨照抄唐廷庚来文奉呈察阅。"李鸿章认为，越南既要投靠法国，中国恐怕难以阻止。当务之急，应该加强本国滇、粤边防，不要过多地去干涉法越之事，以免引火烧身。

绕了一圈儿，试问，唐廷庚赴越之行到底有什么实际收获呢？

唐廷庚据实讲了以下自己亲历亲见亲闻的事：

"初八日据法领事府人谓，前此《法越和平同盟条约》内有一款云：'凡由外洋载货往云南商卖者，只准越南征税一次；由云南载往外洋者亦然。'前因刘永福盘踞保胜，加抽货税，法人以此责越官，越官诿为刘永福非本国之官，不能钤束等语搪塞。今法决意自攻保胜，将来法若得彼处，必以取地于刘、非取于越为词，是越人弄巧适足成拙。""初九日，访闻刘永福确于前月请假，私携十余万回钦州，现在芒街造屋修墓，广置产业。据云彼已经知法人欲取保胜，故先安置后事。究不知其果真心为越，将致死以拒法人，抑自度力不足以敌法，预为脱身之计。然于十一月二十九日，有法官六画者携越南执照往芒街、吕雜山勘验。刘永福以为法人图己，陈兵拒其入内。越官往解亦不听从；六画乃折回东兴街。""据闻，从前原有小兵船一只，半月之前，已经开出海防。传说法人已预备兵房，欲暗行于海防、河内添兵。本道访之，并无确耗。因该处闻见较海防为少，即于十六日回程，十七日晨抵海防。适有广南便船，本道以事势渐迫，不及久候赴顺之船，乃率马大使即于本晚搭船南下，留伍县丞驻防，相机探察。""本道仍率马大使于二十日晚星夜赴顺，水陆兼程，以二十三日清晨抵该国顺化都城。午刻，即派通事先至该国礼部衙门通知，再派马大使亲赍两广督宪咨文，投交该部转奏，并议定于何日进见。讵知该国王以向未接见天朝官员，恐启外人疑忌为辞。反复议论，数日终不便见。至二十六日，该国特派协办大学士阮文祥代商。本道筹思再四，在国王不便面见，原系实有为难，然究以事密，未敢轻言。嗣阅国王特派该臣之密谕，不得已始与该臣笔谈。先将法人所有举动传知，令其转奏。该国君臣骤闻此信，深为惶骇，则前此之无闻可知。继询该国自筹之策，则一无要领，惟恳本道回呈两广督宪，仰求天朝垂怜庇救。本道遂将前时法、越既私相立约，以致今日天朝诸多未便保护等语回之，并嘱此后与法国交涉，务须谨慎。该臣复承王旨，再四相恳，大要者数端：一、派员赴京求救，并求入总理衙门学习，令彼得预闻西国举动。一、派员往英、法，求出洋钦差大臣明认该国为藩属，代向外部辩论。一、求两广督宪饬附近钦州各地方官为伊保护刘永福，俾得潜置军火。以上该国所求各事，初拟密遣大臣赴东省求两广督宪，并派员伴送至津，求直隶爵阁督宪，终因法人逼处，故疑而未敢。兹恳本道先为回呈，候两广督宪示其进止。至该国自度力不足以拒法，亦求中国发兵救之也。本道以此次事密，关系极重，除初见寒喧外，所有密语皆用笔谈，彼此散时，并将字迹应火。至本道前以刘永福退处芒街，不知何意，原系测度之词。今来顺化，闻其假置产业为名，实系暗购军火。曾托商船代购洋枪，经海防关法人查获，故得悉其详。"唐廷庚所说的马大使，就是中国驻越公使马建忠。

对唐廷庚入越所探访的情况，李鸿章另有自己的看法，只是不能明言而已。

李鸿章曾私下里对薛福成、盛宣怀等几名心腹属官，不止一次地说道："越南从属之于中国，早已名存实亡。无事时便妄自尊大，并不向我纳贡，其背叛之心昭然若揭，路人皆知。一旦有事便纳贡求援，迭申宗藩。他暗与法国订约，招来灭国之祸，却转求中国与法抗衡，他则洞中观火，坐收渔人之利。越南人行事，一贯苟苟且且，首鼠两端。我若不及早摆脱，必受其大害！"

李鸿章言外之意，凭大清国当时的军力与国力，还无法与法国抗衡；为了一个苟苟且且、首鼠两端的越南，而与法国交恶，实在不划算。

他的这种观点，后来在《密陈越南边防事宜折》中表露出来："甲戌之约（法越和平同盟条约），语多悖谬，当日越王既未请示，此时中国实难代为反悔，似有听越之自为而已。"李鸿章自始至终坚持，中国应放弃"保护属邦"政策，只宜"固守边界"，不要装什么龙头老大。

打心里想，恭王以及军机处、总理衙门的一些主事大员，对李鸿章的观点是认可的。但京师几位颇负盛名的清流派人士，却坚决主张藩邦不应放弃，对法应该强硬。清流派也称清流党，他们评议时政，上疏言事，弹劾大臣，指斥宦官，名噪一时。他们对外反对列强蚕食，对内主张整饬纲纪。他们的官位都不是很高，名气却非常大。当时清流派的首领是署都察院左副都御史张佩纶，中坚有内阁学士宝廷、宗室盛昱、太仆寺卿吴大澂等十余人。

闻法欲加兵于越，张佩纶含毫命简，立上奏章十余篇。建议朝廷饬命滇、粤防军，快速入越，用武力攻取越南，以免落入法国之手。张佩纶称："夫我不取越，越终折而入于法，不如暂取而还封之，戍越棠即以固吾圉。"

张佩纶口才好，笔下功夫更好。十几篇折子，篇篇落地有声，在士大夫当中，激起老大波澜。一些书院还把他的折子稍加整理，让秀才们每日拿在手里阅读，当成常课。消息传开，张佩纶更是目中无人，整日在衙门侃侃而谈，下了差也不回府，而是很快和宝廷、吴大澂等人会在一处，饮酒吟诗，坐而论道。仿佛越南国的命运，此时就捏在他们几人的手掌心里。但这些人爱国热情有余，治国经验却是一丝也无。没有主见的一些大臣，被他们的浮言所惑，也跟着心旌飘摇，鬼迷心窍，但多数人还是比较冷静的。

恭亲王奕訢就不赞同张佩纶"攻取越南"的观点，认为是胡说八道、毫无根据，他倒是赞成曾纪泽的"示形慑敌"之说。此刻，两宫太后听政已变成一人独掌权柄，因为东太后慈安已于月前突发急症殁去，慈禧太后正式独掌乾纲。

恭王把自己的想法思虑成熟，便先和一些军机大臣们商量，取得一致意见后，这才带上宝鋆、景廉、李鸿藻、翁同龢等几位大军机，进宫去面见太后，陈说自己的想法。

得知恭王同着军机大臣要进宫面奏越南之事，慈禧太后又紧急传旨，着醇亲王奕譞、贝勒奕劻也马上进宫来，指明有要事相商。奕譞和奕劻接到懿旨，一刻也不敢耽搁，乘上大轿便飞也似地赶进宫来。

二人见太后的时候，恭王等人还没有到。

礼毕，太后让二人起来回话。二人于是马上叩了个头，口称："奴才谢过太后。"

起身后退三步开外低头站住，仿佛就是两个木偶。

太后先是叹了一口气，然后徐徐问道："吵也吵了，争也争了，越南的事倒底应该怎么办呢？你们是怎么想的呀？这么拖下去不行啊！"

醇王偷偷瞄了劻贝勒一眼，低头答："回太后话，太后说的是，越南的事不能再拖了。应该及早向越南加兵，免落法国后着。"

太后未及讲话，太监进来报：恭王及一班军机大臣到了。太后于是道出一个"传"字。

恭王、宝鋆等人依序进来后，见醇王和劻贝勒在侧，恭王一愣，偷觑了醇王一下。

礼毕，太后迎头便是一句："越南的事拖了这么久，你们到底想怎么办哪？无论怎样，总得有个章程啊！拖能解决问题吗？"

恭王跨前一步答："禀太后，臣与他们几位反复筹思认为，加兵北圻不失为保全之法。曾纪泽人在巴黎，法国的情形他当然了然于胸。"

太后问："直接进兵越南，法国人不肯怎么办？我听直隶的人讲，李鸿章认为越南眼下之难，全是他与法国私订的那个条约惹的祸。这倒应了'削足适履'那句老话。我看这个越南，就是削足适履。可北圻，毕竟关联着我大清西南的门户，就这么给了法国，不要说张佩纶他们通不过，我也通不过。——大门外多一道防线，就多一份安全不是？"

恭王答："太后说的是，越南毕竟是我大清的属国，我们对越南不能不管不问。依臣大胆推测，越南王求援的信使，肯定已经到了广西巡抚衙门。我们不妨给广西、云南下旨，让他们以'越南系我大清属国，该国动乱，大清不能不管'为由，向越南加派劲旅。使法国不敢妄取北圻，撤我藩篱。"

太后又问："刘永福这个人靠不靠得住啊？张树声说他好大言，唐廷庚也说他好大言。李鸿章认为这个人不甚可靠。你们是怎么想的呀？"

恭王答："禀太后，据臣所知，刘永福的黑旗军还是能战的。如果越南支持他，他还是能与法人抗衡的。但越南因为怕法人，所以不敢支持他，还几次想把他迁走。刘永福回原籍省墓焚黄，其实是想求得广西巡抚衙门的支持。"

太后忽然问出这样一句："听说广西巡抚庆裕素不知兵，是不是真的？加兵越南，广西、云南最是关键。张树声说没说过庆裕什么？"

恭王急忙回答："回太后话，依臣对庆裕的了解，他见识还可以。他到广西以后，也没出过大乱子，只是有些因循而已。"

太后一愣道："因循怎么能行呢？调他漕运总督吧。事机日迫，因循的官员在边关不合适。"

恭王忙问一句："禀太后，庆裕补了漕运总督，那广西巡抚怎么办呢？"

太后答："张佩纶三次上折说，广西现在的知兵能员，只有徐延旭一人。这个徐延旭，究竟是个什么人哪？你们了不了解他呀？"

李鸿藻跨前一步答："禀太后，太后明鉴。徐延旭现为安襄郧荆道，臣对该道颇有知闻。臣敢说，徐延旭畅晓军机，深明兵事，确是我大清一等一的能员。"

太后愣了一下道："一个道台怎么能做巡抚呢？张佩纶怎么乱向朝廷荐人呢？让广西布政使倪文蔚署理巡抚吧。既然你们都说徐延旭知兵，那就赏他三品顶戴，署理广西布政使吧。还有，李鸿章丁母忧，直隶总督你们想放谁呀？"

恭王忙答："回太后的话，臣与他们几个商量了一下，想调张树声署理直隶总督，李鸿章也是此意。现在直隶防军和北洋水师，都是淮军旧部，调别人到直隶，怕有掣肘之虞。请太后明察。"

太后沉吟了一下又问："张树声离开广州，两广想放谁呀？"

恭王答："臣想让曾国荃去总督两广，不知是否可行，还望太后明示。"

太后沉吟片刻，说："那就这么办吧。那个黄桂兰到底行不行啊？让徐延旭入越统督各路人马吧。他在前沿，粮饷也好办些。"

恭王忙答："太后所言甚是，臣下去就着军机处拟旨。"

太后皱着眉头又道："你务必告诉广西巡抚衙门，进兵入越，务必慎之又慎，不能太露痕迹。"

当日下来，恭王紧急给广西巡抚衙门下旨，特别指出：其谕令刘永福有警互相援应一节，刘永福既恐未可深恃，且虑形迹太露，转致枝节横生，该抚尤当加意缜密，不可稍涉大意。总之，彼族觊觎越南已非一日，中国不能不设法防维，惟虚实缓急之间，措置最宜审慎。

显然，大清国此时采纳的是各方面建议，取折中的态度对待越南之事。圣旨下到广西不久，越南王的求援使者果然到了。

新上任的广西巡抚倪文蔚，于是以替越南"助剿北圻残匪"为由，督饬黄桂兰率部入越，进扎北圻北宁；新上任的布政使徐延旭到了省城稍事耽搁，即也统率抚标各营，起程赶往越南督办军务。

张佩纶何许人也？他的一篇举荐，如何便把一介道员拔擢至布政使高位？慈禧太后怎么这么给他面子？张佩纶是直隶丰润人，字幼樵，后改绳庵、簧斋，同治进士。生得仪表堂堂，白面长体，唇红齿白。因长得太过俊美，被钦点庶常，散馆授检讨。光绪元年（公元1875年）擢侍讲，充日讲起居注官。丁忧期间曾入李鸿章幕，终制仍进京供职。光绪六年（公元1881年），因时任广西巡抚的张树声对提督冯子材不满，累次上折奏称冯"年老多病，不习边事"，被留中。他得知此事，上折力请准冯子材休致，并按张树声的意思，力荐黄桂兰接任广西提督。上准，他因此名声大振，成了当时大清国一等一的言官。不久便赏三品顶戴，署理都察院左副都御史。张佩纶从此后就更加目中无人了。

冯子材交卸公务时曾对人称："朝廷相信了张簧斋的话，将来必误大事！"

这话不知怎么辗转传进了京师。张佩纶闻听之下，立即上奏朝廷，以腹诽大臣为由，请求将冯子材逮京问罪。但冯子材却不是谁想问罪就能问罪的平庸提督，该员曾两次入越境平乱，功勋卓著。冯又最懂边事，熟悉越南地形，布阵打仗，无人能比。张佩纶的奏请，理所当然泥牛入海。张佩纶一时气疯，在梦里几次咬断冯子材的喉管。其实，两个人从未谋过面。

大清国开始暗中筹防，但李维业现在在干什么呢？

第三章　唐景崧——晚清定远侯

第一节　纸球决定使臣

卢眉收到李维业报告的时候，广西提督黄桂兰已经统带防军进驻越南北宁一带，而刘永福尚未从原籍赶回保胜。

消息传到西贡，卢眉大怒，当即给越南政府发公函一篇，以"刘团阻碍商道"为由，指责越方纵容刘永福，破坏了《法越和平同盟条约》的有效实施，并恫吓道："你们若不能及时处置刘永福，法国将要采取更进一步的行动。"至于这"更进一步"的行动，究竟是怎样的行动，卢眉没有说明，留给越南朝廷自己去理解。

越南王阮福时未及把法函读完已是吓得面白如纸，浑身乱抖，口里只管喃喃自语："祸事来了，祸事来了！——这可如何是好？这可如何是好？"

他当即着人拟旨，宣皇侄瑞国公阮应祯、皇弟朗国公阮洪佚以及大学士阮文祥、协办大学士黎峻、户部左侍郎阮诚意等，所有居住在顺化的一百余位主事大臣，进宫议事，商议对策。阮福时显然已经六神无主、心智紊乱。

不一刻，皇宫大门前便云集了许多辆豪华的马拉轿子。众大臣纷纷下车，先在外面按着侍卫的吩咐，依着大小个头排成一条长龙，然后才一个跟着一个地往大殿走，足走了半个时辰。尽管这样，还有七十余位二品以上大员因病告假，未赶来这里。

站到大殿上，大家又是忙着排方队，这回按着的是官职大小。队伍总算排完，但皇帝却还赖在后宫的龙床上不肯动身。众大臣没有办法，只好公推皇弟朗国公阮洪佚，到里面去探个究竟，以免误了回去吃烟泡。

朗国公推却不过，只好一面打着呵欠，一面摇摇摆摆走到里面去。朗国公喜欢热闹，又最好色不过，每晚都带着家人到外面吃花酒，睡女人，一直折腾到天亮才回府邸。到府邸之后，还要吃上半个时辰的烟泡。圣旨进府的时候，他刚巧想睡觉。他不知发生了什么事，只好头昏脑胀地赶过来，心里是一万个不愿意。

许久，阮福时在宫女的搀扶下，一摇三晃地走向大殿，朗国公睡眼惺忪地跟在后面。阮福时一屁股坐到龙椅上，连连叹气，很像活不起的样子。朗国公蔫头耷脑地回到殿下的队伍里，仿佛受了天大的委屈。

众大臣一见皇帝和朗国公的样子，慌忙跪倒请安。

阮福时有气无力地挥挥手，喘息了一下说道："祸事来了！祸事来了！"阮福时从宫女手里拿过法国人递交的公函，冲着群臣一抖说道："刘团惹恼了富浪沙，刘团惹恼了富浪沙！富浪沙派了天蓬大元帅李维业，带兵轮架大炮赶到了河内，限时让我们把刘永福迁离航道。黄耀没有答应，卢眉就给朕发来了这道公文。刘永福阵斩地蓬元帅安邺，富浪沙对他恨之入骨，一定要干掉他！"阮福时说完这话，便大口地喘起气来，又把法函扔到殿下，用眼睛示意朗国公读给群臣听。在阮福时的心里，就算法国打发过来一只蚂蚁，也是元帅级的人物。

朗国公急忙睁开睡眼，很费力地弯腰打地下捡起法函，展开便磕磕巴巴地读起来。群臣都坚起耳朵听，但仍听不明白。

读毕，阮福时又说道："朕想了许久，当务之急，是不能让天蓬元帅李维业发怒，这就需要派人到西贡和卢眉谈判。卢眉是李维业的上宪，是西贡的玉皇大帝。只有卢眉发话，李维业才肯听。另外呢，还要派人去北圻，让黄佐炎去说服刘团，赶快迁离航道，使李维业无藉口寻衅。你们谁替朕走一趟西贡啊？"

群臣一听这话，全部把头低下。黎竣原本站在队伍的前排，这时却一闪身躲在阮文祥的身后。黎竣不怕去西贡，却怕被富浪沙人关押起来饿饭。

阮福时一见群臣全成了缩头乌龟，一时气得把牙咬得嘣嘣响。他问朗国公："你替朕数一数，今天共有多少大臣上殿？"

朗国公急忙跨前一步，又转过身去，细细地数了数，才回过身答："吾皇容禀，臣如果没查错的话，殿下一共站了二百一十二位大臣。"

阮福时对身旁站着的宫女说道："传旨后宫，让人裁出一指宽一指长的纸条二百一十三张，只在一张条上写'西贡使者'四字，其他空白。"宫女急忙跑进后宫。

朗国公大声道："吾皇容禀，臣刚才又查了一遍，还是二百一十二人，不是二百一十三人。"

阮福时狠狠瞪他一眼道："你想把自己排除在群臣之外吗？妄想！

我越南立国至今，最讲究的是公道二字。公道是我越南立国之本、兴国之宝！——你的鬼把戏，只能骗骗女人，却休想骗朕！朕聪明无比！"

朗国公被训得一声不敢吭。

纸条不久被侍卫呈上来。

阮福时命侍卫把纸条全部团成一个个纸球，装进一个竹筐里，这才放到群臣的面前。

阮福时诡诈地说道："不多不少，人手一球。抓到西贡的，就替朕去和富浪沙谈判，不得抗旨。瑞国公，你先抓，然后由你把球端给他们。朕此次不强迫你们，你们看哪个球好看就抓哪个，反悔者杀无赦。开始吧。"

瑞国公两眼在竹筐里端详了许久，这才极小心地把手伸进筐里，却迟迟不敢碰纸球。他先是默诵了一遍佛家的六字真言，又在心里念叨了两遍道家的护体大法，这才闭上眼睛，毅然决然地把一个纸球抓在手里。仿佛是六字真言起了作用，要么就是道家功夫见效了，瑞国公摸到的纸球是空白。瑞国公激动地流出了泪水。

朗国公面对竹筐，却又是另外一番光景。他双手合一，很庄重地对着竹筐行了三叩九拜大礼，然后把手伸进筐里。他摸起一个纸球，小心地掂了掂分量，然后丢下，又摸起第二个纸球，照样掂了掂分量。终于，他把第七个纸球拿了出来。他瞪大眼睛，慢慢地把纸球展开，反复看了看，便高兴得又哭又喊："啥也不是！啥也不是！"

两个时辰过后，户部左侍郎阮诚意抓到了写有"西贡使者"的纸条。阮诚意双手捧着"西贡使者"，大步走到前面，双膝跪倒，把"西贡使者"举过头顶，大声道："禀皇上，臣抓到了'西贡使者'，臣领旨。恭请圣上圣谕。"

阮诚意话音未落，众大臣已是欢腾一片，个个精神抖擞起来。

阮福时皱眉沉思了一下，缓缓说道："阮诚意呀，你刚才，已经看过富浪沙给我国的函文了。他们主要谈了两件事情。一件是刘团阻碍了航道。你可以告诉他，刘团是不会伤害人的，他们是在替我国维护那里的治安。"

朗国公这时大声说道："禀皇上，臣以为，阮侍郎这么说，卢眉肯定不会相信。"

阮福时苦着脸道："朗国公说的对，朕也觉着卢眉不会相信。阮诚意呀，你想怎么说呀？你可以说出来，正好和大臣们一起讨论。省得你见了玉皇大帝，一个人费思量。"

阮诚意答："禀皇上，臣以为，富浪沙一直和我国犯口舌，无非是想让刘团让出航道，他好自由往来。臣就同他们讲，迁移刘团的事，我国一直在办，他们应有足够的耐心等待。他如果答应了这条，臣就恳求他，把李维业调回西贡。李维业现在河内，随时都可能和刘团发生纠纷，闹出乱子，对两国都不好。何况，北圻现在匪患严重，李维业也很危险。"

阮福时未及阮诚意把话讲完便高兴地说道："想不到，我越南还有你这么个大才！你做了这么多年的侍郎，真是委屈你了。朕现在就赏你头品顶戴户部尚书。朕赐你便宜行事的权力。你谢恩吧！"

阮诚意高声道："小臣谢皇上赏拔。"

黎竣这时出班奏道："禀皇上，户部已经有十二个尚书，现在阮大人又成了尚书，是不是太多了？"

阮福时一瞪眼道："十二个尚书多什么呀？像户部这么重要的地方，放二十个尚书才行啊。"

阮福时顿了顿，又说道："阮诚意呀，朕觉着，光赏你户部尚书还是有些委屈你。这样吧，朕破格再给你加个协办大学士吧。你只要能让卢眉把李维业召回西贡，朕还给你加官。"越南国此时已有协办大学士四十二个，算阮诚意在内，已经是四十三个。越南国的官比牛毛还要多。

阮诚意离开顺化后，阮福时又采用抓纸球的方法，选出吏部尚书阮政、户部参知兼管都察院大臣裴股年为正、副使，飞速赶往北圻，会同北圻统督黄佐炎、靖边副使张光鱣、阮有度，设法处置黑旗军，务必将该军迁离航道，借以缓和法军的敌意。

为防李维业走安邺的老路，突然起衅，阮福时又听从阮文祥的建议，一面向北圻偷偷加派军兵，一面密谕北圻宁平、河内、南定、兴安、海阳、广安、山西、兴化、宣化、北宁、太原诸省督抚："富派李酋欲谋北圻，特借刘团为名，深意实不可测，在我亦当先备，务落后着。凡事要须善办，勿可动有声迹。如能潜消默革固好，若他敢横到头，事不获已，准各随事当办，以尽守土之责。"

为加重阮政到北圻的分量，阮福时特赏加他个北圻经略使头衔，并授密旨一道，曰："富与刘发生冲突，我国军人应保持中立。若富只自卫商则善处之，勿先构衅；或要与刘团报复，则由统督使远之。倘他恃强率往山西要争，则随宜妥办。在我只劝谏，务得公平，勿可偏为何人。幸而无事则已，万不获已，应征调者各应即办。"

阮诚意带着二十几名随从，乘着豪华的马拉轿车，匆匆赶到西贡交趾支那总督府来见卢眉。

卢眉因国内尚未做好战争的准备，所以并未扣押阮诚意，反倒允许他带着随从住进官驿里，不仅可以自由出入，还不限制饮食。

阮诚意没想到法国人对他这么好，当时感动得涕泪横流，以为法国此次是真心要与越南和好。

但正式谈判之后，卢眉却一改初见面时的友好，口气不仅强硬，且满脸怒气，眼冒凶光，恨不得把阮诚意一口吞进肚子里。

阮诚意登时吓出一身冷汗。

卢眉一字一顿说道："我国与贵国早有定约，贵国迟至今日，不好好执行。贵国知不知道，为此事，我国军部三次通过派兵的议案，都是被我拦住了。贵国为什么要这样？讲不清楚，你休想走出交趾支那半步！"

阮诚意用手擦了擦额头上沁出的汗，小声答："贵总督容禀，我国并非是有意要破坏条约，实在是刘团替我国剿匪出力颇多，我国皇帝不忍心责难他。何况，刘团虽驻在保胜，但他是不伤害人的，尤其是贵国的人，他更不敢伤害。"

卢眉大叫道："本总督收到了许多黑旗军伤害我国商人的报告，本总督都据实函告了贵国。难道你们没有看到？你们的眼睛都失明了不成？"

阮诚意回答："禀贵总督，你递交的公函，我国都如数收到了，并且派专人进行了调查。但他们向贵总督汇报的情况是不真实的，许多都言过其实，实际不是那样的。"

卢眉一拍桌子吼道："本总督不相信本国商人的情报，难道相信黑旗军的报告？本总督现在问你，刘团是中国的叛贼，你们为什么不把他们送回到中国去？你们容留刘团驻在口岸，就是在蓄意破坏条约！"

阮诚意激灵灵打个冷战，急忙回答："请贵总督一定要相信我国，我国当真不是在破坏条约。刘团为我国出了许多力，我国大皇帝，怎么能狠下心来，把他赶回中国呢？贵总督啊，请您一定要相信下臣的话呀。下臣一生都在吃斋念佛，而且吃的是长斋。"

卢眉正要讲话，一名士兵这时推门走进来，施礼禀道："总督先生，驻河内领事馆的领事先生，奉您的命令，回来向您述职。他正在门外等待您的召见。"

卢眉低头沉吟了一下，抬头对阮诚意说道："阮大人啊，今天我们就谈这些吧。你回去后好好想一想刘永福，我们不能拖太久。"

阮诚意起身道："贵总督啊，我有个请求，您今天是否就给李维业将军发个命令，把他调回来吧。他常驻河内不合适啊！下臣恳请您了！"

卢眉先是一愣，但马上很果断地说道：“不不！在我们没有达成协议前，李维业不能回来。我国的人现在在北圻没有任何保障，李维业是去加强防范的。他还要负责我国领事馆的安全。他怎么能回来呢？他不能回来！”

阮诚意很无奈地对着卢眉施了一个礼辞出。

卢眉快速把驻河内领事传进来，劈头便道：“河内究竟发生了什么事？”

领事答：“安南国正在暗暗地向那里调兵遣将，河内省城也突然之间加强了警戒。尊敬的李维业上校，希望您速为他增派五百名陆战队。他现在感到很不安全。他说他是名诗人，但因为安全的原因，他已经许久没灵感了。他很苦恼。”

卢眉气愤地随口骂了一句：“什么狗屁诗人！他分明是个混蛋，胆小鬼！他不是名合格的军人！——黑旗军怎么样？”

领事答：“刘永福还没有回来，但中国却在向北宁、谅山、山西一带调兵，这让李维业上校日夜不安。他说，您若再不增兵，他会疯的。”

卢眉深思了一下问：“黄耀是怎么向我们解释的？谅山巡抚梁辉懿又是怎么说的？”

领事答：“鄙人亲自去河内总督府质问他们，问他们想要干什么：是想与我国开战，还是想保护黑旗军？黄耀却说，朝廷向北圻调派军队和中国人向北宁加兵，都是为了剿匪，与我国无干。梁辉懿也这么说。”

卢眉生气地瞪了领事一眼说：“您对待安南人的这种态度，很不符合法兰西的办事原则。我可以肯定地说，您不是个称职的领事，您助长了安南人的脾气。”

领事不服气地辩解道：“您说过，我们对安南发动战争的时机还不成熟，我是在忠实地执行着您的训令。我没有错！”

卢眉大叫道：“那一定是我错了！——是的，我是说过，目前还不能对北圻发动战争，但我们对他们的态度，却不能软弱！这是两码事！”

领事反问一句：“总督先生，您难道想让安邺活过来吗？”

卢眉摇头说道：“您越来越听不懂我的话了。好了，您明天一早就去海防任职吧，驻河内领事一职，将由堵布益先生接替。您可以走了。”

领事不相信地反问一句：“总督先生，您只能对我说这些吗？我们能不能换个话题？比方说，我可以不去海防——”

卢眉把手一挥，果断地说道：“您如果不想提前退休的话，就马上到海防去！”

领事很不情愿地走出去后，卢眉马上把刚从巴黎休假归来的堵布益传进来，吩咐道："堵布益先生，我现在正式通知您，从现在开始，您的冒险生涯结束了！"

堵布益闻言一愣，反问一句："莫非总督先生找到了接替鄙人押运军火的人选？"

卢眉皱眉说道："我要赋予您一项新的使命。您回去收拾一下行装，然后来我这里领取任命书。您大概已经听说，河内的局势有些紧张。我国设在那里的领事馆，急需一位能让安南人害怕的人出任领事，这个人就是您。当然，这项任命是暂时的。您到了河内以后，要说服黄耀，同意我们的观点。但有一个前提，您不能动用任何武力。这是我给您的训令，您必须遵照执行。我相信，只要您到了河内，您不管提什么要求，黄耀都会照办的。我说的没错吧？"

堵布益兴奋地起身问道："总督先生，鄙人什么时候可以出发？"

卢眉随口道："您只要拿到任命书，随时都可以出发。"

堵布益高兴地说道："总督先生，鄙人谢谢您对我的信任。总督先生，听说安南派了钦差来与您对话？你还耐心地接待了他们？"

卢眉叹口气道："安南人出尔反尔，搞得我们很被动。我要力争说服他们，尽快把黑旗军赶出保胜。"

堵布益说道："总督先生，您以为您真能说服他们吗？您与他们浪费口舌是不值得的！"

卢眉反问："那怎么办？发动战争的时机还不成熟啊！"

堵布益跨前一步，说："您只要把他们抓起来，一天只允许他们吃一顿饭，喝三口水，无论您要什么，他们都会照办。总督先生，您相信鄙人的话吗？"

卢眉笑了笑，说："这是个不错的主意！但现在还不行！"

"安南人都是软骨头。"

"我知道。"

堵布益乘船离开西贡的第二天，卢眉又和阮诚意坐在了一处。

卢眉开门见山地说道："据本总督刚刚得到的情报，贵国不仅没有丝毫将黑旗军迁离航道的举措，反倒向河内加派了许多军兵。阮大人对此能给本总督一个合理的解释吗？"

阮诚意脸色为之一变，急忙回答："请贵总督相信我，我国是一定能把黑旗军迁离航道的！一定！我可以向大皇帝奏请，让大皇帝发布圣旨，让黑旗军驻扎在山区。这样总可以吧？至于我国向北圻加派军兵的事，那是为了尽快把匪乱平息下去。我用项上的这颗吃素的人头，向贵总督担保，我国军队，是不会进攻贵国军队的，更不会去伤害贵国的商人；刘团也不会，我担保。"

卢眉冷笑着回答："阮大人误会本总督的意思了。本总督是说，贵国政府向北圻大量集结军队，有可能破坏当前的形势。我们战无不胜的李维业上校，如果发现在他的周围，突然有大量的不归他指挥的军队，他就不得不使用武力来驱散这些军队。这样一来，北圻现在的安静，可能将被打破，而贵我两国大动干戈的时刻就会到来。阮大人可能还不知道，现在在北圻的李维业上校不仅仅是名军人，还是名诗人。你应该知道，诗人和疯子，只隔着一道篱笆。阮大人，还用本总督多说什么吗？"

阮诚意不及翻译把话说完便浑身颤抖起来，一连声地说道："贵总督的话，下臣听明白了，听明白了。下臣马上奏请大皇帝，将我国开到北圻的军队，马上解散或解雇；我还要给黄耀写信，让他停止干傻事。"

卢眉笑着说道："你能这么做，本总督很高兴。本总督也不希望，在北圻，有流血的事件发生。现在，就请你给黄耀写封函件，让他下令，把贵国在航道沿岸建立的哨卡拆除，并撤走所有军队。北圻航道沿岸，由我国负责，重新在那里修建更坚固的哨所及炮台。因为只有这样，才能确保航道自由通商，才能更全面地履行条约。"

阮诚意哆嗦着身子答道："贵总督容禀，下臣清楚地记得，《法越和平同盟条约》上，并没有规定贵国可以在航道两侧，建立新的机构，还有炮台。贵总督试想，贵国既然承认，我国是一个主权国家，可北圻却到处是贵国的士兵，我国就不是主权国家了。这不是很矛盾吗？"

卢眉一拍桌子吼了一句："你在胡说什么？本总督听不懂！"

阮诚意两腿一抖，一泡尿跟着射了出来。他咬紧牙关试图憋回去，但不管用。

卢眉起身走到阮诚意的身旁，用鼻子闻了闻，忽然问道："阮大人，怎么回事？你的身上，何以忽然有股尿骚味儿？阮大人，你不许在我的大厅里随意大小便！决不允许！"

阮诚意红着脸答道："贵总督请原谅，下臣并不想这样。但下臣一受刺激，就无法控制自己。"

卢眉重新坐下说道："阮大人是说本总督刺激了你？"

阮诚意忙道："不不！贵总督误解下臣了。下臣是说，是下臣自己不小心，刺激了自己一下。但现在一切都结束了。"

"你是在这里给黄耀写信，还是回客栈去写？"

"我回客栈去写。我担保，黄耀不会再干傻事了。"

第二节 越南钦差到保胜

就在越南钦差阮诚意到西贡的第五天，越南朝廷新任命的北圻经略使阮政，会同北圻统督黄佐炎、靖边副使张光䰾等人，急匆匆地赶到保胜商量移军的事。

闻报，驻守保胜的黑旗军管带黄守忠，先着人把阮政等一干人安排进驿馆安歇，这才派出快马，分头把分驻各处的管带吴凤典、杨著恩、邓遇霖三人请回，带上翻译，共同到驿馆来见阮政等人。

一见面，阮政就开门见山说道："皇帝有旨颁下，请贵军马上开拔。防务由统督黄相国派兵接管。"

黄佐炎笑道："富浪沙逼人太甚，皇帝没有办法，又怕李维业向贵军开炮，所以行此下策。"

一听这话，黄守忠全身一抖，马上与吴凤典、杨著恩、邓遇霖三人交换了一下眼色，黄守忠起身道："几位大人火速赶来保胜，想来事情果然很急了。但迁营是大事，岂是我们几位能做主的？恳请几位大人，替我们奏明皇上，搬迁的事，我们同意，但我们做不了主。"

黄佐炎问："几位可曾知道，刘帅几时能归？"

杨著恩答："黄相国这话应该去问刘帅才对。我们几个若能管着刘帅，也就不是统领，而成统帅了。"

阮政大喝一声道："放肆！你们可知我是何人？我是朝廷钦命的北圻经略使，是专来料理黑旗军迁离航道的！你们速传本经略使的话，全军拔营，即刻开往海宁，防地全部交出来！否则严惩不贷！"

杨著恩笑着站起身说道："这位大人原来是钦差呀，卑职有些失敬了。恕罪，恕罪。"

黄佐炎忙道："杨管带，你不要笑嘻嘻的，这位阮大人当真是钦差呀。他老发了威，大概你们真得马上拔营了。"

黄守忠这时说道："敢问几位大人，卑职能说句话吗？"

阮政大喝道：“说什么说！马上搬迁！马上搬迁！刻不容缓！刻不容缓！从打你们来到保胜，我国就没安稳过！岂有此理！岂有此理！”

黄守忠道：“阮大人说这话，可是不讲道理了。自从我黑旗军进入贵国以来，替你们剿匪，替你们打法国人，立了无数的战功……”

阮政粗暴地打断黄守忠的话，大声说道：“那是过去！现在，你们必须迁离航道！我已经给黄相国下令，他今儿必须接收你们的防地！”

黄佐炎道：“几位管带，朝廷已经发下圣谕，只要你们同意迁离航道，朝廷会赏给你们一大笔银子。这是很划算的。”

黄守忠摇头道：“这等大事，你就是说破大天，大帅不回来，也无人敢做主。”

阮政一步跨到黄守忠的面前，用手指着黄守忠的鼻子，恫吓道：“我是钦差大臣，北圻这里，我什么都能做主！给你们一天时间，马上拔营，有胆敢违令者，杀无赦！无商量！”

杨著恩跨前一步道：“阮钦差，你怎么敢这样对我们讲话？你知不知道，黄管带是我们的副帅。除了大帅，没人敢在他老面前如此放肆！”

阮政瞪大眼睛道：“你不得放肆！本钦差是北圻经略使，北圻的事情，全归本钦差料理。刘永福仅仅是一名副提督，他在本钦差的眼里，不过一名武夫而已！不要说副提督，就是提督，在我国也成千上万，放屁都不响！”

翻译战战兢兢地把话译完，杨著恩一笑，倏地伸出右手，将阮政的肩头抓住，往前一带，然后又使劲往下一压，阮政便双膝跪倒在杨著恩的脚前。

黄佐炎等人全部站起身来。黄佐炎大声说：“杨管带，有话我们慢慢商量，你不能这样啊！阮大人是钦差，你如此无礼，如何得了啊！”

阮政的头上冒出汗来，口里却仍强硬地说道：“殴打钦差，罪加一等！灭九族！灭九族！无商量！无商量！杀无赦！杀无赦！”

邓遇霖用手指着黄佐炎等人，大喝道：“你们都给本管带坐下！”

黄佐炎急忙当先坐回原位，其他人也都乖乖地坐下。杨著恩松开手，阮政慌忙往起爬。

杨著恩一瞪眼道：“你不准动！你敢起身，老子让你去找安邺！”

阮政登时僵住，同塑像一般无二。

杨著恩问黄佐炎：“黄相国，钦差适才讲的话，能代表朝廷吗？”

黄佐炎急忙答：“阮钦差适才嘴滑了，说了许多不该说的话。恳请各位管带不要动怒，钦差是让富浪沙逼的。”

黄守忠冷着脸子说：“钦差呀，我这位老兄弟呀，性子有些烈，你呀，还要多担待些。不过呢，你适才讲的话，也的确不大好听。你的嗓门这么大，讲起话来底气十足，为什么不去见李维业呀？你口口声声是钦差，又是什么北圻经略使，你就应该去找李维业，让他带上法鬼，率领他的人马，马上滚出河内！现在，是法鬼想占领北圻，而我黑旗军呢，却在替朝廷保护北圻。你到底是不是朝廷任命的钦差呀？本管带怎么看你，像是卢眉老法鬼派来的人呢？你要说不清楚，如果脑袋搬家，那可跟我们无关啊。"

阮政这时说道："黄相国，您老也说句话呀。本官这么跪下去，双腿会麻木的。本官已经患了十几年的腿疼，折腾不起呀！会瘫痪的！"

听了翻译的话，杨著恩未及黄守忠讲话便道："不行！我黑旗军最恨的是那些替法鬼办事的人。在保胜，无人敢指手划脚！"

杨著恩用手一指阮政道："你是个什么东西？敢在这里对着我们兄弟发号施令！我今天就是要让你瘫痪！"

听了翻译的话，阮政顿时放下钦差的大架子，一边磕头一边告饶道："贵军劳苦功高，我无权在这里胡说八道。请三位管带放过我吧，小臣不想瘫痪啊！"

黄守忠鄙夷地用鼻子哼了一声道："不是黄相国讲话，你是来得保胜，却出不得保胜！"

黄守忠话毕，用眼向杨著恩示意了一下。

杨著恩便道："今日暂且饶过你。以后你胆敢再对我黑旗军指手划脚、说三道四，我一准找你算总账！你起来吧。"

阮政一听这话，如得了赦令一般，连滚带爬地站起身来。

黄守忠这时说道："黄相国，有句话，我说出来您老不要怪我多事。有件事，我是越想越糊涂。如今李维业已兵临河内省城，随时可以发起攻击，朝廷不做丝毫预防，却派出钦差逼我黑旗军迁离航道。我不能不问一句，朝廷可以把航道让给法鬼，却如何不准我们驻守？法国的狼子野心，难道你们不知道？从打法鬼进入北圻，北圻何曾安稳过？"

阮政一边用手揉双腿一边小声说道："哼！你们还说这话！你们早一天离开保胜，北圻就早一天安稳了！富浪沙一直不肯善罢甘休，还不是因为你们？"

黄守忠大怒，起身说道："阮大人你把话说明白！我们不肯离开保胜，到底是为了哪般？还不是为了保全北圻！"

杨著恩冷笑一声道："黄二帅你真是糊涂，你同他讲这些干什么？他是个畜牲，是听不懂人话的！待我把他的舌头割下来，他才会知道，我黑旗军将士对他是多么的好！"

黄佐炎慌忙起身拦在阮政的前面说道："几位管带快快息怒，听黄某一言。黄管带适才所言，大为有理，富浪沙李酋已兵临城下多日，我们不能不预先防备。富浪沙人的性子都是烈的。他今日能同你坐着说话，说不准明日就能把刀架到你的脖子上！安酋就是例证！"

这时，一名黑旗军士兵匆忙走进来递给黄守忠一封信函，口称："刚刚从河内哨卡递过来的。"

士兵走出去。

黄守忠急忙展信来读，脸色为之一变，随口对吴、杨、邓三人说道："卢眉派堵布益到河内充领事，堵酋刚抵任所。"

黄守忠把信递给吴凤典，抬头对黄佐炎说道："哨卡刚刚传来消息，十年前大闹河内城的堵布益刚到河内受命接替领事官。"

翻译未及把话译完，黄佐炎已是汗如雨下，连连顿足道："这个狗东西怎么又回来了？这个狗东西怎么又回来了？河内又要有大祸事了！"

顿了顿，黄佐炎皱眉沉思了一下说："各位管带，我们不能再在这里耽搁了，我们须速到河内同黄总督商议一下城防的事，不能大意了。若河内当真有变，还要借助贵军之力呀。"

阮政也结结巴巴说道："堵布益是个说打就打的人，他当真闹起来，仅凭河内的城防和黄耀手下的兵丁，如何抵挡啊？贵军千万不要袖手旁观啊！"

杨著恩用手一指阮政道："你给本管带住嘴！堵布益是要发难河内，不是发难保胜，我们凭什么管？你是朝廷钦命的北圻经略使，防守河内，正是你份内的事！"

阮政翻身跪倒，对杨著恩边磕头边道："管带大人千万不要和下臣赌气，下臣名义上是北圻经略使，实际是个稀烂贱的小官哪。各位管带心知肚明，我越南国的官员，都是面子上的货，并不值钱哪！我们几位当中，除了黄相国手里有几匹马几条枪，其他的，都是嘴头子功夫，是一钱不值的！"

杨著恩气愤地说道："你要早知道这些，何必一见面就大放臭屁！你一会儿说你是权力极大的钦差，一会儿又说黑旗军非迁离航道不可！还说什么杀无赦，无商量！你到底还是不是人？"

阮政流泪说道："只要几位大老爷不袖手旁观，帮着黄耀总督把河内省城守住，下臣是什么都无所谓呀！富酋堵布益是个疯子啊！他们枪快炮烈，太厉害了！太厉害了！动起手来，是当真无商量啊！"

黄佐炎拱手道:"其他的话都不要说了,我们现在当务之急,是如何防守河内,使省城免陷敌手。黄管带,若刘提帅回来,请您老马上派人去知会与我。省你们一顿饭吧,我们告辞!"

黄守忠派人把黄佐炎一行送出保胜。

黄佐炎回到军营,一面密谕河内总督黄耀加强城防,一面上奏朝廷,叙述与黑旗军交涉的经过,劝当局"暂勿迁移刘团,或可牵制富浪沙。"黄佐炎能说这话,还算是有些见识。

也就在黄佐炎离开保胜的当晚,大清国广西布政使督办边防军务的徐延旭,统带后路抚标及亲兵营,一路跋涉进入越境北宁,与黄桂兰会在一处。越南朝廷闻报大喜,立即下旨转饬钦差大臣阮政,组织当地百姓,牵羊担酒,赶往北宁犒劳清军。越南大皇帝特别指示阮政,犒劳清军时,地方大小官员不得参加,阮政本人也不要参加,举一名绅耆代替即可。越南皇帝为什么要这样做?无非是怕法国人出面干涉。

但徐延旭因身体太过虚弱,一到北宁便感染上瘴气,在北宁只住了三天,便又不得不带上亲兵二百人返回广西境内。越南朝廷白高兴一场。但不管怎样,徐延旭统带的后路抚标,总算留在了北宁。

徐延旭是山东临清人,字晓山,咸丰进士。初授广西容县知县。在知县任内,曾参与镇压当地农民起义,奉命接待过越南贡使,并多次勘查边境卡隘和道路。撰有《越南世系沿革》《中越交界各隘卡略》《越南道路略》等文,引起总理衙门注意,在京师称颂一时。升知州,得桂林知府鹿传霖赏识。鹿常对人言:"遍观广西省内,会打仗者黄卉亭,会做官者徐晓山。"黄卉亭就是黄桂兰。时广西巡抚正是淮军名将张树声,黄桂兰是其部下。因黄桂兰的关系,徐延旭于是沾光受到张树声的青睐,不久擢太平知府、梧州知府,官位渐显。张树声升授两广总督,他也被升调至湖北出任襄郧荆道。在京引见期间,徐延旭得四川布政使鹿传霖推荐,与大名士张佩纶相识。这之前,张佩纶已经拜读过徐延旭写的几篇文章,也很想结识这个人。两人相见之后,文章、诗词竟全部谈得吻合,仿佛一个师傅教出的一般。徐延旭官运于是大顺,有时顺得连他自己都有些怀疑。这都是言官张大名士的功劳。

此时已到河内领事任所的堵布益在干什么呢?

此时的堵布益,正在领事馆里摇动他那三寸不烂之舌,蛊惑李维业攻取河内。

第三节 堵布益心怀叵测

堵布益来前，李维业每日在领事馆安静得跟一只绵羊一样。他白天喝上一点随身携带的白兰地，然后便带上几名卫兵逛逛河内的街景，晚上则叫上两名当地妓女，在床上战上几个回合，兴致高时再谈谈诗，过着神仙一般的生活。

但堵布益到任所后，李维业的心态便开始渐渐地发生了变化。

堵布益到河内后做的第一件事，便是依例到河宁总督府去送交公文，说明自己的身份。

黄耀因为对堵布益不太了解，所以见到领事馆的公文后，他并没有十分在意，只打发了一名小差官出面周旋了几句，想就此把堵布益打发走。

堵布益见总督衙门降格接待他，顿时怒容满面，喝令小差官马上让总督出来，否则便砸公署。

小差官吓得一溜烟躲到外面再不肯露面。堵布益就在公堂之上破口大骂，声言总督再不出来，就要放火烧衙门。

黄耀见堵布益越闹越凶，只好叫上翻译官，从后屋快步走出来，质问道："你不过是富浪沙派过来的领事官，本官已派人接待了你，又收下了你的公文，你如何倒骂起来了？你可要看清外面的大匾，这里是河内总督府，不是小民宅院。"

翻译官把话依样大致说给堵布益听。堵布益一听，当即一拍桌子道："你这个总督真是糊涂！我是堂堂法兰西共和国西贡总督府派在这里的领事官，我来见你，是要让你知道，我是领事官，不是普通的商人！你应该用接待领事官的礼节来接待我。你打发个小兔子来见我，是蔑视我！"

黄耀坐下道："你这人不要胡闹！你胡闹，本总督也不怕你！你进来之后，本总督马上让人给你倒水喝，又招待你上等的瓜果，还陪你说闲话！何况，总督府已经收下了你递上来的公文书。这还不行吗？你的前任，本总督就是这么接待的，他也没有说什么。你快走吧，本总督还有公事要办。"

黄耀以为，他下了逐客令，堵布益会乖乖地离去。他并未料到堵布益听了这话后，不但未离去，反倒一把将他的手抓住，连蹦带跳地说道："你同我到外面去！你一定要同我到外面去！"

黄耀拼命挣脱堵布益的手道："你马上给本总督滚出去！如其不然，本总督就让人把你赶出去，来人！"

随着黄耀的喊声，公堂里走进二十几名舞枪弄棒的军兵。堵布益一见自己势单力孤，怕吃眼前亏，一边带着自己的翻译往外走，一边道："老兔子你给我听好！我是世界各国人人尊敬的堵布益，我一定要报此仇！"

望着摔门而去的堵布益，黄耀愤愤地骂道："我不信你个小泥鳅，能拱翻大帆船！我大越南国官多不假，但河宁总督，也不是什么人都能做的！"

黄耀骂完这话，便传令全城戒备，又发文河内，说明情况，让河内巡抚衙门不要掉以轻心，严加防范堵布益报复。

黄耀时年六十余岁，多次率兵配合清军征剿北圻匪贼，久历战阵。该督为人耿直，从来都是有一说一，不会委蛇，深受清军敬重。他目下是越南国各省督抚当中为数不多的几名主战者之一。

黄佐炎也是主战者，但黄佐炎的主战与黄耀的主战却又大不一样。黄佐炎的主战，多数是体现在舌头上和笔管上，骨子里是惧怕法国的。所以一有战事，黄佐炎总把刘永福推在前面，让黑旗军做自己的挡箭牌。

黄耀的主战则表现在实际当中，他虽然和其他督抚一样，从来没有训练过士兵，但他知道加强城防、向各哨卡加派兵力的重要性，还注意储备军火弹药以供急需。他到任伊始，第一件事是请朝廷拨款修补北宁和河内两城残破的城墙，第二件事是撤换委顿的防军领兵官，换上他眼里比较会打仗的人当管带。他不久又深挖护城河，修葺总督衙门，很是轰轰烈烈干了几件实事。在他看来，刘永福的黑旗军能打败安邺，并非是刘永福当真会用兵，实在是法国人骄妄过甚的结果。他常对人讲："什么是骄兵必败？安邺败在刘团手上就是注解。"

当然，刘永福与安邺交战的实际情形，他并没有亲历。他那时还在顺化皇宫里当守门侍卫。

堵布益怒气冲天地回到领事馆。李维业没在领事馆，他一早就到兵舰上去了，至今没有回来。

堵布益气恼地小声骂一句："这个狗娘养的上校，一定是去街里找女人去了！他妈的，这个老混蛋的精力，竟然比年轻人还旺盛！"

他坐在桌前闷闷地喝了杯咖啡，又拎起文明棍，漫无目的地踱到屋外看了一会儿风景，嘴角忽然变化出一个阴险的笑来。他叫上两名卫兵，深一脚浅一脚地向江边法舰停泊处走去。

李维业与中校韦医正站在岸上指手划脚地谈论着什么，兴致很高。

还有很远，堵布益就大声说道："鄙人没有猜错的话，上校先生在和韦医中校谈诗啊。怎么样，鄙人没有猜错吧？"

李维业循声望了一眼，大声回应一句："夜晚还没有降临，鄙人可没有兴趣谈诗。诗是女人的乳房和大腿根部的产物！"

堵布益走到二人的跟前笑道："那一定是在谈论女人！"

韦医冲着堵布益行了个标准的军礼，说："领事先生，中校韦医向您致意！"

李维业说道："领事先生，河宁总督府的咖啡没有放糖吗？你怎么苦着脸？"

堵布益笑道："安南国的咖啡都是舶来品，哪有我们法兰西的正宗呢！上校先生，您不想让我见识一下我们陆战队的风采吗？听说狙击手也是由您亲自挑选的？我们的总督先生，真的很信任您哪！"

李维业哈哈一笑道："领事先生真的很幽默啊。您在这里船来船往了几十年，哪次能少了陆战队呀。鄙人可是看够了。"

李维业话毕，两手一摊，又苦笑数声，然后才很无奈地领着堵布益向舰艇走去。

韦医小声嘟囔一句："上帝呀，快饶了我吧，我不想和一对精神病患者打交道啊！"

在各舰游览了一遍，李维业把堵布益请到船舱里喝咖啡。

堵布益一边往咖啡里放糖，一边兴奋地说道："上校先生，您到过大清国吗？"

李维业笑道："那是一个神奇的国家，鄙人曾经做梦在那里逗留了许久。那里的男人都梳着辫子，女人的脚都裹成羊蹄子。鄙人听说，领事先生经常去那个国家公干，一定认识不少大辫子和羊蹄子吧？"

堵布益说道："我国海军部有许多小军官被聘去那个国家任职，现在他们不仅都成了将军，而且都发了大财！有个叫日意格的，比您小十几岁，从巴黎出发的时候是个准尉，现在是大清国福州船政局的正监督，军衔是提督，管着几千号人。大清国的提督同我国的准将一般大，很威风。鄙人上年去大清国，特意去看了看他，他让人放礼炮迎接我，晚上还让白白的姑娘给我捶腿，实在是太舒服了，鄙人现在想起来身上还麻麻的。"

李维业的眼睛猛地瞪圆，两眼流露出羡慕之色："他怎么比我们的国防部长还牛？还有谁？领事先生不妨都说出来，鄙人要把他们写进话剧里肯定很精彩！还有，女人的脚裹成羊蹄子，很漂亮吗？"

堵布益道："还有一个德克碑，一直跟着日意格混，也混得让人流口水。他现在是船政局的副监督，军衔是总兵。大清国的总兵是二品，同我国的少将一般大。他在巴黎的时候是个流浪汉，靠乞讨活着，日意格回巴黎休假时认识了他，并把他带进了大清国。大清国现在把他当宝贝一样看待。已经不能用神气二字形容了。还有，女人的脚变成羊蹄子，不仅漂亮，而且摸着很舒服，很冲动。"

"啊！"未及堵布益把话讲完，已经不能自制的李维业便大叫一声站起来，挥舞着双手惊叹道："太不可思议了！太不可思议了！"

堵布益接着说道："上校先生，鄙人有时就想，如果您现在没在这里，而在大清国，您现在还会是上校军衔吗？日意格怎么能与才华横溢的您相比呢？上校先生，鄙人不是在恭维您吧？"

李维业沮丧地一屁股坐下，气愤愤地说道："该死的海军部，他们说我不是名合格的军人！我如果年轻十岁，我一定证明给他们看！可惜我老了，再漂亮的羊蹄子，也不会打动我了！"

堵布益正要讲话，一名陆战队员大步走进来报告："报告上校先生，可加拉德克大尉巡逻回来，他有事要向您禀报。"

李维业回头说了一句："让他进来。"

陆战队员施礼走出去。

满脸凶相的可加拉德克大尉威风凛凛地走进来，施礼后说："上校先生，我按着您的命令，沿江巡视了一遍。鄙人不得不很遗憾地向您报告，安南人并没有拆除他们的工事，相反，倒加派了许多武装人员。他们的哨卡见到我们的舰艇后，并不友好，而且用手势侮辱我们。他们显然是接到了来自总督衙门的某种暗示。"

李维业听后略微深思了一下，自言自语道："看样子，我们的总督先生，与安南朝廷的使者谈得并不怎么样。"

堵布益接口道："上校先生，鄙人敢肯定地说，靠谈判，我们与安南之间达不成任何协议。不动用枪炮，安南人是不会作出让步的。他们是属牛的，只有大棒子才能让他们做出让步！我深有体会。"

可加拉德克说道："上校先生，鄙人认为，领事先生说得非常正确。安南人仗着刘永福给他们撑腰，从来就没有重视过我们的建议。"

李维业说道："鄙人一到河内，便听我们的间谍说，刘永福很会打仗。"

可加拉德克应声接口道："据鄙人侦知的情报，刘永福此际并未在保胜。黑旗军唯刘永福一人的话是听，没有刘永福的命令，安南人是调不动他们的。这是个千载难逢的好机会！我们不应错过。"

李维业望了可加拉德克一眼，笑着说道："年轻人，没有人授权给我，在河内发动一场毫无意义的战争。"

堵布益笑着说道："上校先生，您对大清国感兴趣吗？"

李维业答："领事先生，鄙人退役后，一定会去那里的。但在服役期内，这件事只能在梦里进行了。咳！"李维业话毕，很无奈地重重叹了口气。

堵布益起身说道："上校先生，鄙人忽然产生了一个对您极其有利的想法，鄙人想请您和可加拉德克大尉一齐到领事馆里，我们可以慢慢地谈。怎么样？您有兴趣听吗？"

李维业随口自语了一句："安南这个鬼地方！"

可加拉德克望了堵布益一眼，忽然小声问了一句："领事先生，你不邀请韦医中校吗？"

堵布益一笑，转头对李维业说："上校先生，让韦医中校一起去吧。说不定，他会有更好的主意说给您听。"

李维业想也没想便对可加拉德克说道："您去布置一下，然后我们去领事馆。"

可加拉德克答应一声施礼退出。

日落之后，几人带上卫兵走在去领事馆的小路上，李维业和堵布益同时发现，河内守城的武装人员，明显比早晨增加了许多，正在做着充分的准备，仿佛大战在即。

李维业不禁小声自问了一句："这些人在干什么？黄耀调这么多武装人员要干什么？难道又有新的土匪打了进来？天哪，我怎么这么倒霉！"

堵布益冷笑着说道："据鄙人所知，大清国的军队，一直在替他们剿匪。现在北宁、山西一带，到处是中国人。安南现在突然向河内加派防军，这是对谁来的？分明是要和我们抗拒到底呀。现在多亏刘永福未在保胜，否则，他们早向我们挑衅了！鄙人十几年前就同安南人打过交道，你对他们客气，他们就认为你怕他们，便想方设法侮辱你。你知道十几年前吗？鄙人就是因为航道的事，与他们犯了几句口舌，他们就把我们的人抓进大牢，装进渔网里吊起来抽打。要不是安邺抢先发炮，他也得被装进渔网里去！安南人打仗不行，但侮辱人很有一套。上校先生，您被人侮辱过吗？你尝过被人装进渔网里，用鞭子抽打的滋味吗？”

李维业没有说什么，但走一路，脑子旋转了一路。

饭后，坐进大厅里，李维业一边搅动咖啡，一边笑着说道：“领事先生，您现在可以说说您的想法了。您不会是建议我提前退役吧？”

堵布益答道：“上校先生，您认为您目前最好的选择便是提前退役吗？鄙人不这样认为。鄙人认为，您目前最好的选择，恰恰不是提前退役，相反，倒是延长退役期。比方说，因为您创造了特殊的战绩，参谋总部不能不为您的肩头多加一至两颗星。这样，您的军阶就已经不是上校了，服役期呢，自然也就延长了。鄙人呢，也就可以给日意格写封信过去，让他向参谋总部提出申请，派您到大清国的南洋水师或北洋水师去任职。您只要到了大清国，您想不当将军都不行啊！韦医中校，可加拉德克大尉，鄙人适才所讲的话，没有犯逻辑上的错误吧？”

可加拉德克抢着说道：“领事先生，您说得太好了！上校先生早就该是将军了！”

韦医莫名其妙地望了堵布益一眼，又看了看可加拉德克，默默地端起咖啡喝了一口。

李维业则红光满面地说道：“这是真正的诗！可惜，鄙人不知道应该怎么开头。”

堵布益侃侃说道：“现在的形势，对我们太有利了，真是千载难逢啊！是上帝给您创造了建立特殊功勋的机会！对，是上帝！上校先生，您对上校的军阶，真的很满足吗？您去大清国的愿望，真的只局限于口头上？”

李维业冷静地说道：“领事先生，鄙人知道您在说什么，您想让鄙人动用武力，达到我们想要达到的目的。鄙人不能轻易下达攻击河内的命令。冒险是冒险家的乐事，浪漫才是诗人的专利。鄙人不是冒险家，鄙人不想冒险。”

堵布益恶狠狠地说道：“不不！上校先生，您误解了鄙人的意思。鄙人不想让您去攻击河内，鄙人只是希望您能把河内占领。然后，让黄耀下达拆除航道沿岸哨卡的命令，把他们的人撤走，换上我们的人。仅此而已。”

李维业梦魇般地大叫道：“天哪，您在说些什么呀！鄙人只有两个连的陆战队，您却让鄙人去占领这么大的一个省城！领事先生，您午间不该喝那么多的白兰地呀。”

堵布益笑着说道：“上校先生，您还记得十年前，安邺带了多少人吗？他只带了五十六名陆战队员！您知道安邺创造了什么战绩吗？他不仅占领了这里，还一连攻下了三座城池！如果不是刘永福使计，安邺早成将军了！"

可加拉德克大尉道："鄙人听说，安南的士兵根本不会打仗。我们的大炮响过之后，省城里的几千防军便跑光了。安邺进城之后，连个扫大街的人都找不到。无奈之下，只好把一些女人弄到大街上扫大街充夫役。"

李维业一边喝咖啡一边道："但愿你们说的都是真的，但我更相信它是文学作品，或是一组诗。韦医中校，您以为呢？"

韦医深思着说道："十年前发生在这里的那场不算战争的战争，安邺所取得的战绩，的确有些出人意外。或许领事先生说得对，安南人当真不会打仗。鄙人听说，安邺占领这里后，班尼中尉不管白天黑夜，任意强奸女人。据说一年后，有许多女人都生下了他的种。鄙人以为，班尼如果活着，他起码是五十个孩子的爸爸。天哪，班尼真是太幸运了！"

可加拉德克兴奋地赞叹道："班尼太能干了！上校先生，不，将军，您还犹豫什么呢？我们还有许多机会，可您只有这一次机会了！"

李维业没有马上表态，而是慢慢地站起身来，信步踱到窗前。他深思良久，忽然自语了一句："或许我们当真走了弯路。"

他转身望着堵布益问："领事先生，据您掌握的情报，刘永福什么时候能回来？还有，班尼当真是五十个孩子的爸爸？"

堵布益起身答："上校先生，您怎么忘了，间谍已经向领事馆通报了三次情报。刘永福正在他的家乡大兴土木，盖房修墓，说不定，他就此不再回来了。"

李维业点了一下头，说："这也许当真是上帝给我们创造的建立特殊功勋的机会。"李维业坐下来，接着说："既然这样，那就让安南人再听一次我们的炮声吧。"

第四节 李维业攻占河内

第二天一早，河内的上空同以往一样，笼罩在一片浓重的雾霭之中。

黄耀刚坐进签押房，便收到了李维业派人送交的一份最后通牒：限河内省三天之内，将沿河两岸所有的哨卡及工事交给法国人管理，并解散省城内外云集的大批防军。通牒又说："在期限到达之前，黄耀必须带领河内省所有在事官员，到法国驻河内领事馆接受保护。若有异议，李维业上校，将命令部队向省城发起攻击。由此引起的后果，则全部由河内政府负责。"

黄耀未及把通牒看完便随口大骂一句："真是岂有此理！一派胡言！"说完他便把通牒丢到地上。

想了想，黄耀似觉不妥，又弯腰捡起来，高喊一声："来人！"。

一名卫兵应声而入。

黄耀把通牒往他的怀里一摔道："打发一匹快马，立即送交河宁总督府和朝廷！"

卫兵急忙答应一声走出去。

黄耀跟手又把防军首领传进来，命令道："快快传令下去，紧闭城门，严禁行人出入。"

首领一愣，不由问道："大人何出此言？莫非富浪沙要攻城？"

黄耀道："你说个正着。李酋刚刚递进个最后通牒，让我们三天之内把沿河哨卡通通交给他们！还命令我们把城内外的军兵解散！还说，让本官带上你们这些人，都搬到他们的领事馆去，接受保护。"

首领随口道："他这是在放屁！我们又不是猪羊，他想把我们关哪里就关哪里？他有什么权力保护我们？"

黄耀道："你不要再说废话了。你马上布置人马守城。弹药库里的弹药，可着你们用，快去吧。"

首领飞也似地跑出去。

城门很快关闭，全城不久即进入战备状态。很显然，黄耀是决定举全城之力，和法国人拼上一拼了。但法国人当天并未对城池发起攻击。黄耀及全城官兵皆纳罕：莫非法国人只是虚晃一枪？

原来，李维业为了一战功成，当晚又火速从海防征调一百五十名陆战队员，并"军乐"号军舰一艘。李维业未对城池发起攻击，是因为海防的援兵尚未赶到。

子夜时分，"军乐"号军舰奉命驶进河内城外码头，与李维业原班人马会在一处。第二天早饭过后，李维业指挥军队向河内城打响了第一炮。

李维业和韦医、可加拉德克各带一路人马，从三面向河内发起了攻击。

黄耀亲自指挥守军进行还击。战争进行得比较激烈，双方互有伤亡。

见城内守军拼死抵抗，李维业命令大炮延长射程，猛力轰击。

不懂军事又不会指挥的李维业，此次偏偏下对了命令。大炮延长射程后，竟然一炮击中了城内的弹药库。巨大的爆炸声使守军一片惊慌，竟然不战自乱。

李维业指挥人马，趁乱攻入城内。守军一见城破，登时纷纷溃逃。黄耀阻扼不住，被流弹击中脚部，一头栽倒。他怕被法国人抓住受辱，急忙拔出短刀自杀，成就了他为国尽忠的美名。

眼见黄耀倒地身亡，河内省大小官员无人再组织抵抗，都开始从各种渠道向城外狂奔。有跑得慢的，也不管法军是否就在面前，便把枪一丢，闭上双眼，高高地举起双手，口里大声喊着愿降，甚是可笑。

李维业让可加拉德克把这些降兵召集到一起，细细清点人数，竟然高达一千三百余人，整整跪满了巡抚衙门辕门前的空场地。可加拉德克带上一个排的法军，押着越军浮虏，浩浩荡荡开到红河码头。他把这些人分成两队，每队派十名法军持枪看管，开始对红河沿岸修建的哨卡逐一拆除，放火焚烧。麻木的河内百姓，都走出家门歪起脖子看热闹。法军趁机把十几名当地年轻女人拉出人群，弄到军营里——轮奸、侮辱，并命令她们烧火做饭，供所有士兵驱使、玩弄。

李维业把河内城的城防重新布置一番后贴出布告，宣布河内省暂归法军管理：外城由可加拉德克大尉负责，内城由韦医中校全权料理，他本人总理一切。

布告在最后又特别申明：此乃法国保护东京（河内）之善举，但有异词，杀无赦。这张布告，把河内百姓弄得糊里糊涂，不知所云。

消息传到西贡，卢眉闻之连连顿足道："糟了！糟了！这个该死的李维业，想不到这个时候鬼附体了！"

他当天即把情况报给国内海军殖民部，称："成为我们安全威胁的河内城，被我军攻略，即将加以拆毁，我们仍与安南保持关系，但有一点我必须申明，李维业在采取行动之前，并没有向我报告。"卢眉显然在推卸自己的责任。

消息传到顺化，阮福时登时吓昏过去。他醒来后，一面下旨黄佐炎，询问河内失守详细情形，并黄耀以下各官员下落；一面召集王公百官，紧急商量对策。第三天，他又采用摸纸条的方法，派黎竣火速赶往西贡，会同阮诚意，向卢眉交涉索要河内省城事宜。

哪知黎竣接旨之后，竟然大小便全部失禁，弄得朝堂之上臭气熏天。阮福时掩住口鼻，不为所动，命侍卫硬把他架进马车里，直奔西贡而去。黎竣奏请想回家看看，阮福时怕他反悔，未敢允准。坐进马车里，黎竣整整哭了一路。到了西贡，侍卫又把他架进驿馆里扔到床榻之上。他睁着两眼恍恍惚惚，跟在梦里一般。

阮诚意此时偏巧不在驿馆。他一早就被约进总督府，商谈河内的事情。他到总督府的时候，还不知道李维业已经占领河内省城的事。

同卢眉一见面，他还这样说道："下臣想了一夜，认为航道还是由我国把守好些。因为口岸一开，各国商人都要云集经商，有了交涉，我国也好办理。"

卢眉笑道："这种话就不要说了，因为河内总督府，已将航道两岸的哨卡交了出来。李维业上校，现在正在命令对这些哨卡、栅栏，进行拆除、烧毁。现在一切都很顺利。只要贵国执行《法越和平同盟条约》，无论贵国有什么事，我国都将代为办理。"

卢眉的一席话，直把阮诚意说进云里雾里。

回到驿馆，见到床上瘫成烂泥的黎竣后，阮诚意这才知道河内已被李维业武力占领，黎竣是奉旨特来向卢眉索要河内的。

阮诚意看那黎竣，面皮青灰，两眼失神，嘴唇干裂，浑身颤抖，分明就是个正在死亡线上挣扎的人。

阮诚意步出驿馆，长叹一口气道："黎相国病成这样，朝廷到底是让他来索要河内，还是来送命呢？"

晚饭过后，听说黎竣到了西贡，卢眉为了缓和法越之间的敌对关系，特委派总督府一名叫邵夷平的中级官员，到驿馆来看望他。

寒暄过后，阮诚意同着翻译把邵夷平引到黎竣的床前。

阮诚意大声对黎竣用越语说道："老相国，富浪沙总督府要你命来了！"邵夷平译成越语便是要你命。

邵夷平弯下身躯，笑着说道："卢眉总督向您致意！"

黎竣正处在半梦半醒状态，阮诚意忽然说出"要你命"三个字，他全身打了个冷战，慢慢睁大眼睛后，正看到一名法国军官似笑非笑地望着他。他登时感到头顶猛地一热，仿佛被一发炮弹打中，又好似一头栽进火海里。眼前的一切于是开始模糊，终于虚无。但一双眼睛自始至终惊恐地瞪着。

邵夷平吓得不由自主地后退一步，说："黎大人的眼睛好白！黎大人的眼睛好白！"说完这话，他又象征性地和阮诚意客套了两句前言不搭后语的话，便匆忙告辞而去。

邵夷平前脚刚离开驿馆，一名侍卫便找到阮诚意，说："阮大人，黎相国怎么一动不动？不会有什么事吧？您老要不要亲自去看看？"

阮诚意很无奈地只好又走进黎竣的房间，大声说："黎相国，要你命的走了。您老要不要吃口什么东西？"

黎竣一声不吭。

阮诚意向侍卫示意了一下。侍卫快步走到床前，弯下身子用耳朵细细听了听，说："阮大人，黎相国好像不喘气了。您老要不要听听？"

阮诚意一愣，急忙近前一步，伸手在黎竣的鼻子前晃了晃，说："传人马上备车，连夜把老相国送回都城，万不可让富浪沙人预闻。还有，本官今夜不能住这里了，你快去联系一家新客店，我们要连夜搬过去。"

侍卫小声问："阮大人，您老莫非是说，老相国已经驾鹤了？"

阮诚意一瞪眼道："你不要聒噪，老相国是驾鹤还是骑驴，需要皇上定夺，本官如何能说了算！你快去吧。"

一连三天，阮诚意没有与卢眉约谈，他在等着朝廷委派新钦差过来。

正在这时，刘永福风风火火地赶回到保胜。到保胜的当日，他便收到黄佐炎快马递来的加急信函。

黄在信中先向刘永福讲明李维业武装攻占河内的前因后果，称："全系贵团阻商不让航道所致"，希望刘永福能率黑旗军，从速开至离河内省城五十里的山西省城驻扎，配合越南官军收复河内，赶跑李酋。黄佐炎特别言明，这是刘永福立功赎罪的大好时机，如果轻易错过，朝廷恐怕当真不能再允许他们在保胜屯扎下去了。这是黄佐炎一贯的策略。每当有求黑旗军的时候，他先说黑旗军的不是，然后再谈事情。刘永福并不与黄佐炎一般见识。

刘永福读信后良久不语，他在思考，黄佐炎此次收复河内的决心到底有多大。换言之，越南军队，此次是否当真敢正面和法军交战？

黄佐炎此次信誓旦旦地要武力收复河内，是否当真下了决心呢？

黄佐炎是下了决心的，他在给刘永福发函的同时，又给朝廷上了一折，积极请战。请战折先称："富此次派来兵船，倍违原约之数。河省问及，则以逐团为辞。逮守土者城内略防，即来攻城。"认为法人阴谋是"不并北圻全辖不止。"主张"当一战而后和，庶可遏彼狼心。"折子最后表示："臣等仰荷威德，鼓率军民，守者悉力保国，战者分途合攻，务期大加剿洗，一雪前耻。"

是什么让黄佐炎下定决心要和法国人大干一场呢？说出来恐怕没人信，此次让黄佐炎下定决心的，竟是钦差大臣阮政。阮政说服黄佐炎武力收复河内，其实是想通过枪精炮利的法国人，达到铲徐刘永福的目的。黄佐炎和刘永福都成了阮政手里的棋子。

但刘永福此次并没有急于进兵。

他连夜骑快马赶到谅山，来见在此驻扎的广西提督黄桂兰，想听听黄桂兰的主意。

闻报刘永福求见，正要安歇的黄桂兰先是一愣，马上着人先将刘永福请进大厅等候。他则急忙更衣，到大厅来和刘永福见面。

这是黄、刘二人首次会面。一见黄桂兰顶戴官服走进来，刘永福急忙跨前一步，用属官见上宪的礼节，一边施行大礼，一边低头口称：“下国小臣叩见天朝军门大人，小臣深夜遽然打扰，实属冒昧之至。”

刘永福的几句谦词，登时让黄桂兰沐浴在和煦的春风里，舒服得浑身发热。他一步跨到刘永福的近前，弯腰来扶刘永福，口称：“老弟过谦，本提督实不敢当。老弟快快起来讲话。来人，给渠帅看茶！”

刘永福连连称谢，起身坐到黄桂兰的下首，早有侍卫捧茶进来给二人摆上，然后施礼退出。

黄桂兰摸一把胡子，小声问一句：“老弟，你是刚回来？李维业攻占河内戕杀黄耀的事，你可曾听说？”

刘永福道：“大人容禀，卑职回来时，本想来给大人请安，但因法鬼正在航道沿岸拆哨焚卡。卑职怕保胜有闪失，就直接回了保胜，哪知道便收到了北圻统督黄相国的急函。”

黄桂兰急问一句：“黄统督怎么说？”

刘永福答：“黄统督决定武力收复河内，与法鬼李酋决一胜负。黄统督商令卑职，提军到山西省城驻扎，以期合击李酋。越南朝廷一贯出尔反尔，卑职不敢深信，故特星夜赶来面见军门大人。请军门大人示下，讨个好主意，以免总受制于人。卑职现虽服官越南，而越南却是天朝藩属，卑职尽职越南，其实也是尽忠于天朝。”

黄桂兰手摸胡子说道：“老弟所言不错，我大清与越南唇齿相依，宗藩已久。越南事，即大清事；越南臣，亦大清臣。只可惜，这只是你我的看法，代表不了越南朝廷。但有一点，我们都要合力坚持，那就是保全北圻航道，保全保胜不落于法人之手。你老弟一直坚持不迁离航道，这一点是对的。老弟只要不让步，法人就打不开航道。”

刘永福道：“军门所言甚是，但军门有所不知，越南人都是靠不住的。一旦法鬼大举兴兵，仅凭卑职旗下的三千余人，怕是支持不了多久啊！越南朝廷苦苦相逼，恨不得把黑旗军赶出境外。法人也是苦苦相逼，不除之不快。"

黄桂兰正要讲话，一名侍卫匆匆走进来向黄桂兰递交了一封快函，称："军门大人，这是黄统督派人送来的火票，指明要大人亲阅。"

黄桂兰愣了一下，急忙接函在手，又向侍卫挥了一下手。

侍卫大步走出去。

黄桂兰拆开火封，就灯下把这封火票看了看，说："黄佐炎邀我共同抗击李维业，还说下国有难，上国理应相助，断无旁观之理。看样子，越南倒是真心想和法人打上一仗了！"

刘永福问："大人莫非真想出兵？"

黄桂兰道："他既然真心抗法，我大清岂能坐视？老弟，事不宜迟，你马上返回保胜，快速移师山西。本提督也于明晨调拨四营官兵赶往山西。我们三面合围，定能一战而复河内！老弟，你还有别的事吗？"

刘永福犹豫了一下道："卑职星夜来扰，其实是有一件大事要与军门商量。"

黄桂兰一笑道："老弟不要有所顾虑，有话但讲无妨。"

刘永福道："军门大概也有所闻，卑职所部自入越以来，一直靠设卡抽丰勉强度日，旗下各营不仅更换枪械无力，添置弹药也有限。卑职早就想购置两门大炮，一直无此力量。"

黄桂兰抚须一笑道："老弟要讲的话，本提督已经知道了。老弟先按黄统督的调度移师山西，本提呢，当寻机禀明徐方伯，适度资助你一些枪械、弹药。只要老弟决心抗法，本提督就不能袖手。"

刘永福一揖到地道："军门当真如此，不仅是黑旗军之幸，亦是北圻之幸，更是下国之幸！卑职就此告辞。若有什么事情，卑职一定禀明大人！"

刘永福一刻不敢停歇，连夜飞马赶回保胜。到保胜不久，他即统带一千五百人马，浩浩荡荡开往山西。为防法军趁虚偷袭保胜，刘永福留一营人马会同快枪一哨，镇守保胜各口。

黑旗军到山西扎营未及两个时辰，黄桂兰麾下提督衔总兵陈朝纲，率四营部属，亦悄悄赶到山西。

得知大清国兵至山西，越南朝廷一阵狂喜，当即给黄桂兰飞递感谢圣谕，曰："下国有警，天朝及时派出水陆各道官兵前往下国交界驻扎，固以搜捕逸匪为正办，而遇事便为保援，实有深意在焉，其为下国虑者既备以周，不胜感戴。"

黄桂兰接到越王圣旨，马上派员送递国内。

第五节 中国人的尴尬

越南王圣旨到达黄桂兰大营的时候，在山西的刘永福，却正在按照黄佐炎的谕令，祭旗誓师，准备向河内进攻。誓罢，刘永福即命令黄守忠率先锋营开拔，吴凤典率一营跟进，刘永福总督后路人马。一时间，黑旗招展，战刀出鞘，号角齐鸣，阵容甚是整齐、壮观，引得山西省城的大小官员，都步出城垣观看。

但黄佐炎的一道谕令，却飞也似地递了进来。谕令刘永福停止进军，即刻移师北顺州；现留守保胜之余部，亦随迁该处，一刻不准耽搁，否则定当重处。

刘永福接令在手，茫然不知所措，许久才清醒过来，心里骂道："本军倍加小心，还是遭了他越南人的道儿！多亏没把全部人马开出来，否则连个退路都没有了。"刘永福入越多年，已经累吃越南人朝令夕改的亏。

他马上传令黄守忠停止向河内推进，一面派快马赶往河内打探消息。

不到半日，有消息从河内传来：因越南朝廷完全接受了法国所提的条件：把航道交给法国人管理，迁黑旗军出保胜，开放红河口岸，一丝不苟地按《法越和平同盟条约》办理——卢眉已给李维业下达限期交还河内的命令。法军现大部已撤出省城，到航道两岸驻扎，只留十几人在城内待命，等待越南朝廷派官员前来接收。

刘永福打探到确切消息，更加不敢耽搁，趁越南人调集军队的空档，匆忙下令各营拔营起寨，连夜飞速返回保胜。

黄佐炎接到圣旨的时候，本打算谕令黑旗军仍回保胜驻扎，但钦差大臣阮政、靖边副使张光鑭、阮有度等人却力持己见，决定借机将刘永福迁至偏远山区北顺州一带，趁机将保胜交给法国人管理，免除所有后患。若刘永福不同意，便围而剿之，为越南国永远除此后患。

这次，不光刘永福让越南人耍了，连广西提督黄桂兰也让越南人耍得不轻。但刘永福却并没有理睬黄佐炎的谕令，连夜率军飞速赶回保胜后，便开始紧急向各哨卡加派兵力，密切关注法国人的动静。

当刘永福没有按着越南人的意愿迁往北顺州，而是又回到保胜的消息传到黄佐炎、阮政的耳中，阮政当即猜出，刘永福敢公然对抗朝廷，一定是大清国在背后给黑旗军撑腰。尤其在得知广西提督黄桂兰，不仅赞同刘永福据守保胜，还奏请资助黑旗军军火的情报后，阮政更是气得跳起脚来破口大骂道："我们请他们出兵入境，是让他们助剿匪乱，不是来给刘团打气撑腰的！刘团不迁离保胜，富浪沙如何肯与我国甘休！大清国的人全该死！"阮钦差分明已经变成阮疯狗。

阮政骂完之后就含毫命简，给朝廷洋洋洒洒上了一折，奏请朝廷速给大清国广西巡抚衙门发函，将入越官兵次第撤回，使刘永福失去依仗。然后，再发兵保胜，配合富浪沙神兵，逼令刘永福率团离开保胜。功成之后，再化兵为民，永消此患！北圻则永远平静矣！

阮政写折子时咬牙切齿，恨不得自己化作一把利剑，眨眼间飞到保胜，砍落刘永福项上的那颗人头，替法国神将安邺报仇雪恨。

阮福时接阅阮政的折子之后，虽然也对大清国气得不行，但却没敢给广西巡抚衙门发函，而是给驻在谅山州的黄桂兰去了一封密函，请黄桂兰立即将驻扎在山西的官兵调回谅山。密函又说："大军入境，是为剿匪，不可暗助刘团对抗朝廷。刘团一意孤行飞兵山西，大军本该劝阻，不该鲁莽行事，反亦出兵山西声援。下国实不解矣！"

黄桂兰手捧密函哭笑不得，许久才对几名幕僚说了句："越南人是一群混蛋啊！——不辨是非，不明事理，他们到底要怎么样啊！"

一名幕僚气愤地骂道："大人所言甚是，越南的主事大臣，个个都是糊涂蛋哪！这样的一个国家，我大清缘何要帮他呀！军门，您老还是密禀抚台，越南的事，我们早就不该管了。现在可好，出力不讨好，还让人骂！"

另一名幕僚说道："越南朝廷出尔反尔，首鼠两端，这不是难为人吗！军门还是把实情禀给抚台和藩台吧，我们还是尽早离开这里为好。"

就在越南朝廷被法国人交还河内的假象蒙蔽，向法国人摇尾乞怜多方讨好时，黑旗军则坚决不肯让出保胜，不向越南朝廷妥协。而大清国在越官兵，则不得不驻足观望，不敢轻举妄动，进退维谷，处境非常尴尬。

此时，法国当局又是怎么想的呢？

卢眉把李维业攻占河内又交还河内的事情经过，原原本本地报给了国内海军殖民部。

殖民部部长游列居伯利将报告通读一遍，马上把它呈给了外交部。

游列居伯利向外交部代理部长茹费理建议说："据卢眉报告，刘永福拒不按安南朝廷行事，是因为中国人在背后给他撑腰。安南议和大臣也赞同这一观点。我本人认为，我国若想彻底占领航道，必须想办法先让中国军队撤出北圻，这样我们才能集中力量对付刘永福。"

茹费理把报告反复读了读，又锁紧眉头思索了许久，这才说道："你说的对，按照我们与安南签定的条约，除我国外，其他国家均无权向安南派驻军队。你马上电令宝海，命令宝海与中国总理衙门谈判。中国军队必须撤出安南！"

游列居伯利说："部长先生，我们直接和曾纪泽谈不是更好吗？"

茹费理坚决地说："不不！要谈只能和他们的总理衙门谈。曾纪泽这个人不好对付，他把俄国人搞得很头疼，我们对他也很头疼。我们不能和他谈！他是我国出兵安南最大的障碍！"

游列居伯利不再讲话，他按照茹费理的指令，很快便将电文拟好。经茹费理同意，电文很快发向法国驻华公使馆。

宝海是法国派往大清国的第八任公使，他到任尚不及两年。

他接阅国内电令的时候，大清国朝廷也正在为法、越之间的战事苦恼着。

军机处收到徐延旭由广西快递的奏报后，恭王没敢耽搁，很快便转递到深宫大院内的慈禧太后手上。

慈禧太后读过奏报后，当晚便把恭王奕䜣、光绪帝的亲生父亲醇王奕譞、贝勒奕劻，以及所有在京主事的军机大臣、大学士、各部院尚书、满汉左右侍郎等整整五十余人全部召进宫来，会商此事。都察院副都御史张佩纶虽仅三品衔，但因名头太大，也被破格召进宫来。会商之前，慈禧太后先命恭王把徐延旭的奏报对王大臣们简单讲一遍。

恭王领命，小声对王大臣们说道："据广西布政使徐延旭奏报，法国人李维业，带着他的人马，把越南河内城给占领了。照越南朝廷所请，广西提督黄桂兰，拨了三营人马开进越南山西，会同黑旗军刘永福、越南北圻统督黄佐炎，想武力收复河内，把李酋赶出北圻。但据黄桂兰奏报，三营粤军开到山西后，李酋却突然又把河内交还给了越南。越南朝廷于是命令黑旗军直接搬离保胜，把航道让给法国人。刘永福没有听从命令，又连夜返回保胜驻守，并未让出航道。越南人不敢惹刘永福，却指责黄桂兰，说黄桂兰暗中支持刘永福。现在，我大清驻越防军进退两难，徐延旭亦不知应该如何办理。"

慈禧太后这时道："恭王的话讲得再清楚不过了，我把你们连夜召进宫来，就是要尽快拿出一个办法来。无论怎么讲，越南都是我大清的属国。大家议一议吧。"慈禧太后不再讲话，显然是等着下面的人发言。但下面的人一声不吭，谁都不想第一个发言。

慈禧太后无奈，只好亲自点将了："张佩纶，还是你先说吧。是把黄桂兰撤回国内呢，还是还让他继续驻扎在北宁？"

张佩纶朗声答："太后容禀，微臣以为，无论越南朝廷是何态度，黄桂兰都不应撤回国内。"

恭王："张佩纶啊，现在是越南朝廷要求我们撤回黄桂兰。黄桂兰仍驻北宁，局面很尴尬。"

张佩纶："越南是我大清藩篱，撤回黄桂兰，等于自撤藩篱。微臣以为，此时不但不能将黄桂兰撤回，还应下旨，着倪文蔚转饬徐延旭，速统带精兵良将出关入越，督办关外战事。法国见我国发兵，自然不敢进逼。"

恭王："张佩纶，法国肯听我们的话吗？他若苦苦相逼怎么办？不是要开衅端吗？李鸿章说，法国乃西欧强国，不可轻与开衅。"

慈禧太后："李鸿章说过这话，但张佩纶所言也不是没有道理。我一直就不明白，越南是我大清的属国，他为什么不听我们的话，却听法国人的话呢？他是甘心从逆呢，还是另有苦衷？"

张佩纶："禀太后，微臣以为，越南朝廷肯定是另有苦衷。"

除了恭王和张佩纶侃侃而谈外，其他人仍是一言不发，这让慈禧太后很是憋气。她气嘟嘟地说："我就知道，让你们进宫，你们也议不出个究竟来。恭王啊，这件事啊，还是你拿主意吧。"

下去后，恭王一直在想："法国可以不顾及大清国的感受，但身为属国的越南，是无论如何都要和大清国有所交代的。他们为什么一个屁都不放呢？越南是不是当真不想再当大清的属国了？大清丢掉越南，是不是就少了道藩篱？若和法国公然决裂，法国开衅怎么办？大清国还不具备与西欧大国抗衡的实力啊。"恭王转而又想："既然与法国兵戎相见，衅端大启，大清国没有丝毫胜利的把握，又不想丢掉这道藩篱，那么，若支持刘永福和法国对抗会怎么样呢？"

恭王给天津的李鸿章去了封密函，就越南之事向他征求意见。

李鸿章回函称："我大清若公开支持刘永福，法国肯定会提出抗议。最关键的是，不明事理的越南人也不会同意。肯定要指责大清国多事！从同治十三年越南背着大清国与法国订立《法越和平同盟条约》，直至今日，越南做了许多伤害大清国感情的事。匪患横行，向大清国求助的是他们；李维业攻占了河内，向刘永福和清军求救的是他们；李维业把河内交还，指责刘永福和清军的又是他们；与法国订约的是他们，指责法国向北圻擅自加兵的又是他们！"李鸿章建议恭王，舍越南而固本境，方为明智之举。恭王把李鸿章的密函递进宫去，慈禧太后却力持不可："藩篱怎么能说撤就撤呢？一些王大臣们也不会同意啊！"

越南成了大清国眼里的鸡肋：弃之可惜，食之无味。

慈禧太后对法国人生气，对越南人生气，更对恭王生气；恭王对法国生气，对越南生气，也对一些主战的大臣们生气。

李鸿章原本已丁母忧，但因越事愈来愈棘手，朝廷不得不夺情令他在天津北洋大臣任所守制。他名义上开缺了文华殿大学士职衔，又由张树声接替他暂署直隶总督。其实，直隶以至北洋的事仍由他做主。从同治十三年法国同越南签订《法越和平同盟条约》以后，李鸿章就多次劝告朝廷放弃越南之属国名份，固守本国疆土。他始终认为，既顾本国疆土，又兼顾属国名份，凭大清有限的物力与财力，实难尽善。但朝廷被浮言所惑，没有听从他的劝告。李鸿章一直很气恼。

李鸿章此时正奉旨全力筹办北洋海防，购军舰、练水师、聘洋教习，还要兼顾陆防、铁路、采矿等，若非恭王来函询问，他对越南的事仍不想发一言。

就在大清国上下彷徨踌躇、举棋不定的时候，法国驻华公使宝海，竟主动走进总理衙门，声称奉国内指令，想就越南的事，同大清国进行商谈，请总理衙门能及时给予答复。

宝海的举动，一下子打破了僵局。恭王当日便进宫与太后密商此事，不久便有旨递到天津李鸿章手中：加李鸿章钦差大臣衔，与法使臣妥议越南之事。同日，总理衙门用中、法两国文字照会法驻华公使馆：总理衙门已授权北洋大臣李鸿章与法公使商办越南之事，请法使即赴天津与李鸿章晤面。云云。

宝海接到照会自是满心欢喜，他当日就将使馆事务交由参赞官谢满禄代为料理，转日即离都赴津，来见李鸿章。

这时，一直静观中越之事的吏部候补主事唐景崧挺身站了出来。

唐景崧字维卿，广西灌阳人。同治四年进士，大总裁是军机大臣宝鋆。

入翰苑，散馆授七品编修。唐景崧性耿介，敢说话，竟然在编修任上一干就是十五年。座师宝鋆见他熬得辛苦，不得不出面为他说了句话，这才在年初恩赏了六品顶戴，转吏部主事。他接旨之后，满心欢喜地赶到吏部，本想作为一番，哪知吏部主事根本没有任满，他须候补一年后才得到任。清朝体例，候补是没有俸禄的。他明着是升了官，实际情形，倒不如在翰林院时活得快活。衣服破了也没得换，他又最爱交际，爱逛琉璃厂，相中的东西偏又买不到手，这京官做得甚是不顺。

唐景崧从候补吏部主事的第一天起，就开始谋求外任。偏偏既无人肯为他说话，他手里又无银子打点，而他又总想干番轰轰烈烈的大事，于是更加苦恼。

法越之事愈来愈棘手，但朝廷却束手无策，既拿不出切实可行的好办法，又不甘心眼看着自己的属国就此亡于法人之手。唐景崧终于忍不住了。他尽管知道凭自己的身份和地位，讲的话朝廷未必肯听，但仍然不顾一切地写了一篇洋洋洒洒字数过万的奏折，交给座师宝鋆，由宝鋆代递进宫去。也许活该唐景崧官星发作，也许是幸运之星提早照到了他头上，他的这篇折子，倒还真引起了慈禧太后的注意。

早在法国侵越之初，籍隶广西的唐景崧因挂念桑梓，曾多次上书总理衙门，指出：“法人欲割其山西、兴化、宣光等省，则以地近云南、广西故也。”去年年底，他尚在翰林院编修任上供职，又上书总理衙门，劝总理衙门及早出兵固藩，免落他人后步：“越南今日之难，非琉球可比；云南之通商，非各海口之通商可比。此所以不可苟且了事也。”见总理衙门依然如故，他又上书称：“窃维今日兵事为中外大局所关，外之高丽、缅甸，内之台湾、琼州，皆视越南一隅之存亡以为安危，诚不可不用全力以图挽救。”

可惜，他连篇累牍的疏陈，并未引起恭王的注意，慈禧太后自然也就更不在意了。

他此次上疏言事，抛开以前的那种虚应之辞，单刀直入地讲明自己的观点：“于法氛未动之先，曾谕内外臣工详加揆度，合力图维，是朝廷固未尝置越南于度外也。本年总理各国事务衙门奏请筹备，复有敕疆臣因应之旨。疆臣建议，无外筹防，揆时度势，力止于斯，而终归于无救越南，有损中国，殊可叹已！”折后，唐景崧合盘托出自己对越南的看法：“越南有将、有兵而不知用；君臣贪黩，政治不修，既无夷难，亦几无以自存。中国不与共安危则已，既与共安危，则赖有人往提挈之也。”唐景崧随后向朝廷大胆提出招抚刘永福，使其为我所用的建议：“臣维刘永福者，敌人惮慑，疆吏荐扬，其部下亦皆骁勇善战之材，既为我中国人，何可使沉沦异域？观其膺越职而服华装，知其不忘中国，并有仰慕名器之心；闻其屡欲归诚，无路得达。若明畀以官职，或权给以衔翎，自必奋兴鼓舞；即不然，而九重先以片言奖励，俟事平再量绩施恩。若辈生长蛮荒，望阊阖如天上，受宠若惊，决其愿效驰驱，不敢负德。惟文牍行知，诸多未便，且必至其地，相机引导而后操纵得宜。"唐景崧随后主动请缨，愿意只身赴越去联络、说服刘永福："可否仰恳圣明，遣员前往，面为宣示，即与密筹却敌机宜；并随时随事开导该国君臣，释其嫌疑，继以粮饷。刘永福志坚力足，非独该国之爪牙，亦即我边徼之干城也，"为了让朝廷相信刘永福的能力，唐景崧更深一步地写道："或谓刘永福一武夫耳，岂能倚任大事？而臣则以为过论。前者河内之捷，海岛闻知，至今夷见黑旗，相率惊避。正宜奖成名誉，借生强敌畏惮之心；中国人士轻之，则彼族亦遂轻之矣。臣尝见今言者，訾毁重臣，弹劾宿将，愚昧之见，窃叹未宜。盖四邻环伺之秋，与承平有间。重臣宿将，所借以御外侮者，亦赖威望有以镇慑之。必曰不可恃，诚恐长寇仇之玩志，而堕我长驾远驭之先声。夫刘永福诚何足道，然既驰声海峤，亟应奖励裁成。臣所以请遣使前往者，乃欲借国威灵，培彼名望，未尝非控制强邻之一术也。……微臣慨念时艰，窃愿效陈、傅之请。"唐景崧随后讲述了自己赴越说刘永福的优势："刘永福所部皆属粤人，臣籍隶广西，谊属桑梓，则前往出于有因；寓越之粤人极多，情势易于联络，盖尝熟筹及之，非敢冒昧而请行者也。"

在折中，唐景崧不仅向朝廷主动请缨，且把自己赴越的理由说得极其充分，冠冕堂皇、当仁不让。好像除他之外，别人都不能成功。

第六节 壮哉班定远也

慈禧太后读过唐景崧的折子后，眼前顿觉一亮。她认为唐景崧所提办法，的确有可行之处。但要唐景崧以什么理由赴越，却又让慈禧太后、恭王、醇王等人颇费踌躇。这时，法国公使宝海正与李鸿章在天津商谈越南的事，朝廷在此时明旨唐景崧赶往越南，势必引起法国人的警觉。法国人一旦抓到把柄，势必不肯善罢甘休，中国的外交则将陷入一个极其被动的局面。朝廷同时还要考虑到，明旨令唐景崧入越，越南人会怎么想？越南人的愚弱是各国尽知的事，唐景崧招抚刘永福抗法，越南人很可能认为是中国在挖他的墙角。不仅不感激中国，反倒要仇恨中国。出尔反尔，首鼠两端，是越南朝廷的家常饭。大清国不想引火烧身，只能慎之又慎。但慈禧太后和恭王，以及一班大军机们，又着实不想放弃这个办法。

十几日后，一道语焉不详、但又富含意味的圣旨悄悄递到唐景崧的手里："吏部主事唐景崧，着发往云南，交岑毓英差遣委用。钦此。"

聪明过人的唐景崧一接到圣旨，顿感头顶嗡地一声炸响，仿佛晴天里响起惊雷，立时天旋地转起来。

很显然，朝廷不明旨令他赴越，却把他发往与越南毗邻的云南差遣委用，是不想引起法国人的注意。换言之，若唐景崧当真能悟出朝廷的良苦用心，毅然赴越替朝廷说刘，使刘永福能够决心抗法到底，保全越南北圻，守住中国西南大门，则乃朝廷委派得人之功；反之，如惹出麻烦，法国当真发难中国，朝廷则可把唐之入越，说成是唐个人之行为，与中国朝廷无涉。

大清国朝廷自认为走了一招妙棋，却把唐景崧推向了一个进退两难的境地。

一连多日，唐景崧食不甘味、寝不安席，见客、拜客都打不起精神。一个原本意气风发、不甘寂寞的都城仕宦，接旨后不多几日，便憔悴成一名精神恍惚、白发频增的庸俗小吏。

依大清常例，大小官员赴外省履任，出都前都要进宫请训。但对唐景崧此次出都，军机处却特着吏部转谕唐景崧：上头有特旨下来，唐景崧不须进宫请训，可径行离都。

得到这话，唐景崧的心又是一阵乱跳。一连串的反常举动，使唐景崧更加清醒地认识到，朝廷还是希望他能入越说刘抗法。但因鉴于中、法、越关系微妙，加之中法正在谈判中，朝廷不敢明谕于他。想来朝廷果然有只可意会不可言传的苦衷。

又思虑了几日，唐景崧决定先到云贵总督岑毓英处禀到后，看岑毓英怎么说，再定行止。为了能尽快赶到昆明，唐景崧之眷属仍寓于京，自己只带了两名长随、几箱书、行李等物，乘马车离京。

出都那天，天气格外的好，一班同年同寅俱来送行。

唐景崧一扫过去的冲天豪气，心事重重地与送行的人话别，眼含热泪踏上官道。走了一个时辰后，唐景崧才让车夫停下马车，他则下车回首遥望。他想再好好地看一看这座让天下读书人心驰神往的京城。

唐景崧正恍惚间，一匹枣红马旋风般向他奔来。马上的人高喊一声："前面可是赴滇履任的唐大人吗？"

唐景崧一愣，随口答应一声："正是本官。"

马至车前，马上人翻身下马，双手举着一个纸包说道："宝中堂得知大人今日出都，特遣小人送薄礼一份，请大人笑纳。"

来人对着唐景崧施行大礼，把纸包举过头顶。

唐景崧眼圈再次一红，急忙双手接过纸包，口里道："请老弟转告中堂大人，晚生永远也不会忘记中堂大人的栽培大恩，请中堂大人保重！"

来人起身，又对着唐景崧行了一礼，这才翻身上马，掉转马头回城。

唐景崧眼含热泪二次上车，马车缓缓启动。

唐景崧狐疑地打开纸包，却原来是一本宋刻本《班超传》。

唐景崧先是一愣，马上又眼前一亮，急忙翻开第一页，一张八行纸出现在眼前，六个核桃大的楷书跃然纸面：壮哉班定远也！字的下方，明晃晃钤了一方印绶，细看却是"佩蘅"二字。佩蘅是宝鋆的字。

唐景崧手捧《班超传》，眼望着宝鋆的临别赠言，陷入深思之中。

班超是班固之弟，但志向却与其兄异。班固是东汉著名的史学家、文学家，因修《汉书》而名留千古。班超则是东汉名将，从窦固击北匈奴贵族，旋奉命率吏士三十六人赴西域。他攻杀匈奴派驻鄯善、于阗的人员，又废亲附匈奴的疏勒王，巩固了汉在西域的统治。章帝初，北匈奴贵族在西域反扑，他在疏勒等地坚守。后得东汉政府援军，联合当地力量，开始反击。从章和元年（公元87年）到永元六年（公元94年），陆续平定莎车、龟兹、焉耆等贵族的变乱，并击退月氏的入侵，保护了西域各民族的安全以及"丝绸之路"的畅通。永元三年，任西域都护，居西域达三十余年。后封定远侯，此即后世称班超为班定远之来历也。

宝鋆的临别赠言虽只短短的六个字，却无异于代表军机处向他指明了前行的方向：入越说刘抗法。所谓发往云南云云，不过是朝廷放给法国人看的一枚烟雾弹。宝鋆的这句临别赠言，很可能正是宝鋆代表上头送给他的一颗定心丸。想到此，唐景崧的心胸渐渐开朗，眼前也明亮起来。

车到天津，他毅然弃陆走水，登舟直奔广州。

当时，天津漕运比较繁忙，但漕船只运漕粮，并不载客，载客的船只都是招商局的船。

唐景崧遣随从到码头去雇私轮，他则在一家小客栈坐等消息。

随从回来报：私船不走远途，直达广州的只有招商局的轮渡，他们运货也载客，但招商局的轮船须三日后才启锚。

唐景崧心急如火，也只能耐住性子等待。

当晚，有客来访，唐景崧接入，却是一名侍卫和一名身着守备军服的武官。武官一见唐景崧便先问了一句："您老可是到滇省履任的唐大人吗？"

唐景崧忙答一句："正是本官。请问老弟是何人？如何认得本官？"

守备一礼到地说道："卑职见过唐大人。"

唐景崧慌忙扶起守备，问："老弟到底是谁？本官看着怎么眼生？"

守备说："卑职是奉李爵相之命，特赶来问候大人的。爵相想知道，大人是去云南，如何弃陆走水？莫非想去广州？"

唐景崧答："本官在此等船，正是要去广州。爵相如何问起这些？"

侍卫点了点头，突然近前一步，把一张银票递给唐景崧道："爵相猜得不错，大人果然是去广州。这是爵相特着卑职送给大人的程仪。爵相特着卑职转告大人，北洋水师今晚有兵轮要到广州公干，大人可搭轮随行。所有事宜，爵相已经交代下去，无人敢拦。"

唐景崧糊糊涂涂地接过银票一看，是六百两。

不容他讲话，守备又说道："大人现在就随卑职到码头登轮吧。爵相吩咐再三，大人此行重任在肩，万万不可在路途耽搁。"

唐景崧不再犹豫，急忙吩咐人结账起程，随守备直奔码头。

清制，官员到外省履任，官府并无程仪，只有出使钦差才享有这一殊荣。

李鸿章明知唐景崧赶赴云南履任，却遣人资以程仪，分明是把他当成钦差看待。尤其是李鸿章特许他搭乘兵轮这一点，更加坚定了他入越的决心和信心。看样子，不光是军机处和总理衙门支持他赴越，就是李鸿章，这位对越南抱有成见的朝廷重臣，也是赞成他入越说刘的。显然，尽管此时李鸿章正与宝海进行谈判，但他仍然希望能借助越南和刘永福的力量，达到"绥藩固圉"的目的。

借着一江好风，唐景崧顺利抵达广州，择驿住下。

歇了两天，唐景崧具禀快速到两广总督府给两广总督曾国荃请安。

礼毕，唐景崧先详细向曾国荃讲述了一遍自己请缨入越以及朝廷着他发往云南差遣委用的经过，接着把宝鋆的临别赠言和李鸿章所赠程仪，一一递给曾国荃看。

曾国荃沉思良久，果断地说道："维卿所料不错，从宝相国的赠言和李爵相暗赠程仪这两件事上推断，朝廷明是着你到云南差遣委用，实是要你入越说刘、侦探彼国动静。维卿，你不能再犹豫了，下去后就收拾一下，争取早日入越。本部堂午后就着人，把一应差费送交给你。你到越后，可先去见越王，探听一下他们有何打算，然后及时报我，本部堂会替你转奏朝廷。本部堂听人传闻，越南国朝廷昏暗，官吏无能，民不聊生，行事从来不讲信守。是不是这样，你都要打探清楚。"曾国荃话到此，信手拿起宝鋆的赠言看了看，又道："定远侯出使西域三十余载，其功甚伟，千古留名。维卿老弟，本部堂没有看错的话，你大展雄才的机会到了！"

曾国荃的几句嘉勉话，直把个唐景崧说得心花怒放，全然忘了南北。

清光绪八年十二月初（公元1883年1月），唐景崧带着翻译赶到越南都城顺化。这时，李维业已将河内交还越南多日，阮诚意正在同卢眉商谈具体解决黑旗军的办法。

此时的红河航道，除刘永福驻守的保胜、黄桂兰驻防的北宁外，已全部被李维业占据。

为了不引起法国人的注意，唐景崧着常服住到一家小客栈里，然后给越南朝廷投递了一封密信，请觐见越王。

阮福时见到密信，当即便派了宫里的一名侍卫赶到客栈，询问唐景崧入越是否奉有朝命或圣谕。

唐景崧据实相告：无。得到回报，阮福时顿时理直气壮起来。他把协办大学士阮文祥、礼部侍郎陈叔切二人召进宫里，说道："富浪沙李酋夺我河内，随后又将其交还给我国，这就足以看出，富浪沙只是想通航行商，并无占我土地的念头。为今之计，只要把刘团迁走，北圻即可解除防御，大局稳定。这个时候，大清国却糊糊涂涂地打发来一个叫唐景崧的小官员，指明要见朕。朕遣人问其可有圣谕朝命，所来何干？答曰：'既无圣谕亦无朝命，欲陈之事非皇帝、近臣不能相告耳。'这不是胡闹吗？他说他来自大清，有何凭据？朕身为九五之尊，岂能召见来路不明的人！大清国从上到下，没有一个好东西，统统都是混蛋！"阮福时现在骂起大清国跟吃炒豆一般，想都不想，张口就来。

阮文祥道："吾皇容禀，臣风闻中国与富浪沙正在谈判，或许大清朝廷当真派人过来。大清国有恩于我国，慢待来使，须防怪罪。请吾皇三思。黄桂兰带着几千人马，可就驻扎在北宁啊！那个黄桂兰，听说一夜能干昏十几名女人，可见力气还是有的。打起仗来，定然十分勇猛。"

阮福时眼球转了三转，又低头沉思了片刻，才道："朕听侍卫讲，唐景崧操中朝语言，着中朝服装，想来肯定是大清国人。照常理说，上国来使，无论何种身份，下国国君均应接见。但朕此时却不能召见他。阮诚意与卢眉正谈得愉快，朕此时却忽然召见大清国来使，这要传到富浪沙人的耳里，卢眉不是要发脾气吗？他一发脾气，李维业自然也要跟着发脾气。李维业一发脾气，河内省不是又要遭殃吗？"

陈叔切一听这话急道："照吾皇所言，我们实在无办法好想了！似此如之奈何？富浪沙发怒可怕，若大清国发怒，恐怕更可怕。我国就在他的眼皮子底下呀。"

阮福时一笑道："你们不要着急，朕已想出一计。就是今晚，最好是熄灯时分，你二人脱掉官服，乔装成百姓，悄悄到客栈去见唐景崧。你们一定要问明白，这个唐景崧，来我国到底要干什么？他们的朝廷是怎么吩咐他的？你们务要问个清楚，探个明白，然后奏朕。我国是小国，惹不起富浪沙，同样也惹不起大清国。黄桂兰仅是大清国一省的提督，一夜尚能干昏十几名女人，朕就做不到，可见朕连黄桂兰都打不过。"

二人只得领旨谢恩。

当夜熄灯以后，两名乞丐模样的人，悄悄地走进唐景崧居住的客栈。这两个人就是阮文祥和陈叔切。

唐景崧当时正在灯下观书，忽闻敲门声，以为是翻译有事来禀报，便放下书，随口道出一句："可是李通事？进来讲话。"

门应声而开，李通事带着两名乞丐走了进来。唐景崧一愣。

李通事跨前一步，小声说道："他们两个，一个说自己是协办大学士阮文祥，一个自称是礼部侍郎陈叔切，说是奉越王命，特来面见大人。"

唐景崧急忙起身相迎，口里却道："两位大人如何打扮成这样？"

阮文祥与陈叔切一边施礼一边道："圣谕如此，下臣只能照办。请上臣恕下国不恭之罪！"

唐景崧请二人落座，二人于是诚惶诚恐地坐在唐景崧的对面。

阮文祥从怀里摸出一个小本子，用笔在上面写了一行字递给李通事。

李通事接过，提笔译成中文递给唐景崧，唐景崧接过，见上面写的是："下臣只能与上臣笔谈，以防被富浪沙人预闻。不知可否？"唐景崧提笔写了个"可"字，心中想道："越南人行事，果然鬼鬼祟祟，这哪像个国家的样子！"

阮文祥笔问："上臣此来，果为何事？如何不携带官文圣谕？"

唐景崧笔答："唐某是奉密谕，详询越、法构衅之事。风闻法人时刻欲侵北圻，贵国是何打算？可有良将御敌？此为朝廷最关心之事。"

阮文祥笔答："自揣势力难与彼族争锋，但自来彼辈横虐已甚，军士同仇，纵无良将，亦惟尽力。但当绸缪未雨，仰赖天朝处置得宜，方为两利。此亦下国朝廷之意。"

唐景崧深思了一下，笔问："刘永福何如？贵国如何驱策？"

阮文祥与陈叔䛃交换了一下眼色，又小声交谈了几句，阮文祥笔答："下国用永福亦为此计，奈彼族以其碍商欲逐之，下职亦再三争辩，而众见不同，不无抵牾。至今事势，舍永福固不可，而用永福亦难，总赖天朝措置耳。"

唐景崧沉吟了一下，提笔写道："彼族所以欲逐永福者，即有惧之之意，用敌之所忌而制之，此至便计也。如听所言，一为逐之，彼族岂果息兵？贵国岂遂安然无恙乎？特诵术以诱之耳。此等人当信用而扶植之，是在贵国王独断及足下重臣之赞襄，此人既为贵国官，则驾驭凭贵国为便。若或疑忌永福，岂不闻两害相权则取其轻，用永福未必有害，即有害亦轻于彼族。急难在前，以有用之才犹迟疑莫决，殊为失计。"

阮文祥看了看，小声和陈叔䛃咬了咬耳朵，提笔答道："下国待永福原无他意，始欲命其来顺化，因有彼族之事，遂止之。惟该员原系天朝居籍，始得列位一言，或重归顺化，或隶下籍，但终须迁离保胜，使彼族无所藉口，则下国之幸也。"

陈叔䛃又抓过笔续写到："彼族强大，下国不敢违抗，总赖天朝措置耳。但近观局势，彼族以只为行商，并无占下国领土之意，是故永福必须迁离保胜，实乃长久之计耳。"

陈叔䛃放下笔，向阮文祥丢了个眼色，便双双起身，以夜深怕法国人察觉为由请求告辞。唐景崧无奈，只好起身送到门边。阮、陈二人又突然回头，将对答之言用火焚之，然后快速离去，行色如江洋大盗一般。唐景崧呆立门边，哭笑不得。

送走阮文祥、陈叔䛃二人，唐景崧连夜给曾国荃写了封密函，向曾国荃报告他入越后所探访的大概情形。函后，唐景崧特意谈了一下越南朝廷留给他的印象："查得该君昏愚委靡，战守绝无经营，即议和亦毫无条理。其国政令酷虐，民不聊生，自锢利源，穷蹙已甚，每岁所入，大概不及百万。法人又从而愚之，饴以甘言，则欣欣窃喜，而于中国转多疑忌之心，无可扶持，一言已决。"总起来一句话：唐景崧对越南君臣上下乃至军政等，大感失望。唐景崧很是后悔走这一趟越南。

报告送到曾国荃之手，曾国荃看完没敢耽搁，当日即用电报的形式转递总理衙门。

第二天，唐景崧带上通事，开始以中国商人面目在人群密集处侦探访闻，至晚方回。

第四章 黑旗军——越南抗法主力军

第一节 《备忘录》签订之后

越五日，阮福时经过与王公近臣筹议，又派陈叔讱、阮述二人乔装成乞丐模样，到客栈来拜会唐景崧，希望唐景崧能说服大清朝廷，招刘永福重归天朝。或帮助越南国劝导刘永福迁离保胜，让出航道。阮福时此刻，一心巴望刘永福能离开保胜，把红河航道尽快让给法国人。一见陈叔讱、阮述二人的样子，唐景崧心底甚觉好笑：这越南人，怎么都对乞丐情有独钟呢？

此次仍为笔谈，由陈叔讱当先发问："赍书请助，亦不出力征、理论二者，然下国情形如此，力征恐非全利，当以理论为先。想中朝近来筹划于此二者，为下国计较，何利何害？能示知否？上官此来，于此二者主意何先？"

阮述不待唐景崧作答又写道："万一出于兵事，又恐有远水之虞，乞以排难解纷为先。"

唐景崧知道，越南是在打探中法谈判的内幕，但这却是大清国最高层内幕，是他这种小官小吏所无法揣度的。他略一沉吟，笔答："理论自是平善之策，但全不仗兵力，徒以口舌争之，恐不肯休。中国筹护亦必二者兼之，此我军所以密布也，不然，劳师糜饷者何为？贵国之军惟刘永福一军差有声威，但其力甚单，恐不能远及，贵国可否继以粮饷，令其增兵，以壮声势？使彼有所慑，则易于转圜。天下无全材，当节取其所长，而又在我掌握之中，不至为患，此驾驭枭雄之法，亦即控制强邻之术也。"

陈叔讱蹙眉深思片刻，提笔曰："现未了事，而为之继粮增兵，更启他疑。若永福者，下国亦欲收用，以资其力，所以至此。近议迁之，非得已也，欲全之也，惟此甚关紧要。其继粮一节，自有朝廷佥议，非下职所敢言也，黄统督亦曾有言，然未定如何，不敢妄说失信。"

唐景崧："用兵自有密计，所谓继永福以粮饷者，是兵由彼自招，司度支者暗运接济而已，何贵国不达军情之甚也。"

阮述抢着笔答："若永福能归天朝，或迁离保胜，则兵自息矣。天朝当谅下国苦处。"

唐景崧气愤地写道："若永福或归中国，或迁离保胜，彼族仍不甘休，贵国当何处？甘愿亡国乎？"

陈叔讱与阮述双双一愣，木偶一般。

唐景崧："鄙意欲扶永福者，非必即驱之使战也，声威克壮，则不战而屈人，是可以为口舌争者之一助。所谓贵国求自立者，此即一端。待朝廷佥议自是实情，然贵君当有独断，此意亦望代达，俾知可否。若实难行，则筹他术。故谓彼此必须实情妥商，不至隔阂，方有条理。"

陈叔讱被逼无奈，只好直笔相告："奉命见上臣，只为永福迁离保胜故，未敢言他也。"

唐景崧挥笔写道："彼族吞并北圻之心昭然若揭，言称永福居保胜碍商，是忌惮之故，乃调虎食羊之计也。若永福迁离保胜，贵国赖何保全北圻？"

陈叔讱答："只要永福肯迁离保胜，小国自有保全北圻良谋。"

唐景崧："计将安出？"

陈叔讱、阮述二人汗如雨下，浑身颤抖不能答，旋双双起身，以身体不适为由告辞而去，急急如鼠窜，甚是狼狈。

经过与越南大臣的两次笔谈，以及自己入越以后的访闻，唐景崧已经感觉到了越南政府对刘永福猜忌疏远的态度。显然，在越南当局的眼里，法国并不是大敌，而刘永福才是真正的大敌。只要能把刘永福迁离保胜，越南从此后就万事大吉，再无祸事。

唐景崧至此才意识到，老谋深算的李鸿章，对越南的看法是如此准确。越南朝廷不仅仅是出尔反尔、首鼠两端，而且还卸磨杀驴，全无信义！这样的属国，早就该丢进大西洋去喂王八。为了这样一个名存实亡的属国去与法国开衅，不值得！

至此，唐景崧试图说服越南当局抗法，或由越南当局支持刘永福抗法，达到"以固吾圉"的安边大策，宣告失败。现在，摆在唐景崧面前的，只剩下"说刘抗法"一条路。但说刘抗法亦非口舌便能办到的事，须有切实可行的办法和周密的实际动作。没有这些条件做保证，就算见了刘永福，若问起饷粮何出、枪械又何来，他如何回答？思虑再三，唐景崧决定先回广州去见曾国荃，密筹妥帖后，再赴保胜去见刘永福。

主意打定，唐景崧马上结账起程，飞速赶往广州。

当时越南、广西一带正是多雨季节，又多山路，山体崩摧，沟壑频增，往返颇为不易。一路之上，唐景崧换了三次导游，易了五次行具，弃陆登舟，弃水乘轿。历经千辛万苦，方蹒跚抵达广州。

躺到客栈的床榻之上，唐景崧几近虚脱。

十几天后，唐景崧恢复元气，这才铺纸砚墨，给曾国荃上了一个条陈。条陈详细讲述了自己入越的所见所闻，认为阮氏朝廷没有抗法的决心和信心，而在政治上却倾向法国侵略者，对中国反倒猜疑疏远。

接下来，唐景崧笔锋一转，用了相当的篇幅讲起刘永福，认为"刘永福所恃者险，惟力主分布散击之术，夷人时隐慑之。越南极仗此军支持全局，又迫于法人，逡巡畏葸。臣尚未晤及永福，而就近访闻较确，此刘永福之情形也……臣亲履其境，目睹其形，伏思中外未肯失和，非用刘永福一军别无良术。至如何用之，及为永福如何布置之处，请缕析而陈其计：一、刘永福固宜暗用而不宜显用也。然虽不见明文，亦必密有确据，方能坦然效忠。　二、兵当以义动也。刘永福兵力尚单，固非法敌。宜有人入永福军而提携之，一檄传呼，申布大义，致书各国，请示公评。以上各节，所以必用刘永福者，以其为越官而行越事，无虑外人之阻挠耳。果然先据红江，次扼北宁，则宣光、山西、兴化、太原、高平近边等省，已归囊括之中。据北而后图南，固圉之策，无逾于此。"

曾国荃读毕条陈，转日即传唐景崧到总督衙门签押房一谈。

见到曾国荃后，唐景崧又从入越所见情形、越南君臣对待中国之态度两点做一详叙，最后得出结论：欲保全北圻，中国非暗助刘永福不能成事。通过此番面谈，唐景崧凭感觉认为，曾国荃是同意自己观点的。

曾国荃是否当真赞同唐景崧的观点呢？

曾国荃的确很赞同唐景崧的观点。他见过唐景崧之后，即含毫命简，给朝廷上了一折，陈说利害，认为非暗助刘永福不能保红河，更无以与法抗衡。折后，曾国荃又将唐景崧的条陈抄录一份附其后，以为见证。

曾国荃拜折不久，唐景崧又两次到总督衙门，与曾国荃商谈入越说刘的具体办法。但因朝旨未下，曾国荃不敢贸然应允。

一日午饭刚过，曾国荃忽然遣侍卫把唐景崧传进签押房，说："本部堂刚刚收到京师的一封私密函件，里面牵涉到老弟几句话。本部堂筹思再三，想说给你听听，老弟可有兴趣？"

唐景崧一愣，忙道："请爵帅明言，下官愿闻其详。"曾国荃因收复金陵之功，被朝廷锡封一等伯爵，故有爵帅之称。

曾国荃抚须一笑，从案上拿起一信，冲唐景崧一摆，道："信上讲，上头明谕老弟发往云南，但岑制军接旨后，却认为老弟条陈越事，未能尽合机宜，奏请上头，仍令老弟回京供职。哈哈哈！"

唐景崧忙问一句："敢问爵帅大人，上头怎么说？"

曾国荃道："老弟切莫着急，本部堂话还未说完。你未到滇省禀到，却由广州入越，此事被岑制军知道后，他又给朝廷上了一折，说老弟入越是藐抗圣谕，蔑视朝廷，奏请将老弟革职拿问。现在想来，你老弟不到云南禀到，却由粤直接入越，有些操之过急了。老弟若先滇后粤，再由粤赴越，岑制军大概就不会再上第二篇折子了。"

唐景崧心下一凛，急忙问道："听爵帅的口气，朝廷莫非准奏了？"

曾国荃一笑道："朝廷若准奏，你老弟还能坐在这里吗？朝廷未准奏，但也未驳复，留中不发。老弟，本部堂请你过来，同你讲这些，只是想告诉你，岑制军那里，你老弟好像应该去见一见才好，同他讲个明白。免得你在前方为国效力，他在后面跳脚骂娘。老弟以为呢？对了，还有一件事，本部堂要知会你，李爵相与宝海在天津谈出了眉目，初步签了个备忘录。这是电文。"曾国荃随手从桌上把一封电报递给唐景崧，道："老弟看看再说。"

唐景崧心头再次一凛，急忙双手接过电报。电曰：

"（一）倘中国将云南、广西兵现在屯扎之地退出，宝海即行切实声明，法国不侵占土地和贬削越南国王的统治权；（二）开放保胜为商埠；（三）中法两国在云南、广西界外，与红江中间之地，应划定界限，北归中国巡查保护，南归法国巡查保护。"

读完电报，唐景崧抬头问了一句："备忘录为什么没有提及刘永福？开放保胜，刘永福怎么办？"

曾国荃答："依本部堂想来，刘永福是越官，自然由越国处置，我国不好提及。"

唐景崧放回电报，深思着说道："下官怎么觉着，这是法国使用的一条计策呢？"

曾国荃一愣，问道："老弟说说看。"

唐景崧一边思索一边答："刘永福坚踞保胜不动，法国是否已经猜出，我国有暗助他的动机？他提出开放保胜，这就使我国找不到暗助刘永福的借口。越南若再驱刘永福不动，他法国就可以出兵攻击刘永福，并趁势将北圻悉数吞并。爵帅想想，是不是这样呢？"

曾国荃捻须沉吟，久久不语。

唐景崧又说："越南并不支持刘永福抗法。下官在越南听人传闻，刘永福最担心法越联手攻他，而我大清又一直置身事外，不肯明谕许他重归大清。他一直彷徨不定。李爵相与宝海达成这个《备忘录》，受害最重的便是刘永福。"

曾国荃开言说道："说起来，祸根当埋于同治十三年。越南若不与法人签那个什么《法越和平同盟条约》，法人也不会对越南步步紧逼。咳！"

唐景崧说道："法人之言不可深信，越南又不可恃。如果此时刘永福再心灰意冷，我西南边陲，将永无宁日矣！爵帅，事不宜迟，下官决定再走一趟越南，到保胜会晤刘永福，坚其志，定其心，戳败法人之如意算盘。"

曾国荃面如止水，未置可否。

第二天早饭过后，借着很好的阳光，唐景崧赁车上路。

行前，唐景崧特给朝廷上了一折，折子由曾国荃代为拜发。

折曰：

"崧现拟即赴越南山西迎会刘永福，嘱其仗义兴师，檄告天下，不必遽出于战，可先以理折之，示以力，扼保胜之势，散布下扑河内之言。现彼增兵，无非胁制会议，永福亦以兵胁之，且观其进退如何，再定办法。唯永福疑虑甚多，必许之以暗助，而后志坚力果。崧即在彼为质，或云为永福邀留，或云为华民牵住，或借不入滇之罪朝旨去官，所以杜彼族纠缠之口而中国推谢之方，则亦暗挫逆锋之一术也。"

唐景崧的折子进京当日，总理衙门又收到驻英、法、俄三国公使曾纪泽从巴黎发来的电报，曾纪泽在电报中指出《备忘录》有许多窒碍难行之处，又特别提醒总理衙门：法人明为开放保胜，阴为图谋滇、粤。

中法《备忘录》发回国内的次日，茹费理把游列居伯利传进外交部，大骂道："宝海这个混蛋，他没有领会外交部给他的训令！中国人必须明确承认《法越和平同盟条约》是有效的条约。安南的一切，都要我们说了算！"

游列居伯利大惊道："部长先生，您的意思是说，宝海上了李鸿章的当？我们现在怎么办？"

茹费理眼球转了三转说："我要建议内阁，撤掉宝海的驻华公使职务。让他和李鸿章签的这个《备忘录》见鬼去吧！"

游列居伯利忧心忡忡地说道："部长先生，我们现在就发表不承认《备忘录》的公告吗？"

茹费理深思了一下，说道："我们还是等一等，等我见过总理再说。"

游列居伯利离开后，茹费理飞速去见内阁临时总理，郑重提出撤换驻华公使的建议。但因当时法国正在举行大选，茹费理的建议未获通过。

茹费理并不死心，他向游列居伯利面授机宜，指令游列居伯利将卢眉调离西贡，另委任敢想敢干的沁冲担任交趾支那总督，由沁冲到西贡完成侵占北圻的使命。

游列居伯利与茹费理狼狈为奸，马上把沁冲召到海军殖民部宣布这一任命。

任命宣布完毕，游列居伯利亲手给沁冲沏了杯咖啡，笑着说道："总督先生，在离开巴黎前，您不想对我说些什么吗？比方说，您到了西贡之后对安南的态度，以及您要采取哪些行动。您需要说的话很多呀！"

一脸凶相的沁冲恶狠狠地说道："卢眉是个软蛋！他除了舌头硬，全身都是软的！他不是个男人，他丢尽了法兰西的脸！"

游列居伯利挥手制止道："卢眉是位卸任者，卢眉的功过自有人评判。我主要是想听听您的打算。"

沁冲脸一红道："我接到任命的那一刻起，就已经知道，我国与安南之间的游戏该结束了。安南的事情，其实非常简单，如果我们放开手脚去做，北圻早就并入我国保护的行列了。"

游列居伯利点头说道："卢眉刚上任时也是这么说的。您具体说说看。"

沁冲边思考边说道："部长先生，我个人认为，首先，我们应该从海军部派出两艘舰艇，护送一千名陆战队员到西贡，另派两三千人到海防。当然，他们需要带足食品及军需物资。而我们的李维业上校，可以提前将河内占领，然后扩大战果，最好占领东京三角洲地带的五六个据点。总督府在向东京派兵的同时，我本人可以到顺化去，向安南皇帝宣布东京事件。当然，随我到顺化的军队不能少，可以是一千名，要配有火炮，否则我的生命安全无法保证。"

游列居伯利笑问一句："总督先生，您带着这么多武装人员到顺化，仅仅是发布新闻吗？有没有更深一层的用意？比方说谈判。"

沁冲接口说道："对，我的第二步，就是提出与他们谈判。如果他们拒绝，或有意拖延推诿乃至制造困难——"

沁冲忽然停住，许久才道："对不起部长先生，我还没有想好。"

游列居伯利一拳砸在办公桌上，吼道："你听着总督先生，如果他们敢于拒绝你提出的谈判要求，或人为地制造麻烦，你就指挥你的军队，将顺化占领！拘禁安南国王，扣押他们的官员，直到签约后再撤离！你懂吗？"

沁冲嗫嚅了半晌才道："部长先生，以我的原意，带一千陆战队员，只是想震慑他们一下。如果当真发动战争，一千人是不是太少了？"

游列居伯利坚决地说道："安邺只带了几十人，便占领了东京。李维业根本不会打仗，但他同样带着几百人，便打败了安南的几千防军，并占领了河内！总督先生，您现在就回去准备吧。您适才所提的各种建议，我会在最短的时间内形成文字，报给外交部，由外交部呈给内阁批准实施。总督先生，我祝您好运！"

沁冲很不情愿地回敬一句："您也一样。"

沁冲离开殖民部之后，做的第一件事便是给李维业发了一份十万火急的训令：着李维业接到训令后，迅速率军占领东京，然后扩大战果，力争用最短的时间，控制东京三角洲五六个据点。

沁冲在实施自己的计划前，想通过李维业，实际检验一下越南军队的作战能力。

第二节 主事大人的苦口良言

光绪九年二月初（公元1883年3月初），沉睡了一夜的河内城，刚刚苏醒过来。城门被打开了，城内的防军，正在三五成群地伸着懒腰，打着呵欠，从各自的营防走出来。有的手摸裤带往茅厕走，有的手拎酒桶往杂货铺走。

就在这个平和、懒散的早晨，趾高气昂的李维业同堵布益，带着全副武装的四百名陆战队员，拖着三门大火炮，大摇大摆地开进城里，把城门关闭。在城头架上一门火炮后，李维业带人把巡抚衙门和总督衙门包围，将巡抚以下各官全部关进大牢，单留下总督一人，以供驱使。为安排多余的官员，河内此时已在巡抚的基础之上，又加设总督一职。

河内此时的总督黎佳，乃黎竣之胞弟。黎佳同其兄一样，都是没能力的人，练兵安民都不在行。李维业把河内交还，黎佳正在户部做侍郎，是抓纸条抓到河内出任的总督。他到任之后，把城防的事交给河内巡抚，把安民的事全部推给布政使，他则全身心地干起卖官鬻爵的勾当。从道员以下，直至未入流，他都按着缺分的好坏标出价码，然后打发一班家人四处散布，每天都忙到很晚，极为辛苦。

李维业率法军将总督衙门包围时，黎佳正在鼾睡。李维业带着翻译及卫兵砸开木门闯到他床头时，他还以为李维业这么早来见他，是要在河内买个官做，所以就想也没想，睁开眼睛第一句话就是："本总督没有猜错的话，李大人是想弄个道台干干了。本总督一定给打个折扣，包大人不吃亏。"

李维业未等他把话讲完，便伸手抓住他的头发，用力向床下一拉，又用脚踩住他肥大的肚皮，命令道："你马上下令，城内防军全部放下武器，统统滚出城去，一个不准留！"

李维业话毕，命令卫兵："把他带到大堂去写告示。"

李维业大步走出卧房。

此时的李维业，仿佛成了河内省的太上皇。他限令城内的防军在规定的时间内悉数退出城去，但有违抗者，一律打死；他命令关在大牢里的官员们，每日只准吃一顿饭，有敢提出异议者，吊起来鞭挞；他派出十名陆战队员押着黎佳，逐户搜寻年轻女人，用来慰问他和他的队员们。

他住在总督衙门里，花天酒地，日日笙歌，夜夜在女人的肚皮上吟诗，快活得不行。

消息传到顺化，阮福时登时被吓得半死，大小臣子更是一片混乱。清醒过来后，阮福时召集王公大臣们进殿，仍决定采用摸纸条的方法推举出两名代表，出面去同卢眉议和。

纸条摸完，皇侄瑞国公阮应祯和皇弟朗国公阮洪佚，成了与卢眉谈判的代表。

二人于当日即飞速赶往交趾支那总督府见卢眉。

但卢眉却以卸任为由拒绝接见他们。

二人又急惶惶地连夜返回顺化，飞赴皇宫面圣。

阮福时未及二人把话讲完便大叫一声，跟着两眼一翻，昏厥过去。

二人吓得慌忙传御医进宫抢救。

十几名御医忙乱了一个时辰，阮福时才苏醒过来，却又泪流不止，大放悲声，仿佛国家遭了大丧。

阮应祯见皇上神智不清，不由连连问道："到底应该怎么办？到底应该怎么办？"

阮福时只管沉浸到自己的悲痛之中，不发一言。

这时，从外面递进来一篇告急文书。

阮洪佚接过只看一眼，便脸色大变，浑身颤抖，也跟着大哭起来。

阮应祯狐疑地抓过文书一看，却原来是李维业分兵将南定占领了，目前正厉兵秣马，准备攻取下一个目标。

阮应祯见事急，也顾不得许多，便大声说道："皇上，等李酋把北圻全部占领，我南圻也完了！快派人去北宁向大清国军兵求救吧，他是我们的上国，让他们去和富浪沙拼杀吧！"

一听说南圻也要完蛋，阮福时和阮洪佚马上止住悲声。

阮福时与阮洪佚互相看看，几乎异口同声说道："对，向大清国求救！"顿了顿，阮福时又很不自信地问了一句："大清国不肯出兵怎么办？"

阮应祯苦着脸答："给黄佐炎下旨，让他督饬刘永福，去和富浪沙拼命！"

阮洪佚说："不管大清国怎么想，我们不能便宜他们。我们对他们俯首称臣，他们就该保护我们！他们义不容辞！"此时的阮洪佚，已和市井无赖无二。

于是阮福时紧急传人进来拟旨。圣旨当日派人飞速送往北圻统督黄佐炎大营。

黄佐炎接旨不敢怠慢，马上便派人去与刘永福、黄桂兰联络，恳请出兵帮助收复河内，赶走李维业，并说这是朝廷的旨意。

刘永福接到越南朝廷由黄佐炎转达的出战圣谕后，他既未赴兴化去见黄佐炎，也未给顺化回奏，而是着文案给驻在北宁的广西提督黄桂兰写了一封快函。函曰：

"接奉越南统督黄、兴化巡抚阮飞咨，密饬职员率勇前赴省垣商筹军务。以法人占踞河城，乘此沙高水浅之时，彼轮船无甚生动，意在直捣，克复河城。惟越南微弱，而职员所部勇丁亦属鲜少，深可虑焉。刻数年承剿各处，未蒙统督黄奏保奖励一员，兹察之各勇，心稍倦然，诚恐难以劲敌。故修寸禀，叩乞钧示，以鼓勇丁踊跃之情。职员自去岁三月初抵山西，法匪势甚顽恶，只得饬提敝前、左、右三营齐集，方期进剿。而统督北边军务黄突迎旨谕，不许进剿，遂为阻。请战不决，请退不如，准严防御。嗣后未久，则有正钦差陈廷肃、副钦差阮有度由富春直抵山西，竟言以和为贵。复据彼族称云，欲坚和好，必须移团撤防，然后议和等因。统督黄以为实，即札派前营黄守忠如故堵守河阳，兼饬销勇数百名；左营吴凤典移扎不拔县，右营杨著恩调守太原，职员许旋保胜，毋得迟延等因，不已则从所调。诇意和剿两空，愈久愈淡，各营勇丁停居日久，未免疏心，且防饷甚薄，难度蟾园。职员囊皆空虚，愿分余润。无如所愿者情甚苦楚，私自逃避，未免有情。职员自揣越王既无厚饷，扪无言词，惟屡次进剿，悉臻荡平，亦无获邀上赏，万缕辛苦，付之东流，此皆难以为情。当兹军事紧急，营勇鲜乏，实难制胜，无以为之，仰盼天恩，惟抚膺长叹而已。"

很显然，刘永福不惜浪费笔墨，向黄桂兰大诉苦衷，不过是想探询一下大清国对他的态度。但对越南朝廷大为不满的黄桂兰，并没有给刘永福只字回复。

黄桂兰打发走越南的使臣后，冷笑着对身边人说道："大清国不是谁手里的木偶，想怎么玩，就怎么玩！他想同人打时就拉上我们，他同人议和又同谁商量过呢？他休想指望本提督出一兵一卒！我只隔岸观火。"

刘永福见黄桂兰只字未复，心下不由一阵慌乱，当夜便派出黄守忠带了一百余名军兵，乔装成当地流民，赶往十州一带去勘察地形，为黑旗军寻找退路。

就在这时，唐景崧急如星火地赶到保胜，求见刘永福。

刘永福见唐景崧拜客帖子上写的是：恩赏六品顶戴补吏部主事唐。下面还有两个小字，细看却是"钦差"二字。

刘永福先是一愣，很快便满心欢喜起来。他一面派出快马追回黄守忠，一边命人翻出簇新的中国百姓常服换上，又让人快速把办事房里外清扫一遍，便飞步迎出辕门来接唐景崧。

一见风尘仆仆的唐景崧，刘永福抢先一步施行大礼，口称："不才刘永福叩见吏部唐大人！"

唐景崧一愣，慌忙弯腰扶起刘永福，口中说道："渊亭老弟乃越南倚重的统兵大员，见面行此大礼，本官实不敢当。老弟快快请起。"

刘永福起身，紧紧抓住唐景崧的手，像抓住了一位久未谋面的亲人，把唐景崧热情地请进办事房。

献茶毕，唐景崧开言说道："渊亭，你我虽首次见面，但我二人神交久矣！本官一入越境，便风闻李维业又将河内占领，且攻取了南定，显然是要占领整个北圻。怎么，越南朝廷尚未知会与你？"

刘永福顺手从桌上拿起黄佐炎的饬文，犹豫了一下，递给唐景崧，说："黄统督已转达圣谕，让我到兴化去筹商复城大计。"

唐景崧接文在手反问一句："既然圣谕已到，老弟如何还在此逗留？"

刘永福皱眉说道："大人有所不知，上次李酋攻取河内，也是黄统督转达圣上旨意，命我督师到山西与他一同收复河内。哪知卑职刚刚赶到山西，营盘尚未扎下，朝廷又有旨下来，言称以和为贵，命我就此移师到北顺州屯扎，把保胜及红江航道悉数让于法匪。卑职怕此次也是朝廷耍的一个诡计，故未敢轻动。"

唐景崧又问："老弟，越南朝廷到底待你如何？你能否直言相告？"

刘永福长叹一口气道："越王待我甚厚，但群臣皆忌我耳。尤其是卑职替他们斩了安邺后，大小臣工无不盼我迁离保胜。就是手握重兵的黄佐炎，也劝卑职早日移师，说我给越南闯了大祸，连累了他们，法人早晚要报复我。"

唐景崧打断刘永福的话，问："渊亭，保胜紧界云南，云南如何视足下？"

刘永福从竹箱里摸出一封书信递给唐景崧道："云南武员怎么样看卑职尚不得知，但唐我生方伯早前曾给卑职递过一信，称：'汝其固守保胜，无妄动，敌至再战，不胜则卷旗入滇，吾能庇之'，卑职曾将唐方伯这话说给黄军门听，但黄军门未置可否。卑职不知道唐方伯这话，到底靠不靠得住。大人，卑职就想探个实底，若黑旗军卷旗入滇，朝廷能准许吗？大人，您老从京师而来，能否也对卑职说句实话呢？"

刘永福口中的唐方伯，便是现任的云南布政使唐炯。唐炯字我生，贵州遵义人，一榜出身。唐炯于咸丰四年（公元1854年）在家乡举办团练，后捐知县指分四川。咸丰六年（公元1856年）署南溪知县，与李短鞑、蓝达顺起义军作战，名声渐显。同治元年（公元1862年）统安定营，助攻太平军石达开部。同治六年（公元1867年），率川军入黔，进攻苗民军和号军，因功擢升道员，旋遭四川总督吴棠参劾，返回四川。光绪八年（公元1882年）初，法越事急，经云贵总督岑毓英力保，赏二品顶戴出任云南布政使。唐炯到任伊始便认为若固滇黔门户，非支持刘永福抗法不能成事。但经过与岑毓英见过几面后，他便渐渐改变了态度。岑毓英始终认为，靠刘永福的黑旗军，根本不可能挡住法军。

唐景崧把黄佐炎的饬文和唐炯的私函反手放到桌上，深思了一下说道："渊亭老弟，我们先不谈越南朝廷怎么样，也不要考虑唐方伯怎么说，本官只想问你一句话：大丈夫立于天地间，怎样做才能扬名四海？"

刘永福一愣，又狐疑地看了唐景崧一眼，答："大人容禀，卑职虽出身行武，但对古今圣贤的行迹还是听说一些的。卑职以为，凡古今圣贤，无不是建有非常功绩而被后人传颂。就是近世的曾文正、当今的李爵相、左爵相，甚或总督两广的曾爵帅，不立有盖世奇功，也不可能名扬四海，连许多夷人都钦佩得不行。大人，卑职说得可对？"

唐景崧莞尔一笑，点头说道："真是闻名不如见面。本官早在翰林院时，就听滇、粤进京官员纷纷传闻，说越南有一个刘渊亭，能文能武，为人最是豪气，乃越南方今第一大丈夫也。今日有幸一见，果然名不虚传。老弟，你所言不错，无论古今，要想千古留名，建立伟业是第一要义。今者，法兰西欺我中国，剪我藩服，神人共愤。中国不肯因一隅而牵动天下。足下，越南统兵大员也，诚能提全师击河内。战胜者，声名鹊起，粮饷军装必有助者，勋名立矣；不胜，而忠义人犹荣之，四海九州知有刘永福，谁肯不容？立名保身，无逾于此。夫以今日揆敌势而建义旗，天下之机，似不至败。"

刘永福低头思了思，问："大人，卑职只想问一句：滇省唐方伯之言，是他自己的主意，还是朝廷之意？卑职怎样才能相信呢？"

唐景崧笑道："老弟听我一言，夫功名者，有功而后有名。足下坐视国难，则无功无名，孰重黑旗刘永福者？足下不斩安邺，唐方伯肯致信于汝乎？足下虽服官于越，但据保胜，不肯向法人低头，实是为保全中国西南门户也。若足下弃保胜而退于滇、粤，莫说唐方伯不能庇之，即两广曾爵帅，恐亦不能见容耳。足下以为，本官以上所言，是否在理？"

刘永福蹙眉道："黑旗军斩安邺，所以法人必欲拔除黑旗军；越南为讨好法兰西，执意要将我军迁离航道，我不让步，又得罪越南矣。大人来前，卑职曾派黄荩臣暗赴十州一带侦察地形，就是想为黑旗军三千余弟兄，谋一条生路。越南首鼠两端，早晚要与法人联合发难于我呀。大人，设若您老是卑职，又当如何？"

见刘永福说这话时痛苦万分，唐景崧不得不说道："朝廷知越南不可恃，故密遣本官赴此探访实际情形。老弟，你毋疑，本官既来此，必助你功成，也一定能为麾下将士寻到好去处。你试想，如今法人占领河内、南定，其势必吞北圻全部，你就算不战，法人岂能饶你？退守十州，越南又能答应？听本官一言，立即整旗拔营，赶往兴化和黄佐炎商讨征战大计，越南必有饷粮相助。先发制人，打法人一个措手不及，定能一战功成！坐失战机，则遗恨千古矣！若足下决心已下，本官明日就给朝廷拜折说明情况，你也可以上一条陈，向朝廷表明心迹，本官一同发走。老弟，你此次出战，实是保残越而固华边，存越南而捍中国边疆。念一身、念子孙、念中国、念越南，诸念并为一念，无外杀敌而已！"

刘永福瞪大双眼道："大人，朝廷也是这么看的吗？"

唐景崧正色道："此乃群臣共识，非本官胡言也。"

刘永福又问道："大人，您老能否随营前往？大人勿疑，实是大人见识超常，卑职想早晚请教矣。"

唐景崧大笑道："老弟所言与吾暗合。在事军中，本官上折言事也有凭据。老弟，你仍着越装，我亦脱去华服，免却法人与总理衙门犯口舌也。"

光绪九年三月十九日（公元1883年4月25日），在唐景崧的反复劝说下，黑旗军在山西祭旗出征，然后向河内进发，驻扎在离河内城垣十里左右的怀德府。

得知刘永福督率黑旗军已到怀德府，黄佐炎亦急忙督率五千余人缓慢向河内推进，在距河内五十里左右便不敢再进，静观前方动静。

探马把消息报给刘永福。

刘永福对唐景崧说道："我们是帮助他收复河内，他却坐山观虎斗。战安邺时他们也是这样。大人，我们还是回保胜吧。"

唐景崧道："越南人一贯如此，我们且不管他，只管攻城。功成之后，由本官去和黄佐炎交涉。"

刘永福于是命黄守忠率先锋营攻打正门，吴凤典率左营攻打侧门，杨著恩率右营往来接应，待机夺城。

第三节　黑旗军大败法军

光绪九年四月初一日（公元1883年5月7日），收复河内战役正式打响。

李维业早已将城防妥为布置，三门火炮全部架到城墙之上。黄守忠的先锋营刚刚冲到城下，李维业便命令火炮轰射，旋着火枪一齐开火。浓烟翻滚，火枪密集，黑旗军将士根本无法接近城墙。

刘永福攻城不下，便急忙派人向在后面观望的黄佐炎报信，希望黄能督队前来。但黄佐炎思虑再三，未敢督队前来，只向刘永福支援了五门平滑小炮和若干枚炮弹。

第二天，刘永福改变战术，决定用平滑炮先打破城墙，然后再强行入城。但越军的平滑小炮威力很小，打到墙上只是乌黑一片，仿佛在给城墙涂油漆。在城头观战的李维业和堵布益见此哈哈大笑。他们一面嘲笑黑旗军的器械，一面命令火炮营开火。

法军的火炮一响，越南炮兵拉起平滑炮便跑，比兔子还快。

一贯好战的法军，为什么只守城不出击呢？

原来，早在黑旗军出战前，法国内阁已通过了向越南增派二千名陆战队的决定。在援兵未到前，游列居伯利命令沁冲转饬李维业，无论越南或黑旗军如何动作，河内城内的法军都不要出去，务必坚守待援，以减少不必要的损失。其实，就算沁冲不转饬国内的训令，李维业也不会轻易出去的。因为他根本就不是个合格的军人，更不会指挥作战。

一连三天，河内城仍牢牢地控制在法军的手里。

刘永福心急如焚，连连向唐景崧发问："这可如何是好？这可如何是好？唐大人，您老得想个主意呀。"

唐景崧皱眉说道："我军缺少攻城利器，硬攻实难奏效。而野战，彼则不如我。唯今之计，当养威重，勿浪坚，多方挑战，以诱其来。只要把他诱出野外，败他易于反掌。"

刘永福问："计将安出？"

唐景崧略一思忖，高喊一声："笔墨伺候！"

刘永福忙命人摆上文房四宝。

唐景崧提笔在手，静思了一下，刷刷点点便写起来。

文曰：

"雄威大将军兼署三宣提督刘，为悬示决战事。照尔法匪，素称巨寇，为国所耻。每到人国，假称传道，实则蛊惑村愚，淫欲纵横；借名通商，实则阴谋土地。行则譬如禽兽，心竟似虎狼。自抵越南，陷城戕官，罪难了发，占关夺税，恶不胜诛。以致民不聊生，国几穷窘，神民共怒，天地难容。本将军奉命讨贼，三军云集，枪炮如林，直讨尔鬼巢，扫清丑类。第国家之大事，不忍以河内而作战场，唯恐波及于商民，为此先行悬示。尔法匪既称本领，率乌合之众，与我虎旅之师在怀德府属旷野之地以作战场，两军相对，以决雌雄。倘尔畏惧不来，即宜自斩尔等统辖之首递来献纳，退还各处城池，本将军好生之德，留尔蚊虫。倘若迟疑不决，一旦兵临城下，寸草不留，祸福尤关，死生在即，尔等熟思之。切切特示。"

唐景崧掷笔于案，道："渊亭，你即着人，把此战书贴到东南城门上。李酋见之，必引军来战，大局定矣。"

刘永福被唐景崧的天真一时弄得哭笑不得，只好着人进来，拿上战书并糨糊之类，到东南城门去张贴。

守城法军急将战书揭下送给李维业。李维业命令翻译读给他听。读完之后，李维业把战书拿在手里看了看，忽然对堵布益笑道："这倒是一首好诗，可惜我们不上他的当。以后见到刘永福，鄙人倒很想同他谈谈诗。"

堵布益没有说话，而是眨着两只鼠眼想主意。

见法军仍不出城，唐景崧也慌乱起来。他对刘永福说道："看样子，这个李维业不通文墨，他没有读懂战书。这却如何是好？"

刘永福无法，只好下令停止进攻，把黄守忠、吴凤典、杨著恩三员大将传至大帐，重新商议战术。

黄守忠道："卑职一连三日攻城，均在接近城墙之时遭到阻击，盖因法匪瞭望准确之故也。"

吴凤典未及黄守忠把话讲完便一拍大腿道："我知副帅何所指，您老是说城外的那两座教堂？"

黄守忠道："雅楼所言甚是。那两座教堂，是河内最高石楼。李酋占领河内后，便动用民夫，在教堂左右，各修了一座和教堂比肩的炮楼，加派了兵力，俯瞰城外一切，甚是真切。我军一举一动，尽在李酋掌握之中。"

刘永福猛醒道："本帅怎么没有想到这个？如果我们端掉教堂，可不就是打瞎了法匪的眼睛？事不宜迟，我们今晚就干！"

子夜时分，刘永福见教堂左近的炮楼枪声渐稀，当即饬令黄守忠挑选身强力壮之勇二百名，吴凤典、杨著恩各率一百名，合四百之数，趁着夜黑雾浓，摸向炮楼。

只可惜人算不如天算，黄守忠率军行至半路，不料一名兵勇误发了一枪，惊动了法军，于是火炮轰鸣，快枪连射，终致攻败垂成，还死伤三十余人。

堵布益闻听此事，未用早饭便来到总督衙门，向李维业进言道："上校先生大概已经收到捷报。教堂一战，刘团出动近千人，而我军只有十几人，却创其甚重。以此证明，黑旗一军，不过中国刘某一人，号召无赖之徒，乌合之众，实不堪一击。刘团前胜安邺，乃偶然事耳，何足为虑耶！"

李维业一边吃早餐一边道："鄙人也有同感。但总督有令在先，只可坚守，不可出击。何况，国内援军正在航行海上，不日即可到来。援军赶到，我们开城出战，前后夹击，就算刘永福长出翅膀也飞不掉的！"

李维业话毕，顺手拿过战书，冲着堵布益晃了晃，道："他们写来这样一份战书，就是想把我们引出城去！"

堵布益一把抢过战书撕碎，大声说道："这是中国式的吹牛！他们既无大炮，又少快枪，弹药更是稀缺，他们靠什么和我们打？刘永福写的这个诗一样的东西，一定是给安南人看的！"

李维业愣了一下，忽然笑道："中国式的吹牛，这是诗啊！不过，总督先生，为什么不准许我们出战呢？"

堵布益眼球转了三转，很肯定地说道："不管是谁，只要他抓住时机，建立了盖世奇功，心胸再宽广的人，也会感到不舒服！援军没有到达前，您主动出击，歼灭了黑旗军，功劳则是您一个人的。援军到后，我们前后夹击，歼灭了黑旗军，功劳则是总督的！上校先生，您怕金质的将军肩章，压疼您的肩膀吗？您以为一个诗人比一个将军，更让法兰西骄傲吗？中国人已经伸出了挨刀的脖子，敞开了承受子弹的胸膛，您还犹豫什么呢？难道您出城后，还怕鄙人守不住城池吗？"

李维业的一颗安静的心，终于被堵布益说活了。他放下酒杯，同着堵布益大步走向城头炮台，开始用千里镜对城外看了又看。

他走下城头，果断地对堵布益说道："领事先生说的对！刘永福的军队没有大炮，快枪的确不多，他们果然是在进行中国式的吹牛！您带二十人守城，鄙人同韦医出城去干掉他们！我要让这种中国式的吹牛，付出血的代价！"

李维业的话很快传进黑旗军设在城内的细作耳中。细作经过详细打探，得知法军确实即将出城作战，遂不敢怠慢，飞速用信鸽把消息报给城外的黑旗军。

刘永福和唐景崧闻报大喜，当即把黄守忠、吴凤典、杨著恩传进大帐，密议迎战大计。

立功心切的杨著恩当先请战道："每次作战，都是黄副帅担任先锋，此次迎战法匪，杨某想请大帅改个规矩，可否让杨某充当前敌先锋？"

刘永福沉吟了一下道："法匪枪快炮烈，人数又众于以往，不可轻敌。荩臣人数多于你，还是让荩臣打头阵吧。"

唐景崧也劝道："战洋人不可性急，急则易损。"

杨著恩道："自古兵不在多而在勇。见洋人而能忍者，非人也！杨某虽死愿任先锋！渠帅，您老此次就把这个功劳让给我吧。"

刘永福见劝不回，只好着杨著恩率麾下左营三百余人为先锋，预先在纸桥前面设伏，命吴凤典率所部埋伏在路左为奇兵，黄守忠率前营一千二百余人居其后，扼守大路迎敌为正兵。刘永福和唐景崧率亲兵营随后接应。

分拨已定，各营急忙造饭进餐，然后便各率人马进入阵地。

光绪九年四月十三日（公元1883年5月19日），河内城城门大开，韦医骑着高头大马，在十几名骑兵的保护下，当先开出城来。紧跟在韦医身后的两门火炮及二百名陆战队员，打着法军旗号，耀武扬威，很有些不可一世。韦医督队刚刚出城，李维业也骑着一匹黄骠马，率二百余人拥出城来。李维业比韦医更神气。

韦医督队赶到对岸，按着李维业事前的命令，先用火炮对着前面排轰一遍。轰毕，他又用千里镜细细地巡视了一番，确认无人后，这才亲自带队过桥。

李维业从千里镜里看到韦医骑马开始过桥，心内不由一阵狂喜，得意忘形地对身边的上尉连长雅关说道："领事先生说得不错，我们若不出战，永远都对中国式的吹牛方式感到恐惧。"

李维业话音未落，前面忽然响起枪声一片，马上的韦医眼看着一头栽落马下，跟着又有两名骑兵落马。

李维业脑海一片空白，他也顾不得许多，慌忙打马向前，大声喊道："都不要惊慌！法兰西是不可战胜的！法兰西是不可战胜的！"他的喊声果然使法军镇静了许多。

法军的枪声开始密集起来，装备不占优势的杨著恩所部抵敌不住，只得向后退却。

杨著恩心急如火，大声喝道："都不许后退！"

依杨著恩的本意，是想稳住阵脚，哪知却暴露了自己的头领身份。

以神枪手著称的雅关举枪瞄准，一枪打中杨著恩的腿部。杨著恩身子明显晃了晃，但却没有倒下。雅关又发一枪，击中杨著恩腰部。杨著恩支持不住，一跤摔倒，但仍咬牙坐将起来，举枪还击。

雅关认定杨著恩就是刘永福，遂扣动板机连连射击，子弹终于击中杨著恩的胸部。杨著恩血流如注，倒地身亡。

一见统领阵亡，杨著恩所部飞速后撤。

雅关高兴地向李维业报告说："上校先生，鄙人打死了刘永福！鄙人打死了刘永福！我们胜利了！我们胜利了！"

李维业不相信地问了一句："你说什么？你说你打死了刘永福？"

雅关兴奋地对倒地已亡的杨著恩一指说道："这就是刘永福，就是他在指挥同我们作战。但我打死他后，黑旗军就全部溃逃了！我们现在怎么办？"

李维业大声命令道："还犹豫什么？乘胜追击，一个不剩地把他们歼灭掉！本上校今日要亲自戳破中国人吹大的牛皮！"

李维业话毕，重新编列了一下队形，然后便打马向前，走在队伍的最前面。

当李维业确信雅关打死刘永福后，便决定给法国海军陆战队竖立一个大无畏的典范。他要让他的名字同拿破仑一样在法国家喻户晓，他要做法国第一个诗人将军。法军受他的鼓舞，士气重新振作起来。

过桥不足百米，道路有一个很大的弯度，路两边的杂树也极浓密。李维业带领法军行到此处，密林中忽然莫名其妙飞来一枪，正中李维业的肩头。李维业的身子一歪，硬撑着没有当即落马。此时前方和左右，已经枪声大作。同样骑在马上的雅关，一见形势不妙，急忙打马向前来救李维业，脑袋却正和一颗飞来的子弹撞在一起，登时毙命，抢在李维业的前面翻落马下。

李维业一松劲，一头便栽落马下，摔了个头晕脑胀。

李维业清醒后大喊："不可慌乱，大炮快快开火！大炮快快开火！法兰西战无不胜！法兰西战无不胜！"

法军开始就地还击。

黄守忠一见法军又要抢占上风，心下一急，刷地拔出腰刀，大喝一声："和法鬼拼了！"话毕，第一个跳出树丛，挥刀杀入敌阵。

各营一见，也奋勇杀出。

法军从未遇过此种战法，阵脚马上大乱。法军炮队先拖起大炮后退，陆战队和骑兵则被黑旗军割成数股。

法军的优势渐渐褪色，黑旗军的长处则一点一点地显露出来。

激战中，吴凤典的左腿被子弹打中，保护他的两名卫兵也中弹身亡。

法军抓住这有利时机，拼命向一起靠拢，旋向来路溃逃。

李维业见法军只顾奔逃，对他不管不顾，心头不由窜起万丈火苗。他大声喊叫，希望同伙能回头接应一下，但他的喊叫根本不起作用。

十几名黑旗军听到他的喊声，眨眼间便向他围拢过来，分明是要生擒活拿他。他见势不妙，慌忙向路旁的一棵大树跨过去，旋即身影皆无，仿佛会土遁。围过来的黑旗军大骇，以为他会妖法。

此时，大批的黑旗军将士已经奋力赶过桥去，拼死追歼残敌。刘永福见本军伤亡过重，同时也怕法军回身开炮，又担心城内的守敌出城接应，便打出收军旗号，吹响归队号角。

此役，法军头目韦医、雅关等十几人被击毙，二十名陆战队员位列鬼班。黑旗军伤亡相对较重，计亡五十人，其中有杨著恩等大小首领七名，伤五十有六，吴凤典位于伤者之首。

刘永福派人把战殁的黑旗军将士先运回保胜，伤者亦先行回营，然后便把法军的三十一名尸体悉数割下首级。经反复翻检，死的法军兵头中，只找出四星军阶一名，三星军阶两名，其他全是一星军阶者。

刘永福明明看到领头的是一名五星军阶者，也就是说，是李维业本人，尸体当中怎么会没有呢？狡猾的李维业莫非逃脱了不成？

刘永福、黄守忠、唐景崧三人各带一些将士，在纸桥周围细细地搜索。

纸桥一带地形太过复杂，当地人都管这里叫做鬼桥。纸桥前后左右，一年四季长着齐腰深的蒿草，到处都是深坑、土冈，还有无数的土坟。路旁耸立着无数的大树，其中一棵大树的根部有一个很深的洞穴，洞口被乱草覆盖，极其隐密。

黑旗军将士往来搜索了三遍，黄守忠这才发现这个洞穴。黄守忠把耳朵贴近洞穴，发现里面隐隐传出呼吸声。黄守忠当即断定，这个洞穴里肯定藏着人。

当两名武功高强的黑旗军将士进入洞穴时，李维业不相信地自问了一句："上帝呀，中国人怎么这么执着呀！"

李维业被捆作一团，吊出洞穴。

望着李维业的肩章，刘永福长舒一口大气，说道："肫卿贤弟的血，总算没有白流！"肫卿是杨著恩的号。

黑旗军抬上李维业，当日即班师怀德大营。

第四节　地府里来了位诗人

到怀德的当日，刘永福即派专人赶往黄佐炎大营，向黄佐炎汇报杀敌经过，并杨著恩等阵亡将士战殁情况，以及生擒五星寇首李维业一节，请黄佐炎上奏越王，恤亡奖伤，向全军出征将士颁赏。

唐景崧则在到达怀德的当日向大清朝廷拜了一折，讲述刘永福与李维业交战的实际情形，又代刘永福给广西提督黄桂兰上了一纸条陈，将战事经过具实禀报。两江总督曾国荃、云贵总督岑毓英、两江总督左宗棠、北洋大臣李鸿章等处，唐景崧也都一一发了快函。

第二天，得知广西布政使徐延旭督率抚标三营并亲兵大队赶到了北宁阅军，唐景崧便急忙辞别刘永福，飞速向北宁赶去。

此次与法军交战，暴露出黑旗军许多不足。仅军械一项，若无中国方面支持，根本无法与法国抗衡。唐景崧想凭借自己的特殊身份，从徐延旭的手里，为黑旗军争取一些军械装备。徐延旭毕竟是朝廷钦命的关外各军统帅。

唐景崧离开怀德府不多日，黄佐炎便陪同越南朝廷传旨钦差，风尘仆仆地赶到怀德，向刘永福等黑旗军全体出征将士颁发恤奖圣谕。

谕曰：

"此次复城之战，刘团最力，经君臣共议，恤奖如次：着赏刘永福扎授提督，赐正二品冠服，加赏忠勇金牌一面；黄守忠升宣慰使，赐从四品冠服，领领兵官，赏赏功紫金牌一面；吴凤典升授宣慰副使，赐正五品冠服，领副领兵官，摘银两参桂给调，加赏格银一千两。着普赏在行练勇钱二千缗，由黄佐炎军营垫支。阵亡之杨著恩，追授宣慰副使，准用正五品冠服入殓，加赠副领兵官，恤银从优。其他阵亡将勇，次第奖恤。另，擒获之富浪沙头五星军阶元帅李维业，速交黄佐炎派员押京师办理，刘永福不得擅决。切切。钦此。"

领旨毕，刘永福冷着脸子问黄佐炎："敢问黄相国，您老亲自赶来怀德，莫非就是为了领取李维业？"

黄佐炎道："钦命如此，谁敢不遵！"

钦差这时道："得知李维业被生俘，富浪沙交趾支那新任总督沁冲，向朝廷提交照会，限令我国把李酋交还给他们，否则，将兵发顺化，将都城夷为平地！刘帅，富浪沙有话下来，朝廷何敢反驳！您还是快把李维业交出来吧！"

刘永福冷笑着反问一句："如此说来，杨统领和死伤兄弟的血都白流了？"

黄佐炎道："话不能这么说。杨著恩等人，朝廷已明旨优恤，伤亡也颇厚待。何况，你是我国的领兵官，无权抗旨。你快把李维业交出来，我们还要向朝廷复命。"

钦差也道："你要是当真敢抗旨，朝廷不仅要收回赏恤，可能还要会同富浪沙大军，驱你出境，甚而斩你首级！"

刘永福的胸中升起一团怒火。他望了黄守忠一眼，黄守忠会意，悄悄走了出去。

刘永福有意皱眉沉思了许久，才跪下说道："臣刘永福领旨。"

黄佐炎与钦差慌忙扶起刘永福道："大帅能如此体昧朝廷的苦心，着实难得。朝廷还会嘉奖您的。"

刘永福起身，冲外面喊一声道："传黄副帅来议事。"

外面答应一声，很快，黄守忠大步走进来。

刘永福道："荩臣，李酋的伤势如何？"刘永福问完这话，有意把眼皮往上挑了挑。

黄守忠施礼禀道："禀大帅、黄相国，李酋伤势并无大碍，血已止住。但只是刚刚睡着，想来是太困了。"

黄佐炎想了想道："刘帅，李酋睡着更好。您让人把他绑在床上，连床一齐抬到车上，押运起来将会极其便当。还有，他的服装，一定不要扒去。还有头盔、刀枪等物，一样都不能缺少。纸桥一战，富浪沙已怒火万丈，我们不能再惹他们生气了。"

刘永福向黄守忠示意一下道："荩臣，按黄相国说的办吧。手脚一定要捆结实些，以防他中途跑掉。去吧。"

黄守忠走出去。

刘永福请黄佐炎和钦差坐下，又让侍卫沏新茶摆上。

黄佐炎与钦差全无心情喝茶，只管用眼睛向窗外觑望，已然急得火急火燎，显然是怕刘永福反悔。

刘永福窥透了二人的心思，但并不说破，只管东拉西扯地说闲话。

黄守忠终于走了进来，言称已收拾妥当。

刘永福就陪着黄佐炎与钦差来到院中，见一辆两匹马拉的轿车稳稳地停着，车旁站着五十名越南士兵，显然是黄佐炎的亲兵。

刘永福跨前一步掀开轿帘，对身后的黄佐炎和钦差说道："黄相国、钦差大人，您们二位可看清楚了，这就是五星军阶法国元帅李维业。你们看他睡得多好。"

黄佐炎走到近前，小心地伸头向里张望，见一张竹床放在车的中央，床上赫然躺着身材高大全副武装的李维业。李维业头戴钢盔，手脚被绑缚在床的四角，上面盖了张绣花床单。床单明显地在蠕动。

黄佐炎急忙退后一步道："刘帅，床单在动，这李酋好像快醒了。若不赶紧上路，他醒后吵嚷起来，可要有大麻烦。我们不能在此耽搁了。"

刘永福同着黄守忠把黄佐炎等人送出大营。

黄佐炎等人此次到怀德来见刘永福乃骑马而来，一出军营，黄佐炎等人便翻身上马，飞速地奔跑起来，扬起一路的灰尘。到了顺化宫门，黄佐炎和钦差匆忙进宫面圣。

阮福时闻报大喜，当即传旨下来，先将李维业抬进宫栈休养，又急传十几名御医，狂奔到宫栈给李维业疗伤。

黄佐炎领旨下来，急命亲兵将车赶到宫栈大门口，又挑选了十几名身强力壮手脚又轻的人上车往下抬床。他则亲自在旁边监工。亲兵打开轿帘后，抬床的人正要登车，里面却倏地滚落下一条棉软的东西。众人细看，却原来是一条一米见长的花皮小蛇。小蛇落地后，艰难地爬行了几步，直到接近草丛，才闪电般离去。越南河内怀德府一带遍布山丘，最是多蛇之地，这并不足怪。抬床的人鱼贯上车，床很快便被抬下。黄佐炎近前一看，李维业仍在熟睡。

黄佐炎小声骂了一句："这个狗杂种，颠簸了一路，他如何能睡得着？"

床被抬进宫栈后，御医也相继赶到。宫栈于是成了顺化最繁忙的所在。

御医经过详细检查后，很沮丧地向黄佐炎报告：李维业没有鼻息，心也不跳，显然已经气绝多时了。

黄佐炎闻报，当即感到天旋地转起来。他跌跌撞撞地闯进皇宫书房，一见阮福时的面，当先双膝跪倒，半天才迸出一句："吾皇容禀，臣无能。臣抬回来的这个李维业，原来是个死的！"

阮福时一听这话，犹如五雷轰顶，顿觉气血逆行，眼前迷茫一片。他先是费力地张大嘴巴喘气，渐渐便感到全身一松，直挺挺便向后一倒，眼见彻底解脱而去。

黄佐炎感觉有异，急忙抢身来救，却因用力过猛，整个身子扑倒在阮福时身上。黄佐炎伏身不动，悄悄用手摸了一下阮福时的鼻息，竟无半点动静。他用眼偷觑了一下四周，见书房里只有他与皇帝二人，便急忙起身，弯腰将阮福时抱到竹椅上坐下，又把阮福时的双手圈放到书桌上，把阮福时的头按到胳膊上，作成假寐状，这才冷静了一下，然后退出书房。

走出宫门，他飞速把亲兵密召到一齐，以紧急为由，一刻不停地离开顺化，连夜赶往兴化军营。值此非常时期，黄佐炎既不想被群臣疑作弑君元凶，又不想失去兵权，除了远离都城，他实在没有第二条路可走。何况，李维业已死，法军肯定要举兵报复。他在顺化，要么被法军打杀，要么被沁冲当俘虏扣押。黄佐炎同越南其他大臣一样，打仗无能，治国不会，却极擅长保命，个个都是一等一的高手。

那么，李维业到底是怎么死的呢？

原来，当刘永福得知越南朝廷执意要将李维业交还给法人的意图后，当即便示意黄守忠，提前用毒药将李维业毒杀。黄守忠用的是一种从草汁中提取的毒液，所以李维业毙命后，面部表情并无太大的变化，和熟睡无异。为了让黄佐炎坚信从黑旗军手里抬走的是活着的李维业，黄守忠特意给李维业的尸体上盖了一张床单，在床单下放了一条小花蛇。黄守忠知道，越南人都是从心里惧怕法人的，他们肯定不敢去试李维业的鼻息。黄守忠略施小计，竟当真瞒过了黄佐炎和传旨的钦差。

黄佐炎等人拉走李维业的当晚，刘永福便拔营起寨，全军开往山西，旋又由山西开至兴化。黑旗军频繁调动，完全是因为法国已经对越南大举兴兵了，因为他们的援兵到了。

第五节 法国撕毁条约

法军在纸桥战败的时候，法国的大选刚刚落下帷幕，茹费理当选新一届内阁总理。

茹费理上台的当晚，即任命一贯蔑视中国，认为中国"不足道"的沙梅拉库出任外交部长。沙梅拉库上任的第二日，当先推翻李鸿章与宝海达成的《备忘录》，并撤消宝海的驻华公使一职，改任驻日公使脱利古为特使，并电令脱利古不必回国述职，径赴中国履行职责，准确地调查中国方面的意图和准备，以作为内阁制定对华政策的依据。以上各电经内阁批准后，飞速发往各地。

这些电报刚刚发走，茹费理便接到了西贡总督沁冲紧急发来的报告：李维业未及援军赶到，擅自出城攻击黑旗军，以阵亡三十二人（包括李维业本人、韦医、雅关等军官在内）、受伤五十二人的代价战败。沁冲同时向他报告，一千名士兵已到达北圻河内，后续的一千名也正陆续赶到。这两千名援兵去攻击黑旗军应该有取胜的把握，但想将北宁、山西、兴化、太原、海宁等省全部占领，却又有相当大的难度，因为这些地方驻有中国的军队。

茹费理没有马上批复这个报告，他在等待脱利古到中国后的调查报告。在脱利古的报告未达到前，他决定暂时保持沉默。

光绪九年（1883年）六月二十三日，这一天的北京天气出奇地好。昨日的风里还夹杂些阴雨，今日已全部晴朗。

一早，恭王刚坐进总理衙门的办事房，差官沏的茶还没有摆上来，打外面便递进来个奏折。

恭王用眼扫了扫，见是广西巡抚衙门签的封，心下不由打个愣怔。他屏住呼吸，慢慢地启开封套，因为手抖，竟然拆了几次才得成功。

他最先看到的是唐景崧的折子。

唐景崧向朝廷详细奏报了他二次入越说刘，并纸桥大战，以及黑旗军战败李维业的经过。此折的后面，随有一份黑旗军各将官呈递的履历表，履历之后则是广西巡抚倪文蔚的奏折。

恭王推开折子，先看黑旗军各将官的履历："二品封职、游击衔、越南三宣副提督刘永福，年四十七岁，系广西南宁府上思州人。于同治六年，即越南嗣德二十年，客于越南宣光省……同治九年，奉广西提督军门冯（冯子材）札委，招募福字前后两营，自备军粮，会剿河阳股匪出力，蒙赏给军功蓝翎四品顶戴，并给木质关防一颗……奉国王旨：刘永福着赏授副领兵衔，仍充保胜防御使；管带前营黄守忠（广西下思州人，授越南七品千户、河阳防御使），统领精壮勇丁一千名（驻扎兴化省城）；管带左营吴凤典（广西人），统领精壮勇丁四百名（扎山西省城）；管带右营杨著仁（又名著恩、智仁，广东钦州人），统领精壮勇丁三百名（扎山西省城），纸桥战殁；管带后营刘成良（广西人），统领精壮勇丁三百名（扎保胜）；管带亲兵刘文谦、帮带亲兵刘启亮（博白人），统领精壮勇丁一百二十名（扎保胜）；管带前队叶成林（广东钦州人），统领精壮勇丁二百五十名（扎龙鲁）；防堵河阳王玉枝，统领精壮勇丁二百名；防堵安隆邓遇霖，统领精壮勇丁一百五十名，计全队兵勇三千余（含杂役），花旗枪二百枝，唸枪四百枝，火绳枪四百五十枝，火筒炮六十三位。"

恭王放下履历沉思了一下，又顺手拿起广西巡抚倪文蔚的奏折。倪文蔚也是奏报黑旗军在纸桥大胜法军经过的，与唐景崧的折子大同小异。

倪文蔚的折后却有一个附片，属名不是倪文蔚，反倒是广西布政使督办关外军务的徐延旭。

恭王在心里"哦"了一声，便拿起徐延旭的附片细细看起来。

附片这样写道："臣查刘永福原籍广西，流而为匪。自经越南招抚，积功擢至三宣副提督。其统领黄佐炎不善驾驭，转事苛求，刘永福积不相能，常存退志，故不敢擅离保胜，恐为人害。迨唐景崧亲见其人，知其可用，为之开诚劝勉，直以大义责之，谓越南臣服我朝，近居粤徼，能为该国出力，即与内地出力无异；如其思归故乡，未尝不何偿诸异日。刘永福因而感悟，誓不与敌俱生，于是发愤自雄，累战皆捷。非唐景崧之力不至此！"

恭王把徐延旭的这个附片看了又看，然后便传人进来，吩咐召集军机大臣及总理衙门大臣到王府议事。这是恭王办事的一个特点，他极少在衙门里议事。总是先在王府，然后再到宫里。

倪文蔚、唐景崧的奏折和徐延旭的附片，在当日午后才递进宫去。

几乎与此同时，总理衙门收到法国驻华公使馆递交的一份国内声明：宝海与中国所签有关越南的《备忘录》，未经请示国内政府，系宝海个人行为，法国不予承认；撤消宝海驻华公使一职，改派脱利古出任特使。脱利古已经航海赴华，即将来到上海，将与中国重新商订有关安南的事情。

恭王握着声明的手有些发抖，他猜不透法国推翻《备忘录》的用意何在。而此时的李鸿章，偏偏未在天津任所，已请假回籍葬母去了。

五日后，慈禧太后经与主事王大臣反复商量，向安徽合肥紧急发出了两道圣谕。一谕曰："前因李鸿章奏请回籍葬亲，当经赏假两月，现在北洋事务紧要，李鸿章葬事毕，着不必拘定假期即回署任。该大臣公忠体国，定能仰副朝廷倚任之意，不至稍涉稽迟也。钦此。"

回籍葬母的李鸿章刚刚接旨在手，第二旨又飞速递了进来。

二旨曰："前有旨谕令李鸿章即回北洋大臣署任。现闻法人在越势更披猖，越南孱弱之邦，蚕食不已，难以图存，该国列在藩封，不能不为保护。且滇粤各省壤地相接，倘藩篱一撤，后患何可胜言。叠经谕令曾国荃等妥筹备御。惟此事操纵缓急，必须相机因应，亟须有威望素著，通达事变之大臣，前往筹办，乃可振军威而顾大局。三省防军进止，亦得有所禀承。着派李鸿章迅速前往广东督办越南事宜，所有广东、广西、云南防军均归节制。应调何路兵勇前往，着该大臣妥筹具奏。金革毋避，古有明训。李鸿章公忠体国，定能仰副朝廷倚任之重，星驰前往，相度机宜，妥为筹办。着将起程日期及筹办情形，迅即奏闻，以纾廑系。钦此。"

接旨毕，差官不及歇息，又马不停蹄地匆忙上路。

李鸿章则把自己关在书房里，反复思考起来。

其实，早在二旨到前，李鸿章就已收到了驻法公使曾纪泽由巴黎发回的急电，知道法国大选已尘埃落定，茹费理当选总理，并已知道茹费理已将《备忘录》推翻，另派脱利古赴华重新订约等事。他为此已经思索了许多天。他现在的着眼点在中越边境和国内的海防，不想再过多地思考越南的事情。李鸿章非常清醒，法国是海上力量与英国不相上下的欧洲强国，而当时的大清国，虽然很早就开始加强海防，但进展非常缓慢。当时的北洋水师，尽管名头很大，其主力也只有"超勇"、"扬威"两艘快舰，"镇东"等六炮船以及购到手的"定远"等舰尚未运回。就算各舰全部运回，操练也需要相当长的过程。当时的南洋水师，相对比北洋强壮些，计有"靖远"、"开济"等大小舰船十二艘，外购的较大的"南瑞"、"南琛"、"何民"三舰，驾员都未配齐，还不能服役。当时的大清国海防，最有实力的是福建水师，拥有舰只最多，船勇配置也挺齐整，可惜舰只多系木制，或由福建船政局自制。这些舰只漕运、商运尚可，作战能力却不行。李鸿章始终劝朝廷不与法国翻脸，最担心的便是法国从海上的打击。驻法公使曾纪泽曾建议集南、北二洋及福建水师的所有舰只抗拒法国，张佩纶、御史刘恩博乃至左宗棠等人也有过此议，但李鸿章经过缜密的考虑后都否定了。恭王听从了李鸿章的劝告，决定采用忍字诀，尽量与法国在谈判桌上解决越南的争端。茹费理公然推翻两国议妥的《备忘录》，显然又将了中国一军。

李鸿章接旨后，为了预防战端突启，被法国打个措手不及，先电报奏调刘铭传、潘鼎新到广西听用，又急电署直隶总督张树声，紧急添派四营淮勇赶往广西助防。

刘铭传字省三，籍隶安徽合肥。是淮军名将，随李鸿章剿捻，曾任直隶提督，因病开缺在籍；潘鼎新字琴轩，出身一榜，籍隶安徽庐江，亦是李鸿章最得力的旧属。潘鼎新官至云南巡抚，后开缺回籍养宿疾。

但刘铭传接到李鸿章的电报后，考虑到越事最主要还应当以滇、粤防军为主，他率勇赴越只能是客军，不可能是主力，所以力辞不就。这样一来，赶往广西的就只有潘鼎新和张树声加派的四营，两千名淮勇。

走到半路，李鸿章又接一旨，旨令他"即着暂在上海驻扎，统筹全局，将兵事饷事豫为布置，审度机宜，再定进止。"

李鸿章正疑惑间，总理衙门的急函递到。李鸿章展函阅读，却原来是命他在沪与法特使脱利古重新议约。

李鸿章不敢耽延，飞速向上海赶来。能与法国在谈判桌上解决问题，是李鸿章最希望的结局。显然，慈禧太后也不想与法国撕破面皮，不想放过任何与法议和的机会。但朝廷的这种一让再让的态度，却让清流党们大为不满。

署都察院左副都御使、坚决主张对法一战的大名士张佩纶，当先上折指出："中国诚贫，法亦不富，中国诚弱，法亦不强，而地则主客异势，远近殊形。此而怯懦自居，游移不断，使藩属窘灭，列国生心，实为铸一大错耳。"张佩纶接着论道："我欲和则法必战，我能战则法自和耳。"通过以上大段的论述，张佩纶认为应该援刘抗法，曰："刘永福之军不患无人，而患无饷。法军在河内，则保胜一带商旅不前，榷税必减，一可虑也。又不患无饷，而患无火器，各国枪炮远莫能致，二可虑也。夫永福一战杀安邺，再战杀李维业等，不独为越屏藩，亦足为我羽翼。唐炯前议，谓器械暗资永福足以制法，其言已有明证。应请密饬滇、粤两省疆吏，妥为料理。"张佩纶折中所谓的"中国诚贫，法亦不富，中国诚弱，法亦不强"，不知是从什么地方打探到的消息。

御史刘恩博紧随其后，上折奏称："刘永福中国一土寇耳，率其党数千人，驰檄文，斩骁将，法甚形狼狈，进退两难。堂堂中国，诸大臣竟托于持重，不敢与之交锋，虽有辞以谢法人，独不耻为土寇所非笑欤?"

刚刚由京师军机大臣任所调到两江的两江总督、南洋通商大臣,以武力收复新疆而名动中外的东阁大学士左宗棠,一到任所,即飞书总理衙门,指出:"默察时局,惟主战于正义有合,而于事势攸宜,即中外人情亦无不顺。"不久,左宗棠又收到他的老下属王德榜的一封密信,称:"司里前在永州营里曾有名为刘永福之健卒,后不知所终。"王德榜据此推断,他营里的那位健卒刘永福,很可能就是在越南阵斩安邺、李维业的刘永福。

左宗棠接信大为惊喜,认定前永州健卒刘永福,即今越南之刘永福。于是连夜上奏朝廷,请速调王德榜率楚勇入越抗法,去与他手下的健卒刘永福会和。

左宗棠这样奏道:"刘永福本永州一健卒耳,旧隶王前藩司德榜部下充当勇丁,撤营后由粤西流入越南。并嘱回籍后,遣其旧部与刘永福熟识者,径赴刘永福处,探视军情路途,据实禀报,以便区划。"

左宗棠这个请王德榜率勇入越的折子到了恭王之手,登时把恭王读进云里雾里。因为经过反复核实,又经唐景崧面询刘永福本人,已经确定刘永福入越前本是义军头目,从未到永州报效过官军,何况刘永福递给朝廷的履历也写得明明白白,没有提永州半个字。

恭王把左宗棠的折子在军机处一亮相,宝鋆、李鸿藻、景廉、翁同龢等四位大军机全都瞠目结舌。宝鋆好半天才冒出这样一句话:"收复新疆,可是把左季高累坏了,到京里刚歇不到三个月,又抱病赶往两江去布置海防。他糊涂成这样,情有可原哪!"

翁同龢沉思着说道:"左爵相一直病着,他是早该好好歇上一歇了。他怎么能把脑子弄坏呢?我大清开国,脑子坏的相国,可就他老一个啊!"

翁同龢说这话的用意,显然是在惦记左宗棠头上的大学士桂冠。当晚他回府在日记中这样写道:"左论越事,函致总署,力持战论。后半忽言刘永福乃王德榜部下散勇云云,令王藩司带军械回湘,将资刘军也。"

恭王把左宗棠的函、折递进宫去,尽管慈禧太后对左宗棠称刘永福乃前福建藩司王德榜部下健卒一说,感到殊不可解,但她为了平息舆论,还是下旨湖南巡抚庞际云转饬前福建藩司正在原籍养病的王德榜,速在原籍募勇八营分起拔队,速赴广西龙州,听候广西巡抚倪文蔚调遣。

李鸿章进入上海的第二天，方收到总理衙门抄寄的左宗棠的函、折。

他先是一愣，但随后就大笑起来。他对随行的幕僚说道："左季高一定是把王德榜营里的王永福、李永福或者孙永福，当成了刘永福！他老不独会打仗，看样子，讲笑话也是一流的！只是他老这笑话，不该这个时候讲给上头听。靠刘永福抗法，老夫以为恐怕靠不住。老夫听人传言，刘永福烟瘾甚重。该人年逾五旬，外强中干，所部能战之士不足二千。若法军深入，恐难久支。"在李鸿章的心目中，黑旗军首领刘永福，就是一个外强中干的大烟鬼。这其实是越南人为了把黑旗军驱逐出保胜，特意造出的谣言。

李鸿章当晚入住行辕，长吁短叹了半夜未得安枕。

第六节 脱利古咄咄逼人

第二天早饭过后，李鸿章奉总理衙门恭王令，主动约见正在上海观察动静的脱利古。

脱利古得知李鸿章来到上海，当即答应与其会面，实际是想从李鸿章的口中，打探一些中国边防备战情况及对刘永福的态度。

见面寒暄毕，老于外交的李鸿章，先询问了一下脱利古此次到华是接替宝海出任驻华公使的职务，还是另有公事要办。

脱利古答："鄙人来华，并未宣布免除驻日公使的职务，亦未奉有接替宝海出任驻华公使的任令，乃系全权专办一事。"

听了翻译的话，李鸿章问："宝公使究竟系何故被撤回？"

脱利古答："宝公使与贵国商议各节，时候未到，我国以其议不及时，故撤之。关于此节，我国外交部已训令我驻华公使馆，照会了贵国，我驻华公使暂由参赞官谢满禄代理。关于以上这些，贵国总理衙门，没有通知贵中堂吗？"

李鸿章并未直接回答脱利古的问话，而是反问一句："贵大臣容禀，鄙人有一事不明。宝公使与敝国所议各节，据鄙人所知，贵国外部前任主事大臣，曾两次来电，皆谓所议甚善。所谓议不及时？请贵大臣解释。"

脱利古用鼻子轻哼一声道："现在事体重大，非讲话时候。鄙人奉我国内阁特派来此，专办安南要事。闻中堂奉旨督办越南事宜，有权议事否？"

李鸿章一愣，转而徐徐抚须答道："外间固有此说。但本大臣向来为国家办外交事件，不仅越南一事，其有关涉重大者，向来皆由朝廷专主，本大臣亦可与闻。贵使有何议论，可为代达。"

脱利古闻听此言，马上故作神秘地屏去左右侍候的人，然后从护书中取出一电，道："这是鄙人刚刚收到的本国内阁的电报，中堂想知道内容吗？"

李鸿章不动声色地点头道："愿闻其详。"

于是脱利古把电报递给身边的翻译，由翻译直接用华语翻译道："现特派尔向中国朝廷切实声明，法国愿与中国常保和好，并无失和之意。惟有甲戌年所立条约应得之权利名分。将来中国若愿与法国商议边界与通商事宜，法国所甚愿。若欲稍侵甲戌年约之权利，法国断不稍退让。即与中国失和，亦所不恤。"

李鸿章面无表情地说道："脱大臣，有一个事实，鄙人不能不预为陈述。越南与我云南、广东、广西三省毗连，无论越南为吾属国已数百年，即为邻国，贵国为吾友邦，与越有事，中国宜于从旁调停劝解，何必遽开兵端。且法越甲戌之约，本国未尝明认，有关此点贵国知道。"

脱利古睁大眼睛凶狠地说道："贵国将来与吾国商议，只可议及边界与通商诸事。若欲辩论两国应有之名分，此非辩论之时。目下情形，只论力，不论理。我国谕令本大臣，不得认安南为中国属邦，此事实与中国无涉。乃去冬在东京获有中国官兵数人，身带印札可为帮助越兵之明证。目前与越兵交战，内多穿华兵号衣者，尤属可怪。日后贵国是否有意显然调兵，或暗地帮助黑旗打仗、接济军火、粮饷以攻击我否，必须预先说明。"

李鸿章徐徐答道："越南与我滇粤交界，时有匪徒，历年以久。常置戍兵弹压匪徒，保守边境，乃中国应办之事。至弁兵偶赴属国河内购物、游历，亦系常事，不得指为帮助越兵之证。黑旗刘永福本中国人，其兵队内仿穿中国号衣或有其事，亦不得确指为中国之兵。若帮助越人以敌贵国官兵，中国决无此意。日后如何办理此事，本国自有电报告知曾侯移商贵国。但越南久为中国属邦，贵国断难勉强中国不认。"

脱利古狠狠地咬了下嘴唇，说道："安南为中国属邦，法国自甲戌立约以后已有明文，断不肯认。至中国必欲自认为安南上国，本国亦难相强。总之，今日务须询明贵国之意，以定调兵数目，应请贵大臣电告朝廷明示。"

李鸿章沉思了一下，答："此事碍难电告，贵大臣可至总署面陈。现拟何日进京？"

脱利古两眼直视李鸿章，许久才模棱两可地答了一句："未定"。两人此次会面，可谓不欢而散。

回到行辕，李鸿章让文案会同翻译，把两个人的对话整理出来，然后便逐字逐句地推敲起来。

李鸿章必须探明脱利古受命来华到底是不是为了谈判，甚或只是为了刺探中国对法越战事的态度？中国是立于何种立场？

但脱利古的话太含糊，话题一涉及到关键问题，他要么用话岔开，要么避而不谈。但有一点李鸿章敢肯定，脱利古搞外交不如宝海成熟。此人尽管出任驻日公使多年，但在外交界，仍是个不被人看重的生瓜蛋子。李鸿章从心里瞧不起脱利古。

第二天早饭过后，李鸿章正在独自坐着喝茶，脱利古突然携随员、翻译来拜访。

闻报，李鸿章愣了愣，一面让人把脱利古一行请进会客厅，一面传人更衣，反复猜测脱利古主动来访的目的。

一见面，没有过多的寒暄，脱利古开门见山地说道："鄙人今晨收到我国外交部急电。"脱利古话毕，向翻译示意一下。

翻译便打开护书，拿出一封电报读道："汝问中国，如欲与法国失和，我已预备整齐，断不因循退让；如中国派兵明助安南，或暗助，可先说明。如不助安南，要取一确实凭据电复。"这实际是等于向中国下了战书。

李鸿章沉吟许久，答曰："中国并无与法国失和之意，但越为中华属国已一千多年，法不能让我不认。此时法越既经交兵，想中国未必助越，然法不与华妥商办法，无论所办如何，中国终不能认。"

脱利古听了翻译转述的话，果断地说道："法与安南甲戌之约当即照会中国，现在必须照约办理，无需商议。"

李鸿章针锋相对地说道："甲戌之约，当日总署照复驳以'越南是中国属国'，明是不认此约。"

脱利古道："我国旋又将法越通商条约照会总署，未复，是以认此约之证。"

李鸿章冷笑一声说道："此事我不知其详。照会未复是即不认约也，贵大臣可至京与总署议论。"李鸿章说此话的目的，是给自己留有地步，其实还是在探询法国派脱利古来华是否当真想重新订约。

脱利古却冷冷地答道："我不便赴京。前日中堂曾言，可商办此事。"

李鸿章闻言一愣，他从脱利古的话语中隐隐感觉出，脱利古此来似乎仍想谈判。

李鸿章于是答道："我只说有要事可以代述。"

脱利古脱口道："既然如此，请中堂速电告国家明示，日后永远不管越事，给我一文书凭据！"脱利古这话说得极其生猛，没有丝毫让步。

李鸿章婉转拒绝道："此断不能行之事，我亦无此权柄。"

脱利古道："中堂应电请国家给予会商越事全权字样。这样，中堂不就有此权柄了吗？"

李鸿章至此已认定，脱利古此次来华，绝不是为谈判而来，肯定另有目的。但究竟是何目的，他还无法猜出。

李鸿章冷冷地笑道："贵大臣真能讲笑话！全权系由朝廷特简，中国体制向不敢由臣下自请。"

脱利古未及翻译把话讲完便忿然作色，凶狠地站起身，大声说道："中堂既然做不了朝廷的主，本大臣与中堂已无话可说。告辞！"

李鸿章坐着没动，口里只冷冷地迸出四个字："恕不相送！"

脱利古离开不久，李鸿章便收到军机处大臣寄谕，得知在张佩纶等人的力举之下，广西巡抚倪文蔚被撤任，布政使徐延旭署理抚篆。

李鸿章不由一惊。在李鸿章的眼里，无论从哪方面讲，倪文蔚都要胜过徐延旭一筹。现在边事繁紧之期，滇粤各省的巡抚尤为重要，朝廷怎么能轻易听从清流派的浮议，将倪文蔚撤任呢？李鸿章的一颗心，不能不再次悬起来。

当晚，圣旨到沪："现在北洋防务紧要，着该大臣仍遵十六日谕旨，迅即赴津筹备一切事宜，勿稍延缓，钦此。"

李鸿章于是将与脱利古会谈情况，紧急函告总理衙门，然后便登舟离沪。行前，李鸿章依礼去与脱利古辞行，意味深长地对脱利古说道："鄙人奉旨回津公干，贵大臣如有事相商，可赴津面晤。"

李鸿章至此仍不想放弃和谈的机会。但傲慢的脱利古面色阴冷，未予明确回答。

李鸿章非常失望地离开上海，脱利古则在当晚致电国内外交部。他从李鸿章飘忽不定的言谈中，认定在对待法越战事上，大清国并没有什么武装准备。脱利古指出："所谓准备是十分夸张的，中国求以虚而不实的武装来欺骗我们。"

他随后在电文中对宝海大加诋毁，认为宝海是"看走了眼"。转日，他再次致电沙梅拉库，以非常肯定的语气坚持自己的观点："中国在陆海两方的实力，奇异地为我的前任所夸张了。如果我们在东京作强力的行动，我们必将看到中国的匪帮在我们面前退却。如果我们决定作一种海军的牵制行动，我们将能使天朝遭受最严重的损害。现在从南方各省召募来的三万人，散布在云南边境上，武器不良，大部分没有训练，他们决不能与有一支强大炮队支援的、坚强的六个步兵大队相对抗。"

对脱利古这两份毫无根据的报告，沙梅拉库与茹费理均深信不疑。据此也可以推断，脱利古从李鸿章的口中，除了探听到中国不想与法国失和这一点外，其他的几乎接近于零。眼望着这份极力贬损中国的电文，沙梅拉库热血沸腾，茹费理也是极度兴奋。很快，沙梅拉库便向茹费理提交了一份非常周密的出兵吞并越南北圻的报告。

沙梅拉库在报告中，建议在法军攻占越南都城顺化，逼胁越南政府彻底投降的同时，对中国亦应实施武力威胁。他认为非如此，不能使中国低头。

他的报告是这样说的："你看到，除非有一种决定性的军事成功，我们没有可能与中国达成协议。要它转回来的路程实在是太远了，如果没有严重的威胁或武力，中国是不会让步的。"该报告的用意非常明显，仅仅让越南屈服并不是他们的最终目的，通过使用武力攻击，让大清国也成为他们的俘虏，这才是法国要达到的最终目的。

法国人已经剑拔弩张，但此时的慈禧太后、恭王以及李鸿章等人，却仍然在幻想着通过谈判解决中法之间的争端。尽管为了防备法国突启战端，朝廷在人事方面也作了相应的调整。重调老于兵事的张树声回任两广，将倪文蔚撤任，破格提升被清流派看好的徐延旭署理广西巡抚，主持边防各事，起用主战呼声最高的左副都御史张佩纶，驰赴福建，会办海疆事务。但朝廷做的这些都是悄悄的，并不敢向法国显露丝毫痕迹。

李鸿章回津不多日，恭王便把英国驻华公使威妥玛请进总理衙门，请求英国出面调停中法之间的争端。威妥玛经向国内请示后，便向谢满禄递交了一份欲出面斡旋中法之间争端的照会，但却遭到谢满禄的强硬拒绝。美国驻华公使杨约翰奉国内电令，致函李鸿章表示愿意出面调停此事，但仍遭法国断然拒绝。

无可奈何之下，总理衙门只好致电驻法公使曾纪泽，由曾纪泽代表中国朝廷，直接与法国外交部交涉。

曾纪泽带上随员，匆匆赶到法国外交部的时候，沙梅拉库为了给本国创造更多的派兵时间，竟然以"奉内阁训令，中国欲谈法越之事，需以茹费理总理的话为准"为由，拒绝回答曾纪泽提出的任何问题。

与法国外交部交涉无果，曾纪泽只好照会法国外交部，提出面见茹费理的请求。

十几日后，茹费理才正式约见曾纪泽，但并不容曾纪泽讲话，而是用极其凶狠的口吻开门见山地大声说道："今昔情形大不相同，其所以然者，乃因法国统将李维业等遇害，死亡甚多，此事无论中国、西洋，皆有雪耻之义。盖统将既死于战，其本国必当报复也。……法必欲扫清盗贼，平定地方，使百姓平安而已。"话毕，茹费理即宣布会谈结束，没有给曾纪泽任何讲话的机会。

茹费理如此无理，显然是蓄谋已久的，等于是给中国一个下马威。

曾纪泽此时清醒地认识到，法国态度如此强硬，实在是总理衙门示弱太过造成的恶果。

回到使馆后，他急电总理衙门，在详细汇报了与茹费理的交涉情形后，又特别指出："法越之事，虽强邻蓄意已久，然实由吾华示弱太甚，酝酿而成。"他接着又论道：法国尽管气势汹汹，但越南远离法国本土，一旦开战，"问题很多"，实际上是"色厉内荏"。他在电报的最后写道："目前相持不下，日在危机。我诚危矣，彼亦未尝不危。若我能坚持不让之心，一战不胜，则谋再战，再战不胜，则谋屡战，此彼之所甚畏也。"曾纪泽认为，若此次对法退让太甚，"各国之垂涎于他处者，势将接踵而起"，后患将无穷尽。这是最让人担心的。应该承认，曾纪泽所提出的"一战不胜，则谋再战，再战不胜，则谋屡战，此彼之所甚畏也"的观点，还是比较切合实际的。法国和其他国家一样，都怕浪战。浪战耗费大量财力、人力不说，还容易丧失民心、军心。

第五章 徐延旭——摇摆不定的前敌统帅

第一节 三巨头海防筹大计

曾纪泽这封电报递至总理衙门，大清国朝臣的争吵终于达到最高潮。

以翁同龢、李鸿藻、张佩纶为首的清流主战派，坚持加派重兵入越，不可对法退让，积极备战，一战而定乾坤。清流们论战的语言像诗一样美，受其感染，醇亲王帝父奕譞，一掉屁股站到了主战派一边。

以恭王、李鸿章为首的议和派，却纷纷向慈禧太后进言。李鸿章坚持认为，为了一个毫无信义又名存实亡的所谓属国越南，与法国兵戎相见，是最不划算的事。何况，"目下南北洋兵船尚未练成，断断无可远派，且法国水师擅长，实非中国兵船所能制胜。"李鸿章又说，"越王尝日见中国内地多事，颇欲依附法人，故两次定约内多违碍中朝之语，不肯申报。"

李鸿章又致函恭王云："各省海防，兵单饷匮，水师又未练成，未可与欧州强国轻言战事。想在高明烛照之中，所冀钧衡在握，勿惑浮议激成祸端，致误全局，实为至幸。"

军机处今天收到几篇主战派的折子，总理衙门明日又收到议和派的几封公函，慈禧太后每日在战和之间游移不定。

大清国坐而论道，久议不决，使法国有了充足的调兵遣将的时间。大清国尚未争论出个所以然，法国陆续开到越南北圻的陆海各队，已发起了新一轮的攻击。

李维业、韦医等官兵被歼、残敌逃回河内城的时候，惊慌失措的堵布益一度曾产生放弃河内，退走西贡的念头。他和领事馆的大小职员，胆战心惊地在河内度过了一个非常恐惧的夜晚。第二天早起，刚刚用完早饭，他便集合队伍，准备宣布撤退的命令。就在这时，八百名法军援军赶到。

堵布益一见大喜，马上便把他即将出口的撤退的命令，即兴改作即将出击的动员，把守敌和援军送进云里雾里。

转日，沁冲一面紧急致电国内增兵，一面任命交趾支那驻军司令波滑将军为东京地方的最高级指挥官，统率五百名陆海军兵，飞速赶往河内。旬日之内，河内法军已达约一千七百人。

茹费理接到沁冲的请兵报告后，马上利用李维业之战死，鼓动议院通过了拨款五百五十万法郎用于越战急需的法案，旋又逼迫议院，强行批准给东京增派一千五百名援军的远征计划。

很快，法国海军部任命的东京湾海军司令孤拔将军，统带两千余人的远征军，分乘七艘舰艇，踏上了通往越南的征途。

为了军政协调一致，茹费理又亲自任命何罗杜随孤拔赶往东京，出任东京特派员，主要管理东京地区的行政事务。

光绪九年七月三十日（公元1883年9月1日），波滑、何罗杜、孤拔，这三位法国在东京的巨头，相聚于海防码头。他们此时相聚于海防，是要制定出一个统一的行动计划，以便很好地执行茹费理总理宏伟的殖民计划。

早在孤拔动身赴越前，茹费理曾经给他下达了一个训令。训令明确指出："顺化是冲突与斗争的策源地，从那里发出的（一切）在东京继续战斗的命令及向中国（请求）援助的呼吁。一天顺化政府被打败，在红河两岸的抵抗失去了领导，这抵抗或者就会停止。至于中国，在安南屈服之后，或将不至于自己直接的原故继续战争。这就是（法国）负责这问题的政治及军事人员们当时的意见。"

孤拔把波滑邀到海防，一是向他传达这个训令，二是要共同探讨出一个贯彻这个训令的办法。

海防原本是越南的一个小港湾，割给法国后，西贡总督府考虑到这里是南北圻的要冲，便在这里建了一个海军基地。不久，法国外交部的一名官员到西贡游历。在海防停留期间，他忽然发现，海防不仅仅是越南南北圻的要冲，还是越南国与邻国海上的唯一通道。这一发现使他欣喜若狂，回到巴黎的当天，即向内阁提交了一份建议书，建议政府立即转饬西贡总督，马上着手在海防设立税务司（海关）。海防税务司成立后，不仅加强了法国对越南的经济封锁，还增强了对越南进口军事装备的控制能力。

在与李维业交战之前，刘永福为改善黑旗军的装备，提高全队的战斗力，曾经三次从香港购买武器弹药，但每次都被法国查获，全是海防设立的这个税务司的功劳。海防现在不仅有税务司，还筑有炮楼、弹药库、加油站，还建有一个颇具规模的修船厂。其繁华的程度，超过越南的任何一座省城。这里戒备森严，哨卡林立，不仅没有当地人的身影，就是法国或其他国家的人游历到此，没有西贡总督府颁发的特许令，也不许上岸游览。

坐进海防的一座凉亭里，享受着徐徐的海风，喝着苦中有甜的咖啡，波滑、孤拔、何罗杜等三人，开始了极其隐密的会谈。

孤拔最先对波滑说道："波滑将军，在我们对安南和刘永福进行大规模的行动前，鄙人还有一个小小的请求，希望您能成全。"

孤拔话毕，见波滑愣愣地没有反应过来，只好接着说道："鄙人希望您回到东京后，能够布置下去，务必找到李维业上校的遗骸。将军知道，李维业上校的令爱和鄙人的小女，同在一所学校读书。得到她父亲的死讯后，他的令爱哭得死去活来，她希望自己的父亲，能永远安息在巴黎的土地上。"

波滑急忙用手在胸前划个十字，口里喃喃自语道："法兰西可怜的勇士！你为什么那么急着去见上帝呢？"

何罗杜这时道："孤拔将军，你说的李维业的女儿，是不是总爱在舞台上饰演小天鹅的那位芭蕾舞演员？她长得可是太漂亮了！她难道还没有从学校毕业吗？"

孤拔没有正面回答何罗杜的问话，而是说道："只有巴黎的土地上，才是法兰西勇士的休息地。不能把勇士的遗骸送回故乡，永远都是我们法兰西军人的耻辱！波滑将军，鄙人没有说错吧？"

波滑却说道："堵布益领事对鄙人说，李维业的头颅被黑旗军砍掉后，曾经在山西示众三天。但我们的间谍却说，李维业的头颅，被刘永福埋进了纸桥一带的深坑里。这位上校先生，一生都在激情中度过，写过不少他自认为是诗的东西。哪知他死后，竟然还在和我们捉迷藏！鄙人现在敢肯定，李维业的头颅又被转移了地方！孤拔将军，您让鄙人怎么办？这位上校太浪漫了！"

何罗杜不失时机地戏谑道："鄙人听说，他的女儿比他还浪漫！他疯狂地写诗，他的女儿则在床上卖力地给男人吹箫！孤拔将军，这是不是真的？"

孤拔两手一摊道："你们有办法让诗人的女儿不浪漫吗？她十三岁就同我喝过咖啡，十六岁就爆发出惊人的魅力！鄙人敢肯定地说，她是法国最让男人心动的姑娘！"孤拔话此，忽然痛苦地仰天长叹了一句："可惜，她太不幸了！她让鄙人弄大了肚子，而且就一下。"

一听这话，何罗杜与波滑全都兴奋地瞪大了眼睛。

波滑赞叹道："孤拔将军，您真不愧是法兰西培养出的优秀狙击手啊！就一下，准确率百分之百！这太让人心动了！"孤拔曾担任过陆战队狙击手，但并不优秀。

波滑接着说道："为了给芭蕾舞演员的肚子一个交代，孤拔将军，请您放心，鄙人一定尽全力找到李维业，尽管他一直在和我们捉迷藏。"

何罗杜用手示意了一下说道："好了，先让芭蕾舞演员和肚子见鬼去吧。我们现在开始研究进军方案。鄙人以为，内阁的训令已经很明确，我们要向顺化和黑旗军同时发起攻击。安南朝廷投降后，我们就集中力量干掉刘永福。怎么样，孤拔将军，鄙人说的是不是快了些？"

孤拔深思了一下说道："对刘永福，我们先要摸清他的实力。安邺和李维业，都败在盲目出击上。"

何罗杜说道："我给二位看一张报纸，上面有我们海军部长说过的一段话，应该是对李维业上校最中肯的评价。"何罗杜话毕，马上从护书里摸出一份法国海军的简报。何罗杜展开报纸，用手指着一段话道："这份简报，二位将军大概已经看过，但部长的一段讲话，二位是否也注意到了呢？我看未必。"何罗杜有意顿了顿，见孤拔与波滑表情茫然，这才道："部长说：'李维业司令是非常勇敢的，但不太懂军事，也不够聪明。战斗的前一天晚上，当他和他的军官们做第二天的部署时，两个中国仆人听到了他们的谈话，知道了他们的行动计划，于是告诉了黑旗军。黑旗军便在法国军队的通道上，设下了埋伏。'鄙人所读的是部长的原话，这就是说，在行动前，上校就已经自己泄露了军机，所以才导致失败。因为黑旗军是惯于打伏击战的。这就像孤拔将军，因为作过狙击手，所以能一炮便把姑娘的肚子打大，而鄙人就不会有这么好的佳绩，道理是一样的。"

孤拔道："鄙人对黑旗军的作战能力是不清楚的，但结合李维业的失败，我个人认为，我们可以和他们打阵地战、攻坚战，但一定不能和他们打伏击战。波滑将军，您以为呢？"

波滑很自信地说道："鄙人已经找到了制服中国人的法宝，您们瞧好吧。"

一见波滑胸有成竹的表情，何罗杜高兴地说："刘永福的死期，终于掌握在我们的手里了！孤拔将军，顺化是安南的都城，要不要波滑将军支援您一下？一个排？一个连？"

孤拔哈哈笑道："您们忘了我的出身了！我可是法国陆战队出了名的狙

击手啊！一下，肯定打中！"

何罗杜笑着说道："孤拔将军说的是姑娘的肚子，我们现在讨论的则是顺化。"

孤拔自负地拍胸说道："鄙人在巴黎动身前，便已经替安南人起草好了条约，现在只等他们签字钤印了！鄙人现在重复一下波滑将军的话，您们瞧好吧。"

就在何罗杜、孤拔、波滑三大员在海防兴高采烈地商讨作战方案的时候，任何人都不会想到，越南政府却因国王的继承问题，正在展开激烈角逐。已故国王阮福时被放进梓宫里后，被冷落到皇宫的一间偏房里，无人理睬，既未举哀，也未发丧。

得知阮福时驾崩的当晚，瑞国公阮应祯马上黄袍加身，并及时以瑞国公的名义向群臣颁发老国王的死讯。

群臣闻讯齐聚皇宫大殿，先是向先国王更衣装殓，然后又围棺三圈，向老国王拜别。既无人痛哭，亦无人流涕，麻木得仿佛一群木偶。

阮福时被抬到偏殿后，依越南礼制，新国王须守灵三天，全国丧期百日。但因是特殊时期，阮应祯不敢循旧例，白天进宫守灵，晚上依旧住进瑞国公府，灵前只派了十名侍卫守灵。

对阮应祯早就心怀不满的阮文祥，见新国王不尊旧礼，于是秘密串连了二十几名大臣联衔启奏，以名不正则言不顺，言不顺而臣不服为由，力逼阮应祯晚上进宫守灵。相持了一天，阮应祯怕把事情闹大，激起不应有的事变，只好顺应舆情，只身搬进皇宫来为老国王守灵。

哪知阮文祥逼阮应祯进宫守灵只是虚晃一枪。阮应祯前脚进宫，他带上三百余名亲兵，后脚便簇拥着安国公的小儿子洪发来到大殿。

阮文祥先让亲兵把阮应祯反锁进停灵的屋里，然后便亲自动手，从皇宫掌印官的手里拿到了玉玺。

洪发当时只有十几岁，他坐在大殿的龙椅上，眼望着阮文祥一头汗水地忙进忙出，除了觉着紧张，心里一直呯呯地乱跳外，倒也没发现与往日的不同。性格暴烈的阮应祯气得在停尸房里大喊大叫，外面却一点动静都没有。

阮应祯坐在灵前喘息了一阵，忽然心生一计。他站起身，对门外大声说："去告诉阮文祥，他要再不放朕出去，朕就在先王的灵前放起一把火，把皇宫烧个干净！"

阮应祯这句极具威胁性的话产生了效果。

阮文祥带上亲兵很快来到灵前。

阮文祥先对着阮福时的梓宫行了叩拜大礼，然后便冲着阮应祯大声喝问："伪王，你乱喊什么？你废祖制，乱国礼，理应被废！现国王仁慈，不忍加害于你，你应该知足了！"

阮应祯大吼道："狗屁现国王，他不过是个孩子！朕是依序登基，废了谁的祖制，乱了什么国礼？你这乱臣贼子，敢当着满朝文武的面与朕辩论吗？"

阮文祥亦不示弱，用手指着阮应祯的鼻子说道："废王，你给我住嘴！我现在就把你押进大殿里，接受百官的质疑！来人哪，把他捆住手脚，抬到大殿！"

群臣很快陆续赶到大殿。

大殿之上，十几岁的洪发坐在龙椅上，身着龙袍的阮应祯被捆着手脚，横放在百官的面前。

阮应祯的左右和后面，团团站立着十几名全副武装的宫廷侍卫。阮应祯左侧站着手捧玺盒的阮文祥，右侧是阮诚意。

见群臣走进大殿，阮应祯大声喊道："乱臣贼子阮文祥发动政变，欺君犯上，无故废主，各位大臣快快勤王！"

阮文祥冷笑着说道："各位大臣，阮应祯不是先王遗命的王位继承者，他是私窃王位，理应被废！"

阮应祯大声质问："乱臣贼子，你不能在百官面前胡言乱语！你说朕是私窃王位，何以为证？"

阮文祥大声说道："各位大臣，按我国国法，先王遗命的王位继承者，首先要有国宝玉玺！先王崩前，没有把国宝交给他，反倒交给了本官，由本官转交给新国王。"

阮文祥话毕，双手举起玺盒道："各位大臣请看仔细，这是我国国宝，现本大臣正式禀承先王遗命，向新国王转交国宝。"

阮文祥话毕，大步走到洪发的面前，双膝跪倒，双手托起玺盒，大声说道："请吾皇接受传国之宝。"

按照正常的礼节，洪发旁边侍立的人应该先接过玺盒，然后再双手捧给国王。但洪发是个孩子，又天性顽皮。他见阮文祥跪在自己的面前，把一个朱漆锦盒举到眼前，便蹦下龙椅，双手来拿玺盒。可惜他手小力单，又由于紧张、兴奋，加之下手急了些，那玺盒未及到手便掉落到地下。盒盖受到震动，随即蹦开，从里面咕噜噜滚出方形的玉玺。洪发一急，急忙伏下身子作出个青蛙状，张开双手向前一扑，脚却先触着玉玺，把玉玺踢开，反倒落到阮应祯的面前。

阮应祯一见玉玺落在身旁，情急之下也不及多想，使出浑身力气便来了个鹞子大翻身，把玉玺严严地盖在身下。

阮应祯大叫道："朕有玉玺！朕是真正的国王！朕是真正的国王！"

阮应祯话音刚落，朗国公阮洪佚打着呵欠大步走到阮应祯的面前，弯腰伸手在阮应祯的身下摸了摸，把玉玺抓在手里。

他站起身来，一边把玩玉玺一边说道："王兄亡灵尚未离开宫里，你们就闹来闹去，成何体统！"

阮洪佚话毕，一步三喘地走到洪发的面前，忽然伸手摸了摸他的头顶，然后后退两步，极准确地一屁股坐到龙椅上。

阮洪佚歇了歇，才对目瞪口呆的阮文祥说道："传朕的旨意，扒下阮应祯的龙袍，然后沉江！"

阮应祯大叫道："朗国公，你疯了？朕是国王啊！"

侍卫们愣愣地呆站着没敢动手，阮洪佚回头说道："朕的话你们听不懂吗？"

百官忽然明白过来，竟然一齐跪倒道："臣等恭贺国王登基大喜！"

侍卫们未及百官起身，便飞步向前，抬起阮应祯向门外走去。

阮洪佚又说道："尔等起身吧。传朕的旨意，把洪发绑出殿外，用铁锤击死！"

侍卫们又将洪发抬出殿外。

阮洪佚望了阮文祥一眼，说道："阮文祥护国有功，赏加大学士摄政！"

阮文祥高兴地双膝跪倒，连连叩头道："小臣领旨！小臣领旨！"

阮洪佚这时对阮诚意说道："阮诚意呀，朕知你有临危不乱之古风，特赏加你为大学士国丧主办大臣。国丧期间，所有军国大事，你全权处理！"

阮诚意一听这话，也慌忙跪倒谢恩。

分派已定，群臣开始商议为先国王阮福时发丧的事。阮洪佚则开始调兵遣将，加强皇宫的内外警戒，以防一个不小心，国王宝座又跑到别人的屁股底下。

从这天开始，越南的所有国政，全部操在阮文祥、阮诚意二人的手里，阮洪佚只负责往圣旨上加盖玺印。

越南皇宫里本有两名司印大臣，专替国王保管玉玺，阮洪佚进宫的当天，先将两名司印大臣革职，把玉玺由司印房移交到他的寝宫里，不准任何人动一下。他名义上是一国之君，实际却充当司印大臣的角色。他白天战美酒、战鸦片，晚上战宫娥、战美女，安寝以后则怀抱玺盒。

第二节　越南皇宫血光冲天

自打阮洪佚入主皇宫以来，整个越南陷入一片混乱之中。君不像君，臣不像臣，全不成体统。

就在这个时候，北圻统督黄佐炎的折子到了。黄佐炎在折中转述了唐景崧的一个要求：刘永福身为越南重臣，此次率团打败李维业侵略军，振奋了全越军民抗法的士气，应该重奖。

阮洪佚收到折子时正喝得红光满面，不亦乐乎。他把折子只看了一遍，也不经大脑深思，便提笔批给阮文祥全权办理。

阮文祥和百官商量了三天，拟封刘永福一个侯爵，但遭几名王公的反对；又改降为伯爵，不期又未获几位协办大学士的通过。阮文祥思来想去，又改降为男爵，于是获得一致通过。因为越南的男爵多如牛毛，根本就算不上什么爵位。拿这个去糊弄刘永福，百官都认为可行。拟好的圣旨递进宫时正是掌灯时分，阮洪佚醉酒未醒，圣旨加盖御印未成。

第二天，圣旨加盖御印后从宫里递出。

阮文祥马上派出传旨官员赶往山西传旨，旨曰：准封提督刘永福为义良男。以永福屡有战功，因晋尤推恩也。刘永福赏戴长翅冠，准着圆领广袖蟒袍、牙笏、朝靴等物。

传旨差官前脚离开都城，孤拔率七艘军舰跟着便来到顺化城垣，旋对顺化外围的顺安炮台发起攻击。

炮台守军一面放炮迎战，一面派人进城请求援兵。得知外围炮台危急，阮洪佚马上召集百官到大殿议事。

俟群臣到后，阮洪佚当廷发布圣谕："加封大学士阮文祥为卫国大将军，立即统率禁卫营增援炮台，并坐镇指挥。"

阮文祥未及国王把话说完便大声奏道："吾皇容禀，吾皇此旨多有不妥。小臣乃一国摄政，当此危急时刻，不可轻动。请吾皇收回成命。"

阮洪佚一愣，马上又宣旨道："阮摄政所奏甚是，着赏加九门提督尊室说为大学士，速率禁卫营驰援炮台。以后城内各军进止，悉由尊室说酌度情形料理，其他王公大臣不得干预。"

尊室说领旨谢恩，高兴地走出去。

散朝后，阮洪佚单把阮文祥留下，要商议大事。

重新施礼后，阮洪佚破例给阮文祥放了座，这才笑着说道："阮摄政啊，朕登基以来，你累得可不轻啊。朕最近从朝鲜买到了一颗十年参，调神养血颇见成效，朕决定赐给你服用吧。"

阮文祥依礼翻身跪倒，口称："谢吾皇隆恩。"起身重新坐下。

阮洪佚忽然笑嘻嘻地说道："老摄政啊，朕收到了一篇弹劾你的奏章，说你在家中私藏宝物，不向朝廷献纳，理应问罪。老摄政啊，这是不是真的呀？"

阮文祥皱起眉头说道："小臣不知吾皇所云究系何指，请吾皇直言。"

阮洪佚仍然笑道："其实也没什么，不过是说你的府中，养了个国色天香的佳丽，朕当时并未在意。但昨晚巡城，宫门卫还真在你府的后花园，看到了这位佳丽，还画了个图形。"

阮洪佚话毕，从宽大的袖子里摸出一张白纸递给阮文祥。

阮文祥接过一看，说道："这是小臣的孙女，今年刚刚十三岁，已许了人家，是黄佐炎的小儿子。"

阮洪佚阴下脸来说道："老摄政可是糊涂了。按我国制度，美女是不能胡乱许人的，应该先送进宫里，由朕指婚。"

阮文祥一愣，说道："小臣虽有一些年纪，但并未糊涂，小臣不记得我国有这个制度啊？吾皇肯定是把别国的制度拿来用了。"

阮洪佚道："这是朕刚刚颁布的制度。我越南国地域小，人口稀，美女更不易得。你看看后宫里的这些女人，个个歪瓜劣枣，怎么能生出秀美的王子呢？"

阮文祥深思了一下说道："吾皇所言甚是，但现在是国丧期间，依国家大法，吾皇是不能亲近女人的。这一项断断不能马虎！"

阮洪佚气愤地说道："这些陈规陋俗早该废除了！现在就废除吧！"

阮文祥一愣，许久才道："国家大法原本就是皇家所订。吾皇怎么办，小臣转饬礼部颁布就是。但现在国难当头——"

阮洪佚挥了挥手道："尊室说不是已经去炮台督战了吗？有尊室说在炮台督战，顺化是一定能固若金汤的。朕现在就让侍卫在皇宫内外张灯结彩，你今晚就把美女送进宫里吧。"

阮文祥面无表情地沉吟了一下，忽然跪下说道："小臣恳请吾皇宽限三天，让小臣筹备一下。"

阮洪佚高兴地说道："朕就依你。你赶快回去准备吧。"

阮文祥施礼告退，午后又匆匆走进来说道："吾皇容禀，外围炮台告急，尊室说请再拨援兵救急。"

刚刚放下酒杯的阮洪佚苦笑一声道："现在除了皇宫侍卫，顺化已经无兵可调了。这样吧，给黄佐炎传旨，让他速拨两千人飞援。"

阮文祥急道："给黄佐炎传旨如何来得及呀？尊室说向小臣禀告说，富酋孤拔已经发下号令，打下城池，屠城五日，皇帝和大臣都要被扒皮萱草。这是要亡我国家呀！"

阮洪佚一听这话，登时吓得汗如雨下，他想也没想便道："那就把皇宫侍卫调过去一半儿吧。"

阮文祥领旨而去，五百名皇宫侍卫很快怀揣圣旨赶向炮台。

但孤拔对顺化外围顺安炮台的前两日攻击只是试探性的，炮火既不猛烈，队员也未登陆。而第三日的早饭一过，法军便对炮台的重点部位实行了强攻。

一时间，炮声隆隆，浓烟滚滚，炮台守军登时晕头转向，乱作一团。炮轰刚一停止，孤拔便挥师强行登陆，竟一举占领炮台。

尊室说率守军飞速后退，一直退进内城，把几百名伤亡将士扔在了阵地上。

孤拔占领炮台，先命令队员将未亡越军悉数手刃，然后将尸体全部扔进河里。清亮的河水马上变成红色，慢慢扩散开来。

孤拔派出使者，手持用法越两种文字写好的条约，尾随炮台守军入城，往见国王阮洪佚。

听闻炮台失守，阮洪佚顿时吓得浑身乱抖，汗如雨下，语不成句，不知如何是好。正慌乱间，阮文祥、尊室说二人引着十几名法国军人走了进来。

阮文祥把一份条约递给阮洪佚道："吾皇容禀，这是富浪沙孤拔大元帅拟就的和议条款。孤拔大元帅限令我国马上答复，如其不然，他就要攻进城来，扒我们的皮，取我们的首级。"

阮洪佚看也不看条约便道："尔等做主！尔等做主！朕负责加盖宝印。"

阮文祥对身后站着的法军代表说："我家皇帝陛下已传下圣谕，同意与贵国订约。请转告孤拔大元帅，将顺安炮台交还给我国吧。"

听了翻译的话，一名法使道："请贵国马上签字钤印，孤拔将军见到订好的条约后，才能将炮台交还给贵国。"

阮文祥把法使的话转述给阮洪佚，阮洪佚未及听完，便拿过条约，飞速地向寝宫奔去。

不一刻，阮洪佚又跑回来，把盖了御印的条约两份交给阮文祥道："一场祸事，总算化解了。"

阮文祥留下一份，把另一份交给法使道："条约已加盖了御印，下国以后按贵国吩咐的去办就是了。"

几名法使接过条约，反复核对了几遍，见字印俱全，这才扬长而去。

此条约即是让中国为之心寒的《顺化条约》，亦称第二次《顺化条约》。主要内容是：越南完全接受法国保护，以后越南的所有事情，均由法国为之做主；法国有权在越南中圻和北圻各地驻军；法国在越南设立总监督，控制越南对外关系，保证保护权的行使；法国在东京各地设立监督或副监督，节制越南官吏。

使者离开不久，法军徐徐撤离炮台，纷纷回到舰上。孤拔将《顺化条约》送到沁冲之手，然后便率舰赶往北圻。

得知法军离去，阮洪佚当即下旨，着令皇宫内外张灯结彩，准备纳妃。

阮洪佚已经两夜在梦里和阮文祥的孙女缠绕在一起，熊熊燃烧的欲火快把他的头弄昏了。

阮文祥和尊室说簇拥着一辆马拉花轿缓缓来到宫门口。

阮文祥大步走进室宫，跪倒面奏："小臣按吾皇旨意，已将新人送到宫门。"

阮洪佚当即传旨："速将新人送至寝宫，等待封赏。"

很快，尊室说带着一百名军兵抱着一床大花被闯将进来。

阮洪佚未及讲话，一名军兵便飞身上前把阮洪佚扑倒，旋用大花被盖在阮洪佚的身上。十几名军兵急忙压到被上。阮文祥大步走进寝宫，稍稍翻检便将玺盒找到。

阮文祥怀抱玺盒和尊室说会在一处，互相点了一下头。

尊室说对侍立在侧的军兵道："为国除奸，留名千古，动手吧。"

二十名军兵得令，齐拔出腰刀，发一声喊，狠命地刺向在被里挣扎不休的阮洪佚，直到血从被里溢出方止。

阮文祥让军兵把阮洪佚用被子包好扛到大殿，然后亲自来到宫门，请出轿里的新人，却原来不是他的孙女，而是阮福时的另一位侄子阮膺祜。

阮膺祜被阮文祥引到大殿的龙椅上坐下，然后召集百官，由尊室说宣布道："富浪沙围攻都城，吾皇不与群臣会议，便与之签订辱国之约，致使全越利权尽丧敌手。吾皇深感罪大恶极，已于适才向摄政大臣颁遗命，国宝亦交由摄政暂时保护，并在寝宫自裁驾崩。现由摄政大臣转达先皇遗命。"

百官一听这话，全部跪倒，恭听遗命。

阮文祥把玺盒双手举过头顶，大声说道："吾皇遗命，着立膺祜为国王，号福建。赏阮文祥公爵，总摄国家朝政；赏尊室说公爵，同摄朝政，钦此。"

阮文祥话毕，郑重地把玺盒交给膺祜。

阮文祥与尊室说从这一天开始同晋公爵，共操朝权，顺化成了二人争相表演的大舞台。越南朝廷实际已进入名存实亡的境地。

波滑回到河内后，并没有马上对黑旗军发动大规模的进攻，而是先派出少数几艘舰艇，沿航道向怀德、山西一带游弋，窥探黑旗军的兵力部署，但却遭到黑旗军程度不同的武力拦截。几次小规模的接触，双方互有伤亡。在此期间，唐景崧已经预感到法军大举进攻黑旗军的时刻即将到来，便一连多次赶往兴化面见黄佐炎，请黄佐炎资以钱粮枪械，供黑旗军募勇使用。

黄佐炎初始允诺代奏朝廷，遭顺化方面拒绝后，他便翻转了面皮，变成了一条不辨是非曲直的疯狗。黄佐炎先是斥责刘永福不该用死李酋诈称活李维业欺骗朝廷，又亲手给刘永福致函一封，托唐景崧转达。在函中，黄佐炎再三再四斥责刘永福，不该擅自击毙李维业，北圻之祸，全系他一人而起，转尔祸及全国；刘永福抗法不仅无功，且其罪大焉。黄佐炎进而奉劝刘永福，要么迁离保胜，移驻山中垦荒以避兵祸；要么解散团队，化兵为民，他只身到奉化任一武职，以善其身；要么率团离开越境，或做海盗，或做山贼，彻底与越南朝廷脱离干系。

黄佐炎的这封满嘴混话的信函，直把个刘永福气得怒发冲冠，七窍生烟。若非此时法兵大军压境，他是一定要亲赴兴化去与这位黄相国理论一番的。显然，请求越军共同抗法这一条路，已经行走不通。

唐景崧并没有就此轻易放弃。他退而求其次，飞速赶往北宁来见徐延旭。但此徐抚台已非彼徐方伯。

唐景崧此时想轻易见到他已相当困难。

第一次来到兴化，唐景崧因为忘了给门上红包，门上没有给他通报，让他空走了一回；第二次到兴化，唐景崧倒是如愿见到了徐延旭，但因唐景崧不知此时徐已由布政使署理了巡抚，见面时说了"下官见过方伯大人"，徐延旭就脸色一沉，竟然没有起身相扶，给了唐景崧老大一个难堪。坐下后，无论唐景崧讲什么，徐延旭都是摸着胡子一声不吭，脸也拉得老长。当唐景崧讲到法军即将对刘永福发动大的战争，而刘永福却兵少粮缺，又极乏枪炮弹药的时候，徐延旭突然停止了抚须，粗暴地打断唐景崧的话，说道："本部院记得，你老弟是我大清明旨指分云南的官员，不知何时投了越南，做了刘永福的上宪？"

唐景崧不由惊问一句："大人何出此言？"

徐延旭摇头冷笑道："刘永福是越南加封的三宣提督，他与法人抗拒，是为了保越南的北圻。刘永福今后怎样，自有越南朝廷替他料理。法人今后怎样，也是法人与越南之间的事。老弟还是想想自己的事情吧！"

徐延旭话毕，慢慢地端起茶来，口道一句："送客！"

唐景崧就这样不明不白地和徐延旭见了一面，不仅未办成任何事，还遭了一顿抢白。走出广西巡抚驻北宁的临时行辕，唐景崧只感到前景一片迷茫。

唐景崧以为，凭自己的特殊身份，无论多少，都能从徐延旭的手里为黑旗军谋到些粮钱枪炮，哪知徐延旭突然翻脸，全然不再把暗助刘永福抗法的话头提起，把刘永福抗法说成是替越南保北圻。随着徐延旭态度的转变，唐景崧发现自己的处境越来越尴尬。

莫非是徐延旭接到了密谕，朝廷不打算借助刘永福的力量来抗法了？如果当真如此，先收到密谕的应该是唐景崧，而不应该是徐延旭。

经过细细分析之后，唐景崧的眼前又渐渐明亮起来。他已经认定，徐延旭对刘永福的态度，绝不会是朝廷的态度，而是他个人的态度。

当晚住在北宁的客栈里，唐景崧含毫命简，立给朝廷草折一篇，悲愤之情溢于笔端："纸桥捷后，法兵甚单，该国是时用费无多，尚易收束。倘刘军乘此获饱腾之资，攻复河内，法人立可转圜，越圻犹幸图存，边事即不至大坏。乃计不出此，以致法兵渐增，日久费巨，该国遂苦于欲罢不能，而兵连祸结矣。"此折一方面批评朝廷犹疑不决，一方面批评边事大臣遇事推诿，因循不前，坐失抗法的大好时机。

唐景崧连夜把此折誊抄了四份：一份交给徐延旭，一份给了黄桂兰，一份打发人送给了驻扎在滇越边境的云南巡抚唐炯，最后一份拜给了朝廷。

第二天唐景崧在给已调任两江总督的曾国荃寄的一封信中，这样写道：

"不操寸柄，仅以虚言激励刘团，庸有济乎？"

折函发走，唐景崧开始在北宁大犯踌躇，不知道自己是该回山西黑旗军大营，还是见一见黄桂兰。在街头散步的时候，唐景崧忽然听到一个消息：前福建藩司王德榜奉左宗棠札委，督率新招募的八营楚勇进入越境，已到太原扎下营盘。

唐景崧精神为之一振。他赶回客栈，匆匆收拾了一下行装，便乘马飞速赶往太原，来见王德榜。

唐景崧知道，王德榜是左宗棠麾下大将。他此次督勇入越，名义上归广西巡抚徐延旭节制，实际只听从老上宪左宗棠的调遣。

左宗棠现已把两江督篆交曾国荃署理，奉旨进京出任军机大臣。王德榜有左宗棠在后面撑腰，腰杆子很是硬朗。唐景崧火速来见王德榜，是因为他知道左宗棠的态度：左宗棠是赞成助刘抗法的。唐景崧推测王德榜入越，很可能是刘永福及他本人的一次转机。

第三节 唐景崧左右为难

王德榜是湖南江华人，字朗青，监生出身。原为湘军将领，随曾国藩转战江西、安徽、江苏、浙江等地，因功选直隶州知州，例加道衔。咸丰十年（公元1860），率部随左宗棠援浙，归左宗棠调派，正式隶楚军。同治四年（公元1865年），得左宗棠保举为福建布政使。同治十年（公元1871年），左宗棠由闽浙总督调任陕甘总督，调其入陕。光绪六年（公元1880年），左宗棠为收复伊犁屯兵哈密，令其率旧部取道蒙古草地至张家口，部署战备，以御沙俄。次年，随左宗棠入京教练火器健锐营，旋病归。刘永福取得第二次纸桥大捷后，左宗棠奏请其起复，旨准，命其在籍募勇八营名定边军，拔队赶往广西龙州。旋被徐延旭调进越南太原，以为山西、北宁之犄角。

王德榜奉札赶到太原后，并没有马上向徐延旭禀到，而是派出两拨探马：一拨到山西、怀德一带黑旗军防地，去打探黑旗军、广西部分防军以及法军的动静；一拨在太原周边侦探地形，以决定各营的进止。

唐景崧与王德榜相见于太原定边中军大帐。

一见迎出辕门的王德榜，唐景崧跨前一步施行大礼，口称："赏六品顶戴分发云南差遣下官唐景崧给方伯大人请安！"

王德榜慌忙扶起唐景崧，笑着说道："唐定远快快请起。本司在原籍便已听说，黑旗军纸桥能阵斩法酋，全是老弟策划周详所致。老弟，快随老哥到营里一叙。老哥此次奉爵相札委入越，许多事情还要向老弟请教。"

进了大帐，二人又重新见礼，有侍卫摆茶进来。

王德榜请唐景崧坐下，开言说道："老哥率队到龙州的时候，便得知法人向河内频频加兵，欲对黑旗军施加报复。老弟在永福军中策划军事，如何未见募勇筹粮？据老哥所知，黑旗军能战之士不过两千有余，这点兵力，如何抵抗法军？"

唐景崧一听王德榜讲出这话，却正触动他的痛处，不由一阵心酸，眼泪扑簌簌落下来。他哽咽着说道："方伯容禀。第二次纸桥大捷初，法人还未向河内加兵，正是募勇筹粮购军火的好时机。下官为了能让刘团安心抗法，几次申告徐抚台，恳请广西给黑旗军拨些银子，再赞助一些枪炮弹药。云南抚台那里，下官也发了几封信函。哪知徐抚台以未奉两广部堂札文为由，既不拨饷银，也不准黄军门给黑旗军枪炮弹药。下官原本替黑旗军募好了三营广勇和二百名滇勇，如今因饷粮枪炮无着，也只能遣散。如今越南认贼作父，我大清防军又作壁上观，谈何'戍越以固吾圉'！"

王德榜大惊道："事情如何起了反复？老哥入越前，曾接左爵相急函一封，告以两广总督部堂，已为黑旗军专拨了一万两白银，供其募勇筹粮所用。莫非这笔银子没有送到黑旗军之手？还有，左爵相在函中讲，少荃爵相特为黑旗军筹措了六百枝快枪，三门大炮，难道这些军火，黑旗军也未收到？这可有些奇怪了！"

唐景崧一愣道："下官自到越南保胜至今，一直在刘永福的身边。黑旗军但凡有事，刘永福岂能瞒得过我？他们何曾收过饷银枪炮？"

王德榜沉吟着说道："徐晓山素为京师清流所重，他如此荒唐，不是要误国家大事吗？老弟，你且莫心慌，你为黑旗军所募之勇先不要遣散。老哥让粮台先给你拨付八千两银子，另外送你三百枝快枪。你转告刘永福，只要与法人决战到底，我王朗青一定转请左爵相，重重保举于他！戍越以固吾圉，刘渊亭其功大焉；入越说刘抗法，唐维卿功不逊班定远，其功亦大焉！"

唐景崧未及王德榜把话讲完，已然感动得热泪横流。他站起身来，后退一步，然后双膝跪倒，郑重地给王德榜磕了三个响头，声音哽咽着说道："下官替刘永福，谢大人抬举之恩！有大人在越主持公道，黑旗军抗法不孤矣！"

　　唐景崧押着枪炮饷粮，兴高采烈地回到山西。但唐景崧并没有把银枪全部送给刘永福，而是截留了一半，用剩下的一半重新招募由滇粤入越的抗法民众约五百人，编作两营：一为武烈营，一为武炜营。武烈营三百人，以广东人庞振云、胡昆山为正副营官；武炜营二百人，以连美为营官。此营暂充唐景崧亲兵营。

　　很快，唐景崧又接到广西巡抚衙门转交的密旨一道："刘永福一军果能始终扼扎，越南尚可图存。该督抚等随时斟酌，相机应付，以顾全局，是为至要。"

　　接到圣旨的当晚，一匹快马飞到山西，特来传达广西巡抚徐延旭的指令：着唐景崧速到北宁商议军务。

　　唐景崧精神为之一振，连夜带亲兵快骑赶往北宁，来见徐延旭。走进行辕议事大厅，唐景崧见王德榜、黄桂兰以及赵沃、党敏宣均在座。

　　唐景崧心头再次一振，不知发生了什么事。

　　礼毕，徐延旭从桌上拿起一封信函，用手冲着黄桂兰等人晃了晃，阴沉着脸说道："这是张制军给本部院的公函，也不知是哪个王八下的蛆，到制军那里告了本部院一状，说本部院忤逆圣命，儿戏军情，这不是反了吗？"

　　王德榜冷笑着说道："徐抚台，您老把司里风风火火地传来，难道就是为了发发牢骚吗？朝廷着司里督军入越，是为了抗法固边，可不是为了听您老的牢骚！"

　　徐延旭两眼直望着王德榜道："王大人，您老也是做过司道的人。别人在背后下您的黑手，您老就心甘情愿？老哥我可没您老的涵养！"

　　土德榜摇头说道："徐抚台呀，如今风声越来越紧，难得您还有发牢骚的决心！您老把司里传来，到底要干什么呢？"

　　徐延旭道："王大人，本部院知道您老的为人，您这是在为别人打掩护。但本部院是不会放过他的。唐维卿啊，你老弟以为呢？"

　　唐景崧知道徐延旭这是在公开和他叫板，只得起身说道："下官从坐在这里开始，耳朵里听见的全是抚台大人发牢骚的话。下官只是不知道，大人的牢骚话，是说给下官听的呢，还是想说给朝廷听？"

　　徐延旭冷笑着说道："唐维卿，你难道是拿朝廷来压本部院吗？你别忘了，你是朝廷明旨指发云南差遣的官员，又是巡抚衙门奏留你留在广西委用。你现在已经不是京卿，是我广西的人！有些话，你要先说给本部院。本部院不是那种不讲道理的人，但你也不能同上头乱讲话！"

唐景崧面色一凛，说道："抚台这话讲得倒是明白，但下官却听得有些糊涂。下官恳请抚台大人，能否直言道出，下官到底同上头乱讲了什么话？"

徐延旭冷笑着说："唐维卿啊，有些话，本部院还是不说的好。你老弟入越，是奉有总署的密令；本部院入越，却奉有朝廷的明谕。本部院今天就想问老弟一句话，听人传言，刘渊亭烟瘾甚深，时刻都离不得。你在他身边这么久，你说说看，这到底是不是真的？张制军让本部院酌情给黑旗军拨些饷银救助一下，广西藩库存银也很有限，本部院可不想把饷银白白送给一个烟鬼去吸烟。朗青老弟，老哥说的不错吧？"

王德榜低头喝茶，装作没有听见。刘永福烟瘾极深的话，他也听说过。

唐景崧禀道："禀抚台大人，据下官所知，刘渊亭确有吸洋药的毛病，但并不很重，下官为此曾规劝他几次。只因他吸食过久，一时并不能戒掉。但下官窃以为，助刘抗法是朝廷早经定下的大计，不管刘渊亭是否吸食洋药，只要他一心抗法，我国就该资以钱粮、助以枪械。若非如此，靠谁固边呢，我们又不能出面同法国人公开打！"

王德榜放下茶碗，一边思考一边说道："抚台大人，司里以为维卿所言甚是。我们现在若舍弃助刘抗法这条路，已实在找不出更好的办法。无论刘渊亭吸食洋药是深是浅，只要他抗法，就是好的。我们就该支持。"

徐延旭很不情愿地沉吟了一下道："张制军着广西藩库，每月资给黑旗军一千饷银，但库里没有这么多，每月只能挤出五百两。唐维卿啊，有些话还需你老弟同那刘渊亭解释一下。你同刘渊亭讲，不是本部院不知他的难外，实在是碍于财力有限。唐维卿啊，本部院适才听王方伯讲，你老弟自行招募了一些人马？老弟可否同本部院讲一讲，你招募勇丁，可曾奉有圣谕？饷银何出？"

唐景崧见徐延旭执意要抓自己的错处，只得皱着眉头反问一句："抚台大人何出此言？下官招募在越广勇成队，为的是壮大黑旗军。这难道也有错吗？"

徐延旭抚须说道："你壮大黑旗军，这固无不当，但你总该和本部院通禀一声。你毕竟是我大清的官员，不是他越南的官员。这若有个闪失，你让本部院如何同上头交代？"

脾气暴燥的王德榜，眼见徐延旭越说越离题，当即挥起一掌把桌案上的茶碗打翻，鼻子跟着连哼两声。全场不由一惊。

徐延旭瞪大眼睛问道："王朗青，难道本部院说错了什么吗？"

王德榜理也没理徐延旭，只管站起身来，旁若无人地大步往外走去。

徐延旭面皮登时气得发紫。他哆嗦了许久，才一拍桌案，口里大骂道："反了反了！你现在是在广西统军，不是巡抚！在广西，还有不把本部院放在眼里的人！我要同你把官司打到京里去！"

已走到门口的王德榜一听这话，马上铁青着面皮回头说道："像你这种不分是非的人，没有资格同本司打官司！"说完，他一脚踢开房门，大步走了出去。

一见徐延旭又要开骂，唐景崧慌忙说道："禀抚台大人，法人即将对刘永福下手，黑旗军正是粮缺饷绌之时。请大人吩咐下去，先支给黑旗军四千两饷银吧。黑旗军不能饿着肚皮抗法吧？"

徐延旭大怒道："唐维卿，你难道没有听清本部院适才所讲的话吗？藩库每月只能挤给黑旗军五百两银子，你如何一张口便是四千两？你耳朵塞鸡毛了不成？"

唐景崧冷静地说道："大人息怒，下官知道大人只能每月挤给黑旗军五百两，下官要取四千两，不过是恳请大人，开恩多支几个月而已。大人知道，顺化朝廷与法人二次订约后，已公开认贼作父，多次下令调刘永福离开保胜，让出航道，甚至掐断饷源，逼其就范。黑旗军现在饷匮粮乏，军心不稳……"

徐延旭冷冷地摆了摆手道："唐维卿，你不要絮聒了。本部院计议已定，只能预支给刘永福二千两，多一两也无。你下去找粮台去吧。"徐延旭起身进了内室。

唐景崧无法，只好和黄桂兰、赵沃等一班武职大员拱了拱手，低头走出行辕，到粮台那里去领取银子。

唐景崧把银子一分为二，一千两交刘永福购粮应急，一千两交给自己的粮台保管。他则又马不停蹄地来见王德榜。

礼毕，唐景崧把徐延旭只拨给黑旗军二千两银子的事如实禀告了王德榜。

王德榜长吁短叹了许久，只好对唐景崧道："维卿，徐晓山眼见是疯了！上头怎么挑中了这样一个糊涂虫来督办军务！这不是要误大事吗！"

唐景崧急道："似此如之奈何？"

王德榜沉思了一下道："老弟且莫慌张，老哥适才听说，唐鄂生率滇军已到了谅山。唐鄂生与左爵相有旧，刘永福这件事，我们只能求他给想想办法。"唐鄂生即是云南巡抚唐炯。鄂生是唐炯的字。

唐景崧道："方伯容禀，下官与唐抚台素未谋面，听说唐抚台并不赞成助刘抗法。现在是黑旗军有难，他老岂能援手？"

王德榜道："这件事由老哥来办。我现在就给唐鄂生写封密信，说明情况。你老弟亲自走一趟谅山，把信投进去就行了。老哥保你谅山之行，不会空手而归就是了。"

唐景崧说道："唐抚台此时当真肯援手渊亭，黑旗军可就有救了。"

王德榜命人铺纸研墨，口里却道："唐鄂生这个人可以不理会徐延旭，也可以不理会你唐维卿，但左爵相的面子，他恐怕还是没有胆子驳的。"

王德榜笔走龙蛇，一瞬把信写好。

唐景崧接信在手，一刻不歇地又赶往谅山，去见云南巡抚唐炯。

到了谅山，天已是很晚。唐景崧找了家饭铺胡乱填饱肚子，便来到云南巡抚驻谅山的行辕，把王德榜的信及自己的名帖投了进去。

唐景崧则坐进门房里等候传见，里面许久才传出话来，言称天晚，抚台大人已歇下，明日才能见客。

唐景崧闻听此言，登时急得汗如雨下。他低三下四地对传话的侍卫说道："烦这位兄弟，再进去同抚台言语一声。若非事情紧急，本官也不会这个时候来扰他老的清静。"

侍卫把唐景崧看了又看说道："看你也是个做官的人，怎么就听不懂话呢？大人歇下了就是歇下了，就是火上了房，他老也不会再起来的。你这位大人哪，还是听卑职的一句劝，赶快去寻个客栈安身吧。再磨蹭一会儿，你老兄可就露宿街头了。谅山夜里的蚊子，都跟拳头那么大，真找不着客栈，这一宿可够你老兄受的。快走吧。"侍卫话毕，转身便走了进去。

见唐景崧还愣在那里，门房这时说道："唐大人哪，说起来呢，有些话不该小的讲。若论我家抚台这个人呢，那真是挑不出一丝毛病。对下人对属官，都没得说，只是做起事来有些刻板。他老定下的规矩，全云南还真没有谁敢推翻，制军说话也不行。他老说让您明儿去见他，您就休想今儿能办成公事。就说圣旨吧，十回有八回是掌灯以后才到，他老总是第二天早饭后再拜接。京里来传旨的差官，也是一点办法都没有。唐大人，您还是快去寻住处吧。谅山这鬼地方，除了蚊子多、蛇多，什么都少得可怜。就说客栈吧，小的没有记错的话，好像就一家，还腌臜得很。"门房说着话站起身来，口里接着道："唐大人，小的看您老也是个实诚人，有些话就不背您了。其实，想见抚台大人，您这个样子是见不到的。抚台大人自打受命督军，想见他老的人，那可太多了！每天没有二十个，也在十七八个以上。您想，抚台大人就算有天大的精气神，能应付过来吗？听小的劝，别在谅山耗着了，耗也白耗。"

见门房欲言又止，神态诡密的样子，唐景崧不由好奇地问道："听老哥的话音，本官这趟谅山是白来了？本官见抚台，可是有要事禀告啊。"

房门摆摆手道："你老这话就不要说了，小的耳朵都听出茧来了。想想你们这些做老爷的也真是不易，混着差事呢，人前就是爷台；混不着差事呢，孙子都不如。有一个观察老爷，一大把胡子的人，也不知怎么混的，从我家老爷做布院的时候就候补，老爷升了部院他还候补，整日巴巴着想沾沾朱红。也真亏他老爷有这份耐心，把老爷直追进谅山，到头来还是哭天抹泪地回了昆明。唐大人，您老急着要见抚台大人，莫非也是打省城来的吧？"

唐景崧道："不瞒老哥，本官并非从省城而来，急着要见抚台也并非是为了混个差事，倒还真是公务。"

门房笑了笑，道："小的也该关门了。"

唐景崧只好怏怏地站起身来，边走边道："扰老哥的清静了，本官明儿再来吧。"

门房望了唐景崧一眼，没有言语。

唐景崧步上大街，并没有去客栈，而是一直走进黑旗军设在谅山的哨卡里。用过饭后，唐景崧简单洗了洗身子，便借哨卡的笔墨，给唐炯写了一封信，言明来意。

唐景崧把自己的信连同王德榜的信封在一起，又夹上张名帖，便打发哨卡的人连夜给唐炯送去。

信函送走，唐景崧辗转反侧了半夜，他的精神已接近崩溃的边缘。

第四节　大战前的筹防

第二天，唐景崧早早便起来用饭，然后只身来到云南巡抚行辕，坐进门房等回音。

门房有一搭没一搭地同他唠闲嗑，他口里心不在焉地应着，心中却在飞快地想着主意。

一名侍卫从里面走出来，一进门房就冲唐景崧施了个礼说："唐大人，抚台大人着您老上去问话。"

唐景崧心中一喜，急忙起身掸了掸衣服，跟着侍卫走进去。

一见唐炯的面，唐景崧跨前一步施行大礼，口称："给抚台大人请安。"

唐炯皱眉挥了挥手，口里说出一句："唐维卿啊，你起来吧。你的信呢，本部院看过了。王方伯的信呢，本部院也已拜读。"话毕，唐炯忽然发现有些不妥，因为唐景崧还站在他对面，便面皮一红，急忙补充一句："快给唐大人放座、献茶。这里简陋，比不得省城，一切都不成规矩。老弟多担待些吧。"

唐景崧没有言语，默默地坐下，心里却对唐炯十分的失望。

唐炯干咳了两声，用手下意识地摸了摸稀疏的胡子，慢慢说道："资助刘渊亭些钱粮，这原是该的。但救得一时，不能救他一世，他们总要自己想些办法才是。还有枪炮弹药，左爵相应该在京里给他们想些办法才好。维卿啊，本部院听说，你老弟同刘渊亭打得火热？他到底能不能为我所用啊？他是我大清的叛民，非善良之辈，你可要小心一些，不要被他算计了。到头来弄个鸡飞蛋打，你可是太不值了。"

见唐景崧一声不吭，唐炯不由提高音量反问一句："唐维卿啊，你到底懂不懂本部院的话呀？"

唐景崧面色凝重地起身说道："抚台大人容禀，大人适才的话句句真切，下官声声入耳，都听在心里。下官只是有些不明白，大人一再强调，刘渊亭是我大清的叛民，但眼下除了让刘渊亭出面抗法，还有别的路可走吗？大人率军入越，为的是替越南平定北圻乱匪，不是为的对抗法人。"

唐炯老谋深算地摆了摆手道："本部院知道，老弟出京，是奉有特殊使命的，本部院只是怕刘渊亭靠不住，可不是劳民伤财又误事吗？罢罢罢，本部院就豁出一把吧。粮台偏巧刚收到省城送过来的两万两饷银，就分给老弟五千两吧。你老弟尽管是广西奏留官员，但本部院也不能太让你作难。你东奔西忙的，为了什么？还不是为了固我大清边圉吗？"

唐景崧施礼说道："抚台大人如此深明大义，实乃国家之幸。下官先替黑旗军谢过大人。看样子，下官的恩师宝中堂没有看错。"

唐炯闻言一愣，忙问道："老弟如此讲话，莫非宝中堂说过本部院什么？"

唐景崧落座后笑道："说起来，恩师倒也没有说太多的话。那还是年初，黑旗军刚刚取得纸桥大捷，下官上折跟上头禀报战事经过，在圣旨下达前，恩师给下官寄过来一信。恩师在信中说，下官被广西留用实在不甚划算，不如仍在云南有前途。恩师接着说，遍观滇粤督抚，除了唐鄂生，实在找不出第二个能让恭王和朝廷放心的人。下官适才说，恩师没有看错，指的就是这句话。"

唐炯两眼放光道："维卿，你适才所言可是真的？宝中堂在信里，当真是这么写的？他老还写了什么？你可不能骗本部院哪！"

唐景崧笑道："抚台大人容禀，恩师的来信，就收在下官的密盒里。等闲下来，下官把恩师的这封信，拿给您老看就是了。其实，早在下官离京前，恩师对大人便有过很高的评价。"

闻听此言，唐炯再次一愣，但随后就摇头笑道："老弟说这话，本部院有些不信。本部院一直做外任，与宝中堂素未谋面，他老怎么可能对本部院有什么评价呢？这不是天大的笑话吗？"

唐景崧正色道："大人容禀，同治初，大人统安定营与刘岳昭会攻长毛石达开部于四川涪州，大破之，逼迫石逆退往滇边。大人回成都后，骆吁门制军，断定石逆必走滇、黔，独大人认定，石逆此举是诱官军东下，必返川。石逆果然复入川，大人则预先将大渡河扼住矣。就是这件事，我恩师便断言，大人懂兵事，日后督抚定然有份。大人有什么不相信呢？"

唐炯深思了一下，笑道："老弟讲起这件事，老哥至今想来还觉侥幸。若非大渡河一战，本部院还不能得授绥定府，而无绥定府这一阶，本部院还不知熬到何年月才能进入司道行列呢！哦，是了，本部院想起来了。那一年，宝中堂已经官拜军机大臣了，好像不久又实授大司农。想不到，宝中堂这么了解下情。维卿啊，给黑旗军资助五千两饷银不算少吧？上头可从来没有明示过到底应该怎样办理。"

唐景崧急忙起身说道："大人容禀，法人频频向河内增兵，眼见大举进攻黑旗军的日子就要到来。可黑旗军此时尚存粮无多，弹药也不足备。下官几次进言刘渊亭募勇，但因饷银无着，至今无法办理。大人知道，黑旗军在保胜，一直靠设卡抽丰度日，盈余极其可怜。靠他现有的人马和枪械，根本不能与法人抗衡。若我大清不为之设法，不仅前功尽弃，后果亦不堪设想啊！下官恳请大人，能否一次为黑旗军资助两万之数，再拨些粮草，配些快枪？黑旗军眼下，实在是太难了！"

唐炯深思着说道："维卿啊，刘渊亭的难处，本部院是有耳闻的。但一次让云南藩库资助他两万之数，这却是万万办不到的。这样吧，你先下去候信，容本部院和粮台计议一下，午后再给你准信。你老弟是宝中堂的得意门生，本部院无论怎么难，也不能让老弟白走一趟谅山啊。"

唐景崧深施一礼道："下官替黑旗军再次感谢大人恩德！下官先行告退。"

午后，唐景崧从抚标粮台的手上领到八千两饷粮、五百石稻谷、三百枝滇军淘汰下来的火枪。唐景崧押上钱粮枪械，飞速赶回山西。

唐景崧给刘永福三千两白银并五百石稻谷，用余下的五千两银子另募了八百名广勇。三百枝快枪，则交新勇使用。

经过一连多日的奔波、告求，唐景崧为黑旗军所求赞助虽甚微，但自己总算建立起了一支一千三百余人的队伍。为防法人发难于大清，唐景崧所募勇丁俱与黑旗军号衣一致，为示区别，每人肩头只比黑旗军多缝了一道红布。唐景崧所统队伍与黑旗军协同作战。

这时，经过反复交手、打探，波滑已对黑旗军的实力及防守情况有了更深一步的了解。

是年公历八月十四日，波滑向沁冲详细地报告了黑旗军的防御情况。报告这样写道：

"中国有句老话：知己知彼，百战不殆。我到东京后，经过大量的实地侦察，已经完全掌握了刘永福的情况。他们是这样布置的：第一道防线自纸桥始，至四柱庙终，途经安西。第二道防线自怀德府至内村与洪村。在洪村以北，有多处木制内堡，四周又围有竹栅栏，旁边有两座炮台，可朝沿河行驶的炮舰进行炮击。在这两层防线后面，又有一条宽十至十二米的小河，安南人称作元江，形成一个圆弧，小河后的桥梁已有部分被拆除，但在断口处布上竹竿。这样，只要把竹竿撤除，交通就被截断，这一阵地是敌人的中心堡垒了。山西公路路面状况极好，完全可以通行。内村公路虽稍差，但亦可通行，沿河堤伸展经计村面前经求仙桥的公路路面可通行火炮，其他公路路质较差，但亦并非不能通行……此乃一马平川之地，其间杂陈数座竹林掩映的村落，村村之间有稻田小径相通，竹林沿径而栽，构成了天然的防御物。但我今天得对您说，凭我目前手中所掌握的兵力，还不足以在作战中稳操胜券，还需要一些时间来作准备。还有一件事我必须向您说明，经过我的多方调查，我有足够的证据证明，您派在东京的领事堵布益是个混蛋，安邺与李维业都是在他的蛊惑下贸然向黑旗军发起攻击的。与其说安邺与李维业是死在黑旗军的手里，不如说是死在堵布益的手里。堵布益是个不称职的领事，我们在北圻发生的所有事情，都是坏在他的手里。"

沁冲收到波滑的报告，转日就向堵布益发出撤任令，由何罗杜兼任领事一职。

堵布益对波滑告黑状的做法大为恼火，在离开领事馆前，对着何罗杜大骂波滑道："波滑是法兰西海军极其少见的混蛋。他把东京搞得一团糟，又胆小如鼠。他除了玩安南的女人花样翻新外，搞不出什么新东西，他是个糟糕透顶的将军。"

头脑简单的何罗杜忙问一句："您是说，波滑将军是在故意拖延时间？"

堵布益气愤地说道："事实不是这样吗？他到东京以后，何曾组织过一次像样的战斗？"

把堵布益送走，何罗杜当即给波滑致函一封，指出："我们犹豫不决的态度，长期呆在栅栏和壕沟后面按兵不动，给我们由于5月19日的不幸事件而已经受到严重破坏的威望，带来极大的损害；任何推迟向前挺进，都会被我们的敌人视为一种软弱无力的迹象……我恳求将军，至少要加快夺取怀德府的步伐。"

信函递到波滑的手上。波滑展阅之后，跳起脚来骂道："该死的何罗杜，他一定是听了堵布益的蛊惑！"

法军利维雍上校说道："将军阁下，堵布益的话我们可以不听，但何罗杜却是茹费理总理派遣到东京的最高行政长官，他的话我们可不能等闲视之。"

比硕上校接口道："何罗杜是可以不经沁冲总督的批准，把这里的事情直接向总理汇报的。"

久经战阵的波滑苦着脸说道："我们并不是怕刘永福，我个人只是认为战胜的把握并不是很大。该死的何罗杜，他为什么急成这样？是急着为李维业报仇吗？凭我们现有的兵力，是不能进攻山西的，只能去夺取怀德府。"

舰长科罗纳说道："将军的观点鄙人赞成。凭我们现在的力量，夺取怀德府应该不成问题。我们只要夺取了怀德府，何罗杜自然也就无话可说了。等后续援兵赶到，我们再进攻黑旗军，彻底歼灭他们。"

"好吧。"波滑深思片刻，终于下定决心说："我们就先夺取怀德府，把何罗杜的臭嘴堵上。科罗纳舰长，你现在就出城去召集各舰舰长进城开会，我们要好好部署一下。"

是日掌灯以后，波滑在他的司令部里召开了舰长以上军事会议。经过一番讨论，法军制定了三路攻取怀德府的作战计划：右路由上校比硕担任指挥，沿红河堤岸推进，舰船在水面开炮掩护；左路由贝杰上校带领，炮队开炮掩护，争取夺取黑旗军的工事；波滑居中率部分炮队和大半陆战队，从纸桥正面推进，力争把黑旗军设在纸桥沿路的保垒、炮台全部扫除。

波滑把自己的作战计划通报给何罗杜，何罗杜未及把计划看完，乘上马车便赶进城来见波滑。

一见何罗杜风风火火的样子，波滑戏谑道："先生急成这样，莫不是也想参战吧？"

何罗杜却没有开玩笑的心情。他正色对波滑说道："将军，您攻取怀德府的计划很完美，但您的进军路线和攻击方法，为什么和勇士李维业一样呢？您难道不怕黑旗军再次设伏吗？"

波滑不满地大叫道："可敬又可爱的何罗杜先生，您到底去没去过怀德府啊？除了走纸桥，您难道想让工程连再开辟出一条道路吗？"

何罗杜不服气地说道："将军，我们现在只有二千余人，还要留出几百人守东京，攻打怀德的人就只有一千余人。这么点兵力，您为什么还要一分为三呢？鄙人恳请您出击，是为了挽回我们在这块土地上丢掉的面子，并不是为消耗自己的作战能力呀。"

波滑笑道："先生，您是在向鄙人传授作战秘诀吗？您以为您真的很会指挥作战吗？您的肩上为什么没有肩章？——哦，明白了，您原来是文职人员！"

波滑的后一句话，直说得何罗杜面红耳赤。他嗫嚅了半响，才沮丧地说出这样一句话："请原谅将军，鄙人因为多喝了半杯白兰地，所以和您谈起了战争。鄙人祝您好运。"

波滑笑道："这该死的白兰地！"

何罗杜很没面子地乘车赶回领事馆。

黑旗军伏在河内城的细作，连夜把法军的动向报给了山西的刘永福。

刘永福得到情报，当即把唐景崧请到大帐，会同黄守忠、吴凤典，接替杨著恩管带右营的韩再勋、刘永福亲兵营管带张慎泰等人一起，计议如何迎战来敌，不让怀德府易手。

经与唐景崧商量，刘永福仍决定打伏击战。为了鼓舞士气，刘永福让唐景崧督同黄守忠前锋营、新成军的武烈营作后队接应，自己亲率吴凤典管带的左营、韩再勋管带的右营，正面迎战法军。

唐景崧沉思了一下，说道："敌分三路，我亦应分三路迎之。黄副帅可挡一路，武炜营虽缺枪少械，但可配合炮台防守。怀德府是山西的屏障，纸桥则是怀德府的屏障。法人一定是节节进逼，我则节节阻击。敌船坚炮烈优于我，短兵白刃则我优于敌。"

黄守忠道："大帅，唐大人说的是啊。法鬼此次人数甚众，大意不得呀！"

刘永福于是重新布置兵力，当夜全军拔营，悄悄移至怀德府各防线。是夜无月无星，阴云布满天空，所幸并未降雨。

第五节 法军肆虐怀德府

光绪九年七月十三日（公元1883年8月15日）早饭过后，波滑集合队伍一千五百人，拖着十四门大炮，有炮舰六艘随行，浩浩荡荡开出河内，分三路向怀德府进发。

出城不久，四周突然风声加剧，天空有雨落下来。

利维雍上校打马来到波滑的马旁，建议道："将军，安南这里的雨，下起来是很猛烈的，我们是不是换个晴朗的天气出战？"

波滑哈哈大笑道："安南的雨，会比我们的炮火更猛烈吗？在雨天杀人放火，是很难得的！"

利维雍讨了个没趣，只好快快地离开。

波滑自负地骂了一句："胆小鬼！"命令各路加快进度。

看看纸桥将近，波滑把十门大炮拉到前面，下令开炮探路。

炮火响过一阵之后，前面无丝毫动静。波滑用千里镜搜寻许久，这才小心翼翼地指挥人马过桥。前面仍然极其寂静。波滑甚觉奇怪。

波滑见雨越下越大，河水直线上涨，便命令先锋连前行探路，大队节节推进。波滑吸取李维业的教训，缓步前行。

黑旗军筑在道路左边的炮台当先开火，法上校贝杰未敢怠慢，忙命令火炮还击。

波滑率大队仍沿大路向前推进，不久便看到黑旗军截路而筑的一道长墙。

波滑笑一笑，传令大队停止前进，然后单给炮队下令，集中炮火把长墙轰平。这时的大路上，已积水过尺，部分大炮的炮膛已经进了水。

波滑的命令下达许久，炮队才有一门大炮发射出一枚炮弹，又因为路面水涨过快，炮口调得太高，炮弹并未击中长墙，而是从墙上飞了过去。

见大炮无法燃放，波滑只好硬起头皮，命令士兵用快枪扫射前行。长墙乃泥沙掺有碎石筑就，子弹打在上面，扑扑乱响，威力全无。波滑气得哇哇乱叫，毫无办法，却又不敢大意。

伏在长墙后面的黑旗军将士，见法军越来越近，开始屏住呼吸，等待出击号令，但意外偏在这时发生了。经过长时间的雨水浸泡，长墙突然倒塌下去，上千名黑旗军将士，毫无遮掩地暴露在法军的眼前。

紧急时刻，刘永福展动出击旗号，第一个跃身跳起。全体将士紧随其后，呼喊着扑向法军。

波滑令旗一展，法军忽然让开大路，全部窜进路旁的树后，跟手便发射出密集的子弹。

刘永福见法军改变了攻势，他也慌忙传令人马闪进道路两旁还击，但已有五十余名黑旗军倒下去了。老奸巨滑的波滑不和刘永福拼人力，他要拼火力。这其实正是黑旗军的致命点。

无奈之下，刘永福传令全队撤退至丹凤。波滑急忙集结队伍，清点伤亡，竟也大吃一惊。法军竟然亡十七人，伤四十七人，失踪达二十名之多！

依波滑原来的设想，只要和黑旗军拼火力，他不会有太大的伤亡，哪知交起手来并非如此。他至此才真正意识到，装备低劣的黑旗军，的确很能战。

波滑正要下令前进，炮队队长却跑来向他报告，一门大炮被湍急的水流冲走了，尚没有找到。

波滑气恼地狠狠掴了队长一个大耳光，然后下令全军顺水势全力寻找这门大炮。足足寻找了一个时辰，一名士兵才在一个深坑里寻到了这门大炮。

雨越下越大，路面已成汪洋，淹没了马腿和大炮。

波滑督率大队，天色很晚才赶到怀德府。

因洪水涨速太快，许多土筑的堡垒淹塌，加之城墙单薄，黑旗军遂全部撤至丹凤。丹凤距怀德府三十里，地处山西与怀德之间，是怀德府辖下的一个人口稀少的小村落。

丹凤四面环江，筑有大堤防洪。堤宽五尺，高五尺至一丈不等，砌石填土，战时可作临时工事。丹凤居民以捕鱼为业，家家有船。

刘永福明知此地非防守之处，但为了不使敌军逼近山西城垣，勉强为之。唐景崧统带自募的一千三百人，在山西城外凭工事设防，作后路接应全队。

波滑督队赶到怀德府时，原驻在这里的越南北圻统督黄佐炎的两个营仍在原地驻扎，与往日不同的是，辕门上方多悬挂了一面越南军旗。这显然是给法军看的，按着越南人的逻辑，法越第二次顺化条约已经签订，法军已经由过去的敌军变成了护军，现在只有黑旗军才是法人真正的敌人。所以，法军赶到时，越军并不惊慌，依旧在营房里玩女人、赌大钱、吸鸦片、睡大觉。

怀德府早已是汪洋一片，街上见不到行人，到处漆黑一团，只有城外高坡处灯火辉煌，有些生气。

波滑知道那是越南防军的营地。

波滑传令炮队对准营地架炮，十四门大炮虽然已经打不出炮弹，但一字排开，还是很威武。波滑把传令兵传到马前，用马鞭一指前面不远的越军营地，说道："你跑步去向他们传达命令，限他们立即滚蛋！你对他们说，大炮已经架好，如果他们胆敢耽搁，这里将会成为平地！去吧。"

法军传令兵得令，很快便冲进越军防营。

眨眼之间，一千余名越军，大团大团地涌出辕门，争相登舟而去。土枪、火铳连同部分弹药，全然没有带走。有上百走在最后边的人，手拎铁锅，或肩扛重物，显然是火头军。

波滑大怒，命令先锋连开火，竟然一连打倒三十几人，其他人扔下手里的物品抱头鼠窜，鬼哭狼嚎。波滑哈哈大笑，督队进入营地，不仅发现了许多枪炮，还有大量的粮食、菜蔬和十儿名来不及逃走的女人。

营房的上空很快升起袅袅的炊烟，营房里也很快传出女人撕心裂肺的哭喊声。越南防军呼喊着从丹凤经过，把船摇得飞快，直向兴化逃去。

第二天，雨下得较前一天更加凶猛，不宜行船出战。

耐不住寂寞的波滑便把利维雍和比硕、贝杰三位上校领兵官传到身边，吩咐道："科罗纳舰长说，刘永福尽管已成瓮中之鳖，但在暴风雨里行船还是很危险的。还有我们的大炮，发射率也不能保证。所幸安南人，给我们储备了大量的粮食，我们是可以等到天晴再出战的。去怀德府的人回来了没有？这里住有多少百姓？"

利维雍立正答："报告将军，我们的人刚刚回来。这里有房屋一百余间，住人大约在千人左右，都是渔民，很穷苦。"

波滑笑道：“好，很好。你们三位各集合二百人，马上到怀德府走一趟。利维雍上校，你负责弄些鸡鸭，比硕上校，你负责牛羊，贝杰上校，你负责弄些女人，当然，年龄最好不要太大，脸蛋最好漂亮一些。你告诉她们，我们来保护她们，她们必须对我们进行慰问。你们出发吧。”

很快，法军洗劫怀德府的战役拉开序幕。

得知法军开始对怀德府居民大肆抢掠、疯狂摧残妇女，当地知府带上所有属员来面见利维雍、比硕、贝杰三人，恳请高抬贵手，不要破坏第二次顺化条约。

利维雍和比硕、贝杰交换了一下目光，便突然下令，让士兵将知府及其随行官员全部捆翻，逐一丢进深水池里。时候不大，深水池里便漂起上百具尸体。贝杰仍不罢休，又率人闯进知府、知县衙门，将财物悉数装到车后，又将这些官员的眷属全部捆走。半日时间，法军便从怀德府运走两车的财物，无数的家禽并年轻女人近三百人。这些女人大多数系官员的眷属，普通居民家里的女人非老即丑，侥幸逃过此劫。

消息传进丹凤，刘永福冷笑着说道：“认贼作父，就该有此下场！”

消息传进山西，唐景崧略一沉吟说道：“首鼠两端，自己种的苦果自己品尝！”

消息传进兴化，黄佐炎流下了苦涩的泪水。

消息传进顺化，阮文祥说：“此皆阮洪佚之罪也！”

阮文祥说完这话，马上命令膺祐下旨机密院和兵部，又紧急把尊室说请进宫里，商量办法。

尊室说愀然说道：“豺狼当道，安问狐狸！但今非昔比，我国的一切，已交由富浪沙掌管了。他们想怎么做，我等安敢道半个不字！”

阮文祥痛心地说道：“他们把怀德府大小官员悉数溺毙，女人全部弄进军营糟蹋、娱乐，听说不少已经被他们玩死。”

尊室说淡淡地说道：“所幸你我还活着，家里的上下女人也都平安，这已足够了！”

朝廷默然无语，黄佐炎自然无话可说。黄佐炎在兴化经营着一家钱庄、两家妓院、四家土布行。第二次顺化条约签订后，黄佐炎便放下军务，开始全力经营这些生意。波滑洗劫怀德府后，他以为朝廷会将第二次顺化条约推翻，重新振作起来抗法，便把生意又交给家人料理，仍回军营办差。讵料，黄佐炎在军营整整等了十几天，朝廷竟然毫无动静，便知大势已去，就又放下军务，一头扎进生意里去了。

消息传进河内，对波滑早已不满的何罗杜，马上给茹费理总理发快函一封，狠狠告了波滑一状。

在函中，何罗杜断言：“若波滑将军继续留在东京，我们不仅取胜无望，还将会蒙受安邺、李维业之后的第三次耻辱！”

当河内的守军把何罗杜给国内信函的内容通报给波滑以后，波滑感到了潜伏的危机，尽管大雨仍是下个不停，但他仍然集合队伍，分乘轮船十一艘，板船九艘，旌旗招展地离开怀德府，赶往丹凤来战黑旗军。

法轮冒雨顶风行驶，至薄暮方赶到丹凤县喝江口——即左凤小河。此处乃刘永福驻营之所。闻法军至，刘永福着令亲兵营管带刘成良、刘文谦等五百人，埋伏在丹凤堤边，又饬黄守忠率前营千余众，会同黄宝珠所部之正前营三百人，埋伏在堤之正路。右路则为邓遇霖部，左路是吴凤典所部。

战前，刘永福号令三军，敌船赶到，即发炮轰击，快枪扫射；彼若强行登堤，便弓弩矢石侍候。无论怎样，都要把来敌阻扼在船上，不能使其登陆。令下如山，黑旗军上下斗志颇高。

交手后，双方整整激战了一昼夜，但波滑仍无法实现全军登陆作战的计划，伤亡却较纸桥为重，已累计死亡三十二人，内含尉级军官三名，伤七十余人。这一则因为风高浪急，船行不稳，法舰的火炮发挥不出最佳的效能，二则也是因为雨太过猛烈，影响了陆战队员的斗志。

黑旗军此战反倒伤亡不大，只有二十名士兵阵亡，伤五十余人，但弹药损耗却颇大。

刘永福不愿意打这样的战争，因为黑旗军的弹药给养补充不上来。

天亮以后，唐景崧率一千人押着弹药乘船来到丹凤，增援黑旗军。

见黑旗军援军赶到，波滑心有不甘地长叹一口气，传令停止进攻，回返河内待援。

回到河内后，波滑马上发快函给海军部，很夸张地报告两次战役的经过：“我们终于领教了对手的厉害，参战的欧洲兵员中有十分之一丧失战斗力。敌人坚守自己的阵地……其兵力在不断增加，并配有新式武器和充足的弹药，幸亏他们缺乏优质火炮，但不难预料，这类炮火他们最终也会有的。至于他们选择防御阵地之机灵和巧妙，那是无可置疑……当然，最终我们还是胜利者。”

但对波滑心怀不满的科罗纳舰长，却向正在海防待命的孤拔报告了真实战况。科罗纳是孤拔的老部下。

孤拔不想对波滑说三道四，只是把信一字不易地送给了沁冲。

沁冲大怒，马上发函海军殖民部，具实通报战况："孤拔向我报告，九月一日和二日，在东京与黑旗军进行了新的战斗。舰队从河内运载八百人前往巴兰、溯红江江面上，攻击丰村坚固阵地前面的三个村庄，以便将敌人赶到底河，那里埋伏有三艘炮艇，准备将其退路截断。尽管遭到激烈抵抗，两个村庄还是被攻克。鉴于黑旗军得到二千援军，我们不得不把纵队集结在巴兰。二十名法军被击毙，其中有两名军官，大约五十人受伤，其中有三名军官。但在攻取丹凤时，情形对我们却极其不妙，因黑旗军的顽强抵抗，我们的一千多名陆战人员被阻扼在舰上。有三十二人被流弹击毙，含军官三名，负伤竟达七十几人。总之，这是一个失败，使我们丧失体面，并使我们无力保卫东京。"

法军撤守河内后，刘永福亦很快集结人马，全队离开丹凤，退守山西。

到山西的当日，唐景崧不敢耽搁，冒雨赶赴北宁来见徐延旭，汇报丹凤战况，同时也想为黑旗军再请些弹药、给养。

连日的大雨，加之山洪不断，使山西通往北宁的道路多处受堵。唐景崧在一百名亲兵的护卫下，东绕西行，整整走了大半日才到达北宁。

让唐景崧想不到的是，此时的北宁也是一片汪洋，雨下得比山西还大。

第六节 奔波只为固藩圉

唐景崧的名帖递进行辕时，徐延旭正在读两广总督张树声的信函。

张树声在函中向徐延旭讲述了他刚刚从京里打探来的一个消息：李鸿章爵相对助刘抗法是有异议的，认为刘永福不足恃。但他老的提议遭军机处驳复。太后已明谕恭邸，越南乃滇、粤屏藩，保越南即是保滇、粤。在未与法国决裂前，大清国必须助刘抗法。太后已让总理衙门照会法国驻京公使馆，不承认越南与法国签订的各种条约。张树声把打探来的消息讲完，再未多写其他的话，亦未对徐延旭作出什么明示。

徐延旭看完张树声的信后，一个人在签押房发起呆来。他要把张树声来函的真实意图寻找出来，以此制定出自己下一步的办法。

张树声是安徽合肥人，字振轩，禀生出身，与当朝大学士直隶总督北洋大臣李鸿章同里。张树声初与其弟树珊办团练，对抗进军皖北的太平军。同治元年（公元1862年）授山西布政使，署理山西巡抚，次年授漕运总督。同治十一年（公元1872年）署两江总督兼办理通商事务大臣，旋实授江苏巡抚。光绪五年（公元1879年），调广州总督两广。光绪八年（公元1882年），李鸿章丁母忧离任回籍，接署直隶总督，旋在次年又回任两广总督。张树声是李鸿章的忠实追随者，李鸿章说好的他一定说好，李鸿章认为不可行的，他就坚持不办。法越交涉至今，广西省对待刘永福的态度忽明忽暗，总处在摇摆之中，与张树声有直接关系。

张树声为官很有自己的一套路数。以常情推论，方面大员应以朝廷的话为准，但张树声却不以为然。当李鸿章的观点与上头有悖时，张树声并不以朝廷的话为准，更不明确态度，而是把两方面的意见推给下面。至于下面怎样办理，在他以为那是下面的事，与他无涉。现在就是这样，李鸿章不主张助刘抗法，坚持以为为了一个名存实亡的属国同法国开衅划不来，并几次上折劝朝廷放弃越南。但张佩纶等一班清流人士却抵死不同意，认为无论从哪方面看，越南都是大清国的一道藩篱，何况越南从属于大清由来已久，不是一个法国想否就否得了的，就算不公开与法国为敌，也应助刘抗法。朝廷一直在李鸿章与清流党之间徘徊，犹豫不决，错过了一次又一次抗法的良好时机。朝廷的这种态度，使李鸿章、清流党、滇、粤两省都有不满。以后怎么样，无人能知道。

张树声的这封信，直把徐延旭弄得在签押房坐立不安，心神不定。

就在这时，唐景崧的帖子被侍卫递了进来。

徐延旭在广西省城时，对唐景崧的看法还是不错的。认为唐景崧能在危急关头挺身而出，是可以和东汉名将班超媲美的，冠唐景崧唐定远之美誉并不过份。但他入越督军，尤其是接署了广西巡抚后，便对唐景崧横竖看不上眼了。他首先对唐景崧凡事不与他商量而直接给总理衙门致函这一点感到不满。在他眼里，唐景崧不过是广西巡抚衙门辖下的一名六品小吏，唐景崧无论做什么事，都应该向他这个一省巡抚请示，凡事都无权做主。一个六品小吏想干什么便干什么，还要他这个巡抚有什么用呢？没有规矩不成方圆。徐延旭认为唐景崧直接与总理衙门函来信往是不懂规矩；徐延旭对唐景崧的第二个不满意，是唐景崧每日并不来他这里请安，而是整日和刘永福混在一处。在徐延旭眼里，唐景崧是广西的官员，不是越南的官员；而刘永福偏偏是越南的官员，不是大清国的领兵大员。唐景崧就算每日不来向他请安，也应该和大清国的官员混在一处才对。比方说和广西提督黄桂兰、领兵大员赵沃、党敏宣、甚或王德榜等人，常来常往都可以。这件事，徐延旭已经苦恼了许久，尤其是唐景崧每月来他这里领取俸禄时，他苦恼得接近疯狂。徐延旭的胡须原本浓且密，但他自打对唐景崧心生不满，又无处发泄时，用手狠命捻胡须便成了他的常课。直到现在，一嘴好胡子，竟然被他生生糟塌成疏而又黄，黄里间白的坏胡子，而且都根根卷着，很不像样子。

接过侍卫递过来的唐景崧的拜客帖子，又看了看张树声的信函，徐延旭不得不把满腹的不快小心收起，口里道出一个"请"字来。

唐景崧大步走进来，对着端坐的徐延旭施行大礼，双手递上由他亲自起草的纸桥、丹凤两次战役的经过及结果。

徐延旭用手接过，略略翻了翻，口里道出一句："你坐下吧。"

唐景崧坐下，有侍卫从外面摆茶上来。

徐延旭手摸胡子说道："维卿啊，刘渊亭两次与法人接仗的情形，本部院多少知道一些。越南方面是怎么说的呀？刘渊亭是替他们在对抗法酋，他们不能没有话说。"

唐景崧道："大人容禀，《顺化条约》签订以后，法越已经沆瀣一气，狼狈为奸。黑旗军一意抗法，越南只要不配合法人围攻他，就已经是万幸了，还指望他们什么呢？丹凤一战，黑旗军弹药消耗过甚，若不及时补充，如何保卫山西？设若法人攻破山西，则北宁、谅山俱危矣。下官冒雨来见大人，要谈的就是这件事。"

徐延旭沉吟良久，缓缓说道："山西是越南的山西，不是我大清的山西。黑旗军现在退守山西，越南理应供应粮饷，并为其补充弹药。这是天经地义的事。维卿啊，你先稍坐，本部院现在就吩咐案上，给北圻统督黄佐炎写封信过去。本部院就不信，他黄佐炎能糊涂到是非不分的地步！"

唐景崧无奈地说道："大人请便。"

徐延旭很有信心地起身走出去。

其实，动身前，唐景崧就已经致函黄佐炎，提出："刘团之聚散系乎粮饷之有无，今尔虽抗疏请战，设富春为敌所胁，一纸停厥粮饷，则不散之散。须将粮饷之柄暗授之永福，虽有国命停饷，而永福自可抗之。刘团一日有饷，则一日不散。"但黄佐炎根本不予理睬。如今徐延旭又要致函黄佐炎，黄佐炎当真便能给徐延旭这个面子？唐景崧表示怀疑。

徐延旭二次走进签押房。

唐景崧依礼起身。

徐延旭坐下，又挥手示意唐景崧也坐下。唐景崧口称："谢大人。"后退一步坐下。

徐延旭皱眉说道："维卿啊，给黄佐炎的信，本部院已经让人送走了。本部院适才想了想，这刘渊亭啊，他一意抗法，纸桥和丹凤两战呢，又着实重创了法人。他虽然是抗法保越，实际也是保我大清的藩篱。黑旗军现在是弹药缺乏，粮饷不继，这自然是他越南该管的事。但我大清呢，也不能坐视不理。不管上头是什么主意，本部院主意已定，要多少给刘渊亭些奖赏。"

徐延旭话音刚落，唐景崧不由睁大了双眼。唐景崧万没想到，一直隔岸观火的徐延旭，转眼之间，会讲出如此通情达理的话。

徐延旭见唐景崧面呈惊愕之色，不由莞尔一笑，从袖中摸出两道公文道："这是本部院下给粮台和黄卉亭的札文。你下去后，持札到粮台那里去领取三千两银、成粮二百石。这道札文，则须你到城西防营去见黄卉亭。两广张制军回任前，从直隶给在越防军运送了一些枪炮和弹药。如今黑旗军弹药告乏，本部院决定给刘渊亭三百枝洋枪，子弹一万发，聊作保卫山西之用。以后，这二百枝洋枪，由你负责收回销账。"

唐景崧双手接过札文，对着徐延旭深旋一礼，动情地说道："下官替黑旗军谢过大人。"

徐延旭笑着摆了摆手道："维卿啊，你同本部院说句实话，依你的判断，设若法人去进攻山西，凭刘渊亭的力量，能守得住吗？"

唐景崧把两道札文小心地袖起来，答："禀大人，下官大胆以为，只要饷粮和弹药足备，我滇粤各军再助些人马，山西当是守得住的。"

徐延旭点头道："滇军张永清等三营，一直驻防山西。若法人进攻山西，张永清是可以帮助防守的。"

唐景崧道："大人，您老为什么不让一直驻在山西城外的两营提标进城，伙同滇军张永清一道，帮助黑旗军守山西呢？"

徐延旭苦着脸说道："维卿有所不知，驻山西城外的两营虽名为提标，实际归赵沃赵庆池调派。赵庆池不同于黄卉亭，本部院的几届前任都很看重他，本部院也不好说什么。你老弟想让这两营进城，这主意自然不错，但要赵庆池同意才行。好了，本部院也累了，你下去吧。"

唐景崧施礼退出，先到粮台那里把三千两银子领到，交由身边人保管，又赶到提标大营，从黄桂兰手里取了洋枪和弹药，连同成粮一起，用油布包好，派人先押回山西，他则简单用了口饭，又赶往谅山。

夜半时分，唐景崧才来到唐炯的行辕。

费了很大的功夫，亲兵才叫开门。一名守备骂骂咧咧地走了出来，大声问道："半夜打门，莫非是抚台大人有急件递来？"

唐景崧闻言心头一惊，忙跨出马车说道："老弟是说抚台大人不在行辕？"

守备一见唐景崧的顶戴官服，赶忙走前一步行了个大礼，口称："大人深夜来此有何贵干？"

唐景崧说道："本官从北宁而来，要面见抚台大人有事禀报。"

守备说道："抚台大人已于昨日回省城接篆，同时要与制军大人面商机宜，这里交由卑职留守。大人，您老到里面歇歇脚？"

大清官制，文官重于武官。尽管守备是五品顶子，但因是武职，见了正六品的文官，还是要小心侍候，不敢大意。

唐景崧皱了皱眉，随口问道："抚台什么时间能回来？"

守备摇头答："这是抚台的事，卑职不敢问。"

唐景崧叹口气道："老弟回房去歇吧，本官到哨上去将就一夜。"

唐景崧话毕登车，很无奈地离开辕门。

唐景崧的车驾走出很远，守备才走进门去，听不清口里嘟囔了一句什么。

唐景崧第二天午后才回到山西省城。

经与刘永福交谈，唐景崧得知黄佐炎仍未给黑旗军送粮发饷，便已经初步猜测出，越南以后是很难再像以前那样为黑旗军供粮发饷了。显然，徐延旭的信也未起任何作用。

用过饭后，唐景崧到自己的卧房歇息。连日的冒雨奔波，唐景崧若非信念支撑，还真坚持不下来。

唐景崧躺下不一刻，刘永福便打发了一名亲兵过来，请他到办事房商量事情。

唐景崧慌忙起身更衣，心下断定肯定又有了新军情。

到了刘永福的办事房，礼过之后，有亲兵摆茶进来。

唐景崧俟亲兵退出后急问道："渊亭，莫非法鬼又有了新动向？"

刘永福摇头说道："大人莫虑，法人经纸桥、丹凤两次重创，没有一定时日整顿，断不敢轻犯山西。我只是焦虑黑旗军以后的去处。大人胸藏翰墨，腹有良谋，以大人观之，法人已将越南朝廷诱降，越南以后是否还能容我？"

唐景崧一口否决道："不能！"

刘永福又问一句："中国能否容我？"

唐景崧毫不迟疑地答："没有圣谕，本官不敢揣度。"

刘永福神色黯然地自语了一句："如此想来，要么退守保胜，要么移营十州。"

唐景崧喝了口茶，忽然问了这样一句话："渊亭，我想问你一句直言：你如何只想着退路？夫英雄无不乘时而起，建立万世勋名。你可否不想退路，计议一下进路？"

刘永福道："请大人明言，何为进路？"

唐景崧小声说道："请借秘室一谈如何？"

刘永福一愣，马上便高喊一声："来人！"

一名亲兵应声而入，刘永福吩咐道："本帅和唐大人要谈事情，你守在门外，不准放闲杂人等进来。下去吧。"

亲兵答应一声走出去。

刘永福便站起身来，引着唐景崧走进秘室，重新落座。

刘永福说道："大人有话请讲，渊亭洗耳恭听。"

唐景崧说道："渊亭啊，你已经看到，越南现今国破君降，足下宜乘是时倡举义旗，号召北圻七省，申请边疆督抚，谓越社再兴，仍归故主；不能，则将率士来归，听候天朝部署，而后求助军实，事当有成。足下明我意乎？"

刘永福摇头道："大人容禀，大人所言断不能行，前王待我厚。故吾愿效驰驱，今非其主矣！"

唐景崧小声说道："渊亭何其如此糊涂也？阮氏将不血食，子能代兴，存亡继绝即所以报故主也。且阮福时薨而子无背主之嫌，富春降而子无窃国之诮，此天以美隙与足下，诚豪杰千载一时之会也。"

刘永福沉吟片刻答："大人所言甚有谬误。大人试想，渊亭若行此事，法越相逼尚在其次，天朝必以忤逆相待，黑旗军则愈无立锥之地也。"

唐景崧道："渊亭且听我析之。此非彼时也，足下此时举旗，是因阮越降法，取而代之，是为我天朝中国扼守边隅，使法夷不敢正觑。中国不独不与为难，且必仍有资助。"

刘永福苦笑数声道："天朝待我一直模糊，不足信也。大人莫再言说此事。大人，我们还是到外面喝茶吧。"

唐景崧见刘永福绝意甚坚，遂仰天长叹一口大气，缓步踱出秘室，神情很是落寞。

又喝了一会儿茶，唐景崧辞别刘永福，回自己的卧房重新躺下。

饭后，唐景崧更衣备车，想到在山西驻扎的滇军张永清大营去看看。但黄守忠却走了进来。

一见唐景崧的样子，黄守忠随口问一句："大人这是要出去拜客？卑职来得真不是时候。"

唐景崧让黄守忠坐下，又让人给沏了新茶摆上，便摘掉官帽说道："也没什么要紧的事办。荩臣既来，本官正有几句话讲。"

黄守忠道："大人要讲的话，渠帅已对卑职讲了。大人离开后，渠帅便把吴雅楼与卑职传进房去，不久，黄宝珠、韩再勋等十几人也到了。卑职赶来见大人，就是要同大人讲这件事。"

唐景崧道："越南降法，渊亭正可乘时而起，此千载难逢之机也。可惜，渊亭不信我言。荩臣，你意如何？"

黄守忠一边思考一边说道："大人，您老以为，渠帅有干大事的能力吗？想我黑旗军初到越南时，众兄弟何等心齐，否则，怎能驱走黄崇英，把保胜夺到手里呢？可您老看看现在，黑旗军成了什么样子！因渠帅不能约束自己，竟然吸食洋药，导致许多将领杀敌时手握两枝枪，一枝是洋枪，一枝便是烟枪。长此下去，如何了得呀！"

唐景崧说道："据本官所知，渠帅正在戒烟。"

黄守忠摇头说道："洋药之毒，岂是想戒就能戒成的！大人，您老不能指望渠帅还能奋起了。越南降法后，天朝态度又忽明忽暗，渠帅已经颓丧至极，整日盘算退路。法鬼丹凤受挫岂能甘心？可他老对如何防守山西，竟毫无定见。大人，卑职是实在不想再跟他干了！若非大人来到军前，卑职早带着兄弟们另谋出路了！"

唐景崧沉思了一下，说道："大战在即，足下万莫心存异志。本官离京前，便知足下乃忠勇之士，又胆识过人。若非足下之鼎力相助，渠帅如何能成渠帅！"

黄守忠沉默不语。

送走黄守忠后，唐景崧顿感前景一片渺茫，很有些心灰意冷。局面如此不尽人意，他无法推断，到底是哪个环节出了问题。

他当日给军机大臣宝鋆寄快函一封。该函开篇先讲述了一下自己暗劝刘永福叛越的经过，并自己的良苦用心，不过是抛开顺化朝廷，全力依靠黑旗军抗法，曲径达到固我藩篱的目的，然后才道："永福终拘泥身系越官，不肯稍逸范围，眼见南交二千年来同轨同文之土地，阮氏不能有，刘氏不能有，中国亦不能有，终归于非我族类之人而已！伤心痛恨，曷有既极。"

给宝鋆的信函发走不多日，唐景崧正在沿城察看防务，突然收到云南总兵衔统领张永清的一封快信。信称有要事要禀，请唐景崧到军营一叙。

唐景崧略一沉吟，急忙乘车赶往滇军大营来见张永清。

一见到张永清，唐景崧也顾不得客套，开门见山便是一句："张总镇，莫非抚台有信来？"

张永清哈哈一笑说道："唐大人真是料事如神！"说着话，张永清从案上拿起一封书信递给唐景崧，接着说道："这是巡抚衙门急递的一封公函，抚台想来是有事要同大人商量。您老请拆阅。"

唐景崧急忙拆开信套，一目十行地看起来。

唐炯在信中告诉唐景崧，他一到省城便接到军机处密旨，密旨一再告戒入越官军，万不要卷入法越战事，指出："第法人并未与我失和，我军总以剿办土匪为名，未可显露助战之迹，致启衅端。"接阅密旨后，唐炯急忙赶往总督衙门去与云贵总督岑毓英面商机宜，最后决定，把张永清三营由山西调往兴化、大滩一带驻防，以避嫌疑。这样一来，山西只能由黑旗军独自防守了。

信读至此，唐景崧只觉头顶嗡地一声炸响，险些一头栽倒。他抬头问张永清："总镇难道真要移营兴化？"

张永清答："札文与信同时递到。本镇已传令下去，明日午后，三营同时开拔，以此躲避助越抗法的嫌疑，不给法人与我大清启衅藉口。抚台还同大人讲了什么？岑制军在给本镇的信中特别交代，他老已同唐抚台商量出了一个好办法。到底是什么好办法？大人能否讲出来？"

唐景崧一愣，急忙埋首看信。原来，唐炯在信中接下来告诉他，滇军撤走后，考虑到黑旗军独守山西确实不易，所以，他经与制台商量，决定由云南藩库每月助给黑旗军饷银五千两，由专人押运，免除刘永福的后顾之忧、断炊之虞，全力防守山西。信至此戛然而止。

回到自己的办事房后，唐景崧仍在纳罕：依着军机处的原议，两广本是肩负援刘抗法的主要省份，所以才有肩负说刘使命的唐景崧由云南奏留广西使用的变数。按月付给黑旗军饷银的应该是徐延旭，而不应该是唐炯。

第六章

李鸿章——久经沙场不轻言战的相国

第一节 筹守山西将帅不睦

一连多日，唐景崧猜不透朝廷的用意和打算。但不管怎样，面临困境的黑旗军，总算有了明确的饷源，这对刘永福多少也是个安慰。但弹药的补充，还没有寻到解决的渠道。

十几日后，云南藩库的首拨五千饷银，由专人送到山西。

唐炯随银递给唐景崧两道军机大臣字谕抄件和一道唐炯签发的咨文。

第一道军机大臣字谕：奉懿旨，六品主事唐景崧由云南巡抚唐炯调派使用。

第二道军机大臣字谕：岑毓英、唐炯奏，原驻山西之滇军张永清三营退驻兴化、大滩，刘永福独守山西，势力过单，已密嘱云南藩库，按月解助刘饷银五千两，供增募健勇、添置军火所需。刘永福扼守山西老营，失法进逼之阶，以与北宁互为犄角，收其租赋已充军实，号召十州、三猛义勇多树法敌，以存越宗社，方能固我藩篱。越已降法，刘永福抗法之志有减，着岑毓英、唐炯速派胆识之士，到黑旗军帮刘永福赞划军事，方能于是有济。

合上两道军机大臣字谕抄件，唐景崧已经猜测出唐炯咨文的内容，肯定是委派他到黑旗军，帮助刘永福赞划军事。拆阅咨文，果然与唐景崧所猜相合。开头便是：札委唐主事赴黑旗军赞划军事情形。正文这样写道："本日接军机大臣字谕，又接总督饬示，札委云南效力之前吏部主事唐景崧，随黑旗军赞划军事，并留驻刘营。该主事忠义奋发，不避艰险，深得刘永福信任。现法越苟合，唯靠刘营抗法，所有饷事、兵事以及募勇等，均由该主事代为调度。"

唐景崧握札文的手明显有些颤抖。这尽管是朝廷在助刘抗法方面迈出的真正的一步，但这一步迈得实在是太晚了。这一步如果早在黑旗军纸桥阵斩李维业的时候便迈出来，抗法的局势怎么可能像现在这样被动呢？现在的情形，几乎是被法军牵着鼻子在行走。

唐景崧收到札委的时候，滇军张永清三营已经撤走多日，留守的两营粤勇和三营桂勇也已接到撤退的命令，正在打点行装，即将开拔。依着防守规则，清军让出的这些防区，黑旗军要及时派人填充，但刘永福并不重新规划城防，仿佛山西的存亡与己无涉。使命在身的唐景崧无奈之下，只好主动来见刘永福，重新商议城防事宜。

此时的刘永福早不见了先前的斗志，只是在房间里苦着一张菜色脸走来走去。好像是中了什么邪气，正在挣扎之中，脸上的无奈和苦恼更替着出现。

一见唐景崧走进来，刘永福礼节性地点点头，但并不言及城防、军事、募饷、办粮等要紧之事，而是从桌下把刚刚收到的六千两银子放到桌上，说道："这是六千两饷银，请大人点收一下，转给唐抚台，下职替全营官兵谢谢他。"

唐景崧闻言大惊，忙问道："渊亭，本官听说，你一连多日，派出兵勇到十州一带去察看地形，莫非你真想放弃山西而退守十州？"

刘永福苦笑数声，用手示意唐景崧坐下，自己也落座，然后说道："下职也是不得已而为之。大人试想，黑旗军原足防守省城，但滇军一退，粤军继离，值此人心惶惶之秋，岂不更行解体？大人，越南今已无主，惟望天朝当前，卑营随后，无不听命。若独卑营单任守任战，力实不及。云南既已退兵，虽许以饷，亦不敢领。现在各营弁勇，其心已散。且当日出师，拟一二月即可毕事，得财得官。不料退延今日，事又大变。弁勇薪水、口粮本来菲薄，若军务一时莫了，则人多不愿为。惟有仰望粤关内外办事诸大人，定一主意，如何扶我。"

刘永福的话语中，明显露出对唐景崧及滇粤督抚乃至清朝最高当局的不满。

唐景崧在心里长叹一口气，口里却又问道："渊亭，你我相处已非一日，你究竟欲如何？不妨明白言之。凡可行者，则诸位大人决无不行。"

刘永福望了唐景崧一眼，答："眼下必须要两统领住在北宁，弟住山西。将来进兵，尚要天兵相助，莫作壁上观。"

唐景崧道："渊亭何出此言？五月以后，何尝不拨兵来助？何尝不接济军火？我何尝不在汝身旁？北宁决不退兵，两统领（指黄桂兰、赵沃二统领）何至退处？至天朝难开兵端，不肯露面之故，曾经历次开诚布公而言之，所以用及尔军。云南给饷，瞩自招营；徐抚台饷用朱冰清，给粮饷成营，皆不得已之苦衷。实则于尔有益，赏罚调遣自专，胜于拨兵相助，何处觅此等恩遇！尔今遥处乡间，不为备御山城之计，在己亦甚失算！"

刘永福苦笑摇首，低下头去良久不语。

唐景崧自己也觉出适才替朝廷辩解的话有些牵强，只得又问道："汝之不敢为，得非见越南解体，以后之饷难恃乎？至于弁勇薪水口粮欲增若干，赏银几何？你不妨开一清单，以便函商两帅，此事可力任之。"

刘永福起身走了两步，忽然开口说："天朝上国的各主事大臣，若都能像您老这样待卑营，下职如何心生他念？大人，您老还是把饷银收回去吧。大清有句老话，想来大人不会忘记，叫做无功不受禄。卑营如今不能守山西，也就无功于天朝。"

唐景崧气愤地瞪了刘永福一眼，甩袖走出办事房。到了外面，唐景崧冷静一想似有不妥，便又二次走进办事房，见刘永福正望着桌上的银子发呆。

唐景崧走到刘永福的对面，先是冷笑两声，口里跟着便进出一句自己原本不想说的话："刘渊亭，你不配作大清的子民！本官看错了人！广西上思州亦不会再接纳你！本官回去就上折自请降罪，然后回京。"

话毕，唐景崧仿佛完成任务一般，掉头向外走去！却正和匆匆向里走的黄守忠撞了个满怀。

黄守忠一见撞了唐景崧，慌忙施礼告罪，口称："卑职该死！卑职该死！"

正发愣的刘永福一见黄守忠的面，头脑登时清醒过来。他正要讲话，唐景崧却抢先一步对黄守忠说道："荩臣来得正好，你老弟评评理。现在滇粤各省助贵营抗法的态度越来越明朗，守住山西的把握也越来越大。渠帅却执意退守保胜、十州，还要把滇省运过来的月饷退回去。岂不知，山西若不守，何能守保胜、十州？放着忠臣不做，偏要做罪人！"

黄守忠想也没想，脱口便道："渠帅何得如此偏谬？因我全营抗法，天朝方资助粮饷。当真弃守山西，天朝定然不再助我，我何得存？若提督畏法，可自去保胜，全军交给末将代守山西。有功提督居之，有罪尽归末将。若何？"

刘永福闻听此言，脸色大变，大喝一声道："黄荩臣你放肆！你以为凭你的威望，就能号令全军吗？你还想取代我？哼！"

黄守忠一愣，马上知道因事起太急，脱口之言引起了刘永福的警觉，于是马上改口道："是末将措辞不当，望渠帅恕罪。末将随渠帅多年，一直肝胆相照，从未有过二心。末将适才所言，全因心急所致，绝无他图！渠帅，我们应该听唐大人的话呀，弃守山西，对全军有百害而无一利！渠帅不能不慎重啊！渠帅就不想想，全军就算退守保胜、十州，法鬼就能放过我们？"

"咳！"刘永福重重叹了一口气，转身坐到椅子上，许久才抬头对唐景崧说道："唐大人，下职知道您老做的这些都是一片好心，下职又何尝想弃守山西！大人，荩臣贤弟，你们都坐下，容我细细说上一说。"

唐景崧与黄守忠互相看看，便一起坐下来。

刘永福高喊一声："茶水侍候！"

外面答应一声，很快走进来三名亲兵，为每人的面前摆上一杯茶。

亲兵退出去后，刘永福开言说道："荩臣贤弟，你我相交最久，几个兄弟当中，我二人也最知心。我想什么，能瞒过别人，却瞒不过你。荩臣，我说得不错吧？"

说起过去的岁月，黄守忠的心里掀起阵阵热浪。他哽咽着说道："渠帅，您老的意思卑职知道，渠帅对卑职的大恩大德，卑职至死都会记得的！"

唐景崧知道，刘永福在设法弥补他与黄守忠之间在战守问题上出现的裂痕，为他自己争取支持的对象。唐景崧在心里叹上一口气，嘴上不着一言。

刘永福把头转向唐景崧说道："主政大人，阵斩李维业之初，下职就已料到，法鬼必要报复，所以才向大人提出募勇备战的要求。大人虽满口答应，但入越的几位滇粤主事大员，并不理睬，很是冷漠。下职多次请求面见徐、唐二帅及黄军门、赵统领，但直到今日，这几位大员，都不肯与下职见上一面。这当中，只和左爵相调派的王方伯见了两面。说起来，这王方伯可真是位好人，一直都在向各方面为黑旗军谋取军火。但因他老不握权柄，时至今日也不奏效。"

唐景崧打断刘永福的话，接口说道："有些内情，本官并不想让你们知道。渊亭话已至此，本官就揭开这个谜语。渊亭，你可知道，为了你刘渊亭，王方伯与徐抚台在大堂之上大吵了一架。徐抚台已经两次上折参劾王方伯，王方伯能否逃过此劫，尚不得知啊！你们应该听说过，王方伯同左爵相，出生入死了二十几年，就在他老入越前，朝廷已打算放他老到福建署理巡抚。王方伯放着方面大员不做而募勇入越，为的是哪般？你刘渊亭弃守山西避走保胜、十州，对得住王方伯，还是对得住左爵相？他们乃至朝廷，对你可都抱有莫大的希望啊！"

刘永福望了黄守忠一眼，黄守忠小声说道："王方伯为了能让各在越大员资助我们，同抚台都闹翻了。就算为了王方伯，我们也该守住山西呀！"

刘永福默然点了一下头，缓缓说道："请唐大人见谅，王方伯同抚台闹翻这件事，您老应该早告诉下职才对。"

刘永福高声说道："传话下去，着各营管带大人速来这里议事。"

唐景崧与黄守忠双双一愣，不知刘永福要干什么。

不一刻，吴凤典、韩再勋、连美等管带以上领兵官，陆续走进办事房，坐了满满一屋子。

刘永福并不言语，起身从墙上拿下腰刀，重新坐下，这才拔出刀来，说道："法鬼即将兵犯山西，本帅主意已定，坚守城池，誓将犯敌尽斩于城垣之下！"

刘永福话毕手起刀落，砍掉一个桌角，接着说道："有不遵号令或通敌者，将以此桌为例！"

黄守忠闻言大喜，忽然起身高声说道："末将愿听渠帅将令，决不后退一步，天地可证我誓！"

其他人也都纷纷起身明誓。

当日午后，刘永福会同唐景崧、黄守忠、吴凤典三人，对各营防地又重新进行了布置，并委托唐景崧代拟檄文一篇，分别张贴在城门之上，派专人送达河内，昭告天下。檄曰：

"越南三宣提督军务刘，致书富浪沙兵头，为约战事：尔富浪沙无礼无义，天怒人怨，自与本提督交战以来，一败于纸桥，再败于怀德，三败于丹凤，折将损兵，不可悉数，尔辈各自明白，不待本提督之扬其丑也。尔辈乃无可奈何，乃往攻我顺化，胁我君臣，勒逼议和。其条约如何，本提军一概不知，亦一概不管，惟闻有逐我黑旗出北圻境外之语，不禁哑然一笑也。前因我将士连番苦战，暂憩山西；兼旬以来，战志各不可遏。现本提督安坐省城，待尔来逐，限自致书之日起，五日以内，尔即率大兵来省会战，以决雌雄。尔不敢来，我军即要逐尔，指日进剿。本提督一军进止，独断独行，非他人所得怂恿，亦非他人所得阻挠。言出必行，决无虚假。如尔等有胆有力，即来决战，若往欺我富春，乃是下等伎俩，五尺童子，亦且羞之，窃不愿损尔富浪沙之名也。此约。"

战檄递到何罗柁之手，因尚未接到国内进止训令，何罗柁略一沉吟，并不与波滑相商，而是自作主张，命领事馆文案拟就招降书一封。

招降书送到山西，唐景崧与刘永福、黄守忠一起拆封阅读，但见文中写道：

"大法国北圻吏部尚书兼掌通国正事务生，词与黑旗大将刘提督知悉：我大法国既与提党相攻，是天命不顺乎提，而胡不顺承天命？提若善推，则今何向而保永后大利？我大法虽击提党，而亦惜提是聪明智勇之将，提兵亦是勇悍之兵，纵使归我大法，则得为大臣、名望及盛利诸事。若仍前与大法拒逆，则不惟失其名职各款，而欲设立屯垒，据险以守，抑或逃去山林，潜回清国，无可得也。本职本为天下惜才，经禀大法元帅大臣，咱（越南字，即听字），许本职谕提来降，则准许提一大权与才相称，毋有吝爵。而我大法国官与提团同心，毋将作逆是好。如提欲情愿如何，即宜词来本职知照；抑欲本职派人将通行札文毋致阻碍者，亦即词回，俾提得遇我大法官相与商办大事可也。"

把文辞不甚通顺的劝降书读毕，刘永福奋然而起道："法国胡言乱语，当严词斥之！大人，还需借重您老的笔墨，回他一文，弄他个满脸羞臊！"

唐景崧莞尔一笑，道："这正搔到本官的痒处！传人铺纸研墨，看本官如何骂他！"

笔墨摆好，唐景崧提笔在手，略一思忖，刷刷点点写道：

"越南国三宣提督义良男刘致书法国吏部尚书生知悉：大凡为国之道，必须上顺天理，下顺人情，方能长治久安，各保疆土。我越南并未失礼，尔法国无故相侵，本爵提督以一旅之师，与尔鏖战多年，尔之损兵折将亦已多矣，越南之民遭罹兵刃亦甚苦矣。是兵端之始，祸在尔，天怒人怨，必有所归，若果再不知悔，必为天下之所不宥矣。尔国纵欲逞忿，借国债、雇黑奴，逆天行事，希图报复。然尔占水我占山，我有无穷之饷源，尔无久支之兵费，尔纵设立码头，我必频年兴兵，杀尔人，焚尔居，扰尔商政，使尔不得安枕，虽有红江之利，尔法国岂得久享哉？今尔尚书深知天理不可强违，念我越南民人久遭涂炭，欲与本爵提督议和，其意甚善。然本爵提督大清国广西省人也，父母之邦不可背；又越南极品元戎也，知遇之恩不可忘。尔尚书若以息兵保民，各国仍归和好为言，本爵提督敢不相听？倘如来书以大权盛利相诱，欲陷本爵提督为不忠、不孝、不仁、不义之人，本爵提督心如金石，岂为尔所动摇！况高爵厚禄，大权盛誉，本爵提督之所固有，又何赖于尔国耶！今尔尚书果欲真意讲和，望即将各国如何利益之处，据实言明，以待本爵提督奏请大清国、越南国，同派钦差一同会议，以其永遵无弊，得以长久相安，使海外各国皆知本爵提督暨尔尚书大公无私之本意，岂不美哉！倘再恃强逞凶报，执迷不悟，尔兵头必有安邺、李维业之祸，悔之晚矣！"

黑旗军的第二封战书张贴并送达河内之后，刘永福便积极备战，抓紧加固城墙、训练新勇，又到处筹粮，大肆购买军火，以期一战而败法兵。

此时，在越法军在干什么呢？

第二节 求援无门

波滑进击怀德、丹凤连遭失利，一度在法国朝野引起极大的震动。

为了挽回影响，消除民众的不满情绪，茹费理内阁经与海军部反复磋商，决定将波滑调回海军部任职，改由孤拔担任东京军队总司令一职；但当何罗杜的报告递到巴黎后，茹费理一览之下，竟然勃然大怒。

"波滑这个混蛋，他可误了国家大事！"

茹费理骂过之后，马上指使海军部，将波滑由到海军部任职改为提前退役，生生结束了这位将军的大好军旅生涯。

消息传到河内，波滑持枪来找何罗杜拼命。何罗杜得到确报后，连夜逃进一个女间谍的家中。波滑在领事馆遍寻何罗杜不着，盛怒之下，竟然指挥两名卫兵，把房间里的器物全部打碎。

为试探大清国对第二次《顺化条约》的态度，沙梅拉库又电令驻在上海的脱利古飞速赶往天津，设法与中国举行第二次谈判，逼使大清国承认第二次《顺化条约》。

脱利古接到训令的当日，即乘船驶向天津。途中，脱利古又电告法驻京参赞官谢满禄，紧急照会总理衙门，提出继续谈判的要求。谢满禄接电，当日即给总理衙门发照会一封，言称接国内电报，欲与中国继续磋商有关越南的事。

恭王经太后允准后，很快便给天津的李鸿章下旨，着其办理此事。

脱利古到天津时，李鸿章已经奉到圣旨，正在等着他。

两个人在天津首次会谈，脱利古先傲慢地宣称："李中堂，鄙人先向您透露一个消息。您听了以后千万不要激动。您如果激动起来，很有可能引发心脏之病，其后果将是常人所能预料的。"

李鸿章抚须微笑，心里骂道："这个生瓜蛋子，到底沉不住气了！"口里却道："脱大臣只管大胆讲来。别看老夫年过花甲，但经历过无数次的惊心动魄。如果您的一句话就能把老夫吓个半死，老夫今日也就不能坐在这里了。"

脱利古干笑两声，忽然抬高音量说道："黑旗军从前有越南王接济军饷。现越之府库粮税均由法人管理，越南不能再行接济。鄙人现在要对您说，刘永福的末日就要到了，黑旗军就要从越南的上空消失了。越南王已经把全越交给了我国，以后，有关越南的事情，除我国外，任何国家都无权指手划脚。李中堂，鄙人的话，您听明白了吗？"

李鸿章的内心一阵慌乱，但面上却不敢露出痕迹，仍然是手抚胡须，用不紧不慢的口气说道："越南系中国属国，越南事，即中国事。脱大臣，本部堂的话，您听清楚了吗？"

脱利古蓦地瞪大双眼，大声说道："越南已主动与我国订约，这个条约想来李中堂已经知道了，贵国为什么还要暗助刘永福？按着《法越顺化条约》，刘永福现已由过去的越臣变成越寇，越南无力消灭他，我国不能不代为剿办！"

李鸿章沉吟了一下，缓缓说道："越南久为我属国，贵国与越南商办何事，均应要我国同意。贵国与越南私下订约，并未知会我国，我国岂能承认？本部堂再重申一遍说过的话，贵国要在越南办理事务，要同我们商议方为有效。"

脱利古大叫道："越南是自主之国，有权独立办事。贵国马上撤回军队，以后不准再干预越南的事务！"

李鸿章冷笑着说道："脱大臣，您是在对老夫发号施令吗？"

脱利古应声答道："鄙人是在转达我国总理的旨意，贵国必须照办，无可商量！"

李鸿章笑着站起身，转身走进行辕的内室。

等了好大一会儿，见李鸿章仍不出来，脱利古只好问李鸿章的翻译："李中堂是不是心脏病发作了？他怎么还不出来？"

翻译笑道："脱大臣，在大清国，除了恭王爷和太后，无人敢对中堂大人发号施令！中堂锡封一等伯爵，位列大学士之首。脱大臣，鄙人的话，您听清了吗？"

脱利古无奈，只好悻悻地站起身，自嘲地说道："本大臣午睡的时间到了。"

脱利古走后，李鸿章思虑再三，便亲自给总理衙门草拟了一封公函。公函首先通报了自己与脱利古会谈的情况，然后建议总理衙门，为防中法失和，可否先撤回在越之滇、粤、桂各军？

李鸿章实在不想和法国兵戎相见。

恭王对李鸿章的观点是赞同的，但却遭到慈禧太后的驳复。

迫于清流主战派的压力，慈禧太后着令恭王速告李鸿章，坚决拒绝法人所提之清军回撤的要求。

圣谕特别指出："法人既与越南立约，必将以驱逐刘团为名，专力于北圻。滇、粤门户岂可任令侵逼？现经总理各国事务衙门照会法使，告以越南久列藩封，历经中国用兵剿匪，力为保护，为天下各国所共知。今历侵陵无已，岂能受此蔑视？倘竟侵及我军驻扎之地，惟有开仗，不能坐视。"

圣谕一改过去的做法，态度突然强硬起来，这不仅让李鸿章大吃一惊，也让脱利古始料不及。

李鸿章二次与脱利古会面，具实言明中国的态度。脱利古虽心吃一吓，但口里却蛮横地说道："我国即将发兵山西征剿刘永福，鄙人知道贵国在山西驻有军队，所以不能不预为说明。若我国军队与贵国军队出现摩擦，我国即认定贵我两国正式失和。其后果，由贵国负责！"说完这话，脱利古带着随员摔门而去，甚是无礼。李鸿章气得浑身乱抖，恨不能扑上去一脚把脱利古踢死。

李鸿章把脱利古的话转奏给朝廷后，慈禧太后当即让军机处给两广总督张树声、云贵总督岑毓英下旨，着令原驻在山西的滇、粤、桂各营，全面撤至北宁，并密饬云南巡抚唐炯，每月资助给黑旗军饷银五千两。

第二天，军机处又给在北宁督师的广西巡抚徐延旭寄发字谕一道，着令徐延旭督饬广西藩库，一次奖给黑旗军十万两赏银，供刘永福补充军火、招募新勇使用。

这道十万火急的密谕由京师递出，按驿前行，但不知何故，并未递到徐延旭的手上。原本对黑旗军抗法能起很大作用的十万两赏银，于是化成泡影，使唐炯、徐延旭、唐景崧三人，都对朝廷莫明其妙起来。

唐景崧更对朝廷单让云南一省支持刘永福的做法生出许多不解。

脱利古对大清国实行的恐吓并未达到预期目的，但这并未阻碍法国攻击山西的步伐。

茹费理按期指令海军殖民部，向孤拔下达了攻击山西的命令。

孤拔受命出任东京军队总司令的职务不久，即督率舰队由海防赶到河内。

送走骂骂咧咧的波滑后，孤拔认真分析了一下黑旗军的力量以及山西的城防情况。他接到海军殖民部下达的进攻命令后，并没有马上采取行动，而是给海军殖民部写了一份军情报告。

他在报告中指出："黑旗军是要认真对付的对手。东京远征军在和黑旗军的作战中，已经死了一些人，还有更多的人受伤不能投入战斗，与我们现有战斗人员总数相比，是巨大的数目。我们日益削弱，为了补充缺员，将更多的兵力投入前线，而留下少数部队驻守我们现已占领或将占领的城堡，调来大批的增援部队是必不可少的。"

报告写到此，孤拔以不容置疑的口吻请求海军殖民部："最少给东京增援一个配备三个营的野战团，一个营的海军陆战队，一百五十名海军陆战队士兵、两连炮兵。"

报告最后说："如无以上的支援，凭东京现有的兵力，想歼灭黑旗军，几乎是不可能的。"

孤拔时年五十六岁，曾是巴黎综合学校的高材生。服役后，从准尉军阶一路攀升，十年时间变成准将军阶，是法国不可多得的海军名将，有着很高的呼声。鉴于波滑的下场，孤拔行事不能不慎重。老奸巨滑的孤拔从接受任命的那一刻起，就已打定主意：国内派来援军，他便移师作战；不派援军，他决不离开河内半步。

孤拔的报告如期送达海军殖民部，海军殖民部收到报告的当日，即将报告转呈茹费理。

十几天后，在茹费理、沙梅拉库等人的蛊惑下，法国议会批准了向东京增兵的计划。调往东京的援军，携带着新式的洋炮，飞速驶往越南，于是年十二月初，抵达河内。至此，孤拔掌握的兵力，已经增加到近万人，且增加了许多新式大炮、快枪，弹药更是不计其数。

孤拔笑了。冥冥中，他听到了李维业为他即将取得的胜利所发出的呐喊、欢呼声，看到了安邺在上帝的脚下向他露出的微笑。

他在对士兵的一次演讲中说："一切蔑视我们的行为，都要受到彻底的打击！法兰西是不可战胜的！法兰西万岁！"

得知法国国内源源不断地向河内增派援兵军火，刘永福慌忙请唐景崧会商城防大计。

刘永福说："据细作报称，孤拔在河内已拥兵过万，且军火无数，战船如云。就算分一半人马来打山西，凭我们现有的兵力，如何支持得住！唐大人，为保山西，为保天朝西南门户，天兵此时不能袖手啊！"

唐景崧点头默许，当日就快马赶往北宁来见黄桂兰、赵沃二统领，请拨数营助守山西。

黄桂兰当时正在卧房里和当地的妓女十数人，大玩猫捉老鼠的游戏，闻报，他一边照常和这些女人滚在一处戏耍，一边对亲兵说道："告诉唐大人，没有两广张制军的话，本提一个人也不能往山西派！"

唐景崧无可奈何，只好打马来见赵沃，偏又赶上赵沃吸烟。

赵沃吸烟的时候连圣旨都不接，就更不会放下烟枪见客了。

唐景崧被逼无奈，只好硬起头皮来见徐延旭。

徐延旭其时已入梦乡多时，任唐景崧无论怎样恳求，门房都不肯进去通报，说怕丢了饭碗。

唐景崧在北宁奔波至夜半，竟毫无所获，只好含泪赶回山西。

黄桂兰过后曾向徐延旭这样解释自己不向山西派兵的两点理由："一是怕与法军接触，不小心衅自我开，给朝廷惹麻烦；一是鄙意刘军但能力拒，彼族当自气馁，我军在此，复以游兵扰其后路，则亦可分敌势也。"黄桂兰几乎是在胡说八道，满嘴喷粪。

赵沃与黄桂兰没有太大的区别。两人因入越太久，已对战争感到麻木。黄桂兰为了打发难捱的时间染上了嫖瘾，赵沃为了增加感官上的刺激，和鸦片较上了劲。数来数去，大清国在越的官员当中，最不自在又最受累的便是唐景崧，最受排挤的则是王德榜。

赵沃是何许人也，他如何敢和广西提督黄桂兰并驾齐驱呢？

赵沃字庆池，广东人，廪生出身。同治元年，刘坤一出任广西布政使，他经人介绍到幕府佐文案，鸿运至此高照。刘坤一离粤，又将他介绍到广西巡抚衙门充幕僚，仍受器重。刘长佑总督两广，刘坤一又一纸信函把他介绍给刘长佑。累官至四品知府，光绪元年（公元1875年），刘坤一出任两广总督，又将他保举成道衔，称其"自同治年间迭次统师出关剿办越匪，颇著威惠，于越南山川险要尤为熟悉。"成了广西一等一的能员。他因随广西提督冯子材赴越期间私携鸦片遭冯申饬，竟怀恨在心，在刘坤一的面前讲了冯许多坏话。刘坤一误信其言，一纸密函递进京去，于是便有了名流张佩纶怒参冯子材的故事。依他的本意，是要把冯子材挤走由自己接统提标，但不巧的是，冯子材前脚离开南宁，刘坤一后脚便丁母忧，淮军名将张树声受命接任两广总督。

刘坤一离任前，向张树声举荐赵沃以道衔接统冯子材所遗边军。张树声口上答应，心里却另有打算。不久，张树声密保自己的心腹黄桂兰署理广西提督，又将冯子材所遗边军一分为二，一半交黄桂兰，一半交赵沃。有刘坤一这棵大树罩着，后来的两广总督岑毓英、广西巡抚倪文蔚、徐延旭，都高看赵沃一眼。赵沃于是可以克扣军饷，冒领军饷，入越后又染上鸦片瘾，竟无人敢说什么。黄桂兰是张树声的心腹，他无论把女人玩到多么疯狂，张树声一声不吭，徐延旭自然也不敢吭声；赵沃背靠刘坤一这棵大树，刘坤一目前正被上头看好，赵沃本人又是道员领军，不仅黄桂兰见他要口称"观察大人"，就是徐延旭，又能把他怎么样呢？

唐景崧各处告援无门，而法国东京最高军事长官孤拔，已于是年十二月十一日，带领三艘战舰，十余艘炮艇、四十几只民船，运载步兵、炮兵、海军陆战队士兵六千余人，分两路从河内出发，于三日后从喝江口登陆，杀气腾腾地向山西逼将过来。

黑旗军与法军之间最惨烈的一场战争，在山西爆发了。

第三节 黑旗军退守兴化

山西的城墙分为内外两层。内层为砖墙，纵横为三百余米的四方城郭，墙上插满高低不等的竹桩，削成尖利，用以阻挡敌人登城。墙宽十米，上筑一座炮台并掩体；外墙与内墙之间是宽二十余米、深及三米的护城河，上架桥梁，供进出使用。外墙的结构与内墙相仿，上亦筑有炮台并护军掩体。外墙设有四门，东西两门在法军到前便已封闭。山西城外布满村庄和庙宇，五里外才是大江。江堤甚高，亦是山西的一道天然屏障。

黑旗军当时五千余人，三千人为原部人马，两千人是后来招募的散兵游勇，其中的一千五百名归唐景崧管带。从人数上讲，孤拔已经占了上风。但两军之间相差最为悬殊的还不是人数，而是装备。孤拔弹药充足，枪炮极其优良。黑旗军只有五百杆快枪，其余多为早已过时的前膛枪、抬枪、火铳。另有千人因是临时招募，既未经过训练，更无洋枪，只能人手一把腰刀，一根铁棒，一副弓箭。黑旗军所使用的大炮多由笨铁铸成，最大的不过八百余斤。该炮不能发射炮弹，内膛填塞的多为铁蛋、锅片，还有几门连铁蛋也不能发射，只能发射石头、砖头、瓦片等物。这些有炮之名而无炮之实的所谓大炮，连刘永福自己都认为是无用之物。

刘永福把第一道防线设在江堤，由黄守忠的前营和吴凤典的左营担负主要阻击任务。外城墙由刘永福坐镇，内城由唐景崧负责。由怀德逃至山西的越南防军一千人会同山西防军，共二千人，驻南门外村中以前的防地。这些越南防军既无战备任务，也不配合刘永福守山西，整日吃喝玩乐，优哉游哉，很是超脱。

法军弃舰登陆后，孤拔督队缓步向前推进，行至江堤，当先遭到吴凤典左营的拦截。

法军于是停止脚步，各寻掩体进行还击。这时，黄守忠率前营悄悄绕至法军的背后，突然发起攻击。法军被突然的袭击打乱了队形，到处乱窜。孤拔命令大炮对着吴凤典左营和黄守忠前营连环轰射，打得半天空里满是浓烟，极其猛烈。黄守忠前营被法军的炮火压得无法抬头，只好一边射击一边向吴凤典左营靠拢。

孤拔见大炮轰射奏效，于是传令停止开炮，全队仍向前推进。

眼见法军越来越近，黄守忠猛然发一声号令，前营和左营一齐开火，瞬间放倒一片法军。黑旗军筑在堤上的炮台也得到号令，开始点燃引信，一齐对着法军轰射。尽管炮膛里射出的只有铁块、锅片、石头等物，但也打伤了许多敌人。

孤拔见队伍受阻，立即命令炮舰开火。法军十余艘炮舰得令，齐向江堤靠拢过来，很快便是一阵猛烈的轰炸。炮声过后，法军呼啸着扑向江堤，但迎接他们的是一千余名黑旗军将士。这些人挥舞着腰刀、铁棒，跃出掩体便和登上江堤的法军战在一处。孤拔一见黑旗军肉搏，慌忙命令全队后撤，但还是被黑旗军砍倒了近百人。炮舰再度炮声响起，使正要追杀的黑旗军不得不停下脚步，重新回到掩体开枪射击。孤拔为了能尽快占领江堤，在命令士兵伏地射击的同时，又把所有大炮都集合在一起，对江堤开始了长达一个时辰的轰击。堤上的炮台、掩体，乃至所有军事设施，几乎全部被法军炮火轰毁。黑旗军将士的死亡人数，开始呈直线上升趋势。

黄守忠与吴凤典计议了一下，决定佯退，避开法军的炮火，减少伤亡。命令飞速下达，一千余黑旗军将士在黄、吴二统领的督饬下，开始次第后退，旋又分作两部，悄悄隐蔽到远离堤岸的草丛中。

狡猾的孤拔突见堤上的枪声不响，急忙举起手里的千里镜搜索。很快，孤拔发现了疑点，马上下令停止开炮，命先锋连先期登岸，大队随后跟进。

命令一下，法兵呼啸登堤，竟然一举成功，极其顺利。这倒大出孤拔的意料。

孤拔沿大堤方圆巡视了一周，便传令埋锅造饭，准备饭后再向前推进。眼见炊烟开始顺江堤的上空弥漫，四周仍然静寂无声，孤拔这才放下心来，认定黑旗军已经撤离，便把军官们召集到一起，想商计一下饭后的进攻方针。

不料，军官们尚未走到孤拔的身边，一阵密集的枪声，却从江堤两侧突然响起。孤拔吓得翻身卧倒，但见上千名黑旗军将士从草丛里翻身跳出，呼喊着向法军杀来。

法军登时乱作一团，争相向江堤下溃逃。孤拔一边命令排枪连抵抗，一边挥旗让炮艇开炮，心中叫苦不迭。整整僵持了半个时辰，法军才渐渐稳定了阵脚，孤拔早已惊出一头的冷汗。

黄守忠与吴凤典不敢与法军硬拼，只好二次实行战略佯退。在傍晚时分，黄、吴二人又组织了一次袭击，但仍未夺回江堤。

无奈之下，黄、吴二将只好很不情愿地撤进外城墙内。

江堤一战，黑旗军亡三百二十人，伤近百人，黄守忠与吴凤典双双挂彩。法军伤亡较黑旗军为重，计亡四百一十一人，伤二百人。

当晚，法军扎营大堤。法舰往返河内几次，不过是运送伤亡人员、军火等物。

见到刘永福后，黄守忠、吴凤典二人，俱实禀报了一下江堤失守的情况。

不料刘永福听后，不仅未对黄守忠的战略给予肯定，反倒冷着脸子说道："荩臣，法寇炮火如此猛烈，你不该再怂恿雅楼同你一同去碰硬。你以前作战最为谨慎，怎么这次反倒莽撞起来了！"

黄守忠一愣，忽然冷笑一声道："依您老的意思，法寇要江堤，我们就给他江堤，是不是这样呢？"

刘永福把脸一扭道："我不同你废话。总归，江堤之战，你没有打好。"

黄守忠正要辩解，人报唐大人来了。

黄守忠便话锋一转道："他老来得正好，让他老给评评理。"

刘永福一边让亲兵把唐景崧请进来，口里一边小声对黄守忠道："黄统领啊，你可不能犯糊涂啊，你要清楚，你现在是我黑旗军的统领，可不是唐维卿的人哪！你不要上了外人的当啊！"

黄守忠瞪眼睛反问一句："唐大人是天朝钦差，他老和黄佐炎比较，究竟哪个对我们好呢？哪个是外人呢？卑职同雅楼拼死与法寇夺堤，黄佐炎的人马就在不远处屯驻，我们前面打法寇，后面还得防备他们！卑职早晚要问黄佐炎一句，这山西到底是天朝的山西，还是他越南的山西呢？"

唐景崧这时急匆匆走进来，见到黄守忠后，劈头便问一句："荩臣，听说法鬼此次来犯，不仅人船过多，炮火也甚是猛烈？"

吴凤典叹口气说道："何止是猛烈，几乎是见所未见！以前，我们把法寇估计得过低了！这个孤拔，当真不好惹啊！"

刘永福对唐景崧道："唐大人，荩臣和雅楼伤亡过重，只好撤回来了。下职真没有想到，这个孤拔，这么能战！大人，凭我们现有的人马，想守住山西不易呀！"

唐景崧眉头皱了皱道："渠帅、荩臣、雅楼，你们都不要惊慌，本官现在就动身赶往北宁去见徐抚台！山西不能丢，务必得守住啊！"

刘永福一愣，马上道："唐大人，下职不是信不过您老。您老此时离开山西，有些不妥当吧？"

闻听此言，唐景崧也是一愣，但很快便明白过来。刘永福是怕他借机逃离山西。于是他说道："渠帅所言甚是，这个时候，本官怎么能一个人离开山西呢。好，本官现在就给黄军门、赵观察各写信一封，请他们飞速来援山西！"

趁唐景崧写信的时机，刘永福又把城防重新部署一番，将防线收缩，城外各营悉调进城，分守四门，等待援兵。

第二天，孤拔并没有向城垣发起攻击，而是派出部分士兵，先将驻扎在城外的越军用大炮轰跑，然后便对江堤附近的村庄大肆抢掠、放火。沿江百姓如惊弓之鸟，纷纷乘船凫水逃往兴化、北宁。法军见之，无不哈哈大笑。

北圻统督黄佐炎对法军的暴行视而不见，反倒派出无数的军兵，在兴化挑选了上百名年轻有姿色的女人，连同几车粮食、酒、肉等物，派专人送到法军大营，进行慰问。美其名曰：犒军。

孤拔大喜，连连夸奖黄佐炎明白事理，函称干掉刘永福后，要重重保举他。黄佐炎接信大喜，开始把孤拔当成亲爹看待。

黄桂兰、赵沃接到唐景崧求援信后，马上便相继与徐延旭会在一处。经过商议，由黄桂兰与赵沃各派一营马队，委记名提督陈德朝统带，于山西、北宁适中之地列阵往来逡巡，声援山西；黄桂兰自率提标三营赶往新河一带驻扎，赵沃督队亦离开北宁，驰赴慈山一带驻防。

黄桂兰与赵沃离开行辕后，徐延旭对身边的幕僚说道："对山西，本部院已经尽了力了。我大清造出这么大的声势，山西还守不住，刘永福可是太不中用了！"

徐延旭说这话时，满脸的委屈，一脸的真诚。

一名幕僚说了一句："抚台大人，下官听送信的人说，法人此次攻击山西，不仅人众，炮火也甚为猛烈。黑旗军缺枪少炮，想守住城池，没有几门大炮怕是不行啊！"

徐延旭抚须说道："老弟所言甚是，本部院最初也想让黄军门送几门炮给刘永福使用。可后来一想，又觉不妥。为什么呢？因为我军使用的大炮，虽购自外洋，但却都印有我大清的标记。如果这些炮落到法人的手里，他们当真交涉起来，你让总理衙门如何应对呢？本部院头上的乌纱，又如何保得住呢？本部院在衙门熬了许多年，才熬成这样一个红顶子，马虎不得呀！"

徐延旭的一番语重心长的话，说得幕僚们个个点头，人人称是，再无异议。

王德榜的定边军现在哪里呢？王德榜的定边军，已在两个月前被徐延旭调往谅山一带驻防。

徐延旭认为王德榜在北宁，极易与法军引起冲突。为安全起见，他一连两次上奏朝廷，请调王德榜到谅山一带驻防。朝廷采纳了他的建议。王德榜不得不率队离开北宁。

法军在江堤只歇息了两天，便向山西城垣发起了猛烈的攻击。

激战全傍晚，法军靠优势的火力接近城墙，做出夺城的架式。

黑旗军在弹药不足的情况下，先是用石块投掷敌人，其间夹杂着无数的箭矢。很快又向城下丢下大量的竹筒，趁法军发愣的时候，无数的火把顺城而下，竹筒马上便爆炸开来，炸倒一大片法军。原来，这些竹筒里都装满火药，是唐景崧临机发明的一种武器，想不到竟然大见功效。

黑旗军受到鼓舞，不久又投下第二批竹筒，自然又是一连串的爆炸。孤拔见竹筒威力虽不及炮弹大，但也把士兵们炸伤不少。为减少伤亡，孤拔很不情愿地下令撤退到江堤，准备修整后再战。

经过一天的激战，黑旗军死亡兵勇竟达四百余人，伤残亦有五百之多。偏偏这时，弹药已经告罄，无法迎接更大的战争。

而在山西、北宁之间逡巡的陈德朝，眼见山西省硝烟弥漫，耳边传来阵阵枪炮声，却不敢前行一步，只是抬头观望；移驻到新河、慈山的黄桂兰、赵沃二统领，根本没把山西之战放在心上，一个仍旧趴在女人的身上"亲娘""亲爹"的乱叫，一个照常嘴衔烟枪，沉浸在遐想之中。

饭后，刘永福把唐景崧、黄守忠、吴凤典等营官以上人等都召集到大帐之中，会商机宜。

刘永福痛心疾首地说："法寇虽退到江堤，明日必要再攻。现在城中弹药无多，人心惶惶。我军伤亡如此惨重，守城实属万难。看来，我们只好退走兴化再作计较了。唐大人，您老意下如何？"

唐景崧红着眼圈说道："山西危急，黄军门和赵观察竟然驻足观望，实出本官之料。不是座间诸位统领不尽心尽力，实在是孤掌难鸣啊！山西战事，本官一定要俱实上奏朝廷，为黑旗军讨还个公道。渠帅，你打算如何撤军？"

刘永福沉吟了一下道："下职拟挑选一营人伴驻城内，尽张灯火，迷惑法寇，防他乘虚而入。待把亡勇掩埋后，先将伤勇送走，再大队跟进。如何？"

黄守忠道："渠帅请明示，伴守的一营人何时撤离？"

刘永福道："天明后法寇必来攻城，守城的这营人务必抵挡一阵后撤离，方为万全。不能早，亦不可太迟。"

唐景崧道："渠帅，全军撤到兴化后，务须提防黄佐炎断我后路。法寇洗劫村庄，炮轰他的防营，他不组织抵抗，还送粮食酒肉以及女人去慰问仇家，可见此人已糊涂到极致。我们不能不防他！"

刘永福瞪大眼睛道："各位兄弟听令，我们到兴化后，黄佐炎敢有异常举动，我们就先灭掉他的防军，砍掉他项上人头！"

各将官很快散去布置撤退事宜，刘永福却单把唐景崧留下，小声说道："唐大人，山西之战，我黑旗军各营伤亡极其惨重。就此便撤出山西，下职委实心有不甘。"

唐景崧忙道："渠帅想要如何，尽管直言道来。"

刘永福道："全体撤退的时候，下职想会同唐大人，去江堤袭击法寇一下，泄一泄我心头之恨。大人以为如何？"

唐景崧沉吟不语，静静地听刘永福讲话。

刘永福道："下职想带亲兵大队，大人可率新募的三营合一千五百余人，摸到江堤之上，找准孤拔的宿处，投掷竹筒药包炸死他。就算炸不死他，也必能干残他！不知唐大人肯同下职走这一趟吗？"

唐景崧沉思了一下说道："渠帅此计太过冒险。想那法酋孤拔久经战阵，他在江堤的大营安能疏于防范？我军已伤元气，不能再硬拼了！"

刘永福冷笑一声道："下职想不到，唐大人竟然如此惧怕孤拔老儿！也罢，大人饭后可随大队撤离，由下职带着亲兵大队，去会那孤拔！下职倒要看看，这个孤拔到底有多大的能耐！我不信他长有三头六臂！"

唐景崧一怔，不由叹口气说道："既然渠帅主意已定，本官岂能退后？渠帅想何时动身？本官也好让营官们准备！"

刘永福闻言，先随口称赞一句："不愧是主政大老爷，果然仗义！"然后才说道："大队走后，你我二人，可从东西两门出城，沿村间小路向河堤包抄。成功后，由正门退入城，由后门出城。我们这两路人马，谁先到河堤谁先放火，趁乱要孤拔的狗命，当易如反掌。唐大人，我们就分头准备吧。如何？"

唐景崧没有言语，他一时还猜不透刘永福的真实意图。

夜半时分，大队人马开始向兴化撤退。混乱中，唐景崧与刘永福二人则各率人马，从西东两座城门潜出。

出城后，唐景崧把一名亲兵叫到近前，悄悄吩咐道："你携带十支火把，着当地百姓服装，到东门去窥探动静。你若看到渠帅的人马向河堤移动，便到高处点燃一支火把，本官这里也用火把呼应你；若渠帅停下来，你便点燃火把然后再熄灭；如若渠帅中途改变前行方向，你就立即回来。去吧。"

亲兵乔装后，携上火把飞速离去，唐景崧这里则督队缓慢前行。

半个时辰后，亲兵飞也似地追上队伍，来到唐景崧的面前，一边大口喘着粗气一边道："大人先不要往河堤去吧。小人到东门后，一直向前追赶，直赶了很远，才看见十几个人向河堤疾行。小人尾后观看了许久，并未见到渠帅本人，往河堤赶的只有这几个人。"

唐景崧疑惑地问了一句："莫非渠帅行在前头？"

亲兵道："小人也是这么想的，但听了一个人的一句话，小人才发现有些不对头。那人说，我们只要在法鬼营地近前放上一把火就立有功劳，让孤拔和唐维卿去拼命吧。"

唐景崧一听这话，当即传令停止前进。不久又命令队伍快速回返，从山西城附近的一条小路直奔兴化。

回返的命令刚刚下达，营官连美便来到唐景崧的身边，小声说道："大人当真就这样回兴化吗？"

唐景崧气愤地说道："本官万里请缨，为了成就他刘渊亭的功名，费了多少口舌，又得罪了多少人，对他黑旗军可谓仁至义尽，他竟然行此借刀杀人之计，着实可恨可恼！本官到了兴化，先要同他理论一番，然后禀告唐抚台，掐掉他的饷源。本官就不信，走了他张屠户，我们就得吃带毛猪！"

连美道："大人容禀，依卑职看来，刘渠帅不是个苟且小人。他今晚所为，肯定是受了身边小人的蒙蔽。卑职大胆以为，我们先不用急着回兴化，可以在此稍稍歇歇脚。说不定，刘渠帅此时已经明白过来，正派人来追赶我们回去呢。"

唐景崧反问一句："刘渊亭若不派人来呢？我们又当如何？等着孤拔来打吗？"

连美道："他若固执到底，我们就由小路回北宁。现在战事正紧，我们内部不能火拼哪！"

唐景崧皱眉沉吟良久，道："你所言甚是。传本官将令，全队就此歇息，一个时辰后再定行止。"

唐景崧话音刚落，黑旗军的两名传令兵飞身来到近前，施礼说道："渠帅有令，请大人快速转道兴化商议军务！"

唐景崧与连美互相看了看，唐景崧反问一句："渠帅为何更改了命令？"

传令兵答："渠帅派员经过周密侦看，孤拔营地防守太过严密，不易得手，所以及时更改了命令。"

唐景崧点一下头，当即传令转道兴化。

全队刚刚行至山西城垣，却正和一大队黑旗军碰在一起，身材高大的刘永福抢步来到唐景崧的身前，施礼大声道："下职怕大人有失，特率亲兵大队赶来接应！"

唐景崧握住刘永福的手，抖了抖道："我们抓紧赶路吧。"

到兴化的当日，唐景崧收到由北宁徐延旭转递的一道圣谕："着赏唐景崧四品京卿衔，所有资助黑旗军饷械、募勇等事，悉由该员联络、办理。钦此。"

接到圣旨，唐景崧顿感眼前一亮。

第四节 徐延旭的苦恼

孤拔督率人马赶到山西时，山西城四门紧闭，城头炮台静寂无声。

孤拔大吃一惊，以为是黑旗军在行使什么计谋，竟然命令全队后撤一里之程。等了两刻钟，孤拔调炮队向城墙和炮台实施火力侦察，然后再定进止。炮声过后，城头四座炮台悉被轰毁，但仍不见有人出来还击。孤拔愈加纳罕，开始站在高处用千里镜反复侦看。在孤拔看来，黑旗军是一定要死守此城的，如今城内如此情形，肯定有着大阴谋。又等了两刻钟光景，孤拔命令大炮轰击城门，实行第二次火力侦察，四座并不很坚固的城门很快便被轰开。硝烟过后，孤拔调一连人匍匐靠拢过去，大队候在城外待命。

一座空城，竟让久经沙场的孤拔几次欲进又止，由此可以看出，此次的夺城之战，给了法军怎样的重创。

进城后，法军既未在弹药房找到一桶火药，也未在街上拾到一枝火枪，更未寻到大炮、粮食。显然，黑旗军并不是匆忙撤离，而是有计划地从容转移。

损失如此惨重，却夺得一座毫无价值的空城，这对法国内阁来说，是无论如何都无法接受的。孤拔一定要想个两全之策。

思考了两天，老奸臣滑的孤拔眉头一皱，一条妙计闪电般出现在脑海中。

他在随后给法国海军殖民部的报告中这样写道："经一日一夜激战，江堤上和护城河里到处漂浮着黑旗军士兵的尸体。他们有的脑袋被打烂，有的卷屈成一只大虾，样子都很痛苦。刘永福丢下这些尸体，抬着数不清的伤员向内城撤退。我们便紧急追击，一举将山西全城占领。我们用死伤约一百七十人的代价，取得了法国战争史上最大的一次战果。我们同时缴获黑旗军大小炮一百余门，各式子弹二十余万发，还有几百枝枪、上千桶火药、粮食等。"

孤拔的报告传到国内，立即产生了轰动效果。

茹费理一面指令海军部嘉奖孤拔，一面召集内阁成员，开始研究起扩大战争的具体方案。

法军占领山西的消息黄桂兰是第一个知道的，他毫不迟疑地先让陈德朝退回北宁，自己亦率大队从新河赶回。

到北宁城垣，他与从慈山返回的赵沃会在一起。两个人计议了一下，便在城外各自扎下营盘，然后便各带亲兵百名，双双来见徐延旭。

徐延旭此时已经风闻山西失守，但尚未接到唐景崧的战况报告，正一个人坐在签押房里一边喝茶水，一边想心事。

从接到六百里加急送达的关于升授唐景崧四品京卿圣谕起，他就一直闷闷不乐。唐景崧万里请缨说刘抗法，为自己搏得了"班定远"的美名。但在徐延旭看来，与其说唐景崧万里请缨是为了保护大清藩篱，不如说是万里入越为朝廷添乱更恰当。为此，徐延旭不止一次向张树声提议，请张树声上奏朝廷，将唐景崧召回京师任职。徐延旭坚持认为，唐景崧在越，只会把局面搞得更糟。

现在想来，张树声根本就没有把他的话转奏给朝廷！

黄桂兰、赵沃二人一走进签押房，徐延旭当先便问道："本部院听说山西失守了？这是不是真的？听山西过来的人讲，山西之战，黑旗军与法人打得极其酷烈，双方伤亡都很大。黑旗军是在弹尽粮绝之后，无奈之下才被迫撤离的？"

黄桂兰冷笑一声道："这真正叫做五里不同风，十里不同云。法人攻城之初，卑职曾亲自到山西去察看防务。激战之时，卑职与陈德朝亦一直居高观战。战阵情形，实与大人所闻大相径庭。"

赵沃也急忙抢着说道："大人容禀，山西战事紧急之时，职道也从慈山往返山西数次。夜半时分，职道怕刘永福弹药不继，还给唐维卿写过一信，是用弓箭射进城的。职道深知，山西乃北宁门户，山西存则北宁安，哪知道刘永福值此紧要关头，还不肯离开烟榻半步！致使人心涣散，战不统一，守不配合，山西城怎么可能守住呢？"

黄桂兰接口道："抚台大人，山西失守，断非弹药乏缺之故，亦非兵力饷械不足之因，实缘军心不一，内应乘之，良深扼腕。"

赵沃道："抚台大人，山西失守实情，大人应具实奏明朝廷，不能再听任唐维卿胡言乱语了！唐维卿入越以来，误国实深！任由发展，实碍抗法大局！"

黄桂兰气愤地说道："抚台大人，提起这唐维卿，卑职心里就有气！他姓唐的入越以来，跟个过街老鼠一般，上窜下跳，到处捣乱，干了许多坏事。他兵无一个，勇无一丁，凭什么连升四级？就凭他的舌头长得好？卑职打死也不信，他的舌头，还能好过这里的大蚊子？卑职与观察大人分统边军以来，打了多少恶仗，立了多少功劳！北圻能有今天的局面，到底是他姓唐的功劳，还是您老的功劳？不独两广知，朝廷知，天下人亦知！没有您老运筹帷幄，没有观察大人机智神勇，没有我广西边军上下一心，怎么可能啊！卑职这话，不仅要向制军那里禀报，还要向李爵相禀报！"

徐延旭抚须缓缓说道："唐维卿现在是四品京卿衔，已经与我们广西脱了干系。刘永福呢，现在也由唐维卿联络办理。黑旗军打得好呢，上头自会奖赏于他；黑旗军出了什么事呢，朝廷自然要拿唐维卿是问。本部院现在每日要喝六大碗药汤，身子是越来越不行了。以前哪，还能支持着打上八圈麻雀。现在可好，一圈都坚持不下来。越南这鬼天气，本部院是让它给拿住了！"

赵沃这时道："抚台大人，北圻这里，我们以后将怎样办理呢？"

徐延旭说道："两位老弟都是我广西一等一的精明人，怎么也犯糊涂了呢？北圻毕竟是他越南的北圻，不是我广西的北圻。黑旗军是越南的防军，不是我大清的经制之师。朝廷让我们在这里，我们就在这里，这是没有折扣的。朝廷突然有一天下旨让我们撤回去，我们马上就撤走。总归，看好自家的门，管好自家的人，不要给上头和自己惹上什么麻烦，那就是万事大吉！本部院如果没有料错的话，山西已失守，我们离撤回的日子也就不会太远了。法人船坚炮利，凭我们手里的这些枪炮——"深谙官场奥秘的徐延旭忽然停住不说，留了个悬念。

黄桂兰与赵沃都是有大靠山的人，徐延旭对他们讲话从不敢大意。

黄桂兰与赵沃在徐延旭的面前对唐景崧大肆诋毁的时候，在兴化的刘永福却正在重整旗鼓，准备迎接更大的战争。

唐景崧则坐在自己的办事房里，含毫命简，正在向云贵总督岑毓英、云南巡抚唐炯，书写山西失守的详细经过，以及上给朝廷的折子。

唐景崧虽然此时已是四品京卿衔，但还不具备直接向朝廷上折的资格。他上奏的折子，须经唐炯或岑毓英之手转递。

他此时与刘永福之间的隔阂已经很深，但为了抗法，他还不能与刘永福公开闹翻。何况山西失守，刘永福是主动撤离。这就表明，刘永福是有功于大清的，于情于理，朝廷都应该对黑旗军给予明谕嘉奖。

唐景崧先具实讲述了一下山西之战敌我双方的兵力投入及装备的差异，然后又讲了一下将士伤亡以及饷械匮乏、弹药不继的情况，并一再言明，山西不是失守，是主动撤离。唐景崧最后才为黑旗军将领请功。

折子这样写道：

"谨将刘团一军请奖武职衔名缮具清单，恭呈御览。计开：二品封职游击衔刘永福。该员督军打仗，每战必先，不避枪炮，屡建奇功，拟请以副将尽先补用，并赏给勇号花翎。补用参将连美、都司衔黄守忠、守备衔吴凤典、蓝翎补用守备张慎泰、蓝翎补用千总刘安南、六品军功黄宝珠、邓遇霖、胡昆山。该八员各带队督战，奋勇争先，极为得力。连美拟请以副将补用，并赏给勇号花翎；黄守忠拟请以游击补用，并赏给勇号花翎；吴凤典拟请以都司补用，并赏给勇号花翎，加游击衔；黄宝珠、邓遇霖、胡昆山均拟请守备尽先补用，并赏戴蓝翎。"

请赏名单之后，又是一长串请恤名单。

在这里，我们不能不佩服唐景崧办事的老道。他避开最让朝廷敏感的黑旗军的归属问题，而是直接为黑旗军将士请赏、请恤。这就昭示着，如果朝廷答应了他的这些请求，也就等于同意接纳了黑旗军。

折子写罢，唐景崧又给自己的座师宝鋆书写了一封快函。唐景崧希望宝鋆能说服恭王，明谕奖赏黑旗军，以此鼓舞士气。

折函发走，唐景崧便开始投入到募勇、筹措军火、办理饷粮的事务中。

就在唐景崧的折子飞速递往云贵总督衙门的时候，在北宁督军的广西巡抚徐延旭也给朝廷上了一折。他此时给朝廷上折子，并非为通报山西失守的情况，而是提出告假。

他在告假折中称："臣自七月以来，饮食渐减，夜多不寐。至八月中旬，突然气痛异常，比经诊治轻减。不意九月初旬忽又翻发，计两昼夜坐卧不安，几濒于殆，当复赶紧医调，幸得转危为安，固由水土气候不同，微伤于风寒饮食，亦实因日久无功，越南不能自振，焦虑所致。近服扶脾理气之剂，虽渐日就痊可，而犹间觉胀痛，精神眠食亦尚未能照常。"徐延旭在折子的最后，才捎带讲了讲山西失守的大概情形，自然是转述黄桂兰、赵沃二人的说法。

折子拜发的当日，徐延旭便带上亲兵八营，移至谅山驻防，理由是治养方便，"医药均能由滇省就近办理"。实际是什么打算，只有他自己知道。

第五节 天朝接纳刘永福

光绪十年（公元1884年）是大清国的忙碌年，因为明年正逢慈禧太后五十大寿，依着惯例，需要提前筹备。

还没过年，宫里便有旨下来，着醇亲王奕譞总理大典的筹备事宜。

这道谕旨自然引起朝野的一些猜疑。

因为自打慈禧太后垂帘听政以后，每逢国家有重大事情，总是由恭亲王出面牵头办理，醇亲王一直是帮办或协办角色。现在醇王突然由配角变成主角，这自然要引起一些人的猜忌。

因为闲话太多，加之太后一连几日不给他好脸子，恭王这个大年就过得非常不舒服。为了摸透太后的真实心思，以便很好地应对，恭王利用过年的时机，两次把自己的福晋打发进宫去给太后拜年问安。但城府颇深的慈禧太后愣把牙关咬得严丝合缝，只说拜年话，不谈一句国事。

最后一次，福晋为了能勾出太后的话题，不得不直言了当说道："姐姐，小六子不太懂事，他有什么不对，您就冲我说。"

太后却冒出这样一句话："这日子是真不抗混，说着说着就半百了。"

慈禧太后顾左右而言他，让福晋好半天接不上话。恭王于是就愈加不得主意。

说起来，恭王与慈禧太后叔嫂之间的分歧，还是产生于对法国的战、和，对越南的放弃与否上。

早在光绪九年底（公元1883年），山西之战爆发前，为试探法国的真实意图，恭王曾电令驻法公使曾纪泽照会法国外交部长沙梅拉库，声言："山西驻有中国军队，若贵国武装人员进攻该地，中法之间不可避免地要引起摩擦，请贵国务必慎重行事。"

沙梅拉库凶狠地回答："刘永福是我国的敌人，我国必须歼灭他！他的军队撤到山西，我们就要攻打山西。我国在帮助安南剿除境内患匪，这与贵国无涉！"

曾纪泽当即指出："越南系我中国属国，贵国无论在该国内办理何事，均须与我国商办。"

沙梅拉库冷笑一声道："安南已将国事尽付我国代为办理。除我国外，任何一国均无权替他主事！"

经过几天交涉，曾纪泽已经感觉出，法国已是下定决心吞并全越，中法之战无法避免。遂电告总理衙门，指出"中法之战，无可避免"，建议朝廷速向山西加派援兵，以示不让。

但恭王经与一班军机大臣反复计议，又征得慈禧太后的同意，竟决定对法国再次让步，并飞旨岑毓英、徐延旭、唐炯等一班前沿主事大臣，着令驻在山西境内的滇、粤、桂各军，退出山西，先行撤至北宁驻防。又单委唐炯，全力供应黑旗军饷粮。不久，又赏唐景崧四品顶戴京卿衔，算是对助刘抗法的一个有力支持和公开态度。

恭王做的这些，都是在山西尚未失守前。在恭王看来，只要全力支持刘永福，凭黑旗军以往的战绩、战斗力，就算滇、粤、桂各营都撤出山西，守住山西还是有完全把握的。何况还有一个唐景崧在幕后赞划军事，山西更是固若金汤了。

恭王对法国一让再让，不想与法国公开决裂，这多少有些受李鸿章的影响。与外国人办理交涉，李鸿章有着丰富的经验，这无形中使恭王和一些主事大臣对李鸿章产生一些盲目的信赖。这种信赖，连到俄国改约成功在国际外交界名声大振的曾纪泽都无法替代。

对徐延旭这个人，尽管清流派李鸿藻、张佩纶等人力荐其能，但李鸿章并不看好。早在光绪九年九月二十六日，李鸿章曾就越事专函总理衙门，指出："倪、徐两君，实不知兵，不知洋务大局，其言多不可信。"李鸿章一直认为，派徐延旭入越主持大局，实属用人失当，此时与法构衅，难有胜算。但当时慈禧太后已被主战派的言论所包围，听不进相悖的话。

山西失守的消息传进京师的时候，恭王正在王府里用晚饭，接阅之下，他顿时惊得杯箸俱落，真真切切地意识到，法国并没有把中国的警告当成一回事，不仅夺取了山西，而且下一个目标，肯定是清军云集的北宁！

显然，法国并不以大清国的意志为转移，凭自己的意志，想怎么干就怎么干！

恭王更衣备轿，袖上十万火急递进的军情快报，连夜进宫去见太后。

得知山西失守，慈禧太后神色大变，冲口便是一句："刘永福怎么这么不经打！唐景崧怎么说？"

恭王答："回太后话，唐景崧说，法人此次发兵山西，人数甚重，枪炮均优于以往。黑旗军与之激战两昼夜，击毙法人无数，重创法寇。但法军攻势不减，从河内源源向前沿运送兵械。而黑旗军则饷粮弹药无从补充，伤亡累增，相持下去，对我大是不利。无奈之下，全队才主动撤离城池，退到兴化休整，目前法寇也在山西休整、待援。"

慈禧太后听后，把眉头皱成一个疙瘩，半晌无语。

恭王又奏道："唐景崧说，山西一战，黑旗军大伤元气。到兴化后，他便派了二十余人赶到中越边境招募新勇，黑旗军人数现已达到四千余，只是枪械与弹药无着。"

慈禧太后自语了一句："也真难为了这个刘永福，他还真是个有血性的！先着军机处给徐延旭拟旨，先赏加刘永福头品顶戴记名提督；传旨张佩纶，速到天津与李鸿章会商北宁防守事宜！你下去吧。"

恭王匆匆忙忙退出。

望着恭王的背影，慈禧太后紧锁眉头，自言自语了一句："这场战事，怕是躲不过了！早知如此，还不如在山西同他打呢！"

恭王急如星火地赶进皇宫，哪知道却一无所获，由此可以看出，恭王此时在慈禧太后心目中的分量还不如李鸿章。

眼见越南局势日益恶化，但恭王除了一次次进宫请旨，竟毫无办法。

恭王此时要多痛苦有多痛苦。

张佩纶赶到天津，极力劝说李鸿章上奏朝廷，举荐徐延旭主持北宁防守大计。张佩纶个人认为，徐延旭"权谋机警，洞悉边情，最知兵事"，赋徐延旭重权，定能保北宁无恙。

但李鸿章并不为之所动，他自有他自己的主意。他与募僚商议了两天，然后给朝廷写了《妥筹边计折》，折后又附《妥筹前敌军事》一片。

在《妥议边计折》中，李鸿章认为：轻易拿疆吏问罪，非国家治军守边之道。李鸿章向朝廷建议，可委派云贵总督岑毓英，相机酌度利害情形，统筹关外军事。很显然，在李鸿章眼里，岑毓英要胜过徐延旭几筹。

李鸿章一改以前的观点，转而主战，主要是形势所迫。就在张佩纶到津前，法国已正式任命巴德诺为新一任驻华公使，命令脱利古返回日本任驻日公使。

脱利古在离开天津前，曾向李鸿章的谈判代表马建忠宣称："本国业已电谕统领古尔贝（即孤拔），饬令添兵到齐，务令将在北圻境内凡手持兵械者尽行扫清。"

马建忠当即反问一句："难道贵国不知越南山西、太原、北宁等北圻诸省驻有中国军队吗？"

脱利古凶相毕露，恶狠狠地说道："古尔贝将军已电告本国，谓'北宁一城，驻有中国官兵甚多，如何办法'，本国电答：'凡在北圻境内手持兵械，无论系中国官兵与否，皆以土匪论，一概驱逐'！"脱利古这话，无疑是在公开向中国宣战。

李鸿章听了马建忠的汇报后，气愤地说："刀架在脖子上，你想不抗争都不行啊！中国自古不好战，可有人却不管你好战不好战，拎刀撵着你打。你怎么办？"

李鸿章知道中法之战不可避免，所以才说出"不以一隅之失撤重防，不以一将之疏挠定见；不以一前一却定疆吏之功罪，不以一胜一败，卜庙算之是非。与敌久持，以待机会，斯则筹边制胜之要道矣"这样不让步的硬朗话。

附片则是对折子的一种补充："再，前敌各军事权散漫，兵家所忌，岑毓英现已行边，应请旨将黄桂兰、赵沃、刘永福各军均归该督节制……"

张佩纶回京不久，便从一位军机章京的口中知道了李鸿章折、片的内容，当即大为不满。一日酒后，竟在书房里大骂道："岑毓英不习边情，不知兵事，让他入越总揽全局，可不是要误事吗？李鸿章这个老东西，他累年误国，坏了朝廷许多大事！本部院不能不管！"

第二天，张佩纶急上一折，将岑毓英一口否决，力举徐延旭主持对法战事。

慈禧太后权衡再三，砝码倒向张佩纶一边。

张佩纶曾经入李鸿章幕府，明里暗里，李鸿章没少为他说话。大清国朝野无人不知，李鸿章对张佩纶是有恩的。对自己的恩公都敢口出不逊，可以想象，张佩纶已被慈禧太后宠到了何种程度！目中无人，眼空无物，此时无论用什么字眼形容张佩纶，都不过分。

作为云贵总督的岑毓英，此时在干什么呢？他忙着向驻越滇军及黑旗军调运军火，转送饷粮，同时代表朝廷赶往顺化，向越南朝廷宣布"天朝威德"。

圣旨尚未下达，总理衙门又收到驻法公使曾纪泽的加急加密电报。

曾纪泽向清政府转述了法国外交部长沙梅拉库与他会面时所表明的态度："华兵入越现已属实，法国须另筹办法。盖中国既助法国之敌，则中国亦为法敌矣，若中国不退兵，法必与中国交战也。""山西已经被我国收复，我国下一步要攻取的目标是兴化、北宁，直至北圻所有省份。"

法人如此咄咄逼人，使大清国朝野极其反感，连一向主和的恭王和对国事漠不关心的醇王，也开始唱起对法一战的调子。

但主战论调喊得最响的，还是醇亲王奕譞。他两次进宫，拖着哭腔向慈禧太后阐述自己的观点："法夷欺我大清太甚，就算打不过他，也要唾他个满脸开花！"

总理衙门于是照会法驻华公使馆代理公使谢满禄，表明中国决不让步的态度。同日又分别给岑毓英、徐延旭下旨，着岑毓英紧急入越向越南朝廷宣布"天朝威德"，并派专人向北宁转运由南、北二洋紧急拨付的过山炮以及三千颗炮弹、林明敦后膛枪及子弹一百六十万粒，另有从外洋购进的士乃得后膛枪三千枝并子弹九十万粒、云嗜士得后膛枪、子弹等物；着徐延旭委专员将炮、枪等军火，从速下拨各营，并切实教授各营使用方法，同时着徐延旭统筹前敌防守各事，并特别谕示："黄桂兰、赵沃、王德榜、刘永福以及所有在越、滇、粤、桂各军，悉归该抚节制。"

次日，军机处又特别给前敌统帅徐延旭发了道专旨，很明确地命令徐延旭："北宁为我军驻防之所，如果法人前来攻逼，即着督饬官军，竭力捍御。"

徐延旭接到圣旨后，顿感眼前一黑，一头栽倒在地，许久才挣扎着爬起来。

清醒后，徐延旭稳定了一下情绪，这才传人派出快马，分头召集黄桂兰、赵沃、王德榜、刘永福、唐景崧等，速到谅山会议北宁、兴化战事。

快马离开谅山之后，徐延旭把心腹幕僚、候补道张秉铨传唤进临时签押房，忧心忡忡地说："朝廷着本部院节制在越滇、粤、桂各军，但据本部院所知，各省在越兵数，把刘永福黑旗军算在内，也刚刚两万人。这些人剿匪尚属能战，却如何应付法人？法人有坚船、炮艇，我们只有一些民船和渔划子。法人若兵发北宁，定然乘船而来，船到自然发炮，我们的民船肯定会被打得稀烂！朝廷这是逼我跳火坑啊！"

张秉铨听得糊糊涂涂，不由问道："您老到底要说什么呢？职道怎么一句也听不明白呢？"

"什么？"徐延旭闻听之下，不由把张秉铨看了又看："你老弟当真不知道本部院的意思？老哥的心思，别人可以不知，你老弟却不能不知。老哥要说的是，北宁这场仗，没法打，肯定大败无疑！"

张秉铨又一愣，问："请抚台明示，这是为何？"

徐延旭苦着脸道："老弟可知，法人一战而下山西，靠的是什么吗？"

张秉铨答："职道听唐维卿说，法人炮烈枪精，人数又众，刘永福所以才放弃山西，退往兴化。"

徐延旭摇头道："唐维卿最爱大言惑众，老弟是上了他的当了！法人能一战而下山西，一非人众，二非炮烈枪精，主要靠的是铁甲战船和锐不可挡的炮艇！本部院接旨后，心慌手抖，握不住笔管，把老弟请来，就是要你代本部院草拟一折，请朝廷速从南、北二洋，急调拨大轮船十余艘，驰赴越南海防、顺安各口，扼要停泊。法人见我兵轮泊此，定不敢妄攻北宁。则北宁不仅无虞，兴化、太原亦能安稳。老弟可知本部院的意图？"

张秉铨愣了许久，不得不说道："抚台容禀，据职道所知，我南、北二洋，并无大号兵轮。抚台所奏，不知用意何在？"

徐延旭急得连连顿足道："你怎么这么糊涂！你怎么这么糊涂！你真是白跟了我一场！我大清国此时有无大号兵轮，我岂能不知！你现在就拟折吧。黄卉亭他们几个到前，这个折子要拜发！"

张秉铨只好起身告退，回自己的房里拟折去了。

徐延旭送走张秉铨，便一个人在房里一边喝茶，一边勾着头想心事。

不一刻，折子拟好。徐延旭当着张秉铨的面，把折子阅读一遍，又提笔改动了几处，便着人誊抄、拜发。

折子先向朝廷表示了一下坚守北宁、与法决战的决心，然后才道：

"今则洋兵日增，装束不一。吕宋显违公法而助其虐焰，南官半率教民而受其牢笼。船炮之恣肆弥多，水陆之险夷尽悉，广西已竭全省之力，北宁实当三面之中，守则彼益侵凌，进则我虞牵制，欲求荡除妖孽，势非独木能支。可否饬下广东督抚派拨一军，速乘海阳空虚，由东径行攻入，以闽师严扼海口，以滇师直出山西，臣再督率所部，会合楚军进规河内，使彼首尾不能相顾，必可计日成功，大纾积愤。"

折子接着又讲述了一下法人能一战而下山西乃因有铁甲战船可恃，据此又写道：

"仍应请旨饬南北洋大臣暨福建船政大臣并兵部尚书彭玉麟、两广督臣张树声会商，酌派得力大轮船十数艘，配足枪炮，驰赴越南海防、顺安各海口扼要分泊。法人如果自知进退，便可按兵不动，否则即以截其归路，并焚击其海防洋楼洋兵而痛惩之，庶足断其援军，制其死命，并可兼顾越都，而河内各省亦不难克期规复矣。惟广东轮船稍小，恐于大洋难期得力。可否饬调闽省轮船及彭玉麟旧部以备战守，伏候命下饬遵。"

大敌当前，胸无定算的徐延旭，竟然和朝廷玩起了迷魂战术，请调大清国根本就不存在的大号兵轮入越抗法。

折子拜发，徐延旭自己都觉着可笑无比。

第六节 北宁筹防

徐延旭给朝廷的折子拜发的时候，北圻一带新一轮的降雨开始了。

这一轮的降雨，较前一轮的降雨更加猛烈。只一天一夜光景，谅山一带便遍地成河，亮汪汪一片。风随雨行，雨助风威，加之雷电相交，天地间轰隆隆不断，火光一团团打在树木上，煞是让人胆颤心惊。

就是在这电闪雷鸣遍地流水之中，黄桂兰、赵沃、王德榜等人赶到谅山。

次日，刘永福、唐景崧二人也落汤鸡般地走进行辕。

大家坐进议事大厅里，徐延旭先把圣谕宣读了一遍。众将自然先要对着抚台大人说几句奉承话，然后依次落座，由徐延旭布置北宁、兴化、太原的防守事宜。

刘永福虽然早就耳闻徐延旭其名，还像模像样地函禀过事情，但谋面却是首次，免不了就多往上面看了几眼。刘永福今日着的是大清国一品提督的官服，外面罩件麒麟补服，顶子自然是红色的，打扮与黄桂兰一般无二。唐景崧是四品京卿衔，自然是文官打扮，暗蓝顶戴，雪雁补服，与候补道赵沃的袍褂相同。但赵沃的顶子是红色的，因为他捐纳过二品衔，后来尽管因过被革除，补服换了，顶子却照旧。

徐延旭说道：“各位老弟，朝廷圣谕已到，着我等坚守现有城池，不向法鬼让步。几位都是朝廷倚重之人，又都久经战阵。如何布置，如何对敌，想来本部院不说，各位早已胸有成竹。但毕竟法鬼非当地毛贼可比，其船之大，其炮之猛，都是古来罕有。如今，北宁屏蔽山西已落敌手，北宁门户洞开，三面受敌。如何防守，还需几位老弟细细商议，总要守战皆宜，不负朝廷所望。黄军门，你久在北圻，你且说说看。”

黄桂兰起身说道：“大人容禀，大人知道，练勇先筹饷，守城须备粮。北宁乃北圻门户，最关紧要。只要守住北宁，兴化、太原自保无事，大人在谅山也能高枕无忧。卑职行前，已着令各营收缩防线，务保北宁不失。上月大雨，旬日不断，现今又开始大雨倾盆，北宁城周遭河道定然暴涨。法寇欲进兵北宁，必藉兵轮炮船载兵。大人知道，西洋兵纵横我疆土，仗恃的便是铁甲兵轮。只要能将法夷的兵轮阻扼，使其行进不得，他们纵有天大的本事，也奈何不了我们分毫。这个好计策，却非卑职独创，乃是与观察大人商量许久，反复论证出来的。”

黄桂兰转头对赵沃道：“赵观察，您老对大人讲。您老口才好，耐听。”

黄桂兰话毕，大咧咧地坐回原位。

赵沃站起身来，讲话之前，先用居高临下的眼神望了望唐景崧和刘永福，这才对着徐延旭点了点头，说道：“法夷靠兵轮运兵，我们只要在北宁周边河道安放横木，使兵轮无法前行，法兵就无法上岸。届时，我各营沿河鸣放抬枪，法兵岂不就成了河里的大王八？所以，职道窃以为，守城最最关键，不在兵之多寡，而在于滚木之数量。"

王德榜见赵沃越说越离谱，不由大声反问道："北宁地形内陷外凸，无雨时节，山洪尚时有爆发，如今多雨，你把滚木放进河里，岂不顺流漂走？"

徐延旭一听这话，急忙问赵沃："庆池，王方伯所言甚是。北宁水道一贯湍急，滚木是一定要被冲走的。"

赵沃莞尔一笑道："职道就知道，大人会有此一问，但这却是不需多虑的。我们放进河道里的滚木，不仅冲不走，还能挡住兵轮。"

王德榜不屑地说道："除非你赵观察跟孙悟空学会了定身法！"

赵沃望着王德榜道："职道已与黄军门计议妥当，滚木不能单放，要用铁丝一根一根地连接起来，岸上打上桩子，铁丝便固定在桩子上。王方伯，您老恐怕怎么都想不到这一手吧？"

徐延旭捻须沉吟了一下，猛然击案道："难得二位老弟如此用心！如此一来，滚木不仅冲不走，法轮也确实难以靠岸。真真是妙计一条！王方伯，你意如何？"

王德榜道："革员跟着左爵相南征北讨了十几年，还从来未见过如此守城之策！革员想问赵道一句，你把滚木都连在一起，无异就是一座浮桥。你老弟是怕法鬼登岸艰难，特意搭座浮桥来方便他们通行？孤拔老儿若知你在北宁行此计策，他肯定要奖赏你一块军功牌！"

赵沃闻言不由一愣，马上冲着黄桂兰急问一句："法寇若当真把滚木当成浮桥，可不是糟了？"

黄桂兰一拍手道："我们就用连环计把铁丝砍断，让法兵全落到水里去喂王八！"

赵沃没敢接话，因为他很清楚，只要法兵登上滚木，他们是不会让你去砍断铁丝的。法兵的枪，快得很。

徐延旭这时道："看样子，两位老弟计策颇好，只是有些行不通。"

黄桂兰认真地说道："抚台明辩，只要砍断铁丝，法兵定然落入水里，此计行得通啊！"

徐延旭长叹一口气道："法鬼登上滚木，他岂能让人再砍断铁丝！"

黄桂兰不服气地说道："卑职已经计议妥当，可以让人预伏在水里。只要法兵弃轮登木，人就钻出水里砍断铁丝，这是连环计中的连环计嘛！"

王德榜笑道："革员想问军门一句，你可知孤拔何时来攻打北宁？他要带多少人马？你让人都伏到水里，莫非你同赵道亲自守城？何况，人又不是鱼变的，也不能总伏在水里呀！"

黄桂兰与赵沃茫然对视了许久，竟再未讲别的计策，分明是黔驴技穷。

刘永福起身说道："抚台大人，下职想说句话，不知可否？"

王德榜大声道："渊亭，你如今已是我大清的记名提督。你有话尽管讲来，不要有所顾虑。"

徐延旭却皱眉说道："本部院正要向渊亭老弟讨教一件事情。渊亭老弟，从打你一进门，本部院就感觉有什么不妥。不错，你现在是我大清明谕的记名提督，但你同时又是越南国的官员。按大清的官制，你应该是武职一品，照理应该佩戴红顶子。可你在越南又是二品官，照理，你的补子应该是头狮子。这就是矛盾的地方。如果从越南讲呢，你该换件补子。古人云，没有规矩不成方圆。你的顶子不换也就罢了，但你的补服却必须要换。你现在这个扮相，难保不传进京师去。如果上头追究下来，你让本部院怎么说呢？"

刘永福未及徐延旭把话讲完已经怔住。

唐景崧见冷场，慌忙起身说道："抚台大人，渊亭的补服，是下官给他置办的。他是记名提督，只能配麒麟补服，这不无不当。"

王德榜这时接口道："徐抚台呀，我们还是商量正事吧。就眼下这种情形，守城要紧，您老怎么还有心说这些呀？"

徐延旭蓦地瞪起双眼道："王朗青，你不要以为本部院叫你一声方伯，你就目空一切！你做方伯，那是过去！现在，你是革职留营效力。本部院今儿正式提醒你一句，以后但凡本部院讲话，你不得胡乱插言！本部院是在教导渊亭怎样做人，这是小事吗？"

王德榜忽地站起身来，先冷笑两声，又用鼻子哼了哼，才一字一顿说道："徐抚台，你睁大眼睛看清楚，我王朗青在福建藩司任所是二品顶戴，率军入越后遭了小人的毒手，被朝廷革职留营，但还是二品顶戴。朝廷没有摘我的顶戴，就等于没有封我的嘴！你有什么权力不让我说话？本司做藩台的时候，你当时才是几品的顶子？"

徐延旭大喝道："王朗青，你不得放肆！朝廷能革你的职，就能摘你的顶戴！你不要仗着背后有人撑腰，就可以胡言乱语，本部院不吃你那一套！"

见二人越说越多，赵沃急忙出来劝解，左一声"抚台息怒"，右一声"方伯有话大家商量"，二人这才不再争吵。

当日晚饭后，徐延旭单把黄桂兰、赵沃二人请进签押房商量事情。

王德榜受了冷落，赌气赶回自己的大营去了。

唐景崧与刘永福当晚住到客栈里。

就在当晚，一道圣谕火速递到徐延旭的手上。

徐延旭接旨后大为不快，谕曰："黑旗军在山西重创法人，挫其锐气，内外感奋，但念该团人数一直过单，山西之战又有伤损。朝廷已明谕刘永福记名提督，该团情形自无坐视之理，应宜拨添兵勇恢复，唐景崧现在刘永福军中，着徐延旭从广西防军中挑拨六营交唐景崧统带。如刘团仍显过单，准唐景崧于当地滇、粤、桂在越人员中自行招幕。前已有旨着唐炯从云南藩府中每月拨银五千两交刘永福使用，着徐延旭每月加拨三千两交唐景崧军用。总署前已照会法使，胁越之约断不认从。北宁、兴化、太原等北圻要镇乃我保护之区，为天下各国所共知，法人山西受创必不肯罢休，该抚务当绸缪未雨，认真布防，不可落人后着。法人如加兵我防区，务当牢记不得衅自我开。若法人先行开火，自不能不接仗。"。

"不得衅自我开"，是朝廷多次表明的态度，这在徐延旭的意料之中，但加强刘永福的兵力，挑营交唐景崧统带，却是徐延旭极其不愿做的事。

徐延旭坚持以为，唐景崧万里入越之举，是为了自己出风头，与抗法大业无补。朝廷赏加刘永福记名提督一事，更是他所无法面对的事情。

徐延旭不止一次对幕僚张秉铨发牢骚说："刘团迭胜，原非其力所能为，专恃我军相助。且刘永福本系我国逃匪，今不加诛而且功成得以自保，实已喜出望外。"当张秉铨有一次竟问徐延旭"到底我军有何助于刘永福"时，徐延旭先是沉吟作耳沉状，后又顾左右而言他，终没有讲出个子丑寅卯来。黄桂兰与赵沃二统领受徐延旭的影响，一直不肯屈尊与刘永福作正面接触。尽管朝廷在唐景崧的陈说下累下圣旨于黄、赵二人，命其实济黑旗军，但二人仍然表面作出听命的样子，实际依然故我，反倒处处对黑旗军设防、掣肘。

送走传旨差官，徐延旭并没有先知会唐景崧，而是把黄桂兰、赵沃二人急传过来，商量给唐景崧选拨兵勇的事。

黄桂兰当先说道："北宁是要区，非重兵不能把守。卑职刚刚收到制军大人的快札，言称北宁兵力太过集中，而广东又无兵可调，特札令卑职最少选调八营，开到北宁城外海阳附近顺城府一带扎扎，借机监视海阳动静。来见抚台前，卑职刚刚决定下来，俟卑职一回到北宁，就札委游击谢洲、田福志两营，会同当地义勇黄文明、黄福茂、赵福星三营，各带所部，去顺城三十里的锦江一带驻扎。如果兵力过单，卑职拟把左军督带记名提督陈朝纲、都司尚国瑞、叶逢春共三营加派过去。如果还兵单，卑职就只能调党敏宣也过去。这样一来，北宁老营还能剩多少人马？卑职适才还与庆池观察商议，正想请大人上奏朝廷，派员回粤再募几营过来。这回可好，朝廷又要给唐维卿选拨六营统带，这不是屋漏偏逢连天雨吗？"

赵沃接口道："制军上月也曾有函给职道，谓若固北宁门户，除顺城需驻扎人马外，慈山也是要紧之区。职道经过实地考查，想不到制军大人虽未到过北圻，但对这里的地形却极其熟悉。慈山状似葫芦，正是海阳的咽喉。法人无论从何处攻打北宁，轮船均要从海阳通过。只要站在慈山之上，无论法人来多少条大船，都一览无余，可谓真真切切，比千里镜都管用。职道于是就命县丞林寿棠、六品军功陈天宋，会同当地义勇李全忠、方金安，共四营人马，星夜驰往慈山驻防，每日站在山顶观察海防动静。职道人马原本就不甚多，如此一来，更是捉襟见肘，哪有多的人拨给唐维卿？职道还有一事不明，唐维卿一介文士，既未经过战事，又不识得阵法，他如何懂得兵事？给他六营人马，不是要他的命吗？"

徐延旭不耐烦地摆摆手道："两位老弟适才说的这些，本部院早就知道，因为张制军早就函告过我。何况，调桂军驻扎海防，就是本部院向制军提出的。本部院现在急把二位请来，并不是要听二位讲兵经。如何防守北宁，二位肯定是早有安排。本部院头上的这个统帅是为了好看，二位老弟才是北宁的真正统帅。能否守住北宁，自然要借重二位的大才。但圣谕却是不能违拗的。本部院主意已定，不拘多少，二位都要从各营凑上几百兵勇，总要凑够二、三营。只有这样，本部院才好向上头复命。至于二位防营的缺额，本部院可奏请朝廷，由二位派员回省招募凑齐。如今兴化防守过单，二位老弟今日就需为唐维卿拨定兵额，交到唐维卿之手。为防法人疑我，拨给唐维卿的防兵，不能着我大清兵勇号衣，须与刘团号衣相同，这是总署特别函告过的。制军那里也几次叮嘱，最怕在这个环节出漏洞。你们两个抓紧下去商议一下，一会儿我们还要碰头。"

徐延旭话毕，不经意地端起茶杯。黄桂兰与赵沃互相看了看，只好起身告退。

徐延旭深思了一下，这才让人单传唐景崧到签押房议事。

把圣旨转达毕，徐延旭皱着眉头说道："维卿啊，北宁兵力过单，黄军门和赵道那里恐怕拨不出六营之数。出现缺额，只能临时招募补齐了。这样看来，兵勇的人数不成问题，但最难的是枪械。关于这一点，上头没有明谕，本部院自然不敢擅作主张。本部院听说刘渊亭自行购买了一些洋枪，这是不是真的？"

唐景崧答："黑旗军自从阵斩安邺以来，一直在扩勇购械。扩勇进行得还算顺利，但购械一直不尽人意，大部分都被法人设在海防的口岸查获。山西之战前，刘渊亭就派人赶往香港，从英国人的手里订购了一千杆洋枪，又从德国人手里订了两门大炮，这些都是为了更好地防守山西。但枪炮并未如期运到，反在退到兴化的第二天，才收到五百杆洋枪，另五百杆洋枪和两门炮，均被法人查获。就是现在，黑旗军只有三分之一的人使用洋枪，三分之一的人使用我大清造的抬枪，剩下的人大部是砍刀、弓箭，其中还有三百余杆火铳。"

徐延旭一听到"火铳"二字，立刻兴奋地反问一句："维卿，火铳和抬枪都是好东西呀。火铳打出去像一面墙，跟冰雹一样，打到人脸上马上变成麻子！还有抬枪，威力不知比西炮强多少倍！维卿啊，本部院虽然久在广西为官，但对西国的武备，多少还是了解一些的。西人的铁甲战船，的确胜我大清一筹，但亦非没有制服之法。本部院在北宁期间，曾对西船做过一番详细考究。西船一靠船速，二靠铁甲壳，三靠船头上的大炮。铁甲壳与大炮并不足惧，船速才是关键。本部院曾经告诉过越南的几位大员，只要制住西船下面水里的大叶片，任他烧掉多少煤炭，也休想前行一步。但越南人愚笨，并不按本部院教授的方法办理，西船一冒烟，照样一哄而逃，无人能挡得住，那真叫快！"

唐景崧忙问上一句："抚台大人，如今法人天晴就要攻击北宁，您老如何不把考究出的好办法传谕各军照法办理？您老考究出的制西船之术，到底有怎样的神通？能否同下官说一说？"

徐延旭深沉地一笑道："维卿，要制服西船之速，要诀在于练好水兵。如无水兵，就像现在，法人天晴即将攻击之际，我们就要赶紧挑选水性好的人组成两营。这两营水勇不配长短枪，每人发把铁锤，一杆铁钎。一声号令，奔进水底游到法船底下，十人一哨，对付一艘船。用铁钎叉住船底叶片，用铁锤砸掉砸碎。西船再坚，没了划水的叶片，也是一堆废铁。维卿，本部院的话，你可曾听清？"

徐延旭的话未讲完，唐景崧已然惊讶地瞪圆了双眼，张大了嘴巴。许久，唐景崧才沮丧地苦着脸说道："抚台此计虽妙，但越南人都是没斗志的，他们怎么肯听呢？"

徐延旭抚须反问一句："维卿，本部院心里有个算计，想先同你商议一下。你能不能让刘渊亭挑选两营水勇呢？黑旗军长年屯扎保胜，兵勇大多习水，他若肯挑选两营水勇，本部院负责配发铁锤和铁钎。趁着现在雨大法人休战之际，正好去破坏西船下面的叶片。他若能办成这件事，本部院一定奏请朝廷，明旨收纳黑旗军！他本人呢，本部院可以暗保他个实缺游击！"

唐景崧正要讲话，一名侍卫急匆匆走进来禀道："禀抚台大人，制军大人转运的器械到了辕门，押解的大人正在辕门外候传。"

徐延旭急忙高喊一声："快快传见！"

侍卫答应一声走出去后，徐延旭又对唐景崧说道："这次送过来的，最好全是抬枪！"

唐景崧小声说道："抬枪固好，可惜已经落伍了！欧洲各国，都已经停止了使用！"

徐延旭不满地瞪了唐景崧一眼，口里说道："洋人不用，是他们愚笨，不会使用。我们使用，是因为我们聪明，会使用！只要抬枪用得好，肯定能压制住法人的大炮，只要火铳用得好，就一定能胜过法人手里的快枪！只要水勇用得好，西船就是一堆废铁！"

徐延旭的一番话，直把唐景崧听得目瞪口呆，半天作声不得。恐怕连张佩纶等清流们也没有想到，他们举荐的这位知兵能员，竟然是个对新式枪械一无所知的蠢材。

押解军火的官员这时走进来，徐延旭于是按住话头不说，急把随营粮台传进签押房，命他到辕门外点收刚刚运到的枪械。

很快，徐延旭又派人把黄桂兰、赵沃二人传过来，会同唐景崧一起，商议分配新到的枪械一事。

粮台不久又二次来见徐延旭，把一份新到枪械的名录递给他，口称："计到士乃得后膛枪三千杆，子弹九十万粒；林明敦后膛枪一千杆，子弹一百六十万粒；二十门过山炮，炮弹三千颗。明日还有从北洋直接转运的云嗜士得后膛一千杆并子弹。职道会同十名委员会同押解委员一一核准，已全部存入库房。"

徐延旭拿过单子扫了扫，脸却一沉，口里自言自语了一句："本部院不止一次函告李少荃爵相，目下各营急需的是抬枪，他怎么运了这么多士乃得后膛枪？"

唐景崧道："抚台容禀，据下官所知，士乃得后膛枪也是西洋快枪中的一种，比我们用的前膛枪好上许多呀！"

徐延旭冷笑一声道："本部院以为，所谓的好枪坏枪，不过是看哪个应用起来得手。再好的枪，应用起来不得手，就不是好枪。黄军门和赵道说说看，你们二位的营里，是前膛枪用得好呢，还是后膛枪用得好？"

黄桂兰道："大人这是明知故问了。卑职跟随李爵相征战了几年，一直使用前膛枪。东西两捻能够剿灭，靠的也是前膛枪。"

赵沃接口说道："军门所言不错，职道带兵几年，兵勇应用得手的也是前膛枪。"

唐景崧笑着说道："抚台大人，黑旗军目前尚有近一千人没有枪械，您老此次就给黑旗军多拨几杆后膛枪吧。"

唐景崧又转头对黄桂兰道："黄军门，麾下各营如果有多余的后膛枪，不管是哪国造，都可以拿出来，同黑旗军的前膛枪一对一换用。枪械总要用起来顺手才是好枪械呀。黑旗军还有一千余杆抬枪，也可以换用过山炮。"

徐延旭脸一沉道："唐维卿，你不得在此乱讲笑话！这批枪炮，并非本部院所请，但却是北洋专门拨给北宁防军所用。不要说黑旗军，就是滇军和王郎青，也休想打它的主意！"

赵沃接口道："后膛枪不如前膛枪，过山炮也赛不过抬枪，但总比烧火棍和砖头瓦块强啊！"

唐景崧在心里长叹一声，默默地低下头去，眼前再次茫然一片。

唐景崧在谅山五日，只从黄桂兰和赵沃的手里，分到八百余名老弱之士；仅从徐延旭的手里，领到二百杆火铳、一百杆抬枪、两门黄桂兰大营淘汰下来的过山小炮及一百余发受潮的炮药；刘永福仅从徐延旭手里，领到三千两饷银、一百杆火铳，以及五百斤火药。两个人可谓乘兴而来，败兴而归。

唐景崧无奈之下，只好从徐延旭的手里，申请了一张准其到广西募勇的札委，派人过境去紧急募勇。

唐景崧、刘永福二人离开谅山后，徐延旭又和黄桂兰、赵沃二人在谅山商议了两天北宁的布防，这才上奏朝廷，将北宁的布防大略陈述了一遍，同时又特别提到刘永福，说刘永福得知朝廷赏加记名提督后，感激涕零，长跪不起，他扶了三次才扶起来，云云，颇让人摸不着头脑。

徐延旭在折子的最后写道："本年迭蒙谕拨巨款，本已渥荷鸿施。无如需用日繁，现计各省协饷即尽数拨解，亦只能支持至三四月，而广东、四川尚未解清。如果刻日奏功，自谓可仰纾宸虑。否则不能不先行筹划，以免临期贻误。相应请旨饬下户部，再为预筹拨款，咨行解济。并恳饬下广东、四川将本年奉拨未清之款，迅为委解，俾济穷边而全危局。"张口请饷的同时，徐延旭又向朝廷提出军火短缺一项，请速拨抬枪三千杆，运到北宁使用。

折至京师，尽管当时大清国户部存银已近干涸，但在清流主战派的强大舆论压迫下，军机处还是在最短时间按着太后的懿旨"着户部速议具奏"，同时旨令广东、四川两省"上年饬派广东、四川筹解之款，据奏尚未解齐，着张树声、丁宝桢、倪文蔚督饬藩司，将未解之数迅速筹解，勿稍迟延。"又飞速给湖南巡抚潘鼎新下旨："着潘鼎新查明湖南省局现存抬枪，即先提借一二千杆，多配子弹，如有合用枪炮逼码等件，一并迅速委员解赴广西，并派熟习员弁帮同广西委员设局打造，俾资接济。并着卞宝第、彭祖贤由湖北汉口采购各项洋枪二三千杆，多备逼码子药，赶紧运解，毋稍延迟。"逼码就是子弹。

在天津的李鸿章，得知徐延旭累次向朝廷奏请加拨抬枪的消息后，不由仰天长叹道："徐延旭如此迷信抬枪，北宁前景堪忧。"

关于徐延旭最早奏请派大号兵轮进击海防的折子，朝廷又是怎样答复的呢？恭王经与慈禧太后会商后，先由军机处拟出一旨："闽省并无大号兵轮，北洋购自外洋之大号铁甲船尚未启运，何从征调？"旋又分别给岑毓英、徐延旭下旨："岑毓英、徐延旭先后奏陈拨轮船自水路进击，现在广东、福建防务吃紧，且无大号得力兵轮，无可征调。"

圣旨递进谅山，徐延旭却欢天喜地的长出了一口大气道："既然无大号兵轮可调，北宁若有闪失，就不能拿徐晓山一人抵罪了。"

一语道出玄机，徐延旭反复请调大号兵轮入越，原来是在给自己寻找退路。

大清国利用天降大雨的良机，加急筹防北宁、兴化、太原等地，法国这个期间在干什么呢？

中卷

THE SINO-
FRENCH
WAR

第一章 抬枪——清军统领眼里的攻敌利器

第一节 法议院增加侵越经费

公元1884年（光绪十年）初的法国巴黎，笼罩在一片神秘之中。茹费理自从签发向山西的攻击令后，各位官员的心里就一直惴惴不安。因为各位主事大臣的心里无比清楚，山西不同于东京，山西是大清国的防区，那里多年以来驻有大清国的军队。攻击山西，与其说是法国与黑旗军作战，不如说就是同中国作战更准确。早在茹费理签署这个攻击令前，大清国驻法国的公使曾纪泽，就已经书面照会过法国外交部，宣称"法国要占领的地区，驻有中国军队"，警告法国慎重从事，以免引起冲突。

认为中国"不足道"的沙梅拉库并未理睬，茹费理亦未所动。

茹费理签署对山西的攻击令后，又在一次集会场所疯狂地叫嚣道："安南的命运，只能掌握在法兰西人的手里。如果中国敢公开干涉我们的舰队，我们就攻击他们沿海的口岸！"

茹费理无意中说出的这句话，第二天就被当地的一家报纸登了出来。英国驻法国公使馆很快便将这句话电告给了国内。

英国外交部收到电报后，经过一番论证，很快便给英驻法公使馆发来了训令。训令指出：如果中法战争全面爆发，势将给在华的本国商人带来"巨大的损失"。训令旋即命令公使代表本国政府照会法国外交部，希望中法之间有关越南的争端能够"和平解决"，如果法国对此有异议，英国建议，把"中法争执交欧洲国家或美国仲裁"。

接到训令的当日，英国驻法公使馆即向法国外交部提交了一份书面照会，把本国政府的意愿转达过去。

尽管此时茹费理已经向孤拔发出了攻击山西的指令，但当外交部把英国人的照会摆到他桌面的时候，他还是大大地吃了一惊。

他紧急传见沙梅拉库，说道："英国人真是莫名其妙！我们和中国的事，为什么要让别的国家来仲裁？英国人肯定是疯了！"

沙梅拉库却忽然长叹了一口气。

茹费理一愣，不由反问一句："外长先生，您为什么不说话？您还没有告诉我，我们和中国之间的事情，英国人为什么如此紧张？"

沙梅拉库抬头望了茹费理一眼，笑着说道："总理先生，您刚才是在问鄙人吗？您刚才好像在问，为什么我们与中国之间的事情，英国人却如此紧张，对吧？"

茹费理笑道："鄙人不止一次说过，内阁成员在办公期间，一定要保持绝对清醒。这就是说，除休假外，尤其是非常时期，我们是不能喝酒的！您是外交部长，怎么能醉成这样呢？"

沙梅拉库起身道："总理先生，鄙人接受您的指责。但鄙人要说的是，如果您不说出，我国的舰队将要攻击中国沿海口岸这句话，英国人是不会如此紧张的。您应该知道，我们的舰队，若去攻击中国的沿海口岸，就会触到英国人的神经。鄙人一直以为，您讲这句话的目的，就是想让英国人跳起来。鄙人直到现在还猜不透，您的意图和您讲这句话的真实目的。我们两个到底是谁在贪杯呢？"

茹费理不相信地瞪大眼睛反问道："外长先生，您肯定鄙人讲过，我们的舰队要去攻击中国的沿海口岸这句话？这是什么时间发生的事？鄙人还讲过什么？"

沙梅拉库不相信地直视茹费理，说："总理先生，您到底怎么了？这些话，应该鄙人问您，您不会是染上什么疾病了吧？您莫非得了健忘症？天啊！太可怕了！"

茹费理颓然地闭上眼睛，嘴里不由自语了一句："天哪，我们全让酒精给害了！大辫子中国是微不足道的，但该死的英国人，却是我们的劲敌！外长先生，您需要尽快制定出一种对付英国人的策略。无论如何，您都要使他安静下来。安南已经臣服于我们，但我们与他们订定的条约，还没有得到大辫子的承认。我们要做的是，大辫子必须从我们与安南之间滚开！"

沙梅拉库深思了一下道："总理先生，鄙人非常赞同您的观点。看样子，我们和英国人之间，是该好好谈谈了。适当的时候，鄙人可以到伦敦走一趟，和格兰佛尔喝喝咖啡，看看海。"

茹费理摇头道："格兰佛尔是个老狐狸，他对中国云南的兴趣，一点也不比我们小。我们还不能激怒他，起码是现在。"

沙梅拉库下去后，当日就约见英国驻法国的公使，信誓旦旦地表示："如果法中爆发大的战争，法国军舰不会去主动攻击中国的港口，肯定不会！"

英国公使则明确表示，英国希望法国与中国之间有关安南的争端，最好是通过谈判的方式和平解决。如果法国同意，英国愿意出面调停。

沙梅拉库不为所动，坚持自己的观点。他说："本国与中国之间的战争，已不可避免。中国毫无谈判的诚意，本国必须狠狠地教训一下这些大辫子。如果他们肯撤回军队，让出红河三角洲，本国的军人，或许能放过他们。"

会谈不欢而散。因为英国人知道，中国是不会让出红河三角洲的，越南毕竟是中国的属国。这是全世界都承认的事实。

但沙梅拉库并不就此善罢甘休，他一连多日约见英国人，希望英国人能放弃自己的立场，站到法国人的一边，共同对付大清国。因为他们两国之间，在对付大清国这一点上，曾经进行过很好的合作。

英国公使则禀承国内的指令，反复劝说法国人放弃使用武力，和平解决中法争端。

法英两国诡诡秘秘地接触了一个月，未有丝毫成效，而孤拔则率军向山西发起了猛攻。

消息传到巴黎，法英两国马上停止会谈，都在等着事态的进一步发展。

孤拔如期占领山西后，巴黎上下欢腾一片。一连几日的焰火，使塞纳河的河水一片火红。

法国山西之战的胜利震惊了英国人。英国外交部长格兰佛尔，立即向英国驻华公使馆发出了秘密指令，着公使馆代表本国政府，设法联合美、德两国，并力争说服俄、日、意、葡、西班牙等国，统一各国在华舰队的行动，以期遇有紧急情况时，共同担负保护各自国家在华人员的安全。

英国的提议，比较符和各国的心愿。除俄国表示沉默外，其他国家都积极响应。

但法国在山西的胜利，已经使茹费理内阁忘乎所以。他们"耽迷在狂热欢腾的颂歌中，宣称说：色当被山西掩蔽了。"说的是，越南山西之战，弥补了法国此前在普法战争期间色当一役的败绩。占领山西的影响，显然被内阁的某些别有用心的人过分地夸大了。

茹费理认为占领北圻全部地区的时机到了，于是决定向越南大量增派海陆军兵。在山西胜利的影响下，经过内阁成员的反复讨论，最后形成了一个一面倒的扩大越南战事、追加侵越经费九百万法郎的提案。

茹费理指派专人将该提案稍加整理，便正式递交给法国众议院。在茹费理、沙梅拉库等人的巧舌游说下，法国众议院经过一番不太激烈的辩论后，比较顺利地批准了这个提案。

海军殖民部获准提案通过的当天，即禀承茹费理的指令，组建了一支由三千零八十八名陆军组成的增援部队，并任命有魔鬼之称的米乐中将为这支部队的最高司令，第一旅旅长波里也少将与第二旅旅长尼格里少将，分别担任前敌指挥官。

为了一战而将清军赶出北圻，久经杀场的米乐在接到任命后，即向法国军部提出加大本国在北圻参战兵额的建议。

米乐振振有词地说："此次增派军队到安南北圻，兵力仅仅是两个旅，即波里也少将率领的第一旅和尼格里统率的第二旅。但据本人所知，孤拔将军在北圻能够指挥参战的人数不足七千人，而大清国在安南北圻各省，却长年驻扎有近四万人的正规部队！我们尽管已经占领了山西，但据本人所掌握的情报来看，我军的伤亡很重。也就是说，尽管我们取得了城池，但却是敌人主动弃守的，而非我们凭武力夺取！换言之，我们在山西，并没有取得真正意义上的胜利！是什么原因，导致我军在安南的战事如此被动？只有一个原因，那就是我们的兵力太过单薄！我们可以试想一下，山西之战，我们面对的仅是刘团一军，大清国并未有一兵一卒参战，我军尚有如此大的损失，如果大清国也参加进来，战局又会是怎样？孤拔是否要蹈李维业的覆辙？"

米乐的一番话，彻底地说服了法国最高统帅部。统帅部在米乐率军出发的第二天，即向茹费理提交了再向北圻加派至少两个旅的报告。茹费理把军部的报告私自研究了三天，又同沙梅拉库商量了一下，这才正式提交内阁其他成员讨论。

很快，法国众议院又收到了内阁呈报上来的追加兵费两千万法郎的提案。众议院议员们面对提案，开始了激烈的争吵。

投赞成票的议员认为，茹费理内阁的决策是高明的。法国占领北圻后，会给法国带来数不尽的财源，会让法国人民尝到无数的甜头；投反对票的议员则大骂茹费理是个疯子，是个战争狂人。这部分议员坚称，法国侵越的前景并不光明，反倒有可能使法国陷入一个两难的境地；法国不应该为了一个安南而同大清国失和。只可惜，持这种观点的议员并不占议员的多数。提案最终还是以三百二十七票比一百五十四票获得通过。

提案通过的当日，茹费理即约见海军殖民部部长裴龙，吩咐道："众议院总算通过了扩大我们对越战争的兵费。现在，内阁将全权委托您，负责为米乐增派援军！您要马上办理！兵额不得低于两个旅！"

裴龙闻听此言，当即兴奋地蹦了起来。他失控地大叫道："总理阁下，您是说，以后对安南北圻的作战，将由海军殖民部全权负责？"

茹费理一愣，马上反问一句："部长先生，我说过这话吗？您是中将军衔，但米乐也是中将军衔啊！"

裴龙不高兴地说道："总理先生，您怎么忘了，鄙人是三年前晋的中将军衔，米乐晋中将的时间，却才只有一年多一点。就凭这一点，他没有理由不听从海军殖民部的命令啊！"

茹费理犹豫了一下，忽然笑道："您说得对，米乐应该听从海军部的命令，但却不能听从殖民部的命令。也就是说，他可以暂时听从您的命令。"

裴龙低头想了想，说："我明白您的意思。但我有一个建议，需要总理先生批准。我听说，我国外交部派驻安南顺化的公使参哺因为健康的原因，并不能很好地履行自己的职责，我们为什么不把他召回国内休养一下身体呢？人的健康出了问题之后，思想和行动是无法保持一致的，这是要误大事的呀！"

闻听此言，茹费理反倒笑了。他起身走到裴龙的面前，用手拍了拍裴龙的肩头，说道："您是在间接地指责沙梅拉库用人不当。但您认为，就目前来讲，谁最适合到顺化去接替参哺的职务呢？"

裴龙很肯定地说道："无论从身体状况还是个人能力，原任交趾支那一等行政事务官的巴喇都胜过参哺一百倍！"

茹费理点了一下头，反问一句："部长先生，您适才的话，同没同沙梅拉库讲过呢？"

裴龙苦着脸说道："沙梅拉库固执得像头牛，除了您的话，他听不进别人的任何建议呀！"

茹费理转身坐回原位，沉吟了一下，说："部长先生，后续部队要马上运到安南战场！还有大批的弹药、给养。我们要让大辫子中国人，乖乖地把北圻交出来！参哺的事，由我去同沙梅拉库讲。参哺的身体状况当真很糟吗？"

"该死的参哺，他尽管身体很糟，却还像老公狗一样，到处向他身边的漂亮姑娘调情。您知道，我那可爱的女儿丽达，就在公使馆效力，她已经忍无可忍了！"临行，裴龙气愤地发泄着自己对参哺的不满。

目送着裴龙走出门去，茹费理理解似地笑了笑。

不久，法国内阁以健康为由，将法驻越南的公使参哺召回国内任职，巴嘟兴高采烈地赶往越南顺化走马上任。

得知内阁正式更换了驻越公使，裴龙马上下令由"安南人"号军舰及数艘租用的别国船只，载着三千二百一十九名陆战队员，由巴黎起航，火速驶往越南海防法军基地。

为了让米乐充分地发挥好自己的指挥才能，"安南人"号舰出发的当天，法国总统格里微，正式向法国军部颁布了任命米乐为东京远征军总司令的委任状。米乐成了法国军界在越南的最高统帅。

但米乐并不能指挥孤拔。海军部特别加委孤拔为东京分舰队司令，海军的另一位将领利士比为副司令。法国海军统帅部在给孤拔的训令里特别强调：东京分舰队的军事行动，直接听命于海军部，别人无权调动。

魔鬼将军米乐果然老谋深算。"安南人"号等军舰载着后续的援军赶到海防后，他所掌握的兵力已经超过了一万二千人，而且海陆俱全，轻重武器也极其优秀。但他并不急于向北宁发起攻击，而是先派出小股部队，乘军舰反复试探北宁一带驻防清军的实际战斗能力和枪械之优劣。尽管孤拔几次劝说米乐，宜提早向北宁发动攻击，称清军装备落后，不堪一击，但米乐并不为之所动，仍然小心从事，不敢孟浪。

在派出军舰四处游弋的同时，米乐又委托何罗杜与交趾支那总督沁冲，通过传教士，在越南教民中，招募了近三百名情报人员，从各种渠道进入北宁、兴化、太原等地，侦探清军的各种情报。

米乐特别要求这些情报人员，务必搞清楚清军的布防要点、使用的武器以及将士所穿服装、各部（营）所使用的旗帜和将领的名字等。至于北宁等省的地理情况，米乐则委托专门人员侦探、绘图。米乐的做法，引起了沁冲、何罗杜、孤拔等人的极大不满。有人开始悄悄地给国内统帅部写信，建议将米乐撤回国内，另换能员主持侵越战事。

第二节 战云密布北圻上空

对法军的一系列做法，分布在北宁前沿的清军将领是知道的，但并未引起黄桂兰、赵沃等人的警惕。

唐景崧向徐延旭面禀后，不仅未受到夸奖，反倒受到徐延旭的一顿夹沙夹棒的冷嘲热讽。

徐延旭抚须说道："法酋怎么做是他的事，本部院管他不着。但有一点本部院却看得真真切切，那就是法国人此次是一定不会放过北宁的，是一定要同我们打上一场的！北宁能否守得住，直接关碍到兴化和太原两地。所以，无论怎样，坚守北宁都是第一位的。但北宁防线太长，无论如何布置，兵力都嫌过单，这却让本部院无论如何都放心不下。本部院已经思虑许久，除了加强北宁一线，实无其他良策可施，想来老弟应该与本部院有同感。"

唐景崧大惊道："听抚台所言，莫不是想把刘永福也调到北宁去？"

徐延旭莞尔一笑道："本部院正是此意！老弟回去后，就着令黑旗军快速移至北宁听黄军门调遣。老弟能否直言道出，现在刘渊亭和老弟手里到底有多少人众？"

唐景崧答："抚台容禀，山西一战，黑旗军折兵甚重。退到兴化后，下官便派出十几人回国招募新勇，刘渊亭也派人到各地招募入越的滇、桂两省青壮百姓，勉强凑够四千余人，按滇军营制，编成十二营。下官独领三营一千人，刘渊亭与黄守忠等领九营三千人。"

徐延旭闻言之下先是一愣，随口反问一句："赵道与黄军门不是说黑旗军人数已近六千吗？到你老弟的口里，怎么成了四千？"

唐景崧道："黑旗人数的确已近六千，但有三百余人是老弱病夫，另一千余人是刚刚招募来的新勇，既无枪械，饷银也无着落，连服装都无从置办，如何上得前线！"

徐延旭不满地瞪了唐景崧一眼，缓缓说道："你说的这些本部院管不着。本部院现在就着令粮台拨给你七千两银子，是发饷还是添置服装，你自己做主。本部院再让营里给你凑上一十万颗逼码。全军开到北宁后再做其他计较。"

唐景崧沉吟了一下说道："抚台容禀，据下官所知，黄军门与赵观察各营缺少大炮，黑旗军不要说大炮，连小钢炮也才只有二十几门。法军攻城，全靠大炮小炮，我等现有器械如何抵挡？"

徐延旭脸一沉道："你分明在胡说八道！少荃爵相刚刚从北洋调拨过来的抬枪，难道是专为打鸟用的？法鬼火炮再烈，一次只能发一弹，而抬枪虽不甚烈，但一次却可发五子。五子连环何等了得！只要你老弟着人把抬枪探究明白，便是大功一件！还要什么炮，炮有抬枪应手吗？"

徐延旭的一席恬恬大言，直把唐景崧气得仰天长叹，许久作声不得。

中法小规模的战争，开始在北宁各防线连续开展。

党敏宣受赵沃札委，督率桂军田福志、谢洲、陈天宋、王祚球、李福良、李润等营，扎在北宁外线锦幛一带防守。

米乐率军到海防不多日，就派出一支工兵部队，赶到距锦幛不远的丰谷村，屯积大量的木石，准备在芹驿关河岸起造炮台，从地理上抢占优势。党敏宣得到消息后，当即就近联络挑香总义民丁必应率领当地土著人，又从李润营里调了五十名军兵配合，星夜涉河赶到丰谷村，将石料尽弃河谷，木料亦举火焚烧，又连夜奔到芹驿关河岸，将法军刚刚磊成的炮台基座捣毁。

米乐闻报，马上派出五艘军舰驶入新河口的蓬莱河中，架炮向河岸的清军炮台轰击。

党敏宣所率各营均无大炮，只能用抬枪还击（抬枪又名五子连环炮），但全无作用。清军人员虽无伤亡，但五座炮台无一幸免，全被轰毁。法舰撤走后，党敏宣连夜组织人马赶修炮台。

消息传到谅山，徐延旭满心欢喜地说道："本部院所料不错，法鬼大炮虽然轰毁我炮台，但并不敢登岸来战，可见是抬枪发挥了效力！只要逼码足备，北宁定能固若金汤！"说完这话，徐延旭立即传文案进来，给两广总督张树声行文一道，请求再拨抬枪三千杆并大量的逼码。

徐延旭通过蓬莱河一战，更加坚信，大清国军队所使用的抬枪是世界各国当中最先进最实用的利器。

"五子连环，何等了得！"是徐延旭入越督军以来最常讲的一句话。

十九日后，三艘法国军舰直驶到扶朗一带，发炮轰击清军，清军仍用抬枪还击。战后，清军炮台被轰毁，二十几名兵丁战殁。

一个月后，风闻法军在丰谷等村筑成炮台多座，赵沃不由心里一动，决定趁其不备，主动出击，拆其炮台挫其锋芒，干件惊天动地的大事给其他人看。为干成这件事，赵沃特意从北宁乘马来到蓬莱村居住，然后便把党敏宣、田福志等在此防守的一干将领召来，面授机宜，逐一布置。

党敏宣领命，连夜布置，四天便督率各营共计三千余众，悄悄赶往法军的芹驿炮台。不料，芹驿炮台的法军已从教民的口中得到了消息，早已架炮等在那里。

清军刚刚赶到，法军的开花大炮便冲天响起，炮后又是密集的快枪连放。直打得清军连连后退，连抬枪都无法施放。

党敏宣眼见事情有变，只得飞速传命收队。炮台法军碍于路况复杂，加之不习惯夜战，见清军撤退，并不追赶，亦大队回到防地。

党敏宣清点人数，竟然阵亡二十几人，伤者亦近百，大是懊恼。赵沃闻报也是连连顿足，后悔得不行。

回北宁的途中，赵沃无奈地对随员说道："狗娘养的法鬼，却原来是老虎的屁股，看得，摸不得！"

赵沃回到北宁不久，便接到张树声派员转解来的十几门从国外购进的比较先进的大炮及炮弹；黄桂兰也收到同类大炮二十门及相应的炮弹。但因为赵沃比较迷信抬枪的威力，对运到的大炮不但不看重，竟然还锁进了库房。

黄桂兰本是淮军将领，但他也对新式武器不大考究，加之徐延旭和赵沃都迷信抬枪，新式大炮使用起来又颇繁琐，自然也就不被使用。

唐景崧得知有大炮运抵军营，连夜便给徐延旭禀函一封，请拨几门归黑旗军使用。但徐延旭并不理睬。无奈之下，唐景崧只好又去函转求黄桂兰、赵沃二人。

黄桂兰回函以"所拨大炮数量过少，本军尚不敷使用"为由相拒绝，赵沃既未回信，也不拨炮过去，让唐景崧自讨了个大没趣。

此时在海防的米乐，已经拟出了向北宁发动攻击的作战计划书。

通过连续不断的火力侦察，米乐已经基本掌握了清军北宁一带的布防情况：河内到北宁的正面方向是清军的防守重点，兵力较强，除正面之外，其它方向防守都很薄弱。针对清军的布防，米乐拟出两种作战方案：一是统率大队从正面进攻，用火炮逐一摧毁清军设在河内至北宁公路上的防御公事；一是让开河内到北宁的公路，设法从天德江与六头江的汇流处，集结两个旅团甚致更多的兵力和舰队主力，从侧面进攻北宁。

两个方案尽管同时报给国内，但米乐比较倾向于第二种方案。在米乐看来，如果采用第一种方案，参战部队会有很大的伤亡，行动上也会有很大的阻力。而第二种方案则正好相反。

如米乐所愿，法国军界最高统帅部批准了第二种方案。

方案得到批准后，米乐马上制定出了进攻部署。他命令尼格里率领第二旅从海阳出发，沿水路到六头江和天德江汇合处登陆，夺取镇桥及涂山的高地，从侧面进攻中国军队，力争摧毁中国军天德江沿线的防御工事；命令波里也率领他所辖的第一旅，从河内出发，越过红河左岸，沿着天德江向前推进，过江到志村塘，与第二旅会合。两旅会合后要继续前进，攻击中国军队设在北宁的第二道防线，主要是用军舰炮火轰击从中山延伸到拉贝的水坝和从北宁到搭桥的水坝。

米乐在命令里特别强调说："炮火一定要极猛烈，猛烈到中国军队无法抵抗，因为他们没有相应的大炮来还击，这一点很重要。他们不能抵抗，唯一的出路便是溃逃。一旦出现这种情况，你们要奋力追击并趁机夺取北宁。"

为了打消波里也和尼格里的畏惧心里，米乐又分别给二人私函一封。

米乐在信中这样写道："你们知道，中国人在安南的兵额数量多于我们，但他们是不堪一击的。他们没有军舰，威力巨大的火炮又极少，他们的大多数还在使用早已被我们淘汰的抬枪。刘团的战斗力也是被夸大的，我甚致肯定，李维业和波滑遭遇失败，原因并不在对手，而在我们自己。"

按着法国当时的军队建制，一个旅团共四千人，战斗人员在三千人至三千五百人之间。每个旅团配有一个炮兵大队，大队辖六个连，每连有士兵四十三——一百二十一人不等，有苦力（役夫）九十四——三百一十四人不等，有战马二——二十三匹不等。炮兵大队长为少校军衔，全大队有八十毫米大炮六门，六十五毫米大炮十一门，四十毫米炮六门，旋转炮身四件。每门炮配炮弹四十发，另有四十发备用。考虑到北宁的特殊地理条件，米乐在战前又特为每个旅团多配加了一个火炮大队。由德·杜弗尔少校指挥的炮兵机动一大队乘舰赶到河内，随第一旅团参战。除两个旅团外，另有四千余人在海防驻防，归米乐直接指挥。除米乐所拥有的一万三千余人外，法军在北圻另有一支由孤拔统率的东京分舰队，控制着各河流。该舰队不仅拥有近六千名陆战队员，且装备良好，大中小型火炮一应俱全，长短各式快枪也不逊米乐。

清军在北宁一带的防守是怎样的呢？

其实，大言炎炎的徐延旭对北宁地形并不熟悉。为了筹防得宜，山西之战一结束，他便把越南谅平巡抚吕春葳请到自己的行辕，向吕春葳打探北宁的山川地理。吕春葳虽未得到顺化朝廷明谕，但因本人是痛恨法国人的，希望能借助大清国的力量把法人赶出国门，还往日的和平。所以，徐延旭稍一动问，吕春葳便迫不及待地写下了下面的一段文字："法人之拢下国，自来坚城固守，皆为他利。今日事势，他复得此山西，将必肆其狼贪，兵力想非一二道可能制他死命。要守北宁以壮兵本，而守北宁请必于江口等处先破他屯，其沿江之地多作疑兵、伏兵，只以短刀相接，决不使他得以登陆争高处强，然后可以全守；若只于近城之地守备，则又失策，如山西近事也。山西此间若直下，上吐进图河内，彼且恋巢之不暇，何敢直逼山城？今北宁大势又与山西异；山西三面皆河，守备难当他之船炮；若北宁则去河稍远，炮度不及。他若争山施炮方为多碍。若固以短兵伏接，不使登陆，想亦为我之利。计不出此，而只于近城之地守备，恐又中他计也。下国沿江省城，近日皆为他之利，此次迁徙不及。但得照常例固守，以致每他到即已不敌。"

徐延旭深以为然，认为吕春葳所论，切中要害，是集兵法之大成者。他于是几次函告黄桂兰、赵沃二人，守北宁之要决，当以不使登陆为上策；守北宁之高招，当以远离城垣为最好。

徐延旭进一步向二人指出，若刘渊亭远离山西而与孤拔接仗，山西城垣何得易手？

只可惜，黄、赵二人，一沉于酒色不能自拔，一醉于鸦片胸无定算。徐延旭怎么说，二人便怎么做，全不顾及北宁的实际情形，致使重兵散屯于远离城垣各地。而重镇北宁，身为清军指挥中枢，却仅留七营两哨防守，且各营兵数又都不足额。按桂军建制，每营须有士兵数四百零七人方为足额。但黄、赵二人因靠空饷花天酒地，每月足额领饷，但各营实际人数都在三百人左右。也就是说，偌大个北宁城，只有两千余人防守！这其中，黄桂兰的亲兵营四百人，赵沃的亲兵营四百人，共八百人不参加城防。这样算起来，实际参加守城的兵额，只有一千余人。

战后，唐景崧在总结北宁防守时用了八个字来加以概括：防守漫长，毫无轻重！就在战前，唐景崧率刘永福黑旗军从兴化赶到北宁防守时，唐景崧还在向黄桂兰、赵沃二人进言：备多力分，扎营太散，呼应不灵，不能战也。但刚愎自用的黄、赵二人，根本不理睬唐景崧的劝告，认为是"书生言战事，误国又误军。"

第三节 扶朗激战

收到米乐命令的当日，第二旅尼格里少将当先行动，时间是光绪十年二月初六（公元1884年3月3日）。下午六时，尼格里命令第三步兵团第二营共计七百五十四人作为先锋队，乘"飓风"号军舰及其拖带的四艘帆船，开出海阳省城，沿太平江（亦称六头江）北上，夏帕丹少校率火炮机动二大队乘军舰跟进；火炮营之后，尼格里督率大队前行。

几乎与此同时，波里也率第一旅也开始在河内整装待发。

一时间，越南北圻的上空，弥漫起大战前的硝烟气息。

但在北宁城内督战的黄桂兰与赵沃二统领并没太放在心上，以为法军同以往一样，是虚张声势，小规模骚扰而已。

这一天同往日一样，晚饭一过，亲兵营便把提前预约的三十几名当地妓院的妓女送进上房，任着黄桂兰借着春药的力量同她们滚在一处。黄桂兰的卧房春意盎然的时候，赵沃的卧房却灯火暗淡：伴着蝇头灯火，赵沃把烟枪架在女人的肚皮上，吞云吐雾，飘飘忽忽，过着神仙一般的生活。

也合该第二旅先锋营的科特上尉走运，他带着第一连来到江左的棱堡时，驻守这里的清军一个营三百四十人，营官同着哨长、什长们正在赌博。士兵见首领如此，也都无心站岗，互相联络着，都进营房里扯闲淡去了。有几名胆大的兵痞，也聚拢了十几人开赌。

法军赶到时，清军正玩得热火朝天。

法军并未惊动清军，而是先把几个制高点占领，又派了一个班的人潜至清军军火库附近，这才发起攻击。

一闻四周响起枪声，清军登时乱作一团。有的上衣都未穿，还有的打着赤脚，一起向附近的山上狼烟狂奔，转瞬钻进树林里。法军仅费少许枪弹，便将清军的工事和弹药库占领，还捡了清军遗留在地的近百条枪支。而法军所用的兵力，却只有科特率领的一个连的人马。

听到枪响，驻防在附近的清军另外一个营也乱作一团。在既不清楚敌军人数，也不知道敌军距离的前提下，营官率全营官兵拼命向扶朗一带当先撤退。

法军一见之下，连长科特马上组织了二十几人进行追打，又调一门火炮轰击。

这营清军营官骑在马上原本跑在最前面，哪知跑着跑着，马腿竟然被突然飞来的一颗流弹打中。战马负痛长啸，然后便一跤跌倒，直把马背上的营官甩出去十米开外，旋又落进路旁的深坑里。营官两耳生风，两眼紧闭，以为自己已经死了。掉进深坑后，身上洛了无数的泥土，他竟然动都懒得动一下。在他想来，死人是不能动的。哪知道，他刚落进坑里，随后又有几匹马相继跟屁虫似地跌了进来，连马带人一起砸到他的身上。这回营官想不死都不行了。

士兵一见骑马的营官、哨长都落进了坑里，于是就不再向扶朗方向奔逃，而是脱掉军服，四散开来，化整为零。

法军一见清军如此，全都惊呆了。他们第一回遇见这样的军队。

尼格里督队赶到棱堡稍事休整，便疯狂扑向扶朗。

尼格里心里异常清楚，棱堡毕竟是北宁防线外延的一个小据点，扶朗才是清军的真正防线。只有到了扶朗，才知清军的实力到底如何。

不管米乐对清军如何轻视，尼格里一直不敢掉以轻心。

黄桂兰安排了四个营又两哨在扶朗驻防，加上勤杂人员，共一千五百余众。有营官四人，依次为陈得贵、翟世祥、李极光、叶逢春。其中，翟世祥、李极光、叶逢春三人与黄桂兰是换帖兄弟，好得赛似一个人。陈得贵虽与黄桂兰交情一般，但因他作战比较勇猛，手下兵勇也较整齐，兵额亦是足数，于是也被调派到扶朗把守。

尼格里第二旅离开棱堡的时间是当月的六日，也就是这一天，波里也率第一旅于傍晚时分从河内出发，走陆路，沿着红河左岸推进，于翌日晨渡过红河，向北宁南部的顺城府扑来。

法军大队扑来，守扶朗第一线的翟世祥、李极光二人见情况不妙，一面组织麾下各哨放抬枪抵挡，一面派出快马飞也似地赶回北宁求援。

尼格里见状，慌忙调火炮大队架炮轰射，又组织快枪连配合射击。

翟世祥、李极光原本就未经历过大的战事，二人的营官之缺亦非战功所得，全靠平日逢迎黄桂兰才有的荣耀。

各哨抬枪齐放，法兵潮水般后退，二人还以为法军意欲逃跑。翟世祥和李极光正要擂鼓追击，不料对面却放起冲天大炮，二人登时有些摸门不着。

翟世祥爬出掩体，睁圆眼睛想寻条撤退的路线，哪知腰部却和一块乱飞的弹片撞在一起。翟世祥感觉腰间一麻，低头一看，正见有血汩汩流出来。他吓得一头栽到地上，许久才有些清醒。他也顾不得多想，拉过身旁的一名亲兵便伏到背上，喝令亲兵背起他向后飞跑，口里还不三不四地乱骂。

麾下各哨长一见营官如此，也收起枪械跟在翟世祥的后面往下撤。众兵丁见营官、哨长俱向后跑，以为是有撤退的大令传下来，便也收起抬枪猫腰追赶哨长。

李极光本想抵挡一阵再行后撤，忽见翟营呼啸着离去，他也就没有抵挡的心思。他先飞身上马，掉转马头，尚未说出撤字，左肩已中一弹。所幸他平日骑术尚可，身子虽然一连晃了三晃，口里到底还是喊出了撤字。撤字出口，他便顾不得别人，当先打马飞奔。

依着常理，翟世祥、李极光二营撤至第二道防线后，应该会同在这里防守的陈得贵、叶逢春二营共同防守。但翟世祥自恃已经负伤，更怕流血过久丢了性命，所以全营撤至第二道防线时，翟世祥并未停留下来向陈得贵介绍敌情，而是如漏网之鱼一般绕营而过；陈得贵正诧异间，李极光骑马领着全营将士亦赶到。陈得贵急忙上前，正要开口说话，哪知李极光竟对陈得贵看也不看一眼，打马擦肩而过。

陈得贵是员老将，曾随原广西提督冯子材征战多年，是冯子材一手保举上来的领兵官。他见翟世祥、李极光二营丢盔卸甲，行色匆匆，便料法军已攻破第一道防线。他也顾不得去与翟世祥、李极光二人理论长短，便急忙传命下去：严阵以待，坚决打击犯敌，有敢不遵将令擅自后撤者，定斩不饶。

大令颁下，全营将士登时忙碌起来。叶逢春见陈得贵如此，他也不敢自行撤走，也急忙传令全营，配合贵字营将士，狠狠打击来犯之敌。

因天色过晚，尼格里并未向扶朗的第二道防线发起攻击，而是在第一道防线扎下阵脚，歇息了一夜。哪知如此一来，却在无形之中，给清军增援扶朗提供了足够的时间。

当晚夜半时分，翟世祥、李极光二人奉命，各率本队人马，安全撤至北宁城垣。

扎下营盘，二人急如星火地来见黄桂兰。

黄桂兰这日偏偏和唐景崧、刘永福二人生了一肚子气。

唐景崧、刘永福按着徐延旭的札饬率团赶到北宁后，黄桂兰不仅不喜，反倒万般不高兴。

黄桂兰对赵沃说："刘渊亭是个遭殃鬼转世，他到了哪里，法鬼便不肯放过哪里，注定要有不吉利、要遭殃。刘渊亭到了河内，法鬼便夺河内；刘渊亭守山西，法鬼拼死也要夺走山西。如今北宁防守得宜，全盘布置妥当，抚台却偏偏把他打发了来！这不是坑人吗？"

赵沃说："得知刘渊亭赶到北宁，本道还以为是唐维卿怕我二人立功，特意怂恿刘渊亭来分杯米粥喝，想不到却是抚台在做怪！上日抚台接到圣谕，要来北宁查看防务，本道听说之后，立马便写了封信过去。"赵沃说着话，打袖里摸出一页纸递给黄桂兰，道："军门请看，这是信函的底稿。"

黄桂兰接信在手，眯起眼睛看起来。

信函这样写道："查北宁等处，与河相去略远，彼来我在外田洞岸基整之，自不得胜。如亲临战地，反多一番料理，且亦无此体制。况慈恙才愈，刻下事繁，又多焦灼，如再劳动受风，病体复发，则统领以下诸人而至勇丁，何所倚靠？万恳驻节谅城休养，是为切禀。"谈到北宁的防守，赵沃这样写道："职道亲巡各隘，所见陈得朝、周炳林两部，分扼慈山、龙江、亭榜等处营垒，尤为完固得势。陈朝纲、党敏宣等所扎涌球、蓬莱、芹驿、扶朗等处，现在并工在于大輋塞河三十余里之下，多排竹木，加筑塞口一道，并于河边扼要筑垒加炮。如能之竣坚守，亦复占得地利。"

黄桂兰把信还给赵沃，起身打开身后的柜子，也从里面拿出一封信函，递给赵沃道：“真正叫做英雄所见略同啊。在观察以为，抚台驻节谅山，没有来北宁视事，定然是您老的功劳。其实，本军写给抚台的这封信，才是最最关键。否则，北宁还哪有我二人的行辕！——这是本官信函的底稿，观察不妨一看。”

赵沃狐疑地接信看起来。

黄桂兰对徐延旭这样写道：“我公负荷艰巨，务祈勿以此事撄心，千万珍卫起居，以系众望。北宁虽觉势孤，弟与庆翁（赵沃字庆池）惟当极力固守，以此城相依为命，请释锦怀。宪台出关后，尚未深入，然政府不知谅山与北宁相连，故云株守待援，此已可见。一切尚祈宽心调度，无过焦急为禀。我宪台遵旨移节，亦只能到郎甲或到长庆府为是，北宁难驻。盖北宁与河内相连，不可轻驻也。”

赵沃把底稿交还给黄桂兰，说道：“宪台虽经我二人劝住，未移节北宁，但他老显然还是对这里的防守放心不下。抚台对本道放心不下也就是了，但他不该连军门也心存疑惑呀！军门是何等样人！军门跟着李爵相转战南北，何曾打过一次败仗？”

黄桂兰摆摆手道：“过去的事就不要去说了。我们还是计议一下，怎样打发刘渊亭吧。我们好不容易布置起来的防线，可不能毁在他的手里！”

赵沃道：“打发刘渊亭倒容易得很，把他调回兴化也就是了，只是唐维卿有些麻烦，他是上头很看重的人啊！抚台可以单衔奏事，他也有这个特权哪！依本道看哪，我们不如将计就计……”

黄桂兰未及赵沃把话说完便是一愣，忙追问一句：“观察莫非已有了妙计？”

赵沃说道：“军门容禀，军门知道，北宁周边各口，芹驿关最是紧要之区，他是北宁的门户。法鬼也看到了这一点，所以就在丰谷村一带大修炮台，其实就是与我争夺最高点。为了拔除这些炮台，本道专程赶到蓬莱村亲自料理战事。当时，本道抱定一条决心，拼死也要把法鬼垒成的炮台尽数端掉。也不知是哪个王八蛋提前走漏了风声，致使党敏宣遭遇强大炮火，险些丢了命！为这件事，党敏宣各营一直忿恨，就是本道的心里，也一直疙疙瘩瘩。此仇不报还算个人吗？现在唐维卿、刘渊亭奉抚台札委，前来北宁助守，我们何不就趁此机会再干芹驿炮屯一把呢？毁垒袭击，不是刘渊亭的好戏吗？军门以为如何？”

黄桂兰未及赵沃话音落下，两眼便倏地射出光芒来，口里一连声说道：

"好计！好计呀！快快传话下去，速着唐大人、刘军门到辕门议事！"

黄桂兰对赵沃说道："唐维卿和刘渊亭不是一直都想立大功劳吗？我们就把这个功劳给他们！"

唐景崧现在是四品的文官顶戴官服，刘永福则是大清官武职一品的提督打扮。二人同着亲兵赶到广西提督北宁行辕时，黄桂兰与赵沃满面笑容地迎将出来，态度竟然大别于以往。

刘永福狐疑地与唐景崧互相望了又望。

礼毕落座，又摆茶上来，赵沃开言说道："唐大人与刘军门率团前来，法鬼的死期到了！"

刘永福忙道："下职奉抚台札委，特来助守北宁城。但本团已到多日，尚无防守之区。二位大人召下职前来，莫非是已经给本团划出了防守之区？"

黄桂兰哈哈大笑道："渊亭虽入越多年，但对我大清的赤胆忠心却天地可鉴！渊亭所言不错，本军刚刚为贵团划出了防守之区，是芹驿炮屯。"

唐景崧一听这话不由惊问一句："黄军门莫非在讲笑话吧？北圻各省连小孩子都知道，法人已将芹驿附近一带地方占据，不仅修了无数炮台，并派有重兵屯扎。军门如今却让黑旗军开到那里驻防，这又从何说起？军门莫非一大早就喝了酒？"

黄桂兰脸一沉道："唐大人，本官现在在和刘军门谈公事，您老不要干涉。刘军门，你有什么话要说吗？"

刘永福茫然地望着黄桂兰，口里喃喃道："下职不知军门大人在说什么？下职奉抚台札令，特同着唐大人率团来北宁助守。抚台札令上说，北宁兵单，嘱下职倾全部人马到此。否则，本团在兴化好好的，为什么要赶过来？"

赵沃慌忙道："渊亭且莫疑虑，听本道从容讲来。渊亭在越国任职多年，对北宁地理应该知道。北宁能否守得住，与城内防军多少并无关碍，主要靠外线防御是否得体。为使北宁固若金汤，不负朝廷所望，本道与黄军门，整整策马在北宁周边往来巡查了多日。又会同抚台大人一起，制定了一套万全的防守大图形，整整在北宁外线布置了三道防锁线。就算法酋米乐再会用兵，他也休想近北宁一步。他敢不自量力对我北宁下手，本道和黄军门，就让他由米乐改成米哭，那是断不会错的。所以，尽管法国一连多日用兵船往海防、河内、海阳等地加兵添械，但米乐并不敢妄动一步。上年年底，法人兵舰一直寻机毁我防线，尽管船坚炮利，但我军抬枪一响，法人登时便抱头鼠窜。由此可见，我大清的抬枪何等威力。当然，米乐也不是吃干饭的。他见我防线森严，一丝破绽也无，便决定从芹驿关一带下手。先将那里的几个村庄占领，然后遍修炮台，采用的是节节推进之计。他那计策瞒得了别人，却休想瞒过本道。为了破他这计，本道暗遣党协台会同二十几营，连夜去毁他炮台。哪知天不应人，党协台那几日正患痢疾，三五分钟便要从马上下来去寻茅房，这就给法鬼调动人马创造了时间。等党协台赶到时，米乐已调重兵等在那里，致使我军无功而返，甚是可惜。如今，本道已侦知明白，米乐已将驻在芹驿炮屯的大部人马调回海防，那里留守的法鬼不足二百人。这不是天要让刘军门成此大功吗？"

赵沃话毕，又回头问了黄桂兰一句："黄军门，本道说的不错吧？"

黄桂兰点头说道："观察大人所言，正是本军之意。米乐筑在芹驿一带的炮台不拔除，本军和观察大人寝食难安。"

刘永福皱眉深思起来。

唐景崧却说道："依本官想来，黄军门与赵观察主意已定。但本官想问一句：法人火炮众多，长短快枪又一应俱全，极其了得。现在黑旗军及本官所辖各营，均无一尊像样的大炮。设若法人燃起火炮，我们如何靠得前去？不是白白送死吗？二位大人若肯把李爵相运来的开花大炮及逼码，送几门给我们使用，本官和刘军门，就敢开到芹驿炮屯去和法人较量一番！如何？"

黄桂兰瞪起眼睛道："唐大人如何讲出这等话？李爵相运来的开花大炮，是指名让本军及赵观察各营使用的，谁敢做主让别营使用？朝廷法制森严，本军就算有天胆，也不敢做这个主！"

赵沃道："唐大人有所不知，李爵相从外洋购进来的这些大炮，根本不能使用！不仅要有炮架支撑，还要有洋技师随行指导。那个麻烦，真是三天三夜也说不尽。本道说句胆大的话，就算这些大炮送给大人使用，大人也不会操作。比来比去，还是抬枪实用。五子连环，何等了得！这是抚台他老人家经过考究，亲口对本道说过的话呀！"

唐景崧冷笑着站起身道："黑旗军在山西元气大伤，本官三营也折损近半。现在来到北宁的人马，虽名为十二营，若按实际营数，只够八营有余，又近一半没有快枪。本官三营中，尚有一营靠长矛、弯弓对敌。如此彼弱之师，守城尚可，攻敌却万万不能。"

黄桂兰见唐景崧说话时满腹的不愿意，有心发作，又碍于唐是四品京卿头衔，便沉吟了一下，说道："唐大人也不要长法鬼志气，灭我自己的威风。就是咋日，抚台有专文送给本军。他老已行文镇南关，札饬王朗青方伯，督带他自募的'定边军'八营，火速前来。王方伯到后，定然要去取法鬼在芹驿关沿线的炮台立功。若到那时，唐大人和刘军门，就算想立功，怕也没得机会了。山西失守，黑旗军倒没什么，但关乎您唐大人个人的前程。若非本军和观察大人在抚台面前一再讲情，您老岂能不遭处分？本军风闻，山西失守，上头原本是要向您老问罪的，但后来有人说了话，加上抚台又向张制帅美言了两句，上头这才搁下不问了，还赏了您老个四品京卿的前程！"

唐景崧正色道："黄军门，你少在本官面前卖弄你的口才！本官不吃你那一套！你马上在北宁城内给黑旗军和本官三营划出一块防地，黑旗军四千人马不能总驻在城外！本官还有他事要办，没功夫听你絮聒！刘军门，我们回大营！"

唐景崧话毕，拉起刘永福便大步走出去。

黄桂兰气得胡子乱翘，用手指着唐景崧、刘永福二人的背影，对赵沃说道："反了，反了！朝廷明令本军防守北宁，他却敢在此胡乱放狗臭屁！"

赵沃忙劝道："军门息怒，唐维卿是四品京卿啊。我这个道员尚且让他三分，您老又何必同他认真呢？"

一句话，说的黄桂兰越发气愤，他沉下脸子大声道："观察说这话，本军不爱听！你们文官是朝廷命官，难道武职的顶子都是白捡的？"

赵沃一脸不高兴地起身说道："你老怎么又冲本道来了？你和唐维卿闹意气，本道可一直维护着你。你竟然如此不识好歹。"赵沃话毕，狠狠地瞪了黄桂兰一眼，也气忿忿地走将出去。

当晚，黄桂兰把满腔的怒火，都发泄到女人的身上，提督行辕里女人的惨叫声，竟然持续了好长时间才休。黄桂兰刚刚歇下，翟世祥、李极光二人便双双狼狈而至。

闻报，睡意朦胧的黄桂兰破口大骂道："真是活见鬼了！不在扶朗好好睡觉，半夜三更跑回来混搅本军的清梦！告诉他们两个，就算天塌下来，不到天亮，也不准禀报公事！违令者，打烂屁股！"

亲兵依样说给二人听。

翟世祥与李极光先是愣了愣，随后一齐道："军门有这话，我二人总算能睡半宿好觉了！"

第四节 黄、赵二帅乃脱兔

天亮以后，得知法兵大队扑向扶朗，黄桂兰马上便派出快马赶往城外韦和礼大营，札饬副将韦和礼督带麾下三营，火速赶往扶朗援救，务期夺回头道防线。

赵沃得知扶朗危急，也慌忙丢开饭碗来见黄桂兰，急道："翟世祥、李极光二人丢掉头道防线，如何不就近同陈得贵坚守二道？他二人回到北宁也就罢了，如何还把兵勇撤了回来？"

黄桂兰道："翟世祥、李极光与法鬼厮杀了好大一阵，二人都已身负重伤。二人将兵丁带回北宁，是怕北宁有失。扶朗那里，本军已调派韦和礼统带三营赶过去了，想来应无大碍。"

赵沃沉思了一下道："韦和礼的三营没有经过大战，恐怕不济事。应该让唐维卿速札刘渊亭，分兵去援方为万全。"

黄桂兰气哼哼地说道："这个札委还是观察来下吧。本军懒得同唐维卿讲话。"

赵沃点头道："军门是广西提督，是抚台专委在北宁主持大局的。这个札委您老不下，别人怎好插手？传出去，军门的面上须不好看。"

黄桂兰无奈地说道："这样也好，我二人共同用印。"

米乐率军刚赶到扶朗的第二道防线，便遇到拼死的抵抗。米乐组织了三次冲锋，都被守军顶了回来。依米乐的原意，攻打北宁外线工事时不使用大炮，他想把炮弹都留到攻打北宁城时使用，但陈得贵却偏偏在这里同他较上了劲。

扶朗的第二道防线人数虽不甚众，兵勇作战却极其勇敢，给法军的先头部队造成了很大的伤亡。法军在这里每前进一步，都有一名兵丁倒下。米乐无奈之下，只好把两个火炮大队俱调到前线，再次用大炮开路。

隆隆的炮声开始在扶朗的上空此起彼伏，陈得贵好不容易修筑起来的工事，转瞬便被摧毁。阵地上硝烟弥漫，一片狼藉。清军阵地上中弹伤亡的将士开始增多。

眼见法军疯了似的猛打大炮，把守扶朗二道防线右路的叶逢春见势不妙，慌忙暗传密令，着令全营官兵趁着硝烟弥漫全速后撤。

眨眼之间，偌大的扶朗二道防线，只剩了陈得贵一营人马在守卫。万般无奈之下，陈得贵也只得传令全营飞速撤出扶朗，怕撤得晚了被法军尽数吃掉。

此役，叶逢春营小有损伤，陈得贵营伤亡过半，损失最为惨重。

韦和礼督率麾下三营行至半路便和叶逢春撞在了一起。不一刻，陈得贵大营也撤了下来。三人会在一处，飞速回返北宁。

到了北宁，先把营盘扎到城外，陈得贵便同着韦和礼、叶逢春二人进城来见黄桂兰、赵沃二统领，面禀扶朗失守的详细经过。

见扶朗彻底失守，黄桂兰与赵沃面面相觑，半天作声不得，却各怀鬼胎，在心里盘算着如何开脱自己的责任。

黄桂兰先着令陈得贵、韦和礼、叶逢春三将，把各营带进城内防守，又飞札远驻六头江的党敏宣，令其接札速率麾下大小八营，连夜赶回城内驻防。

得知扶朗失守，唐景崧慌忙把陈得贵传进营内，详询法军用兵的实在情形。陈得贵于是便把扶朗的第一道防线丢失，米乐攻打第二道防线时叶逢春如何独自撤军的详细情况，一五一十向唐景崧讲述了一遍。

唐景崧扼腕长叹，良久无语。陈得贵刚刚离去，黄桂兰便打发亲兵来请唐景崧、刘永福二人到提督行辕商议军事。

唐景崧不敢怠慢，急忙叫上刘永福，来见黄桂兰。

唐、刘到时，不仅黄桂兰、赵沃在座，还有陈朝纲、周炳林、韦和礼，以及党英华、覃志成、陈世华等大小营官在场。不一刻，陈得贵、翟世祥、李定胜、李极光、李逢正、尚国瑞、蒋大彰、叶逢春等营官也走进来，整整坐了一屋子。

黄桂兰面色沉重地开口说道："扶朗失守，大出本军与赵观察意料之外。由此可见，法酋米乐，是决计要与我大清为敌的。本军已着人详查扶朗战事失利的确切原因，查明后，当据实向抚台禀报。各位知道，各营随本军入越以来，无论大小事故，能遮掩的，本军尽量遮掩。但此次扶朗一战，关碍却非同一般。就算本军有心遮掩，恐怕已另有人给上头打了密函。"话毕，黄桂兰故意用眼睛瞟了瞟皱眉思索的唐景崧，喝了口茶水，又接着说："扶朗的事先不去说他，抚台那里自有公断。如今，扶朗易手，涌球成了重中之重。米乐要攻我北宁，最绕不过的便是涌球。本军适才与赵观察计议良久，认为涌球干系实在太重。它既是六头江口的屏障，又是拉贝水坝的屏蔽。本军曾亲率各营在水坝的左岸，筑有一个瞭望垒，右岸亦修有十几条重重叠叠的地堡。既能临时藏兵，又能埋锅造饭，真真叫好！而紧靠水坝的村庄，本军又预先修了七个四方堡垒。最让法鬼想不到的是，我们又在榄山顶上，筑有四座堡垒。每座垒里，都能放置上百杆抬枪。这四座堡垒可不得了，他能直接卡住海阳通向北宁的道路。几百杆抬枪轰放过来，就算飞鸟也休想过去！那是丝毫也不会差的。"

唐景崧见黄桂兰越说越得意，无奈地皱了皱眉头。

刘永福小声地对唐景崧说道："黄军门说了这么多，其实是说给大人和下职听的。"唐景崧默默点了点头。

黄桂兰这时对赵沃说道："赵观察，现在该您老说话了。"

赵沃清了清嗓子，又用眼在每个人的脸上扫了扫，这才说道："涌球现在防守甚是薄弱，若想将法鬼挡在北宁城门外，非有重兵守护涌球不可。军门与本道计议良久，决定从黑旗军调拨千人赶往涌球，另调周炳林一营共同布防。到涌球如何布置，渊亭军门可与周大人商量办理。刘军门，你有何话说？"

刘永福忙起身道："禀观察大人，下职来前，曾听了听陈协台向唐大人讲述与法鬼交手时的情形。下职以为，法鬼此次来犯，人数甚众，枪炮更烈于以往。尤其是法鬼的大炮，最难抵挡。不知观察大人和军门大人，可否酌拨几尊大炮给本团使用？法鬼用炮轰我，我亦须用炮还击。阵前交手，除此之外，实无其他办法。请二位大人明察。"

赵沃用眼偷偷觑了觑黄桂兰，不由伸手摸着胡子说道："李爵相虽然从外洋购进了些大炮，但经过操作并不合用；小炮各营倒都配备了一些，却又不能拨给贵团使用。贵团为越南效力多年，刘军门又与北圻统督黄佐炎交好。本道以为，军门可否给黄佐炎发封私函过去，向他借调几尊大炮如何？想来他们不会拒绝。"

刘永福说道："观察容禀，下职在保胜多年，对越国军营的底细最了解。越国朝廷从来未给军营购过大炮，就是快枪，所购也极有限。小钢炮倒是有一些，但威力甚微，城墙都打不透，更莫论其他。"

赵沃未及讲话，周炳林忽然起身说道："赵大帅、黄大帅，卑职想讲几句话。二位大帅遣卑职前往助守涌球，卑职自当遵命，但二位大人让黑旗军拨营前去，卑职却万般不解。卑职想请教二位大人一句：是本营配合黑旗军，还是黑旗军配合本营？若是后者还则罢了，若是前者，不要说卑职不能从命，就是营里的弟兄，也会心有不甘。本营毕竟是朝廷经制之师，岂能听命于来路不明之人？"

　　黄桂兰与赵沃二人听了周炳林的一番话后双双一愣，看刘永福时，已然气得脸色铁青，浑身颤抖。

　　唐景崧用手一指周炳林道："周炳林，大战在即，你不得在此胡言乱语！刘军门是朝廷明旨赏加的一品武职提督顶戴，黑旗军也是列入我大清营制的经制之师。这些，你难道不知道吗？"

　　周炳林冷笑着说道："卑职知道您老是四品候补京官，也知道您老在京里做过主政，但您老却偏偏管卑职不着。卑职上头虽只是个小小的副将顶子，但却是广西提督辖下的实缺武官！卑职从军以来，一直耿耿忠心，跟着黄大帅镇守边关，从无二念。哪像有些人，昨日是越南的副提督，今儿又掉转身子，做起大清的提督。说到底一句话，卑职就是不能与首鼠两端的人为伍！唐大人，卑职对朝廷忠心还有错吗！"

　　黄桂兰这时摆摆手说道："好了，好了，你们都不要说了。我们干脆在涌球与法酋米乐决一死战吧。赵观察呀，你看这样好不好，我们可以兵分四路据守涌球：唐大人和刘军门算一路，居中路之左；党英华、韦和礼、覃东义、覃志成、陈世华等五营算一路，居中路之右；陈朝纲、周炳林二将，携同陈得贵、翟世祥、李定胜、叶逢春、李逢正、尚国瑞等九营算一路，专事涌球水陆之战；我二人各率亲兵营居中路督战，挡法兵最重之处，若和米乐碰在一处，我二人就合力杀死他。赵帅，你意如何？"

　　赵沃略一沉吟答道："军门果然是兵事大家。此番四路扼守涌球，定然让那米乐意想不到。何时造饭，何时拔营，军门还须讲到明处。"

　　黄桂兰皱着眉头说道："扶朗已然失守，说不定法兵正向涌球疯赶，我四路大军都须抢在他的前面。事不宜迟，就今夜鸡鸣饱饭，天明出队。有延误者，定当严参不贷！"

　　唐景崧说道："黄军门，您老说鸡鸣饱饭是何时辰？若当地的公鸡突然患了瘟病，都哑了嗓子，又当如何？"

　　赵沃笑着说道："唐大人在讲笑话了。公鸡生来就是打鸣的，嗓子岂能说哑便哑？黄军门，本道所言不错吧？"

　　黄桂兰抚须沉吟道："细细想来，唐大人的话也有些道理。就算公鸡没有哑了嗓子，但它若突然偷起懒来怎么办？可不就坑了我们吗？莫不如这样，我们四更造饭，天明出队，各营以号炮为令，不准落后。"

　　赵沃补充道："人要吃好，马要喂饱，抬枪更要备足弹药。"

　　清军重兵把守涌球，倒当真让走陆路的法军第一旅波里大吃一惊。

按着原定的进攻路线，法军第一旅与第二旅要在涌球会合。

当波里也率军从陆路赶到涌球时，尼格里统率着第二旅也已乘舰赶到这里。波里也走的是陆路，是涌球的正面，尼格里走的是水路，是侧面。

当波里也从前方向涌球的正面守军黄桂兰、赵沃的亲兵大营、刘永福的十二营黑旗军、党英华、韦和礼的五营发起攻击时，尼格里也从侧面对涌球陈朝纲、周炳林统带的九营，开始了狂轰乱炸。

赵沃听到涌球侧面也响起了炮声，初始以为是党敏宣督率援兵赶来助战，后经核实，方知是又一路法军从水路杀将过来，腿就有些软了。

战斗初始，法军第一旅刚从大路露面，黄桂兰就传令各营用抬枪对着法兵猛射，竟然逼得法军连连后撤。黄桂兰以为得计，愈发的大呼小叫。后来波里也命令火炮大队架起炮来，一阵猛烈的轰击，涌球正面的工事开始纷纷塌倒，抬枪也就不起作用。黄桂兰开始一连声地大叫："法人大炮果然了得！法人大炮当真了得！这可如何是好？这可如何是好？"

赵沃在两名亲兵的搀扶下，冒着硝烟，趔趔趄趄地好不容易来到黄桂兰的身前，说道："军门莫慌，本道已探访明白。法人大炮尽管威力无比，但也有破他之法。"

黄桂兰正不得主意，一听这话忙道："赵帅快快讲来。"

赵沃认真地说道："要破大炮，非黑狗血不可。只要把黑狗血对着发炮的方向泼过去，法人的大炮立时便哑，那时再用抬枪射杀，法鬼定败无疑！"

黄桂兰一听这话，扑通一声便坐倒在地，仰天叹道："这可不是难为人嘛！如此万分危急时刻，你让本军到哪里去寻黑狗！"

稍顿了顿，黄桂兰又让亲兵把刘永福传至身边，问道："渊亭，你以往同法鬼交手，法鬼也用大炮吗？"

刘永福擦了把汗水答："法鬼靠的就是船坚炮烈，否则，岂能如此凶悍！"

黄桂兰忙问："你是如何应战的？"

刘永福答："依下职经验，法人大炮并不能轰射太久。法人用炮时，我只伏住不动，有炮则用炮还他几炮，无炮便等他炮停用火枪打他。除此之外，别无良策。"

赵沃问一句："渊亭，若法鬼的大炮一直打下去，又当如何应付？"

刘永福道："炮弹用尽，大炮自然停止，焉能长久不断？"

刘永福话音刚落，法军大炮果然停止了下来。

黄桂兰一见，一个高儿蹦将起来，大叫道："果然让渊亭说中了！快快传本军的号令，放抬枪射杀法鬼！"

令下如山倒，清军阵地很快便响起密集的枪声。刘永福见黄桂兰与赵沃不再理睬自己，便飞身上马，回到黑旗军防地督战。

唐景崧此次没有到涌球参战。他受命率麾下三营，向涌球运送给养，同时监督越南派在北宁城的守将总督张登惴。张登惴统率越兵二千人，会同清军防守北宁城。就当时而言，清军既要抵挡法军的进攻，又要防范越军暗通敌军在背后捣乱，总有后顾之忧。

法军与清军对射了一个时辰，双方互有伤亡，但因法军武器优于清军，伤亡相对小些。

尼格里眼见双方成僵持状态，就离船登到高处用千里镜寻找突破口。望了许久，尼格里突然发现水坝背后耸立着一座高大的教堂，里面并没有射出枪弹来，也就是说，清军忽略了这个制高点。

尼格里进一步猜想，如果能将教堂占领，清军定然腹背受敌。那样一来，就等于打开了一个涌球的缺口。一旦打开这个缺口，就算清军再顽强，涌球也难长久守住。拿下涌球，其实就等于攻占了北宁；攻占了北宁，太原和兴化的占领期也就不远了。这就等于说，只要攻占了涌球，法军就等于占据了红河三角洲。

尼格里不敢再想下去了，因为他已经热血沸腾，心中的喜悦无以言表。如果他再想下去，他胸膛里的那颗激动无比的心，肯定要从口里蹦将出来！

尼格里把科特上尉传至近前，用手指着远处的教堂吩咐道："上尉，中国兵法有云：居高临下，势如破竹。你看到那座教堂了吗？我观察了许久，发现中国人并没有利用他。你带着你的勇士，要避开他们的射击，从后面绕过去，设法将教堂占领。这样一来，你就将由现在的科特上尉变成科特少校。"

科特手搭凉棚望着耸立的教堂，口里嘟囔道："中国人真的很蠢，教堂那里果然很安静。但如果我们的意图被他们发现后，情况可能会很糟。"

尼格里命令道："你马上行动。我派人向波里也将军通报情况，请他在正面加大攻击力度，把中国人的目光牢牢地吸住。我等着你的捷报。"

很快，波里也的第一旅加大了对清军正面的攻击力度，不仅增多了快枪的射击，还使用了各种小型火炮。

刘永福指挥人马奋力还击，但始终压不住法军的火力。

黄桂兰见正面的压力太大，只好从侧面飞调李逢正、尚国瑞二营支援正面守势。如此一来，涌球侧面的守护愈加薄弱。

科特抓住良机，率领先锋连，携带各种武器，连滚带爬地摸到教堂。在科特以为，到了教堂之后，肯定要有一番激烈的争夺战——哪知到了近前才发现，清军在这里，竟无一兵一卒把守。法军轻易便占领了整个教堂。

不久，清军的背后响起密集的枪声。枪声来自于教堂。

赵沃一见形势不好，口里大叫一声："涌球是守不住了！"话毕，他也顾不得去见黄桂兰，骑上马背便加鞭飞奔。亲兵一见，马上停止抗敌，都掉转马头，尾随着赵沃跑起来，搅得阵地一片狼烟。

黄桂兰不明就里，以为法军攻破了防线杀将进来，急忙传令全军向北宁城撤退。此令一下，只一刻钟光景，清军便从涌球各防区潮水般撤将下来。

黄桂兰临走还不忘借刀杀人，竟没有把撤退令传给黑旗军。转眼之间，涌球战场只有黑旗军十一营将士同法军做着拼死抵抗。

黑旗军与法军绞杀在一起，直杀得天昏地暗、尸横遍野、河水变红。

波里也一见伤亡越来越大，急调两大队火炮合力轰击黑旗军。

这时，有人飞跑到刘永福面前禀道："禀渠帅，黄军门与赵观察的人马已经全部撤走了！法鬼只用一路和我们厮咬，另一路已向北宁城杀过去了！"

"什么？"刘永福一听这话，脑海登时空白一片，良久才从口里迸出一句："黄桂兰、赵沃这两个王八蛋！他们怎么能这样！传令给黄统领、吴统领、连统领，全军从速撤往兴化老营。兴化乃我黑旗军屯粮之地，万不能丢给法人！"

就在伤亡惨重的黑旗军退出涌球，全军向兴化转移的时候，北宁城已经失陷于法军之手。

第五节 退守太原

黄桂兰、赵沃率大队在涌球与法军对仗时，当时的北宁城，除越南张登憕的两千人外，清军在这里布防了多少人马呢？说出来恐怕无人相信，黄桂兰只留参将蒋大彰一营四百人，外加千总黄效贤的两哨人马在此防守。两部合在一处，一共是多少人马呢？不足六百人。这六百人除守城外，还要看护城内的两座弹药库，同时还要往来监视守城的越兵，不准他们擅自离城，怕他们暗通法军，破坏守城大局。依黄桂兰、赵沃二人的打算，清军开到涌球后，党敏宣所统六个半营人马，肯定开到北宁城了。这两千六百余人，加上已在城内防守的五百人，清军在北宁城的防守人马已三千有余，守城料无大碍。

但让黄桂兰与赵沃都没有想到的是，党敏宣接到黄桂兰十万火急的札文后，并没有按令行事，而是仍旧驻扎在六头江外，以前该干什么，现在还干什么，既不回防北宁，也不兵发涌球，俨然置身事外。

涌球战火纷飞的时候，党敏宣在六头江外干什么呢？说出来，恐怕又要让人大吃一惊。他带着二百名亲兵，正在六头江外的几个村庄里闲逛，名为巡防，其实是在搜寻女人。

党敏宣是副将衔，是右路防军统领赵沃的亲信，是赵沃最为倚重的心腹大将。

党敏宣原是广西提督冯子材的部下，长期在广西管带边军，曾奉冯子材札委，随赵沃入越征剿越境的李扬才部。因讳败为胜，被冯子材参劾去职。党敏宣为此，曾多次到广西巡抚衙门找巡抚倪文蔚说情，又是送古玩，又是送金银，很是破费了几个。当时的布政使徐延旭，因也得了党敏宣和赵沃的好处，又暗中给张佩纶去函，诬冯子材胡乱参人。张佩纶为此连上七篇奏折参劾冯子材，直到把冯子材参回原籍为止。冯子材去职，党敏宣得以革职留营。张佩纶旋又听从徐延旭的一面之词，连篇累牍地为党敏宣评功摆好，致使党敏宣革职不足一月，又官复了原职，跟变戏法一样。

但党敏宣实在是心术太坏的人，他一贪酒、二恋烟、三好色。军人的所有坏毛病，他一样不缺。赵沃吸食烟片，是他怂恿的功劳，黄桂兰嗜酒好色，也是他引导的结果。

唐景崧入越之后不久，即发现党敏宣的种种不端，曾有函致友人论称："党敏宣，军中狡滑也，赵沃庸懦，其作奸肆欺，党敏宣居间画策，故为其所挟，不遵调度。"

话说黄桂兰率全军从涌球撤退，尼格里马上率军乘军舰拦截。九艘军舰箭一般地行驶，竟抢在清军之前来到北宁城下，旋发炮对城内轰击。

当时，唐景崧率三营正押着大批的弹药、给养，行走在去涌球的路上，城里只留蒋大彰一营两哨人马会同两千越兵把守。

法舰对城垣开炮，蒋大彰指挥各哨开到前门严阵以待，让张登憻管带自己的人马在后门把守。哪知越南官兵都是惧怕法人的，张登憻更是胆小如鼠。他见法舰炮火猛烈，法兵舰只又多于以往，早已吓得尿湿了裤子。他从营里调派了十几辆车驾赶回家中，命令家人悉数上车，又把家中的金银细软乃至粮食、衣物甚或各种厨房用具整整装了好几车，在亲兵的护卫下从后门狼窜而去。越兵一见总督逃跑，自然不肯落后，携眷驮粮，蜂拥从后门离城。

站在山头督战的尼格里一见机会难得，忙督率大军弃船登岸截杀，又把科特叫到身前，吩咐道："上尉，我已经派人侦查清楚，安南军队已从后门溜走了。现在的北宁城，只有这些中国人在战斗。你带着陆战队趁乱从后门进城，先把中国军的弹药房占领。如果没有什么抵抗，你就到中国营房里去放火。"

科特犹豫着说道："将军，早晨刚下过雨，这里到处都很潮湿。"

尼格里："我知道你要说什么，我支援你一千斤火药。"

科特很快带着一连人马从后门混进城内，向城外跑的越军视而不见，还有人给法军带路。

科特大喜过望，毫不费力便将清军的弹药库占领，又来到清军的大营前，在越军的指引下，放起一把大火。

前门拒敌，后门起火，北宁城内登时大乱。

蒋大彰见后门洞开，营房又升起滚滚浓烟，只好启前门率人马出城，撤往太原。尼格里命令围城法军放胆截杀，致使蒋大彰只带了百余人撤进太原，余则非死即逃。

北宁被法兵占领。

得知北宁已失，黄桂兰、赵沃二人会同刚刚聚在一起的唐景崧等人，急忙夺路往太原溃走。

一时间，由北宁通向太原的各条山路上，到处都是惶惶奔走的清军。

一到太原，赵沃也不和黄桂兰计议，便抢先一步写了个北宁失守的经过，派人送给在谅山坐镇的徐延旭。

赵沃这样写道："涌球失守后，维时黄统领已先回城，刘团亦继回城外。职道迫得回城，商调慈山各军来援，以固根本。当已派差官前调，而该匪之炮已击入城。职道到城外，以慈山之军不能应急，饬令将饷项文案各人均皆入城，以为坚守之计。而该匪已由涌球分党将至北宁闸门。职道急饬田福志并小队新右军坚守闸门。当此事势已迫，商之刘团，许赏花红银二万两，夺回涌球山顶炮台，乃刘团再三不允。职道复单骑入城，营官林苑生等随至，而张总督、黄统领均已出城，刘团亦退。职道再回筹维，空城难守，当即下马，以为城失身亡，而报答宪恩，无如各哨弁差官及亲兵推拥出城，只得苟且偷生。"赵沃不愧道员之名，笔下功夫着实了得，竟把凭空捏造的一篇文章写得有生有色，且把刘永福变成一个不听调遣、唯利是图的人，而把自己则塑造成了有胆有识、临危不惧的当代大英雄，比汉代千里走单骑的关大将军还胜上百倍。报告送走，连赵沃自己都感到文章把自己刻画得太过完美了，怕要瞒不过两榜出身的徐延旭。何况，北宁的主帅是黄桂兰，而非他赵沃。思虑再三，赵沃又提笔追加了一文："申刻已到涌球入城，张登憻（上文中的张总督）已吹洋号迎之；桂兰等回城，已救之莫及。各勇以城不守，子药均存城中，其四方教民鸣鼓响应，坚固至夜，被该匪炮轰如雨，各勇心寒，渐私逃散。时势如此，桂兰等亦迫得乘夜而退。所有衣服、文案、公件、银钱均为彼有矣。"此文具名，前是黄桂兰，后是赵沃。

唐景崧到了太原后，连夜便赶到兴化来见刘永福，了解涌球战败的根本原因。

刘永福气愤地把黄桂兰独自撤军的事详细讲述了一遍。

唐景崧见黑旗军伤亡惨重，便好言抚慰了一番，又快速返回太原，找到蒋大彰，探访北宁失守的真实情况。

蒋大彰不敢隐瞒，具实把张登憻私开后门逃跑的事，原原本本地讲给唐景崧听。

唐景崧于是含毫命简，向朝廷奏报北宁失守的详细经过。奏稿直递两广总督张树声，由张树声转递京师。

黄桂兰到太原后的第二天，也给徐延旭打了一个报告，据实讲述他和赵沃在回北宁的途中，便得知北宁城已失陷法手，故未进城即已退走。黄桂兰的报告这样写道："缘是日敌人队伍枪炮多我数倍，益且精利较胜。维时春娥社教民由后杀出，施放枪炮，各军腹背受敌，皆困重围之中，犹与混战，至暮未退。旋闻法人已由陆路窜踞涌球，分兵进取北宁信息，弟遂偕庆翁率队透围而出，急急回兵，冀图返城坚守。不料张登憻带领女眷及南兵多名，大开城门，先行走避，假称亲往刘营求援等语。致令城厢内外民人，见之纷纷惊逃，而近城教民人等，穿戴鬼衣鬼帽，起兵应敌，导引法兵入城；四面拦路劫杀。弟与庆翁半途得此警报，知北宁城已失陷，回救无及，登即商定兵分两路退走，以便沿途招集溃出勇丁，免使溃散莫聚。"

该报告一式两份，一份送给徐延旭，一份着专人送到张树声之手。最让人感到奇怪的是，在谅山统筹全局的徐延旭，北宁已失守两日，他竟然没有听到一点风声，还在靠凭空臆想，在上奏给朝廷的折子中妄称："因上下同心御敌，北宁守御尚可无虞"，闹出一个天大的笑话。

张树声一接到黄桂兰的报告，未及读完，便觉头顶嗡的一声炸响，登时气晕在签押房里。张树声时年已六十足岁，到广州后，因气候不太适应，一直疾病缠身。上月因吃海物腹胀多日，夜间突然又遭了凉气，便开始拉起肚子来，加之北宁风声日紧，法国四处放言要攻击大清国的口岸，更让他日夜紧张，疲惫不堪。

苏醒后，张树声硬撑着精神，把黄桂兰的报告看完，便把文案传进来，口述了一篇给朝廷的奏折，通报北宁的事情。

文案下去后，张树声沉思良久，又提笔给黄桂兰写私函一封，责其丧师失律，为淮人羞。显然，张树声对自己的这个儿女亲家彻底失望。

该函不仅措词激烈，几近泼妇骂街，而且隐含着让黄桂兰自裁的意思。

黄桂兰急惶惶向张树声通报战况，原本是希望张树声能在朝廷那里替自己开脱一些罪责，哪知张树声的函件递到他手后，展阅之下，竟仿佛被人由天上浇了盆冰水，从头直凉到脚底。

当时，除刘永福黑旗军外，驻防北宁沿线的清军各营，已陆续撤到太原。党敏宣因法军占领北宁后派出部队及舰只，在六头江内外搜寻，弄得他无法躲藏，只好也于一日傍晚拔营开路，撤到太原城外驻防。

党敏宣把营盘扎好，便抓了把锅灰抹到脸上，又就地在泥土里滚了三滚，这才装作狼狈的样子，哭丧着脸骑马进城来见赵沃。

一见党敏宣来到，赵沃登时脸一沉，劈面嗔怪道："你做事可是太孟浪了！卉翁与本道三番两次派人调老弟回守北宁城，老弟如何置之不理？北宁如今失守，上头肯定要拿一些人问罪，你让本道如何与你分辩？"

党敏宣咧着嘴道："观察大人有所不知，法鬼攻我涌球时，卑职正在使用围魏救赵之计，督率各营在六头江口外袭击法鬼炮台，使攻我涌球法鬼分兵来援，以此减弱法鬼攻势，间接保全北宁，固我城防。哪知法鬼在六头江口外所筑之炮台，坚于其他炮台，炮具快枪配置甚是齐整。卑职与游击谢洲、田福志各将，策划了无数次攻法，终未见效，反倒被他的大炮、快枪，打得退无可退、藏无可藏，活活气煞人！争持之时，闻报涌球失利，卑职立即下令各营停止与法鬼拉锯，掉转马头回防北宁，哪知半路又和两艘法舰遭遇在一处。卑职着令各营就地开枪，总算把法舰打跑，北宁却已失守了。依卑职当时的心情，恨不得一头栽到江里淹死，用死来报答宪恩。却又转念一想，卑职一死倒是干净了，但您老并不知内情。如果上头把所有罪过都加到您老一个人的头上，您老如何分辩得清？所以卑职就转了念头，决定忍辱偷生，无论如何也要见大人一面。"

党敏宣话毕，对着赵沃齐整整地跪下去，流泪说道："当时的情形，卑职俱已讲出，要杀要剐，但凭大人裁断。只要上头和抚台那里，不因卑职而为难大人，卑职万死心甘！"

党敏宣的一番巧舌如簧，直把个赵沃说的半天作声不得，良久才很无奈地说了一句："你也起来吧。事已至此，怪你又能怎的？本道也料定，你没有及时回守北宁，定有缘由在里头，果然被我料准了。"

党敏宣听了这话，对着赵沃砰砰砰磕了三个响头，这才爬起身来。

赵沃皱着眉头说道："你先坐下，我们须好好计议一下策略。等上头和抚台问下来，我们要怎样才能把话讲清，这才最最关键。不能乱说一气儿，祸害别人。"

党敏宣坐下，小声问道："军门那里是怎么想的？北宁失守，他向抚台禀告了没有？"

赵沃叹口气道："这是本道最头痛的事情。这个黄卉亭，他也不知中了什么邪！他到了太原，便闭门不出。本道天天去见他，都被门房挡住，听说连唐维卿想见他一面都不能够！他究竟是怎么向抚台那里讲述北宁战事的，本道至今不知端底。黄卉亭到底是怎么想的本道不晓。"

闻听此言，满腹心计的党敏宣也登时愣住。稍稍思忖，他小声问道："庆翁，卑职想问一句，北宁失守，您老的统领关防是否未遗留在城？"

赵沃一愣答："此次涌球一战，法鬼发兵甚多。本道怕北宁城有失，所以提前便把关防秘揣进怀里，要紧的公文也着专人由城内一并带在身边。你问这个作甚？"

党敏宣没有回答赵沃的问话，而是又诡密地问了一句："庆翁这件事做得甚好，但庆翁可曾知晓，卉翁的提督印信现在何处？是否也带在身边？"

赵沃迟疑了一下，答："卉翁的事情本道何得知晓？老弟，你连连问起这个，究是为何？"

党敏宣一笑道："庆翁有所不知。设若卉翁的提督印信落在敌手，我们正好能做成一篇大文章；若卉翁的印信同庆翁一样，不曾丢失，我们当另外打算。庆翁，难道您老到了现在，还听不明白卑职在说什么吗？"

赵沃摸着胡子说道："你老弟要干什么，本道是早就知道了。但卉翁的印信是否在手里，需问过蒋大彰后方能知道。依本道想来，蒋大彰就算再慌张也不能不到军门府去料理一下。何况，就算他不去，卉翁留在府里的那些压寨女妖精，岂能不去找他庇护？"

党敏宣道："这又是卉翁的一大罪过。卑职听说，就在法鬼兵发涌球的头一晚，他还和这些妖精斗了一夜的床头大法。按我大清例律，军中蓄妓已是死罪，又奸民间妹崽，恣为荒淫。这还了得吗？卑职还听说，卉翁酒后着人学洋号，改效越装，包头乘辆，用越国仪仗，招遥街市，以此为乐。越国百姓见之，纷纷躲避，唯恐引火上身，招来横祸。"

赵沃没有言语，因为党敏宣所说黄桂兰的这些恶行劣迹，他赵沃亦样样做过，就是党敏宣本人，也是有过之而不及。

按大清官制，文官乘轿，武官骑马。但清军在越驻防的三品以上武职大员，却个个都有各色轿子一二顶，不仅闲时乘坐，连巡防时也坐。难怪在郎甲采办军粮的道员耿在田在北宁失守后的日记中愤然写道："军门应当怕死！谅江应当不要！委员将官亦应当受伤身亡！非田所恨，各营官在场，均可伤心！"

第六节 军门自裁谢国

黄桂兰为什么退到太原后闭门不出呢？

黄桂兰其实已经羞于见人，尤其是接读张树声的书函后，更是悔断了肠子，下定决心用死来抵消自己的罪过。他历数自己入越以后做过的事情，发现无一件不与大清的例律相悖。这些事情，唐景崧肯定已经绕过他报给了朝廷。就算徐延旭看在张树声的面上能替自己分辩几句，朝廷也肯定不能就此罢议。何况，北宁一失，徐延旭已自身难保，他的话上头岂能听进？

思来想去，黄桂兰越发觉得自己罪该万死，断无活命之理。与其问罪杀头，不如自裁以谢天下。

主意打定，黄桂兰命人铺纸研墨，挥毫给张树声书函一封。函云：

"提督自光绪五年调办左江边防，统领各营，迭将关外匪首陆之平、李亚生、杨大家伙、覃四嫂等，或剿或抚，歼除净尽。七年八月督军出关，密筹布置，于今三年。及越南之河内、南定两省，先后为法所陷，提督因南官之请，进驻谅江，并分营扎北宁、涌球一带，其时仅所部一军，未尝稍有畏怯。上年五月，抚臣徐延旭奉命出关，右路统领道员赵沃亦奉派至北宁协同驻守。方幸指臂有助，岂意竟有本年二月十五日之败。……力竭计穷，目击时艰，一筹莫展。自念受恩深重，既不能向疆场努力赎罪，又曷若一死明志。沥血披诚，遗咨恳请哀矜，据情代奏，以表寸心。"

黄桂兰随后又写了两封家书，委专人送走，便于当晚子夜时分，吞食了大量的鸦片膏子，速求一死，算是向国家赎罪。

当值的亲兵闻听卧房声响有异，慌忙踹门而入，见黄桂兰顶戴官服着身，正两手捂胸在床下翻滚。亲兵料定黄桂兰是服了过量的烟土，忙唤人灌水相救。

黄桂兰奋力将水碗打翻，忍痛斥道："本帅尽忠报国，以死酬天下人。与汝等何干？速退！速退！"

黄桂兰虽尽忠意决，但身边的人岂能见死不救？仍端水进来，撬口相灌。黄桂兰竟然牙口紧咬，一口不咽，表现得甚为壮烈。挣扎了半夜，直到天明以后，气息才开始短促起来，眼见是救不活了。午时三刻，终于撒手西去，仿佛预先算计好了似的，闻者无不称奇。

唐景崧到太原后，也给徐延旭递了一个北宁失守的报告。唐景崧在报告中称："敌夺涌球，拽炮阜顶，俯击北宁城。弹三落，城市哗然，越官张登憻等开城遁。黄、赵犹在阵前，惊闻后路失，亟撤队回城。乱军苍黄，势不能守。黄统领闭户将自缢，周炳林、陈朝纲、尚国瑞携提督印强掖以行，遂与赵统领并奔太原，勇营四溃。"

唐之报告所称"黄统领闭户将自缢，周炳林、陈朝纲、尚国瑞携提督印强掖以行"云云，含有极大的揣想成份。因为黄、赵二统领，根本未及进城则城以失陷，怎么可能对黄桂兰"强掖一行"？

清军向太原溃撤的时候，急于进兵兴化的米乐，则认为继续长驱紧逼未必有利，只须再攻占谅江府作为前哨阵地即可。于是飞传命令调整部署：由波里也率一旅中的两千人，组成轻骑部队，全队携带八天给养，追击进入太原一路的清兵；从第二旅挑选出两千人，由尼格里亲自统率，组成另一支轻骑，携带六天口粮，追击撤往谅江方向的清军。一旅和二旅所剩官兵则把守北宁，加固城防，预防清军突然抢夺城池。

波里也率军赶到距离太原五十余里时，正逢徐延旭的兹函递进城来。兹函札委四品京卿唐景崧，临时统带由北宁撤进太原的提标各营，驻守城池，相机进剿；饬命黄桂兰、赵沃速将军务、印缓交割唐景崧之手，然后驰赴谅山府广西巡抚行辕面商机宜，不得有误。徐延旭显然是在替上头作主，先行剥夺了黄、赵二统领的兵权。

但兹函进城时，黄桂兰已驾鹤多时，赵沃带着党敏宣等一班属将，正忙着给黄桂兰置办棺椁、料理后事。太原城临时广西提督府门前，白幡飘飘，哀声动地，赵沃与党敏宣都哭得跟个泪人一般。赵沃是在为自己的前程担忧，党敏宣则完全是做给别人看的。

唐景崧札委到手，急带亲兵赶到黄桂兰的临时提督府，亮出徐延旭的饬命，先行将提督印绶拿到手里，又让赵沃也交出督军关防，便派出一营人马，载上黄桂兰的棺椁，会同赵沃、党敏宣一起，离城赶往谅山府。党敏宣所辖各营，由唐景崧自己管带。党敏宣自然不肯甘心，又私自找各营营官暗中交代了一些什么，这才离开城池。

赵沃、党敏宣前脚刚走，波里也督率轻骑赶到。

城内清军各营先遭北宁之败，又遇提督新丧，根本无心抵抗。法军大炮一响，各营便乱作一团，任唐景崧无论怎样动怒，竟然无法号令三军。

唐景崧回天无力，只好饬令各营撤出太原，开到距太原城十里左右的山上安营扎寨，伺机夺回太原。

波里也占领太原后见无有所得，只好率军撤出。唐景崧闻报，马上督饬各营将太原重新占领。

但波里也并未走远，而是隐藏在城外的密林中窥伺清军的动向。今见清军又进得城来，他便率军冲出将城池围住，大炮、快枪顿时响作一片。

唐景崧并不与法军恋战，而是在城内放起一把大火，然后率军离去。

波里也进城，见太原已成一片焦土，只好留下少许几连守城，自己则统率大队撤回北宁、河内两地驻防，等待米乐的再一个命令。

唐景崧见太原已不可复得，何况邻近的富平也已被法军占据，只好仰天长叹一声，督饬各营撤往兴化。

驻守谅江的清军有于德富、甘乃斌、李定胜、晋文治等八营。

尼格里赶到时，清军也作了抵抗，但碍于法军枪炮太过精良，人数又与清军不相上下，致使战斗无法持续太久。何况战不多时，营官李定胜与帮带郭涌泉俱受伤，清军只得撤退。

法军在谅江稍事休整，即挥师向离郎甲二十里左右的左溪发起攻击，意在夺取郎甲。

郎甲非同小可，乃清军军火、粮草屯积之地，候选提督王洪顺所率绥南四营在此防守；左溪的四营防军，亦归王洪顺统辖。

左溪告急，王洪顺不敢大意，慌忙遣一营前去救援。哪知狡猾的尼格里攻击左溪是使用的虚招。他的真正目的是要占领郎甲，夺取清军的粮草。

所以，王洪顺遣一营人马前脚刚离开郎甲，法军大队接踵便至。

一时间，郎甲方圆二里枪炮齐鸣，战事甚是激烈。战了半日，左溪先失，郎甲亦很快不支。

无奈之下，王洪顺率左溪、郎甲各营退往屯梅。

郎甲失守，清军大量的军火、粮草尽落敌手。法军出兵以来，一路攻城略地，连连得手，使一向胆小慎微的格里尼，猛然间胆气增大无数，认定貌似强大的清军，实际是不堪一击的。也就是从这时起，法兵开始轻视清军。

北宁战役，法兵损失不大，清军却出人意料的伤亡惨重。

战后，米乐向国内军部最高帅部报告称：北宁一役，我军仅阵亡二十六人，重伤三人，轻伤二十二名。徐延旭向军机处奏报：北宁一役，伤亡勇丁一千余人，其营官、哨弁自副将以至千把受伤者二十余员。阵亡的将领计有：统带镇南右军兼带中营提督衔记名总兵克勇巴图鲁韦和礼，在桂阳县打仗，炮断右臂，越七日身亡；镇南左军中营哨官游击刘国勋，防守涌球时阵亡；奋勇副营帮带都司衔守备黄效忠、差官把总班有兴、外委曹正亮三人，均在粤云社阵亡；镇南中军中营差官守备刘辅贵、龙殿邦二人，在揽山凤毛墟阵亡；镇南中军左营哨官守备陶承德，在桂阳县平田村阵亡；镇南前军中营哨官守备卢威志，在粤云社阵亡。黑旗军伤亡尤其惨重，伤亡竟达五百余名，黄守忠亦受伤。

第二章 军机处大换班

第一节 逮问徐延旭

清光绪十年二月十六日（公元1884年3月13日），因为刚刚度过龙抬头，京师各衙门仍然充满着喜庆的气氛。大小官员穿着簇新的袍子，顶子也都擦得铮亮，都还沉浸在已经过去的节日里。各衙门虽然已经依老例开印办公多日，但并无多少公事可办，还在相约着下差后寻找吃喝玩乐的场所。

恭王这个新年却过得并不舒心，先是进宫给皇上、太后贺岁时穿得少了，着了些凉气，一直发烧不退。后来烧有些退了，却又咳嗽起来，搅得福晋也打起嚏喷。

正月十五以后，恭王的精神渐渐好起来，却又不知何故，右眼皮开始乱跳，慌得福晋急忙让管家跑了趟雍和宫，请了两名道行深的喇嘛进王府念经祛灾。恭王的眼皮却不见好转，一直在跳。

一早，恭王正在王府用早饭，军机处当值章京递进来几封公函。不多一刻，又递进来一道李鸿章的函件。

恭王匆匆漱了漱口，茶也顾不得喝，便开始拆阅函件。先前递进来的函件共是三篇折子：一篇是两广总督张树声的，一篇是广西巡抚徐延旭的，最后一篇则是唐景崧的。三篇奏折在讲述同一件事情：北宁失陷，各路清军撤往太原。李鸿章的函件也是在通报同一事件。

恭王的脑海一片空白，冲口便高喊了一声："快快备轿，本王要进宫去面见太后！"

一见太后的面，恭王小心地说道："禀太后，刚刚收到两广张树声和谅山徐延旭的奏件。据张树声奏称，他接到广西提督黄桂兰的急件，法兵在本月十二日，动用两个旅，对我涌球发起强攻。黄桂兰闻报，亲自督饬北宁沿线并刘永福黑旗军十一营，与法兵展开激烈交战。法兵当日大炮猛烈，快枪便捷，我各营虽无相应大炮还击，但用抬枪、小炮，仍打退法兵的十几次攻击。法兵奈何我各营不得，便从水路用兵舰强攻我北宁。北宁城内，当时有越南总督张登慞，率领两千越兵配合我军防守。见法人兵舰开炮，他便私开北宁后城门先行逃跑，法兵趁机一拥而入，强把城池占据。"

慈禧太后起身急道："你能不能直接说，北宁到底怎么样了？"

恭王全身一震说道："禀太后，北宁于本月十二日傍晚时分，被法舰强行攻破。黄桂兰见后路被断，只好率领各营撤往太原。黄桂兰已督饬各营，在太原择要扎营，欲同法兵决一死战，并力争收复北宁。"

恭王话毕，把张树声、徐延旭、唐景崧三篇折稿并李鸿章的函件，双手呈给太后道："这是张树声、徐延旭并李鸿章发给军机处的急函。另一封是代递的唐景崧打太原递来的奏件。唐景崧的奏件与张树声、徐延旭所奏大致相同。"

慈禧太后一屁股坐下去，喃喃自语了一句："说了半天，北宁还是丢了。这法人怎么了？用兵舰载着两个驴和我们打！是什么驴呀这么厉害？钢驴还是铁驴？"

恭王忙道："太后容禀，是臣口误。法人此次攻打北宁，不是用了两个驴，是动用了两个旅。据李鸿章函称，旅是法国的兵制单位，旅长相当于我大清的提督。法国的一个旅，大概辖有四千余兵丁，大抵相当于我大清的十个营。"

慈禧太后愣了许久，忽然用手翻了翻案头，道："我记得昨儿刚看了徐延旭的一个奏件，说北宁城固若金汤。你回去查一查这个奏件，看他是哪一天发出的？北宁失守，徐延旭说没说该怎么办？他现在到底在越南北圻的何处驻扎？你下去后抓紧议一议。北宁失守时，唐景崧在哪里？"

恭王忙答："据徐延旭讲，法兵扑犯北宁时，唐景崧正受黄桂兰札命，从北宁往涌球运给养、弹药。于此看来，北宁失陷，唐景崧亦未在城中。"

慈禧太后愤然道："这个徐延旭倒真是能干！我们往北圻派进去的三万人马，光北宁就不下两万！这北宁说丢就丢了！北宁失守，徐延旭罪无可免，先摘顶革职留任。如果能夺回北宁，再赏还给他。其他的人怎么办，你们抓紧议一议。下去吧。"

三天后，一道圣旨火速递到昆明云贵总督府及关外徐延旭行辕。圣旨先以徐延旭"株守谅山，毫无布置"，将其革职留任；命岑毓英节制关外各路人马，"择要扼守""捍卫边疆"，并着岑毓英查明黄桂兰、赵沃现在何处。谕曰：

"昨据李鸿章电报，北宁业已失守，官军退至太原，曷胜愤懑！前叠经谕令徐延旭妥筹备御，力保北宁；乃该抚株守谅山，毫无布置。岑毓英派刘团十二营赴北宁，该抚谓北宁无警报，令复驻嘉林关，该城旋即失陷。调度乖方，殊堪痛恨！着先行摘去顶戴，革职留任，责令收集败军，尽力抵御；如再退缩不前，定当从重治罪。彼族肆意蚕食，边患日深，前有旨令岑毓英节制诸军。该督素性勇往，熟谙兵事，着即激励各营，及刘永福一军，力图进取；一面疏通道路，务令滇、粤防军，联络策应，择要扼守，捍卫边疆，毋任再有侵逼。北宁详细情形，着该督抚迅速奏闻。黄桂兰、赵沃等现在何处？并着查明具奏。"

二月二十六日，据离前旨发走不过十天，军机处便收到了李鸿章火速递进的发自两广总督张树声的电报："太原失守，关外各营已撤至兴化固守。"

此电在京师引起极大的震动。慈禧太后更加愤怒了，开始用霹雳手段，加大惩处在关外督军的各级官员，对督、抚也开始大面积更换。

军机处发给潘鼎新的圣旨是：

"前有旨，令潘鼎新驰赴广西，俟到该省后，由张树声电报奏闻，听候谕旨。现在法人鸱张日甚，自攻占北宁后，昨据李鸿章电报，越之太原又为法人攻取。徐延旭株守谅山，毫无备御。关外军情万紧，潘鼎新奉到此旨，即日驰赴广西镇南关外，传旨将徐延旭革职拿问，派员解交刑部治罪，广西巡抚着潘鼎新署理。徐延旭所带各营，即着该署抚接统，认真整顿。黄桂兰、赵沃等军退扎何处？并着查明据实严参。所有滇、粤各军，前已谕令岑毓英节制调遣。该署抚驰抵防所后，务与岑毓英和衷商榷，速筹战守之策，以固边陲，而维大局。"

潘鼎新此时正在长沙署理湖南巡抚。说起这潘鼎新，还真有一番有别于常人的大来历。潘鼎新是安徽庐江人，字琴轩，一榜出身。咸丰七年从戎，与太平军作战，擢同知。咸丰十一年（公元1861年）奉曾国藩命募勇成立鼎字营，次年率军随李鸿章至上海，归李鸿章节制。同治二年（公元1863年）署江苏常镇通海道，次年加布政使衔。同治四年（公元1865年）奉命率部北上，出任山东按察使，两年后迁山东布政使。光绪二年（公元1876年）由云南布政使署理云南巡抚，成为方面大员。因与云贵总督刘长佑不睦，命来京另候简用，不就，乞假回籍。光绪十年初（公元1884年），命署湖南巡抚。

潘鼎新接旨时，是刚刚由原籍抵达长沙湖南巡抚衙门任所，可谓是临危受命。

圣旨递往湖南的同时，军机处又遵慈禧太后之命，给贵州巡抚张凯嵩飞下一旨：

"前派唐炯督带滇军，防守越南山西等处，乃该抚并未奉有谕旨，率行回省，以致边防松懈，当经摘去顶戴，革职留任，以示薄惩。近日山西、北宁、太原相继被陷，皆由唐炯退缩于前，以致军心怠玩，相率效尤，殊堪痛恨！着张凯嵩驰赴云南，传旨将唐炯革职拿问，派员解交刑部治罪，云南巡抚着张凯嵩署理。贵州抚篆着李用清暂行护理。"

说起这张凯嵩，其实也非等闲之辈。张凯嵩是湖北江夏人，字云卿。道光二十五年（公元1845年）进士，广西即用知县。历任宣化、怀集、临桂知县，咸丰五年（公元1855年）擢广远知府，旋迁左江道，调署右江道。咸丰八年（公元1858年）赏三品顶戴署广西按察使，寻实授，旋赏二品顶戴升授广西布政使。同治元年（公元1862年）擢广西巡抚，三年加头品顶戴，六年升授云贵总督，旋因过革职。光绪六年（公元1880年）复出，先以五品京堂候补，寻授通政使参议，旋迁内阁侍读学士，署理顺天府尹。光绪八年（公元1882年）得授贵州巡抚，再度成为封疆大吏，传为一时佳话。

就当时来说，两广、云南都是前沿，清廷用他来代替唐炯坐镇云南，实际也是一种倚重。

三月十七日，军机处又给在镇南关督军的原福建布政使、"定边军"统领王德榜飞下一旨。旨曰：

"前因法越构衅交兵，广西边防紧要，谕令徐延旭出关督率防军，严密扼守，以固边陲门户。乃该抚迁延不进，株守谅山，仅令提督黄桂兰、道员赵沃等，带兵驻守越南之北宁。乃于法人扑犯，该提督等防御不力，竟行溃退，以至北宁失守，实堪痛恨！兹据徐延旭、张树声先后奉到失守情形，并据徐延旭自请从重治罪，张树声自请严加议处。前已有密旨，令潘鼎新驰赴广西镇南关外，传旨将徐延旭革职拿问，并令王德榜传旨将黄桂兰、赵沃革职拿问。现计潘鼎新应已行抵广西，着该抚派员速将徐延旭解京，交刑部治罪；并着潘鼎新会同王德榜将黄桂兰、赵沃溃败情形，切实查讯，如系弃地奔逃，即行具奏请旨惩办，毋庸解交刑部。已革总兵陈德贵，防守扶良炮台，首被攻破；副将党敏宣带队落后，畏缩不前；均着即在军前正法。其余溃败将弁，一并查明，分别定拟，请旨办理，毋稍徇隐。张树声职任兼圻，咎有应得，究属鞭长莫及；加恩着改为交部议处。广西巡抚着潘鼎新补授，湖南巡抚着庞际云署理，广西提督着王德榜署理。"

北宁、太原相继失守，终于给了王德榜重新崛起的机会。

潘鼎新赶到镇南关后，先与王德榜会商了一下，亦不敢休息，竟在很短的时间内，会同王德榜，统带定边军八营，火速出关来到谅山督军。

徐延旭已提前接到圣旨，早把顶戴、官服自行包好，并移出行辕居住，等着潘鼎新的到来。

望着徐延旭憔悴的面容，花白的头发，潘鼎新深感做边帅的不易。

潘鼎新动情地说道："晓帅，您久历边关，劳苦功高，进了京师，上头会还您老一个公道的。"

徐延旭摇头说道："琴帅，我此次实实是让黄卉亭、赵庆池这两个混蛋给坑了。北宁、太原相继失守，我身为全军统帅，罪无可逭，只可惜了我徐晓山这一世的英名！罢罢罢，不去说他了。"

潘鼎新长叹一口气道："晓帅且请放宽心，能有分辩处，本部院自当替您老分辩。您老一路保重吧。"

徐延旭默然无语，表情却明显有些感动。

送走徐延旭后，由王德榜传旨，将已到谅山的赵沃摘去顶戴，押进大牢；又由潘鼎新行文兴化，札饬陈德贵速到谅山听旨。

陈德贵不明所以，接文的当天就轻骑飞赴谅山。哪知到谅山的当晚，便由王德榜摘去顶戴花翎，同党敏宣一起，于次日午时三刻被绑到大营外斩首。

陈德贵大喊冤枉，行刑手却不容他讲话，手起刀落斩讫；党敏宣被绑到法场就已吓昏过去，直到人头落地也未睁眼。

办理完这些，又将谅山防务重新调整一番，潘鼎新这才偕同王德榜匆匆赶赴兴化，一边整顿军务，一边奉旨调查北宁失守在事将领的责任。

中法两国此时虽未正式失和，但法国已经单方面与大清国撕破了脸皮。

北宁轻易失守，使清流人物张佩纶亦大感意外。为了推卸举荐职责，他特意给李鸿章写了一封书信，称："近闻黄、赵两军素无纪律，草木皆兵，一败涂地，可为深耻！琴轩赴粤，但能扼守关内，而岑军亦力保滇境，如冬间私议，或不至遽成纳币求和之局。误荐晓山，乃鄙人之罪，此时亦无诿过之理，俟奏报到日，自请严谴。公谓何如？惟鄙人所不甘者，火器水师两事，断断极论，舌敝唇焦，枢府疆臣终不我纳，此为憾事！"张佩纶把自己说得很完美。

李鸿章阅函却连连苦笑，想起张佩纶等人向朝廷举荐徐延旭时，是何等的声色，谁人敢提出异议！谁若敢说徐延旭半个不字，竟大有万炮齐轰的架式，着实激烈。

"言官误国，自古皆然！"

此时的李鸿章，不仅仅生张佩纶等一班清流的气，更生朝廷的气。

朝廷下旨着令将陈德贵、党敏宣二人就地正法的同时，慈禧太后又把所有军机大臣、总理衙门大臣、各部院尚书等相关大臣传进宫来，言辞极为激烈地训斥道："皇帝幼冲，我有些事情知道，有些事情不知道。边方不靖，疆臣因循，国用空虚，海防粉饰，不可以对祖宗。"

各王大臣低头不语，无人敢应声。

慈禧太后又道："祖宗创业不易，我们却把业守成这个样子！你们到底想干什么呀？我们将来怎么去见祖宗？——你们怎么都变哑巴了？说话！"

一见慈禧太后拿出要与人拼命的架势，各主事王大臣更加噤若寒蝉，帝父醇亲王奕譞竟然发起抖来，仿佛在打摆子。

僵持了一刻钟，见殿下静得瘆人，慈禧太后很无奈地挥了挥手。

王大臣们下来后，各揣心事，快快退去。

哪知就在当晚，醇亲王奕譞却被慈禧太后单独召进宫里，很晚才下来。

次日晚，奕譞忽然打发人把赋闲的礼亲王世铎、贝勒奕劻请到府里吃酒。这倒把世铎和奕劻吓一跳。

奕譞素来胆小，成为帝父后，行事更加谨小慎微，唯恐一个不小心，给自己和家庭招来祸患。几年来，他办完公事便就回府，极少出去应酬，写大字赏字画成了他公余的唯一爱好。

如今，一向低调的奕譞忽然一改平常，世铎与奕劻免不了要吃惊。

二人相约着来到醇王府，早有管家满面笑容地接着，请到客厅落座。醇王闻报，从书房踱着方步出来与二人见礼、寒暄。早有下人端茶进来摆上。

醇王请二人落座，这才徐徐说道："昨儿太后说的那番话，想来你们还记得。越南北宁此次失守，太后是动了真气了！六哥这回，可让徐晓山坑得不轻！"

听了这话，世铎望了望奕劻，急忙低下头去端起茶来。奕劻见世铎拼命地用嘴吹茶沫，便也端起碗来，象征性地喝了一口。

醇王没有理会二人的举止，只管站起身来，一边踱步一边叹着气道："太后对我说，照这样下去，我大清就完了。有一天见了祖宗，我们说什么呀？祖宗会骂我们是不肖子孙的！这还了得吗？了不得呀！"

二人仍不言语，埋头嗞嗞地喝茶。这时管家进来禀报，言称席已上桌了。醇王哈哈笑着，请二人更衣入席。

喝酒的时候，醇王压低声音道："今儿在宫里，太后忽然问了我这样一句话，你知不知道奕䜣在总理衙门怎么样啊？"

奕劻一听这话，猛地把眼睛瞪大，拿筷子的手举在半空，盯着醇王的嘴看。世铎也悄悄地竖起耳朵听。

醇王却偏偏夹起一个虾团丢到口里，把双眼一闭，慢慢地嚼起来。

把虾团好不容易咽下去后，醇王又喝了一口汤，这才接着说道："你们说，总署那里是六哥当家，我怎么能知道内情呢？可是太后呢，偏偏又问了我一句：'世铎整日都在干什么呀？他没事，应该常到军机处去走走。祖宗的基业，我们人人都有份儿！'"

说完这话，醇王又把一个虾团丢进口里，又是好大一会儿的细嚼慢咽。

"我今晚把你们两个请过来，就是想对你们说，你们可不能辜负了太后对你们的那片心哪！礼王啊，你以后啊，就常到军机处走走。北宁这一失守啊，太后对军机处和总署可是太失望了。六哥这个人哪，哪样都好，就是太揽权。太后对我说呀，她的话呀，在总署和军机处，都快没人听了！咳！这可怎么办哪！"

世铎想了半晌，忽然放下筷子小声问了一句："太后讲这些话，到底是什么意思呢？你说我吧，一直闲散来着，没事上军机处干什么去呀？我又不是军机大臣，总往那儿溜达，还不得让恭王轰出来呀？"

奕劻这时说道："太后可能一直都蒙在鼓里。我呀，虽在总署当差，其实恭王并不准我管事，凡事都是他自己拿主意。他定准的事，有时同我言语一声，有时我始终都不知道。咳，恭王的苦处我也知道，和洋人打交道，难着呢！难得太后还记着我！"

醇王正色道："太后是何等样人，咱们哪个人不在她心里装着！但有件事，却又很是奇怪。你们说这次北宁失守，徐晓山自然罪无可赦，唐炯亦应革职拿问，但军机处就没有错？我记得，当初是张佩纶说徐晓山是大清一等一的能员。军机处一听这话，马上便进宫请旨破格起用。军机处有话，太后能不准？——昧于知人，盲目请旨，否则我们不能有北宁一败呀。按着以往惯例，总该有人站出来说句话，军机处也不能想做什么就做什么呀。军机处是我大清的军机处，又不是哪个人的军机处。你们说，怎么就没人站出来呢？这件事，不光太后奇怪，我也觉着奇怪。军机处有错，做臣子的就得站出来说话！有太后在宫里坐着，怕什么呀？"

世铎与奕劻相互看看，谁也没有敢搭话。他们不知道奕𫍯在打什么鬼主意，怕上当受骗。

饭后，奕譞又把府里的大管家叫过来，陪着世铎和奕劻搓了四圈麻将，这才散去。

回府的路上，世铎忽然下轿，奕劻一见，也急忙下轿。

世铎："醇王把我们两个找过去，就是为了喝杯酒？他说了这么多，到底是什么意思啊？我怎么越想越糊涂？你是怎么想的？"

奕劻一边深思一边答："我能怎么想。说不定，太后当真有什么念头。我估摸着，老六这回八成要靠边儿。"

世铎认真地问："你是说老七有戏？可他找我们干什么呀？我们又和太后说不上话。我是散仙，你也不拿权。"

奕劻点头道："他是早就想出来了。我估摸着，他找我们两个，无非是想有人能站出来，说军机处几句不是。"

世铎吧叽吧叽嘴道："到底是谁想听军机处的不是呢？是他还是太后？说了以后，不是那么回事怎么办？麻烦可就大了！这哥俩呀，斗了可不是一天了。"世铎说完这话，便飞速地给扶轿的二爷使了个眼色，自己则趁奕劻发愣的时候，抬腿跃进轿里。世铎的屁股还没坐稳，轿夫们已抬起轿子开跑，极其迅速。

世铎的王驾突然起去，倒把奕劻吓了一跳。

奕劻抬头往上望了望，不由自语了一句："树上也没往下掉树叶呀？他怎么吓成这样呢？"

第二节　恭亲王遭罢黜

奕劻当日回到贝勒府，想了想，马上便打发人去请国子监祭酒盛昱。

盛昱也是宗室，是肃武亲王豪格的七世孙。盛昱字伯熙，隶满洲镶白旗。祖父敬徵，官至协办大学士；父恒恩，左副都御史。盛昱乃光绪二年（公元1876年）进士，授编修，累迁右庶子，充日讲起居注官。盛昱博学，探测经史舆地及本朝掌故，无人能及，是宗室里极少见的文章大家，有清流诤臣言官之名，与张佩纶不相上下。此时的盛昱，刚刚晋升国子监祭酒不过一月零几天。

盛昱到后，与奕劻见了礼。

奕劻把他请进书屋里坐下，又着人换炭火、沏新茶、摆干果，弄得盛昱莫名其妙，连连道："贝勒爷快不要这样，有话尽管讲来便是。"

奕劻道："伯熙是我辈的榜样，无论到了哪里，都应该高看一眼，否则便是该死！伯熙，你不要以为，是我自个儿在胡说八道，这其实是太后的原话，是醇王亲口对我说的，想来不会有假。伯熙，你先品口茶，是西湖的龙井，沏的水是三峡的上峡水，看看正宗不？"

盛昱小心地端起茶碗轻轻啜了一口，吧了吧嘴道："贝勒爷最近在读王荆公吧？贝勒爷这茶，还真有些意思。"

奕劻笑道："在伯熙的面前，哪个敢卖弄！伯熙，我一大早把你请过来，是想讨教几个问题。你可不要笑我无知。"

盛昱一边品茶，一边道："贝勒爷还是不要讲笑话了吧。贝勒爷到底想听什么？不妨直言。洗耳太麻烦，我恭听就是了。"

奕劻正色道："伯熙，你学问好，看问题透彻。我把你请来，就是想让你跟我说说，此次北宁失守，最大的症结是什么？"

盛昱莞尔一笑，放下茶碗道："贝勒爷又在讲笑话了。说起这件事，贝勒爷应当比我看得更透。北宁这件事，从根本上讲，是军机处用人有误。京卿荐能本属正常，军机大臣荐人却非同一般。唐鄂生、徐晓山本无超常之能，却由道员超擢巡抚，此事虽由张佩纶荐于前，但军机大臣李鸿藻却不该随风唱影，军机处更不能轻信！"

奕劻瞪起眼睛道："伯熙，你适才是说，北宁失守这件事，光拿问唐鄂生、徐晓山还不能就此罢休，还应追究一下军机处的责任。可是这话？"

盛昱答道："贝勒爷，维护好祖宗的基业，我等人人有份，否则何以对天良？我还有一事不解：逮问有罪疆臣应明降谕旨，但时至今日，朝廷只有密谕，而未有明旨，此不合我大清政体。我是一定要说话的！"

奕劻点头说道："怪不得太后曾对醇王言：'近臣当中，只有盛昱究心国事！'伯熙啊，你为了我大清，为了祖宗基业，是真敢说话呀！我呀，是真该好好跟你学学呀。有时我就想啊，没有魏征直言为国，大唐岂有贞观之治？你伯熙，可不就是我大清的魏征吗？我寻机，是一定要联络其他王爷，向上头力荐你的！"

奕劻的几句奉承话，直把个盛昱说得愈发手舞足蹈起来。

当晚回府，盛昱借着酒力，笔走龙蛇，洋洋洒洒写了一折，第二天早朝的时候便递了上去。

盛昱在折中写道："唐炯、徐延旭自道员超擢藩司，不到两年即分任云南、广西巡抚，系由侍讲学士张佩纶荐之于前，军机大臣、协办大学士李鸿藻保之于后。张佩纶资浅分疏，犹不足论，李鸿藻内参进退之权，外负安危之局，却轻信滥保，责任难逃；奕䜣、宝鋆久值枢廷，更事不少，非无知人之明，乃俯仰绯徊，坐观成败，其咎与李鸿藻同。"

盛昱在折中恳请朝廷，明降谕旨，将军机处大臣交部议处，责令各员戴罪立功，认真改过。

这是北宁失守以来，慈禧太后收到的第一篇把矛头指向军机处的折子。

慈禧太后回到宫里，详细地把盛昱的这篇折子又看了一遍，并未当时表态，竟然留中未发。

慈禧太后的这个举动，给外界的感觉，好像她并不赞同盛昱的观点。

盛昱的折子递上去后，恭王奕䜣原本是很惶恐的。他最怕慈禧太后借机发作，给自己个难看；恭王安在宫里的眼线，也时刻在留意太后的言行，悄悄地向太后身边的人打探着消息。

但慈禧太后该干什么还在干着什么，只字不提盛昱的折子，也不说军机处的不是。该斗蛐蛐斗蛐蛐，该摸纸牌便摸纸牌，仿佛什么都没有发生。

消息传进恭王府，奕䜣渐渐把心放下，开始暗自计算着对付盛昱的办法。

从同治元年至今，奕䜣主持军机处和总理衙门已达二十余年，其间虽然也有波折，但除了慈禧太后，还没有哪个人敢真正向他的权位提出挑战。盛昱当属第一个。

奕䜣当晚把宝鋆召进府里，想让宝鋆出面，找个人狠狠地参盛昱一本，让盛昱收敛一下拳脚。宝鋆自然是满口答应，但究竟该由谁来上这篇折子，又必须斟酌妥了之后方好行事。当日，两个人计议了很晚才散。

第二天，正逢慈安太后薨逝三周年之期。

早朝的时候，慈禧太后降下懿旨，着恭亲王奕䜣携带祭品，亲往东陵行祭奠大礼。恭亲王见慈禧太后表情与往日无异，遂奉命离京启王驾赶往东陵。

早朝过后，得知恭王已离开京师，慈禧太后忽命启驾寿庄公主府第，声称"赐奠"。

闻报，寿庄公主慌忙带着一应随从出府门接慈驾。

进了府第未及歇息，慈禧太后暗遣人传醇亲王奕譞进见。

奕譞到后，慈禧太后屏退左右，从袖里摸出盛昱的折子，递给奕譞道："小六子不能再干了，军机处和总署不整理一下是不行了。这是盛昱递上来的折子，你看一看吧。"

奕譞急忙诚惶诚恐地接过折子，埋首看起来。

未及奕譞看完，慈禧太后又说道："奕譞哪，军机处和总署那里，你是怎么想的呀？"

奕譞小心地把折子放到太后的案边，又后退三步，低头答："回太后话，盛昱所奏甚是，六哥的确有负太后的厚望。奴才恳请太后，能饶过六哥这一回。"

慈禧太后长叹一口气道："奕䜣干了这么多年，照理说，他也该歇歇了。军机处领班的这个人，你看近支当中，放谁合适啊？"

奕譞低头想了想答："回太后话，世铎明事理，人笃实。同治初，他便得授内大臣；后又到宗人府作过一阵右宗正，很是尽职尽责。奴才以为，让世铎到军机处，他不会胡来，也不敢胡来。"

慈禧太后沉思着说道："你说的是，世铎在内务府的确没有闹过乱子。军机处让他去吧。奕劻在总署到底行不行啊？和洋人打交道，可不能马虎啊！"

奕譞答："回太后话，据奴才所知，奕劻在总署历练得很好。他现在同许多洋人都熟，洋人也爱同他说话。奕劻素来做事平稳，说话和办事都留有退步。关于这一点，李鸿章都佩服他。太后若果着他在总署，应该是人尽其才，也不屈了奕劻的一肚子学问。"

慈禧太后沉思了一下，又道："奕譞哪，军机大臣方面，你有没有合适的人选哪？奕䜣的班底不行了，能换就都换了吧。"

慈禧太后此言一出，奕譞当即一愣，许久答不上言。

慈禧太后要对军机处大换血的这个想法，显然有些出奕譞的意料。

慈禧太后道："你呀，也别闲着，下去后，先找几个人把上谕拟出来，等奕䜣回京之前就发布出去，省得他又是哭又是闹的。拟旨的时候，你再好好想一想我适才说过的话。这军机处啊，非其他衙门可比，干系甚重。这军机大臣哪，一定要挑几个明白人，大意不得。这几年哪，你们几个谁干了什么，我心里都有一本账。有些话，你们自个儿不说，我到时候也会替你们说的。今天这件事啊，你下去后抓紧办。不该说的话，不要同人乱讲，包括福晋。"

奕譞慌忙跪倒叩头，口称："奴才谨遵懿旨。"

醇王离开后，慈禧太后不久也启驾回宫。

即将取代恭王奕䜣出任军机领班的世铎，到底是个怎样的人呢？

世铎是清太祖努尔哈赤第二子礼烈亲王代善的后裔。祖父锡春，父全龄。全龄薨，世铎袭王位。因见识平常为人又最吝啬，一直闲散在府。同治初，始接替恭王管理内务府，授内大臣，后又出任宗人府右宗正。当时居京的各位王公的才具，几乎都超过世铎，奕譞偏举世铎主持军机处，看中的就是他无主见，好摆布这一点。慈禧太后能够答应下来，同奕譞怀的是一样的心思。

贝勒奕劻又是怎样的一个人呢？

奕劻是乾隆皇帝第十七子永璘之孙。初袭辅国将军，咸丰二年（公元1852年）正月封贝子。咸丰十年（公元1860年）正月，咸丰皇帝三十大寿，晋贝勒。同治十一年（公元1872年）九月，同治皇帝大婚，加郡王衔。因善于逢迎，得慈禧太后赏识，得授御前大臣，旋又命在总理衙门大臣上学习行走，时刻监视恭王的一言一行。

满京城都知道，奕劻性最贪婪，整日琢磨慈禧太后的喜好，舍得花大价钱去收买太后身边的人，连太后最得宠的太监李莲英，都说不出他半个不字来。同治帝崩，慈禧太后命将奕譞子载湉抱进宫来，过继给咸丰为子继承大统，他第一个站出来拥护。对有异词的大臣，他挽起袖子便去同人家拼命，让慈禧太后真正感动得不行。许多王大臣都断言，劻贝勒照此下去，离晋郡王的日子肯定不会太远。这话传进他的耳中，他当即飞跑进宫向太后面陈委屈，剖白心迹，一把鼻涕一把泪地恳请太后替他做主，更赢得了太后的心。载湉进宫后，奕劻开始和奕譞搅在一起。在奕劻看来，身为帝父的奕譞，早晚要取代奕䜣主持国政，他不能不为自己留条路子。

当日离开寿庄公主府邸，醇王奕譞直接回了王府。不久即遣人密召世铎、奕劻二人进府，会商拟懿旨的事。

奕劻说道："握笔管的事，我们哪里干得来呢？写出个四不像，又要招上头骂！"

奕譞急道："你意如何？"

奕劻道："我举荐一个人，这道懿旨，非工部侍郎孙毓汶执笔不可。孙毓汶的文笔，与张佩纶不相上下。只要他一出手，太后肯定能通过。"

世铎这时插话道："张佩纶这个人我没看好，仗着读过两本书，便不把人放在眼里，看谁都不顺眼。今天参这个，明天参那个，就像京里装不下他似的！他算个什么东西！呸！"

奕譞这时道："孙毓汶这个人我知道，他和张佩纶不是一路的人。孙毓汶老实，学问好，嘴又严，还听话。我现在就打发人去传他。"

奕譞起身走出去。

世铎与奕劻互相看看，谁也没言语。

奕譞这时又走进来，坐下便道："趁孙毓汶还没到，我们几个议一议军机处的人选吧。我适才在肚里拉了一个单子，你们两个看行不行。第一个是张之万。"

世铎道："张之万好像是道光二十七年的状元吧？上日我在路上遇见他，头发和胡子都是白的。我虽然没有与他打过交道，但听说，他是个很老成的人。"

奕譞忙道："你说的不差。太后一再嘱咐我，说军机处非其他衙门可比，干系甚重，一定要让明白、老成的人充军机大臣。张之万出身状元，素有才名，做过外任，又在兵部当过尚书，在汉员中很有威望。张之万人很老实，虽无大功，但也无大过。让张之万入值军机，估计太后肯定能放心，我们也放心。听说他耳朵背，又胆子小，肯定不能胡言乱语。还有额勒和布，也不错。"

一听这话，世铎忙说道："筱山这个人确实不错，内任外任都没出过差错。我与他办过事，办事明白也很听话，难得！"筱山是额勒和布的字。

奕劻这时道："孙毓汶好像应该算一个。张之万七十多了，额勒和布也将近七十了。孙毓汶毕竟年轻一些。"

奕譞点头道："你想得周到，不能让一些人指责军机处是养老院，孙毓汶起码能堵一些人的嘴。现在我们还要想出一个让张佩纶、盛昱他们也能接受的人。这个人要名头大，敢讲话，还不能太老。你们两个想想谁合适？阎敬铭怎么样？"

奕劻接口道："阎敬铭进军机，张佩纶、盛昱等人当无异议。"

世铎这时道："我可是听说，阎敬铭这个人不大听话，许多人都怕他。让这样一个人进军机处，太后能答应吗？他要乱说怎么办？"

奕譞耐心地说道："你怎么就别不过弯儿呢？让阎敬铭进军机，是为了堵一些人的嘴。军机处以后办什么事，说什么话，得由太后定夺。我说了这么多，你怎么还不明白呢？"

世铎默言无语。

这时，有人进来禀报，工部左侍郎孙毓汶到了。

奕譞就随口吩咐一声："把他请到大厅候着，本王议完事就去见他。"

下人出去后，三人又说了一阵话，这才一同去见孙毓汶。

第二天，慈禧太后又把奕譞、世铎、奕劻、孙毓汶四人传进宫里，把拟好的谕旨又细细地斟酌了一番。上谕定稿后，孙毓汶先行离宫，慈禧太后又同着奕譞、世铎、奕劻三人，对提名的军机大臣人选逐个推敲了一番，这才安歇。

清光绪十年（1884年）三月十三日，当恭王从东陵返回京师，正准备进宫向慈禧太后复命时，一道慈禧太后的懿旨和两道上谕，恰在这时由内阁发将下来。

懿旨先是指责恭王"爵禄日崇，因循日甚，每于朝廷振作求治之意，谬执成见，不肯实力奉行，屡经言者论列，或目为壅蔽，或劾其委靡，或谓其簠簋不饬，或谓其昧于知人"，然后便搬出祖宗家法说事，最后切入主题：开去恭王一切差事，回家养病；宝鋆、李鸿藻、景廉等人也都剔除军机。

第一道圣旨则是公布新任命的军机大臣名单：礼亲王世铎、户部尚书额勒和布、阎敬铭，刑部尚书张之万，均在军机处大臣上行走；工部左侍郎孙毓汶在军机大臣上学习行走；御前大臣、郡王衔贝勒奕劻，着为总理各国事务衙门大臣。

第二道圣旨最是简捷明了："军机处遇有紧要事件，着会同醇亲王奕譞相办。"

恭王默然仰天长叹，他清醒地认识到，他的时代已经结束了。

但恭王并不就此认输，他清楚慈禧太后单颁懿旨意味着什么，他知道自己的这个七弟有多大的能耐。北宁失守，军机处固然有责任，但军机处的哪次决策，没有向慈禧太后请旨？把责任全部推给军机处，恭王无论如何都不能服气！

气恨交加，恭王当晚发起了高烧。

第三节 潘鼎新兴化布防

大清国一道懿旨和两道上谕发布的时候，还有一个人最不敢面对，那就是盛昱。盛昱无论如何都没有想到，自己的那篇再正常不过的奏折，竟然毁掉了恭王奕䜣的政治前途和命运！冷静下来之后，他知道自己被某些人给利用了。

"醇王啊醇王，你这哪是在毁你六哥的前程，你是在毁我大清的前程啊！"盛昱一边叹息，一边就含毫命简，写起奏折来。他要给奕譞一个眼罩戴，他要让醇王的如意算盘化作泡影。

折曰："军机处为政务总汇之区，不徒任劳，抑且致怨。醇亲王怡志林泉，迭更岁月，骤膺烦剧，或非涵养所宜。况乎综繁赜之交，则悔尤易集，操进退之权，则怨诽易生，在醇亲王公忠体国，何恤人言，而仰度慈怀，当又不忍使之蒙议。伏读仁宗睿皇帝圣训，本朝自设立军机处以来，向无诸王在军机处行走者。正月初间，因事务繁剧，是以暂令成亲王永瑆入直办事，但究与国家定制未符，………诚以亲王爵秩较崇，有功而赏，赏无可加，有过而罚，罚所不忍，优以恩礼，而不授以事权，圣谟深远，万世永遵。醇亲王分地綦崇，不宜婴以政务。恭亲王参赞密枢，本属权宜，况醇亲王又非恭亲王之比也。请收回成命。"

谏章递入宫中，在盛昱以为，就算搅不起大波澜，涟漪总该是有的，哪知竟被慈禧太后留中不发。

盛昱一时气不过，竟然和右庶子锡钧、都察院御史赵尔巽会在一处，拿出自己的奏折底稿给二人看，分明是想让二人也能站出来说句公道话，让帝父远离权柄。二人会意，不久便各有奏折递进宫去，表达着与盛昱一样的意愿。

右庶子锡钧奏道："若令醇亲王入直内廷，圣心有所未安，若令枢臣就邸会商，国体亦有未协。以尊亲之极，处嫌疑之处，反诸初衷，未能相副。"

御史赵尔巽进言："枢臣恃有商办之名，遇事便于诿卸，设有贻误，廷臣论列，莫得主名。醇亲王谋国之苦衷与引嫌之初志，亦不能自白。"

话说到这个份上，慈禧太后自不敢再装聋作哑，反复权衡之后，只好把世铎、张之万、额勒和布、孙毓汶传进宫来，密议了一下，然后便由孙毓汶拟稿，很快便用慈禧太后的名义发出懿旨一道。旨曰：

"本日据左庶子盛昱、右庶子锡钧、御史赵尔巽等奏，醇亲王不宜参预军机事务各一折，并据盛昱奏称，嘉庆四年仁宗睿皇帝圣训，本朝自设立军机处以来，向无诸王在军机处行走等因。钦此。圣谟深远，万世永遵。惟自垂帘以来，揆度时势，不能不用亲藩进参机务，此不得已之深衷，当为在廷诸臣所共谅。本月十四日，谕令醇亲王奕譞与诸军机会商事件，本为军机办理紧要事件而言，并非寻常诸事，概会与闻，亦断不能另派差遣。醇亲王奕譞再四推辞，碰头恳请，当经曲加奖励，并谕俟皇帝亲政后，再降懿旨，始暂时奉命。此中委屈，尔诸臣岂能尽知耶？至军机处政事，委任枢臣，不准推诿，希图卸肩，以专责成。经此次剀切晓谕，在廷诸臣，自当仰体上意，毋得多渎。盛昱等所奏，应毋庸议。"

盛昱见懿旨措词严厉赛似霹雳，遂不敢再奏。

张之万、阎敬铭、额勒和布、孙毓汶等四位新军机，到底是个什么来历呢？

我们就从年纪最大的张之万说起。张之万字子青，直隶南皮人，道光二十七年（公元1847年）状元，授修撰，咸丰二年（公元1852年）督学河南。还京，授钟郡王读，由翰林院侍读累迁内阁学士。同治元年（公元1862年）擢礼部侍郎，兼署工部侍郎，诏撰《治平实鉴》一书。奉旨往河南查案，授河南巡抚。四年迁河道总督，九年调江苏巡抚，迁闽浙总督。旋以母老乞养归籍。光绪八年（公元1882年）起复，还京，授兵部尚书，调刑部。

张之万为人以平和著称，做官讲究一个稳字，这两点是张之万不败的法宝。张之万为官几十年，从无显赫的政绩，但也无大的过失。人们当面叫他张大人，背地里却另外送给他一个绰号：面团。说把他放在方的器皿里是方的，放到圆的器皿里便是圆的，谁都别想奈何他。这话传进他的耳中，他面无表情，该干什么还干什么，仿佛与己无关。张之万授命大军机时，正好年满七十四岁。

阎敬铭的为人为官却正与张之万相反。阎敬铭是道光二十五年（公元1845年）进士，进身比张之万早两年，年龄却比张之万小七岁，时年六十七岁。阎敬铭字丹初，陕西朝邑人，庶常散馆授户部主事。咸丰九年（公元1859年），鄂抚胡林翼闻其才，奏调赴湖北为其总司粮台营务。因功累迁郎中，擢四品京堂，旋赏三品顶戴授湖北按察使。同治元年（1862年），赏二品顶戴署布政使，旋丁父忧，命治丧毕赴军营。夺情诏署为山东巡抚，三年服除，实授。同治六年疾归，累召不起。光绪三年（公元1877年）山西火灾，赈灾款物被贪官侵，累查不明。闻之，主动请缨视查赈务，旨准。先将侵帑知州段鼎耀置之法，又请裁减山、陕诸省差徭，并追弹尚书恩承、童华前奉使四川过山西时索贿情事。震动朝野，有阎黑脸之称，鼠吏赃官忌之。八年（公元1882年），奉旨进京，授户部尚书，劾广东布政使姚观元、荆宜施道董儁汉贿结户部前任司员乱法，使姚观元、董儁汉及部分户部大小官员均被罢黜。九年（公元1883年），兼署兵部尚书。

户部满尚书额勒和布是满洲镶蓝旗人，觉尔察氏，字筱山。咸丰二年（公元1852年）特科（翻译）进士，选庶吉士，散馆授户部主事，累迁理藩院侍郎。历官蒙古副都统、盛京户部侍郎兼奉天府府尹。同治六年（公元1867年）署盛京将军，调补察哈尔都统、乌里雅苏台将军。光绪三年

（公元1877年），因病乞休。六年（公元1880年），得醇亲王奕譞密保，诏授镶白旗汉军都统，调补蒙古都统，热河都统、理藩院尚书、户部尚书兼内务府大臣。

在满贵当中，额勒和布是醇亲王最看好的人，每在太后面前称其能。额勒和布其实是名庸员，既无见识，也无学问，最大的长处，是能大把地往醇王府送银子。额勒和布平素与汉员绝无来往，只同满、蒙王公大臣走动。关于这一点，慈禧太后也颇赏嘉，认为他有主见，靠得往。

无论从资历还是从官位上看，孙毓汶此次能进军机处，千真万确是个异数。孙毓汶字莱山，山东济宁州人。祖父孙玉庭，官拜两江总督体仁阁大学士；父孙瑞珍，官至户部尚书。孙毓汶是咸丰六年（公元1856年）会试的榜眼，是科状元即翁同龢。授编修，越二年丁父忧。服除，奉旨在籍举办团练，因抗捐被勒职遣戍。恭亲王奕訢主政以后，以其世受国恩却首抗捐饷，深恶之。同治元年（公元1862年），以输饷还京，复原官。六年（公元1867年）擢侍讲学士，典试四川，督福建学政。光绪元年（公元1875年）升授二品内阁学士兼礼部侍郎，十年（公元1884年）初转补工部右侍郎。孙毓汶内与醇亲王奕譞、贝勒奕劻交好，外与两江总督左宗棠、直隶总督李鸿章交厚。恭王倒也奈何他不得。京师故有"恭王重翁叔平、醇王喜孙莱山"之说。明眼人当看得出，若非恭王失势，孙毓汶是无论如何都进不了军机处的。

恭王被罢黜的第二天，慈禧太后又在醇亲王的建议下发布上谕一道："阎敬铭着兼充总理各国事务衙门大臣；孙毓汶着兼在总理各国事务衙门大臣上学习行走。

风声鹤唳之中，醇亲王奕譞主持朝政的时代正式拉开序幕。

法军攻占北宁的消息传到巴黎的当日，大清国驻英、法、俄三国公使曾纪泽，登时被气昏在公使馆里。曾纪泽万没有想到，徐延旭累称固若金汤的北宁防线，竟如此不堪一击！曾纪泽已经意识到，他向国内进献的"示形以慑敌"之计，宣告彻底失败！

法国外交部长沙梅拉库可不管曾纪泽是如何想法，他此时正禀承茹费理的指令加紧制订新的外交政策。而对大清国驻法公使馆递交的一切函牍均不接受。沙梅拉库称：法国如此办理，是要让曾纪泽难堪。

潘鼎新会同王德榜赶到兴化后，见兴化城城墙破败，地势又孤，无险可守，遂把刘永福、唐景崧等人召集到一起，商讨防守大计。

潘鼎新做梦都没有想到，各路统兵大员尚未赶到兴化，米乐已统率海防部队，会同一、二旅大部官兵，气势汹汹从外围向兴化包围过来，志在必得。

王德榜见各营士气低落，防守兴化毫无把握，于是只好向潘鼎新建议，重点经营谅山至镇南关一带防线，以固本国门户。

潘鼎新长叹一口气道："徐晓山把局面弄成如此模样，您让本部院如何收拾？若就此把兴化让与法人，不独本部院心有不甘，朝廷恐怕也不会同意。"

王德榜道："想桂军在冯萃亭的手里是何等雄壮！抚台亲眼所见，如今的桂军成了什么样子！司里已铁了心肠，是绝不能署理这广西提督的。如今算来，上谕也该到了。"

潘鼎新没有接王德榜的话茬，而是问唐景崧："维卿，你意如何？"

唐景崧道："抚台容禀，下官以为，法军人众，枪炮优于以往，北宁尚且被他攻破，兴化焉能守住？但若轻易把兴化让出，又吃法人和别国轻视。渊亭，你说说看。"

刘永福气愤地说："潘抚台、王方伯容禀，下职窃以为，法鬼固然船坚炮烈，但若我各营同仇敌忾，上下一心，焉能败得如此之速？朝廷已准我黑旗回归，在事将领如何还对我怀有异心？用我时，发饷给粮；不用我时，鬼影都没得见一个！前抚台与各统领如此相待，就算下职不语，我黑旗其他将领何得服？"

潘鼎新笑道："渊亭，过去的事，你就不要说他了。你所受的委屈，本部院已访听明白，维卿京卿也说了不少。本部院会寻机奏给朝廷，还你一个公道。本部院已致函滇抚云卿中丞，拟调在越滇勇各营，会同黑旗军防守兴化。兴化所有防守事宜，着你相机办理，本部院与云卿中丞不为遥制。你意如何？"

刘永福难以置信地瞪大了双眼。

王德榜忙道："渊亭，抚台已与老哥计议妥当，若滇、桂各军均到兴化防守，法军必分兵攻我谅山后路。设若法军得手，不仅我各路防军退路断绝，镇南关亦危矣！镇南关干系非轻，它可是我大清国的国门哪！"

刘永福点头道："二位大人所虑甚是，只恐滇勇各营不肯听下职调遣。"

潘鼎新道："渊亭且请宽心，本部院给你札委一道，有敢不听命者，你据实严参。"

就在当晚，朝廷罢黜恭王、撤换军机大臣的密谕寄到军营；王德榜也收到一道廷寄：王德榜帮办军务，毋庸署理广西提督；广东水师提督唐仁廉着兼署广西提督。

第二天，潘鼎新、王德榜二人，又同着刘永福及滇勇各营官，把兴化各防区又巡视一番，便率亲兵营及桂军各营，飞速回防谅山；王德榜则统率所部定边军八营，按原定计划，向镇南关一带开拔。

王德榜在途中又接密谕一道："左宗棠奏假期届满，病尚未痊，仍恳开缺回籍一折。左宗棠勤劳懋著，朝廷倚任方殷。当此时局艰难，尤赖二三勋旧之臣竭诚干济，岂肯任其功成身退，遽赋归田！只因该大学士目疾增剧，而两江地大物博，政务殷繁，又难静心调摄，是以降旨准其开总督之缺，仍赏假四个月回籍，原欲其安心调理，俾得早日就痊，出膺重寄。该大学士素著公忠，谅不至稍耽安逸。着即赶紧调治，一俟稍愈，不必拘定日期，即行销假，以副委任。曾国荃着署理两江总督，兼办理通商事务大臣。"

望着密谕，王德榜良久无语。

第四节 法国人的如意算盘

潘鼎新、王德榜离开兴化的第三日，云贵总督岑毓英忽然奉旨来到兴化。

刘永福闻报，慌忙来谒见。

岑毓英其时早已经和驻在兴化的滇勇各营营官会在一处，正在会商防务。

闻报刘永福到了，岑毓英一边连称快请，一边就站起身，仿佛要迎将出去，但脚下并未移动。

刘永福大踏步走进来，一见岑毓英，当先施行大礼，口称："不知宫保大人驾到，下职接驾来迟，望乞恕罪。"

岑毓英弯腰扶起刘永福，哈哈笑道："渊亭且莫多礼，快快请起。来呀，给刘军门放座，把本部堂带过来的好茶，给军门沏上一杯！"

外面答应着，很快便有侍卫放座、摆茶。

刘永福一边连连称谢，一边就势坐在岑毓英的对面。

岑毓英一边两眼望定刘永福，一边用手摸着胡须，缓缓说道："渊亭啊，你知道本部院为什么突然走这一趟吗？徐晓山在进京前，特让人给本部院送了个密函。据晓山讲，北宁、太原、富平继相失守，一则因为黄卉亭、赵庆池二人布防不当所致，一则因为黑旗军不听调遣，还同他大讲条件，并索饷索炮；涌球一战，黄卉亭、赵庆池亲自督战，而老弟却带着黑旗军徘徊观望。当然，他又讲了滇勇各营的许多不是。本部院为了查明真相，不能不走这一趟。老弟，你这回应该知道，本部堂为什么招呼都不打，突然到此了吧？"

刘永福未及岑毓英把话讲完便蓦地瞪大了眼睛。

岑毓英话音刚落，他便急问一句："宫保有所不知，涌球一战，黄、赵二统领和下职的十一营黑旗军，挡的是正面法寇，且与桂军相比，黑旗军受损最重，伤亡竟达一千余人！黄统领在涌球布防时，唐大人也在场。徐抚台称黑旗军徘徊观望的话，是从哪里来的？"

岑毓英道："老弟和黑旗军的事，维卿早已有详文到堂。本部院到兴化后，也从各营问了个明白。现在想来，未必是徐晓山有意隐瞒，肯定是黄、赵二人有一人在作鬼。黄卉亭是振帅（张树声字振轩）的儿女亲家，有些话，他能同振帅讲，却未必能向晓山讲；但赵庆池却是晓山最信得过的人，有些话，很可能是赵庆池为了推卸责任，有意向晓山隐瞒了真相。晓山原本就不大懂兵事，赵庆池说什么，他自然就信什么。何况，上头也不能任他信口胡说。"

刘永福听完岑毓英的话，感激地顺口道出一句："宫保如此主持公道，我黑旗军将士的血总算没有白流。"

岑毓英摆摆手道："渊亭快不要如此说，黑旗军与找大清是一家，何况保藩固边，黑旗军是立有大功的。对了，你抓紧喝口水，然后随本部堂巡视一下兴化的防务。"

刘永福起身道："如果宫保早来几天，便能和潘抚台、王方伯会着。"

岑毓英边走边问道："加强后路，是本部堂向上头提的建议。无论兴化怎样，我各路人马，不能没有退路啊。"

十几名营官、帮带，也纷纷跟在岑毓英、刘永福二人的身后，依序走出行辕。巡城的时候，岑敏英小声问刘永福："本部堂怎么没有见着维卿京堂？"

刘永福道："黑旗军粮草眼看不继，唐大人着连协台带了一营亲兵，去找北圻统督黄佐炎商借，顺便想从他那里，再弄几门平滑小炮。"

岑毓英点头说了一句："真看不出，这唐维卿，还真是个能干点实事的人。但越南人现在已向法人递了降书顺表，他们上下都靠不住啊。本部堂行前，特意让粮台从邻省商购了二十万石军食，估计这几日就能运抵谅山。本部堂另外带了五万两饷银，其中有黑旗军两万两，各营都解一解燃眉之急。渊亭，你还有什么事，只管讲来，只要能办，本部堂当全力来办。"

刘永福苦笑了一声，叹口气说道："宫保容禀，有些话，下职本不该讲。李爵相委员运过来一批大炮，黑旗军最缺这种炮。但徐抚台却把炮全部给黄、赵二统领，说是专旨调拨的，下职想借一尊都不行，唐大人说话也不中用。结果怎样呢？黄、赵二统领把炮都放进库房里，北宁一失守，全让法鬼接收了。还有一件事，下职也本不该问，但却想知道。下职听说，朝廷在去年便给黑旗军调拨了十万两的饷银，还说是专委宫保来办理的，但直到今日，下职也未见到这批饷银。下职一直想问宫保一句：朝廷给黑旗军拨饷银的事，到底是不是真的？"

"这？"岑毓英一愣，沉思了一下答："有这种事吗？本部堂怎么不记得？如果是真的，本部堂是应该接到圣谕的。但本部堂怎么一点印象没有呢？渊亭，你或许是记差了。有些事啊，上头有时答应了，但转脸又忘了。十万两饷银不是个小数目，答应容易，可筹办起来，却又千难万难。渊亭啊，你身在越南，哪里知道朝廷的苦处啊。咳，难哪！"

话题被岑毓英轻轻带过，刘永福自然不好再提起。

刘永福提的事，到底是不是真的呢？这件事的确是真的，朝廷的确着令云南藩库给刘永福颁发十万两的赏银，但唐炯并没有照办。唐炯怕单赏黑旗军，滇勇各营会产生不平，引出事故。

当日回到行辕后，岑毓英把刘永福及滇勇各营营官召集到一起，以兴化城单无险，万难驻师，又转饷不继为由，饬令各营烧毁城池，连夜撤至文盘一带驻扎。

此令一下，刘永福大感意外，但滇勇各营却无不欢呼雀跃，无异于濒危之人，从天降下一道救命神符。

未及夜半，滇勇便撤个精光。

岑毓英着令黑旗军断后并料理烧城事宜，然后便督率亲兵营，连夜赶往谅山来见潘鼎新、王德榜二人。

　　刘永福先让当地百姓搬离城内，又派出快马去给唐景崧送信，然后才放起一把火。但刘永福并没有随滇勇撤到一处，而是督率黑旗军将士，由间路返回了保胜老营。

　　三日后，法军按原定计划，将兴化城远远包围。但风中的兴化城，却静悄悄地无一丝动静，仿佛睡着了。

　　米乐不敢大意，命令军舰向城池内开炮轰射，其实是进行火力侦察。第一轮轰炸过后，城内仍静得出奇，久经沙场的米乐有些糊涂了。

　　他把波里也和尼格里二将传到身边，用手指着兴化城道："你们说说看，中国人和我们在耍什么花招？他们为什么不还击？"

　　波里也说道："中将先生，鄙人认为，通过一系列的战斗，这些中国蠢猪已彻底被我们的炮火征服。鄙人敢打赌，这些中国蠢猪，此时正用嘴咬着自己的尾巴，躲在城中的各个角落里喘息着，他们已经没有能力反抗。"

　　尼格里用嘲讽的目光望着得意忘形的波里也，摇头道："如果说愚蠢的李维业是军人中的天才诗人，那么波里也少将就是我们法兰西将军中最优秀的作家。鄙人已经打探明白，兴化就是一座空城，我们为什么不相信自己的眼睛呢？"

　　米乐一边沉思一边问道："尼格里将军，您能不能告诉我，中国人为什么要这么做呢？"

　　尼格里凶狠地说道："战争是世界上最残酷的游戏。"

　　波里也抢着接过话茬道："战争也是实力和智慧的较量。傻瓜要向智者低头，弱者要向强者称臣。"

　　尼格里不满地瞪了波里也一眼，继续说道："通过和中国军队的几次交锋，我们已经得出结论：貌似强大的中国军队，其实是不堪一击的。只有我们法兰西，才是战无不胜的！"

　　米乐见尼格里又要滔滔不绝，马上果断地挥了下手，命令道："请二位将军命令各团就地扎营休整，两日后进城。"

　　尼格里吃惊地反问一句："中将先生，我们为什么要两日后才进城？您难道还没有欣赏够这里的风光吗？"

　　米乐用手拍了拍尼格里的肩头，笑着说道："没有对手的战争是不存在的。我们要让该死的议员们相信，他们批准投入的军费，发挥了很大的作用。"

　　尼格里小声说了一句："这是政治，对吗？"

米乐点了一下头，又补充了一句："也是我们三个人的政治前途。"

两日后，法军二百人进据兴化。同日，由米乐亲自草拟的夺取兴化的战争报告正式发往国内。

米乐在报告中用文学家的笔法向最高统帅部报称：经过两日激烈而残酷的战斗后，法军在他米乐的英明指挥下，终于将北圻重镇兴化占领。中国人死伤惨重，他们互相叼着脑后的那根猪尾巴，一瘸一拐地逃进了大山里，已经彻底丧失了战斗力。

报告发走后，米乐在已占领的地区把兵力重新布置了一番，然后便带着自己的直属部队，大张旗鼓地返回海防基地，耐心地等待国内的最新指示。在这期间，法国交趾支那总督沁冲，按着事先国内的指令，在法军占领兴化的当天，即派出大批的工程技术人员，乘军舰来到北圻，开始了探查金矿及其他矿藏的工作。

对此，英国记者斯各特曾有专门的记载。

斯各特在他所撰的《一八八四年法国进军越南记》中曾这样写道：

"兴化占领后的黄金寻访；人们认为兴化这个坚强据点的陷落，是一八八四年正式的军事行动的结果……派出去寻找黄金及盗匪的第一队人得到了不很大的成功。但是在这个国家里有黄金，那是十分肯定的。孟人把小的金块带到这边的平地和兴化以北的平原，以及宜光的清河（明江）的两岸。当国家安定以后。有一天终会发现黄金的，但是金矿及掘金人是否是好东西，那完全是另外的一个问题。东京（河内）有几个掘金和其他金属的人，他们要求许可和执行业务的地方。人家让他们向地方官申请。地方官什么也不知道，让他们再回到法国官吏那里去，而他这次说，这事必须向本国政府请示。一些曾在加里福尼亚采过金的人对于此事很热心。他们认为西方及英属哥伦比亚通行的制度比这边的好。在那些地方，一个人花了五元钱得到开采许可证，其后除了按照他的知识去标出应得之地外，就没有事情做了。假若他侵入别人的土地内，金矿事务官就来到他的地方，限他十分钟带着工具及东西离开，但倘若不是这样的话，掘金的人就不受干涉。假若允许这些有经验的人几个到山脊上去并且定住下来，他们立刻就可以决定那里有些可淘之金。但是这样的探险或是任何的武装探险都是禁止的。不但如是，已经有人在窃窃私议，或正确或错误地说，有政府要人的亲戚们和法国已成立或将成立的公司的代理人们，定将拢断一切利益，排除私人的企业。已经占有（金矿）的本地工作者，势将被当作盗匪或须提供地契——这样目的相同而较合司法手续。"

　　该书虽然写得极其罗嗦，但也确实描绘出法国在越南北圻的占领地区，大肆掠夺当地矿产资源的疯狂场面。

　　法军占领兴化的报告递到巴黎后，茹费理认为武力打击大清国的目的达到了，于是紧急把沙梅拉库传来，决定乘胜通过外交手段，逼使大清国投降。茹费理的想法竟然与沙梅拉库不谋而合。

　　沙梅拉库说道："总理先生，有这样一件事，鄙人还没有正式向您报告。外交部日前收到我国驻华公使馆代办谢满禄发回的密电，密电说，大清国军队在北圻被我们打得屁滚尿流，使他们的太后惊慌失措，竟然在几日之内，更换了全部的军机大臣，而且把一直主持外交工作的恭王赶回了家。大清国的朝政，现在已经彻底紊乱，国内一片恐慌，他们现在最怕我们的军舰去攻击口岸。我个人认为，这是我们逼迫他们投降的最好时机。"

　　茹费理趾高气扬地说道："该死的国会做梦都不会想到，米乐能在安南创造出这么大的奇迹！现在，沁冲已经派出大批的人员，开始了在红河三角洲一带掘地挖宝的行动，我们就要发大财了！战争是我们殖民政策彻底实施的根本保证，而殖民政策，又是强国的唯一法宝！我们现在完全可以在国会理直气壮地宣布，我们的内阁组建以来，制定的每一项政策，都是无比正确的。国民对我们的支持率，已经达到了百分之二百、百分之三百！可爱的沙梅拉库，我没有猜错的话，您肯定已经制定出让大清国全面投降的办法。怎么样，说说吧，看有没有需要补充的地方？"

　　沙梅拉库道："总理先生，在与他们正式谈判前，我个人认为，我们有必要通过我们的军舰，对他们口岸的防御能力，作一番实地的调查，同时娈物色好，我们认为可以充当担保品的口岸。我个人坚持以为，只要我们能够占领他们一个或两个以上的口岸，不管我们提出什么条件，他们都不敢不答应。因为我们拥有担保品。"

　　茹费理点头赞许，并反问一句："外长先生，您认为，他们的哪个口岸，适合作我们的担保品？去年，我们有人就提出，他们的海南、台湾、舟山，任何一地，都可以作我们向他们索赔东京军饷的抵押。您是怎么看的？"

　　沙梅拉库说道："总理先生，我很遗憾地告诉您，我没有去过大清国，对他们的口岸并不了解。但鄙人已经给我国驻上海领事馆发了电报，让他们发回了份他们各口岸实际情况的报告。当然，我们要力求让开英国人的利益。鄙人同时向您提建议，请您考虑，给我国海军殖民部发道训令，让他们就近派出军舰，到大清国实地考察一番。"

茹费理打断沙梅拉库的话，果断地挥了一下手，说："外长先生，您的意思我已经明白了。我现在正式通知您，从现在开始，海军殖民部将全力配合外交部工作。您可以直接告诉裴龙，殖民部应该怎么做，不应该怎么做。黎那曾经向政府提过建议，作为抵押，我们必须永远把顺化控制住，使之免受任何攻击；在东京及其通道上的主要据点里，必须驻扎军队。我认为，对安南的这些办法，同样适合大清国。现在，我们已经把红河三角洲掌握在了手里，安南人温顺得像只猫。如果我们能夺取大清的一个口岸，大清国会比猫还温顺。外长先生，我们发财了！"

沙梅拉库冷笑着说道："鄙人早就说，大清国不足道，他们是一群猪猡。总理先生，我们等着数银子吧。"

第五节 基隆来了艘法国兵船

沙梅拉库很快和裴龙会在一处。

二人谈不多久，裴龙又收到了海军部转交过来的两封由海军准将利士比签发的报告。利士比在第一份报告中称：根据我们所得到的传闻，目前中国居民的最大忧虑，似乎是由于中国正规军参加了保卫北宁战役，法国为此将会索到一大笔巨额赔款。利士比在第二封报告中这样写道："中国的两广总督因我们在东京的胜利而惊恐万状，因为他无疑会特别害怕我们索取大笔的战争赔款。"

利士比原任法国东京海岸舰队副司令。北宁战前，法国政府为了牵制中国不能全力出兵援越抗法，便利用海军优势，于光绪九年（公元1883年）下半年，派海军将领梅依，率领中国——日本海分舰队的部分舰只，游弋在中国东南沿海的各口岸。光绪十年（公元1884年）初，梅依回国任职，法国海军部遂调准将利士比接替梅依的职务。

利士比的这两份报告，一封发自上海，一封发自广州。

读过利士比的两份报告后，沙梅拉库笑着对裴龙说道："如果我们不向中国索取大笔的战争赔款，恐怕连他们自己都会感到不安。"

裴龙很肯定地说道："茹费理先生说得对，我们发财了！而且是笔大财！我已经深切地感受到，战争，只有战争，才是世界上回报率最高的投资项目。"

沙梅拉库深思了一下对裴龙说道:"为了预防中国不肯妥协让步,我们一定要绸缪于未雨。请您马上给广州发报,转告利士比,请他迅速派出手下各舰,开到中国各海口实地侦探。请他选择一处切实可行的口岸,作为我们夺取的目标。必要的时候,我们要将此口岸占领,以此作为抵押担保品,向中国索取大笔的战争赔款。利士比的任务,是负责探明这些口岸的防守情况。实际夺取他们口岸的行动将由孤拔具体实施。当然,孤拔眼下还不能有所动作,我们不能让他们有所警觉。这一切都要悄悄进行,这样效果才会更好。"

裴龙:"您的话我听明白了,依我个人的理解,利士比负责和他们捉迷藏,孤拔则负责落实具体的行动。我的理解没有出现偏差吧?"

沙梅拉库:"部长先生,鄙人真没有想到,您的智商,竟然和您的年龄一样高。大清国这次彻底完蛋了。给利士比的命令发出去吧,我们不能太让大清国失望。他们早就盼着这一天了!我们必须让他们明白,战争赔款,是他们的专利。"

沙梅拉库前脚离开,裴龙后脚便把文案传进来。

利士比接到裴龙发来的电报后,决定兵分两路来完成海军殖民部下达的侦察任务。利士比下达的命令是:"窝尔达"号配足油料和给养,单独驶往台北基隆港,"收集我们感兴趣的一切情报";利士比本人将率领三艘军舰,紧急赶往福建的厦门港,为国内"收集情报"、"测绘地图"。

法国的军舰,为什么可以在大清国的洋面上任意行驶呢?

说起这原因也极其简单。

第二次鸦片战争失败后,清钦差大臣桂良、花沙纳与法国全权代表葛罗,在天津签订了一个《中法天津条约》。该条约共四十二款,其中有一款注明:法国兵船可以在中国各通商口岸停泊。

"窝尔达"号舰长是福禄诺。福禄诺是中校军衔,四十二岁,光绪五年(公元1879年)即率舰来华,居天津多年,与李鸿章熟悉。李鸿章不仅向他请教过海战知识,还让他帮忙"斟酌水师章程"。在李鸿章的眼睛里,福禄诺是个非常了不起的人物,福禄诺本人也颇自负。

当时的基隆口岸只有英国商人在此贸易,法国人尚未涉足,法舰也未来过这里。所以,当船头插有法国旗帜的"窝尔达"号军舰来到港外,并发出信号要求港方派引水员前来引港时,台湾道派在这里的引水员竟然慌作一团。因为基隆开埠以来，还没有一艘法国船只来过这里。

引水员们聚到一起，整整商量了半个时辰，仍拿不出实际可行的办法，自然也就不敢代为引水。

福禄诺见港方对他发出的信号不予理睬，顿时大怒，马上便命令舵手，驾船强行入港，又紧急召集舰上军兵各就各位，但有阻拦，便开枪开炮。

眼见"窝尔达"号喷着浓烟开进港来，驻防军兵与引水员们并未敢上前阻挡，任由该舰自寻泊位停靠。港方的态度，愈发让福禄诺觉得是港方怕了自己，胆子难免也就更加大起来。

抛锚之后，福禄诺打发一名尉官和一名普通船员，同着华语翻译上岸，找到港内专为往来船只供应水菜粮油的商家，求购两只活牛就地宰杀洗净，供船上食用。

三人奉命离船后，福禄诺带部分军兵登岸游览，东看西瞧，开始肆无忌惮地收集对自己有用的情报。不久，船上负责测绘的工程人员也登上岸来，爬到一座山的半山腰上，又是记录又是测绘，忙得汗流浃背。山顶扎有一座营盘，有军兵挎枪往来巡视。但巡视的军兵未对法军的行为加以阻拦。

当地百姓和驻港清军甚是奇怪。因为基隆并不是大口岸，往来商船及贸易量不是很多，市井亦不繁华，更无好玩的去处。以往洋船到港，除派员采购船上饮食用品及卸货外，船员多不登岸。福禄诺带着几十人到处乱窜，在基隆还是首次出现。

岸上的多数人都误以为，这群洋大鼻子是丢了什么东西，乘了舰船来寻找。但接下来发生的事情，又让百姓对自己的推测产生了怀疑：因为福禄诺带着人向机器轰鸣的基隆煤矿行去，且在基隆煤矿整整盘桓了近一个时辰才离开。

这群洋大鼻子是要买煤吗？如要买煤，如何不去见矿主？口岸的官兵和百姓纷纷猜测，但仍无一人敢走上前去询问。

福禄诺回到船上时，出去购牛的人早已经回来，正等得不耐烦。

一见福禄诺的面，出去采购的尉官当先禀道："中校先生，鄙人奉命去采购嫩牛，并没有完成任务，我们是吃不成牛肉了。"

福禄诺一愣，忙问一句："上尉，这是为什么？"

上尉答："中国人说，他们从官府领取执照，上面标明只向英国船、日本船等洋员出售物品，上面未注明我们法国船。所以，我们向他们求购活牛，他们不敢办理，怕他们的官府问他们的罪。"

"这些该死的中国人！"福禄诺俟尉官的话音刚落随口便骂出一句粗话，接着便反问一句："上尉，你在他们那里，看没看到活牛？多少银子一头？"

上尉答："他们的后栅栏里关了十几头活牛，都哞哞在叫。但中国人说，那些牛不是卖的，是养来供人看的。"

福禄诺冷笑着骂道："这些该死的中国人，他们说谎都这么愚蠢。"

话毕，福禄诺又对上尉说道："你不要怕他们，你们再到岸上走一趟。我们的军舰用煤告罄，需要马上补充。我已打探清楚，这里开采出的原煤，质量很好，由得忌利士洋行负责销售。得忌利士洋行由英国人创办，你们直接去找英国人，购六十吨原煤。牛的事，由本人去对付他们。"

上尉同着翻译领命离去，福禄诺稍事歇息便也来到岸上，只带了十几名武装人员，直奔卖牛的商家而来。

福禄诺在华多年，能听懂华语，他本人也能说几句简单的中国话。

福禄诺到了商行，先闯到后院看了看牛，又对周围的环境考察了一番，这才走进商行里，劈手抓了名正在干活的小伙计，扭到后院，用手指着牛栏里的牛，大声说道："两头大的，吾买，杀死它们吾们吃肉。吾命令你，快办！"

小伙计拼命挣扎，口里大声道："你这个洋杂种好不晓事！我是行里的活计，只负责抓牛、杀牛，却不管卖牛。你要买牛，需找我家管事的。"

福禄诺大声吼道："吾不管！吾只找你！你若不办，就是挑衅！"

商行的主办见后院喧哗，慌忙跑将出来，见福禄诺正和小伙计撕扭在一处。

福禄诺抓着小伙计的一条胳膊不放，小伙计脸憋得通红，口里说着什么，往外挣扎，几名外国人站在旁边起哄。

主办抢前一步笑着说道："你这个大鼻子好不晓事，你要做什么事，只管同我讲，你扭住伙计干什么？"

福禄诺见主办穿着齐整，料定是个主事的，便放开小伙计，反手把主办的一条胳膊逮住，道："吾的买牛吃肉，两只大的，你叫人把它们杀死。"

主办一边挣扎一边问："你讲的是什么话？怎么半生不熟？你到底是

哪国人？"

福禄诺气愤地说道："法兰西！法兰西！"

主办就忙对小伙计说道："快喊通事过来。这个大鼻子一会儿捂着买，一会儿又捂着吃，他说的都是些什么？听得人糊糊涂涂。"

小伙计飞跑进前面屋子里，商行专管译洋话的通事很快便走出来。但这名通事会讲的是英语，并不通法语，所幸福禄诺英语讲得比华语明白。两个人就呜哩哇啦了几句，但见福禄诺一把松开主办的胳膊，同着通事向屋里走去。同来的法国人都跟在后边，嘴里也跟着乱嚷。主办用手揉着胳膊，一边嘟囔着也走进去

到了屋里，通事对主办说道："他们是法国人，乘船来这里游历，要从我们这里购买两头牛作为船上食物。他已经选中了两头，让我们杀掉洗净，他问牛价是多少。"

主办气愤地说道："你告诉这个大鼻子，官府只标明敝行向英国船、日本船发卖食物，未有法国字样，敝行不敢办理。他要吃牛，请他到别处去吃，我们这里只能卖给他狗屎！"

通事把主办的话一句一句地用英语讲给福禄诺听，最后一句自然未敢照译。

福禄诺等通事把话讲完，沉思了一下问通事："你问问你家主办，敝船要怎样才能买到牛吃？还有大米，也要买一些。"

听了通事的话，主办答道："这些事，需要到当地的通判衙门去办理。只要通判衙门行文下来，不要说牛，只要行里有的，尽可以来买。让他们找官府去吧。"

福禄诺听通事把话讲完，一个人歪起头来想了想，便对着军兵挥了挥手，带头走将出去。

主办在后面低声骂道："不通人气的洋畜牲，你还想吃牛，你只配喝西北风！"

旁边的伙计跟着说道："一个大浪砸下来，他们都得跌进海里喂王八！"

小伙计的话，引来周围一片笑声。

福禄诺走出商行，并未去通判衙门，而是赶往得忌利士洋行，却正见上尉同着翻译走出来。

福禄诺大步走到上尉的跟前，劈面问道："原煤可曾购妥？几时装船？"

上尉两手一摊说道："英国人说，最近煤矿出煤不旺，偏偏又是用煤时节，行里存煤无多，无法满足我们的要求。英国人让我们到福州去买买看。"

福禄诺一愣，骂道："英国人怎么也开始放屁！基隆偌大的一座矿山，采不出六十吨煤？肯定是中国人对他们说了什么！本人自有办法对付他们！这些中国猪！"

用过午饭后，福禄诺把船上的两名测绘人员叫到身边，吩咐道："你们两个带上绘图用具到山顶上，把绘制出来的地形，再详细核对一遍。你们还有一个任务，就是把煤矿的位置，炮台的位置，炮台上有多少士兵把守，都要搞清楚。如果中国人问你们，你们就把地图藏起来，然后告诉他们，你们是法兰西很有名望的学者，是来这里游历的。"

这两名测绘人员，一高一矮，高的叫尤达理，是名少尉，矮的名曰波留夫，是名士兵，二人均受过专业的训练。他们都是法国海军部直接分到各舰的工程技术人员。

福禄诺为什么对基隆煤矿如此感兴趣呢？原来，福禄诺率舰来基隆侦察，侦察的主要对像便是基隆炮台和基隆煤矿。

行前，利士比对福禄诺一再交代："传说基隆盛产优质煤炭，土地富庶，大矿山全归政府所有，且没有欧洲人。我们已经和中国军队正式交火，且在北宁打败了他们。政府要从中国人手里，索取到一大笔赔款，必须夺取他们一个大口岸作抵押品。否则，他们不会乖乖地把钱交给我们。"

福禄诺把利士比的话牢牢的记在了心里。

利士比所言不错，基隆的确是当时大清国土地富庶，矿产丰饶的口岸之一，且基隆煤矿是大清立国以来首座新式煤矿。该矿最初是民间土法开采，后见矿藏较大，遂于光绪二年（公元1876年）由两江总督兼南洋大臣沈葆桢奏请朝廷改为官办，并开始使用机器开采，创办经费由闽浙总督从饷项中筹拨，常年经费由台湾道批拨。规模渐巨，雇佣工人最多时达一千人。

尤达理和波留夫爬到山顶的军营附近，心中不由一阵狂喜。因为居山而望基隆，一切清清楚楚，尽收眼底。二人拿出一应用具，便开始详尽地绘制起来。

基隆居台湾本岛北岸，原称鸡笼，一指地形如鸡笼，二因福建巡抚衙门在此设有鸡笼厅，归台湾道直属。光绪九年（公元1883年），清廷下诏改鸡笼厅为基隆厅。基隆厅设通判一人，品秩六品，有属官若干名，负责当地的通商、治安等所有政事。

尤达理与波留夫将草图绘好，不敢耽搁，怕时间过长引起当地防军注意。二人收拾了一下工具准备顺原路下山，却又突然发现，就在他们身后不远处，有一座隐藏在树丛里的建筑，由石块垒成，上横粗木。

二人细细端详了一下，尤达理对波留夫说："这是什么东西？民居？牛舍？炮台？我们应该到里面去侦察一番。"

波留夫未置可否，二人便摸索着向石垒攀爬过去。二人绕来绕去，终于绕到石垒的前面，原来有很宽阔的一块大场地，两条狗绕场地追逐玩耍，甚是欢腾。尤达理向波留夫示意了一下，二人便小心地踏进场地。

两条狗一见二人出现，马上便停止戏耍，后退着狂吠起来，显然是在向人报警。尤达理与波留夫并未止步，仍然一步一步向石垒靠近。

两条狗慌忙后退，吠声愈响。这时，一胖一瘦两名清军从垒里走出，一边大声向狗呵斥，一边挥手命令尤达理与波留夫止步。

尤达理马上断定这里是一座炮台，再一仔细观察，石垒果然砌有枪眼及山炮若干门。尤达理大声用法语说道："我们是法兰西学者，来这里游历，我们想到里面休息一下。你们不能阻拦。"

见尤达理大喊大叫，刚刚止声的狗又狂吠起来，并作出欲扑的架势。胖的军人是此炮台的管带，姓尹；瘦的军人是这里的防军教习，姓吴。尹管带开始轰狗并大声骂狗，吴教习则走到尤达理与波留夫身前，用手边推边道："这是炮台要塞，上头早有明谕，游历人等不得入内。"

尤达理的话吴教习听不明白，吴教习的话，尤达理也不知何意。撕扯了一会儿，尤达理见不得人，只得冲波留夫摇了摇头。二人便离开炮台寻路下山，但对炮台的外围及部分军事设施总算看了个大概，目的基本达到。

第六节　福禄诺大耍刁蛮

尤达理和波留夫当日回到船上，把绘好的草图呈给福禄诺，又讲了一下炮台的事情。

福禄诺大喜，连连夸奖尤达理、波留夫能干，声称要向利士比给二人请功。

事情至此，"窝尔达"号此行的任务原本已经完成，但福禄诺还不肯就此离去，他还想测探一下当地守军的警惕性以及当地官府对法国人的态度到底如何。他思忖了一下，决定从炮台守军阻拦游历这件事入手，和清军来个正面接触。

他把船上的书记官传到身边，命令书记官，用法文给当地清军统领致函一封，请统领接函后，速饬炮台守军登船赔礼认错道歉，否则将有更严重的事情发生。函称：

"敬启者：本日敝船有两位随员到岸游历，并无生事，被东边炮台众兵凌辱，以戏狗为题。此系琐事，本不敢奉渎，如不惩戒，恐日后有往来船只到此，众兵统以效尤为之，不得不请为惩戒，请照所拟三条惩办：一，将炮台管带官带同哨长并滋事之各兵，到敝船边认错。二，请将滋事之兵惩办。三，请出示实贴炮台，以儆后来滋事。示中叙及此番滋事情形，已经惩戒。据愚见所请谅蒙照准，如此明晰，倘见我国军门备陈一切，足仰一秉至公。再启者，敝船拟于礼拜三午时开驶，望将所请速复为妙，又及。法兰西海军部'窝尔达'号舰长中校福禄诺敬上。"

该函封缄，福禄诺又给基隆厅致函一封。函曰：

"敬启者：刻敝船待需煤炭六十吨，商家何以不卖，事属不解，想必是官中示禁。究之不知中国有无禁否？莫非疑我国与中国相敌之意，抑或有上谕颁行煤炭禁卖别国？倘有此情，吾亦无可相商，谅必不致如斯。惟借传谕各商，照常售卖。第思法国提军派调兵船来基游历，因无煤炭阻留于此，断无是理。当此不已直陈，望乞立即从中斡旋，给凭为据。不但当事心感，则我国亦沾惠良多。并祈知会在事官员，幸勿阻滞。"

函后，仍以"法兰西海军部'窝尔达'号舰长中校福禄诺"落款。

两函送出，福禄诺甚是得意，认为无论怎样，都能有所收获。

当时基隆的防军统领是曹志忠。曹志忠本是楚军统帅左宗棠手下一员战将，居官福建福宁镇总兵，于上年率所部三营楚勇到基隆驻防。楚勇建制与湘、淮建制同，每营为五百人。基隆地方周围不过三十余里，日日风雨，夜夜有雾，烟瘴毒厉，水土恶劣。该地气候不独异于内地，亦与台湾本岛大不相同。在曹志忠之前，该岛除当地土著外，便是往来商贾作短期停留，并未驻有军兵。光绪七年（公元1881年），调贵州巡抚岑毓英到福建督办台湾防务，因基隆距日本较近，遂在基隆修筑炮台，并派随带黔勇两营驻扎。光绪八年（公元1882年），岑毓英调署云贵总督，驻防基隆黔勇也随其撤走。因基隆孤悬海面，岑毓英遂奏调别处防军进防基隆。曹志忠于是移驻到此，已一年有余，倒也未遇什么警事。

他这日正闲得发慌，偏巧便接到闽浙总督府的一道公文，是通报桂军在北宁战败一事的。把公文通读一遍，曹志忠的心里像打翻的调料铺子，什么滋味都有，很是郁闷。正在这时，福禄诺的函文递进总兵府。

曹志忠见此函全是洋字码，也搞不懂是哪国文书，他的身边又未有通事，便依以往的惯例，传进一名军兵，让他拿上洋函，到港口商行请通事翻译出来。

文书被送到商行，哪知商行的通事这日偏巧被口岸税务司胡美利找去公干，据说很晚才能回来。

军兵见此，便把洋函放到通事的房里，又特意写了个条子，便又回到总兵府。

曹志忠并未把此事太放在心上。按着以往的经验，过口船致函曹志忠，多数做的是一种礼节性的文章。回函迟早都不甚在意，更无洋人借此兴风作浪。

基隆厅收到福禄诺的函文是什么反应呢？

基隆厅通判此时是梁纯夫。福禄诺函文到衙门时，梁纯夫碰巧不在衙门，被口岸税务司胡美利邀去吃酒了。

胡美利刚刚到任，正与前任贺璧理办理交接。因为口岸的许多事情都牵涉到地方衙门，所以经过商量，由前任贺璧理出面发帖子给梁纯夫，为的是后任胡美利以后好开展业务。这也都是官样文章，用不着大惊小怪。

贺璧理是美国人，期满将到美驻华公使馆任职。胡美利原是美驻广州领事馆的翻译，因为与美驻华公使杨约翰交厚，被推荐到基隆出任口岸税务司。贺璧理与梁纯夫交情不错，胡美利也想与中国人延续这种友谊。胡美利把商行的通事也一同请过来，不过是为了以后买东西方便。

贺与胡都在华多年，对大清官场和商场的规矩颇为通晓，自称是"随乡入俗"的明白人。

通判梁纯夫出去应酬，衙门里的属官们自然不肯认真办公事。梁纯夫前脚离开，属官们后脚就在办事房里支上了麻雀局子，并特意交代门房，公函照收，公事不办，来访的人一律挡驾。

这也并不奇怪，毕竟基隆地面有限，一天本就没几件要紧的公事，何况正印官又出去吃酒，这在基隆也算作公事。若有疑惑，便是少见多怪。

函文到后，门房倒没有敢耽搁，马上便交给了衙门里的一名师爷。这名师爷因为忙着抓牌，加之手气有些背，接过函文看也没看就丢到身后的桌子上。

梁纯夫回来后，麻雀局子已散了多时，但那名师爷却并未在衙门，而是去了棺材铺。他也不知是听了谁的教诲，说手气不好的人要想翻本，就要寻口棺材来摸一摸。那名师爷是想到棺材铺摸摸棺材，准备晚上大干一场，不仅要翻本，还想赢上几个。函文的事，自然就无人同梁纯夫讲起。

性急的福禄诺在船上等了一天又一夜，本以为第二天一早，是能够有回文到船的。哪知等到八时，也未见到一个字，他的脸上可就挂不住了。他虽是法国海军部的一名小军官，但因为和茹费理有些交情，一般的军官还真不敢小瞧他。利士比到任以后，也往往和他商量事情，他自己也就自大起来。

他致函的目的，原本是要试探一下口岸防军与当地衙门对法国的态度如何，并非当真要办理什么事情。如果曹志忠、梁纯夫二人，象征性写个字过来，他在利士比的跟前自然要牛气一些，起码是会办事。以后的事情会发展成怎样，他自然没有想。

他瞪着牛眼睛二次把书记官传来，凶狠地命令书记官，再给基隆厅致函一封，口气已与前封大有不同，充满了火药味。函曰：

"基隆口文武官员赐览，昨日敬肃一函，谅蒙鉴及。至乞买煤炭一事，亦未蒙照准。惟是敝船俟至本早八点钟，尚未得复函，甚是焦急。窃思必是官中禁止买煤，以致如此卑词敬请，竟然不理，必有相仇之意，似此我国兵船游历中国者，定遭阻碍。当此情形，敝船不得已，要将头桅设立红旗，钩炮桅顶，立即开炮，且将开放阖船洋枪，则居民商贾何以遮避？如此相抗，定必两国失和，实无益而有损也。然本管驾性本谦和，恐伤和好，隐忍未发，故再尽此一函，敬呈诸长官钧鉴酌夺。当思以保护百姓、城池为重，咸存两国式好无尤之意，是所切望。"

此函送走，福禄诺命令船上军兵，升旗鸣笛，张炮持枪，摆出开战的架势；又传令舵手，将船驶进内港示威，想吓一吓口岸的人，其实不过是虚张声势而已。这是福禄诺从军以来，最爱玩弄的把戏，据说很是见效。

轮船大张声势地开进内港，仍未出现福禄诺想看到的一幕：口岸的中国军民纷纷跪地求饶，有地方官打着白旗来见他。口岸上无论官军还是司员，抑或普通百姓，该干什么还干什么。港内停有夹板船一只，上悬英国国旗；中国轮船若干只，船员正在往下卸东西。

法轮在港内游弋了一圈，又是打响笛又是喷浓烟，仍未引起人们的注意，福禄诺慌了手脚。

这时，法船行到英国轮的旁边，正好船内走出一名比福禄诺鼻子还大的大鼻子，手拎酒桶登岸买酒。

福禄诺正无台阶可下，如今一见英国大鼻子，不由眉头一皱，计上心来，马上传书记官给税务司胡美利致函一封。函曰：

"本管驾提船进内港意欲开炮，惟该处同泊有英国夹板船一只，如法船轰击炮台，恐致伤损英船。兹借与小轮船并水手等，将该夹板船移泊无碍之处，如有他国之人，莫如一并移避为妥等因。"

函后，福禄诺让书记官把给曹志忠、梁纯夫的信各抄一份，连同刚刚送走的那封，也抄上一份，一同送给胡美利。

胡美利是看得懂法文的，一阅之下，大吃一惊，慌忙带上几名随员赶到内口来见福禄诺。

一见胡美利，福禄诺当先用最大的声音说道："贵税务司来得正好，快让英国船离开这里，本船即将对炮台开火。他们对本管驾无礼，本管驾要教训他们！"

胡美利看得懂法文，但却听不懂法语。同来的翻译急忙站出来救急。

听了福禄诺的话，胡美利用英语说道："禀法兰西管驾福，您昨日致函，通判梁和统领曹因为看不懂法文，一直在找人翻译，解释缘由。"

福禄诺一见胡美利讲出英语，当即便用英语讲起话来。

福禄诺道："税务司胡容禀，本船要开炮轰击炮台，也非所愿，乃不得已也。若非英船在此，炮台早已经不存在了。"

胡美利答："贵管驾所发信函，如系英文，肯定早已回复。而法文，华官未能辨识，请人翻译，须稽时日，且如此克期订办，关系非轻。恳其酌量。"

福禄诺话锋一转问："鄙人现向贵税务司询问一事，恳从实作答，中国官府是否行文这里，禁卖东西给法船？"

胡美利肯定回答："鄙人以人格担保，中国官府从无有此行文。盖因法国船只，从未来这里，华官又看不懂法文，故有此误会。鄙人回去，就把贵管驾的话传给华官，着他们传谕各行。"

福禄诺有意沉吟了一下，又特意抬起手来看了看腕上的手表，道："贵税务司容禀，非是本管驾不讲情面，实在是口岸欺人太甚。现在已近午时，他们仍未有函寄来，亦未有人来船认错，请贵税务司代为知会英国船，请移出港内躲避，其他国商人亦请代为转达。本船稍候即向炮台开炮。"

胡美利一见福禄诺语气坚决，不容转圜，只好匆匆告辞登岸，飞车赶往基隆厅衙门来见梁纯夫。

一见梁纯夫的面，胡美利用英语大声说道："基隆港就要玉石俱焚，你还在这里看书喝苦茶！——法国人的文书，你到底收到没有？你快讲！"

见梁纯夫惊愕地张大嘴巴，胡美利身后的翻译忙走近前来，把胡美利的话一句一句翻译过来给梁纯夫听。

梁纯夫道："衙门早间是收有一封洋字码函，问了衙门里的通事，也不识得，只好着人送到商行，让那里的通事翻译出来看，但至今尚未译出。到底发生了什么事？你如何急成这样？"

胡美利慌忙拿出福禄诺的信函，让随行翻译扼要译给梁纯夫。

梁纯夫未及听完，脸色早已经吓白，口里只管道："这可如何是好？这可如何是好？怪不得本官右眼一连跳了三天！怪不得本官总有不祥之兆！这祸可不说来就来了吗？快快来人，去总兵府把曹总镇请过来说话！"

外面答应一声后，梁纯夫又大叫道："再去个人，到得忌利洋衙，把康白度请来。要快！"外面照旧答应一声。

梁纯夫这才有些清醒，忙让人把胡美利一行人让到大官厅来坐，又着人沏茶倒水，一阵忙乱。

曹志忠飞马来到衙门，礼过，梁纯夫道："曹总镇，听胡大人讲，法国船因怪炮台军兵放狗轰他的人，又因得忌利洋行不卖煤与他，便要开炮放枪。这可如何是好？"

曹志忠闻听此言倏地站起身，边往外走边道："别驾大人且莫心慌，本镇现在就去炮台料理。法船敢开炮放枪，本镇就让炮台轰他！把他们全部轰到海里去喂王八！"

胡美利的翻译一闻此言，慌忙把话翻译给胡美利听。

胡美利未及翻译把话讲完便跳起身，一把拉住曹志忠，说道："你这个统领曹不准捣乱！你那几门不中用的克虏伯大炮，哪里是法国人的对手！他只要一开炮，你的炮台肯定要见鬼！"

翻译急忙翻译。

曹志忠未及讲话，梁纯夫抢着说："胡大人所言甚是，我们炮台上所用器械早已过时，如何能是法国人的对手！何况两国并未失和，如此贸然打起来，上头势必问罪于我。打不得！打不得！"

梁纯夫话此，门房来报，得忌利洋行的康白度到了，正等着问话。

梁纯夫忙道："快传，快传！"

门房慌忙跑出去。所谓康白度者，即是洋行的买办。买办的葡萄牙文的音译即是康白度。在华洋行用的康白度都是当地人，得忌利洋行的这位康白度也是当地人，五十上下的年纪，留着三撇鼠须，基隆乃至台湾都有知名度，算是位闻人。

康白度坐下后，梁纯夫先问了一下法国船购煤的始未，及洋行为何未将煤卖给法国人。

康白度道："别驾大人容禀，法国人到行里购煤时，行里仅有存煤二十余吨，而法国船购煤数量则是六十吨。相差如此悬殊，如何成交？"

翻译把康白度的话说给胡美利听。

胡美利听完之后，深思了一下，对梁纯夫说道："如果这样说，事情或许还有转机。梁大人何不下一公文，从官煤厂调拨一千担煤交给得忌利洋行，由洋行再转卖给法国人，这件事情不就了结了吗？至于让兵勇去认错的事，也颇为好办。曹统领现在就同我们到码头去见法国人，只说炮台狗吠本是常事，并不是有意针对法国人。"

听了翻译的话，曹志忠说道："上头早有明谕，炮台左近不准游历。"

翻译听了这话道："大人也可以把这话讲给法国人听。"

梁纯夫很快开了一道咨文交给康白度，由康白度速到官煤厂提调一千担煤炭，直接运到口岸，指明转卖给法国船；梁纯夫同时给福禄诺复函一封，阐明中国官府的观点，以释嫌疑。

函文在胡美利的参与下拟成。函曰：

"敬启者，昨日三点钟接奉来函，因系洋文，敝厅未习西学，随即派差带赴八斗煤局曾习西文者翻译，是以尚未奉复。顷税务司胡美利到来，说及此间百姓不肯卖煤及食物与贵兵船，并谓官府有示谕，不准与贵兵船买卖，闻之殊深骇异。查贵国与中国彼此通商和好，何得有不通买卖之事，中国各官亦并无此等告示。敝厅现已出示晓谕百姓，照常买卖，不得拦阻，其煤炭亦已谕知百姓，交由得忌利士行照卖矣。专此发达，并请大安。"

该函落款：大清国恩赏六品顶戴台北府基隆厅通判梁，并加盖了印绶。

此函派专人送走，梁纯夫这才长出一口大气。但胡美利仍觉不够完美。

胡美利这样说道："别驾梁大人容禀，法船福共致贵厅两函，贵厅也应该回复两函，如此才算礼貌。还有总镇曹统领，也应让昨日骂狗的员弁到法船上去，面见法船福，赔礼道歉认个错；曹统领亦应给福致函一封，说明炮台不准游历的规矩，并不专对法国人。如此办后，为防法国船登岸巡查，别驾还应在街上出告示一张，晓谕各商、百姓，凡遇各国商船，均应一视同仁。这样办起来，法国船才不会开炮。"

曹志忠小声对梁纯夫说道："若照胡税务司的话去办，我们不是低人一等了吗？"

翻译急忙把曹志忠的话翻译给胡美利听，胡美利站起身抡起胳膊大叫道："你曹统领好不晓事！法国福已经把炮架好，就要把你的炮台轰到天上去了！"

曹志忠站起身，对着梁纯夫施了个礼，口称："本镇军务繁忙，就不陪大人喝茶了。"

曹志忠话毕，看也不看胡美利一眼，昂首大步走了出去。

胡美利愈加气恼，对着梁纯夫大吼大叫，连蹦带跳。

翻译把胡美利的话一句一句翻给梁纯夫听，不过是说曹志忠如何如何的不懂道理，这件事若不按胡税务司说的去办，基隆肯定要完蛋，届时，曹、梁都要被朝廷杀头，云云。

梁纯夫见胡美利气得脸上青筋直进，像要爆裂的样子，只得说道："胡税务司快不要如此气恼，且请坐下喝口茶消消火。本官计议已定，按胡税务司的话去做就是了。"

胡美利问道："统领曹怎么办？"

梁纯夫说："这事再容易不过，由本官替他给法国船复函一封，再找两名兵弁，到船上给法国人行个礼，认个错。法国船如何能分辨得明白！胡大人，您老以为如何？"

胡美利歪起头来想了想，忽然一笑道："贵国朝廷真是好眼力，竟然把您派到这里来做大官。这件事，就按您适才说的来办吧。光说不干，法国船可就开炮了。容鄙人先去船上与那福管驾谈话，顺便看一看得忌利洋行是否把煤运到。鄙人这么做，是先稳住他，让他没有空闲下达开炮的命令。大人这里亦要抓紧办理以后各事，万不可敷衍迟缓。鄙人听说，法国的这个福很是流氓，经常打骂手下的人，您是惹不起的。"

胡美利话毕，向随员招呼一声，便当先走将出去。

第三章 一名校官成了世界瞩目的人物

第一节 "窝尔达"直奔香港

胡美利走后,梁纯夫茶也顾不得喝,水烟也顾不上吸,便二次传人铺纸研墨,又给法国船复书函一封。函曰:

"敬启者:今日八点钟奉达一函,交由胡税务司代达,备陈煤炭已由德忌利士行主起驳下船,以应贵船之用,并出示晓谕百姓,照常买卖,不得高抬市价情由,谅邀台览。顷由八斗煤局将贵船主昨日所致敝厅之信译回,知系因商民不卖煤炭,嘱速晓谕百姓,照常买卖,等因。查彼此通商和好,官中并无禁止贸易之事,请为查察。敝厅今早已亲督各百姓,将煤交由德忌利士行驳回贵轮应用,想已运到矣。嗣后如有所需,或火食或物件,请知会海关税务司转知敝厅,自必查照办理,断不敢稍有延缓也。街上百姓系照常贸易,请祈放心,谨此奉复,并请台安不具。"

函下落款如前,亦由印房加盖了印绶。

此函封缄,梁纯夫又笔走龙蛇,替曹志忠复函一封。该函件先讲明对法函迟复的理由,大体与以上两函相同,接下来又对炮台兵弁不申明理由便阻止法人游历一事表示歉意,无非是些息事宁人的话。最后才写道:"炮台弁兵拦阻闲人不准混入,系属份内之事,委无署骂,至犬吠生人,亦属常事。"落款是:大清国恩赏二品顶戴实授福宁镇总兵驻基隆厅统领曹。

梁纯夫把信封好,便把一名属官传来,让他拿上二函,到防军大营里去挑两个口齿好的兵弁,暂充炮台守军,一并到法国船上去面见兵头福,行赔礼认错事。

见属官很不情愿的样子,梁纯夫叹口气道:"本官也知道,这件事传出去,不太像样子。但不这样去做,此事如何得有了局?你就照本官交代的话去做，我们大家都委屈一下，好歹把法国船打发走吧！"

属官气哼哼地走出去。

梁纯夫又挥毫书就告示一张，云："为晓谕事：照得现在各国通商，遇有英、法及外国轮船抵口购用煤炭、食物等项，均应一视同仁，照常买卖，公平交易，不得居奇刁难，合行示谕。为此示仰所属商民人等知悉，尔等须知中外一体，遇有英、法及外国船只到港购买煤炭、米食、物件等项，务必公平货卖，不得阻止及高抬市价，致干拿究。各宜懔遵毋违，特示。"

梁纯夫着人在告示上用了印，便郑重其事地贴到辕门之外。

诸事办妥，梁纯夫暗遣人到岸边去打探动静，让人重新沏壶新茶摆到签押房，又舒舒服服地喝将起来。

事情的结果如此出人意料，恐怕连福禄诺本人都没有想到，心下自然一阵狂喜。

"窝尔达"又象征性在港内耽延了两个时辰，才启航厦门，向利士比面禀辉煌的结果。

梁纯夫闻报大喜，马上含毫命简，具文向台湾道通禀事情的经过及自己办理的详细应对措施，很有些表功的意思。

台湾道刘璈接到梁纯夫的通禀后，很是大吃了一惊。因为基隆自开口以来，法国舰船从未到该港游历过。尤其是法人到港便大生事端，这更让刘璈百思不得其解。

刘璈把梁纯夫的通禀看了又看，怎么也寻不出能说得通的答案。

无奈之下，他只好上禀福建巡抚张兆栋、闽浙总督何璟，建议通过外交的途径来约束法国舰船。

他在禀文里这样写道："合无仰恳将台湾基隆各口并无法商在地贸易情形，咨明总理衙门，咨商驻法使臣，照会法国外部及驻京公使，转饬游弋兵船通过通商各口无法商贸易者，无故可勿进口停泊。如有采办物件必须进口，务先报由领事照会地方官，派人妥为照料。该兵船主尤须约束兵丁水手，不许上岸浪游生事。至炮台营垒，系操防重地，不在游历之列，尤不得违禁擅入。庶几商民安堵，中外无猜。倘使不先照会，任意闯入生事，是彼自行无礼，则衅由彼开，我当照万国公法，请各国理论，以顾通商大局。"刘璈特别在禀文的最后强调指出："在彼终欲借端挑衅，我惟以礼自持，务使无端可借，无衅可挑，免致因小误大。"

以刘璈办理通商的经验，在他看来，只要"以礼自持"，便能使对方"无端可借，无衅可挑"。

别看刘璈识见平常，他还真是个有来历的人。

刘璈字兰洲，湖南岳阳人，以附生投入楚军统帅左宗棠麾下。因功被保荐至道员衔，分发至浙江候补。同治十三年（公元1874年），日本侵占台湾，钦命船政大臣沈葆桢为钦差大臣，办理台湾等海防，札委刘璈为营务处委员，参与筹划防务，有奏称其"识力过人，情形熟悉，实为台防不可少之员"，声名渐显。光绪七年（公元1881年）实授台湾道，次年赏加按察使衔。光绪七年（公元1881年），岑毓英督办台湾防务，对其亦大加赞赏，上奏称他"该道晓畅戎机，熟悉情形"。是否当真如此，恐怕尚值得商榷。但不管怎么样，在左宗棠、沈葆桢、岑毓英等一班方面大员的力荐之下，刘璈"能员"的地位是奠定了，以致连两广总督张树声在筹议台防时也不得不称"臣闻李鸿章言，现任台湾道刘璈有独当一面之才，若能查照昔年姚莹任台湾道时故事，略重事权，责以成效，则刘璈得展其才，台事亦可期就理'。

张树声把刘璈与姚莹相提并论，可见当时刘璈的名气有多大。

张树声所称颂的姚莹是个什么人物呢？姚莹乃大清国道光十年（公元1830年）的台湾道。道光二十一年（公元1841年），第一次鸦片战争期间，英国兵舰两犯鸡笼口岸（基隆当时称鸡笼），只因官军防守得法，均被击退；翌年正月，英舰转侵大安港，仍被姚莹、总兵达洪阿击败，清军趁势出击收复所失宁波、厦门等口。姚莹二字，也因此成了当时能员二字的代名词，甚是响亮。张树声把刘璈比作姚莹，档次自然又高一等，这就使得刘璈本人颇为自负，时不时的便以姚莹自诩。

但已经离任的基隆税务司贺壁理却对法舰突至基隆并派员侦看地形，有着自己的一套看法。

他在描述此事时曾有过这样一段文字记载："基隆海河形势湾环，与沪尾相对，炮台筑于河西北岸，若失和以后，洋船由海河直入，便可对面轰击。今未经失和，法国兵舰任便游弋，可绕至炮台后面。炮台有前洞无后洞，若法人将炮悬至桅上，在后面旁面攻打，炮台不能还击。

试想，一个外国人尚能看出端倪，而梁纯夫、能员刘璈等人偏偏就想不到这层，大清国的一些在事官员嗅觉之钝可见一斑。

但法国人接下来是不是就要对大清国的内地港口付诸武力呢？

福禄诺与利士比在厦门会面。

在指挥舱里，福禄诺神采飞扬地向利士比汇报自己在基隆所取得的佳绩。

福禄诺这样说道："将军容禀，鄙人敢肯定，我们在红河三角洲所取得的胜利，既震慑了中国人，也让中国人对我国充满了敌意。将军知道，基隆是通商条约中规定的开放港口，'窝尔达'号来到该口，发出信号，要求他们派引水员前来引港，这非常符合国际惯例。但他们并不作任何回应，睁着眼睛装瞎子。在这种情况下，鄙人认为不能离去，否则有损法兰西形象。鄙人于是下达命令，强行入港，以示抗议。看到我舰武备甚严，中国军人纷纷躲避，未敢拦截。我船抛锚后，鄙人按着您下达的指令，带着几位士兵，登岸侦看这里的地形。想不到，竟然很快便有几名中国士兵跑出堡垒，挥枪加以威胁。这还不算，他们同时又把邻近的一只家犬，用口哨的方式唤过来，对着我们狂吠，达到让我们回船的目的。为了寻找煤炭，并实际验看当地煤矿出煤的质量，鄙人让人到当地煤商那里去购煤。想不到，得到的回答却是：道台已有命令，港口的任何物资，均不得供给法国军舰，否则便要问罪。我们所需要的其他物资，比如说牛肉和大米，也无人肯卖给我们。鄙人亲自到商行去察看情形，经询问，他们承认，他们是在中国官员的威吓下，才这样做的，他们不敢对抗官府。他们甚至向鄙人表示，如果不是中国官员提前有话，他们很愿意同法国人做生意。显然，这些当地人已经知道，法国人是世界上文明程度最高的人。和法国人打交道，他们不仅不会吃亏，还能占到大便宜。最后，鄙人给道台和军事指挥官各写了一封信，向他们公开询问件事，但始终未见回音。面对如此明显的敌意，鄙人表示了强硬的态度，并以武力相威胁，中国官员这才被迫让步，满足了我们的全部要求。尤其是向我们示威的士兵，还在官长的押解下，登船向我们认错。我命令他们跪下，他们果然跪下了。"

未及福禄诺把经过说完，刊士比已兴奋地挥起右手拍到福禄诺的肩头上，声音高八度地说："好样的福禄诺，想不到你这么能干！你可能还不知道，国内又给我们发来了新的命令。让我们先放弃武力，试图通过外交的方式，让大清国对我们做出全面让步。沙梅拉库先生禀承内阁的意图，发电报给本将军，让本将军找出一位谈判天才，去完成这项特殊的使命！本将军现在就向国内发报，推荐你来执行这项任务！亲爱的福禄诺，你必须相信，你人生最辉煌的时期到了！"

"什么？"福禄诺一愣，旋即两手一摊，苦笑着自语了一句："鄙人仅仅是名中校，竟然要代表国家去与另一个国家谈判？太离奇了！太不可思议了！将军好好想想，我法兰西历次与大清国签约，哪次是由中校完成的？将军，您莫非是想让鄙人提前退役？"

这回轮到利士比莫名其妙了。

利士比绕着福禄诺走了三圈，仿佛福禄诺是刚由国内派过来的一名从未谋过面的新部下，不看明白，无法分派任务一样。

三圈过后，利士比站到福禄诺的对面，一字一顿说道："本人知道，中校在巴黎时，经常和茹费理总理坐在一起喝威士忌。所以中校认为，本人向国内所提建议，总理不会采纳。为什么呢？因为本人私下里没有和总理喝过威士忌！中校，本人说的对不对？"

福禄诺忙道："将军且莫动气，鄙人是说，总理怎么会让一名中校去与大清国谈判呢？这么重要的事情，理应由将军您亲自出面才合情理。"

利士比重新坐回到椅子上，喝了口咖啡说道："中校，您是说，与大清国谈判的任务，应该由本人去完成？不！不！您错了！将军应该出现在战场上，而不应该出现在谈判桌上。有些事情，本人直到现在才知道内情，就在我国在安南北圻完全占领红河三角洲的时候，沙梅拉库外长就禀承总理的训令，电告谢满禄署使，即将到北京就职的巴德诺公使，将要逼迫总理衙门与我国签订这样一个条约：一、大清国军队全部撤离安南，互相保证两国国境。两国国境指的是大清国与安南；二、大清国必须对法国赔款，因为北宁一战，大清国是战败国。但米乐中将与海军部的某些人，却认为我国此时便要求大清国对我国赔款，有些为时过早。因为北宁一战，大清国军队只是被击溃，他们的军力并未受到损失。如果我们要求他们赔款，很可能会激怒他们，逼迫他们卷土与我们再战。如果这样，我国军队在北圻，将会遇到很大的麻烦。"

福禄诺小心地问了一句："将军，中将认为我国应该怎样做？"

利士比下意识地咬了咬嘴唇说道："中将认为，我们应该先巩固我们已经取得的成果，而不应急着提出赔款。也就是说，我们先要让大清国承认，我国与安南已订条约的合法性。如果这个目的达到，我们可以通过不索取赔款来完成以后的事。当然，本人不支持中将的理论，但总理却被说动了心。总理以后会制定什么样的政策，那是以后的事，但眼下，我们还不能对他们的口岸采取实际行动。总理给本人的训令，说得非常明白，只要他们放弃安南，把军队撤离出去，我们可以不向他们索取赔款。"

福禄诺沉思了一下，说道："将军，鄙人敢肯定，总理转变对华政策，不见得是中将的理论起了决定作用，英国人和美国人肯定参与了这件事。英国的在华利益超过我国，美国人最擅长的便是和稀泥！"

利士比起身说道："中校，该说的话本人都已经说了。相信用不多久，法国海军部的一名中校，将成为世界各国瞩目的对象！当然，也不排除突然变动的可能。因为据我所知，中国的李鸿章，并不是很好对付。"

福禄诺随口问了一句："将军，我们下一步应该怎么办？"

利士比道："到烟台集结待命。"

回到"窝尔达"后，福禄诺动开了心思。他非常清楚，从私人的角度上讲，茹费理能够接受利士比的建议，指令他这个名不见经传的校级军官，出面去与大清国谈判。但若从外交上讲，内阁无论如何，都不会采纳利士比的建议。因为他福禄诺只是名现役军人，不是外交官。如果想把这个扬名天下的美差真正揽到自己头上，除利士比的建议不可缺少外，他还要有一些超常的表现，让内阁相信，他福禄诺不仅是名优秀的校级军官，还是个外交天才。

福禄诺想到这里有些心潮澎湃，开始站起身来在舱里走来走去。

他进一步想，自己与大清国的外交重臣李鸿章熟悉，这应该是个优势，但还远远不够。凭现在法中两国的紧张局势，若无国内最高层的训令，他是不能去见李鸿章的。在国内训令发布之前，他必须给自己与李鸿章之间找到一个传声筒。如果李鸿章对法国的态度表示出积极的回应，自己就可以直接给总理发报。收到电报后，总理就会说服内阁的其他成员，由他福禄诺代表政府，出面去与大清国谈判！

福禄诺想得热血沸腾，不得不走到甲板上去吹一吹冷风。从军以来，他还从没有这么兴奋过。

第二天一早，利士比下达了起锚的命令，舰队开始驶向烟台。

在驶往烟台的路上，坐在"窝尔达"的指挥舱里，福禄诺一边在整理往来书信，一边在思考对付茹费理的办法。他对茹费理太了解了，茹费理对他也极其熟悉。正因为这样，事情才有些棘手。

一封装帧精美的请柬出现在福禄诺的眼前。如果没有记错的话，这应当是大清国粤海关税务司德璀琳一年前请自己吃酒的请柬。

把请柬打开，福禄诺笑了。他猜对了。

把玩着请柬，福禄诺的眼前突然倏地一亮，因为凭福禄诺所掌握的信息，德璀琳虽系德国人，但他做津海关税务司期间，与李鸿章的关系非同一般。听人说，德璀琳的话李鸿章特别相信，德璀琳替北洋订购的船只李鸿章特别放心。与其说当时的德璀琳是津海关税务司，不如说是李鸿章的幕僚更恰当。

"有了！"福禄诺一拍自己的脑门，噌地站起身。

德璀琳！福禄诺决定选德璀琳来充当自己与李鸿章之间的这个传声筒。

舰队经过福州加水时，福禄诺背着利士比，给粤海关税务司德璀琳发了封电报，约请德璀琳在香港会面，称有要事相商。

舰队经过彰州，福禄诺收到来自天津津海关的电报，德璀琳称自己正在天津公干，已接电赶往香港。

福禄诺接电大喜，更加坚信，自己的推测是对的。德璀琳尽管已调任广州粤海关税务司，但仍与李鸿章有着密切的联系。

从接到电报的那一刻起，福禄诺便开始苦苦思索脱身之计。

利士比率舰队并没有直趋烟台，而是一站一站的北上。福禄诺心急如火，却又不敢在脸上露出来。利士比为什么要这样呢？因为直到此时，利士比仍未放弃夺取大清国一二口岸的念头。舰队从北线缓慢绕行，而且逢口必停，加水添煤，是因为他始终在寻找利于夺取的港口。

福禄诺终于想到了一个计策。

他利用舰队在口岸购物的时机找到利士比，说："将军，鄙人不能不向您报告一个您不想听的消息，在漳州时，鄙人就发现，'窝尔达'号的一个零部件，运转起来不够正常，现在更加严重了！"

利士比一愣："您是说，'窝尔达'出问题了？"

福禄诺："可以肯定，是大问题，需要到香港去检修一下，香港有世界一流的船舶机械师。如果您对此有异议，鄙人将站到您的一边。"

利士比："中校，我谢谢您。我没有看错，您将是法国军界最优秀的军官。我想知道的是，除了香港，其他地方就没有更好的机械师吗？"

福禄诺："有，在法国巴黎，在德国柏林，在英国伦敦。但亚细亚，只有香港。我知道，英国人想法郎都想疯了。"

利士比想了想："我同意，我只希望您，修好军舰后，不要在香港耽延过久，尽管那里的姑娘美丽无比，但我们的任务比姑娘更重要。我们在烟台会面。"

福禄诺高兴地回到"窝尔达"号，稍事准备，便开动马达，飞也似地向香港驶去。

第二节 福、德密谈

"窝尔达"号抵达香港口岸的当晚，福禄诺便慌不迭地来见德璀琳。

一见福禄诺急如星火的样子，德璀琳夸张地用英语大叫道："福，您急匆匆来香港，到底有什么事？"

福禄诺也用英语回应道："德，我刚随利士比将军，执行了一趟特殊的公务。我到香港要检修一下军舰，然后便去烟台集结待命。鄙人要同您喝上三杯！"

德璀琳打量着福禄诺问："您要同我商量什么事情？是好的，还是坏的？贵国要把大清国怎么样？"

德璀琳话毕，便命人摆上红酒。他亲自动手，给福禄诺和自己各斟上一杯。

福禄诺毫不客气地抓过酒杯便喝了一口，说道："德，您能不能告诉鄙人，李鸿章在干什么？您是粤海关税务司，您不在广州，总去天津干什么？"

德璀琳一愣，警惕地反问一句："李鸿章在干什么，鄙人为什么要告诉您？鄙人告诉了您，能有什么好处？我警告您，我的生意，您不要碰。"

福禄诺端起酒杯又喝了一口，然后便开始盯着德璀琳的眼睛看。

德璀琳被看得心里有些发毛，也猜不透福禄诺此时心里是怎么想的，打得到底是什么算盘。

德璀琳主动打破沉默，举起酒杯问道："福，您到底想对鄙人说什么？鄙人明日就要回广州，您有话还是及早说。"

福禄诺放下酒杯，忽然随口嘟囔了一句："德，鄙人知道，您最近从李鸿章的手里赚了许多钱。鄙人眼红，但不会去当强盗。您在大清国是真的发了大财。鄙人把您约过来，就是要告诉您，您的财源就要断了，您赚到手的大量的银子，还是及早运回柏林去吧。鄙人的军舰，能帮您这个忙。"

德璀琳蓦地瞪圆了牛眼，迫不及待地反问一句："敬爱的福，您能不能告诉鄙人，您接到了什么命令？贵国的军舰，汇集到烟台想干什么？"

福禄诺说道："德，您大概早已经知道，大清国的军队，在安南战场，被我国的米乐将军打得大败，我国即将向大清国索取大笔的赔款。如果大清国不答应，我国舰队将按照总理的训令，夺取他们的几个口岸作为抵押。"

德璀琳摇头说道："福，您的话鄙人不相信。据鄙人所掌握的情况，大清国对贵国的企图，早有防备，贵国不会得手的。有个情况，贵国可能还不知道，两广总督张树声，已经革职留任，即将入越督战。还有湘军名将彭玉麟，也奉旨到了广西边境。福，贵国就要有大麻烦了，您还在这里信口雌黄！您以前可不是这样的啊，要不要请我国的医生给您看看？"

福禄诺哈哈大笑道："天真的德，鄙人想问一句，张树声是大炮吗？彭玉麟是军舰吗？您知道利士比将军率领舰队，走了多少个口岸吗？几乎是绕着大清国的沿海走了一大弯！每到一个口岸，我国的工程人员，都要登岸调查那里的防守情况、驻军数量，以及炮台位置！鄙人万没想到，大清国各口岸的防守，几乎无一不是漏洞百出！面对如此松懈的防守，我国根本不需要使用太多军舰，只鄙人的'窝尔达'号，就能很轻易地攻取到一个中型港口！大清国这次彻底完蛋了。鄙人知道，您与李鸿章是亲戚，您快劝他逃跑吧。"

德璀琳沉思了一下，忽然奇怪地反问一句："福，鄙人听您的话，是否要帮助李鸿章？据鄙人所知，您在天津期间，李鸿章也照顾过您几单生意。有什么话，您为什么不直接找他谈？鄙人什么时候成了李鸿章的亲戚？"

福禄诺答："德，您不要多疑。其实，李鸿章这个人不坏，鄙人的确想帮他。他筹建北洋水师以来，我们都从他那里赚过银子。当然，英国的赫德总税务司和您本人，赚得最多。"

德璀琳急问道："福，您能否告诉鄙人，您想怎样做？听说您与贵国内阁总理茹费理是亲戚？是不是真的？"

福禄诺答："鄙人正在试图劝说总理改变一下策略。鄙人认为，只要大清国撤回在东京的部队，不再干涉我国与安南之间的事情，我国可以放弃赔款，也可以放弃夺取口岸。鄙人与我国的总理，的确是亲戚，我们常在一起喝酒、谈论女人。"

德璀琳打断福禄诺的话，问道："福，您能否说清楚一点，到底是谁在劝说总理放弃赔款？是东京的米乐？孤拔？还是您的顶头上司利士比？"

福禄诺自负地答道："德，您上面提到的这几个人都是我国非常优秀的军人。毫不夸张地说，他们都有着惊人的毅力和指挥作战的才能，但他们不懂政治。劝说总理改变对华策略的，恰恰是鄙人！"

德璀琳听完福禄诺的话后先是一怔，旋即哈哈大笑起来。

他一边摇头一边说道："福，您真是太幽默了。您为什么要当军人呢？您应该去搞剧本创作呀！鄙人可以肯定，您创作的剧本，能把所有的观众笑翻！——一个海军中校，竟然要劝说本国政府改变外交策略，这是多大的幽默呀！"

德璀琳话毕，忽然又很夸张地张开双手，用嘲弄的口吻说道："上帝呀！德璀琳好幸运哪，他遇到了一位世界顶尖级的幽默大师！"

福禄诺不急不恼，轻轻反问一句："德，您笑够了吗？"

德璀琳冲口说道："福，就凭您刚才说的话，鄙人永远都笑不够！您为什么要和鄙人开这种玩笑啊？您以前不这样啊！"

福禄诺起身说道："德，您真的以为，鄙人是在开玩笑吗？您难道真的不知道，鄙人与我国的茹费理总理是怎样的一种关系吗？鄙人现在就告诉您，我国的总理，可以和米乐司令谈东京的事情，可以和孤拔中将谈军舰的事情，也可以和利士比将军谈海上作战，但他却可以和鄙人谈怎样和女人做爱！鄙人每次回国，总理无论怎样忙，都要抽出一定的时间，把鄙人约到酒吧，一边喝酒，一边谈论女人！"

德璀琳很仔细地看了福禄诺两眼，用戏谑的口吻说了一句："福，您是不是在说，贵国的茹费理总理，在对付女人的时候，您可以在旁边帮忙？"

福禄诺哈哈笑道："您这个德，您是不是没有见过我国总理呀？凭他的身体状态，不要说对付一个女人，就算同时对付三个女人，也用不着鄙人去帮忙啊！"

德璀琳确认福禄诺是在讲实话后，马上便急着问："福，您还没有说，贵国总理，到底同不同意您的观点？"

福禄诺很认真地回答："德，您真是会问。鄙人想再给总理发一封电报，但鄙人直到现在，也并不了解，大清国是否同意从东京撤军？大清国不放弃安南，我国的总理，怎么会接受鄙人的劝说？"

福禄诺不再说下去，而是静等德璀琳的反应。

德璀琳诡谲地一笑，问道："福，鄙人怎样才能相信您的话？您只是一个中校啊！在大清国，像您这种级别的军官，和李鸿章这样的大人物，根本说不上话呀！您也在天津住过多年，您应该知道的呀。您可以和贵国总理去喝酒，但您若是生在大清国，您连李鸿章的面都难见到啊！——李鸿章倒可以把您当成一个女人来玩耍！"

福禄诺大声说道："德，您可以怀疑一名中校，在一个国家所处的那种微不足道的地位，但您不能怀疑，鄙人与我国茹费理总理的友谊呀！贵国难道就希望，我国与大清国全面开战吗？您以为，找只船来帮您把银子运回柏林，就可以不花运费？"

德璀琳沉思了一下，点头说道："福，鄙人相信您一次。您能不能把您的上述意见，形成一个文本，由鄙人转给李鸿章？"

福禄诺闻听此言，当即打开随身护书，从里面摸出两张电报纸来，递给德璀琳道："德，请看，这是鄙人已经拟好，即将发回国内的电报稿。已经译成英文，您可以抄一份寄给李鸿章。"

德璀琳接过电报稿，一边阅览一边说道："福，鄙人可以肯定，您这次真的很想办成此事！看样子，您和贵国的茹费理总理私下里真的很不错。贵国茹费理总理的妹妹是您的情人？您不要说，您和她没有上过床。"

福禄诺笑答："德，您不要胡扯。我国茹费理总理没有妹妹，他只有一个妈妈，今年刚好八十四岁。如果您愿意，我可以为您们创造机会。"

德璀琳接口笑问一句："总理莫非有位人见人爱的女儿？"

福禄诺笑答："德，您真聪明，总理的确有位人见人爱的女儿。我与总理喝酒的时候，总喜欢抱着她，小姑娘只有十岁。"

德璀琳不再讲话，而是专心致志地看文稿。

福禄诺的这封文稿，既是要发回国内的，其实也是写给大清国的。福禄诺在文稿中一共谈了五点，曰：

"一、现在法国既为中国南省之强邻，中国宜与之订立南省通商章程，并税关规则，日后商务愈旺，则两国交情愈密；二、现在情形既已如是，中国即可不必想法以限制或拦阻法国保护越南之权利；三、可拟订约章中，法国愿极力担保，约中措辞必有以全中国体面，不至于中国朝贡之邦少失天朝应有威权；四、中国宜迅将驻法公使曾侯调开。其所预断越南事宜，亦毫不符合。惟时时妄以中国将与法战相吓诈，致使中国有失体面，欧洲众议皆以中国为不可信。曾侯一日不行调开，即法国一日不与中国商议此事；五、法国欲向中国索偿兵费，且拟乘此机会用其兵力占据东方沿海地方以为质押。中国如果与法国实心敦睦，及早挽回，法国亦可将此层极力相让。如立一简明条约，果能即在天津或北京议定画押，外而不至张皇，殊有以全两国之体面。"

文稿看完，德璀琳用手指着第四款问道："福，您提此条是何用意？

您坚持这款，如果总理衙门不同意怎么办？"

福禄诺气愤地说道："德，您一定要把话同李鸿章讲清楚。如果总理衙门不同意，鄙人所拟的其他条款便不存在。曾侯对我国很不友好，他说的许多话，都与现实不相符合，我国茹费理总理恨死了他。如果不是他胡说八道，大清国军队早就撤出东京了。该死的刘永福也不会活到今天！他这个人，真是太坏了！"

德璀琳沉思了一下，说道："福，鄙人可以把这个转给李鸿章。您有没有需要补充的？"

福禄诺思考了一下，又拿过文稿，提笔在第五款的后面用英文写道："曾侯及都中诸公既走入迷途，今若幡然变计，能使中国从办，重新商议，复归正路，实足为中国大臣生色。"

福禄诺握笔沉吟了一下，又写道："此函所写，均系福禄诺一人私见，并未向本国请示。惟福禄诺素叨中堂知遇，必有以知福禄诺所料之事，往往而验，故敢自献爱敬之忱，想中堂亦必见信也。书此信于西历四月六日交由税务德璀琳转呈中堂察鉴，以资采择，望秘密不宜。又注。"

福禄诺放下笔，把信交给德璀琳，说："就这样吧。鄙人在烟台等着您的消息。"

德璀琳接过信函，把福禄诺续补的文字看了又看，不由问道："福，您在玩什么花招儿？您这种私人信件，交给李鸿章有什么意义？"

福禄诺说道："德，有些话，您在李鸿章面前，可以替鄙人说，但鄙人自己不能说。比方说，鄙人与茹费理之间的关系。还有，这件事您最好不要让赫德预闻，只由我们两个人来办。好处平分，怎么样？"

德璀琳没有再说话，但从表情上看，对福禄诺还是有些怀疑。

福禄诺离去后，德璀琳用眼望着福禄诺的这封信函，思虑再三，认为如果把福禄诺的这封信转寄给李鸿章，凭他对李鸿章的了解，李鸿章肯定不会认真对待，说不定此事就此停止。而要想让李鸿章认真对待此事，就非他德璀琳亲自去趟天津不可；要达此目的，又非总税务司赫德的许可不能成功。

德璀琳踌躇再三，决定先在香港给李鸿章发封电报，算是投石问路。

电曰："德已假满返粤，在港晤法水师兵头福，谈及中法事，德有紧要条陈，须赴津面禀，但须赫总税司允。事机勿迟，中堂斟酌。"

电报发走的当日，德璀琳便乘船离港，回广州粤海关税务司任所等待消息。

第三节 德璀琳到了天津

其实，法兵舰基隆闹事，以及后来法各兵舰齐聚厦门等事，李鸿章已经从闽浙总督何璟处知悉。

何璟收到台湾道刘璈的禀报后，在上奏朝廷的同时，亦给李鸿章发电一封，请示办法。

李鸿章思虑了两天，才给何璟、福州将军穆图善各发电报一封。两封电报同一内容，曰："越事日坏，谣惑甚重。各国兵船应听照常出入，惟法船进口，若只一二只，尚未明言失和，似难阻止。若进口过多，似应派员询其来意，劝令速去，宜避嫌疑，免致民情惊惶。此间系相机妥办，并无定议，望酌。闻厦门法船颇多，确否？乞慎防之。"老于兵事的李鸿章，最怕法国兵舰突然发难，所以不能不提前预防。李鸿章心里非常清楚，凭大清国的海上实力，还无法与法国相抗衡。

此电刚刚交由电报局发走，德璀琳电至。

李鸿章命人将电报译出，不由一愣。

据李鸿章所掌握的情况来看，福禄诺不过是法国水师提督利士比麾下的一名管驾官，权不过一舰，位也仅及总兵。这个人跑到香港与德璀琳密晤，会谈些什么？莫非他是受人指使？德璀琳急欲赴津面禀，想来事情果然有些急，或许德璀琳当真从福禄诺的口中，探听到了一些对大清不利的消息？

李鸿章想到这里，马上传电报委员过来，命给总理衙门速拟电报一封，云："前津海关税务司德璀琳自西洋到粤，深悉近日法情，见法水师福兵头，谓彼半月不动，候中国动静。德税司有紧要条陈，须赴津回禀。请饬总税司令其往津，事机勿迟等语。德璀琳系德国人，极要好，现假满回华，望令赫德转饬赴津。"落款一个鸿字。

奕劻接到电报，当日就咨文在京的总税务司英国人赫德，让其转饬粤海关税务司德璀琳，速赴天津与李鸿章商办事务。

赫德见到咨文，压根就没想到德璀琳会插手中法之间的事情，认定是李鸿章要委其购买洋货，便给广州发电一封，饬德璀琳赴津。电报在最后特别强调了这样一句："若系商务，务请禀报。"赫德不想放过任何发财的机会。

德璀琳见电，携上福禄诺的信函，当日即乘船向天津飞速赶来。

到了天津，德璀琳迈开大步，直向直隶总督行辕飞奔，真正是急如星火。

一应随员及翻译跟他不上，喘着粗气穷追猛赶。

李鸿章已经提前得到了通报，正一个人在签押房里，一边喝茶一边等待，心里也颇为急躁。

德璀琳很快被戈什哈引进房来。

李鸿章一见，急忙站起身，未及伸手，德璀琳已按着大清官场的礼节，单腿跪在了李鸿章的面前，口称："卑职德璀琳特来给中堂老大人请安！"

戈什哈是满语，护卫之意。清代总督、巡抚、将军、都统、提督、总兵等官，皆得自行委派。

听了翻译的话，李鸿章弯腰扶起德璀琳，笑道："德税务司不必多礼，快请坐下说话。"

坐下后，德璀琳让随员出去等候，身边只留了一名翻译。

李鸿章也屏退左右，笑问："德税司回国度假，家里人可还都好？"

李鸿章的话由德璀琳的翻译说给德璀琳听。

德璀琳忙答："谢中堂老大人挂怀。"

德璀琳趁翻译翻话的时机，从随身护书里翻出福禄诺的信函，递给李鸿章道："这是法国海军'窝尔达'号军舰司令福禄诺给中堂的信函，请大人阅览。"

听了翻译的话，李鸿章一边接信一边反问一句："老夫没有记错的话，这个福禄诺是一名兵船管驾。他莫非升提督了？"

德璀琳笑了一笑没有答话，权当李鸿章是自言自语。

李鸿章也未再深问，而是展开信函，却又一愣，不由道："福禄诺给老夫的信，写的是洋字码，老夫看不懂。"

德璀琳慌忙又从护书里拿出两页纸来，递给李鸿章道："卑职行前，已着翻译官，将福司令的信，译成了华文，请大人阅览。"

李鸿章接译文在手，慢慢展开，随手戴上老花镜，便耐心地看起来。

德璀琳两眼盯住李鸿章的脸看，小心地捕捉着李鸿章脸上的各种变化。

李鸿章把译文看完，摘下老花镜放到桌上，一边沉思一边道："德税司啊，你急着来见老夫，就是替福禄诺送这封信吗？老夫刚刚接到巴黎的来电，说法国沙梅拉库，因病已经去职，法国现在的外部大臣，暂由执政大臣茹费理兼署。茹执政是一国首相，他肯委福管驾来办这件事吗？老夫适才看福函，上有'系福一人私见，并未向本国请示'字样。这是怎么回事呢？"

听完翻译的话，德璀琳神秘地说道："中堂容禀，中堂的疑问，卑职也曾向福司令询及。据福讲，他与茹私交甚好，还是亲戚。外间传闻，卑职与中堂是亲戚，实系谣传。但福与茹是亲戚，却是真的。这件事，卑职已经打探明白。福说，他给中堂写信，已经得到茹的同意。但不知中国如何。福说，法国本不想与中国交兵，是曾侯一班大臣把事情搞糟了。中国只有中堂一人是明白人。这是福的原话，中堂必须相信。"

李鸿章眉头皱起老高，又思索了许久，才缓缓说道："老夫不是信不过福管驾，老夫是信不过茹费理。德税司应该知道，就在光绪八年的十月十一日，老夫曾代表本国，就越南的问题，曾与当时的法国驻华公使宝海，签订了一个《备忘录》。此《备忘录》订立不及三月，便被茹费理单方面撕毁！这个茹费理呀，他连《万国公法》都敢践踏，真是狂妄至极呀！"

德璀琳忙道："中堂容禀，据福司令同卑职讲，茹费理废除《备忘录》，并非是茹一人所为，系法国议院强行通过。法国的体制不同于中国，动一文钱，办任何事，都由议院表决，总理必须照议院所定办理。也难怪法国如此，该国兵舰了得，称雄洋面。据福司令讲，他随利士比统带船只，侦看了中国所有口岸。盖因北宁中国战败，法国众议均以兵费必须索赔。如不同意，便夺一二口岸相偿。实因中国沿海防务，闽、粤、江、浙等处，罅隙颇多，若乘此夏令越南暑瘴之际，移调水陆来扰，必能大获成功。福司令知中堂对法国甚好，上陈意欲稍减让，鄙人则屡劝不可。福司令已暗许鄙人，只要中国肯同意他的观点，和局有望尔。"翻译费了很大力气，才把德璀琳的这番话，大概译给李鸿章听。

李鸿章听后，面部表情凝重，内心掀起阵阵浪潮。

把德璀琳一行人安顿到驿馆后，李鸿章开始一个人在签押房走来走去，反复揣摩福禄诺信函上的每一句话。

李鸿章知道，北宁战役刚刚结束，法国便利用军事上胜利的优势，派外交官巴德诺赶到越南都城顺化，逼迫越南朝廷，交出由大清国朝廷颁赐的国王金玺，另向越南颁发一颗由法兰西共和国铸造的铜印，并订立了一个最后的保护条约。

李鸿章记得很清楚，这个最后的条约共计十九条，第一条便是："安南承认接受法国的保护权"。越南朝廷交出金玺接受铜印和与法国人订立最后条约的做法，深深地刺激了李鸿章，使李鸿章极清醒地感觉到，"保藩固圈"已成过去，出兵护越亦失去意义。大清国如果此时仍像从前那样对待越南，不仅毫无意义，给外界的感觉，则将是一厢情愿。在这种情况下，能尽快地结束这场战争，与法国重归于好，应当是最好的结局。

主意打定，李鸿章命人铺纸研墨，亲自动手给总理衙门拟电报一封："粤税司德璀琳到津，密称晤法水师提督，拟调兵船入华，将夺踞一大口岸为质。若早讲解，可电请本国止兵等语。"

电后，李鸿章传衙门翻译官，将福禄诺英文信函译成华文，与德璀琳所译华文倒也大致相同；信函原件存档备查，译文则着人抄了一份附于电后。

电报与福禄诺信函译件于第二天一早发走。

又一连同德璀琳谈过两天后，李鸿章从实际出发，经过反复思虑，又给总理衙门致函一封，劝说朝廷，不要错过议和的机会，免致"兵连祸结，日久不解，待室中国饷源匮绝，兵心民心摇动，或更生他变"。

李鸿章与法议和之念并不是始于此时，早在北宁告失的电报到津的当日，李鸿章便上奏朝廷，指出："近年以来，越事益急，朝廷轸念藩服，不忍漠视，特命云南、广西督抚率师扼扎北圻地方，俾壮声援；此固字小之义，为保护该国计，因以为屏蔽边境计也。乃该国昧于趋向，始则首鼠两端，继且纵令教民抗我颜行，肆意侵逼，山西、北宁之失，皆系该国民人纷纷内应所致。辜恩悖义，莫此为甚。……因思出师护越，越不知感，法又为难，兵连祸结，亦非万全之策。"

李鸿章想尽早结束中法有关越南之争，还有另外一层原因，是因为中日两国因朝鲜问题而矛盾日增，需要中国集中力量，对付日本咄咄逼人的挑衅。

朝鲜同越南一样，也是大清国的属国。法国动兵制械，想据越南为己有，而日本则虎视眈眈，日夜盘算着要把朝鲜霸占。

让李鸿章没有想到的是，他的电报和福禄诺的函件到京后，却平空给自己引来一场麻烦。

总理衙门领班大臣贝勒奕劻，收到李鸿章电函的当日，便先和军机处领班大臣礼王世铎会在一处，想听听他的意见。但世铎是个毫无主意的人，又短见识，一封电报，被他翻过来颠过去的看，一会儿问一句："这个德国人是干什么的？他怎么和法国打得火热？"一会儿又问："北宁的消息到底准确不准确？"

奕劻答："德璀琳做过津关税司，而法国的这个福禄诺，也在天津住过几年。两个人都与李少荃熟。"

礼王把电函往外推了推，忽然问了一句："李少荃又要从外洋购买枪炮，我们这回可得多挤出几个。"

奕劻没有顺着礼王的话往下说，而是反问一句："您老说说，李少荃的这个电报，我们到底应该怎样答复他？"

礼王一笑道："这是总理衙门的事，如果要军机处拿主意，本王就什么话都不说，先向李少荃讨个实话。他若想与法国讲和，好，先打发人送几万两银子再讲话。如其不然，军机处就向上头建议打；他若不想和，也要先把银子送过来。否则，军机处就向上头建议和。朝廷一年给北洋那么多银子，他怎么花呀？都买船了？都买枪、炮了？本王不信！有好处，大家都要捞一点，不能让一两个人占便宜！你和醇王怎么想的我不管，我是不能放过李少荃！我当一天军机领班，就吃他一天！"

奕劻笑着说道："王爷，您老不要总怀疑李少荃背着您单给过我什么好处，李少荃哪次打发盛杏荪进京您不知道？"

礼王哈哈笑道："您能这么说我就放心了！"

奕劻和礼王扯了一阵大闲篇，但到底也没有扯出子丑寅卯，只好和礼王道了句"扰烦"，便步出礼王府，乘轿赶进醇王府。

醇王一早便被太后传进宫里议事去了，尚未下来。

奕劻就坐在客厅里喝茶，一直喝了近半个时辰，才把醇王盼回。

等醇王更衣毕，奕劻便把李鸿章的电报、福禄诺信函的译稿，一一摆到桌上，说道："一个法国兵头，求了个德国人，想从中说和咱与法人之间的事。这是李少荃的电报，这个长的，是法国兵头写给李少荃的信函。"

醇王一听这话，蓦地瞪圆了眼睛，道："太后适才在宫里，还在同本王谈论这件事。太后认为，法人这回是一定要与咱们为难到底。想不到，倒蹦出一个德国人来！"

醇王话毕，便开始拿起电函认真地看起来。

一瞬看完，醇王起身背起手边走边道："这事来得蹊跷！我大清从打开关以来，与洋人交过无数次手，但哪次都是咱主动去找人家议和。这回可好，他主动找上门来了！奕劻，你是怎么想的？本王咋想咋觉得这事儿不靠谱呢？他是赢家，现在倒想议和，日头莫非从西面出来了？"

奕劻深思着从袖里摸出一封电报，说："王爷，这是曾劼刚上月从巴黎发回的电报，您老先看看。"

醇王接过电报，见上面写道："闻谢署使索兵费，确否？想署必严拒之。我理应保越；战虽不利，不应偿费。"

醇王把电报往案上一摔道："去他个蛋！事情弄成这样，全是曾劼刚、张佩纶、盛昱这班人怂恿的！上头若不是听了他们的话，北宁何至有此一战？又何至有此一败！这帮人，成事不足败事有余，除了瞎嚷嚷，正事一件也干不来！"

奕劻道："福禄诺在给李少荃的信里，也是这么说的。看样子，法国人这次倒看得挺准。事情果然是让曾劼刚他们几个办坏了！"

醇王在案上翻了翻，翻出一张报纸，拿给奕劻看，道："这一大段洋文字，就是曾劼刚写给德国新闻纸的。驻德公使李凤苞碾转寄给本王，本王让人译了过来。"

醇王话毕，又从桌上翻出几张纸，拿起来和报纸对了对，便递给奕劻道："就是这个，你先看看。"

奕劻狐疑地接过那几页纸细细地看起来。

全文如下：

"阁下尝以为东京事可以平静了结，此固美意，本爵大臣喜甚。所有现在情形，俱于西十二月三十一日台姆斯新报上载明，彼时中国之意固如此。今法国已取山西，事局又变，恐中国之意因而不同。从前北京主和之党，今必附入主战之党矣。盖主和之党，原期法人仅攻红江口岸，今见其贪得不已，擅过中国所准之地，遂不能再主和议也。即李中堂竭力周旋友邦，亦不免更改其初意耳。法外部飞里在议院请筹兵费云，凡华兵所据兴化、山西、北宁三城，皆当取来，不能顾惜。今山西已得，愿望已足，举国无不 法兵之勇敢，手舞足蹈，如收回麦次及士塔士布情状，新闻纸又因而言须与中国索赔兵费，或占取华地为质。此不过吓诈中国，使其任法人在东京为所欲为耳；中国不惧也！东京为中华属地，天下皆知。惟法人不认，行当竭我全力以保护之。法人恐吓之智，终无所施展。盖中国此时，虽失山西，尚未似十年前法国失守师丹（色当）之故事也。至有人论各国调停和议一节，此事自出于各国心愿；然早来则可，今事已至此，恐中国不能收纳矣。前此各国何以畏缩不出？本爵大臣料系各国明知法人无理，因与各国利益无伤也，故不必过问耳。按一千八百五十六年四月十四日巴黎之约云，若两国商议不妥，未开仗之先，须请他国调停。今若英国肯说一句，或德国聊为指挥，则可止法人战志，可释人心狐疑，各国何坐视而不为耶？虽然，吾恐各国必有后悔者，因中国战事一兴，必加征洋货之税，且须倍抽厘金以资兵饷，此虽各国袖手所致，而推其源，则实法人迫而致之也。"

以上系曾纪泽原文。文后，报馆又特加上了以下几段话：

"本馆接曾侯此信之未句欲倍加厘金之语，关系甚重，大约用以激一国出来说合（和）耳。德外部云：函内不应将往年德、法交战麦次师丹（色当）法人之败比较今日之中国。岂不思法人师丹（色当）一役，君虏国亡为大耻辱事；今山西、北宁不过属邦之一小城，不但拟不于伦，且必激法廷之怒，又徒辱中国之体，为使臣所大忌也。"

奕劻看毕，抬头说道："曾劫刚倒真好文采，骂得何其痛快！"

醇王皱眉说道："骂得痛快固然痛快，但他有些话也说的实在狠了些！本王适才看福禄诺给李少荃的信，当时就想，法人如此痛恨劫刚，大概与劫刚在新闻纸上说的话有些关联。你呀，有时间给劫刚发个电报过去，告诉他，不经请旨不要在外面乱讲话。本王听李少荃恍惚讲过，师丹一役，法国被拿走了三个车轱辘，皇帝也成了俘虏。这是法国人的一个伤疤，谁揭，他们跟谁急。"

奕劻道："王爷，您老说的是法国皇帝拿破仑三世吧？师丹一役，他战败被俘。"

醇王道："应该是吧？奕劻，这件事，你知不知道李少荃是怎么想的？"

奕劻答："李少荃自然是想和，但他偏不说，想让总理衙门说。这件事，恐怕得王爷说句话了。"

醇王边走动边道："这件事我们都别说话，就让他李少荃说话！"

奕劻道："王爷，李少荃说不定正等着总署的话呢。"

醇王用手一劈道："你呀，听本王的没错！电报和福禄诺的这封信先不用往里头递。李少荃这个人，本王了解他。不出三天，他肯定有话递过来。"

第四节　先事图维

两天后，李鸿章的信函果然递到。

奕劻读了读，拿上便飞跑进醇王府。

一见醇王的面，

奕劻举着信函说道："王爷真是料事如神，李少荃他当真憋不住了！"

醇王一边接信一边问道："他怎么说？"

奕劻道："他自然是想和。不管怎么说，法国不索兵费总是好事。我怕就怕，德璀琳和福禄诺这两个人靠不住。"

醇王把信看了一遍，歪着脑袋想了想，道："你拿上这封信和先前的电报，以及福禄诺的那个信函，进宫请旨吧。这么大的事，没有上头的话，谁敢做主啊！"

奕劻苦着脸道："最好王爷也能同我一起进宫。"

醇王摆摆手道："上头不宣，本王是不好进宫的。有些话，李鸿章已经说得明明白白，想来上头也不会问太多的话。你去吧。"

奕劻问："王爷，您老以为这件事，能不能成功呢？"

醇王答："你倒是会问！本王对德璀琳与福禄诺都不熟悉，他们到底是怎么想的，本王如何猜得出！"

李鸿章的电报连同福禄诺写给李鸿章的信函、李鸿章写给总理衙门的信函，于当日午后便递进宫去。傍晚时分，宫里有话下来，传醇王奕譞、礼王世铎以及郡王衔贝勒奕劻上去议事。

三人见过太后，先行大礼、问太后安，然后才后退几步立住，分明是三个木桩子。

太后徐徐问道："李鸿章的电报，和法国人的那封信，想来你们都看过了。你们说说，这件事到底怎么办才好。李鸿章电报里讲，那个德国人极好，想出来讲和的这个法国人，看来也不坏。他们都是好心，但法国朝廷是不是就听他们的话？我们折腾一回，白折腾了，传出去，我大清的脸往哪儿搁？"

醇王忙说道："太后所言甚是，奴才也担心这点。"

太后道："法国的那个茹费埋，挺不是个东西，说翻脸就翻脸。奕劻啊，你说说看。"

奕劻慌忙跨前一步答："禀太后，奴才以为，太后所虑甚是。法国的那个茹费理，他的确不是个东西。他一上台，就推翻了宝海与我国订好的条约。他肯不肯听福禄诺的话，的确让人拿不准。奴才最怕的是，茹费理并无议和的打算，是这个福禄诺在捕风捉影。奴才只有一件事不明白，这个德国人，为何也这么卖力呢？他是向着我大清，还是暗中和法国人勾结好的？"

世铎小声接了一句："这事说来也简单，不过是想捞些好处。洋人都是无利不起早的。"

太后点头道："这话说得不错；洋人都是惟利是图的。没有好处，他怎么肯出来？这件事啊，我们先不能忙着办。世铎呀，你让军机处给李鸿章拟道旨，连夜发走，问问他的主意。让他通盘筹划办理方法，详细奏来。这件事，他不能置身事外，跟个没事人似的。若论办理外交事务，他总归比其他人强。去吧。"

世铎领命，急忙跪安后退。退到门旁，慈禧太后忽然又道："慢着，国子监司业潘衍桐的奏折，抄一份给他，着他一并议奏。"

世铎下去后，慈禧太后又同醇王、奕劻商议了许久才散。

当晚，一道密谕由京师快马直递天津直督行辕。谕曰：

"中国自与法国通商以来，讲信修睦，历有年所；一切交涉事件，惟期推诚相与，永固邦交。嗣法国与越南构兵，当以越南为我朝藩服，世修职贡，效顺殊殷，揆之以大字小之义，不得不为保护。且越境土匪滋扰，迄未尽绝根株，尤恐乘机扰乱，甚至窜入中国边疆，是以派兵驻扎北圻地方，以资防堵；仍一面将我军驻扎之地，照会法国使臣，原所以顾全和好，以免彼此猜疑。乃越南昧于趋向，首鼠两端，致使该国教民，肆行侵逼，抗我颜行；此皆越南君臣不识事机所致，朝廷与法国并不愿伤睦谊也。本日据总理各国事务衙门接到李鸿章电报，兴化已被法兵据守；粤税司德璀琳密称，若早讲解，可请本国止兵等语，自系为保全和局起见。着李鸿章通盘筹画，酌定办理之法，即行具奏。本日国子监司业潘衍桐奏折一件，着抄给阅看，一并议奏。李鸿章筹办交涉事件，责任綦重，叠经被人参奏，畏葸因循，不能振作，朝廷格外优容，未加谴责，两年来法、越构衅，任事诸臣一再延误，挽救已迟。若李鸿章再如前在上海之迁延观望，坐失事机，自问当得何罪？此次务当竭诚筹办，总期中、法邦交从此益固，法越之事由此而定，既不别贻后患，仍不稍失国体，是为至要。如办理不善，不特该大臣罪无可宽，即前此总理各国事务衙门王大臣亦不能当此重咎也。"

李鸿章接旨在手，顿感脊背一阵发凉。他万没想到，他处心积虑投出去的球，又被慈禧太后给踢了回来，使他既不敢不接，又不敢躲闪。从心里讲，李鸿章不想失去这次与法议和的机会。但他同时又知道，福禄诺此次是一厢情愿，并未征得茹费理的同意。也就是说，此次议和成功的可能性不大。他只想牵线而不想直接插手。他必须给自己留条退路。

慈禧太后聪明无比，他似乎一眼便看穿了李鸿章的心思。先对李鸿章的某些观点给予肯定："越南昧于趋向，首鼠两端，致使该国教民，肆行侵逼，抗我颜行；此皆越南君臣不识事机所致，朝廷与法国并不愿伤睦谊也。"接着又给李鸿章打气："李鸿章筹办交涉事件，责任綦重，叠经被人参奏，畏葸因循，不能振作，朝廷格外优容，未加谴责。"话语间包含倚重之意。但随后便是一个大的霹雳："若李鸿章再如前在上海之迁延观望，坐失事机，自问当得何罪？"只这一句，便把李鸿章的所有退路悉数堵死。后面的话就更加耐人寻味，既不说和，亦不言战，只说："此次务当竭诚筹办，总期中、法邦交从此益固，法、越之事由此而定，既不别贻后患，仍不稍失国体，是为至要。"话至此，朝廷到底要李鸿章如何办理呢？这就要李鸿章自己来拿主意。办理明白，未必有功；出现意外，则"亦不能当此重咎"。

冥思苦想了几日，李鸿章发现，自己此次不豁出去是不行了。

六天后，由李鸿章亲自拟就的一篇奏折，火速递进京师。折曰：

"窃惟中外大局，关系綦重，若不综其始终本末，则事理不能显著，而筹画恐有难周。臣敢披沥肝胆，谨为圣主密陈之。盖法人之经营越南实在二十年前，始取西贡六省为其属地，继复攻复河内、海防等处，旋踞旋退，逼胁越南与立条约，认为法国保护。期时中国尚有内寇，未暇诘问，法人以中国向不务远略，误谓铁案已定，遂谋渐占越南矣。光绪六七年间，法人筹兵筹饷，端倪大露，中国始悉其隐谋，议者遂金陈保护越南，经营北圻之策，所以维体统而绥边围，其为谋固甚忠也。无如法人蓄锐积虑已非一日，竟成骑虎之势，攻城夺地，不留余步，中国争之以口舌而不应，争之以函牍而不应，不得已而派兵分驻越境。其事虽自朝廷主之，臣之愚见，亦谓借防边为名，隐掣法军之势，不难乘机讲解，使彼此可以收场。八年十月，适法国前使宝海过津有分界保护之议。臣知相持既久，必致决裂，因与酌定办法三条，以期渐有结束。乃外而疆臣，内而言路，皆不以臣言为然，均谓越地必不可分，通商必不可允；而法之政府亦不肯遵约，竟撤宝海回国，于是越南之患愈变而愈棘矣。"

折子随后开始叙述各国斡旋未竟，自己到沪督军筹调兵饷之艰难并与脱利古谈判未果之经过，字里行间无不在替自己辩解，称"臣前后筹办越事未敢迁延观望，亦非敢畏葸因循"，然后才又接着写道：

"慈奉特旨责臣竭诚筹办。今日事势至此，恐不能如前岁与宝海所订三条之妥；然诚能速与议结，犹可比之遇险而自退，见风而收帆。凡事虑敌之要挟，不如行之于敌未要挟之前，谓其意之自我出也。凡事畏敌之决裂，不如先示以我决裂之心，俾其计之无所施也。详释税务司德璀琳与法总兵福禄诺函意，似尚不无转机。果其措注得手，则不贻后患、不失国体两层，或尚可以办到。中国诚能先结此案，以其闲暇，选将练兵，通商裕饷，造船简器，内外同心，切实经理，何尝不可争雄于各国？惟事平之后，我群臣上下，当其卧薪尝胆，讲求实事，不宜复尚空谈，互相牵掣，乃有蒸蒸日上之机。至目下法、越一事，总当竭臣绵力，以期仰副圣怀。然不能不鳃鳃过虑者，约有两端。大抵国势随兵势为转移，法既连占越地，日肆鸱张，即与讲解，岂能尽如人意？将来越地分界，必有以分界太少为言者；滇境通商，必有以通商宜拒为言者；其他条目不少，指摘必多。臣既膺重寄，固当顺受其责而不敢有辞，力当其冲而不敢畏避。但恐意见益歧，则谋议难定，枝节横生，此一端也。法为欧洲强国，而议院各党持论每有异同。今揆其本计虽非必欲失和，亦难保无倾邪喜事之徒，别创新议，或要我以必不能行之事，则羁縻之中，仍当竭力迎拒，恐难克期成议，此又一端也。夫天下事本难逆料，若办内政则谋定事举，可以操券而成；惟议立和约，必俟两国俱允，方能定局。其遇事机紧迫之秋，往往一言不合，则玉帛变为干戈，一人阻挠，风波起于呼吸。苟非众志悉协，时会已到，决难强为撮合。臣前所以屡与法使会议而无成功者，职是故也。为今之计，挽救不宜再迟，苟彼降心相从，臣必因势利导，赶为设法。万一彼所要求有必不能从之事，臣当尽力驳拒，不稍迁就，仍复加意笼络，徐图机会。尤愿宸衷豫为审定，何者可行，何者难允，先具大略规模，庶几国是裒于一定，不致为众论所摇。而臣亦有所遵循矣。"

写到此，其意自明，李鸿章仍然把球抛给了朝廷，希望朝廷能提前端出个盘子，免使自己受到无谓的攻击。

李鸿章在折子的最后写道："抑臣更有请者，交涉大事，独任则难于操纵，合办则易臻周密。将来法使若奉其国命来商，应请旨于军机处总理衙门才望卓著之大臣简派一员，驰赴天津，统筹斯事。臣虽驽钝，必当殚竭智虑，和衷会商，务臻妥洽。如蒙圣明俞允，俾臣届时遵办，大局幸甚！微臣幸甚！"

折子拜走，李鸿章抚须对幕僚笑道："为了大清，老夫挨的骂够多了，于情于理，都该找个人出来分担一下了。"

李鸿章此次已打定主意，无论如何，他也要让别人品尝一下"卖国贼"三个字的滋味。

折子到京的当日，礼王世铎一刻不敢耽搁，立马递进宫去。

慈禧太后把李鸿章的折子细细读了一遍，微微一笑，很快便由内阁发出上谕一道。谕曰：

"御前大臣、军机大臣、总理各国事务衙门大臣、大学士、六部九卿、翰詹、科道等知悉：越南久列藩封，世修职贡，自法国取西贡六省为其属地，继复攻夺河内、海防等处，逼立条约，认为保护。其时中国尚有内寇，总理各国事务王大臣又未能先事豫筹，早加诘问，法人遂谓我未遑远略，谋占越南。近年以来，越事益急，朝廷轸念藩服，不忍漠视，特命云南、广西督抚率师扼扎北圻地方，俾壮声援；此固字小之义，为保护该国计，因以为屏蔽边境计也。乃该国昧于趋向，始则首鼠两端；继且纵令教民抗我颜行，肆意侵逼，山西、北宁之失，皆系该国民人纷纷内应所致。辜恩悖义，莫此为甚！广西官军纪律不严，遇敌即溃；岑毓英驻军兴化，亦有该处形势难守，不若全师暂退，以固门户之奏。疆场之事，一胜不可倖，一败不可挠，此时自应整军经武，再图进取，是以命潘鼎新驰赴粤西，重加整顿，叠谕沿海疆臣，妥筹战守，又特召鲍超、刘铭传等来京，听候调派，原未尝因偏师偶挫，稍摇定见。适据总理各国事各衙门接到李鸿章电信，据称法国水师总兵福禄诺令税司德璀琳面递信函，请准从中讲解等语。因思出师护越，越不知感，法又为难，兵连祸结，亦非万全之策。既据该国先来讲解，是彼亦愿保全；因势利导，保境息民，未尝非计。当经谕知李鸿章，许其讲解，并令该大臣通盘筹画，酌定办法，即行具奏，期于不损国体，不贻后患。兹据该大臣遵旨覆陈，所称审势、量力、持重、待时等语，尚属老成之见，自应相度机宜，与之妥议，庶此事有所归束。惟大局所关，必须详审，越南地方，若与法画界而守，似乎利其土地；若弃而不守，又有唇亡齿寒之虞。此后滇粤防务，疆圉应如何固守？饷需应如何豫筹？和局果成有何流弊？应如何杜渐防微？法酋狡诈要挟，应如何辩难折服？以上数端，并此外如有应行预筹之处，着一并悉心详陈，迅速覆奏。朝廷集思广益，惟在力求实际，尔诸臣务当体念时艰，各摅忠谠。总期切实可行，不准徒托空言，敷衍塞责；亦不准故为难行之论，转于国事无裨。李鸿章折并岑毓英等折件信函一并发给阅看。钦此。"

此谕之后，又有一懿旨单独发下："本日军机大臣面奉慈禧端佑康颐昭豫庄诚皇太后懿旨：李鸿章奏遵旨覆陈一折，着醇亲王奕譞一并与议具奏。钦此。"

同日，清廷还颁布了一道让法国人特别满意的上谕："二品顶戴升用翰林院侍讲许景澄着充出使法国、德国并义、和奥三国钦差大臣；未到任以前，出使法国钦差大臣着李凤苞兼署。钦此。"

义即义大利（现称意大利）国，和乃和兰（现称荷兰）国，奥是奥斯马加（现称澳大利亚）国。

为了向法国表示和谈的诚意，大清国毅然决然地撤掉了曾纪泽驻法公使一职，令其专司英、俄二国使事。

尚未正式谈判，大清国已经对法国做出了一定的让步。

第五节　各有算盘

就在大清国的大小臣工对李鸿章奏折及福禄诺信函展开讨论的时候，法国内阁总理兼外长茹费理也正在巴黎召集内阁成员，对福禄诺寄回的信件进行研究。

茹费理的确与福禄诺的私交很好，尽管如此，当福禄诺将自己拟定的五条会谈要点寄到他手里的时候，还是让他吓了一跳。

因为法兰西改制以来，校级军官插手国事，这还是破天荒的第一次。如果不是因为他的内心深处对福禄诺怀有好感，无论怎样，他都不会把这封半公半私的信件，提交给内阁会议的。但福禄诺的这封建议函，并未获得内阁成员的赞同，相反，倒引来一片谴责声。

一部分内阁成员认为，法国在北宁大捷之时，应该乘胜底定北圻，把清军赶出越境；一部分内阁成员则认为，军威大振时不应主动议和，而应抓住机会狠敲中国一笔！如中国不同意，就命令孤拔督带舰只与利士比会合，夺取中国一二口岸作为抵押。主动放弃发财的机会，与舆论有悖，亦遭其他国家耻笑；还有一部分内阁成员认为，福禄诺不经请示国内，擅自向中国表露议和愿望，着实可恨可恼，是个十恶不赦的大混蛋！内阁应该转饬海军部，将福禄诺召回国内，或定罪，或勒令其提前退役，不可姑息。

内阁会议开了两天，争吵了两天，竟毫无成果。出于保护福禄诺的私人目的，茹费理命令海军部，将福禄诺的建议函，用电报的形式发给米乐、孤拔、波里也、尼格里、利士比等前沿军官，命他们限期回复。

茹费理料事如神，米乐等人仍坚持以前的观点，认为向大清国全面开战并无胜算的把握，建议政府采纳福禄诺的观点，与中国息兵言和。

米乐等人的报告递到茹费理案头的时候，驻华代理公使参赞官谢满禄的电报，也及时送到了茹费理的手里。

谢满禄在电报里说："收到总理衙门照会，中国已将驻法公使曾纪泽撤任，简放许景澄接任。"电报随后又对许景澄的个人背景做了个简单的介绍：浙江嘉兴人，字竹筼。进士出身，曾任四川、顺天乡试考官。对外交并无考究，声望不及曾纪泽。

这是谢满禄多方打探来的情报，不管是否准确，茹费理还是一阵狂喜。

有了米乐等人军方实力派的意见，又有了中国议和的诚意表示，茹费理当即电告利士比转饬福禄诺，同意福禄诺以私人身份前往天津，以建议五条为基础，先与李鸿章谈判；双方谈妥后，由利士比代表法国政府前赴天津，与大清国签订正式条约。茹费理作出决定的时候，大清国的大小臣工，尚对与法议和一事争论不休，未拿出个像样的统一意见。

李鸿章的折件并福禄诺的信函下发的第二天上午，醇亲王奕譞便当先递上一折，提出："设使法人偶胜而骄，侵我边界，或踞地为质，要挟索费，则与其以钜帑资敌，固不若用以添兵练团与之决战，主客劳逸之势甚明，未必不操胜算。圣谟如是，即臣等之志亦莫不皆然。乃该督覆陈未至，法人请讲先来，机有可乘，论难执一，虽李鸿章所虑第二端似乎势所不免，然藉议延宕，我得从容布置，未始非计之得者。"

醇王通过宫里的人，摸准了慈禧太后的心脉，认为"有机可乘"，力主与法议和。御前大臣和硕博多勒噶台亲王伯彦讷谟祜、御前大臣总理各国事务衙门领班大臣郡王衔多罗贝勒奕劻、军机处领班大臣和硕礼亲王世铎等人亦不甘落后，立即联络总理衙门大臣、军机大臣、在京大学士以及侍郎以上近百名大臣，联衔给朝廷上了一篇奏折，力劝朝廷抓住议和机会及时与法和解，与醇王遥相呼应。

折子这样写道："臣等将李鸿章原奏及迭次来函、电报公同阅看。窃以越南列在藩封，理应保护，在事诸臣，仰承庙谟，先后坚持此议，原属义正词严。无如我则论理，彼则论力。今越疆日被侵占，越民日思助虐，彼将移其胜越之师前来恫喝。揆诸情理，惟有决战以振国威，断难言和以骄敌志。惟据李鸿章接据法将福禄诺密书及德璀琳从中介绍，已自露求成情款，以日前事势而论，迎机利导，俾就范围，未始非收束之一法。既据李鸿章奏称'不贻后患，不损国体'，洵为洞中窾要，以后如何商议，应令李鸿章斟酌妥善，随时奏明请旨办理。如果要求太甚，即应严行拒却，不可曲予迁就；仍令实力整顿防守事宜，毋稍松懈，以杜其得步进步之谋。"折子说了一大篇，实际等于什么都没说。

一见有这么多主事大臣赞成和议，慈禧太后览奏莞尔，当即传命军机处给李鸿章飞下圣旨。旨曰：

"前据李鸿章覆奏税司德璀琳所称讲解止兵等语，遵旨竭诚筹办一折，当经谕令御前大臣等公同会议。兹据遵议覆陈，请饬因势利导，力杜要求等语。法、越构衅已久，现因法人自愿保全和局，朝廷准令该署督与之讲解，无非为保境息民起见。惟与法人交涉之事，必先通盘筹画，坚持定见。其事之可允者，务当详细斟酌，迅速奏明办理；如有非理要求，则必严行拒绝，万不可稍有游移，致堕彼族得步进步之计。目前量要者约有数端：越南世修职贡，为我藩属，断不能因与法人立约，致更成宪；此节必先与之切实辩明。通商一节，若在越南地面互市尚无不可；如欲深入云南内地，处处通行，将来流弊必多，亟应豫为杜绝。刘永福黑旗军屡挫法兵，为彼所深恨，蓄志驱除，自在意中。岂可遂其所欲，更长骄矜之气？此次法人侵占越南，衅自彼开，用兵以来，屡经谕令通商各口岸保护法商取以优待者，甚至我与彼毫无失和之意，为各国所共知。若再索偿兵费，不特情理所必无，亦与各国公法显背。以上各节，均与大局极有关系。李鸿章膺此重任，宜如何竭力图维，豫筹办理？如果放松一步，使彼得志以去，将来各国起而效尤，其将何以应之？该署督筹办防务业已十有余年，如战守确有可靠，谅不至临事失措，迁就依违。着即悉心筹议，必须胸有成竹，方可与之讲解，切勿轻于尝试，致误机宜。总之，目下要议，一面留以可和之机，一面仍示以必战之局，使彼有所顾忌，庶可就我范围。倘办理不善，或伤国体，或滋后患，朝廷固必执法严惩，且贻天下万世之訾议，该署督退而自思，亦当懔然生畏也。"

令慈禧太后没有想到的是，军机处刚把给李鸿章的圣谕发走，一篇由都察院八位御史联衔陈奏的认为和局断不可恃的折子递进宫来。折曰：

"伏读上谕，令臣等会议豫筹之处，皆为既和之后而言，一似和之可深恃者。臣等详绎李鸿章所奏，窃谓此局不但不可深恃，且恐别有隐情。何则？从前未失北宁，德里固（脱利古）来议和款，李鸿章已谓其要挟较多，难就范围；岂有敌势方张，而反肯降心相从之理？此其不可恃者一也。李鸿章又谓法人欲得越南，始终不稍松劲。今彼乃以攻我北宁之师为激于曾纪泽之一言，而反以曲归我，此不过欲掩其开衅之端，并弭其将来窥伺之迹，以攻我之不备。此其不可恃者二也。若谓如此议和可免兵费，则德璀琳及福禄诺但谓必可尽力相让，又谓亦或可免，皆属游移两可之词。设所求既遂，又复索及兵费，或稍为让减，于彼为践言，于中国为何益？此其不可恃者三也。滇、粤既已通商，则不能不任其来往，必由此而开铁路，通河道，险隘虽多，亦如无有。此其不可恃者四也。彼在西贡多年，散布教党，乃至山西、北宁皆伏内应，事有明征。将来滇、粤一朝寻衅，患起萧墙，可为寒心。此其不可恃者五也。如谓定约之后，必能永久相安；则当日西贡之于越南岂无成约？何以至今日而背盟不恤？此其不可恃者六也。若谓滇、粤通商于民无损，可于各海口通商及中、俄接壤之事验之，则又不然。外国之所以不肯轻启衅端者，皆以远隔重洋，筹兵筹饷，不继堪虞。今则有越南为后路，无转输之苦，有征发之权，势必积聚训练数年之后，即用越南之兵、越南之饷以与中国为难，其势尤便。且中、俄壤地相接，目下虽苟且无事，而分疆画界，时有违言，孰敢信其永久相安？况可以之例法人哉？此其不可恃者七也。法人之攻越南，虽获逞厥志，所费亦复不赀。彼不因此索偿兵费，则必其通商之利有甚于此者。将来诚如李鸿章所云：'要我以必不能行之事'，固在意中。李鸿章纵竭力驳拒，不稍迁就，然中国论理，彼惟论力，李鸿章折内亦自言之，岂法人此时倔强，而彼时乃甘心听命耶？此其不可恃者八也。中国驻师北宁，未尝以一矢加遗法人；我无欲决裂之心，固不待今日始足见信于法国。而李鸿章乃谓以此示之，俾其计无所施。臣等窃谓，此正今日法之所以误中国，使之有所希冀，懈我军心，彼乃可以徐徐分布，源源接济，自可无求不遂。此其不可恃者九也。又其甚者，福禄诺虽有愿从中转圜之言，究未闻果奉彼国讲和明文；我即曲意信从，而彼外部各党或有异言，退步甚宽，翻覆甚易，必贻中国之大耻。从前宝海所议三条，一经得志越南，立即撤回改议，是其明证。此其不可恃者十也。有此十端，而谓可以不损国体，不贻后患，臣等实未敢勉强附和。"

折子的后面，依次为八位御史的亲笔签名：吏科掌印给事中孔宪瞉、吏科给事中万培因、掌京畿道监察御史胡隆洵、掌河南道监察御史贺尔昌、河南道监察御史黄自元、掌浙江道监察御史谭承祖、福建道监察御史赵尔巽、掌贵州道监察御史刘恩溥。

慈禧太后未及把八位御史的折子合上，又有都察院户科掌印给事中邓承修、户科给事中李鸿逵、刑科掌印给事中秦钟、简工科掌印给事中邹纯嘏、京畿道监察御史汪仲询、掌江南道监察御史何崇光、江南道监察御史吴峋、浙江道监察御史吴寿龄、掌广东道监察御史陈锦、掌云南道监察御史丁振铎，共十位御史递进来的一篇《奏夷情叵测请饬督臣力筹战守折》。

此折与前折观点相同，认为"德璀琳一中国司事耳，福禄诺亦该国水师一偏裨耳，既无国书之重，又非公使之名，其意以为我兵新破，而特为此不根之言，以窥吾虚实。我若允其所请，则又别有邀求，是不折一兵，不糜一饷，坐享其利矣。我若拒之，则彼必以修好为名。臣等闻法兵虽胜，而饷源困竭，实倍于我。又北圻新定，民心未附，安知非惧我增兵大举，而故为要挟之词？且李鸿章果以和约为可恃耶？自通商立约以来，邀求恐喝，无岁不有。我强，则所约可保；我弱，则有约皆虚。即如该督臣所据德璀琳函称，兵费一节可以免议，而又虑'法为强国，议院各党持论每有异同，难保无倾邪生事之徒，别创新议，或要我以必不能行之事'。是该督臣前后所陈，已毫无把握，他复何所责哉?"

十位御史不仅不同意与法议和,而且派了李鸿章一大堆不是。

当晚,又有文名鼎盛的都察院署左副都御史张佩纶所上《奏和战当以敌情兵力为定请饬李鸿章等量度奏闻折》、江南道监察御史吴峋单衔陈奏的《筹杜议和流弊折》、江南道监察御史屠仁守递进的《覆陈会议法越事宜折》、江南道监察御史冯应寿的《会议法事请饬速筹备豫以防后患折》。

这些折子无一例外,都是劝朝廷应作两手准备,趁李鸿章与福禄诺谈判之机,速筹海防大计,以防衅端突起。

慈禧太后一个人思虑了半夜,第二天早朝过后,又把醇王奕譞、礼王世铎、郡王衔贝勒奕劻传进宫里,议论了许久,很快便由内阁发出圣谕一道:"通政使司通政使吴大澄,着会议北洋事宜;内阁学士陈宝琛,着会办南洋事宜;翰林院侍讲学士张佩纶,着会办福建海疆事宜;均准其专折奏事。钦此。"

张佩纶原就会办过福建海防事宜,但因北宁战败,荐人失误,遭朝廷申饬,并召回京师。张佩纶此次是二次被遣往福建会办海防。

显然,慈禧太后把吴大澄、张佩纶、陈宝琛纷纷调派到南、北二洋并福建海疆会办防务,并准其专折奏事(与督抚同等待遇),明里是重用清流,实际是在堵一些人的嘴,不过是想让天津的李鸿章专心议和,免受干扰,破坏议和大局。

京师发生的这些,在天津的李鸿章并不知道。他接到圣旨后,便给福禄诺写了一封邀请函,由德璀琳乘舰持函去见福禄诺,请福禄诺到天津一叙。

福禄诺此时已接到国内同意他与李鸿章谈判的许可电报,正在烟台等得心急火燎,日日盼着德璀琳的消息。

一见德璀琳乘舰只破浪赶来,福禄诺大叫道:"德,您怎么才来?"

德璀琳莞尔一笑,说道:"福,您今晚要请鄙人吃酒,还要找个年轻漂亮的女人陪鄙人睡一觉。鄙人往来奔波,疲劳得很,需要放松。"

德璀琳话毕,很有成就感地掏出李鸿章的邀请函,往福禄诺的手里一塞道:"是鄙人成就了您的名人梦!但有一件事,鄙人须事先声明。中堂特别交代,您如果未奉有国内的谕示,中堂的这封邀请函便作废。"

福禄诺把德璀琳摁到椅子上坐下,又友好地拍了拍他的肩头,动手沏了两杯滚烫的咖啡摆上,这才坐下来,展开李鸿章的信眯起眼睛读起来。

读完此函,福禄诺眉开眼笑,很神气地从案头抓起茹费理给他的电报,冲德璀琳一举,说道:"德,您的知名度,已经和总税务司赫德比肩了!总理已经接受了鄙人的建议，委鄙人赴津去与李鸿章议款。"

德璀琳不相信地反问一句："您是说，贵国的总理，已经委任您为全权代表？"

福禄诺答："鄙人只负责谈判，定议之后，另委利士比将军代表敝国画押。敝船已经加足煤炭，我们明日一早就解缆北行。今天晚上，鄙人特请您登岸去玩女人，管保您疯狂。但有一点鄙人需提前声明，您如果过分疯狂，累昏在小脚女人的肚皮上，那不是鄙人的错。"

德璀琳赶往烟台的第二天，会办北洋大臣吴大澄遵旨到了天津。

聪明的李鸿章一见朝廷把吴大澄派来会办防务，当即便猜出了慈禧太后的良苦用心，马上便向朝廷发电，奏请吴大澄参与此次中法会谈。

电报送到慈禧太后案头，慈禧太后想也没想便批准了。李鸿章与吴大澄各自大喜。

吴大澄是江苏吴县人，字清卿，号恒轩，又号愙斋。时年正逢知天命。同治进士，授编修，后钦命陕甘学政。曾上疏请停修圆明园，被人指为清流。光绪四年（1878年），升授河北道。光绪六年（1880年）春，随吉林将军铭安办理边防，回京后恩赏三品顶戴补通政使司通政使。吴大澄同盛昱、陈宝琛、张佩纶一样，都是盛极一时的人物。但四个人相比，吴大澄又有别于三人。吴大澄精于金石学和古文字学，有《说文古籀补》和《字说》二书刻于世，颇有创见，是清流党里与盛昱齐名的饱学之士。

第六节　福禄诺聪明反被聪明误

乘风破浪，福禄诺随德璀琳很快来到天津。

德璀琳先一步来见李鸿章，通报福禄诺到津的事。福禄诺在法驻天津领事馆稍事休息，便在法国驻天津领事法兰亭的陪同下，乘轿来到直督行辕。

闻报，有行辕当值差官迎出来，把福禄诺等人引到直隶总督行辕的会客大厅，与李鸿章、吴大澄、德璀琳三人见面，进行会谈。

福禄诺此次带翻译一人，文书两人，护卫军兵二十人；中国方面，除李鸿章、吴大澄、德璀琳三人外，只有一名法语翻译，一名英文翻译参加。李鸿章的法语翻译兼充文案。说起来，这名法语翻译还真非比寻常，此人姓马名建忠，字眉叔，江苏丹徒人。少年时代随家迁往上海定居，因感于国家积弱，遂抛弃科举道路，专攻西学。光绪二年（公元1876年），得福建巡抚丁日昌保举，被派赴法国留学。期间，曾兼任驻法公使郭嵩焘、曾纪泽的翻译。光绪五年（公元1879年）底，马建忠获博士学位回国，被李鸿章奏调到身边办理洋务，时充法语翻译，时办文案，甚是得力，是道员衔。李鸿章倚其为左右手。

会谈在李鸿章、福禄诺二人之间进行，法兰亭、德璀琳二人只是座陪；吴大澄虽是明旨指派的会谈大臣，但因其不谙外交，亦插不上话。

会谈前，福禄诺先让随员把国内的电报出示给李鸿章看，借机向李鸿章、吴大澄二人炫耀自己在茹费理心目中非同一般的地位。

各就各位后，福禄诺当先讲话："福禄诺此番北上，承水师提督利士比嘱，请中堂安。"

福禄诺此话，原是想说"承本国总理茹费理嘱"，但话到唇边时，忽然发现有些不着边际，这才急把茹费理改成了利士比。

李鸿章笑着听完翻译的话，随口便问一句："提督好否？"

福禄诺答："甚好。禄诺此次来津，概欲一抒愚诚，中堂幸勿见怪。中堂深明交涉之法，和局可以长保，吾知中国所急者不在区区一越南，实以属邦甚多，不能轻弃越南，致使上国体制有碍。对否？"

李鸿章略一沉吟，答："此事关系极重，允宜恪遵朝廷意旨。贵兵官谓中国所争者在上国体制，不徒在区区一越南，可谓明白已极。"李鸿章话毕，端起茶碗呷了一口。

福禄诺趁李鸿章喝茶之机，急忙于怀中取出已拟就的条款一纸，说道："此系禄诺所拟办法，不知中堂以为何如？"

李鸿章捻须说道："试念念给我听。"

李鸿章话毕，不经意地看了看吴大澄。

吴大澄会意，急忙打起十二分的精神听条款内容。

福禄诺道："此稿已有三款，第一款云：中国南省毗连越南北圻之边界，无论外国何人前来侵犯，无论系何情形，法国约均应保全护助。"

李鸿章停止抚须，问道："此条于中国有何益处？"

福禄诺答："将来别国如有与中国开衅，法国不能暗地与之立约有碍中国。且'保全'二字，即系法国不再侵犯之意。第二款云：中国既经法国许以实在凭据，于中国南省边界，勿得侵占滋扰。中国约明，即将北圻驻扎各防营退回，并约明于法、越已定未定各约，概置不问。"

李鸿章皱眉思索了一下，道："从前法、越甲戌条约云：不论何国皆无统属。去年七月新约首条云："越南有与何国交通，必由法国掌管，即大清国亦均不得预及南国之政云云。此等话于中国数百年来为越南上国体制大有违碍，必须删改。"

福禄诺愣了愣答："此事再商，末后可另添一条，专论法、越历次约章。"

李鸿章口气坚决地说道："必须说明将历次条约销废，另行议改。"

李鸿章话毕，有意望了望吴大澄。

吴大澄点了点头，脸露赞同之色。

福禄诺仰头想了想，答："亦可商量。"

李鸿章又问道："此条中云：约明于法、越已定未定条约，概置不问。不问二字系何意思？"

福禄诺重新把此条审读了一下答："'不问'二字与'不认'二字有轻重之别，中国不问法越条约，并非认允其约，犹之法国不问越南朝贡中国之事，亦非承认中国属邦也。"

李鸿章随口说道："何不即将此节写上条约？"

福禄诺答："彼此议论三年，正为此事，若载入属国字样，法国断不能明认。且此种简明条约，最怕有人挑剔，全在措辞得体，于中国无碍，所以须另添一条浑融在内。第三款云：北圻边界听凭彼此货物往来运销无阻。"

李鸿章补充一句："但不准在中国境内开口通商。"

福禄诺把李鸿章的话在口内玩味了一下，又道："兵费照公法必应议赔。"

吴大澄闻言全身明显一动，看李鸿章时，竟面无表情地答道："中国驻兵越境，保护属国，为应尽之职。贵国自行添兵攻取，衅自汝开，与中国何干？何能说到此节？"

福禄诺两手一摊说道："法国众议如此，我何敢违？"

领事法兰亭这时也说道："上议如此，无人敢违。法国体制与中国有异。"

李鸿章断然说道："我已说过，提到兵费，即无办法。汝若真心要成就此事，切勿再提。"

吴大澄小声对李鸿章说道："老中堂驳得好！上谕三令五申，兵费一节，必须免除！"

李鸿章小声说道："清卿啊，我大清的外交，难哪！"

吴大澄默默点了点头，口里轻轻叹息了一声，似对李鸿章平添了许多理解。

福禄诺趁李鸿章与吴大澄低语的时候，也开始和法兰亭小声嘀咕起来。会谈的气氛出现短暂的沉闷。

李鸿章与吴大澄停止交谈，福禄诺亦和法兰亭停止嘀咕。福禄诺蹩起眉头沉思，法兰亭则象征性地喝起咖啡。

福禄诺一会儿仰头，一会儿低头，仿佛千难万难，终于像下定了最后决心似的开言说道："万不得已，只可另添一条：因感中国和好商办之情，姑允将兵费免去，但中国亦宜益敦睦谊，优待法人，许于越南北圻之边界，所有法越与内地货物，听凭运销，并约明日后派使另议详细商约税则，期于法国商务极为有益，庶外部可借词搪塞议院需索兵费之口。"

李鸿章深思片刻答曰："在越南境内，中国有可让法国者，总可和衷互商，若欲在中国境内开口设领事等事，中国断不能准。"

福禄诺与法兰亭相互看看，都没有言语。

李鸿章掏出怀表看了看，又和吴大澄对视了一下，便对马建忠道："眉叔啊，时候已经差不多了，该谈的都已经谈了。如果福总镇和法领事无异议，我们就去用午饭。饭后，你就同福总镇把以上各条整理出来，另行商订简明条款。你问福总镇意下如何？"

马建忠把李鸿章的话依样说给福禄诺听。

福禄诺小声和法兰亭密议了一下，便站起身说道："就按中堂所言，我们饭后再具体商订条款。不知中堂要请我们喝什么酒？"

李鸿章一愣，随即起身笑道："福总镇与法领事且随老夫来，老夫包二位满意就是。"

李鸿章话毕，当先步出大厅。

福禄诺高兴地跟在后面，仿佛得了多大的便宜。

听到福禄诺的问话后，李鸿章为什么一愣呢？因为按着当时外交界的规矩，两国会谈期间，一方是不能同另一方在一起用饭的。一则用饭的时候，两方面参加会谈的人要利用这个时候，对会谈过的内容总结一下，同时商讨下一步的内容、办法等。二则也是避嫌。这就是说，老于外交的李鸿章，根本就没打算留福禄诺在此用饭。但福禄诺是名军官，而且是法国军界中下层的军官，根本就不懂外交规矩。何况，法国政府又未给他指派外交专人跟随，而领事法兰亭又未奉有国内的训令，这就使得福禄诺必然要闹笑话。还有另外一层：福禄诺与李鸿章是老相识，福禄诺驻津期间，经常与李鸿章在一起吃酒，比较随便。

到了饭厅，李鸿章让人摆上茅台和白兰地，对福禄诺说道："福总镇哪，老夫没有记错的话，你是爱喝茅台的。对不对呀？"

福禄诺一把抓过茅台，边笑边用法语对马建忠说道："马大人哪，你告诉中堂，禄诺今日高兴，要与他老对饮三杯！马大人有所不知，回想禄诺在天津时，三五日就要扰中堂一顿。有时中堂回保定公干，禄诺犯了酒瘾，就到总督行辕搬一箱子茅台，从无人拦我。何也？因为中堂有话交代，总督行辕，就是禄诺在中国的家！若非中堂如此厚待禄诺，禄诺此次，岂肯挺身相劝总理与中国讲和？"

马建忠把福禄诺的话一句一句翻译给李鸿章听。李鸿章抚须小声对马建忠、吴大澄道："你们两个给老夫放开量，把这个洋货灌倒！"

福禄诺见李鸿章边说边笑，而身边的随身翻译又听不真切，便问马建忠："中堂说了什么？你们为什么要笑？"

马建忠笑道："中堂有话交代，让本道把你陪好。中堂说，福总镇是海量，一顿能饮两瓶茅台。"

福禄诺听了这话，放声大笑起来。

笑毕，福禄诺对法兰亭说道："只要跟着中堂走，想喝啥酒有啥酒！"

席间，吴大澄与马建忠二人，秉承李鸿章的意图，轮番向福禄诺敬酒。福禄诺因碍于法兰亭在场，并未放开量喝。

饭后，吴大澄、马建忠二人，随福禄诺、法兰亭到法驻津领事馆去详拟条款，李鸿章则回行辕歇息。几人约定晚饭前碰头。

吴大澄让马建忠随福、法二人先行一步，他则赶回行辕，对李鸿章说道："老中堂，上午会谈，有两个问题福禄诺未触及：一是刘永福黑旗军，二是我驻北圻防军具体的撤回日期。这是两个极其敏感的问题。尤其是黑旗军，不仅敏感，尚颇棘手。他不提，我们提不提？"

李鸿章笑道："人皆云吴清卿是我大清近世以来的文武全才，不仅有胆有识，遇事且极其精细。如今看来，果然不虚。清卿啊，你同眉叔就照老夫与福禄诺上午谈好的办理。他不提，我们自然亦不能提。福禄诺是个粗人，他哪懂外交啊。茹费理这个狗东西委他来订约，真是找对了人了！你去吧，在这里耽搁久了，福禄诺又该起疑心了。"

吴大澄把李鸿章的话一一默记在心，这才赶往法驻津领事馆。

是日傍晚，吴大澄、马建忠与福禄诺按着谈好的条件，归纳出《中法简明条款》五条：

第一款：中国南界毗连北圻，法国约明，无论遇何机会并或有他人侵犯情事，均应保全助护；第二款：中国南界既经法国与以实在凭据，不虞有侵占滋扰之事，中国约明，将所驻北圻各防营即行调回边界，并于法、越所有已定与未定各条，均置不理；第三款：法国既感中国和商之意，并敬李大臣力顾大局之诚，情愿不向中国索偿赔费。中国亦宜许以毗连越南北圻之边界所有法、越与内地货物，听凭运销，并约明，日后遣其使臣议定详细商约税则，务须格外和衷，期于法国商务极为有益；第四款：法国约明现与越南议定条约之内，决不插入伤碍中国威望体面字样，并将以前与越南所立各条约关涉东京者尽行销废；第五款：此约既经彼此签押，两国即派全权大臣，限三月后悉照以上所定各节，会议详细条款。再，此约缮中法文各两份，在天津签押盖印，各执一份为据，应按公法通例，以法文为正。

在直隶总督行辕会客大厅，福禄诺用手拍着《中法简明条款》，笑着对李鸿章说道："我等商定大略，急须电告外部，以定和战大计。中堂即先函知总署，俟两国国家答应，法国即派水师提督利士比来津，与中堂画押，不过八天工夫，即可定议。"

李鸿章把条款审读明白，当即说道："福总镇是个爽快人，如此甚好。"

晚饭后，福禄诺因法兰亭没在场，竟然放开酒量大喝起来。直喝得舌硬汗流，面如猪肝。

回到领事馆，福禄诺乘着酒兴，连夜给国内茹费理发报，把与李鸿章拟订的《中法简明条款》详细陈上。由于担心清政府内部的主战派会否决该条约，又怕时间过长，遭到本国议院主战派的反对，福禄诺在电报的后面向茹费理委婉地提出，为能尽快签约，政府可否授予他签约的全权？

福禄诺向国内发报的时候，李鸿章亦将《中法简明条款》电告京师，报请朝廷批准。

第二天，李鸿章又特别给总理衙门致函一封，讲述了与福禄诺议约的详细过程。李鸿章在函中写道：

"福禄诺遂于十二日下午来署谒晤，反复辩驳，至向晦始去。所有议办紧要略节，业于是夜电达在案。其问答详细情节，及与福酋议定五条，尚呈钧核。此五条内，该兵官原议谨三款，经鸿章与之再四推敲，酌改数次，始能办到如此地步，实已舌敝唇焦。该兵官性急，便欲定议，电达其外部。告以彼议虽定，我必须请朝廷示遵。乞由钧署恭代进呈核定，迅速示覆。如以为可，即令其转达利提督来津画押；否则，彼族意甚坚决，我已无可再进，中国只有豫备决战而已。伏查四月初十日密谕各节，内越南职贡照旧一节，已隐括于第四款'法国现与越议改条约，决不插入伤碍中国体面'字样之内。据福禄诺云，法已派驻京新使巴德诺往越，如蒙准行，伊可电达外部，令巴使与越王另议，将甲戌及上年约内违碍中国属邦语义，尽行删除，不肯明认为中国属邦也。通商一节，已包括在第三款'毗连越南北圻边界，所有法、越与内地货物听凭运销'之内，既云边界，必不准深入云南内地明矣。"

李鸿章接着又谈到此次会谈福禄诺忽略的两个很关键的问题："至刘永福一节，彼未提及，我自不应深论。盖刘永福本系越将，前守山西及协剿北宁，均被大创，法人观之蔑如，似在无足轻重之列。将来若派使会议及此，再与酌定安置之法，亦未为晚。其第二款'北圻华军调回边界'云云，查桂军退扎谅山，滇军退扎馆司、保胜，皆近边界。此约倘蒙许可，只须密饬边军屯扎原处，勿再进攻生事，便能相安，亦不背约。"

《中法简明条款》尚未抵达京师，《申报》却已经全文登出，署名是龙堪霖。奕劻阅之大惊，慌忙递进宫去。不大一会儿，有话下来：宣礼王世铎、郡王衔贝勒奕劻进宫议事。二人进去未及半个时辰，又有旨便传了出来：宣在京大学士、军机大臣、总理各国事务衙门大臣、各部院尚书、侍郎等官，进宫议事。

讵料，各王大臣刚刚进宫，李鸿章的函件及《中法简明条约》未定稿递到京师了。第二天，有上谕由内阁发出。谕曰：

"本月初八日，已有旨将办理法、越事务，谕知会议诸臣矣。兹据总理各国事务衙门将李鸿章与福禄诺所拟五条呈览，不索兵费，不入滇境，其余各条均与国体无伤，事可允行；将来详议条目，如别有要求，自无难再予驳正。此时整兵备边，仍不容懈，已派吴大澂、陈宝琛、张佩纶会办海防，并叠谕沿海疆臣，实力整顿防务，不得粉饰因循，以为自强之计。此事为各国观瞻所系，若办理稍不合宜，嗣后洋务更不可问，不得不倍加慎重。前次传集在延诸臣公阅谕旨，原以集思广益，与议之人，自当格外慎密。龙堪霖未曾与议，何以将谕旨引叙数语？设非会议之员任意漏泄，外间岂能知悉？此次谕旨，倘再有传播之事，定行严究，按例惩办；然亦不得因此训饬，并应行敷陈事件，遂致缄口不言也。将此谕令前此会议诸臣知之；福禄诺所拟五条，着发给阅看。钦此。"

谕中所提之龙堪霖者，乃《申报》记者也。

福禄诺通过德璀琳致李鸿章的函件及李鸿章《遵旨覆陈法越事宜折》，尚未进京，龙堪霖便在《申报》上登出了消息。因为里面引用了上谕里的几句话，致使各国驻京公使纷纷到总理衙门打探消息，让朝廷很是被动。这样的事以前也时有发生，细究起来，大多是《申报》的驻京记者们，用银子从部分官员的手里买来的情报，不过是为了吸人眼球，扩大新闻纸的销路。什么是新闻纸呢？就是现在的报纸。

第四章 观音桥事变

第一节 德璀琳惦记黄马褂

上谕下发的当日，再次掀起波澜。翰林院编修王濂先上一折，提出不可与法人和，只可与法国战。折子这样写道：

"臣愚以为和则酿祸于无形，并无所谓杜渐防微之术，而疆域必难期固守，饷需亦不可胜筹，流弊之大，尚忍言哉？为今日计，其必出于战也明矣。一战而捷，即遣使与之议和，则操纵之权在我而不在彼。若不遽捷，则请即以法人攻越之心，与法人持。西人行事最为坚忍，其与刘永福战时，亦几经挫折。使当李威利（李维业）败殁之日，知难而退，何能遂有北圻？乃筹兵添饷，不折不回，所以终能收效也。中国若能作为榜样，则彼之劳师袭远，已非一日。我即屡战不胜，终将转败为功。况今日并未大挫，而遽令法人知我有不战之心，不益长其要挟之渐乎？拟请饬下沿海各督抚，振刷精神，认真筹防。其临战情形，由该统领相机而动，朝廷概不牵制；稍有疏虞，即惟该统领是问。并明谕李鸿章，能将法人击退，则必晋爵封侯，以酬殊勋。如北洋口岸为法人阑进一处，即将该统领暨失事将弁立予就地正法，并将该督从重治罪。各该统领等受李鸿章多年卵翼之恩，其临阵脱逃，视该督之急难而漠不关心者，决无是理。法人若闻此信，知朝廷战志已定，必与之决一胜负，则将复来议和。然后由我立约，将越南之地与之画界而守。"

王濂的这篇折子，一会儿干掉法人，一会儿又拿自己人出气；一会儿将李鸿章晋爵封侯，一会儿又要就地正法，直把慈禧太后看得糊涂了许久也未弄出所以然。

慈禧太后把王濂的折子扔出挺远，口里大骂道："这等着三不着四的人也要上折子！"

慈禧太后话音刚落，打外面又递进一篇由吏科掌印给事中孔宪珏、给事中万培因、福建道监察御史赵尔巽等二十位御史，联名奏上的《奏法事有可乘之机和约宜详慎以杜要挟折》。该折针对《中法简明条款》，提出了自己的看法。该折这样写道：

"夫以事势方棘，李鸿章宛转联络，曲意周旋，得此作一结束，固臣等所甚愿。而论法人心腹之隐，舞其黠诈，遂得借风收帆，转博美利不居之名，使我入彼彀中而不觉，实又臣等所难安。但彼既以不欲开衅为词，有当于朝臣保境息民之心，不得不俯如所请；然所关甚大，诚如圣谕所云：'此事为各国观瞻所系，若办理稍不合宜，此后洋务更不可问，不得不倍加慎重'。仰见宸虑周详，莫名钦悚。臣等识见迂疏，懔承训示，以就和论，尚有必当首议者，有不可轻许者，有不应含混者，有宜早声明者，有要在豫防者；敬为我皇太后、皇上陈之。一、和约之立，境土为重。福禄诺第一款，但云'中国南界毗连北圻'，不知北圻竟将谁属？李鸿章视弃地犹弁髦，谓中国所争在体制，不在区区一越南，实为桀谬！争全越不得，必不获已，且当中分越地，画界保护，永远不得侵犯。此亦足以餍法人之欲，有偿其穷兵黩武之劳，似觉平允。二、保胜、宣光等处其为越守者尚多，该约中曾未议及。中国固不利此土地，然亦断不能取以附益法人，其应如何定议，不宜缓置。三、法人此时所急者欲我速撤防越之师。但疆界未定，则撤师之后，皆为敌有，难保其不逼我门户。且中国洋面向有彼国兵船，岂有我先撤防使彼得专力一方之理？应俟和议既成，彼船尽退，再行减撤一半。四、约内兵费一节，据称法人情愿让免，系属节外生枝之语，殊于事理不合。盖彼首祸称兵，何预中国事？若彼之兵费当取偿于中国，则中国办防等费先当取偿于彼。李鸿章既明知不应提到此节，何以犹立专条？殊不可解！我既无所用其赔，彼既无所用其让，必应删去此条，以免后来挟为取偿地步。五、'属国'二字，法国不肯明认，而任其朝贡中国。掩耳盗铃，殊非正大之体。不若申明中国非利其土地，而法国不禁其职贡，各为得理。此亦有何关碍，而必依违其词乎？六、越人朝贡仍循旧制，倘其朝贡愆期，中国自用中国之法兴师问罪，法人不得干阻。七、在中国保护地面，许法人运销货物，不准驻兵，亦不准藉护商为名，时来时往。八、该约第三条，'法国情愿不向中国索偿赔费，中国亦宜许以毗连越南北圻之边界，所有法越与内地货物听凭运销'等语，此即图入滇境垂涎矿利之端。此二语必须驳正，只可许其于中国南界外运销货物，不得入内地互市，尤不准买运铜铁等类。杜渐防微，庶利源不为所夺，而各国耽耽矿利之谋，亦可不戢自靖。九、刘永福归义天朝效忠本国，劳勚足嘉，决不可负。越疆残破，将无立身之所。当与法人约明：其在越地，法不得与之为仇；其来中国，法不得藉为口实，庶以作天下忠义之气，坚率士敌忾之心。十、现既议和，法国水师兵轮即应开回本国，不得仍驻中国洋面。若正在议和而复添船进口，许各海口开炮轰击，有约在先，不得指为中国有意开衅。"

这篇折子慈禧太后尚未看完，打外面又呼啦啦递进来上百篇奏稿，都是针对《中法简明条约》的。中国人干实事未必行，但若讲上折言事，却堪称世界第一。

慈禧太后在心里叹口气，只得咬牙接着看折子。

不曾想，一篇折子刚看了个开头，太监又汗流浃背地送进来三大堆奏稿。

就在大清国的朝臣对《中法简明条款》争论不休、对《中法简明条约》横加挑剔、对李鸿章大肆谴责的时候，福禄诺已收到茹费理总理的加急电报："予汝全权，无须利至，即可与李大臣押定。本日复电寄到简明条款全文，惟李大臣须奉有中国朝廷，全权凭据，亦须与言明，按照本国体制，应由议院批准，外部大臣费理押。"

福禄诺把电报通读两遍，只觉遍体通畅，一时有飘飘然之感。一介校级军官，权不过一舰，竟然能够代表本国政府，与堂堂的东方泱泱大国大清国签约，这是多么大的奇迹！将有多少法国军界将级以上大员为此眼红！这件事，又会在世界产生多大的轰动效应！

福禄诺揣上电报，只带了一名翻译五名护兵，便飞奔至直隶总督行辕，来面见李鸿章。

一见面，福禄诺也顾不得客套，把电报往李鸿章的眼前一亮，很神气地说道："中堂请看，总理发密电给禄诺，命我全权与中堂画押！总理特别强调，中堂亦须奉有中国朝廷全权凭据。"

马建忠把福禄诺的话译给李鸿章听，又把茹费理的电报一句一句地译成华文。

李鸿章不由眯起眼睛把福禄诺看了又看，许久才道："想不到，贵国总理对福总镇这么信任！好，老夫现在就发电向京师请旨。"

福禄诺眼珠转了转答道："中堂容禀，总理另外还有密电给禄诺。称所议各款至臻妥善，不能改易一语，无可再商；此为止兵之约，不得不速，将来另据商界事宜，方可从容议办。中堂务须与朝廷言明。"

福禄诺此话，并非当真另奉有茹费理的密电，是他临场发挥出来的，不过是想让李鸿章知道，他福禄诺在法国政府眼里，是何等的有威望。

李鸿章捻须颔首，没有答言，但心里，却不能不对福禄诺高看一眼了。

两刻钟后，一封请旨电报很快由天津发出。电云：

"福禄诺送阅该外部电复译云：'奉国旨，予汝会权，无须利至，可与李大臣押定。本日复电寄到简明条款全文，惟大臣须奉有中国朝廷全权凭据，亦须与言明，按照本国体制，应由议院批准，外部大臣费理押。'云云。是福酋已派全权，外部已经复准。鸿十三函件，谅蒙进呈。据福称，彼不能改易一语，无可再商；此为止兵之约，不得不速。将来另据商界事宜，方可从容议办。务求代奏速定可否。鸿望。"

奕劻接到电报，一刻不敢耽延，立即进宫向太后请示机宜。

慈禧太后见事情紧急，马上把群臣递上来的折子推向一边，把醇王奕譞与礼王世铎传将进来，命军机处即刻给李鸿章拟出圣旨两道。

一旨曰："前大学士署直隶总督李鸿章，着作为全权大臣，与法国使臣办理条约事务。钦此。"

二旨曰："本日已有旨派李鸿章为全权大臣，与法国使臣办理条约事务。着该大臣懔遵前旨，将详细条目先事筹维，务臻妥善，毋任稍滋流弊。本日简派全权大臣谕旨一道，一并发往。如该使臣索看凭据，即着李鸿章另行恭录，给与阅看。俟议办事毕，此旨仍缴还军机处备查。"

为稳妥起见，慈禧太后特命总理衙门派员赴津送达。

奕譞于是密令总理衙门大臣张荫桓拿上两道圣旨，带亲兵若干，乘快马连夜赴津向李鸿章宣旨，并帮同料理画押等事。

此事做得极其隐秘，除慈禧太后、醇王奕譞、礼王世铎、贝勒奕劻以及张荫桓外，再无其他人知道。

张荫桓赶到直隶总督行辕后，未及歇息，也顾不得用饭，先向李鸿章宣读了圣旨，又向李鸿章、吴大澄问了几句北洋防务的事，这才用饭、歇息。

午后，李鸿章把福禄诺、法兰亭二人请到行辕会客大厅，会同吴大澄、马建忠、张荫桓一起，开始对《中法简明条款》进行画押。一瞬完成，极其顺利。

福禄诺与李鸿章都很欢喜，尤其是李鸿章认为签订了此条约，中法有关越南的种种争执，到此便可告一段落，可以长舒一口大气了。

画押的当日，张荫桓怀揣李鸿章交还的圣旨，并押定的《中法简明条款》文本返京交差。

张荫桓前脚离开行辕，李鸿章后脚又给军机处致电一封，电云："全权谕旨奉到，刻即画押具奏。顷福禄诺又送阅该外部覆电，译云：'汝奉国旨押定条款，无须议院批准。惟将来详细商约，例应议绅覆核。外部、海部皆嘱致敬中国执政，切愿天朝声威日广，民安年丰'。云云。鸿洽。"

电报发走，李鸿章才含毫命简，依例上奏朝廷，陈述此次订约经过，多少含有表功的意思。折曰：

"将原议五条逐加讨论，酌改前后款式，并按照洋文约款内，字句有略、宜增损之处，与福禄诺详确核定，缮写成帙，遂于十七日申时齐集臣行馆，校对中法文义无讹，公同画押盖印，各执一本为据。"折子接着讲述了自光绪七年开始，法越构衅及中法交涉的经过，然后写道："惟目下和议已成，法人必无翻覆，法兵必渐减撤，滇、桂边防各军亦宜及早切实整练，凡不得力之勇营，应逐渐裁遣，汰无用而留有用。闻刘永福所部冗杂骚扰，与越民为仇，实为边境后患。拟请旨密饬云南、广西督抚臣严明约束，酌加减汰，豫筹安置妥策，俾无生意滋扰，则保全者多矣。据福禄诺云，此约专欲消释中法将开之衅端，为救急止兵起见，其余详细节目，应俟该国另派大臣前来会商。该外部初次电复，此约应由议院批准，本日续电又云，押定条款无须议院复核，福禄诺均经呈阅。是两国既皆定议，以后商、界事宜尽可以从容筹度，此皆由皇太后、皇上宵旰焦劳，怀柔大度，于以感召远人效忠孚信，前后在事诸王大臣等和衷匡弼赞襄大计，得以定艰危于俄顷，使数年来法越轇轕不定之议，得一结束之方。从此，保境息民，练兵简器，徐图自强，天下幸甚。微臣躬亲是役，懔懔焉若朽索之驭六马，叠经局外责望、圣谕提撕，惟以不克称塞明诏是惧。今虽妥速成议，非初料所能力及，其有思虑所不到、力量所不及之处，尚祈曲鉴愚诚，勿为浮议所惑，庶法越之事由此而定，中外邦交从此益固矣。"

折后，又附《奉保马建忠》一片。片以"此次定约，竭诚襄助，不激不随，动中机要，维持大局，其劳绩尤不可泯。"之语，奏请将马建忠"擢授关道及出使之任"。

折、片刚刚拜走，德璀琳又带着翻译、随员，旋风似地闯进行辕，口口声声有要事面禀中堂大人。

门上见德璀琳来得凶猛，以为福禄诺那里又有了反复，慌忙通禀进来。

李鸿章正在签押房同着吴大澄、马建忠二人喝茶谈闲话，闻报一愣，急忙道出一个"请"字。

吴大澄慌忙补充道："让德璀琳同翻译两个人进来，其他人请到大厅里去喝咖啡。

侍卫走出不一刻，德璀琳便同着翻译大步流星地走进来。

礼毕落坐。

李鸿章笑道："德税司急着来见老夫，不知所为何事？莫非是福禄诺那里，又有了什么说词？"

德璀琳道："条约已画押铃印，他法国就是有什么说词也晚了！鄙人前来，是因为自己的事。中堂曾向鄙人许诺，若玉成此事，便奏明朝廷，赏鄙人个黄褂穿，再给鄙人头上加个二品衔。如今条约已订成，朝廷缘何还未有旨下来？中堂有所不知，鄙人想黄褂都想得有些失眠了！"德璀琳口里的黄褂，其实就是大清国奖赏给有功大臣的黄马褂。

听完翻译的话，李鸿章抚须笑道："德税司如何这般性急？画押不过两天，福禄诺还未离开天津，朝廷怎么可能这么快便有旨下来？"

吴大澄道："德税司啊，只要中堂答应了的事，中堂就一定会办。你的黄马褂，肯定能穿到身上就是了！"

马建忠也道："德税司不必焦虑，您回粤税司任所后，相信用不多久，就能接到圣谕。此次中法订约，您立了大功，朝廷会重赏您的。"

德璀琳嗫嚅了半晌，说："中堂容禀，鄙人有个小小请求，还望中堂恩准。"

李鸿章笑道："你有什么话，尽管讲来。"

德璀琳道："鄙人就是想看一眼贵国朝廷赏的黄褂是个什么样子。鄙人很着急呀！"

李鸿章一愣，马上笑道："德税司啊，黄马褂啊，是我家皇上的赏物，非比寻常。尽管老夫和吴大人、马观察，都受过此赏，但却不能带在身边。你现在要看，怎么能办到呢？"

德璀琳闻言，很失落地两手一摊道："鄙人不过是想看看，能不能用这个黄褂给我的妈妈改做一件大衣。"

李鸿章、吴大澄、马建忠闻听此言，都惊愕地张大了嘴巴。

第二节　风波再起

把德璀琳好不容易劝走后，吴大澄苦着脸说道："洋人怎么这样呢？用黄马褂改大衣，这不是亵渎圣恩吗？这是杀头之罪呀！中堂，您老可不能奏请朝廷赏他黄马褂呀！这要传扬出去，连您老都脱不了干系呀！这如何得了啊。"

吴大澄说这话时，一脸的焦虑，满腹的担心。

马建忠见吴大澄把话说得甚是庄严，急忙说道："大人容禀，职道以为，中堂奏请朝廷赏德璀琳黄马褂，不过是笼络之意，其实也是做给其他洋人看的，希望他们以后多为大清办事。至于黄马褂到手后，德璀琳想怎么做，那是他德璀琳的事。何况德国的体制又别于我大清，我们也不好用我大清的礼制来强求于他。"

李鸿章摇头说道："你们两个呀，真是越说越离谱了！你们也都受恩赏穿过黄马褂。老夫问你们一句，那黄马褂当真能穿吗？不过是个意思罢了！我们尚且都穿不上它，就德璀琳那牛高马大的身材，如何能穿得上？德璀琳铁塔一样，他的妈妈能小到哪里去？还要改个大衣！他这分明是胡言乱语！你们竟然也信？"

听了李鸿章的话，吴大澄先是一愣，接着低头想了想，忽然笑道："不是中堂如此说，下官险些上了德璀琳的大当！可不是吗？朝廷恩赏的黄马褂那么小，德璀琳想穿到身上，尚且千难万难，如何还能给他的妈妈改做成大衣？这不是天大的笑话吗？也真亏他敢想！"

李鸿章、吴大澄、马建忠在行辕说笑的时候，福禄诺也正在命令士兵为"窝尔达"号添煤注油，做着离津的一切准备。

就在这时，法兰亭却飞也似地奔到舰船上，向福禄诺递交了一封领事馆刚刚收到的加急电报。

福禄诺接过电报一看，见电报来自巴黎，署名是茹费理，心头不由一动，认定是一封奖谕电。但一看电文，却又不是奖谕。未及把电报读完，福禄诺只觉眼前一黑，险些一头栽进水里。

电曰："条约里有两点须立即执行：（一）指派缔结将来专约的全权代表；（二）中国兵由东京撤退。法国的全权代表为巴德诺君。他在五月二十九日将至顺化，从那里他将尽速到北京去。至于中国东京（军队）之撤退，你要调查帝国防营（即中国戍兵）之所在地，并把（中国）所颁发召他们的命令通知我。你也要同样地通知我们在安南军队的司令。"

福禄诺手拿电报，低头跟在法兰亭的后面，没精打采地走回领事馆。画押钤印不过三天，而在钤印的时候，他曾以不容置疑的口吻对李鸿章说："彼不能改易一语，无可再商。"

李鸿章照他的话去做了。但现在，茹费理却当先提出改动条约，这让他怎么去同李鸿章说呢？

到了领事馆，福禄诺对法兰亭说道："领事先生，鄙人应该怎么做？"

法兰亭两手一摊，道："中校先生，鄙人到现在都搞不明白，您为什么要对李鸿章讲'彼不能改易一语，无可再商'这样的不留余地的话呢？"

福禄诺申辩道："鄙人这么说，不过是想让中国人知道，我们法国人议定的条款，别人无权更易一字，这是法兰西的尊严！这有错吗？"

法兰亭微笑着说道："中校先生，您怎么会有错呢？您与总理的私交那么好！还抱过总理的女儿！"

福禄诺收起蛮相，用非常谦恭的语气低声问道："领事先生，您是资深的外交官，您在国际外交界很有威望，鄙人相信您有许多对付李鸿章的办法。您说，我们应该怎么去说服李鸿章更改条款？"

法兰亭苦着脸答道："李鸿章这个人，并不像您想的那样好对付，他是只老狐狸。他说服政府同意与我国议和，是因为他不想再在安南的事务上耗费太多的精力。总理给您出了道难题，鄙人无能为力。"

一听这话，福禄诺也意识到问题的严重性，开始坐不住板凳了。他站起身来，在房里走来走去，像一匹被关在笼子里苦苦寻觅出口的困兽。

法兰亭气得大叫道："中校先生，您能不能安静一会儿？您这样晃来晃去，晃得鄙人的头很晕！鄙人的血压一直很高，您是想让鄙人死在大清国吗？"

福禄诺挥着双手大吼道："这个该死的李鸿章，鄙人要用大炮，逼着他改动条款！"

法兰亭一愣，跟手冲口说出一句："中校说得对！这或许是让李鸿章同意更改条款的唯一办法！"

福禄诺把法兰亭的话在口里反复咀嚼了一下，眼睛渐渐明亮了起来。他自认为找到了解决问题的可行办法。

福禄诺把华文翻译传进来，在法兰亭的协助下，拟就函文一纸，内提三条，请大清国遵照执行。第一条：接国内电，得知法国已派巴德诺为新任驻华全权公使，与中国会议详细条款。巴使离顺化后，即来华；第二条：法国应保护北圻全境。提督米乐拟于二十日后，即派法兵或越兵前往高平、谅山；四十日后前往保胜至红河两岸。无论何处，宜调置法兵或越兵，前往攻击黑旗军或其他匪党，中国兵营宜限时退出；第三条：本国即行通知巴德诺，应将去岁法越新约第一款内所有即大清国云云删去，无非礼敬中国，不愿伤其威望。以上各节，皆系申明约内第二第四第五各款所当讲解，与应办各事。

函件誊抄妥当，福禄诺在领事馆很安稳地睡了一夜。

第二天用过早饭，法兰亭因为有其他事情缠身，无法分身陪同福禄诺去面见李鸿章，福禄诺只好一个人带上翻译、护兵等，理不直气不壮地赶往直隶总督行辕。

福禄诺本想邀德璀琳一同前往，哪知德璀琳已于头一天乘舰离津回广州等黄马褂去了。

福禄诺赶到总督行辕时，正和李鸿章、吴大澂、马建忠等人撞个正着。一问方知，李鸿章三人要乘舰巡视海防。

福禄诺一边在心里暗道"侥幸"，一边对着李鸿章大叫道："中堂慢行一步，禄诺来向您老辞行！"

一行人到行辕大厅坐定，福禄诺也不及李鸿章问话，当先把所拟好的函件递将过去，说道："禄诺奉到国旨，有三条须马上办理。请中堂阅后签字。禄诺也好复旨。"

李鸿章接过函文一看，见用法中两种文字拟就，便戴上老花镜看起来。

看完之后，李鸿章把函文交给吴大澂，说道："福总镇哪，你递过来的这个东西，是什么意思啊？老夫看了半天也看不明白，你且说说看。"

福禄诺答："中堂容禀，按《中法简明条款》，我国应该保护北圻全境。现在条约已订立，中国理应从北圻撤军。二十日后，我国驻北圻米乐司令，将派兵前往高平、谅山一带巡视；四十日后，将到保胜至红河两岸。届时，将清剿刘团并其他匪党。中国必须二十日内将防兵悉数撤出，不得耽延，否则即按匪党清剿、荡尽，决不姑息。"

李鸿章冷笑着让马建忠从柜里取出《中法简明条款》备查稿本，用手指着对福禄诺说道："第一第三条，明明白白写着，均应俟巴使到后酌议，暂可毋庸深办。何况，我国滇、粤各军，闻分扎谅山、保胜一带，皆距中国边界甚近。十余年来，久驻剿匪，属邦赖其弹压，与法国毫无关碍。兹既议和，应俟详细条款定后，再议办法。今汝国商令限期退兵，语近胁制，我实不敢应允，亦不敢据以入奏。再者，画押之前，福总镇再三申明：'不能改易一语，无可再商'。请总镇回复总理，订约乃两国大事，非同儿戏，岂能说改就改？"

福禄诺被李鸿章的一席话说得哑口无言，半晌无语，深思了许久才道："禄诺确系说过此言。但现在国内有旨，禄诺只好照办。禄诺与中堂交往非浅，何况已订约款里，贵国已同意从北圻撤兵。就请中堂即刻传令下去，将防营悉数撤回，以利米乐司令清剿刘团及其他匪党。"

李鸿章正色说道："福总镇此言说得太过轻巧！北圻远离京师，一道圣谕尚需走五十几日，该处情形如何说办就办？福总镇哪，你且听老夫一言，你电告贵国总理，法兵不必急于前进，即与华兵相遇，亦勿接仗生衅。朝廷圣谕到后，统兵大员随时察度妥办。"

福禄诺见李鸿章无论如何都不肯在函文上签字，思谋了一下，便只好起身说了一句莫名其妙的话："禄诺已将国内续议三条转达，中堂已看明白，禄诺就此告辞。"

福禄诺话毕点点头，跟个局外人似的，带着随员走将出去。

李鸿章笑着说道："福总镇啊，到了烟台，别忘了替老夫向利士比军门问好。"

福禄诺走得飞快，没有听见李鸿章的话。

马建忠小声道："茹费理这是发现条款中的漏洞，想让福禄诺搬回局面。"

吴大澄接口道："这些不吃好草料的洋杂种！刚刚在条约上画押，就来更改！也就是中堂好脾气，换了下官，令人把他摁倒，一顿板子把他的屁股打开花！看他还敢胡言乱语！"

李鸿章起身说道："走，我们按原计划巡江去！"

令所有人都没有想到的是，福禄诺回到领事馆给国内发电时，并未把自己与李鸿章交涉的实际情况上报过去，而是发了这样一封电报："奉到国旨，即拟续议条约三款，送达李大臣照准。"

"鄙人的差事办完了，以后怎么样，鄙人可就管不着了！"

福禄诺的一句没头没脑的话，登时把法兰亭说进云里雾里。

三月下旬（西历当在四月）的北圻一带，正是瘴气横生、疫病流行的高发期，尤其是战后，未及掩埋的尸体及大量的死去多日的牲畜，在水的浸泡、冲击下，烂作一团，更加助长了瘟病的传播气焰，导致空气里充满了极其难闻的气味，让人躲无可躲、藏无可藏，深受其害。

岑毓英统军撤离兴化后，便赶到谅山与潘鼎新会了一面，五日后又赶赴大滩一带，将防务稍事布置，最后才统带五营亲兵，到保胜驻扎。

唐景崧见防军全部撤出兴化，他并没有督带所部撤回保胜，而是走间道赶往谅山，向潘鼎新请示下一步的进止，同时想从潘鼎新手里，为黑旗军争取一些饷粮、给养、军械等物。

此时的潘鼎新，却正被困境包围着，已经连续多日食不甘味，席不安枕。

北宁战后，各防营士气低落，营官以上统兵官人人自危，随时等着革职、问罪的圣谕到来。

陈得贵、党敏宣被正法，徐延旭、赵沃等人已押解京师，陆续又有二十几名营官以上官员或被流放、或被革职，但看朝廷的意思，还要追究下去。尽管朝廷照潘鼎新所请，已飞调方友升所部的四营赶来谅山助守，但北宁战后，朝廷对在事官员的打击面过大，致使人心极度不稳，各营随时都有哗变的可能。

潘鼎新从打到了谅山，便每日提心吊胆；临时行辕虽然加派了六营亲兵分三层保护，他仍然深度失眠，半夜半夜无法入睡。

军心不稳已是统军大忌，偏偏谅山一带又是山区，尤其屯梅、谷松等处前沿，皆在谅山百里开外，有的相距近二百里，其地偏僻荒凉，粮草、饷银转运极其艰难，均不宜大军久驻。若粮饷及时或能安定人心，但此处无粮可买，需从广西南宁一带购买，再由龙州节节运送，又舟车不通，全靠人驮，无形中更加剧了防兵的危机感。

人心不稳，饷粮时断时续，偏偏又赶上瘟疫流行，各营每日都有因感染瘟疫亡殁的清单报上来。

正当潘鼎新焦头烂额之际，唐景崧统带所部连美三营并亲兵两营，辗转来到谅山州城。

唐景崧把兵马扎到城外，只带少许亲兵进城。

这时的潘鼎新，却正坐在行辕的签押房里，含毫命简，书写奏折，向朝廷大倒苦水，并禀报与王德榜布防情形。折中写道：

"该省西北靠小河，东南靠大山，即通朝阳山、半陇山，若往长庆、北宁，两山系必由之路。城之西北过小河即是驱驴墟，倘法人占踞东南小岭，府击城中，竟无立足之地；若以一股渡河，扰劫驱驴，则城中粮援俱绝；守谅山必须守要隘。该司（王德榜）即派提督张春发率正前营分扎朝阳山、半陇山；山之左右，安设地雷，派提督何秀清之正左营、副将吴春魁之正右营、吴镇楚之正后营分扎驱驴后山，以通粮道。谅山原有粤勇五营，亦派两营出扎城之东南山岭，以三营守城。此地非产粮之区，向来靠北宁接济。今北宁失守，谅山粮源已绝，龙洲、太平亦山多田少，向来亦仰食南宁，我军将来进兵必由内地南宁一带采粮运济。惟所虑者，粤西五十余营，自北宁败后，有妇女者四处逃散，全不归伍；无妇女者，只归得十余营。"折子又单对王德榜大加称颂："臣查王德榜久历戎行，忠勇练达，所报军事，自是实情。粤西大枝防军，专恃黄、赵两将；今既溃散至此，是粤军仅存驻守谅山之五营，王德榜之八营，其余均不可恃。"

第三节 唐景崧受命于危难之时

潘鼎新的折子刚刚拜发，人报唐景崧到了辕门。

苦无主意的潘鼎新顿觉眼前一亮，仿佛溺水的人抓到了救命草，口里一边说请，一边大步迎将出去。

一见潘鼎新的面，唐景崧慌忙施行大礼，却被潘鼎新一把拉住，一直拉进签押房，才道："老弟快快请坐。老弟不来，老哥也要派人去请，老哥正有要事要同老弟商议。——来人，快给唐大人上茶！"

茶摆上来后，唐景崧两眼望着憔悴的潘鼎新说道："一别几日，抚台大人如何瘦了许多？莫非是水土不服？"

潘鼎新长叹一口气道："溃勇收拢不齐，粮运又多阻碍。老哥转战数省，久历戎行，哪见过谅山这种环境？吃不下饭，睡不稳觉，焉能不瘦？老弟，你在越日久，熟悉这里的地形，老哥想委你老弟总理前敌营务处，你看如何？"

唐景崧闻言一愣，随口反问一句："抚台是讲笑话吧？"

潘鼎新打个咳声道："老哥此时已是焦头烂额，哪还有讲笑话的心情！这里的局面如此糟糕，老弟不站出来哪行！老哥与王藩司，都对这里的地形不甚熟悉，布置稍有漏洞，如何得了啊！老哥计议已定，老弟总理前敌营务处，所有前敌各营悉归节制、调遣，但有不遵号令者，一律严参无赦！"

唐景崧皱眉说道："说起来，防军各营早已不成样子了。若不及早整顿，根本不能迎接大的战事！岑制军已饬各营撤离兴化，大人是否知道？"

潘鼎新道："岑制军已与本部院会过面，又赶往保胜布防去了。兴化是撤是守，由他去同上面陈述，我们只把谅山的事办好！"

唐景崧道："抚台容禀，北宁一役，黑旗军受创颇重，不仅弹药告罄，粮草也要不继。下官去找黄统督商借，但越南朝廷，早已按着巴德诺的训令有旨下来，不准向刘团及我防军各营供粮。现在北圻除大滩、保胜州、谅山州以外，各省都有当地巡抚衙门的告示，晓谕粮商，不准卖粮与刘团和中国军队。这原本是越南朝廷对付法寇的策略，如今却反过来对付我们！"

潘鼎新道："越南朝廷早已经认贼作父，我们说他怎的！"

唐景崧道："下官不知现在大营里饷粮如何？能否给刘渊亭拨出一些救急？"

潘鼎新道："维卿，你不问，本部院也要讲给你。现在粮饷转运极其困难，屯梅、谷松各营，三天前便有告急文书送过来。现在不仅援助黑旗军无力，自保都颇为困难。本部院这么说，并不是弃黑旗军于不顾，实在是力不能及。但依本部院想来，岑制军奉旨正在大滩一带布防，而保胜又是黑旗军多年经营之地，应无大碍。本部院现在所虑者，我们与岑制军之滇勇、刘渊亭之黑旗军，相距太过遥远。一有警讯，无法策应。维卿，你说这可如何是好呢？"

唐景崧道："大人不必焦虑，下官明日就到各处走上一走。无论如何，要保住粮道啊！"

潘鼎新道："王朗青现驻镇南关，他的定边军一部在朝阳山左，一部在半陇山右，由提督衔统领张春发节制。王朗青另委何秀清率一营驻扎在驱驴墟，专为保护粮道。粤勇现只收拢了十几营，多残破不整，枪械不齐，人不足数，已不足恃。本部院现在就让案上给老弟开札委一道，该怎么办，老弟就放手大胆地办吧。"

唐景崧奉到札委后，仅在谅山歇息了一夜，第二天就带着亲兵营离开谅山城，开始详细考察周边的地形，整整走了近一个月方回到谅山。经与潘鼎新商量后，唐景崧依着这一带的地理形势，重新布置了一下防区。

唐景崧离开谅山城期间，苏元春统率所募之"毅新军"赶到。潘鼎新命苏元春率所部到谷松一带驻防。

唐景崧先饬原隶左路的桂军李定胜、李应章、李极光、黄云高等十八营，布防在长庆路至观音桥沿线。名为十八营，实不足五千人。又从各营挑选部分快枪手，专在各隘口设哨，随时截击来敌。

唐景崧着令各营，在深林曲涧间，虚张旗号，以为疑兵而壮声威。唐景崧本人督率连美，开到距谅山城一百五十里开外的观音桥一带驻扎。

潘鼎新坐镇谅山城，为各营督饷办粮，亦颇辛苦。

布防虽渐趋妥善，但瘟疫却愈演愈烈。王德榜的"定边军"，苏元春的"毅新军"，也开始有大量的兵勇病倒，战斗力一日弱似一日。

正不知所措之时，潘鼎新突接到两广总督张树声派快马送达的圣谕："法人在天津与李鸿章讲解，略有端倪。广西防军，着潘鼎新督饬扼扎原处，进止机宜听候谕旨，仍随时侦探儆备，毋稍疏懈。钦此。"

潘鼎新接旨在手，不敢怠慢，急把文案传来，着文案把圣谕誊抄了三份，飞递给镇南关的王德榜、谷松一带的苏元春、观音桥的唐景崧阅看，叮嘱各员按旨办理。

潘鼎新至此也才知道，法人攻取北宁后没有继续进军，是因为中法正在讲和之故。

路途遥远，交通阻塞，粮饷时断时续，此时的驻越清军很是被动。

十几日后，潘鼎新又接一旨："张树声着开两广总督之缺，仍督所部办理广东防务，两广总督着张之洞署理。"

张树声老病缠身，开缺是早晚的事。但让张之洞署理两广，还是让潘鼎新大感意外。

张之洞字香涛，是军机大臣张之万的胞弟。少有才名，乡试解元，同治二年（公元1863年）会试探花，授翰林院编修。六年（公元1867年）充浙江乡试副考官，旋督湖北学政。累官四川学政、国子监司业、司经局洗马、侍进。与宝廷、陈宝琛、张佩纶等同为清流，名重一时。光绪七年（公元1881年），由侍讲学士擢内阁学士，外放山西署理巡抚，旋实授。算起来，张之洞到晋抚任所尚不足两年，便被拔擢至总督高位，的确有些出人意料。

潘鼎新接旨后，虽未有任何言辞出口，但内心却是不服气的。在潘鼎新看来，无论从哪方面比较，张之洞做两广总督，都不如久经沙场的张树声合适。尽管张之洞有兄长张之万在京里作内应，但张树声的靠山却是直隶总督李鸿章。

李鸿章是何等样人？要银子有银子，要人有人，不要说张之万无法与之相比，就连炙手可热的醇王，也要让他三分。张树声与潘鼎新都是李鸿章的老部下，张之洞却是个与湘、淮、楚三系都无任何瓜葛的人。

把张之洞升署两广总督，朝廷到底是何用意？接旨以后，这个问题一直在潘鼎新的脑海中萦绕。

其实，张之洞可不是个等闲之辈。别看他与湘、楚、淮各系均无瓜葛，手又不握有重兵，但他自有自己的一套办法。

他接到升署两广总督的圣谕后，由太原尚未动身，便先给在钦州赋闲的冯子材发密信一封，一为通报自己升署两广总督的事；二为询问冯子材的身体恢复得如何，同时征求其对广西防军的看法，有何建议等。通过此举可以看出，张之洞到广州后，既不想依赖淮系的潘鼎新巩固地位，也不想通过楚系的王德榜打开局面，他另有打算。

岑毓英、刘永福经营大滩、保胜一带防务，潘鼎新、王德榜等人也正加紧在谅山整顿兵马、规划防区，米乐此时在干什么呢？

北宁战后，不仅米乐比以前忙了许多，连交趾支那总督沁冲也忙得不亦乐乎。

法军占领北宁后，一面扩大占领区，一面派出工兵队，对所占领地区的军事设施实施拆毁，卢眉则开始向北圻新占领区派出一批又一批的探矿人员，在各地寻找矿藏。此时，尽管越南朝廷在脱利古和巴德诺的要挟下，彻底向法国投降，但越南的百姓却不甘沦为法国的奴隶，开始掀起反法高潮。这无形中加大了法军在北圻的统治难度，使法军时时处在被袭击的状态中。米乐为此很是苦恼。

这时，孤拔收到了海军部的训令，训令命令孤拔抓紧整理他麾下的舰只，随时准备开赴中国海面去夺取港口，因为政府正在计议向中国索赔的方式。训令同时发送到沁冲和米乐的手中。

米乐大惊，慌忙致电国内，认为法军在越南北圻还不稳定，还不到大面积对中国开战的时机。米乐建议政府，最好采用一种比较温和的办法使中国屈服。但殖民部很快向他通报了一个他所不知道的情况：日本政府已正式向法国表示，法国是否愿意参加一种由日本发起的共同行动，向中国提出关于中国对朝鲜、台湾及安南所主张的那些模糊不清的权利的意见。法国政府针对日本的这个建议，向军方高层遍询意见。

米乐很快和孤拔、波里也、尼格里会在一处。四人论证了十几天，认为凭法国目前海上的实办和陆战的能力，完全可以按自己的意愿行事，除英、俄两国外，没有必要与其他国家联合。

米乐等人的意见报到国内，得到了内阁大多数人的赞同。日本企图利用法国的力量向中国发难的阴谋，暂时宣告失败。

米乐开始投入部分兵力征剿当地义民，建造由法军控制的堡垒，同时消化从清军手里得到的战利品。不久，福禄诺奉命赴津与李鸿章举行会谈，并很快达成《中法简明条款》。这让米乐好一阵激动。但冷静下来，他又发现了被福禄诺忽视的问题：清军撤出越境的确切时间和刘永福的问题在条约中没有被很好体现出来。米乐于是致电国内，建议政府转饬福禄诺，将忽视的问题加以补充。米乐同时拿出了更明确的方案：清军在二十日内撤出谅山，四十日内让出大滩、保胜。在米乐认为，给清军四十天的撤军时间，已是宽裕的不能再宽裕。米乐在这里忽略了一个事实：中国的电报线路只达到上海，在向广州延伸的这段线路尚未交付使用。而巴黎与顺化之间的电报线路，则早在三年前便已建成，通报信息瞬间完成。

当米乐已经得知《中法简明条款》订成的时候，潘鼎新刚刚收到中法即将议和的圣谕，时间差最少在四十日以上。

米乐很快收到国内的电报：中国李总督已经照准，中国军队二十日撤出谅山，四十日撤出保胜，请按期派军队接收。

米乐接报大喜，当日即给河内驻防的波里也发去命令，命令波里也快速筹建一支部队，二十日后去接收谅山，并对那里的地形逐一考察，绘成地形图，供大部队进入时布防参考。

波里也见到命令，当即把陆军中校杜森尼召进城内的指挥部里，说道："我刚刚收到米乐将军的情报，我们与中国人达成了一项协议，是海军中校福禄诺干的。"

桂森尼未及波里也把话讲完便大叫道："这个该死的福禄诺，他是疯了！鄙人对中国人还没有杀够！"

波里也气得一拍桌子吼道："你给我闭嘴，中校！你再这样大喊大叫，我就让人把你扔进河里去！"

杜森尼辩解道："中国人一击即溃，只要枪法准，想干掉多少就能干掉多少！将军难道没有同感？"

波里也摆了摆手道："我不想与你探讨中国人的作战能力。总归，一切都结束了。中国人二十日内，便要撤出谅山所有地方。你马上组织一支部队，届时去接收这些防地。你和你的队伍离开河内后，便直接接受米乐将军的指挥。也就是说，你出发后，将和本人享受同等的待遇。当然，我是将军，你还是中校！"

接受任务以后，杜森尼开始组建自己的部队。

按着米乐的要求，针对谅山的特殊地理环境，这支部队由下列人员组成：从第三海军步兵联队挑选出三百一十人；非洲轻步兵第二大队的一分队，人数为二十五人；骑兵四十三人；炮队九十人，有口径四公分的小炮六门并炮弹等；架桥工兵五十四人；从当地招募射击兵三百五十人；全队大小军官二十六人。另有通讯、运输近百人，苦力近千。考虑到沿途行军时会受到当地义军的袭击，杜森尼向米乐强烈要求增加武装人员。米乐被逼无奈，只好从海防调拨了七十七名非洲快枪手，由上尉马雅尔统带，赶到河内加入到他的部队。马雅尔是杜森尼中学时的同学。

杜森尼还不满足，又向米乐打报告，请加派炮兵。

米乐大怒，一封申饬函递到他的手里，威胁说，如果再敢无理取闹，他将换将。杜森尼于是不敢再提任何条件。

杜森尼是个怎样的人呢？杜森尼其实是个作战非常勇敢的人，他身材高挑，走路有些打晃，下巴较长，面色红黑，头也是尖尖的。他平时爱作些古怪的诗，无人的时候爱对着天空大喊大叫。他以诗人自诩，人前总说自己的身体里流淌着艺术家的血液。但了解他的人都知道，他的父亲其实是个鞋匠，他的母亲在婚前是巴黎街头的一名妓女。这名妓女生下他后便离家出走，而他的父亲则开始酗酒。他在这样一个环境中磕磕绊绊地长大，中学一毕业便进入军校。军校毕业后，他分到海军部效力。因与同事合不来，被下放到基层，辗转进入陆战第一旅。他训练刻苦，对所有人都充满着仇恨，打骂士兵更是他的家常便饭，没有人肯把他当做正常人对待。但波里也却很赏识他，因为他作战勇猛。波里也能把接收谅山的任务交给他，看中的也是他这点。

一位记者曾对他有过一个很精确的描述："他身材高且瘦，面多血色易动怒，毫无外交手腕，但能事事破坏，甚至连自己亦有破坏的危险。"

第四节 杜森尼前来接收防地

记者对杜森尼的描述并不是空穴来风。

杜森尼的父亲因为长年酗酒，终于导致晚年瘫痪。当时杜森尼已是一名准尉，领有薪水，但他并不肯用自己的钱去为父亲购买食品，而是寄宿到军营里，十天半月才回一次家。到家之后，如果父亲喊饿，他便拳脚相加，把父亲一直打到告饶才肯住手。如果有邻居敢来劝解，他便掏出枪来示威。邻居们都认为他是个精神分裂症患者。但他的父亲并不肯就此死去，而是顽强地活着，实际是在靠邻居们的施舍苟延残喘。他却并不肯就此罢休，仍想尽办法破坏父亲的生命。两年后，他的目的达到。这时，他认识了一个艺术剧院的女演员，并很快与之结为伉俪。他把家安在军营的附近，那里的居民都很贫穷。有一次，他陪爱妻到附近的鞋匠那里去修鞋，因为鞋匠的儿子多看了妻子一眼，他便开始怀疑妻子与鞋匠的儿子有染。此后开始对妻子盯梢，又派士兵去盘问鞋匠的儿子。这件事情一直被他闹到了法庭，结果是爱妻与他分手，鞋匠的儿子找人把他教训了一顿。

他把婚姻破坏掉以后，性格更加暴戾，仇恨身边所有的人，包括他的顶头上司，但这并没有阻碍他晋衔。他敢对着所有的人大喊大叫，动不动就想干掉对方。他常常一个人胡言乱语，如果有人问他在说什么，他常常回答在吟诗。他实际是在用一种现象掩盖另一种现象。

接收谅山的这支队伍出发前，米乐特意给杜森尼签发训令，特别指出："你知道福禄诺与中国李总督在天津所订《中法简明条款》的全部内容，你此次的任务，是以和平的方式进驻谅山，而不是进行一次军事行动。如果你的部队遭到中国人的意外阻截，请注意，设若是中国在谅山驻防的正规部队，你要请示，而且是必须请示，不能擅自行动，否则后果将由你一个人负责。设若你遇到的是土匪，你则可以任意决断。现在有许多人在建议换掉你，因为你的言行，常常游离在疯狂的边缘，但我仍决定由你去谅山执行任务。我和波里也都认为，你是最好的人选。请不要辜负我和波里也对你的期望。"

杜森尼把训令读了一遍，一个人大叫道："该死的米乐，狗娘养的波里也，统统见你们的鬼去吧！法兰西有十个杜森尼便能征服全世界！"

他命令卫兵把他所指挥的这支部队里的所有军官召集过来，说是要传达米乐将军的一个训令。但当所有的军官到齐后，他却喊出了一通与米乐的训令毫不相干的话："我奉有开赴谅山的命令，我要前去，有了像我这么一支军队，我能够直捣北京。"众官员莫名其妙地互相看了看，一致认定中校又在作诗了。

杜森尼接着吼道："从现在开始，你们必须听从我的命令！否则，你们不是婊子养的，便是猪猡养的！"

一个少校说道："中校，您如果不想半路去见上帝，您就接着骂。"

杜森尼马上闭住嘴巴。

杜森尼率队出发的前一天，才由谅山州移节到龙州的潘鼎新则刚刚收到两广总督府转递的通报《中法简明条款》订立的圣谕，并《中法简明条款》全文。因条款并未注明具体的撤防时间，潘鼎新在把《中法简明条款》抄送王德榜、苏元春、唐景崧等统兵大员的同时，仍严饬各军，固守现有防区，加强戒备，不得因条款签定而稍事懈怠。

清光绪十年四月二十五日（公元1884年5月27日），法军的一支七百人的队伍，从河内浩浩荡荡出发了。两辆巨大的马车跟在队伍的后面：一辆载有帐篷行李等物品，一辆载有足够这支队伍八十天食用的粮食、给养等物。这支队伍的总司令杜森尼中校骑在马上，口里不时喊叫着让人莫名其妙的疯话。他就这样统带着这支部队,深一脚、浅一脚地向谅山方向赶去。

部队离开河内只半日光景,一场大雨便兜头降下来,致使道路更加泥泞。勉强走到浪张府(华语称之为富林祥)一带,炮队便被山路阻隔,无法再前行一步。

杜森尼气急败坏,挥起马鞭凶狠地抽打炮队官长,又命令士兵抬炮前进。但因大炮太过沉重,十个人都抬不起。

杜森尼无奈,口里大声吼出一句:"猪猡!统统滚回河内见鬼去吧!没有大炮,本中校照样能接收谅山!"

骂出这句话,杜森尼督率队伍继续前进。

炮队负气不再跟进,而是掉头返回河内。

炮队离开不久,一支当地的义军便与法军交上了火,企图把这股法寇干掉。

但义军的枪械太过陈旧,虽人数与法军旗鼓相当,还是落败,有十名跑得慢的义军士兵,还被法军俘获。

这十人被押到杜森尼的马前。杜森尼骑马绕着他们走了一圈,忽然大声吼道:"我不杀你们,你们马上去给中国人报信。你们告诉中国人,法国赫赫有名的杜森尼司令来接收防地,他们必须在大部队赶到前滚出去!否则,杜森尼司令将为他们送葬!"

把义军放走后,上尉马雅尔出于好心,小声对他说道:"中校,您适才的话说的不妥。按着中国人的习惯,送葬的人应该是儿子,您不能为他们送葬!这不符合逻辑。"

杜森尼瞪起眼睛大声说道:"我不管,我就是要为他们送葬!"

十名越南义军离开法军后,由间道驰赴谅山最前沿的中国防地观音桥(法国称为北黎),向中国防军通报法人赶来的事情。

守在这里最前端的是桂军的一个营,营官是已革提督万重暄,与之相邻的是桂军陈发贵营,两营都是黄桂兰旧部,稍后则是黄玉贤等八营粤勇。

万重暄接到情报,因总理行营的唐景崧染病不能理事,他便派出快马向驻扎在屯梅、谷松的苏元春禀报;苏元春接报不敢怠慢,当即派出快马把情报送给了刚好来这一带巡视的王德榜。

王德榜不敢莽撞行事,急忙飞书潘鼎新请示机宜。

潘鼎新接报亦不敢怠慢,马上便给朝廷起草了一篇折子,请示机宜。

同时给王德榜复函，称："战亦违旨，退亦违旨，已电请总署示遵。"

潘鼎新函中所谓的电，其实是指广州而言，而广州其实也未通电报线路。电报云云，实际是名存实不存。

王德榜见潘鼎新回信含糊，不得已之下，只好派快马札饬各营："法兵到来不可退却，以守为战，亦不可先行开枪；派员传话法人，我未奉旨，暂不能撤防。"

六日后，杜森尼率队终于赶到距离观音桥不足一里的地方。这时有人来报，按照先前侦察的情况，前方不远处，便是中国军队的防区。

杜森尼大吼一声道："放屁！从今天开始，这里将是杜森尼中校的防区！"

杜森尼言未讫，突然从大山的密林深处飞来一颗子弹，正中马头。那马扑通倒地，把猝不及防的杜森尼掀翻到深沟里，滚了一身泥水。若非有钢盔保护，定然会把他的脑袋摔烂。

身边的卫兵慌忙跳进沟去，把一身泥浆的杜森尼扶出来，急忙又为他牵过一匹马来。骑到马上许久，他的头才不发晕。

杜森尼固执地认为，这是中国人在同他捣鬼。

他一边命令队伍向前挺进，一边在口里不三不四地骂道："该死的中国人！你把我送进深沟里，我要为你送葬！"

队伍前行不到二十米，杜森尼却忽然传命后面的辎重队，把他的那匹倒毙的马抬到车上一同前行。当辎重队回称，因道路泥泞，装载行李和粮食的车上已腾不出位置放那匹马时，他便命令辎重队用人抬上那匹马前进。

他传话说："那不是一匹普通的马，那是一匹中校骑过的马！"

马雅尔这时打马过来对杜森尼说道："中校，听说您让辎重队抬上了您的马。辎重队只负责运送给养，没有抬死马的任务啊。"

杜森尼这次没有大喊大叫，而是用平静的口吻说道："是中国人干掉了这匹马！我要让中国人知道，他们干掉的不是一匹普通的马，而是一匹中校骑过的马！我要为他们送葬！"

马雅尔闻听此言，随口小声嘟囔了一句："天哪！他怎么变成魔鬼了！"

万重暄得知一大队法军向防地赶将过来，急忙命令一名张姓守备同着随军的李姓法语翻译，手挥令旗迎了出去，意欲转告法军，此地已是中国军队防区，同时探问法军来此何干。

万重暄派兵先行知会法军还有一层意思：中国不想在《中法简明条款》签订后起衅，法国也不要在此期间生事。

张守备同着李翻译来到距法军五米左右的地方站住。

李翻译按着张守备的要求对法军喊话："前面即是大清国军队防营，我家军门大人相询，大军来此有何贵干？"

杜森尼喝令张守备与李翻译近前讲话。二人互相看了看，便走到杜森尼的马前，李翻译又把刚才的话说了一遍。

杜森尼用马鞭指着二人问："为什么向我们开枪？还打死了一匹马！你们知道那是一匹什么马吗？那是一匹中校骑过的马！"

张守备答："适才的枪声我们也听到了，但非我营兵勇所开。打死了马还是驴，亦与我营无干。"

杜森尼大喊道："我国与你们李总督已签订条款，你们是否知道？我奉有赴谅山并接收谅山的命令，你们知不知道？"

张守备边退边答："你说的事，抚台那里已行文下来。你有什么话，请与我家万军门讲。"

杜森尼打马向前，用马鞭指着张、李二人道："我不管什么万军门还是千军门，我奉有接收谅山的命令，你们马上从这里滚开！"

张、李二人并不答话，转身跑回去。

杜森尼喝令大队前进。

马雅尔这时打马过来说道："中校，我认为我们还是等一等。我记得鄙人从海防行前，米乐将军一再强调说，遇到正规的中国军队，必须向他请示。"

杜森尼恶狠狠地说道："你给我听着上尉，现在在这里指挥一切的是杜森尼中校，不是米乐将军，更不是一名上尉！我要为中国人送葬！"

杜森尼话音刚落，又有两名中国军官迎面走过来。一名是适才来过的李翻译，一名是个游击。

二人到了近前，未及开言，杜森尼便大声问道："为什么还不拔营？中校的命令你们难道没有听到吗？"

游击施礼答："法国大人容禀，大人适才的话，张守备已经说给卑职听了，卑职已经打发人，去向万军门请命去了。相信用不多久，万军门的大令，就能传下来。"

杜森尼见游击讲话的口气谦卑，脸色便多少缓和了一下，说话的声音也小了许多。

杜森尼下马，高傲地昂起头，说道：“中国人就该是你这个样子，我高兴。好，现在我再相信你们一次。按着与你们李总督所订的条约，中国军队应该已经返回边界了。本中校得到命令，不允许我停止部队的前进，但因为你们刚才的样子我很高兴，所以我要说，只要中国军队立即撤退，就不会发生任何麻烦。听你刚才的话，你们的万军门是个大官。你回去传达我的命令，让他马上来见我！”

游击一边听李翻译翻话，一边连连点头。

李翻译把话全部翻译完，他便冲着杜森尼再施一礼，口称：“卑职告退，请大人歇息。”便转过身，挺着大肚子向回走去。

杜森尼哈哈大笑，用马鞭指着游击的背影大声说道：“中国人，真正的中国人！我高兴！”旋传下命令，让全队就地休息，待中国大官到后，再行前进。

两个时辰后，时间已近午时，杜森尼传令造饭，饭后便拔队前进，决定硬取观音桥。

第五节　中法两军正式交火

法军用饭的时候，从中国军营走出近百名骑兵，在法军百米处停下。其中有五名骑兵，打马向法军行来，一直来到杜森尼的近前，一人说道：“我家万军门已赶来这里，请贵军的统兵官前去讲话。”

听了翻译的话，杜森尼把一名中尉叫到身边，吩咐道：“你过去，传我的命令，让他们这个万军门，过来这里讲话。中国人都是低能儿，本中校允许他们站着说话，而不是跪着，就是尊重他们了。”

中尉得令，骑马走到中国防营前。万重暄在几十名亲兵的护卫下，正等在这里。

法军中尉说道：“杜森尼中校有令，请中国军营的万军门过去一趟，中校有话同他讲。”

万重暄身边的翻译把话讲了一遍，万重暄大声说道：“本军未奉得宪命，不敢擅自离营。请转告你家中校，此为中国防区，未奉有圣谕，暂不能拔营。款议既成，何得复生枝节？”

万重暄话毕，打马进营，一边命令道：“严加戒备，未有将令不可擅自拔营。违令者，斩！"

与中尉同行的中国方面的翻译这时道："我军家门有令，未奉有圣谕，我防营暂不能交与贵军。"

中尉道："你们几个同我去见中校。中校有什么命令，由你们向大官转达。"

翻译听了这话，同另外四人小声嘀咕了几句，五人就一同跟在中尉的马后来见杜森尼。

杜森尼未及中尉把话讲完，便嗖地一声飞身上马，大吼道："和与不和，三日内定要谅山！我要为中国人送葬！"话毕，顺腰间拔出短快枪，对着五名中国军人就打。随着两声枪响，两名中国军人翻落马下，翻译同着另两名军人慌忙掉转马头向来路飞奔。

杜森尼用枪指着不远处的中国防营，大吼一声："全队前进！为中国人送葬！"

法军得令，马上督队前行，边推进边开始用快枪射击。

万重暄一见事情有变，也顾不得多想，马上传令各哨还击，又派人去给黄玉贤等人送信。

中国防营周围均筑有土墙，士兵躲在土墙后面向法军射击甚是得力。

法国因未有重炮，只靠快枪扫射，虽在器械上占有优势，但不得地利。

很快，黄玉贤统带三营赶到这里，从左侧面向法国发起攻击。

万重暄与黄玉贤均是黄桂兰的旧部，北宁战败，黄桂兰羞愤服毒，这让万重暄与黄玉贤二人感到了莫大的耻辱。二人立誓要为准军雪耻，其部下也都有复仇之心。

战不多久，提督王洪顺也统带一营赶将过来。审时度势，该营绕到法军的右侧发起了攻击。

人要雪耻，勇气和胆气自然大于以往。

五营兵勇虽不足数，但也在一千三百名左右。何况是法军先行开枪伤人，还击自是非常猛烈。

尽管如此，万重暄仍然知会黄玉贤、王洪顺二人，严命各营，只准在长墙内还击，不准出击，免给法军起衅留有借口。

双方一直激战了两个时辰，法军竟然未能推进一步。

杜森尼骑马往来督战，一边口里大骂："这不是中国人！中国人一战即溃！我要为中国人送葬！"

万重暄见法军仍不后退，便紧急调来十几门平滑小炮，一齐填足火药向法军轰炸。平滑小炮威力虽不甚巨，但近距离使用，还是优于快枪。

炮声一响，法军的马匹开始胡窜乱跳，把队形越冲越乱。

杜森尼急得大呼小叫，马根本就不理会，仍旧横冲直撞。

上尉马雅尔这时骑马赶过来，一见杜森尼，便惊叫道："中校！你的左耳朵没了！"

杜森尼一愣，急忙伸手一摸，竟然摸下一把血来，不由仰天大叫："中国人干掉了我的耳朵！中国人干掉了中校的耳朵！我一定要为中国人送葬！"

马雅尔这时已把随军医官叫来，请杜森尼下马，让医官包扎伤口。医官包扎伤口的时候，杜森尼仍大喊大叫道："该死的中国人，敢把中校的耳朵干掉！"

马雅尔这时道："中校，天已经晚了，这里的蚊子一到晚上就出来咬人。您下命令吧。"

杜森尼用鞭指着马雅尔吼出一句："我下什么命令？你这个混蛋！中校的耳朵都没了，你难道没有看见吗？"

马雅尔耐心地说道："中校，我们的队伍已经乱套了。您难道在等着中国人跳出土墙来对付我们吗？鄙人可不想把墓地选在这里！"

杜森尼瞪起眼睛大声问道："他们跳出土墙又能怎么样？我们必须接收谅山！这是命令！在这里，无人敢更改中校的命令！"

马雅尔小声道："中校，如果等中国人从土墙后面跳出来，鄙人敢肯定，你的右耳朵也要保不住！中校敢和鄙人打赌吗？"

杜森尼下意识地伸手摸了一下右耳朵，许久才非常沮丧地说了一句："我不走！我一定要为中国人送葬！"

马雅尔无可奈何地离开，不久便带着十几名尉官走过来。

马雅尔对着满脸怒气的杜森尼说道："你看，中校，以这样少数的军队，绝对不可能突破中国大军。鄙人归远征军总司令部直属，鄙人不得不提醒你，对这些人的生命，你负有完全职责。我们不为任何人之利益，而要在这里全部被杀死吗？"

杜森尼咬牙切齿说道："你们如果愿意，你们就滚吧，我仍留在此地。"顿了顿，又补充了一句："中国人干掉了我的耳朵，我一定要为他们送葬！谁敢阻拦我，我连他一起干掉！"

这时，一名准尉飞也似地跑来报告："报告中校，该死的东京人开始向后撤退了！"

一听这话，杜森尼黑红的脸色马上变白，口里大叫道："这些该死的东京人！东京人一撤，我们的兵力更单薄了！"所谓的东京人，就是法军在越南北圻临时招募的当地越南人所组建的军队，相当于日寇侵略我国时，因兵力不足招募的伪军。

思索了一下，杜森尼狂怒地跳起脚来吼道："传令大队，后退过河休整！把该死的东京人吊起来打！把他们吊到树上喂蚊子！"

一见法军后撤，万重暄当即传命停止射击，亦不准跳出长墙追击。有了这个命令，法军顺利地撤出战斗。

法军能够安全撤出阵地，法国随军记者、作家加尔新认为，是上尉马雅尔所指挥的非洲快枪队掩护的功劳，并为此有过这样一段描写：

"马雅尔上尉，是杜森尼的旧同学；杜森尼对他用'你'的'人称代名词'第二声单数，（即法语非敬称之'你'）他人对他是避免用同样的称呼的。

中校同他说：'马雅尔，你以你的猎兵掩护退却，你管谅江边岸。为使纵队得有时间通过，你排布梯阵，边打边退，从现在起两点钟后，才来与我们会合。'

拿起表来一看：'现在四点钟，你的表同我一样吗？'

上尉在那里硬直地站着，一看表说：'是的，校官。'

'好，你懂得我的意思，同我握手，再见。'

'再见，校官'。

退却开始了。壮健者协助留下来的苦力背负伤兵。后面时闻枪声，马雅尔及其一百名'快男儿'与敌人血战。"

其实，加尔新的描写是不存在的。法国既未留下人来阻击，清军也未跳出墙来追击。这次战斗从开始到结束，主动权始终掌握在法国人的手里，清军一直是处于被动应战一方。可见随军记者如果再拥有作家的想象力，是多么容易歪曲历史。

法军撤到河对岸的一座山顶上，在平整的地块支起几十座帐篷，同时在周边布置了岗哨。

用过晚饭后，杜森尼命人，把东京分队的首领捆绑起来，吊到树上，让分队的所有成员脱光了上衣，跪在树的周围悔过。

杜森尼手拎马鞭，大声吼道："法国军校培养出来的人，敢向全世界的人挑战！中校的马被中国人干掉了，中校的耳朵被中国人干掉了。

明日，中校要组织全队的人，为中国人送葬！你们若敢逃跑，就先被干掉！"

杜森尼的脑袋缠着白纱布，讲话时嗓音嘶哑而瘆人，与传说中的魔鬼一般无二。

杜森尼离开后，马雅尔怕行为过激引起内乱，命人将东京分队的首领从树上放下来，又让树下的分队成员全部穿上上衣，各回帐篷休息。

马雅尔随后找到杜森尼说道："中校，我们现在还不能太多地消耗东京人的体力。明天，我们还要让他们去替我们冲锋陷阵。"

杜森尼当时正坐在帐篷的中间，就着油灯在给米乐草拟电报。他听了马雅尔的话，头也不抬便吼出一句："马雅尔，你给我滚出去！我正给该死的米乐写电报，不允许打扰，包括你！"

马雅尔边退边道："中校，我已经放了那些东京人，我想保住您的另一只耳朵。"

杜森尼恶狠狠地说道："你直属总司令部，你做什么我不管！你马上把通讯连的贝利中尉给我叫来！我要让米乐将军尽快知道，中国人打死了我的马！中国人干掉了我的耳朵！"

马雅尔快步走出去。

其实，法军在此役中损失并不大：亡二十名东京分队成员，十几名欧洲兵，伤员五十人，战马三十几匹；清军损失相对大些，亡一百余名，伤近二百。法军在器械上明显占有优势。

通讯连长贝利中尉很快来到杜森尼的面前。

杜森尼把一份拟好的电报交给他说道："你带人绕道赶回浪张府，利用我们设在那里的电台，把这份电报发给米乐将军。我要让全世界的人都知道，中国人撕毁了订好的条款。他们干掉了我的马，打死了我们的军人，干掉了我的一只耳朵！"

贝利接过电报扫了一眼便立正退出。

他回到自己的帐篷，把伍长戴拉发吉叫进来，吩咐道："中校命令我们到浪张府去拍发电报。你挑选六名精干的人，我们连夜出发。"

脾气暴躁的戴拉发吉一听这话，当即大叫道："中校这是疯了！我们走不到浪张府，就很可能被中国人干掉！还有东京的土匪，他们也不会饶过我们！中尉，您为什么不拒绝？鄙人行前，刚刚尝到了新婚的快乐。您能忍心，让我那美丽的娇妻变成寡妇吗？"

贝利推了戴拉发吉一把，说："你快去布置任务，不要说废话！中校的耳朵都让中国人干掉了！你知道一个男人缺少一只耳朵，意味着什么吗？意味着他会比寡妇还惨！”

戴拉发吉想也没想便说了一句：“是，耳朵，我听从您的命令。”

八个人很快踏上了赶往浪张府的征程。

贝利顶风冒雨出发的时候，广西巡抚潘鼎新却正在龙州行辕拜读圣谕：“本日据李鸿章照录潘鼎新电信，法兵来至屯梅、谷松以外，我军防守戒严等语。着潘鼎新严饬各营，仍扎原处，不准稍退示弱，亦不必先发接仗，倘法兵竟来扑犯，则衅自彼开，惟有与之决战，力遏凶锋。”

潘鼎新把圣谕翻来覆去看个够。他无论如何都想不明白，他的奏折发走不多几日，朝廷缘何这么快就有了回复？这圣谕莫非是鸽子送过来的？

潘鼎新拿过圣谕的锦封，见上面明晃晃有“急送关外潘”字样。看始发驿站，却注明“广州电报局”五字。潘鼎新这才恍然大悟，看样子，是上海至广州的电报线路架通了。潘鼎新猜得不错，他接到的这封电报，是线路贯通后正式拍发的第一封电报。

因见上面一连标了三个“急”字，已到广州两广总督任所的张之洞，一刻不敢耽搁，连夜签发，派快马向关外飞递。真正是急如星火，快似飞矢。

广州通了电报，潘鼎新神情多少有些振奋。为使前沿各营早知圣意，他也顾不得让文案誊抄，直接派出快马，把圣谕连夜送唐景崧、王德榜、苏元春等阅看传达。讵料快马未及上路，万重暄、黄玉贤、王洪顺三人联名的军情通禀，竟然火速递了进来。

潘鼎新一览之下大惊失色。

因为万重暄等人只称大股法军扑犯观音桥防营，先毙我方两名传话弁勇，旋即发枪扑营，并未指明法军有多少人马。通禀随后便讲述了双方交战的情况及伤亡等事，请示下一步机宜。

潘鼎新先命令向前沿送圣谕的快马稍停片刻，他则重新拿过圣谕看了一遍，发现万重暄等营还击不无不当，是法军自行开衅。

潘鼎新略一思忖，马上给王德榜、苏元春、方友升各下饬文一道，命各部连夜往观音桥增派援兵，遵照上谕所示，“与之决战，力遏凶锋”。

令到兵动，拂晓前，观音桥一带又增加了四营兵马，人数已三千余。令各营没想到的是，唐景崧竟然抱病来到观音桥督战。

唐景崧一到观音桥，便在两名亲兵的搀扶下，对防线重新做了一番布置。他命黄玉贤、韦和炳各带一营，防守观音桥老营，另加派王洪顺一营助之；饬李定胜、李逢桢、李极光三营，同御大路正面之敌；令李应华率所部一营加两哨，居右路，黄云高、陈世华各带一营，在左路潜伏。两路俟法军到后，将由两侧包抄后路。

见唐景崧带病赶来督战，各营许多兵勇都很觉意外，无形之中，士气已然大振。

潘鼎新又单调两营，火速向观音桥各营运送弹药及大量的给养，并派出十几拨快马，往来打探消息。

潘鼎新如此紧张，主要还是缘于他并不知道来犯法军的确切人数，怕蹈徐延旭的覆辙，无法向朝廷交待。

第六节 法军兵败观音桥

观音桥的第二次战役尚未打响，潘鼎新已经开始在行辕坐卧不安，紧张地连连擦汗。后半夜，潘鼎新睡意袭来，实在有些支持不住，便很不情愿地走进卧房，想稍稍躺一会儿，再到签押房等消息。哪知就在这时，外面却传来急促的脚步声。

潘鼎新以为观音桥又有了新情况，忙快步迎出去，却原来是到了新上谕。谕曰：

"前令潘鼎新驰赴广西关外，本系备御战守，该抚上次电信，亦有一意主战较易着手之语，前法人有意寻衅，何以该抚又有炮械不至、米粮缺乏等语！岂欲以此为卸责地步耶？衅自彼开，惟有决战。果能办理得手，朝廷有奖励无责备。着即密速筹画，汰弱留强，分别奇兵正兵，俾有接应；即使稍有挫损，亦不至一溃难收。务当懔遵前旨，竭力防御，倘有疏虞，该抚不能当此重咎也。"

圣谕措词严厉、冰冷，使潘鼎新仿佛看到了慈禧太后发威时的那张粉脸。

潘鼎新下意识地打了个冷战，头开始嗡嗡作响。

他睡意全消，让人沏了壶新茶过来，便又开始细细思考起眼前的防务来。

天津约成，朝廷的态度反倒硬朗起来，这让潘鼎新无论如何都想不明白；而法军胜而主动求和，这也违反国际常规。法国打的到底是什么算盘呢?

天亮以后，法军填饱肚子喂好马，杜森尼命令全队飞速过河，二次来战中国防军。他这次听从马雅尔的建议，把原本在最前沿的马队改成后路，命令东京分队在最前沿发起冲锋，马雅尔督率本部跟在东京人的后边，杜森尼率大队位居第三路，押后是马队。

战斗打响后，法国人因驱赶东京分队在前开路，胆子很是大了许多，黄玉贤、韦和炳二营，一度被密集的枪声逼迫得连连后退。法军步步向前，眼看着就要占领观音桥上的土墙。

居高指挥的唐景崧一见形势不妙，慌忙传令让左右两路快速出击，又把守在身边的连美派下山去参战。左右两队一出，首先冲击的是法军的马队。法骑兵开始接二连三地被受惊的战马甩落马下，摔得嗷嗷乱叫，甚是狼狈。

李定胜三营见法军阵脚变乱，适时率队杀出。黄玉贤、韦和炳一见，急忙挥旗掉头回扑敌人。五营军兵会在一处，把法军登时逼退。但法军仗着器械优良，仍然各寻掩体向清军射击。双方打得难解难分，尤其是杜森尼，见清军虽然人数占有优势，但枪械并不精良：一部分兵勇用抬枪，其中还夹杂着火铳、弓箭，砖头瓦块亦有之；尽管也有同法军旗鼓相当的快枪，但不多。

杜森尼认为，只要法军坚持打下去，清军一定会同北宁、太原之战一样，全线溃逃。

站在山顶督战的唐景崧眼见法军拼命冲锋，甚是着急。他此时已将亲兵大队都派了下去，身边只有十几名护卫。这时天已近午，哪知法军竟毫无退却之意，仿佛吃了鸦片膏子，越打越勇。

莫非法军在等待援军?这个念头一出现，唐景崧自已先吓了一跳。

唐景崧放眼远处，在法军的来路上，用千里镜细细搜寻着。他在思考，如果法军真的有增援部队，凭目前的九营，肯定守不住观音桥。如果观音桥不守，法军势必趁胜追击，谅山能否守得住可就未知了。唐景崧甚至断定，如果法军有援兵的话，那么这股增援部队，必定携有重炮!

就在山下厮杀正酣，山上的唐景崧胡思乱想的时候，一大队官兵，足有两营之数，当头打着龙旗和自己队伍的番号，一个斗大的黄字迎风招展，正从谅山方向飞速地向这里赶来。

统领骑着高头大马，身边簇拥着亲兵。唐景崧用千里镜细看那人，青面红须，豹头环眼，却正是桂军有名的猛张飞提督衔黄云高。

黄云高本是前广西提督冯子材的部下，黄桂兰上任后，在赵沃、党敏宣等人怂恿下，对原桂军将领极力排挤，黄云高亦未能幸免。北宁战时，黄云高因在镇南关一带驻防，未受处分。潘鼎新到后，调黄云高到龙州城外驻防，后又调至谅山附近。

黄云高是受了潘鼎新的差遣，特统带麾下两营人马来增援观音桥。

黄云高一到这里，见敌我双方正杀得难解难分，几成胶着状态。

他先站到马背上，对敌军的阵地观察了一下，见法军后路有两辆大驴车，车上载物甚多，想来定是法军的粮草。

他眉头一皱，把一名营官叫到跟前，小声吩咐道："你带人从后边摸过去，把法鬼的那两辆驴车弄出来，断掉他的给养。本军从正面带大队战他，他必调大队来迎。你趁乱下手，把驴车赶跑，大局定矣！"

营官很快退去，自去料理。

黄云高这里在马上振臂一呼："弟兄们，为我桂军雪耻的时刻到了！振我军威，正在此时！"话毕，督队侧面冲向法军，甚是凶猛。

万重暄一见黄云高赶来，精神不由一振，大声高喊："狗日的法鬼死期到了！为黄军门复仇啊！"万重暄这一声喊，赛似烈火中又加进一桶油，使原本已有些疲惫的将士再次斗志昂扬，马上便有人开始奋不顾身地跳出土墙，大声呼喊着杀向法军。

李应华、李定胜也趁机跃起，督带官兵跳将起来和法军拼命。

形势陡变，让原本信心十足的杜森尼登时手忙脚乱。他急忙重新布置阵地，把押运粮车的兵丁也调到前沿，想和清军决一死战。哪知押粮的军兵刚刚离开驴车，一队清军便趁乱从后面摸了过来。杜森尼但听一阵猛烈的枪声响过，他便眼睁睁看着，承载着全军给养、帐篷的两辆大驴车，旋风也似被清军赶走。

杜森尼大叫："快把驴车拦住！快把中国人干掉！"

他那嘶哑的声音，很快被震天的枪炮声掩盖掉。

清军一见劫粮成功，斗志更加昂扬。

随着一名少校的倒地毙命，马雅尔率队当先气急败坏地撤将下来。

他跑到杜森尼的身边，大声喊道："中校，快下令撤退！中国人疯狂了！他们要把我们全部杀死在这里！"

杜森尼大声骂道："你给我顶住，混蛋！我要为中国人送葬！"

马雅尔一边后撤一边道："你在这里等死吧！"

　　法军开始潮水般地向河岸撤退，杜森尼止遏不住，被人挟持着撤下来。

　　清军各营管带几乎全部带头奋力追击逃敌，追击途中，提督黄玉贤中弹身亡。

　　法军一路狂奔，直退到距观音桥三十余里的屯牙才扎住阵脚。因没有给养，法军饥疲交加，第二天继续后撤，一直撤到浪张府。清军见法军退进城郭，只得停止追击，全部收队回营。

　　役后清理战场，清军得战马近百匹，另有粮草、帐篷及上百支法军丢弃的快枪；击毙法军官一星、二星、三星、四星军阶者，各一人，法兵四十；清军阵亡一百二十一名，其中黄玉贤在内的军官十三人，伤三百零二人，内有守备以上的军官八名。

　　法军到浪张府后统计伤亡数字，连同前一天在内，共伤四十五人，亡九人，失踪四十六人。法军所谓的失踪，其实一大部分已经死在战场，只是因撤退仓皇，未把尸体运走而已。还有几人大概是在撤退途中掉下了悬崖，或是被当地的义军干掉了。

　　但当杜森尼真正向米乐报告的时候，两天的伤亡数字又变成了下面的样子："从申正至二十四日即闰五月初二日黎明寅初，法军死伤各一个，兵死者七人，伤者四十二人。及辰正，法前队受三边攻打。巳正，敌人欲抄截法兵郎格之后路，枪声甚密，法兵不能回打，法人不能不退。法军方欲运粮草，因敌枪甚密，扛夫俱逃走，是以兵官之粮食不能带回。未初，退过松江。驻扎于北黎。是日，法官死一人，伤三人，兵死十人，伤三十三人，不知下落者二人。"

　　中法双方在观音桥激战的时候，福禄诺已驾"窝尔达"号军舰驶回巴黎，此时正与内阁总理兼外长茹费理坐在一起，边喝咖啡，边陈述他与李鸿章订约的全过程及他所了解的中国目前的情况。

　　福禄诺这样说道："我接到总理的训令，马上去见李鸿章，强烈要求他们二十日撤出高平、谅山，四十日撤出大滩、保胜。李鸿章先还以种种借口不予应允，我就对他们说，如果他不答应，我与他订的约款便不算数。李鸿章一听这话，吓坏了，马上便答应下来，就差跪下磕头了。"

　　茹费理问："福禄诺呀，据我所知，中国的这位李大臣，还是很会办外交的。他为什么这么害怕您呢？"

　　福禄诺眼珠一转，马上便为自己找到了一条很堂皇的理由。他这样答道："总理有所不知，我对中国的情况了如指掌。我通过德璀琳了解到，中华帝国财政上已遭到极大危机：因急办无价值的军备上的开销，海关的存款已尽；商务已告停顿。我带军舰从香港到广州，然后赴上海，又从上海开到基隆口岸。我走一路观察一路，中国银号在破产后都关了门，尤其是国家管理的商业大公司，开平的煤矿及招商局，均完全破产。政府不能弥补二百万银两的借款。好可怕呀！"

茹费理兴奋地瞪大了眼睛，问道："照你这么说，这个庞大的中华帝国，岂不是要完蛋了？"

福禄诺振振有词，答道："这还用问吗？中华帝国各省的半数，均遭受水灾及饥饿摧残。这还不算，他们南方还在持续地发生着武装暴动，反对官吏特别征收税款的办法。完蛋了，中华帝国彻底完蛋了！总理先生，他们真的很可怜啊！"

茹费理未及把话听完，便嗷地--声蹦将起来，挥起一拳便打在福禄诺的肩头上。

茹费理大骂道："你这个混蛋，你掌握的这些情报，为什么不早一些向内阁报告？你是中国收买的间谍吗？中华帝国已经气息奄奄，你为什么还要建议内阁去同他们订约？福禄诺，我真想一枪把你干掉！你给我滚出去！"

福禄诺大声辩解道："不！不！总理先生，您听我把话说完！"

茹费理奋力地把福禄诺推出门去，凶狠地骂道："你这个法兰西的罪人！我不想再见到你！"

茹费理话毕，"呼"地一声把门关上。

福禄诺在门外愣了许久才很不情愿地离去。

他知道，他与茹费理之间的私交大概结束了。

第五章 法国人费尽心机搞敲诈

第一节 谢满禄的照会

米乐一连接到杜森尼的两封电报。

第一封电报，杜森尼向米乐报告，他督队赶到观音桥后与中国军队先行交涉的情况。他这样写道："先头部队在渡河时，曾遇到不明身份人的袭击，不仅打死了中校的马，还伤了两名士兵。把这些人驱逐后，便被中国防军拦住去路。中校便对他们说：'按着《天津条约》，中国军队应该已经返回边界了。杜森尼中校奉有中将的命令，要接收谅山。'尽管中校把话说得很明白，但中国人并没有理睬，并且早有预谋地开枪了。中国人的突然动作，打乱了部队的设想，没有给中校留出向中将请示的时间。中校为了维护法兰西的尊严，下令还击。"电报随后讲了战斗的过程，不仅夸大了事实，而且有杜森尼自己的许多臆想成分。

第二封电报，杜森尼报告了第二天与中国军队交手的全过程，特意指出中国军队的人数"约有四千人，俱有远击之枪、炮"。这又是杜森尼自己假想出来的。

米乐把两封电报放在一起比较，很快便发现许多破绽，并认定，杜森尼肯定隐瞒了什么。

他命令电报员马上给杜森尼发报，下达了两个命令：一、真实地向中将报告他在谅山到底干了什么；二、原地待命，中将将派出部队接应伤员和运送给养。

随后，米乐又给海军殖民部长海军中将裴龙发了封电报，称："在所定中国军队撤退日期之后，一支临时组建的法军纵队，为占领谅山，于开赴该地时，为不顾天津条约的中国正规军四千人所袭击。我们死亡七人，伤四十二人，失踪的尚正在统计和收拢。"

电报发走，米乐马上紧急发报给在河内的尼格里，命令尼格里挑选部分精锐部队，马上赶往北黎浪张府，实地调查事件的起因。

给尼格里的电报发走，米乐再次给裴龙发了封电报，称："我奉你的命令，向谅山遣派驻屯部队；开到谅山及我遣派部队间的敌人部队，为中国正规军近一万人。二十三日的攻击延长到第二天中午。我们的部队差不多被包围起来；他们勇敢作战并设阵地于北黎高原。尼格里将军最迟于今晨当可到达该地。战死的中国人均着正式制服，并有林明顿枪装备。除非对五月十一日条约的条款有所误解，其背信乃属显然。又悉中国人并未从境界诸地撤离。"

给裴龙的这后一封电报，米乐把中国参战的人数由四千增加到一万人，以此来突出法军作战时是何等勇猛，同时也是为了解释法军失败的原因。毋庸讳言，米乐和杜森尼，都是法国军界极具想象力的人物。

裴龙怀揣两份电报，飞也似地来见茹费理。

他把两封电报极小心地放到茹费理的眼前，说："米乐将军从海防发来了两封电报。我们派遣到谅山的纵队，遭到了中国正规军一万人的袭击。他们抢走了我们的粮食及给养，还打死了我们的人。米乐将军已命令尼格里火速赶往那里去调查此事。"

茹费理未及裴龙把话讲完便蓦地瞪圆了双眼，兴奋地反问一句："你是说，中国人违约了？抢了我们的粮食，还开枪打死了我们的人？"

茹费理不等裴龙回答，便抓起电报看起来。

电报一瞬看完，茹费理坐不住了，起身离座，在裴龙的面前走来走去。

茹费理停下脚步，两眼盯着裴龙问："我们派往谅山纵队的司令是谁？"

裴龙答："米乐向我汇报过，是杜森尼中校，鞋匠的儿子。"

茹费理挥起两手，哈哈大笑道："好样的杜森尼，我要为他颁发一枚车轮大的勋章！你马上电告孤拔将军，让他担负起两部分舰队的指挥任务。我们的驻华公使馆，马上要向中国提出赔偿。孤拔要立即集结待命。"

裴龙离去不久，便有两封电报，分别发往越南海防和法国驻京公使馆。发往越南海防的电报由裴龙起草，收报人是东京舰队司令孤拔中将。

电报云："我开赴谅山部队，为不顾天津条约的中国正规军四千人所袭击。你要担负起两部分舰队的指挥工作，并与法国公使取得谅解。他现在香港，并负有获取即刻赔偿的责任。"

发往法国驻京公使馆的电报由茹费理亲自起草，收报人是驻华公使馆参赞官代理公使谢满禄。

电报先通报了法国派往谅山的部队遭到中国军队袭击的事，然后指示谢满禄，逼迫中国政府立即调回谅山的所有部队，并承担违背条约的一切后果，同时要求军费赔偿。茹费理依据福禄诺所提供的信息，决定利用北黎事件，狠狠敲大清国一笔竹杠，让大清国对法国彻底投降。

电报发走，茹费理的脸上露出了极少见的灿烂笑容。

清光绪十年闰五月初六日（公元1884年6月28日），已是申刻时分，总理衙门各大臣正在收拾案牍，准备下差。一名差官手持一张名刺，旋风似地闯了进来，向奕譞禀报："禀王爷，法国驻京公使馆署理公使谢大臣，同着参赞官葛林德等随员多人来衙门公干，指名要见王爷。"差官把名刺双手递给奕譞。

奕譞眯眼看了看名刺，略想了想，便对差官道："把谢大臣等先请进大厅奉茶招待，本王喝完杯里的茶即去会他。"

差官出去后，奕譞着人将陈兰彬传进来，吩咐道："你打发几个人，把总署大臣都请过来吧。别人如果脱不开身就明儿再过来，张樵野必须过来。法国使馆的谢满禄来了，想来是有大事要同我们商量。你让他们快些过来。"张樵野就是张荫桓，樵野是张荫桓的字。

陈兰彬慌忙走出去，着人分头去请总署大臣。

总理衙门大臣大多由其他衙门大臣兼署，平日只在原任所办差，总理衙门有事时由奕劻负责召集。

当时的总理衙门领班大臣是奕劻，大臣有宗室福锟（本任工部尚书、步军统领兼管内务府大臣）、阎敬铭（本任户部尚书、军机大臣）、徐用仪（本任兵部侍郎）、锡珍（本任吏部侍郎）、许庚身（本任刑部侍郎）、周德润（本任内阁学士兼礼部侍郎）、陈兰彬、周家楣（本任兵部侍郎）、张荫桓（本任太常寺少卿）。另有昆冈、吴廷芬，二人头上虽然也挂有总理衙门大臣上行走一衔，但二人一直在府里养病，从未到任。在这些大臣当中，除奕劻外，只有陈兰彬一人常年在衙门当值，其他人几乎是不召不到。还有一点也让奕劻苦恼，这些大臣当中，只有陈兰彬出任过驻美公使，张荫桓曾在上海办理过洋务，剩下的大臣竟然再找不出第二个通晓外情的。所以，每逢有外国人来访，奕劻总要把张荫桓召过来应付。陈兰彬虽然到美国见过世面，但太过迂腐，居美期间，竟然对美国的国情毫不理会，据说连公使馆的大门都极少出去。

此次果然又是张荫桓第一个来到，接着又有阎敬铭、许庚身、徐用仪走进来。以后就是福锟、周德润等人的告假帖子，无非是本任事繁云云。

奕劻不敢再等，怕法国人等久了焦躁，便叫上衙门翻译，带着张荫桓等人走进大厅，笑着来与谢满禄会面。

谢满禄却拉长着脸子，面色阴沉得像要下雨。

奕劻的心不由扑通一跳，意识到要有棘手的事情发生。

因为就在前一天，总理衙门便接到粤督张树声的两封电报。一电云："倾据潘来电称，初一日午后，法兵万余逼近观音桥营外，声言'越南是我地界，让我到谅山巡视，要大官说话'。万重暄即往，法以横木拦路为界，但云和与不和，三日内定要谅山；如不得，即将北宁退还。语毕，即放炮，我军亦放枪相抵，等语，谨闻。"

二电是这样写的："倾连接琴轩初三两电，称初二夜在谅山之西朝阴山奉到'不准稍退示弱'电旨，各军皆有禀承。初一观音桥之役，法与我军枪炮互击，相持自下午至四更，我军弁勇伤亡三百余名，法亦伤亡不少。初二日未动，初三下午，法大股来犯，方友升援军适至，王德榜、方长华所辖子药米粮亦到，离观音桥三十里。请转达，并恳催各省协拨饷项等语。"这两封电报只讲大概情形，且夸张之处甚多。一是把法兵人数扩于十几倍，一是使法军伤亡人数迅猛增长，亦达十几倍，朝廷尚未议出切实应对办法，哪知谢满禄便来了。

奕劻推测，谢满禄怒气冲冲而来，一定与观音桥事件有关；但事件由法人引起，系彼先行开炮，也就是说，破坏天津条约的是彼方，他满脸怒气又能怎么样呢？这样一想，奕劻在无形中胆气又壮了许多。

谢满禄当先讲话："近日接到广西新闻纸否？"

奕劻装作什么都不知道的样子答："是何新闻？"

谢满禄用鼻子哼一声道："接巴黎外部电信，法兵在谅山被中国兵四千人打劫。"

奕劻与张荫桓对视了一下，答："谅山是中国驻兵之地，与镇南关最近。近闻法兵前往谅山，扑我营盘，先行放炮，中国兵不能不抵御。"

谢满禄咬了咬牙说道："天津所定之约，谅山应归法国。六月间，李中堂在津定约，有先交谅山之说，法国是以派兵前往。"

奕劻让一名随员从办事房拿过《中法简明条款》备查稿，翻了翻答："条约中并无此说。"把条约递给谢满禄道："约中所云边界界务，现在未定，中国曾经行文令边防各军不准进步，不准向法兵先行动手。今闻法兵竟来开枪，我兵不能不动手，这并无错处。"

谢满禄把条约备查稿推还给奕劻，道："按天津约，谅山已让给我国，外部以为北圻已无一个华兵。"

奕劻答："条约并无此说。"

谢满禄大声问道："有续条约三条，曾否见过？"

奕劻一愣，再次和张荫桓对视了一下，答："李鸿章并未寄过此件，亦万不能有此续约；倘有此续约，李鸿章不能不奏，万无此理。"

张荫桓这时说道："天津定约时，我在座，亲见李鸿章与福总兵画押后，法兰亭宣读一遍，即是五条，并无另有三条续约。"

谢满禄并不接张荫桓的话茬，只管说道："按草约，应洋六月初五日退还谅山，现与前约大相反，这作何解释？"

奕劻答："条约并无此话，此刻巴大臣早来一日，将详细条约定妥，彼此皆可撤兵。巴大臣何以多日不到？"

谢满禄冷笑一声说道："巴大臣现与带兵官在一处，总待东京兵退尽方来。"

奕劻慌忙答道："中国并无一兵在东京省内，若在东京交仗，是中国要与法兵交仗；若在谅山交仗，则明系法兵来与中国交仗。"

谢满禄用手一挥，仿佛要把座间的中国大臣挥走，气哼哼道："东京即系北圻，北圻如有一中国兵，巴大臣必不肯来。"

奕劻深思了一下答："东京是河内省，不得说即是北圻。现在正须巴大臣来，方能定界，总以催巴大臣早来为是。"

谢满禄并不立即答话，而是从参赞葛林德的手里接过一份文件，很牛气地往奕劻等人的面前一推道："法外部给伊，令转致中国之件，并未译出；可将此洋信留译，贵署可给我回信，以便电复本国，并将今日所说情形叙入信内。"顿了顿，又道："今日所云各节，请行知李中堂。这即是我此来要办之事。"

奕劻把文件拿在手里，答："可。总是早催巴大臣迅速来津，将详细条约定妥，便完此事。"

谢满禄与葛林德小声说了句什么，二人便起身，其他随员亦起身。

奕劻知道谢满禄要走，便急忙向众人示意了一下。众大臣、翻译及两名京章会意，都纷纷站起身。

谢满禄道："照会已送达，我们告辞，等中国回信。"

奕劻道："总以催巴大臣早来为要。"

谢满禄不言语，向随员招了一下手，当先走出大厅。

谢满禄等人前脚离开衙门，奕劻后脚便安排衙门里的法语翻译快速将谢满禄的照会译出。

翻译照会的时候，奕劻对张荫桓、阎敬铭等人说："观音桥之变，明系他法人无理，倒派了我许多不是。狗娘养的法国人，吓唬别人可以，却来吓我们！我们若是怕吓，早就吓死了！"

阎敬铭问张荫桓："樵野，你说句实话，福禄诺与李少荃画押时，到底有没有续约？"

张荫桓道："这点下官敢肯定，的确未曾有什么三条续约。这是法人明知理亏，在强词夺理。洋人最爱干这种事。"

许庚身道："这是法人明知理亏，在给自己找台阶。侥幸此次我们没有吃败仗。"

徐用仪道："法人此战若得手，这个姓谢的肯定另有一番说词。"

翻译此时已将照会译出，很快递到奕劻的手上。

奕劻接过，见是谢满禄代表法国提交的一份照会："为知照藐视和约，本大臣不得不沥陈下情事：前于本年四月十七、五月十一日，北洋大臣与本国福总兵在津约定画押。法领兵总统按定华兵应退之期，旋遣法兵收取谅山，竟被四千华兵攻打。今奉本国特发之命，声明不服之意，此等明明许定之事，复又变更，且将攻打之责任在中国，无论明暗攻打，法国定欲暂存应得赔补之权，与在北圻所受凌辱之处，是以本大臣特恳贵王大臣等，立饬华兵迅速复回交界，及早退出北圻全境可也。为此照会。"

奕劻把谢满禄的照会，依次传给阎敬铭等人阅看后把文案传进，命将照会誊抄三份：一份连同与谢满禄的问答笔录递进宫去，一份留衙门存档，一份自己袖起来，飞速赶往醇王府找奕譞商量办法。

奕譞听了奕劻的介绍，又把谢满禄的照会看了两遍，不由冷笑一声说道："这些法鬼真是疯了！他们自己无理，还倒打一耙！真正是岂有此理！"

奕劻道："谢满禄在照会里，口口声声暂存应得赔补之权，反倒理直气壮，好像受了多大的委屈！我适才在想，莫非当真有续约三条，是李少荃有意瞒下了？您说，李少荃有这么大胆子吗？"

奕譞没理会奕劻的话，只管气愤地说道："观音桥才杀了他一千余人，杀得轻！依本王看，该杀他一万人！把这些洋鬼斩尽杀绝才解恨！还想索赔兵费，索他娘个头！李少荃也是越来越不会办事了！和宝海订约，墨迹未干，法鬼便翻脸不认了！和这个福禄诺订约，又订成这样！不申饬他一顿，是真不行了！你刚才说什么？李少荃是有意隐瞒不报？他不会那么糊涂吧？"

奕劻长叹了口气道："谢满禄的脸，阴得又是风又是雨的，说得有鼻子有眼，抵死咬定与李少荃订了续约三条。"

奕譞说道："给李少荃下个旨问一问，不就什么都知道了？这件事，他既然插手了，就要一竿子到底。"

当晚，慈禧太后把醇王奕譞、礼王世铎、郡王衔贝勒奕劻传进宫里，详细商议起法国的照会。

第二天一早，总理衙门先派员向法国驻华公使馆递交了一份照会答复，军机处则按着慈禧太后的吩咐，分别给北洋大臣李鸿章、广西巡抚潘鼎新各发了一道圣旨。两道圣旨均由电报局用电报的形式拍发。

总理衙门给法国驻华公使馆署理公使谢满禄的答复是：

"为照覆事：本月初六日，准贵署大臣面交洋文照会一件，译称'法领兵总统按定华兵应退之期，遣兵收取谅山，被四千华兵攻打，本国命声明不服之意，且将攻打之责任在中国，恳饬华兵及早退出北圻全境'等因。查北洋李大臣前在天津与贵国福大臣订立简明条约，第五款，声明限三月后，悉照以上所定各节，会议详细条款等语。此简约内，于界务、商务均未议有详细办法，即中国调回防营一节，亦未议有应退日期，是以中国行文滇、粤驻北圻各军，均在原驻之地屯扎，不准移兵前进，并不准先发开仗，一俟详细条款议定，彼此均可撤兵。谅山一带，最近广西镇南关，为中国边界，向系粤军原驻之地。本衙门现接电报，贵国官兵声言巡边，突至粤军原驻之地，窥探营盘，先放枪炮，是以各军抵御云云。贵国官兵既欲巡边，何以不待详细条款议定之后，又何以不先知照贵署大臣明告本衙门，以便转行中国滇、粤各防营知悉，而遽行前进攻打，核与简明条约第二款'不虞有滋扰之事'相背。似此情形，贵国官兵应任攻打之责，认赔补之费也。查自四月十七日两国订立简明条约后，至今已将届三月之期，惟将界务、商务照约议定详细约款，自不至仍有前项情事。务希贵署大臣转达贵国外部，一面饬知各官兵勿再前进攻打，一面饬催会议详细条款之大臣克期来华商议一切，以敦睦谊，而重约款可也。为此照覆。"

依着醇王原来的设想，衅自彼开，错在彼而不在我，正可就此机会向法人提出索赔，弄几个洋银花花。后经礼王和奕劻提醒，说法国毕竟是西欧大国，语气不易太过强硬，总要给他留些颜面。慈禧太后权衡了一下，最终采纳了世铎和奕劻的建议，答复于是成了现在这个样子。

军机处电发给潘鼎新的上谕是：

"张树声转达潘鼎新电信，初一、初三日与法兵接仗获胜，各军奋勇，着传旨嘉奖，仍饬益加严密，不可因胜而骄；如续有战功，当加以优奖。法人狡狯多端，必须奇正相生，多设伏兵，层层接应，方足制胜。如果法人败挫，竟至内地寻衅，则北宁一带彼必空虚。潘鼎新务与岑毓英迅速会商，合力进兵，为规复北圻地步；并先将此意知会岑毓英，豫为筹备。本日已有旨，令黄少春酌带江南五营驰赴广西，与该抚会办军务；着即传知各营，以壮声势。各省协饷已谕令户部催拨矣。"

军机处给李鸿章的上谕是：

"法、越交涉各事，前经李鸿章与法酋议定简明条约，叠次谕令该署督将详细条目豫为筹画。现在法使比将到津，所有界务、商务，一切应议事宜，关系重大；彼族狡谋极多，稍一不慎，即贻无穷之患。着派锡珍、廖寿恒、陈宝琛、吴大澄会同李鸿章，详细妥筹，临机因应，其最要者：分界究以何处为限，商税不得逾值百抽五之法格外通融，越南为我封贡之国，均须切实声明，不得稍涉迁就；刘永福一军，亦须由我措置。此外如有应行辩驳之处，尤当事事留心，争得一分即就一分益。李鸿章着俟锡珍等到齐后，再行会商开议。届时议论如何，奏明候旨遵行，不准仓猝定议，致为所绐。陈宝琛接奉此旨，即着迅速驰赴天津，毋稍迟延。"

军机处给李鸿章电发此旨，是因为慈禧太后、醇王、礼王、劻贝勒都坚信，法国的巴德诺或利士比，即将到天津签订详细条约，为周密起见，所以加派锡珍、廖寿恒、陈宝琛、吴大澄四人赴往天津，共同与法使议款。

第二日，军机处又禀承慈禧太后的懿旨，给广西巡抚潘鼎新加发了一道上谕。谕曰：

"昨谕令潘鼎新督饬各军，不可因胜而骄，该抚当传知王德榜等，益加严密，稳扎稳守。总署现已照会法使，责以先行开炮，衅自彼开，应认赔补之费。并令彼国外部，饬知法兵勿再前进，如彼仍来扑犯，惟有奋勇迎击，勿稍松劲。倘该国知悔，按兵不动，我兵亦扼扎原处，不必前进，以免藉口。此旨并密速知会岑毓英一体遵照。"

哪知道，此旨发走不及一刻，总税务司赫德带着翻译及一应随员，便风风火火地来到总理衙门，点名要见奕劻，称有机密事相告。

赫德其实一直在暗中关注着中法交涉的进展情况，早在风闻福禄诺要与中国讲和时，赫德就急电主持中国驻伦敦海关办事处的金登干，命其速往巴黎，看能否插手此事。可惜金登干晚了一步，待他赶到巴黎时，福禄诺与李鸿章已经在天津订成《中法简明条款》。赫德为此懊恼了许多日。

赫德为什么这么热心于此事呢？因为赫德每插手这样的事，成功一次，他便能为自己和自己的国家捞到不少的好处，大有甜头可尝。总税务司又是个什么官呢？

话说咸丰三年（公元1853年），英、美、法三国乘小刀会起义之机，一举夺取了上海海关的行政权。次年，三国领事与苏松太道吴健彰订立协定，由三国领事各派税务司一人，组织海关税务管理委员会。咸丰九年（公元1895年），英国迫使南洋通商大臣任命英国人李泰国为总税务司，并于咸丰十一年（公元1861年）由总理衙门正式加委。李泰国回国，总税务司继任者便是这个赫德。说起赫德，还真有一番来历。

第二节　日格密面见李鸿章

赫德时年四十岁，生于爱尔兰亚尔马郡波达当。于咸丰四年（公元1854年）到香港，在英国商务监督公署任职。次年，出任驻宁波副领事助理。咸丰八年（公元1858年）调任广州领事馆助理，并担任英法联军占领广州"外人委员会"的秘书。次年任粤海关副税务司。咸丰十一年（公元1861年）代理总税务司，同治二年（公元1863年）实授。上任伊始，制定并推行一套由外国人管理的半殖民地海关制度，控制中国的财政收入，并大肆干涉中国的内政、外交，扩展列强特别是英国的侵略势力。同治五年（公元1866年）向总理衙门提交《局外旁观论》一文，要求清政府遵守不平等条约，举办有利于列强扩大侵略的事业。次年底，建议并支持卸任的美国驻华公使蒲安臣担任中国使臣，代表中国出使欧美各国。光绪二年（公元1876年）订立《烟台条约》时，担任李鸿章的助理，配合英国公使威妥玛的讹诈活动，很是成功，为自己在中、英两国间，都赢得了好名声。赫德为使自己在华活动方便，不仅学会了华语，还为自己取了个"鹭远"的字。若非长得太过西化，不知根底的人，还真难猜透他的真实国籍。赫德从插手中国的外交事务中捞到了许多的好处，这就使得他日夜盼望中国能与其他国家常有事情发生。福禄诺与李鸿章订约他已经错过，两国好不容易又闹将起来，他是无论如何都不能放过的。

来总理衙门之前，他已到法驻华公使馆与谢满禄举行了多次的秘密会谈，并与谢满禄达成了某种契约。他此次见奕劻，就是要以一个中间人的面目替谢满禄传达一些信息。

礼毕归座，把咖啡摆上，赫德当先用流利的华语说道："看贝勒爷红光满面，想来身体一定很好。我因谅山事，今日到法国公使馆见谢大人，细问交仗情形。据谢云，确系中国理短。缘简明条约内未后载明，以法文为正。此约既已批准画押，彼此均应遵守。第二款系中国兵立刻调回边界内，且福总兵未画押之先，接法廷电嘱，须中国将撤兵定有准期，方可画押。李中堂允以五月十二日撤高拔、谅山之兵，五月二十九日撤老挝之兵，始行彼此画押。所以在越之法兵到期前往谅山，并无错处。不料华兵开仗。况约内第二款'概置不理'字样，法文是'中国不驳'之意，第四款'不插入伤碍中国体面'字样，法文是'不载入中国位分'字样，均与汉文条约不同。鄙身为中国司员，若不据实讲出，实对良心不起。"

奕劻一愣，很有些手忙脚乱，慌忙命人拿过《中法简明条款》备查稿，用手指着说道："汉文条约内系'退至边界'，并非边界之内，边界之内包括甚广。又第五款有'以上各节'云云，是将上四款均包在内，撤兵之事，自然亦应俟议有详细条约之后，再行办理，所以中国不遽撤兵。至约内并未定有撤兵日期，李鸿章来信亦未言及。且此等大事，李鸿章如果允许，亦须奏准始能作算。"

赫德瞪着两只绿眼球答道："约内既以法文为正，不照法文即是背约。我听谢大臣说，福总兵约于闰五月十三日可到法国，法廷一问详细，必将着水师官来华动手，那时便难办了。我问谢大臣有何法解释？谢大臣答'若今日或明日总署给我照会，说中国照约以法文为正，立即发电撤兵，我可以电报本国，或肯答应予我以解和此事之权。我与总署商议了事，不至再提赔偿的话，并请谕旨不以谅山之役为法之错，中国先行退兵以后，界务由两国会议大臣商办。此旨亦须明日照会我，以便我即发电。趁福总兵未到之先，事便易了。我所以来告简明条款本声明以法文为正，法文与汉文有异，可归咎翻译之错，中国亦不算失体。未知中国肯如此办否？分界将来仍须详议，中国退兵并不吃亏。贝勒爷以为如何？"

奕劻深思了一下答："此话我们当代转。如何商办，明午给你回信。赫大人多多费心！"

赫德于是起身告辞，奕劻同着陈兰彬及章京们送至门口方回。

奕劻刚刚坐下，茶尚未喝一口，法国驻华公使馆又以谢满禄的名义，跟手送来一份由中法两国文字写就的照会，内容与赫德的谈话大致相同。

奕劻急将与赫德的问答笔录连同谢满禄刚送到的照会，一同递进宫里。

慈禧太后接阅，马上把奕劻传进宫来问话。

奕譞先把奕劻与赫德的问答笔录细细看了一遍，这才奏道："太后容禀，奴才以为，此次观音桥事件，系法兵先行开炮，衅自彼开，我大清并无违约之处。谢满禄提出中法文字有异，还说是通事的错，不过是因为他们在观音桥吃了败仗，想给本国争些面子罢了。奴才以为，谢满禄的要求，纯属无理，总署不能答应。"

奕譞口里的通事，其实就是翻译。

慈禧太后想了想，问："奕譞哪，你以为，法国说派兵船来华难为我们是不是真的？他是不是在吓唬我们？"

奕譞答："太后容禀，依奴才想来，这不过是姓谢的自己生出来的主意罢了。法国水师若真想动手，他们又何至于派福禄诺到天津与咱们议和？"

慈禧太后闻言笑道："奕譞哪，你可真比以前历练多了。这件事啊，就按你的主意办，和他们硬到底！"

一听夸奖，奕譞急忙双膝跪倒，边磕头边答："全是太后平日教导得好。没有太后，我大清现在哪能这样啊！"

奕譞回王府不久，军机处便给总理衙门下了道谕旨，曰：

"总理各国事务衙门所给法国照会，义正词严，颇为切当。现据总税务司赫德前赴该衙门陈说，意在讲解。惟此次法兵先行开炮，衅自彼开，中国并无不照条约之处；且详细条约尚未议定，不能将中国原扎防营即行调回。着该衙门传知赫德，均仍按前日照会之意办理，毋得逾此范围。"

军机处同时又给李鸿章电发密谕一道，云："前因福禄诺临行巡边之言，李鸿章并未奏闻，亦未告知总理衙门，业经降旨申饬。现在法使即以此为口实，并以简明条款法文与汉文不符藉词尝试，无理取闹，皆由李鸿章办理含混所致。着责成竭力筹备为自赎之地。"

奕劻接到圣谕，当即命人草拟照会一份，报经慈禧太后恩准后，派专人递交法国驻华公使馆。照会曰：

"为照覆事：准贵署大臣照会，以本月初七日本爵照会文件及会晤语言，又间显见法文译错误会约中之意，等因。查此次在津议立简明五条，固谓以法文为据，然系汉文、法文两国校对无讹，而后彼此画押者也。既系校对无讹，自可各以两国文字互证。中国防兵调回边界，并未声明调回之地及调回之时。贵署大臣所称福总兵与李相核准之三条，如有此三条，必列五条之后，一同画押送案，或另具照会声明；今均无之。又经本爵据询李相，亦经函覆，谓所言之事，有系福总兵所请，李相所未允者，自然无凭照办。所有界务、商务等节，本订明由两国大臣面定详约，则调回防兵所驻之界及应定之界，从前均未议及。所以中国专待两国大臣会议详定，为此案归束，为和局要领。贵大臣所称二十三日谅山左右之事，两军致误之由，所闻互异，此时未能查悉；而其非中、法国家之意，非两国大臣之意见，明明可见。今接贵署大臣来文，其意在和好，与中国同；贵国国家意在和好，及将授贵署大臣以善保和好之权，亦明明可见。两国真心保全如已定之局，不在剖析汉洋文一二字义之相歧，而在两国在朝在军之大臣始终共守之信义。本爵与诸大臣同心商酌，所有贵署大臣此次照会，按照条约，将北圻戍兵撤回华界之处，本衙门现据李相函覆，曾面告福总兵，滇、粤各军分扎谅山、保胜一带，皆距中国边界甚近，十余年来久驻剿匪，与法国毫无关碍等语。应由本衙门速致李相，并行知滇、粤大臣，所有中国各军，暂行屯扎谅山、保胜，不准前进，静候两国大臣议定界务，再行饬遵；请贵署大臣亦即电知贵国各军，勿庸前进，共保和好大局。倘于本衙门此次行知未到以前，中法两军相遇或有接战情事，概与此次所议无涉。现在贵国巴大臣业经到沪，即希贵署大臣知照巴大臣，迅速前来天津，中国钦派大臣亦即到津会同商办矣。相应照覆贵署大臣查照可也。"

其实，就在这份照会的草稿递到慈禧太后案头时，慈禧太后却正在和礼王世铎商议，设若法国当真以观音桥事件为藉口，调大量兵船来华威胁，大清国如何应对？法国如当真对台湾下手怎么办？世铎自然是没有一点主意，慈禧太后无论说什么，他都完全照办，是个标准的大木偶。

总理衙门给法国的照会被批准后，世铎也飞速离宫，急惶惶地赶往军机处，按着太后的吩咐，用最快的速度，又给李鸿章电发了一道上谕："前直隶提督刘铭传统兵有年，威望素著，前患目疾谅已就痊，现值时势艰难，需材孔亟，着李鸿章传知该提督即行来京陛见，以资任使。"

谢满禄在北京与总理衙门纠缠不清的时候，远在巴黎的茹费理也没闲着，正使用各种手段，逼迫中国驻法国暂署公使李凤苞就范。

李凤苞据理力争，毫不退让，每天都在公使馆与法国外部之间奔忙。

茹费理一面向李凤苞施加压力，一面急电驻在烟台等候命令的利士比，命其遣派合适人选到天津去见李鸿章，以重开战争来威胁恫吓，勒索中国赔款。

茹费理要借观音桥事件，或者把中国弄垮，或者狠敲一笔赔款。无论怎样，法国都是赢家。此时的茹费理已和疯子没有什么两样。

好战的利士比早已在烟台等得不耐烦。

茹费理电报到的当日，利士比就让自己的副官日格密，携带米乐通报观音桥事件的函件，连夜乘舰赶赴天津来见李鸿章。

临行前，利士比向日格密暗授机宜。日格密满心欢喜，都一一记在心里。

李鸿章同着吴大澄刚刚巡江归来。

李鸿章最近一段日子情绪异常低落，经他签定的第一个中法有关越南的条约，已经成了清流主战派攻击他的口实，使他一度产生归隐山林的念头。好不容易才把心态调整到平常状态，不期福禄诺又找上门来。

对于福禄诺的主动讲解，李鸿章从心底是欢迎的。他满打满算以为，随着《中法简明条款》的画押钤印，中法有关越南的争执，可以告一段落了。哪知法国却横生枝节，把签订条约当成一种儿戏，又把他推向极其尴尬的境地。如果这个条约再被法国政府推翻，李鸿章就算不想结束自己的政治生涯恐怕都做不到了。

一连几天，李鸿章都收到申饬、指责的上谕。每接到一道上谕，他就要耐心地向朝廷解释一次，苦恼得不行。他密切地关注着巴德诺的行止，希望巴德诺能早早来到天津；他还要时刻暗觑着现停泊在烟台的利士比舰队的动静，最怕法国人突然对哪个口岸发起攻击。李鸿章深深地知道，法国敢于一次又一次地撕毁成约，靠的就是海上的强大力量。

仅仅几天光景，李鸿章的头发白了许多，整个人也瘦了许多，面目也苍老、憔悴了许多。

这一天早上，李鸿章与吴大澄刚刚坐进签押房，正一边喝茶，一边讨论北洋海防及朝廷起用刘铭传的事，侍卫忽然手持一张帖子走进来禀道："爵相、吴大人，法国水师利军门遣员来访，说有要事与您老面谈。"侍卫把帖子恭恭敬敬放到李鸿章的案前。

李鸿章脸色微微一变，慌忙拿过帖子用眼扫了扫，对侍卫道："把他请到大厅，老夫与吴大人即刻去见他。"

侍卫答应一声走出去。

李鸿章一边招呼人更衣，一边对吴大澄说道："这个人的中文名字叫日格密，是利士比的随行幕僚，听说两个人的关系很是不错。利士比把他遣来要干什么呢？不会又是因为条约吧？"

在大厅等候的一共是四名法国人，除日格密外，还有一名翻译，一名书记官，一名卫兵。

李鸿章同着吴大澄、马建忠及三名文案，在大厅与日格密等人会了面。

礼毕归座，有人又换了新咖啡、新茶摆上。

日格密当先讲话："利提督有要事奉达，特遣格密来津面见中堂。"

马建忠把话译给李鸿章听。

李鸿章抚须答道："利提督有何见解？"

日格密从怀中取出一纸洋文，冲李鸿章、吴大澄等人晃了晃，道："此系利提督接到法国驻扎北圻陆路提督米乐之电报，内开法国遵照天津条约，遣水兵并越南士兵各三百名前往谅山。行近该处，约有两天路程，忽遇中国官兵四千人，遽遭攻击，计阵毙兵头一名、兵七名，阵伤副兵头一名、兵四十二名等语。查简明条约第二款内载中国约明将所驻北圻各防营，即行调回边界等语。今中国官兵在谅山南边相距两天路程之处攻击法军，显系背约。现据利提督看来，中国如能与法国实在凭据，以后永远不背条约，并许法国以赔偿，则时机尚可转圜。否则，水师总统孤拔必率舟船前来中国侵扰。"

李鸿章面无表情，内心已是非常紧张。他端杯喝了口茶，藉以掩饰了一下，答："华军驻扎谅山，已逾十年，应否退扎，一俟详细条约议定，朝廷自有权衡。据两广来电，此次法兵先开枪炮，衅开自法，安得转以背约相责？至条约在所必遵，亦勿庸过虑。"

日格密冷笑着嘲讽道："天津简明条约，系中堂画押，今弃而不用，是中堂画押不足凭了。我们外国人以中堂为中国宰相，权柄极大，故与订约，以昭凭信。今竟违背不遵，是中堂并非中国执政。试问今之执政大臣为谁？"

李鸿章眯着眼睛边思考边答道："贵国公使在京当晓得了，凡替国家办事，总须大事化小，小事化无。俟巴公使到后，自可详妥议商。"

日格密大声说道："谅山既有此信，巴公使即不来了。此事中堂既无权柄办理，总须孤拔与北京执政面议。"

日格密已开始公开挑衅、威胁，语气蛮横，气势汹汹。

李鸿章再次端起茶杯，想了想又放下，问："孤拔何时晋京？"

日格密先用鼻子哼了一声，才恶狠狠地说道："所谓面议者，系以兵戎相见，就是两国失和，正式开战。"

李鸿章闻言，身子不经意地抖了一下，缓缓说道："孤拔要晋京，先要经过津沽，有我在此，恐不易过也。我的话，你可曾听清？"

日格密用轻蔑的口吻说道："届时便见分晓。背约一事，在《万国公法》中情节极为重大，中国想来深知，中堂亦不可能不知。"

李鸿章有些生气，声音也大起来："我再说一遍，中国并无背约，法国先自开衅！中国理直，此事可交其他国家评判。"

日格密用眼睛把李鸿章看了又看答道："福禄诺临行时，曾经面请中堂，限明西历本年六月初五日，将北圻官兵退回等语。今已过限一月，北圻尚有官兵，非背约而何？"

吴大澄这时忍不住说道："我家中堂并未答应，是福总兵一厢情愿。这件事我可以作证。"

李鸿章冲吴大澄示意了一下，说道："福禄诺临行虽有此语，我曾告以限期退兵，事同挟制，此事断做不到。我若以此语奏朝廷，必触朝廷之怒。滇、粤各处官军，亦非我所能节制。三个月后，详细条约议定，朝廷自有权衡，是我并未允许福禄诺限期退兵之说，何所谓背约乎？且此事，当时福禄诺面请，即经我面驳，故彼此皆未动用公文，尤无所谓约也，背于何有？"

日格密蛮横地说道："原约第二款云：即行调回，即行二字乃即刻之意。今未调回，显系背约。为中国计，急宜将广西兵官惩办，以谢法人，再认兵费、赔费，方保无事。否则，法中两国便有一场好仗打！"

李鸿章耐心地说道："俟详细条约定议，彼此再行撤兵，亦不为迟；赔偿更无此理。此次明系贵国背约，反诬中国，于理不通，于情有悖！"

日格密霍地起身说道："中堂说法，格密即无须久留。"

李鸿章很无奈地站起身来，徐徐问了一句："孤拔几时来华？"

李鸿章显然想通过此问，了解一下法方的真实意图。

日格密一字一顿说道："中国海疆处处震动，远近炮声不绝，即孤拔来华时也。格密明早回烟报命。"

李鸿章抚须皱眉，尽量用平和的语气说道："回烟晤利提督代为道念，此事终望不致决裂，何况中国并无背约。"

日格密挥手说道："既经背约，和局终难保了。以上所陈，俱系实情，毫无假饰，惟望中国留意。格密就此告辞。"

日格密话毕，用手对随员示意了一下，便旁若无人地大步走出门去，仿佛是个来下战书的使者。

日格密如此傲慢无礼，直把个李鸿章气得浑身乱抖了半晌。

吴大澄也大骂道："这狗日的日格密，他撒酒疯也不寻个好去处！总督行辕，岂容他撒野！"

李鸿章苦笑着说道："打又打不过人家，我们不受些委屈又能怎样？他们现在在烟台就有八艘兵舰，孤拔再率大批兵舰赶来，我沿江各口还想有一日安稳吗？"

吴大澄道："明是他法国背约，他反倒不依不饶！天底下哪有这种道理！我们不如奏请上头，转饬沿江各口炮台，严密监视法舰。他敢动手，就用炮轰他！甚或转饬李丹崖，让他与法国外部交涉，让法国把利士比连同他管带的兵舰召回。"李凤苞字丹崖，现在接替曾纪泽出任驻法临时公使。

李鸿章一边沉思一边自言自语道："明明是他法国理亏，他为什么闹起没完呢？他莫非真想藉这由头开衅于我？老夫现在不担心别处，最担心的是福州和台湾。"

吴大澄接口道："也不排除他对其他各口下手，像广州和烟台、上海。"

李鸿章道："内地各口都不用太担心，因为这牵涉到英国的利益。现在的各国能与法国水师抗衡的，只有英、俄两国，其他皆不足论。"

李鸿章话毕连连叹气，忧心忡忡。

马建忠此时已将李鸿章与日格密的交谈整理出来，交李鸿章审核。

李鸿章细细看了一遍，见大体不错，便让马建忠将此交谈交电报局速发总理衙门，不可耽搁。

日格密回到领事馆后，也连夜给海军殖民部裴龙致电一封，云："总督（李鸿章）对五月十一日专约的违背，显出惊慌的样子。恐怕这是在北京得到胜利的反对派的成绩，而李已不再是事态的主人。我看海军分舰队的一个强力行动及占取一地以为质，对于强制中国履行天津专约，是必不可少的。"日格密现在成了法国的第二个福禄诺。他在给裴龙的电报里，加了许多想象的成分。

第三节 茹费理的真面目

总理衙门收到李鸿章与日格密会谈记录的同时，亦收到驻法代理公使李凤苞的电报。电曰："今午茹（费理）邀季同（指李凤苞随员陈季同）云：中国分党争权，背约之机已见。故调船助巴索赔，今派员会同法将交北圻全境。季同述钧署电辩之。茹曰：信人信附款撤兵之期，前进遇华兵截打。倘谓期促，或彼此从会约章，须告明酌办。请函告我总署电意，当覆告法廷主意。今苞令先译电示，告，函致茹，并于明晨往法面剖。"

李凤苞此电很是让奕劻惶恐，加之日格密与李鸿章交谈时语气坚决，毫无回旋余地，更让奕劻感到天旋地转。

把李鸿章与日格密会谈的记录及李凤苞的来电递进宫后，奕劻又飞跑进醇王府，向奕譞讨求办法。

让奕劻大感意外的是，一贯懦怯的奕譞，此次却表现得异常坚决果敢。他背起双手，挺起胸脯，一边踱四方步，一边大声说道："这个茹费理，真他妈的王八蛋！他这叫给脸不要脸。和他打！我就不信他必胜！张幼樵现在正在福州布置防务，甚是得力。听太后讲，张幼樵这个人，还真能独挡一面。有他在那里，福州当无恙。还有曾国荃，在两江也忙得不可开交。他为了布置南洋各口防御，整整在江面飘荡了二十几日。有这些人在前面布防练兵，我们还怕他什么？"

奕劻小声道："我听人说，张幼樵是个言过其实的人，恐怕靠不住。福州船政局最怕有闪失啊！"

奕譞道："左季高已销病假到军机处当差，等他身子再强一强，让他到福建督办海防。左季高这个人最会打仗，他只要到了福州，就算孤拔有天胆，也不敢到那里去生事。少荃议和，季高主战，各国都知道。"

奕譞发泄够了，一屁股坐到椅子上，嗞嗞地喝起茶水来。

奕劻重重叹了口气，忽然压低声音说道："王爷，那个巴子在上海不动，显然在等孤拔。我们要不要让李少荃到上海去走一趟？"

奕譞摇头道："李少荃两次订约，两次失败，他这回算彻底栽了！现在太后的案头，摆满了参他的折子。他是不能再出面了。这个茹费理，本王真恨不得去咬他两口，打他一闷棍！这个狗娘养的，不给他些厉害，他是不知道马王爷几只眼！"

奕劻忧心忡忡地说道："等巴子与孤拔会在一处——"奕劻有意打住不说。

奕譞把眉头皱成一团疙瘩，又二次站起身慢慢地踱步，许久才停下脚步，果断地说道："就这么办！让赫德到上海去与巴子会面，此事一准能成。依本王推测，巴子在上海不动，说不定就等着我们给他台阶下。——我们就给他这个台阶！洋人之间都好说话。"

奕劻点头说道："王爷看得深、看得透，太后能答应吗？"

奕譞说道："只要我们奏请，太后怎会不答应呢？"

当晚，慈禧太后先把奕譞、世铎、奕劻传进宫去，不久又把左宗棠等一班大军机传进去。

当晚，总理衙门便按着慈禧太后的交代致电李凤苞，称："查福总兵在津临行与李相面说撤兵限期，李相未允，亦无往来文信为据。第二条并未载有撤兵日期。中国本拟照约剀地退扎，法以巡边为名，并未先来照会，遽行开炮，伤华军三百余人，亦应向法索偿。兹以保全和局之故，中国不提此款，并不诘问遽行开炮之故。法应催巴使速来津，以便与中国钦差大臣会议条款，一面定约，一面即可撤兵。惟军火繁多，择地退扎亦非仓猝能办，须令滇、粤带兵大员于奏文后，限一个月后撤完。此即两国照津约办法，希阁下明告外部，转告巴使。外部如何答复，即电知。"

此电特别注明由李凤苞转交茹费理。

中国为打破僵局，主动向法国明确了撤兵日期。

第二天，赫德又受总理衙门委托，飞速地赶往上海来见巴德诺。

茹费理收到李凤苞转交的电文后，先是仰天狂笑不止，认为中国人开始向他低头了，然后便毫不犹豫地命人给李凤苞复函一封，公然宣称："至令巴使请中国速照第二款宣布撤兵之旨，并赔留兵调船费二万五千万佛郎（现译法郎）。"

李凤苞收到复函，急忙备车赶到法国外部，请面见茹费理。

一个时辰后，李凤苞才被引进外部接见厅与茹费理会面。

茹费理对李凤苞说道："外部所复贵国函文及赔款数额，乃我国议院之意，内阁无权更改，请转达贵国遵照执行。"

李凤苞道："我国并未违约，何来赔款？"

茹费理笑着说道："我国议院决定的事情，内阁无权更改。李公使，我们会谈到此结束。"

茹费理话毕，极其傲慢地走出去。

李凤苞非常气愤地回到使馆，马上把茹费理的回函及自己面晤茹费理的情形电告国内。几乎与此同时，谢满禄也照会总理衙门，称："奉命向贵国索偿赔银至少二百五十兆佛郎（法郎）"照会很强硬地要求中国七日答复，否则法国"必当径行自取押款，并自取赔款。"

法国彻底向中国亮出底牌，是因为孤拔已率领大批军舰驶入中国洋面，此时正在沿江各口肆无忌惮地横冲直撞。但孤拔只让各舰在南洋、福州一带示威，并不准进入北洋李鸿章的辖区。因为孤拔通过日格密口中得知，北洋各口防守比较严密，各炮台都有射程较远的大炮。加之北洋水师小有规模，聘请的洋教习在世界甚有名望，这让孤拔多少有些忌惮。但利士比却一直在烟台停泊，以此来钳制北洋水师。利士比宣称，他不怕李鸿章和他的北洋水师。

谢满禄的这个照会一经译出，立即在京师百官中引起极大的恐慌，连一直主张不能向法国让步的奕譞，口气也软了下来。但以左宗棠为首的一班主战大臣，却坚持认为："衅自彼开，偿款断不能允。"左宗棠甚至说："他敢开衅，就打他个狗娘养的！"

各位大臣们在慈禧太后的面前整整争论了半日，意见才渐渐统一。于是由总理衙门起稿，正式照会法驻华公使馆，指出：撤兵可以，赔款则毫无道理，因衅自彼开，中国有理。

赫德到上海与巴德诺会面后，自然也没有任何结果。

巴德诺让赫德转告总理衙门："所有法国军需等费，俱必由中国赔偿。中国不允照行，则古（指孤拔）军门按照本国末议（即哀的眯敦）之文，占据中国某处地段为质，除于他处动兵外，俟将法军逐日加增各费，扫数交清，及中、法交涉事宜全行议妥，始将所占之地退还。兹续为论议，亦属无裨，中国只立订允与不允而已！不须多词。"

总理衙门经过请示，很快复电赫德："北圻兵勇可以全数调回。惟二十七日为期太促，赶办不及。两国意在和好，自不争时日迟早。阁下可向巴大臣询明，如果欲在沪会商，即定于六月初四日以前，由本处奏派两江总督赴沪，与巴大臣会商详细条约，未定议以前，不得由彼开衅。"两江总督指的自然是曾国荃。

中国再次向法国让步，但对赔款仍不应允。这时，刘铭传已经由原籍到津与李鸿章会面，三天后，飞速进京觐见，堪称急如星火。

慈禧太后为什么要急着见刘铭传呢？刘铭传到底是何许人也？

刘铭传是李鸿章的同乡，也是李鸿章一手提拔起来的淮军名将。字省三，号大潜山人。初在乡办团练，后率部投李鸿章，由千总、都司升至总兵。所部号"铭军"，为淮军主力之一，人数逾万，最多时达两万。同治三年（公元1864年）晋直隶提督并赏穿黄马褂，同治七年（公元1868年）因功赏赐三等轻车都尉世职，不久晋封一等男爵，成为当时李鸿章座下淮系名将中声名最显赫者。一代名臣湘军统帅曾国藩生前曾在《大潜山房诗抄》的序言中赞誉刘铭传："省三用兵亦能横厉捷出，不主故常，二十从戎，三十而拥疆寄，声施灿然，为时名将"。

刘铭传其人，"面黄黑，疏麻隆准，躯不逾中人"，讵料，刘铭传功名隆盛之时，也是谤声渐起之期。先与湘军名将鲍超结怨，后又与楚军统帅左宗棠有隙，最后连执政的恭王也对刘铭传起了疑心。

同治十年（公元1871年），刘铭传在督办陕西军务时旧病复发，朝廷特赏他三月病假回籍调整，哪知他前脚离开军营，其麾下曹志忠所部便发生哗变，他于是被罢归林下。在籍其间，一日午后，他忽接到京师的一封来信，拆开一看，既非老友嘘寒，亦非部下问暖，乃是一代状元光绪帝的师傅翁同龢的亲笔。

刘铭传甚觉纳罕，因为他与翁同龢并不相识，待把来信看完，刘铭传才释然：原来，在刘铭传与太平军交战时，曾无意中从太平军大营里，得到过一个古色古香的老盘子。刘铭传后找人鉴定，被确准是年代久远的"虢季子白盘"，乃稀世珍宝。酷爱古玩的翁同龢也不知是从什么渠道访到了这件事，便来信提出想以重金购买。刘铭传虽一介武夫，但偏偏也好此道。他不假思索，回信一口拒绝。无意之中，他便与翁同龢交恶。所以，刘铭传在籍一住就是一十三年，虽李鸿章屡屡奏请起复使用，但因刘铭传与一些管事大臣结怨太深，始终未能复出。此次中法构衅，风声一日紧似一日，加之军机换班，慈禧太后这才想起刘铭传。

刘铭传此次进京，并不知道朝廷要委已何任，以为是要派往滇、粤办理防务。哪知陛见之后有旨下来，却是："前直隶提督刘铭传，着赏给巡抚衔，督办台湾事务，所有台湾镇道以下各官均归节制。"

显然，法舰时时在福州、基隆一带游弋、窥探，使清政府预感到，法国所谓的"占据中国某处地段为质"，极有可能是看好了福州、基隆或台湾其中的一处口岸，是有备而来。

接旨的当日，刘铭传便开始召集旧部，紧张地筹备起赴任的事。

总理衙门这时又给上海道邵友濂致电一封，命其在曾国荃到沪之前，着他先与巴德诺会谈。但此电被赫德知晓后，竟遭到赫德的极力反对。赫德明里暗里设置了层层障碍，反复劝阻邵友濂与巴德诺会商。

邵友濂左右为难，只好给李鸿章发电请示："今早接钧电，先传谕赫德。据云：渠经理此事，颇费苦心，若他人搀评无益，嘱友濂不必与巴使谈。友濂以事机紧急，且奉钧谕，不敢不遵。"

李鸿章急电邵友濂，不要理会赫德，只管按照总署之命办理。

邵友濂见电，便不顾赫德的拦阻，带上翻译及一应随员，径赴法国驻上海总领事馆来见巴德诺。

当邵友濂讲明来意后，巴德诺蛮横地说道："不先允偿，江督到沪不必相见。观察邵可传知贵国总理衙门，我国议院主意已定，中国除允偿一层，别无免却失和之法。此决定无可更改。"巴德诺说这话时，咬牙切齿，眼露凶光，大放厥词，已然穷凶极恶。

邵友濂会谈无门，只好告辞回署。

第四节 大清国的天真

邵友濂前脚刚刚离开，赫德后脚便像只老鼠一样跟了进来，向巴德诺打探会谈结果。

巴德诺拿出一封电报，冲赫德晃了晃说道："这是国内的训令，江督到沪，先议赔款，限定六月初十议妥；现在，想来李大使已将茹费理的话，电告了总理衙门；此时，总理衙门应该已收到我国驻京谢大臣的照会。你可以转告中国，偿款万不能免，但可不拘定名目，否则孤拔便要动手。我特别给你面子，我国茹费理总理也知道你。你劝告他们，他们听你的话。"

"我有什么好处？多大的好处？"赫德眯起眼睛问。

"好处很大，超乎你的想象。"巴德诺含糊其辞。

赫德于是飞速离去，当天就背着邵友濂，给总理衙门紧急致电一封，云："此事仅偿款一节难办。兹特复明偿款万不能免，而名目可不拘定，故思应办者有二：一面行知谢署大臣，以免却交战，中国愿付不意格外之经费；一面曾宫保抵沪后，渐次拟议该款数目，请由有约三国参订，其三国系中法各请一国，再由所请二国公请一国，如此办理，或可免失和之事。若订照此举办，曾宫保须赶速来沪，秉有全权大臣之责；并祈由贵衙门咨明所有办法各节，均先与总税务司会同商订。"

电报的最后一句话无异是在警告中国：就算中国答应偿款，若没有我赫德参订，我也要让你办不成功。

在赫德看来，在法国的强硬态度与自己的恐吓之下，中国朝廷定能低头。只可惜，赫德此次却是千真万确地料错了。

中国政府此时已打定了主意不向法国低头，绝不向法国赔偿一文兵费。

军机处先给两江总督曾国荃发了一道圣谕：

"法使巴德诺现在上海，着授曾国荃为全权大臣，克日进往与议详细条约，并派陈宝琛会办，派邵友濂、刘麒祥随同办理。所索兵费衅款，万不能允，告以请旨办理。条约最要者：越南照旧封贡；刘永福一军如彼提及，答以由我措置；分界应于关外留出空地作为瓯脱；云南运销货物应在保胜开关，商税不得逾值百抽五之法。以上各节，切实辩论，均由电信请旨定夺。需用翻译，总署前派福连在津，现令携带简明条约及往来照会文件，前往备查，并谕李鸿章加派翻译一人同往。曾国荃出省后，江海防务，责成李成谋、李朝斌妥办。如所议无成，曾国荃、陈宝琛即回江宁布置，切勿登彼船只，受其挟制。现在福州马尾有警，如二十八、九日已有开仗之信，曾国荃即无须赴沪。"

给曾国荃的圣谕中，特别提二十八、九两日字样，是因为二十八日是谢满禄照会总理衙门请求回复的最后期限，加之当时孤拔已率舰离沪，在福州马尾江面游弋，动静极大，清政府不能不作最坏的打算。

刘铭传得知孤拔率舰向福州马尾云集，登时便急出一头冷汗。尽管此时旧部未至，他仍决定孤身赴任，抢在孤拔动手之前赶到台湾，把从北洋及南洋筹集的枪炮运到该地，以备战时所需。

主意打定，他带上同来的员弁二十几人，连夜雇车悄悄赶往天津。

李鸿章为了让刘铭传早日抵任布防，已早几日雇妥英轮"海晏"号，并把由北洋各防营抽调来的毛瑟后门枪三千杆连同子弹，提前秘密装船。

李鸿章知道刘铭传还要从南洋携带一部分大炮和水雷等物，又紧急从麾下刘盛休十营内，每营选派教习十名、炮队教习三十名、水雷教习四名，并一营亲兵，随船同往。李鸿章做的这些也是在秘密中进行。

出于安全上的考虑，李鸿章在刘铭传抵津的当日，即密饬"海晏"号子夜时分起锚，载着刘铭传等一应人众并枪弹等物，开足马力，乘风破浪，飞也似地驰往上海。

"海晏"号离津的时候，军机处的一道上谕，正紧急电发给沿江沿海各省督抚，命各督抚陈兵以待，以防法舰突起衅端。

随后，大清国又以总理衙门的名义，向各国驻京使馆递交了一份照会并相应文牍多件，表明本国的态度，请各国公断。

照会曰："查上年十月间，本衙门将越南属中国三百余年，派兵出关在北圻地方剿办股匪、及中国并无与法国失和之意等因，照会各国大臣在案。

本年四月间，法国福总兵到津，与北洋大臣大学士李鸿章议定简明条约五款，由李鸿章具奏。我大皇帝不欲以属国之故，致失与国之好，遂命李鸿章为全权大臣，与法国福总兵于是月十七日在津彼此签押为据。此约第五款，载明两国派全权大臣，三月后照以上各节会议详细条款云云。按照此款条约本意，所有约内分界、通商及防军应调回边界何处、货物应运销边界何处各节，彼此均应俟三月会议条款后，始能按款施行，是以中国知照滇、粤驻越各军暂往谅山、保胜一带原处，不得前进，随后陆续调撤，以无误约内三月后之期。乃于闰五月初五、六等日，接两广总督电报，法兵于初一日突至观音桥粤军原驻之处，声言巡边，三日内要谅山，先行开炮，我军还击，互有伤亡等语。本衙门正在诧异间，初六日接法国谢署大臣来署，面称福总兵在津与李大臣续定条约三款，限二十日撤回谅山、高平防军，四十日撤回保胜防军；法兵依限往取谅山，致被防军攻击等语。本衙门检查简明条约，五款之外并无另有续约。当即函询李大臣，据称福总兵在津临行时，曾有是说，并未允许，亦无往来公文为凭。是法兵往取谅山，未免误会福总兵期限之言，必非法国有意挑衅也。中国以顾全和局为重，故观音桥之役，我兵弁伤亡三百余人，不向法国索取偿费，并不诘问先行开炮之故。嗣闻法国新授全权大臣巴得至上海，当即钦派大臣克日赴津候巴大臣前来照约会议条款；而巴大臣迄未来津。近接谢署大臣照会，请中国撤兵赔银，并有自取押款赔款之语。查简明条约第二款，载明北圻各防营即行调回边界。现在钦遵明降谕旨，宣示中外。第三款载明法国情愿不向中国索偿赔费。今谅山之事，本系法国误会期限，转向中国索取赔偿，既与第三款显然相背，且未闻全球各国有此等无名兵费。中国既与各国和好，期于永久，亦不能认此无名兵费，为公法所不直；以各国久交之中国，若坐可其出此无名兵费，亦各国所不愿。中国通商各口，各国商民辐辏，中国均应保护；即各口法国官商教民，亦在一体保护之列。倘因索偿之故，法国竟以兵船滋扰各口，以致贸易阻滞，财产损伤，一切应由法国独认赔补，丝毫与中国无涉。各国并应禁止各处商民，不得私自接济军前一切攻战食用物件，以守公法。用特略述始末，并印刷汉文、法文条约、照会及电报信函等件，布告各国，闻知此事；是非曲直，各国当有公论，务希贵大臣详细披阅，并电知贵国查核可也。"

此照会电达赫德之手，赫德气得须发皆张，暴跳如雷，当即向邵友濂发狠道："不听赫某之言，中国将有灭顶之灾！"

说完这话，赫德便想去见巴德诺，请巴德诺电致本国请旨，即饬孤拔向中国开战，然后再由他出面，命中国速允偿款，了结此事。但赫德并未当真去见巴德诺，他怕巴德诺讥笑自己，也怕邵友濂知道后电告中国朝廷，把自己的肥缺丢掉，损失可就更大了。

但巴德诺见到此照会时，却只是冷笑不止，并未有一言出口。各国领事闻听之后，并未看出端倪，亦未有哪个国家肯当真站出来替大清国说句公道话。

那么，巴德诺的闷葫芦里，卖的到底是什么药呢？

早在孤拔率舰来华前，张佩纶便已带着随从赶到福州。

因为是钦命的会办福建海疆事务大臣，又可以单衔奏事，张佩纶一到福州，便以钦差大臣自居。行前，为了让自己一到福州便能发号施令，张佩纶特意购买了一把上好的空白纸香扇，又花了不小的一笔费用，辗转托人，请醇王奕譞在上面题写了"重任在肩"四个字，加盖了醇王的一方私印，小心地收好，带往任所。

到任的当天，他依礼制要去拜见闽浙总督何璟，还要依次去拜福建巡抚张兆栋、福州船政大臣何如璋，这"重任在肩"四字便派上了用场。

拜见何璟的时候，总督的签押房并不热，但他仍然边扇扇子边同何璟讲话，还时不时地把"重任在肩"四字冲向何璟。为让何璟能看到落款，他偶尔还装出思索的样子，把扇子举好停住。

何璟虽老眼昏花，但还是在张佩纶的暗示下看清了"退潜居士"的落款。何璟自然心吃一吓，因为朝野都知道，"退潜居士"是醇王奕譞的号，而醇王此时恰又是慈禧太后身边第一当红的亲王。

张佩纶拜会张兆栋和何如璋时，自然又把上面的表演重复一遍。

这些礼节上的事情办完，张佩纶便开始大刀阔斧地按照他的设想重新布置起防务来。

他把何璟、张兆栋、何如璋三人费了九牛二虎之力才布置好的防务统统废除，另起炉灶。他以沿江各炮台设置不当为词，饬令防军，按着他画好的图形另筑炮台，违者严参；营盘更不许乱扎，全要按着图形办理。

忙完这些，为了把海防声势造大，他又把福州船政局造好的大小轮船会同已经下水的轮船统统调集到一起，随同福建水师一起操练。

福建水师有军舰七艘，船政局造好刚刚下水的舰船两艘，已造好尚未下水的舰船两艘，舰只共十五艘。一时间，福州马尾江面，船来舰往，好不热闹。

张佩纶手摇扇子站在旗舰甲板上，意气风发，一会儿吟诗一首，一会儿填词一首，又颇自负地放大声音对身边的一班马屁随员说道："想那三国周郎赤壁，也不过如此！"

随员中有脑筋快的，急忙回应道："三国周郎焉敢和大人您比！周郎使用的是什么船？您老指挥的又是什么船？大人也太自谦了！"

张佩纶愈发高兴，忙命人去请张抚台与何船政，一同来船上看操，免得二人心里不舒服。

张兆栋因有事缠身没有前来，何如璋到后，却把张佩纶拉到一边，小声说道："幼樵，老哥至今尚在疑惑，您老把船局造好的四艘漕运船只调来，莫非是想改成战船？"

张佩纶一听这话，忙又用眼把水师以外的四只大船看了又看，见上面果然没有安装炮具，这才知道，是自己为了热闹，做了件极其荒唐的事。但他偏嘴硬，口里说道："漕运船只调度适宜，照样可以打人。"

何如璋见张佩纶如此说，便不再言语，任着张佩纶胡闹。

张佩纶见何如璋沉默不语，便展开扇子，有意把"重任在肩"冲外，一边扇着一边说道："趁今日风清日朗，你我二人就在这船上喝上三杯如何？"

何如璋苦笑着说道："钦差有话，谁敢不听！除非他不想活了！"

第二天，张佩纶把新调过来的四只大船，放归船局，仍干漕运的勾当，他则含毫命简，洋洋洒洒给朝廷上折一篇，异想天开地向朝廷提出，请调各口轮船，可否到闽统一操练？

折至京师，公议了许多天，竟然遭到许多大臣的反对。

军机处于是谕告张佩纶："张佩纶到闽后，先就留防本省之轮船，切实考核，认真操练，以立始基。"

折子遭到驳复使张佩纶非常气愤，却又不敢公开和朝廷顶撞，只好把气都撒在闽省防营和水师官兵的身上。

他今天把炮台的统领传来，责以新筑炮台位置与他所画图形有异，命令将筑好的炮台推翻重筑。统领争辩了两句，他便以蔑视上宪便是蔑视王法之名，让人把统领摁倒打板子。打过之后，他便让人备菜备酒畅饮。醉了，大吟诗词，让随员们翻跟头、打把势。天晚之后，他睡不着觉，便带上一帮弁兵，满街乱串去奸好人家的闺女，疯狂得不行。

醉醒之后，已是第二日的正午时分，他却又把水师舰船上他看不顺眼的管带叫来，声言暗访得知，该管带有私自上岸赌博吃花酒之事，并不容争辩，便命人将该管带放翻了重重地打，口称："替上头管教管教你。"

几日光景，到何璟面前哭诉冤情的人，便挤满了总督行辕的官厅子。但何璟并不想因此事与张佩纶交恶，他明知张佩纶胡闹，却以息事宁人的态度这样对一班受屈的老属官说道："张副宪是上头看好的人，不要说你们惹他不起，就是本部堂，也要让他三分。他说炮台筑得不合意，你们就要重筑一个给他看。只要把他哄开心了，他自然就不会再刁难。他说你们赌博吃花酒，你们就跪下来求他，专捡奉承的话说给他听，他自然就不会再寻你们的错。总归一句话，他想怎么样，便怎么样。本部堂尚且不与他计较，你们又何必与他争呢？"

属官们满怀希望地进来，却又一个接一个地撅着大嘴出去，很是无趣。

何璟是广东省香山人，字小宋。道光进士，选庶吉士，授编修。历任监察御史、安徽庐凤道。咸丰十一年（公元1861年）入湘军统帅曾国藩幕，总办营务处，甚得曾国藩信任。累官安徽按察使、湖北布政使、福建巡抚，光绪二年（公元1876年）擢闽浙总督。光绪九年（公元1883年），中法交涉事起，海防戒严。令总兵张得胜等分扼诸郡，命提督孙开华等分扼台、澎，檄杨在元署台湾镇助守。又饬沿岸多筑炮台，购西洋大炮分置。布防甚是得宜，上累嘉奖之。但恭王去位、军机换班之后，情形又为之一变。不仅上折言事累遭驳复，连昔日的布防，也成了清流派攻讦的目标，加之进入暮年，心里便有了多一事不如少一事的念头，转而醉心佛事。

张佩纶到后，气焰冲天，把一班封疆当属吏，恨不能一夜之间砸烂闽省的老章法，惹恼何璟、张兆栋、何如璋三人，他好趁机上奏弹劾，再度扬名。哪知此何璟已非昔小宋，任你怎么挑逗，他全然不动一丝真气。每日只在签押房里闭门修练，真止是"两耳不闻窗外事，一心只读金刚经"。

总督如此，巡抚张兆栋自然不敢去与张佩纶单独较量，何如璋当然也就不敢说张佩纶半个不字了。

第五节 法舰驶入福州内港

张佩纶到闽不足一月光景，沿岸防线已面目全非，糟蹋得不成样子。何璟、张兆栋、何如璋三人却权当什么都没看见。

但张佩纶并不满足会办的头衔，他想弄个真正的封疆干干。尽管慈禧太后给他的这个会办头衔，可以单衔奏事，几与一省的封疆待遇相同，但毕竟不是实际缺分。

当时，闽浙总督、福建巡抚、浙江巡抚、福州船政大臣都属于封疆。张佩纶清醒的时候，曾对闽浙的形势做过一番详细的分析，实际是在为自己寻找合适的位置。他首先琢磨何璟。

何璟同他一样是翰林出身。何璟做过御史，做过按察使，单独统过军，有过显赫的战绩，与湘、淮、楚三系的人都有交往。何璟现在的圣恩虽不如从前，但若无大错，想动他也难。张佩纶估量了一下，认为自己取代不了何璟。张兆栋怎么样呢？说起张兆栋，也并不是谁想动就能动的人。

张兆栋是山东潍县人，字友山，道光二十五年进士。做过刑部主事，累迁郎中。然后是陕西凤翔知府、四川按察使、广东布政使，咸丰九年（公元1859年）擢漕运总督。光绪四年（公元1878年）丁母忧，期满出任福建巡抚。同何璟一样，张兆栋也是个久历兵戎的人，而且完全是凭功绩坐到封疆大吏的位置。张佩纶拿自己与张兆栋作过一番比较后发现，除辩才与文章不如自己外，张兆栋样样都不差。

浙江巡抚刘秉璋是不是能被取代呢？这更是不可能之事。因为刘秉璋以翰林进身，却以军功扬名，而且是淮系中人。李鸿章不倒，别人休想打刘秉璋的主意。思来想去，张佩纶无奈之下，只好把功夫都用在何如璋的身上。

何如璋籍隶广东大埔，字子峨，虽然也是两榜出身，但并无显赫的功绩。因究心洋务得李鸿章赏识，于光绪二年（公元1876年）以侍读出任驻日副使，次年升授公使。光绪六年（公元1880年）回国，授少詹事。光绪九年（公元1883年）十月，派往福建，授福州船政大臣。说起来，何如璋到福建的时间，只比张佩纶多几个月，无论资历还是名头，张佩纶都要胜过何如璋许多。

主意打定，张佩纶开始把目光全部盯在船政局，防务和练兵倒成了其次。

张佩纶有两大法宝，一是口才，一是文章。张佩纶的一张嘴，实在堪称举世无双。无论见什么人，全无怯意，只要一张口，必是引经据典，滔滔不绝，仿佛张仪重生、孔明现世，无人能辩得过他。他的文章更是了得，上折论事动辄万言，旁征博引，一泄千里，不仅许多王大臣读之头晕目眩，慈禧太后每见之下，也是连连惊呼："这张佩纶怎么这么能写？他到底是什么托生的？"

有了这两样法宝，张佩纶自然不肯轻易浪费。他先是用书信的形式，在京官中广为散布何如璋的诸多不是，无非是说朝廷派何如璋管理船政是放错了人；又三天一个电报，五天一篇奏折，指责船政局的许多弊端，甚而对何如璋进行人身攻击，用心颇为良苦。

孤拔率舰向福建靠近，沿海震动，独张佩纶毫无怯意，反倒急电朝廷曰："彼深入，非战外海；敌船多、敌胜，我船多，我胜；促南北速以船入口，勿失机养患。"

电至军机处，见毫无反响，张佩纶就把福建水师的七艘船只，一夜间全部调集到一起，等着法舰的到来。张佩纶不清楚军机处缘何不对自己所提的建议给以回应。

他在给陈宝琛的信中这样写道："佩纶所以促南北师船来此者，敌入内港，若水陆夹击，截其后路，实可一胜，欲以破其恫吓之计，而和议亦可得体。"

其实，当张佩纶的电报抵达京师的当日，军机处马上便送宫里请太后定夺。慈禧太后一见事情重大，当日就给李鸿章下旨，询问张佩纶之议是否可行。

李鸿章接旨马上复电一封，称："以现有兵轮较法人铁甲大船相去远甚，尾蹑无济，且津门要地，防守更不敢稍疏。"

第二天，李鸿章又跟发一电云："鸿等前在烟台，曾上法船看操，其船坚炮巨，实非南北各船所能敌。今法两铁甲驻闽港口以堵外援，我船铁板厚仅五分，易被轰沉；即曰尾缀勿战，若开衅彼必在海面寻找，倘挫失，徒自损威，于事何济。"慈禧太后于是听从李鸿章的劝告，不再让南北二洋派船赴闽。

不久，李鸿章两电的内容，通过京师清流之手，传进张佩纶的耳中。

张佩纶阅读之下，一时气急，竟然当着张兆栋与何如璋的面，大发脾气道："李爵相久历兵戎，何其如此少见识耶？海上交战，当以船之多少论胜负。我船众，法舰少，孤拔必不敢轻动，怕我船齐发，围而歼之；若我船寡法舰众，孤拔定然猖狂不可一世。李爵相误国深矣！"

这话说过之后，张佩纶连连致函陈宝琛，想让陈宝琛务必说服曾国荃，从南洋调船援闽，把孤拔连同法国的铁甲战船统统干掉。哪知陈宝琛把张佩纶的信函递交到总督衙门后，曾国荃接阅之下只是冷笑一声，并不为之所动。

陈宝琛不明就里，只得二次来向曾国荃讨主意。哪知曾国荃却脸子一沉，张嘴便冒出一句让陈宝琛大吃一惊的话："张佩纶他就是个狗娘养的！他打过仗吗？听说他还自比三国周瑜，依本部堂看，他给周瑜提鞋都不配！"

张佩纶苦思不得主意，只好给两广总督张之洞发电，请求调回福建水师以前拨给广东的"飞云"和"济安"两舰。

张之洞先还不理，张佩纶却不依不饶地连连去电催逼。张之洞被缠得想不出托词，便将两舰放归闽省，又调五营水勇相助。

孤拔当时拥舰十一艘，而福建水师已拥有九艘舰船，在数量上还差两艘。

张佩纶于是又向张兆栋询问，闽省还有几艘兵舰在外，做何勾当。

张兆栋想了又想答："还有'振威'和'伏波'两船，一直在外负责为船局押运钢材，巡抚衙门无权调派。"

张佩纶马上找何如璋，让何如璋速将在外的"振威""伏波"两船，从速调归水师使用，以备急需。

何如璋见张佩纶讲这话时颐指气使，以为是奉到了上谕，马上便开出一道饬令，命两船从速返回，不得迟延。

"振威"与"伏波"到后，张佩纶心才安定。

一日，张佩纶把张兆栋、何如璋二人请来吟酒谈诗。说到高兴处，张佩纶在席间手舞足蹈，唾液横飞，挥着"重任在肩"说道："如今我舰与法船数量相等，可谓旗鼓相当。只要本部院再略施小计，管保让那孤拔身首异处。"

一听这话，张兆栋与何如璋登时惊愕地张大了嘴巴，瞪圆了双眼，以为这张大名士又喝多了。

但张佩纶并不理会座间人的表情，只管口若悬河地说道："据传闻，法酋孤拔最会水战，本部院就当一回赤壁的周公瑾。本部院已想好一计，正在暗中施行，只怕那孤拔不肯上当。"

张兆栋问道："何计如此玄妙？"

张佩纶忽然压低声音道："本部院正在寻找得力之人，到法舰上去说服孤拔，让孤拔把所有舰船，都用铁锁连在一起，待曾九帅与那巴德诺谈崩，我们就把那法舰团团包围，放起一把大火，孤拔还想活命吗？恐怕连身经百战的李爵相，都不会想到，赤壁的故事，会在马江重演！"

张佩纶的这番似醉非醉的话，直把个张兆栋、何如璋二人说得目瞪口呆，许久不知身在何处。

就在张佩纶在福州大展雄威的时候，两江总督曾国荃已会同陈宝琛、邵友濂、刘麒祥来到上海，与巴德诺开始了会谈。

曾国荃赶到上海的当日，刘铭传乘"海晏"号也赶到了这里。

曾国荃于是先从江南机器制造局，暗中预拨了前门炮十门、后门小炮二十门、水雷三十二个，派员急装入刘铭传的船中，又把随身带过来的十万两银票交给刘铭传，这才安排约见巴德诺的事。

曾国荃离去后，刘铭传又在上海停留了两天，订购了一些军装，又从英国人的手里订购了一千杆快枪，这才拔锚起航赴台。

接近福州，但见口外法舰云集，天空中到处飘浮着轮船喷出的黑烟。

久经沙场的刘铭传并不理睬，"海晏"号径直驶入内港。

刘铭传离船登岸，先去拜见何璟，又次第拜会了张兆栋、何如璋，最后才与张佩纶相见。

张佩纶知道刘铭传最受李鸿章器重，加之刘铭传此时头上顶的是巡抚衔，这也让他多少有些忌惮。

刘铭传与张佩纶会面不多一会儿，一桌丰盛的酒菜便摆将上来。

刘铭传没想到声名远播的张大名士，竟然如此高看自己，心下难免有些感动，口里时不时地便冒出几句奉承的话。

哪知这张佩纶是个吃不住奉承的，谁若当面奉承他一句，他立时便能忘乎所以。

酒过三巡，菜过五味，刘铭传刚张口说了一句："老哥在籍养疾时，便已闻学士的大名，说学士满腹经纶，文胜司马，武盖孔明。"

张佩纶便忽地忘记了身在何处，眼里的刘铭传，也不再有什么巡抚衔，只是前直隶提督而已。

他把扇子展开，有意把"重任在肩"凑到刘铭传的眼下，问道："老军门张大眼睛，好好看看，这是哪位亲王的墨宝？"

闻听"老军门"三个字，刘铭传心头一震，没想到张佩纶对自己如此看轻。他扫了两眼扇面，淡淡答道："醇王倒是比从前发福多了。幼樵啊，法舰云集口外，你可要当心哪！"

刘铭传话毕，把筷子往桌上重重地一放，起身走了出去，旋登船赶往基隆。

刘铭传此举，让张佩纶大感难堪，刘铭传登船多时，他犹在行辕里大骂不止，口口声声要上折参奏。

　　眼见"海晏"号商轮吐着浓烟驶往基隆，孤拔忙派人打探消息。当得知是刘铭传所乘船只后，孤拔当即把麾下"费勒斯"号舰长雅格米埃中校传到旗舰的甲板上，把一封电报递给他道："中校，你不要讲话，先把电报看完。"

　　舰长接过电报，见上面写道："遣派你所有可调用的船只到福州和基隆去。我们的用意，是要拿住这两个埠口作质，如果我们的最后通牒被拒绝的话。不要使用武力，如果你没有被攻击的话。不过你可以逮捕要破坏闽江封锁的中国船只，以阻止战时违禁品的运输。你可以用武力阻止一切战备，尤其是鱼雷的安放。战备等于攻击。"

　　舰长把电报还给孤拔。

　　孤拔收起电报，说道："这是裴龙部长发来的电报。当然，巴德诺先生正在上海与他们的两江总督谈判，我们的谢满禄先生，也还没有向总理衙门下达最后通牒。在这些都没有来到前，我们先要熟悉基隆的防守情况和这里的一切。我决定派遣你和你所指挥的军舰到基隆去，同福禄诺先前一样，实地探查一下那里现在的情况。那里的煤炭很好，你要把煤矿的情况摸准。除武力外，你可以使用任何办法。刚刚从这里开出一艘商船，上面载着一个叫刘铭传的人，他是中国派去的一位高级军官。你的军舰力争跟上他，看他到基隆后都做了些什么，然后向我报告。祝你好运。"

　　"费勒斯"离去不久，孤拔便乘坐旗舰"窝尔达"号（该舰舰长已非福禄诺），督同"野猫"号铁甲炮舰，逼近港口，发信号要求进港。

　　张佩纶怕拒绝引发曾、巴会谈破裂，便传令同意两舰进港。

　　孤拔进港后，先绕港巡视一圈，寻找到一个非常有利的位置泊定。

　　当时，福建水师的十一艘舰船正奉张佩纶之命，在港内江心操练。孤拔到后，用千里镜先把各舰看个明白，然后便向港外发出信号，很快便又有三艘法舰强行进入港内，分布在中国舰船的周围，形成"保护"。

　　中国舰船见势不妙，忙派员登岸向张佩纶请示。

　　张佩纶尚未拿出主意，孤拔的函件已经送到。

　　该函用法华两种文字写成，强硬地提出："我命令：中国舰船不准乱动，亦不准靠岸，否则便视为开衅。"

　　张佩纶把孤拔的信函掷于案，哈哈笑道："你不过五艘兵船，我多汝一倍，动或不动，你又能占到什么便宜！"

　　张佩纶认定是孤拔心虚，虚张声势，借以壮胆。

张佩纶先密饬"扬武"、"福星"、"福胜"、"建胜"四舰"与敌船首尾衔接相泊，若敌船猝发，即与击撞并碎，为死战孤注计"。

饬令送走，张佩纶让文案督同翻译，给孤拔回信一封称："为中法睦谊计，本大臣已命令四舰与贵舰首尾相泊。"

在张佩纶的本意，是想让孤拔知道，中国水师并不怕他。

哪知孤拔见信后，却高兴得又蹦又跳，拍着手说道："中国的这个带兵官，实在是好！我要吃肉，他便把羊赶来。"

孤拔为什么高兴成这样呢？原来，经过侦看，孤拔发现，庞大的福建水师舰队所拥有的兵舰，均系木制，未装铁甲；外表美观，但质地脆弱，根本不堪一击，形同演练用的炮靶。而他所拥有的军舰，则与中国舰船有天壤之别。进港的五艘舰只，旗舰"窝尔达"号为轻巡洋舰，"野猫"号为铁甲炮舰，"凯旋"号为装甲战列舰，"蝮蛇"号为炮舰，"德斯丹"号为一级巡洋舰；在港外游弋的法舰，利士比乘坐的指挥舰"拉加利桑呢亚"号为装甲巡洋舰，"鲁汀"号为炮舰，"杜居士路因"号为一级巡洋舰，"南台"号为大型运输舰，"益士弼"号为炮舰，开往基隆侦查的"费勒斯"号为一级巡洋舰。除此之外，法舰队另有四十五号和四十六号鱼雷艇，以及四只联络用的小汽艇。这些舰船当中，除"南台"不计外，各舰船都配有九门大炮，还配备了每分钟可发射六十发子弹的机关枪和机关炮。

福建水师的木制兵船装备如何呢？

福建水师正规的军舰有七艘，它们依次为"扬武"号、"福星"号、"伏波"号、"振威"号、"飞云"号、"济安"号、"艺新"号。另有四艘"永保"号、"琛航"号、"建胜"号、"福胜"号是在张佩纶的力主下，由商轮临时改成的兵轮。

福建水师原有的军舰上都配有平滑小炮五门，张佩纶到后，认为每舰只有五门小炮威力太小，便又为每舰加装了一门大土炮。商轮上没有炮位，张佩纶就让何如璋督饬船局的技师，连夜在每只船上加装上三个炮架子，把从南北二洋陆军用的各种炮请调了一些，逐一安到架子上。架子周围用一层挡板围着，上面涂了些油彩，和真的一样。这些改造过的商船夹杂在兵船当中，为的是在数量上压倒对方，使对方害怕，并不能真正用于打仗。

但张佩纶还不满足，认为数量相等还不足以镇慑法人。恰在这时，有两艘大帆船进港装货。张佩纶见两船极其高大雄壮，尤其是张帆的时候，非常好看。张佩纶就忙向口内访闻两船的来历，知道是常年为基隆、台北等岛运送货物的民船，就飞下一令，临时征用，不准离港。两只帆船接到饬令，虽然满船骂声，却也无可奈何，乖乖地听从官府调遣。

哪知张佩纶征用这两只民船，并不是为了使用，而是命人在每船的船头架上一门大土炮，炮口俱对着法舰，每日停着不动。这还不算，他又连夜让人把船舷涂成与法船相同的颜色，很是壮观、耐看。

这两个大怪物的到来，还当真让孤拔心吃一吓。后经几日细细巡视，发现颜色是涂上去的。

孤拔险些笑破了肚皮，连呼："又设两个好大的炮靶！又设两个好大的炮靶！中国的这个领兵官，不去演戏，真是浪费了。好可惜！好可惜！"

孤拔的大言传到张佩纶耳中，张佩纶大怒，命人在闽江的山顶设一大帐篷，帐篷内摆一大案，上放古琴，他每日在亲兵的簇拥下到帐内饮酒弹琴，时尔高吟"对酒当歌，人生几何？"时尔放开喉咙大呼："吾一篇雄文，抵水雄师百万！别人道你船坚炮利，在吾眼里，不过是红毛老怪！"

经他如此一闹，不仅水师官兵心怀不满，连岸上炮台的守军也愤恨不已。见张佩纶如此稳操胜券，连何如璋也产生错觉，在写给他胞弟的信中，认为福建水师"力足制敌"，因为有深通兵法的张大钦差督办防务，"可无虞"。

第六节 刘铭传基隆筹防

刘铭传要来台湾督办防务的滚单已经下到基隆，但梁纯夫和曹志忠均未料到刘铭传会这么快来到这里。

依着以往的惯例，刘铭传陛见之后要召集旧部，要选调随员，能在一月之后离京便是快的了；离京之后，他必走天津，又要与老上宪李鸿章盘桓十或二十几天；离津之后呢，他又必须经过江宁；到了江宁，他不可能不上岸去拜见一下两江总督曾国荃。如此一来，他最少要耽搁一个月的时间才能赴台。这样一算，没有五个月的时间，刘铭传到不了基隆。

"海晏"隆隆进港，港口一如既往，与寻常没有二样。

刘铭传被亲兵扶上岸，先打听防营的所在地。在得到确凿回答后，刘铭传便向船上交代了几句，带了二十几名亲兵，迈开大步向防营走去。

刘铭传向防营走的时候，已有一名侍卫飞跑着去防营报信；另有一名亲兵，持了刘铭传的帖子，飞速地去知会基隆厅衙门。

刘铭传尚未走到防营辕门，曹志忠已带着一干属员飞跑着迎了出来。

一见刘铭传的面，曹志忠抢前一步施行大礼，口称："爵帅如此神速，卑职接驾来迟。惶恐！惶恐！"

刘铭传一把拉起曹志忠说道："总镇不须行此大礼。法舰云集马江，形势甚是急迫，老哥不敢在京师耽搁呀。"

把刘铭传接进大帐，奉茶上来，曹志忠说道："爵帅，卑职风闻，曾九帅正在上海与法人议和，敢则不是真的？"

刘铭传长叹一口气道："法人诡谲多变，咬住观音桥不肯松口，执意要我赔偿兵费。谁能料准他打的是什么鬼算盘！老弟，台北还有一大堆事情等着料理，老哥不能在此耽延过久。走，你陪老哥去炮台看看。"

曹志忠心下虽不悦，但也不敢违拗。稍事收拾了一下，便带着一应属官走出防营，开始陪着刘铭传一处处巡视沿江防务。

刘铭传查看了一下炮台左右的防区，又向曹志忠逐一询问了现在兵勇所使用的枪械。当得知近三年来，台湾各军营从未更换过一枪一炮，也未添置过新的枪械后，刘铭传吃惊地瞪大了眼睛。尽管在天津时，刘铭传就已从李鸿章的口中得知"台湾刘道能办土匪，军事布置，未闻方略"；进京后，又从许多人的口中得知"台湾驻防之兵虽为数不下二万，而器械不精，操练不力"。针对曹志忠本人，李鸿章也有过一个评价，称其"忠厚朴实，打仗亦勇猛，唯对于枪械讲求不多，受鲍超影响太深"。

刘铭传万万没有想到，李鸿章对台湾布防的看法和对曹志忠本人的评价，都与他现在所看到的相吻合。

刘铭传于是愈发慎重起来。

基隆岛本不大，刘铭传很快便将防区巡视完毕。这时梁纯夫带着几名属官，匆匆赶了过来。

礼过之后，梁纯夫请刘铭传到衙门去歇息。刘铭传却皱着眉头说道："别驾莫急，尚未与总镇谈完防务。"又转向曹志忠道："老弟，老哥总觉着有什么地方不对劲，你再随老哥到炮台上去看一看。"

梁纯夫道："下官也随大人上山吧。"

刘铭传说道："梁别驾，你就在这里等着。本抚看完炮台，还要去煤局。"刘铭传头上因有巡抚衔，故自称本抚。

到了炮台之上，刘铭传顺着炮口向下观看，良久，又端详起炮台的左右，终于道："是了，是了，症结就在这里了。此炮台势居低下，且在口门以内，不能远击敌船，形同虚设。"

曹志忠忙问道："爵帅，此地只有这一座炮台呀。"

刘铭传用手指着岸鳞墩、社寮岛两山对峙之处说道："传命下去，须加紧在那里各筑炮台一座，另建护营一座，各安大炮三门至四门，以遏敌舰进口之路，正补此炮台之不足。老弟意下如何？"

曹志忠苦笑着说道："爵帅所议，定是基隆防务所需。但爵帅初来有所不知，卑职自到基隆，饷项一直短缺。爵帅已经目睹，兵勇服装多已破烂，卑职向观察刘大人累累告急，但一直未果。如今要修炮台，款项从何而出？"

刘铭传笑道："老弟不须多虑，款项由老哥料理。老哥想问一句：台湾刘道一年当中能来基隆几回？"

曹志忠摇头道："道署建在台南，相距甚远，加之这里气候不好，烟瘴毒厉，四季不断。卑职到这里之后，还未与观察大人谋过面。"

下山的时候，刘铭传对曹志忠道："老哥随船带了一些快枪和大炮，给这里留下五百条快枪，五门大炮。你马上让人到船上把枪、炮卸下来，老哥还要随梁别驾去煤局看一看。"

曹志忠小声道："爵帅一路奔波，歇上一日再去煤局也不迟啊！"

刘铭传道："事机日迫，老哥哪敢松劲啊！大炮和快枪到手后，你要拨派专人抓紧操练，以备急需。"

刘铭传随同梁纯夫很快又赶到基隆煤局，一应人员接着，刚刚说了几句话，便有港口的差官，打发了一名员弁匆匆来见梁纯夫，称又有一艘法船到港，要购煤炭应用。梁纯夫忙向刘铭传请示机宜。

刘铭传深思了一下道："本抚刚至，法船便到，其来意不言自明。即刻传命炮台，炮弹上膛，须臾不得离开；沿岸各防区亦要万分小心，密切监视法舰动向。同时着口岸防军传询法舰，来此何干。梁别驾，待摸清法舰意图后，我们再作道理。"

员弁去后，梁纯夫小声对刘铭传道："爵帅，法人皆是不讲道理之蛮夫，恐不容我们说话。"

刘铭传道："且不管他，如今不比从前，我们大意不得。"

梁纯夫道："下官担心，他发起急来，当真开炮啊！"

刘铭传道："他敢开炮，我们也开炮！怕他怎的！"

不大一会儿功夫，港口又有员弁跑将进来，禀道："禀爵帅大人，法人急欲购煤，如今在得忌利士洋行立等回话。"

刘铭传问："他们可曾说来此何干？"

来人答："港口按爵帅的话相问，法人答称巡游港口。"

刘铭传断然道："传告法人，官府已饬封煤窑，不准出售，如彼确需煤炭，请到别处购买。"

当晚，刘铭传又与曹志忠对防区重新布置一番。

考虑到主炮台由石头垒成，抵御不了炮火，刘铭传连夜让兵勇在石垒的外面又加固了一层三合土厚墙，在三个炮眼的基础上，又新开了两个炮眼，每门炮都用二十厘米厚的钢板作护板；每个炮眼安装的大炮，都是刘铭传随船运到的克虏伯大炮。忙完这些，刘铭传另饬命在港口两旁，连夜用三合土筑起三座小炮台，一座装有四门十八厘米的滑膛炮，其他两座则各装三门十八厘米的滑膛炮。

就当时而言，克虏伯大炮与滑膛炮，均是过时的武器，比较适合近距离作战，如果距离超过八百米，很难有太大的杀伤效果。

刘铭传脚不沾地一连在基隆忙了四天，防务渐趋妥帖后，才离开基隆，登船赶往沪尾视察防务。

刘铭传临行前，见法舰"费勒斯"号仍在港口停留，丝毫没有离去的迹象。

刘铭传暗嘱前来送行的梁纯夫、曹志忠等人，务必小心，加强戒备，不可掉以轻心。

刘铭传离去的第五天，一大队官兵乘两艘帆船来到基隆，原来是台湾镇总兵章高元奉刘铭传札饬，督率麾下武毅两营赶到这里驻扎，加强基隆的防守。

第二天，提督衔统领苏得胜亦率一百人，乘坐民船来到这里。

至此，基隆守军已逾三千人，且拥有曹志忠、章高元、苏得胜三位提督衔的武职大员。

眼见基隆的防军日多一日，停泊在这里的法舰"费勒斯"号，因未奉有命令，没敢出面拦截。

刘铭传到沪尾巡视了三天，又整顿了一下防务，便飞赴台北。

很快，刘铭传抵台后的第一篇折子由台北拜发，辗转抵达京师。

　　折子先对台湾的地理位置做了一番介绍："窃维台湾孤悬海外，为南北洋关键，矿产实对，外族因而环伺。综计全台防务：台南以澎湖为锁钥，台北以基隆为咽喉；澎湖一岛，独屿孤悬，皆非兵船不能扼守。"接着论述基隆的防务："惟基隆煤矿久为彼族觊觎，以故声言攻取。且口门外狭，船坞天成，不虑风涛胶搁，仿佛燕台。其地旧有炮台，势居低下，且在口门以内，不能远击敌船。现已详察地势，在外海口门扼要岸鳞墩、社寮两山对峙之区，各筑炮台一座，别建护营一座，以遏敌船进口之路。"折子随后又论全台防务："查全台防军共四十营，台北只存署福建陆路提督孙开华所部三营，曹志忠所部六营而止；台南现无大患，多至三十一营。南北缓急悬殊，轻重尤须妥置。臣旧部章高元武毅两营，现经饬调北来，作为护队；其余尚须审择将领，徐整戒规，固非一时所能猝办。"折子最后才谈到对驻台各将领的印象："台北统将孙开华，器宇轩昂，精明强干；曹志忠性情朴实，稳慎过人。该提镇等于器械操练虽少讲求，要皆久著霆军，饱经战阵。臣连日接谈简器练兵之法类，皆鼓舞欢欣。"

　　刘铭传在台湾各岛往来穿梭，加紧筹防。张佩纶在马江对酒当歌，与孤拔进行精神对峙。而此时的两江总督曾国荃却正在上海与巴德诺进行着非常艰难的谈判。

第六章 利士比基隆遭败挫

第一节 曾国荃误会了朝廷的意图

曾国荃送走刘铭传的当日，即会同陈宝琛、邵友濂二人与巴德诺见了面。

礼毕，不容曾国荃讲话，巴德诺便将已拟好的三个条件推给曾国荃道："这是我国议院务须贵国办理的节略三款：一、革除黑旗军刘永福的爵职，拒不与联；二、索赔二百五十兆；三、交银地方、期限，由两国商订。如贵国想速了此事，我国可以考虑减五十兆，贵国可赔款二百兆。"

曾国荃答道："贵大臣容禀，我家朝廷已有明旨，其他还好商量，但赔款一项却无道理。因为是贵国误会了李中堂的原意，李中堂并未向福总兵应允退兵的期限。本部堂遵旨前来与贵大臣会议，是商订详细条款。"

巴德诺阴着脸子说道："贵国现在要办的事，是必须先向我国赔款，否则便没有详细条款。"

曾国荃道："我国并未违反津约，却要向贵国赔补兵费，于情于理都有悖。我国不想与贵国失和，所知尽管有理，但仍未向贵国索赔，又派本部堂前来与贵大臣商订详细条款。向贵国赔补兵费，我国不仅大伤体面，非惟难允，并难代传。"

巴德诺果断地说道："此是我国政府之命，贵国如不照办，我国即另打算，只要贵国不后悔。"

曾国荃说道："贵国议员不应该强以难允之事。我家朝廷已多次照会贵国，此次谅山事件，我国理直，是贵国误会。我国不向贵国索赔，亦不向贵国赔款，已经给足了贵国面子。"

巴德诺深思了一下，答："贵国必须赔款，但名目可以不拘，数目亦可通融。这是我国最大的让步。"

曾国荃答："贵国此议毫无道理。"

巴德诺霍地站起身："我话到此，贵总督可酌办，我告辞。"

曾国荃未及起身相送，巴德诺已带着随员摔门而去，表现得极其嚣张。

陈宝琛气极，冲口骂道："狗娘养的法国人，他还来脾气了！"

曾国荃摆了摆手，叹气说道："他法国船坚炮利，说话口气自然硬朗。打不过人家呀！把巴子的话电告总署吧。有些事，我们做不了主。"

当日午后，曾国荃电致总理衙门云：

"巴已初辩至午后，开讲便及兵费，遵电力辩。巴出节略三款：一、革刘爵职，拒不与联；二、索赔二百五十兆；三、交银地方、期限。口称速了，可减五十兆。革刘尚不着意，索费志甚坚。告以此大伤体面，非惟难允，并难代传。彼云此是法廷之命，如不允，即另打主意。告以议员不应强以难允之事。良久，彼又云，名目、数目尚可通融，请妥商，可代传之。"

此电抵达京师的同时，福州将军穆图善亦有一电到达。

穆电云：

"防务日紧，法首举动日肆，意揣必至决裂。闽失势在不能先封口，又不能先发。法铁舰守口一艘，兵船入长门十艘，环马江者六。日鱼雷船二。又有大号兵轮七号在近省之长乐县海口，拟筑炮台，要挟多端，迫我开衅。我俱新集之兵，但一挫难振，遂其夺厂据城之志。兵守临口，大收商税，杜绝数省援兵来路，害不胜言。善等不敢不豫筹。"

穆图善的电报显示孤拔又有新的举动：守口一艘，分明是为了监视口外的动静；长门一带新增法舰十艘，而长门又恰是福州将军现在的驻节地；马江拥有法舰六艘；长乐县海口云集大号兵轮七艘。

孤拔的行动再一次表明，法军夺地为质的企图明显加大。

一连多日，曾国荃与巴德诺的谈判毫无进展。而这时，孤拔又将停泊在烟台的七艘兵舰全部调到马江一带江面，随时准备动手夺口。

孤拔此举，不仅让奕譞、奕劻、世铎为之心惊，连在天津密切关注形势的李鸿章，也开始手忙脚乱起来。

尽管此时美驻华公使杨约翰，英国人也暗中饬令赫德与上海税务司贺璧理居间调停，德国驻华公使巴兰德、英国驻华公使巴夏礼也纷纷出面，要么劝中国答应法国的偿款要求，要么致函巴德诺或拜访谢满禄，劝法国削减偿款数目，给中国留一些体面。但中国此时已抱定"其他均可商议，惟偿费一节不允"的宗旨，无论美、英等国怎样劝说，就是不肯在赔补一项上做丝毫的让步。各国驻京使节于是纷纷致函李鸿章，希望李鸿章能出面说服中国朝廷，尽快了结此事。

各国最担心中法开战后本国的在华利益受到损害。他们起始见中国理直，便一齐劝告法国让步。法国不肯让步，执意要从中国勒索到一笔数量可观的赔偿，且逐日集结军舰于马江。各国于是又转尔劝说中国让步，可惜仍未成功。

各国并不放弃，开始加大力量对付李鸿章。

李鸿章此时已一连多日在苦苦思索着打破僵局的办法。对中法两国海上的实力，李鸿章早就作过比较详细的对比。结果显示，中国与法国之间的实力差距太大，根本不堪与敌。

李鸿章在接到英、美等国的斡旋信不久，即背着总理衙门给曾国荃发了一封电报：

"丹崖昨电之议，谓可设法婉转请旨，以收束此局。内意似欲外间任谤，公当相机为之。先云俟查有误处议偿衅，聊作腾挪，或至万不得巳，无论曲直，求恩赏数十万以衅伤亡将士，似尚无伤国体；再不然则听其决裂。"

从电报中可以看出，李鸿章此时最怕的便是与法国开衅，已经达到不论曲直的程度。

曾国荃接电，以为李鸿章是受了京中某位主事之王爷或太后的暗示，允向法国作小额赔补。于是再与巴德诺会谈时，时间已离法方期限的允偿期限只剩一天。

曾国荃先是坚称法国的赔款要求是无理的，至午时，才很无奈地说道："我国肯定不会向贵国赔补兵费。但为两国修好，速了此事，考虑到观音桥事件虽系误会，但贵国毕竟有了伤亡，我国可以考虑送抚恤银十万两。"

巴德诺听后，只是摇头冷笑，并不回答。

巴德诺的华语翻译李梅这时说道："总督此言毫无诚意。"

曾国荃原本就不谙外交之道，听了李梅的话，便急忙补充一句："请转告巴大臣，我国只能认出数十万两恤银。兵费一项却断难允。"

听了李梅的话，巴德诺问道："恤银实数几何？"

曾国荃答："最多只能出到五十万两。"

巴德诺和属员们小声交谈了几句，说道："总督所允的五十万两，才约合三兆半法郎，此距我国所提之数目相差甚远。"

曾国荃答："请巴大臣转告国内，我国只能出此数目，系恤银，非兵费。"

会谈后，巴德诺紧急致电茹费理，称："全权代表们全面地、坚持地宣称：我们的赔款要求是非正义的。他们'依妥协的精神'，提议给我们五十万银两，约三兆半法郎，名义是救助谅山的死难者。他们又说，如果我们接受了这个数目的话，他们将建议皇帝，用这意思，颁发一道谕旨。我自然拒绝这个提议。我告诉总督，要把这提议提交我的政府。"

电报刚刚发走，赫德带着属员匆匆走了进来。

赫德此时已通过其他渠道，得知曾国荃答应了法国的赔款要求及具体数目，他马上便推测出曾国荃一定是接到了密谕。也就是说，中国朝廷在法舰的压迫之下，终于做出了让步。赫德于是不再沉默，决定主动出击，彻底了解法国人的底牌，然后配合法方向中国朝廷施加压力，把斡旋成功的果实，完全揽到自己和英国人的怀里。

礼毕，赫德与巴德诺便热情地交谈起来。

巴德诺说道："总督提出赔款三兆半法郎，我国政府是不可能答应的。"

赫德问："贵国想要多少？"

巴德诺答："至少一亿法郎，孤拔将采取自由行动。"

赫德深思了一下答："我们可以这样办：中国承认法国为保证东京商务的安全，需要莫大的费用，约定在捐输的名义下，于十年内，每年付给八百万法郎，结果共计八千万。但为了让中国体面地接受此数目，鄙人建议，贵国应同意安南对中国继续纳贡。这是目前最好的方案。"

巴德诺答："安南对中国继续纳贡已不存在。"

赫德一愣，他万没想到，法国人连他的情面都敢驳。

赫德一时发蒙，竟然许久不知说什么才好。

送走赫德，巴德诺忙把赫德的话电告茹费理，并说，这有可能是北京最高层的意思。

茹费理很快复电。

复电先对五十万两恤银的提议完全拒绝，接着才道："赫德的建议，是一个吉利的征象。"接着又道："你尤应告诉他，应迅速结束或开战。我比较舆论及议会还忍耐些。但是我的忍耐已达极点。"从电报中可以看出，茹费理也把赫德的态度当成了中国政府的态度。

茹费理在复电中又向巴德诺通报了一个情况："我已拒绝美国的调停。"

曾国荃的电报抵达京师后，朝廷是什么态度呢？

巴德诺接到茹费理电报的时候，曾国荃也收到了军机处电报转发的一道圣谕：

"曾国荃等遽许法国抚恤银五十万两，虽系为和局速成起见，然于事无补，徒贻笑柄。法使尚言须听国主之命，中国大臣反轻自出口允许，实属不知大体！陈宝琛向来遇事敢言，是以特派会办，乃尔随声附和，殊负委任！均着传旨申饬！现美使愿为调处，总署已电知曾国荃等，为期较缓。如法使愿将津约五条详细先议，曾国荃等即在沪与议。否则，曾国荃、陈宝琛同回江宁，许景澄即出洋，刘麒祥回京复命。"

曾国荃接旨之后，手抖了许久方停。至此他才知道，自己无意中上了李鸿章的一个大当。

所谓恤银云云，不过是李鸿章一人想出的主意，根本不是上头的意思。

曾国荃马上照会巴德诺，称恤银五十万两系自己私许，不代表朝廷，中国朝廷已明谕驳复。

曾国荃的照会很是让巴德诺大吃一惊。无奈之下，他命令翻译李梅设法传话给曾国荃："两日内恤款能得三百万之数，可以了局；数少不敢必，过期不敢必。"什么是不敢必？大概是不敢保之意。

李梅于是约见曾国荃，哪知却遭到拒绝。走投无路之下，李梅经过一番周折，好歹与曾国荃的属员张委员搭上了话。李梅把巴德诺的话原样说了一遍，嘱张委员无论怎样都要转达给曾国荃。

曾国荃把巴德诺的话紧急电告京师，总理衙门飞速复电，称："阁下只管设法与商细约，切勿议款，待美调停可也。"曾国荃于是不敢再多言多语。

第二节 法军舰炮轰基隆炮台

清光绪十年六月十二日（公元1884年8月2日），曾国荃刚刚接到总理衙门的电报，正在给巴德诺起草照会的时候，在福建马江的孤拔，却正在向舰队副司令利士比下达作战任务。

孤拔命令快艇把利士比接到旗舰上，一边喝咖啡，一边说道："中国不肯就范，我们必须给他们一点颜色。现在应该是时候了。"

利士比忙问一句："中将，您想把目标锁定在哪里？是这里吗？"

孤拔答："这里还不能动手。我们先占领基隆，将那里的防务设施破坏掉，并占领市街。因为煤矿就在市街附近，先把煤矿搞到手。我们占领了这个煤矿，就等于有了所有军舰运行的保障。福禄诺从那里购买的煤炭，我亲自看过，很优质。这个任务由你去完成。怎么样，少将？你不会拒绝吧？”

利士比笑答：“中将把这么好的立功机会送给鄙人，鄙人怎好拂却美意呢？但鄙人听说，中国把一个叫刘铭传的将军派到了那里。中将能否告诉鄙人，刘铭传这个人到底怎么样？听说他是李鸿章一手提拔起来的人？”

孤拔笑答：“刘铭传没有什么稀奇，他不过是个旱鸭子。只要我们的军舰一开炮，你就成了基隆的新主人。你应该相信福禄诺的眼睛。”

利士比深思了一下说：“总理为什么没让福禄诺再回到军舰上？听说总理和福禄诺，同时爱上了李维业的女儿？”

孤拔先是一愣，但马上便笑道：“少将，想不到你这么幽默。鄙人知道你想激怒我，让我改派别人到基隆去，但你错了。”

孤拔话毕，拿起桌上的作战计划书递给利士比，说道：“到基隆去的军舰和兵额，全部写在上面，你马上照此执行！不要和中将讲条件，否则你知道后果。”

利士比很无奈地接过作战计划书看了看，见此次到基隆去执行作战任务的共有三艘军舰：“拉加利桑尼亚”号装甲巡洋舰，舰上装备有二十四厘米炮塔炮两门、二十四厘米炮座炮四门、十厘米炮六门、旋回炮八门；“鲁汀”号炮舰，舰上装备有十四厘米炮座炮两门、十厘米炮两门、旋回炮两门；“费勒斯”号一级巡洋舰，舰上装备有十四厘米炮座炮十五门、旋回炮八门。其中“拉加利桑尼亚”号原有舰员三百五十名，又从“巴雅”号调海军陆战队员一百二十名到该舰；“鲁汀”号有舰员七十八名；“费勒斯”号现在在基隆停泊，该舰有舰员二百六十名，有海军陆战队员八十名。三舰总计有大小炮四十九门，兵员为八百八十八人（其中含二百名海军陆战队员）。

利士比微微皱了皱眉头，小声说道：“中国在基隆的守军数量我们并不清楚，你只让鄙人领着这几个人去占领市街和煤矿——您不觉着太过儿戏了吗？”

孤拔笑着说道：“我对中国军人的作战能力比你了解。只要我们的炮声一响，中国人逃跑的速度会比兔子还快。我们在北宁已经创造了奇迹，你在基隆也一定会创造奇迹！少将，你还没有说，你是从什么渠道得到的消息？”

利士比一愣，茫然地反问一句：“中将，您说的消息是什么意思？”

孤拔说道：“总理、福禄诺，还有李维业的女儿。你刚才不是说，他们搅在了一起？”

利士比眼球一转道：“中将，您只要再给鄙人增加五百人的兵力，鄙人将会把真实情况告诉您。怎么样中将，我们成交吧？”

孤拔瞪圆眼睛看了看得意忘形的利士比，忽然说道：“少将，你为什么这么幽默？你一定在心里怪罪我，小小的基隆有五百人就足够了。少将，我说到你心里去了吧？”

利士比吃惊地两手一摊，说道：“中将，为什么我们每次交谈都愉快得让人发疯？鄙人适才不过是说句玩笑话。难道您真的会相信，李维业那位可爱的女儿会爱上蠢猪福禄诺？她就算爱上我，也不会爱上他呀！可您又不准鄙人回国去与她约会，您让她怎么办？”

孤拔哈哈笑道：“少将，我答应你，等我们回国后，我们可以公平竞争。但你现在需要马上去执行任务，马上！”

利士比接受任务后，转日即乘坐“鲁汀”号从闽江驶达马祖，于当晚移驻旗舰“拉加利桑尼亚”号。

两舰开足马力，飞速驶往基隆与“费勒斯”号会合。

三艘法舰的到来让守军很是吃惊。

曹志忠、章高元、苏得胜三将，一面飞饬将士严行戒备，一面派出传信小划艇，飞赴沪尾，向正在那里布防的刘铭传通报情况，请示机宜。

刘铭传接报大惊，他万没想到，法军会在这么短的时间内动手。

三艘法舰在基隆港外停泊，利士比会同“费勒斯”号上的海军陆战队雅格米埃上尉、旗舰“拉加利桑呢亚”号舰长马丁中校、“鲁汀”号舰长罗斐尔中校一起，站在旗舰的甲板上，开始用千里镜，察看基隆沿岸防守及山上炮台的分布情况。

巡视了一周，利士比很快作出部署：“拉加利桑呢亚”号由于吃水深的缘故，停在原处不动，“鲁汀”号因为吃水浅而径直驶入港湾的深处，“费勒斯”游弋在两舰之间流动作战。

布置妥当，利士比把雅格米埃叫到身边说道：“上尉，向他们发最后通牒的时候到了。由你去完成这项任务。告诉他们，法国人的忍耐是有限的，我们的军舰不想再保持沉默了，它要说话。限他们在傍晚来临前解除防御，交出炮台和煤矿。如果他们不想听从劝告，明日一早，我们将用炮火，把这里轰成平地。上尉，你可以上岸了。我祝你好运。”

雅格米埃向利士比敬了一个军礼，便同着舰上的翻译离舰登岸，大步走向岸边的一处堡垒，大声说道："我是法兰西赫赫有名的雅格米埃上尉，本上尉奉利士比将军之命，特向你们的大官转达三条命令：一、解除这里的所有防御，交出炮台；二、交出街道和煤矿；三、天黑之后，这里不许有一名武装人员，否则开炮轰击，鸡犬不留。"

翻译用华语把话重复了一遍，但堡垒里未有人走出来，分明是个空堡垒。

雅格米埃无奈，只好大步走近一名中国军人的身旁，把适才的话又说了一遍。

许多防军走了过来，大家聚在一起听翻译讲话。

翻译把话讲完，雅格米埃不敢在岸上耽搁过久，马上便返回军舰。

翌日晨七时半许，旗舰"拉加利桑尼亚"号按着利士比的命令，在主桅上升起了第一组"令"旗。这是法舰进入临战状态的信号。

"鲁汀"号与"费勒斯"号一见，登时进入临战状态。岸上守军及炮台见法舰升起"令"旗，也知大战将至，亦陡然紧张起来。

八时正，"拉加桑尼亚"打出第一发炮弹。炮弹呈弧形落到岸上，击起无数的尘土和石块。

基隆主炮台管带姜鸿胜不敢怠慢，立即下令各炮还击。但见姜鸿胜令旗起处，五门大炮同时射出炮弹，一齐飞向"拉加桑尼亚"号。

说起来，这五发炮弹倒也神奇，仿佛是长了眼睛，其中三发击穿了铁甲，一发射进舰炮的炮筒里，炸坏了该炮膛，另一发虽然劲道不足，在离舰三米左右的地方炸响，但飞起的弹片，竟然崩瞎了舰上一名炮手的眼睛。

利士比大怒，命令三舰一起向岸上开炮，逐一摧毁岸上的所有炮台。

两刻钟后，法舰的一发炮弹打中了防军设在半山腰的火药库，另一发打中了设在村庄附近的弹药库。岸上很快燃起漫天大火。

守军无垒可守，只好相继向后退却。

利士比见岸上再无炮弹打出，便下令停止进攻。

三艘法舰近半个时辰的炮轰，不仅把岸上炮台和堡垒全部化为灰烬，还给守军造成近六十人的伤亡。

望着岸上的熊熊大火和向后撤退的守军，得意非常的利士比狂笑着把雅格米埃叫到身边，命令道："中国军队已经溃不成军，他们正在逃命。我现在命令你，带上你的陆战队员，配合马丁中校，去接收这里的一切。你负责接收煤矿，马丁中校将负责张贴告示和管理市区的治安。如果有人胆敢反抗，你有权对他们作出最严厉的惩罚。我等着你们的好消息。"

雅格米埃兴奋地说道："请将军放心，不管什么人，只要敢有不友好的行为，哪管是一个眼神，鄙人就送他去见上帝！"

利士比笑着拍拍雅格米埃的肩头，夸奖道："好！你有做校官的潜力。去执行任务吧。"

雅格米埃很快带着自己麾下的八十名陆战队员离舰登岸，马丁也率领着一百二十名陆战队员来到岸上。

这时，天空中开始飘起大片的乌云，四周也开始有海风吹起。

法军先小心地在岸边巡视了一回，又到山上炮台周围转了转。

马丁对雅格米埃说道："上尉，您去接收煤矿吧，我带人去巡察街道和张贴告示。"

雅格米埃说道："中校，这里到处都在燃烧。我认为，我们起码应该先扑灭这几处大火，为将军整理出一块休息的地方。"

雅格米埃说这话时，两腿一直在不停地颤抖着。

马丁狠狠瞪了雅格米埃一眼，骂道："上尉，您是个胆小鬼！我为法兰西拥有您这样的尉官感到可耻！"

雅格米埃并不搭话，而是给自己的队员下达了扑火的命令。

马丁见雅格米埃毫不理会自己的话，便有些生气，决定带上自己的人，去接收街道和店铺。

雅格米埃这时大声说道："我们应该给中国人足够的时间撤退。如果我们赶在他们下船前，去接收这里的一切设施，无异于是在追赶他们，他们就要回过头来向我们射击。如果有一颗子弹像长了眼睛一样要亲吻您，请您不要怪我没有提醒过您。中校，祝您好运！"

听了雅格米埃的话，马丁急忙举起千里镜向远处望了望，口里却道："这一带的房屋全部被轰塌，如果将军到了这里，找不到可以休息的地方，那的确是我的错。上尉，您什么时候变成了哲学家？"

雅格米埃知道马丁改变了主意，不由笑道："就是刚才，中校。"

马丁也开始命令队员在沿岸一带扑火，逐步向街区靠拢。

利士比站在船上，见法军只在岸边扑火，并不向纵深发展，不由大怒，命人飞速登岸传达命令，饬马丁与雅格米埃各率部下，马上分头去接收街区和煤矿。

马丁则向传令兵道："请向将军报告，中国军人请求我们提供足够的时间撤退，我们只好先在这里清理出一块能够为将军提供休息的地方。"

傍晚时分，一场瓢泼大雨倾盆而下。

就在这电闪雷鸣之中，刘铭传乘一叶扁舟赶到基隆，很快与曹志忠、章高元、苏得胜三将会在一处。

稍事休息，刘铭传先派人将煤矿炸毁，然后便给朝廷拟电一封，云："十五日，法船五只攻打基隆炮台，八点钟至十二点，炮台全行打碎。基隆山口曹镇营仍守，伤亡兵卒六十余人，煤矿已令自行轰毁。海外孤悬，信总不通，兵单器缺，茫无措手，先电飞报。"

电报派水性好的兵勇凫水送到沪尾，再由沪尾投递。

久经沙场的刘铭传在电报中，有意把三只法舰说成是五只法舰，通过扩大对方的力量，为防守不力留了个退步。

刘铭传拟电报、炸煤矿的时候，利士比也含毫命简，给巴德诺写了这样一个捷报："我未折一兵一卒，却获得如此辉煌的战绩，内心甚为欣喜。我同时准备攻占基隆市街，我认为，几乎可以兵不血刃地达到目的。"

捷报拟好，利士比派"鲁汀"号开足马力驶往上海，把捷报直接送到巴德诺的手上。利士比推测，巴德诺得知此喜讯后，定会通报给国内，并可以加大向中国的索款额度。

利士比感到自己的眼前一片光明，内心里翻滚着的是替代孤拔的野心。

"鲁汀"号离开基隆的时候，刘铭传正同曹志忠、章高元、苏得胜并章高元所部营官邓长安、炮台管带姜鸿胜等人，在灯下商议退敌之策。

刘铭传说道："此时夜里，又逢大雨，法寇不敢妄动。待天明雨晴之后，他们定要前来攻占街区、衙门以及煤矿。你们可曾想好对策？"

曹志忠垂头丧气地说道："法鬼的大炮着实威力无比，我们的土枪土炮怕是干他不过。"

刘铭传闻言，把头转向低头深思的章高元，问道："章军门以为如何？"

章高元叹口气说道："爵帅容禀，非是卑职等不敢杀敌，实在是法鬼炮烈枪快，不容我军近身。基隆弹丸之地，法鬼若拼死相扑，如何守得住啊！"

刘铭传缓缓站起身来，一边走动，一边慢慢说道："这也怨不得你们，本抚早在天津时，李爵相就有话在先，两军相逢勇者胜、器械精良者胜。本抚向他老问计，他老说，章高元能战，曹志忠也能战，苏得胜亦能战。可惜三将，皆成昨日黄花矣。今日想保基隆、沪尾无虞，非调血性之人不能成事。爵相说这话时，本抚并没有当真。因为本抚坚持以为，黄卉亭尚能知耻仰药以谢淮人，何况几位军门！"

刘铭传的几句不轻不重的话，直把在场的几个人说得全都低下头去。

刘铭传接着说道："知耻而后勇，仍不失大丈夫风范。湘、淮、楚各军均创于曾先爵相，我们不能给他老脸上抹黑呀！"

苏得胜这时抬头说道："爵帅，您老就别说了。我们也不想给淮人丢脸哪！"

姜鸿胜接口道："法船上的大炮，威猛无比，只眨眼之间，我精心构筑的炮台，竟然悉被轰毁，连个藏身的地方都没了，卑职是不得已才撤的呀。"

章高元说道："法人最会用炮，传闻北宁之战，我们就败在他的炮上。"

刘铭传点头道："章军门所言不虚，李爵相也有过此论。但本抚以为，此战又别于北宁之战。北宁之战，法人用的是山炮，山炮是随军前进的。而此战却是海战，法人用的是舰炮，舰炮不能随军前行，只能随船动作。本抚这么说，几位还不明白吗？"

曹志忠闻言，沉思了一下，神情马上为之一振。

章高元、苏得胜、姜鸿胜、邓长安四将，也都望定刘铭传的脸。

刘铭传说道："法寇现在只是摧毁了沿岸堡垒和山上的炮台，并未当真夺走基隆。他要想占据基隆，光靠舰炮还不行，须派人登岸陆战，大炮便不能再发挥效力。他没有大炮助势，我们的人数又明显优于他。他有快枪，我们也有几百杆。怕他什么呢？"

听刘铭传如此一说，众人脸上初时的沮丧，明显在渐渐减弱，斗志又开始高昂起来。

刘铭传开始详细地布置起兵力。

第三节　利士比登陆遭惨败

眼见天降大雨，马丁和雅格米埃决定不再在岸上逗留，到船上过夜。当马丁把自己的要求转达给利士比后，利士比却坚决不同意。

利士比认为，只要法军弃岸登舰，基隆守军肯定会重新占领沿岸。法炮好不容易摧毁的工事，说不定一夜之间又搭建起来。他命令船员，将舰上所备陆用帐篷十二顶，陆续送到岸上，又传话给马丁和雅格米埃，让二人就此择高地搭建帐篷宿营，不准回船，违令者格杀勿论。

二人无奈，只好命令队员在风雨中搭建帐篷。

队员们不敢抗命，只好一边发着牢骚，一边劳作。哪知岛上风急，这夜雨下得又特别大，法军奋战到夜半，也未稳定住一顶帐篷。个个却都一身泥水，人人成了西洋猪。

马丁和雅格米埃二人丧气至极，却又不敢放松警惕。

法军虽取得初步胜利，但士气却比打了败仗还低落。

法军好不容易熬到风息雨停，却已是日出海面，分明到了第二天的清晨，只得埋锅造饭。用饭的时候，利士比乘小艇登岸来到法军的宿营地。

法军饭毕，利士比在马丁与雅格米埃的陪同下，巡视了一下法军重新修筑的、已被摧毁的工事和炮台，又站在山头，用千里镜对基隆煤矿和街区侦看了良久，当即决定，先搭建帐篷和修筑防御阵地，在岸边建立一个稳定的营区和防御带后，再去接收煤矿和占领街区。

利士比心里非常清醒，如果此时便下令，让陆战队去攻打煤矿和街区，情绪极其败坏的陆战队员们，肯定会把枪口对准自己射击。他是法国海军部赫赫有名的少将，少将是不能做傻事的。

把岸上的一切安排妥当，利士比这才乘小艇回到旗舰上。

刘铭传此时正在加紧布防。

经过商议，刘铭传把曹志忠、副将王三星等部，布置在市街正面的防区里，二人统带二百名快枪手；章高元、苏得胜各率百名兵勇，潜伏在大路的东边设伏；邓长安则率六十名快枪手，藏在西边沟壑里候敌。大队人马则由刘铭传亲自统带镇守煤矿，并接应前敌各部；通判梁纯夫会同县丞游学诗、盐大使钱寿益，管带兵丁二百人，负责后路转运。

诸事布置妥当，刘铭传严饬各将封锁消息，不得向基隆税务司帮办英国人鲍琅荣等各国人透露消息，以防被法人预闻。

基隆税务司胡美利此时未在基隆任所，该地所有税务司事务，均由帮办鲍琅荣料理。

午后二时许，法军筑在岸边的营区及工事基本草成，利士比于是命令雅格米埃带领手下的八十名士兵，去接收煤矿。

利士比为给雅格米埃壮胆、打气，特别在命令里写道："经过侦察，煤矿已被炸塌，但完全可以恢复；那里的做工人员和军人，已经全部撤走。你到了那里之后，先要把工事占领，然后再逐步恢复秩序。"

胆小如鼠的雅格米埃仍不敢放胆前行，而是猫着腰，端着枪，一边左顾右盼，一边小心翼翼地向俯临基隆市街、四面设防的一处兵营靠近。八十名队员同他迈着一样的猫步，都弓着腰，平端着枪，跟在他的后边。上了大路，又走了一段路，雅格米埃回头看了看，发现才只离开码头一千五百米左右，自己都觉着速度太慢了。

他用袖口擦了擦汗，正要下令快速前进，不料前面却忽然响起枪声。

走在前面的法军一听枪声，慌忙下意识地趴地还击。后面跟进的人也各寻掩体，纷纷寻找藏身之所。但已有一名法军中弹倒地，翻了两次身就一命呜呼了。

马丁听到枪响，急忙率领手下的兵丁前来救援。章高元、苏得胜一见，督命将士放枪截击。

邓长安也不敢怠慢，高喊一声，便带人从东边杀过来。

曹志忠见东西两路各响起枪声，便一跃而起，带头杀将过去。麾下兵勇见统领如此，登时士气大振，一边高呼，一边向法军步步逼近，希图通过肉搏，灭掉法军枪械精良之优势。

雅格米埃见势不好，当先连滚带爬地后撤，又让人飞速向军舰求援。

法军见首领向后滚得飞快，马上便也效仿起来，连毙命的同伙也顾不得抬走，都想保住自己性命。

利士比得知法军被包围后，当时吓得两腿打颤，险些一头栽进海里去喂王八。

清醒后，他一面命令军舰开炮，一面派出小艇去接应法军，又命令舰上的船员登岸去抢回刚刚运到岸上的四门大炮及帐篷等物。

哪知刘铭传早料到法军这招，法船员未及靠岸，已有二百余名清军呼啸着飞跑过来，将法军新筑的炮台占领，四门大炮及帐篷等物也悉数运走。

利士比通过千里镜看得非常清楚：大队清军赶到炮台后，顶着猛烈的炮火，一面向登岸的法人射击，一面分出上百人，先把法军的四门炮抬走，然后就开始拆帐篷、抢运法军的所有物资，忙得热火朝天。

利士比看得青筋乱蹦，气得半死，口里不三不四地骂道："中国人都是贼！中国人都是贼！他们几乎见什么抢什么！"

整整激战了一个小时又三十分钟，马丁和雅格米埃才浑身泥水地各率残部逃撤到岸边，旋被小艇飞速接到军舰上。

此役，法军亡二人，伤三十人。其中重伤十一人。若非枪械太过精良，法军的伤亡数字肯定会更大。而参战的清军，虽器械劣于彼，但却无一人伤亡，反倒夺获颇丰，计有大炮四门，帐篷十顶，衣帽等物甚多，快枪近五十枝，还有不少的锅碗瓢盆，堪称大获全胜。

望着丢盔卸甲的陆战队员，利士比气得在甲板上一边来回疯狂地走动，一边咬牙切齿地发誓道："刘铭传，我一定干掉你！我要和你决斗！我要夺回大炮和帐篷！"

马丁骂道："中国猪！中国猪！他们不讲战法，见到什么偷什么！"

雅格米埃道："他们打仗不行，偷大炮偷帐篷却快得很！"

当晚，垂头丧气的利士比派"费勒斯"号驶回马祖，向等候在那里的孤拔报告战败的消息。

刘铭传也连夜拟好捷报，派小舢板飞赴沪尾，向朝廷报告获胜的喜讯。

第二天一早，基隆税务司帮办鲍琅荣，乘着自己的快艇来拜访利士比。

利士比闻报，眼睛登时一亮，心里马上便生出一条对付刘铭传的毒计。

就座后，鲍琅荣说道："胡美利税务司到宁波去公干，他行前嘱我，若贵国兵舰来此，请我代他向贵国司令致意。"

利士比笑道："本司令此来，是奉孤拔将军之命，欲占基隆为质，与贵国无涉。请贵国的人不要惊慌。"

鲍琅荣说道："本帮办早闻乐（利）司令大名，今日一睹将军风采，果然了得。若乐司令有什么需要，本帮办愿意效劳。"

利士比说道："本司令早闻刘铭传的大名，极想与他谈一谈，消除误会。不知贵帮办是否肯代为传话？"

鲍琅荣答："除此之外，乐司令可否还有其他的事希望代传？"

利士比道："只要刘铭传肯来船上会晤，其他的问题都好解决。"

鲍琅荣起身道："这应该不成问题。请乐司令稍候，本帮办现在就登岸去见刘铭传。相信用不多久，乐司令和刘便能坐在这里喝咖啡。"

利士比亦起身道："本司令在此恭候。"

鲍琅荣乘艇登岸，带着五名随员来见刘铭传。

刘铭传闻报，派人把鲍琅荣一行人接到临时行辕里。

一见刘铭传的面，鲍琅荣兴高采烈地说道："在鄙人的劝说下，法国乐提督终于同意讲和了。刘钦差，您真是太了不起了！"

刘铭传笑道："他同意讲和甚好。您可以传话给他，请他离开基隆，不要再打别的鬼主意。他如果不听劝，肯定要被打进海里去喂王八。"

鲍琅荣摇头道："刘钦差差矣！刘钦差差矣！乐提督既然同意讲和，钦差就该到舰船上去同他讲话。有什么话，钦差可以亲自讲给他听。"

刘铭传沉吟了一下，缓缓答道："鲍税司有所不知，朝廷早有旨下来，但凡交涉等事，非有特旨，不得擅往。"

鲍琅荣发急道："刘钦差容禀，此非交涉，是乐提督主动提出讲和。论情论理，钦差都应该到彼船上一晤。"

刘铭传果断地说道："体制有关，未便前往。利提督既想讲和，自应退去。有什么话，可说给鲍税司，由鲍税司转达可也。"

鲍琅荣很无奈地说道："刘钦差，您为什么不给鄙人面子？鄙人得罪过钦差吗？鄙人让钦差不愉快了吗？"

刘铭传笑答："鲍税司把话说远了。税司还有别的话要说吗？"

鲍琅荣说道："乐提督是法国名将，钦差是中国名将，你们为什么不能坐在一起说点什么呢？喝杯咖啡也行啊。"

刘铭传点头道："鲍税司所言甚是，请税司转告利提督，本抚可以与他一见，但不是在他的兵轮上，而是在这里。税司这回满意了吧？"

鲍琅荣只好起身说道："乐提督邀钦差到船上讲和，钦差请乐提督到岸上晤面，你们两个很好玩啊！"

把鲍琅荣一行送出行辕后，刘铭传冷笑着对苏得胜说道："这个利士比，他这是把本抚当成叶昆臣了，本抚不吃他那一套！"

刘铭传口里的叶昆臣，即是大清国咸丰年间的协办大学士两广总督叶名琛。叶名琛字昆臣，咸丰二年（公元1852年）由广东巡抚升任两广总督。咸丰五年（公元1855年）晋协办大学士，咸丰六年（公元1865）十月，英国以亚罗号事件为借口，于二十三日进攻广州，挑起第二次鸦片战争。

叶名琛不事战守，一任英军冲进城内，旋在城内军民联合反击下退出。咸丰七年（公元1857年）十二月二十八日，英法组成联军再度进犯广州，广州于次日失守。联军派代表邀叶名琛到兵船议事，幕僚皆劝其不往。叶名琛不理，随联军代表昂然登船，被虏往印度加尔各答，囚禁至死不放归。

叶名琛自诩自己是海上苏武，有识之士则无不斥之为蠢蛋一个。

有叶名琛的先例在前，刘铭传如何能登敌船呢！

鲍琅荣空手而归，使利士比大为恼火。但他并不肯就此善罢甘休，又派出快艇赶往沪尾，把沪尾税务司法来格接到舰上，请法来格向刘铭传转达这样几句话："中法两国未失和，欲请来商，只当未开仗，彼此候信。恳望刘钦差能登船一叙，以释前嫌"。

法来格把利士比的话转达给刘铭传后，刘铭传未及讲话，曹志忠先大骂道："他这是放他娘的狗屁！只当未开仗，未开仗，本军辛辛苦苦筑起的炮台哪里去了？伤亡的军兵是怎么回事？"

苏得胜也道："他一来就打炮，他总不能说自己是在做梦！"

刘铭传摆摆手，对法来格说道："他想与本抚晤面，本抚已经答应，请他即刻登岸来与本抚谈话。"

法来格回到军舰把话说给利士比，利士比知道无论怎样，刘铭传是不会到军舰上来的，但他却又实在没有胆量离舰登岸。

沉吟良久，他让法来格转告刘铭传："初意攻炮台便可驻守，不料十六之失基隆，不能占踞，请传函至津沪，速议和。"

刘铭传听了法来格转述的话后，答："请法税司转告利提督，偿和非所知，应由全权做主。该提督上述提议，恕本抚不能代转。"

当日晚，一艘由李鸿章商雇的德国商船，载着七门大炮，其中有三门为巨型大炮，缓缓驶近基隆港。

利士比闻报，慌忙派小艇前去侦看，得知是为基隆运送军火的船只后，竟然毫无道理地向该船发出信号，不准靠岸停泊，否则便开炮轰击。

该商船派员与利士比交涉，但利士比态度蛮横，逼迫该商船立即返回始发地，如耽延过久，将用大炮与其对话。

该商船无奈之下，只得返回上海。

刘铭传得知此事，通过鲍琅荣和法格来二人，向利士比提出强烈抗议。

利士比对鲍琅荣、法来格说道："只要刘铭传肯到舰上，与本司令晤面，本司令就准许来基隆的船只靠岸卸货。怎么样，这回公平了吧？"

刘铭传苦思不得办法，大骂利士比强盗。

第四节 王大臣们慌作一团

巴德诺收到利士比通过"鲁汀"号送达的捷报后，以为法军已将基隆攻占，登时兴奋得满脸通红，手舞足蹈起来。

他绕过曾国荃秘密约见赫德，先通报基隆已被利士比攻占的情形，无中生有地说了老大一堆，然后便开始狮子大张口，放大音量说道："前议四百万衅款，中国不允；现在情形不同，改衅款为边界经费，加至一千万两，一分不可少！如果中国立刻允准，仍分十年清还，每年一百万两，仍可了结。否则便不退回基隆，法国自行取款。"听巴德诺的口气，仿佛法军已经将基隆占领。

赫德当即表示把话传给曾国荃。

巴德诺马上道："总督不行，他说了不算。我国希望您把话直接传给中国朝廷。您可以告诉他们，我国所提上述数额，如不应允，我国不仅占据基隆，海军舰队司令，还将轰夺船厂并福建全省，再驶船北来索款。到那时候，台湾地方即归法国，是不退还的了。"

赫德很认真地把巴德诺的话一一记下，然后便告辞出来，飞速给前基隆税务司现在京师总税务司衙门供职的贺壁理拍发了一封电报，令贺壁理接电即赶往总理衙门，转述巴德诺的话。

贺壁理接到赫德电报时，正是夜里十一点钟。他不敢耽搁，马上穿戴整齐，带上翻译等人，乘着夜色便来到总理衙门。

衙门门房见贺壁理深夜赶来，知其必有紧急的事情，遂请贺壁理在门房少坐，自己则飞跑进去向值事章京通报。

当日总理衙门值事章京是成章、孔庆辅二人。二人刚在值事房躺下歇息，门外便传来急促的敲门声。

二人吓一跳，慌忙点上蜡烛，打开房门，却原来是门房。

门房道："二位大人容禀，总税务司衙门的贺壁理来了，说有要事向衙门通报。"

二人一边更衣一边道："就把他引到这里来。"

门房把贺壁理一行引进值事房，成章、孔庆辅二人已穿戴整齐，正在坐等。

礼毕落座，门房退出。

成章慌忙问道："贺税司深夜来访，想来是有急事发生？"

贺壁理听了翻译的话，从护书里摸出一封电报，举起来冲着成章、孔庆辅晃了晃，说道："顷接总税务司来电，甚为紧要。今日午后自上海发的，内称基隆现被法人轰没炮台，占据煤矿。总税务司面见法国巴使，据云前议四百万衅款，中国不允；现在情形不同，改衅款为边界经费，加至一千万两。如中国立刻允准，仍分十年清还，每年一百万两，仍可了结，基隆亦即退回中国，法不占据。如不肯允，定要轰夺船厂并福建省，再驶船北来索款。到那时候，台湾地方即归法国，是不退还的了。据总税务司看来，不如趁此了结为妥。祈早为定一办法，电知遵办，不可再迟误事。"

成章、孔庆辅闻听此言，顿然变色。

成章问道："基隆被法国攻夺，总署缘何未得电报？"

贺璧理答："想来是法舰已将基隆周围封锁，电报送不出来。但总税务司所得情形，当不会有讹。因法军将基隆占领，巴大臣饮了许多酒。"

成章与孔庆辅对望了一下，成章答："当回堂酌办。"

贺璧理于是起身告辞。

把贺璧理等人礼送出衙门，成章、孔庆辅不敢歇息，慌忙让翻译把贺璧理的话整理出来，时辰已近子夜。但二人计议了一下，认为事情紧急，刻不容缓，若不及时送到贝勒府，若怪罪下来，无人能吃罪得起。

计议毕，成章便把已经歇下的轿夫逐一唤起，携上贺璧理的谈话笔录，乘轿赶往贝勒府。

到了贝勒府，成章好不容易才把门房惊起，手握着贺璧理的谈话笔录，陪着万分的小心说道："衙门有了急件，需面禀贝勒爷。"

门房把眼睛揉了三揉，又把成章上下打量了一下，忽然骂道："你发什么神经？你莫非把贝勒府误当成了杂货铺子？若不是看见你头上那个顶子，看爷不一拳把你打出门外蹲着吐血！你快快滚开，半夜三更爷也懒得把你送大牢！"

成章一边笑着，一边打拱说道："该死该死！在下也知道，此时不该来扰老哥的清梦。但事情着实来得突然，在下怕误了大事，若贝勒爷怪罪下来，在下实在吃罪不起。就烦老哥到上头通禀一声，顺便把这个递进去。"

成章一边说着，一边就把贺璧理的谈话笔录，硬塞给门房。

门房却把笔录往地面一掼道："你这个人好不晓事！你怕贝勒爷怪罪，难道爷的头上就有铁帽子不成？就算天塌下来，他也不会比爷的饭碗重要！"

成章见门房竟然把贺璧理的谈话笔录摔到地下，心里不由腾地升起一股怒火，但转念一想，贺璧理讲的话毕竟已经送到贝勒府，设若贝勒爷没有见到"公事"当真怪罪下来，自己也有话说。

成章进而又想，说破大天，自己不过一介四品章京，犯不着得罪贝勒府的人。

成章主意打定，开始后退，口里则连声道："多有得罪！多有得罪！在下改日，一定再来向老哥陪罪。"

成章话音落下，人已退出门外，登上轿子，飞快地离去。

门房口里骂上一句："不长脑袋的东西，枉戴了一个四品的顶子！"

骂完关门，重新躺下睡去，对地上的"公事"竟理也没理。

天亮以后，门房估量奕劻已经用过早饭，便把成章送过来的公事递进去。

奕劻一览之下，一屁股便坐到木椅子上，许久许久起不来，口里不由自主地说了一句："法国人当真动手了！"

他呆了呆，突然冒出一句："公事是何时递进来的？"

门房顺口答："回贝勒爷的话，说起这事，应该是半夜。"

一听这话，奕劻嗷地蹦了起来，对着门房的面门就是一拳，口里大骂道："混账的东西！你是当真活够了！——快来人，把这个狗东西捆起来，丢进护城河里喂老鳖！"

门房吓得拼命磕头，下人们哪管这些，把他捆翻便抬了出去。

奕劻马上命人更衣、备轿，飞也似地赶往醇王府。

一见奕譞的面，奕劻从袖中摸出贺壁理的谈话记录，放到奕譞的眼前，一面说道："王爷，祸事来了！法国人当真动手了！"

"什么？"奕譞一愣，一把抓过贺壁理的谈话记录，一边看，一边随口问："法国人把我们怎么样了？"

奕劻哭丧着脸道："法国人攻占了基隆，提出让我们赔他一千万两白银。是巴德诺亲口对赫德说的！赫德劝咱们赶紧答应法国人，否则，那个寡妇（奕劻对孤拔的蔑称），便要干掉船厂及福建全省。"

奕譞放下贺壁理的谈话记录，问道："曾国荃怎么说？这刘铭传有没有电报发过来？巴子说的话，到底是不是真的？"

奕劻答："我还没有去衙门，但我想来，巴子和赫德说的应该是真话。"

奕譞起身道："本王现在就进宫去见太后，你马上去总署，看看曾国荃和刘铭传有没有电报过来。"

奕劻一边起身一边问道："曾国荃、穆图善还有陈宝琛等，转请朝廷，让李鸿章到上海去与巴子议款，太后是否照准？曾国荃短于交涉，李鸿章到沪，或许能有转机。王爷，有些话您老的跟上头说呀。"

奕譞道："这件事，军机处已遵太后吩咐有旨下来，勿庸议。你知道这次与巴子交涉，为什么不让李少荃掺和吗？你还记不记得上月本王去过一趟西山？"

奕劻想了想答："这件事王爷说过，好像去见一个老和尚。"

奕譞道："你说得不错，本王去见的那个和尚，可不是个一般的和尚。你想啊，一百多岁的人，看上去也就三四十岁，头发黑得赛锅底，满口的白牙，一颗都不缺，分明是个老神仙。本王拿了李少荃的八字，请他给占了一卦。他听了本王的来意，闭起眼睛便算将起来。你猜他怎么说？他说李少荃黑煞罩顶正犯悔约劫。本王细细一想，果然被他说中了。你想啊，他与宝海订约，茹费理转眼便不承认；他与福禄诺签了个简明条款，墨迹尚未干透，法国又不按约办理。我们如果再让他去与巴子议约，结果会怎样？还是白议！李少荃犯悔约劫不打紧，他可是把咱大清坑得不轻。"

奕劻边走边问："王爷，老神仙说没说，法国这次……"

奕譞不耐烦地说道："本王去西山主要是为了李少荃，又不是法国。再者说了，法国又没有生辰八字，你让他怎么算？"

奕劻点头道："王爷说的是，法国又不是人，谁知道他们都是哪里生出来的！"

奕劻到总理衙门等了许久，仍没有等到曾国荃、刘铭传的电报，反倒等来军机处下发的两道上谕。

一谕曰："现有交涉事件，着御前大臣、军机大臣、总理各国事务衙门大臣、大学士、六部、九卿、翰詹、科道、日讲起居注各官，于本月二十二日午刻，前赴内阁，会同妥议具奏。钦此。"

二谕曰："本日军机大臣面奏慈禧端佑康颐昭豫　诚皇太后懿旨：'现有交涉事件，着醇亲王奕譞一并与议，具奏。钦此。'相应传知贵衙门，钦遵办理可也。"

圣谕下达不到一个时辰，总理衙门便收到曾国荃从上海紧急发来的电报，称收到巴德诺照会，内云"本国水师古提督已奉命攻取基隆炮台，作为质押"。

电报内容与贺壁理所讲之话大同小异。

内阁会议从一开始就进入激烈的争吵之中。大学士左宗棠因病原本告假在贤良寺休养，但当他得知法人突然动手，武力夺取基隆的消息后，胸中登时升起万丈怒火，竟然抱病扶杖赶到内阁参加会议。

会议一开始，军机大臣阎敬铭、总理衙门大臣张荫桓等人便力主和议，对法委曲求全，并提议应速派李鸿章驰赴上海，接替曾国荃与巴德诺商谈。

左宗棠未及阎敬铭等人把话讲完，便以杖顿地，坚决反对。

左宗棠用嘶哑的嗓子大声说道："我堂堂中国，不能永远屈服于洋人。与其赔款，不如拿赔款作战费，与法决一死战，扬我国威！"

左宗棠话音刚落，一些主战大臣便纷纷发表意见，全力支持左宗棠的观点。

会议整整进行了一个下午，与会王大臣亦争吵了一个下午，但却拿不出任何一个有用的办法，嗓子却都喊哑了。

许多王大臣认为，当时尽管法国已在基隆动手，但法国并未向中国表示失和。在未失和的情况下向法宣战，便是衅自我开。如此一来，中国便由有理而变成了无理，法国则由理屈变成了理直。

左宗棠气愤地反问一句："法人攻我基隆，已经证明衅自彼开，我此时还不宣战，更待何时？就像两个人斗殴，一人抢棒将另一人打翻，然后说，我只是打你一棒，并未向你宣战，你敢还手，就是开衅！这是什么王八逻辑！"

礼王世铎道："不相干，不相干！公法，这是公法！"

这时，一名御史壮着胆子问了一句："王爷，您老可否同我们讲讲何谓公法？"

世铎往座间看了看，到底也没寻出向他发问的人，口里只管含糊地嗯嗯两声，并未说出所以然。因为世铎本人，除了吃喝玩乐，也并不知道何谓公法。

会后，醇王奕譞、礼王世铎、郡王衔贝勒奕劻三人，都低着头进宫来向太后汇报会议结果。

慈禧太后听毕，立时把眉头皱成一团大疙瘩。

沉吟了许久，慈禧太后才问出一句："刘铭传有没有电报进京？法人是真夺了基隆还是别有所图？巴德诺是不是在虚张声势？"

奕劻跨一步奏道："禀太后，听贺璧理说，法船在基隆一带封锁甚严，依奴才推想，刘铭传的电报应该还在途中。"

慈禧太后马上又问一句："福建水师为什么不派船去接应一下？何璟、何如璋整日都在干什么呀？张佩纶呢？——你们说话！"

奕劻答："太后容禀，上日张佩纶有电报发来，说孤拔声称，福建水师但有船只移动，便视为开衅。现在福建水师的十一艘舰船，都依原样停在江面，动都不敢动啊。"

慈禧太后蓦地把眼睛瞪圆道："照这么说，福建水师可不是让法人看住了吗？法人这是早有预谋呀！船政局要紧不要紧哪？"

世铎与奕劻互相看看，谁都没敢搭言。

沉默了许久，慈禧太后打破僵局，说道："奕譞，你说说你的主意。"

奕譞慌忙跨一步道："太后容禀，太后圣明。奴才大胆以为，可否着总署，一面照会法使，一面照会各国驻京公使，吁请各国公评此事。"

慈禧太后未置可否，转问奕劻："奕劻，你说说。"

奕劻勾着头答："太后圣明，奴才以为，可否密电李鸿章，让他和法驻天津领事林椿谈一次。曾国荃在上海已经谈不下去了，李鸿章此时若再不出面，何得了局？现在法国已经声明，不接受第三国的斡旋。"

慈禧太后思虑良久，只得道："奕劻啊，以你的名义给李鸿章发个密电吧。奕譞啊，你会同奕劻、世铎，起草一个给法国的照会，再起草一份给各国的照会，让各国公评此事。你们去办吧。"

三人急忙答应一声，正要后退，慈禧太后忽然又道："给美国公使也发个照会吧，看看他们知不知法国攻占基隆这件事。还有，刘铭传但有电报进京，马上递进来。去吧。"

第二天，总理衙门以奕劻的名义，把给法国署理公使谢满禄的照会先期送出。照会全文如下：

"为照会事：本月十八日，本爵照覆贵署大臣，将两国现办事件及请美国调处之益，开诚详告，照请贵署大臣转告巴大臣在案。昨接南洋曾大臣转准巴大臣照称，中国未允调停，我国不得不照闰五月甘日哀的美敦书之语，自取押款；本国水师古提督已奉命取守基隆炮台，作为质押。惟大清国若愿我国将该处早日交还，但能照法国前此所请各节，立即照允我国，仍愿始终格外廉让，福州暂时不变。现拟向中国索赔，不过法银八十兆佛郎克，分十期交清等语。本爵接阅大为骇诧！查本月十二日，巴大臣照会曾大臣，仍请以两国会同将一切不洽之处调处妥善等语。本月十三日，谢署大臣照会本衙门，亦有两国仍敦辑睦，法国所索之数中国酌减若干，我国断不拒绝，总愿中国全权大臣酌定各等因。当经本署照覆，以现请美国调处各在案。本月十六日，准贵署大臣照称，请人调停一节，似难允准，而并未将不允他人调停即须攫取基隆相告。即前次巴大臣暨贵署大臣照会，亦系两国妥商，并无遽行动兵之约，即巴大臣恪守哀的美敦书之意，其时不待会商，遽取押款，贵国尚不失大国之体。兹竟一面照请会商，一面攫取基隆，中外无此办法！查泰西各国兵事，索款事所常有；断无阳无会商，阴谋踞地之事。古提督所办不过为八十兆佛郎克，或船煤缺乏之故。未知古提督此举，巴大臣曾否豫谋？古提督所奉贵国何月日之命，均望贵署大臣转询巴大臣见复；是否巴大臣亦以一面会商，一面踞地索八十兆佛郎克为正办？本署即照会各国驻京大臣公论，并致电驻法李大臣遍请有约各国驻巴黎大臣，将法国一面会商一面踞地情形，公同评论，法国应否如此办法，中国应否照办，庶万国公法不因贵国此举而废。若各国另有如何公平持论之处，中国亦可照办。此外中、法交涉之事，仍当另行详议。总之，贵国不待会商，遽开兵衅，又不先示战期，以致中国兵士不及自救，基隆虽踞，竟损声名贵国，无伤中国体面。万一推此竟以扰及通商各口，仍不先行知照，则各口华洋商民所损房产货财，自应惟贵国是问，合并声明。务望贵署大臣将文内各节及贵署大臣、巴大臣所来照会寻绎终始见复本衙门为荷。"

给各国驻京公使的照会全文如下：

"为照会事：查中、法龃龉一案，曾将两国来往照会各件，于上月二十七日照会（贵大臣、贵署大臣）在案。续经照请美国照约调处，亦经面告各国大臣。查调处本系巴黎斯约办法，中国极愿以此法了此案也。本月十六日，准谢署大臣照称，请人调处一节，似难允准。又经本署推诚告以美国调处之益，并照请妥商办法。于十八日照复去后，乃十九日准南洋曾大臣转准巴大臣照会，法国取守基隆等情，阅之诧异。查巴大臣本月十二日照会、谢署大臣本月十三日照会，均愿两国妥商，即谢署大臣十六日照复，亦但言不允他人调处，并无发此照会后即动兵攫取基隆等语。兹乃一面会商，一面踞地，恐泰西各国无此办法。查巴大臣照称不过欲索八十兆佛郎克，竟不待商定，又不先告中国及各国战期，设推此意以扰及通商各口，则华洋各商财产，中国猝难保护，一切应惟法国是问。惟法国此次踞地正在会商未定之际，而又索此巨款，法国应否如此办理，中国应否照办，尚望贵大臣、贵署大臣秉公评论，或另有公平办法，均惟贵大臣贵署大臣查核定断。相应将上月二十七日以后往来文件、电报、刷印照会贵大臣、贵署大臣查阅可也。"

此照会派员送达各国驻京公使馆的同时，总理衙门又按着慈禧太后的吩咐，另给为中国之事出面调停的美国驻华公使杨约翰照会一件：

"为照会事：查中、法龃龉一案，中国照约请贵国调处，并知照法国大臣在案。嗣准法国大臣照复，不允他人调处；贵国何参赞亦面称接准电复，法国不允，此外均无他说。顷接南洋曾大臣照录法国巴大臣照会，内有法兵已取基隆炮台等情。如果贵国接到法国不允调处之信，提及此事不转告知中国，想贵大臣素敦睦谊，必不出此。如法国并未以取基隆之意告知贵国，甫经回复不允调处，即有此举，是法国无以对中国，并无以对贵国。除将上二十七日以后来往文件、电报、刷印照会各国大臣并照会贵大臣外，为此照会。"

让军机处和总理衙门没有想到的是，三封照会刚刚送走，奕劻给李鸿章的密电也已发出，刘铭传的电报却急如星火地递了进来。

电报送进宫里，慈禧太后一览之下，顿时转忧为喜，连连道："我就说刘铭传不能让法人得逞！基隆不是还在我们手里吗！快给李凤苞发电报，告诉他，给各国的照会先不要散发，也不要照会各国驻巴黎的公使。看样子，法人虽然船坚炮利，但陆地作战却是其所短。他还要讹一千万，想得倒美！我大清的银子，都是大风刮来的？想要多少要多少，一分也不给他！"

想了想，慈禧太后又道："告诉李凤苞，基隆已复，让他照会那个茹费理，此事中国理足，赔补兵费毫无道理。问问姓茹的，法国为什么不允美国出面调处？为什么给脸不要脸？如果孤拔撤舰回国，我们同意姓巴的到天津继续会议。"

奕譞这时道："法舰在基隆受挫，挨了打，法人肯定有所收敛。"

慈禧太后道："世铎呀，你下去后，即着军机处拟旨，嘉奖收复基隆的所有有功人员。奕譞啊，户部空虚，你着内务府拨银三千两，给基隆转解过去，犒劳有功人员。"

官内的气氛，因基隆的失而复得而为之一变。至傍晚时分，基隆大捷的消息已在各地传开。

第五节 巴黎的狂欢

大清国上下兴高采烈的时候，却正是巴德诺痛苦万分之始。

他送走赫德之后，马上又以胜利者的姿态，给曾国荃发了一个充满火药味的照会，然后便把领事馆里的大小员弁召集到一起，准备喝杯白兰地祝贺一下。

就在这个时候，孤拔由福州发来的电报飞也似地来到他的案头。

一览之下，巴德诺登时从头凉到脚底。

原来，利士比并未当真将基隆占领，他只是用舰炮，将对方守军的炮台轰毁；登陆之后，便惨遭失败，不仅丢掉了许多军需物品，还出现了伤亡数字。

读罢电报，巴德诺犹如被人丢进万丈深渊，茫然不知所措，对自己下一步应该如何办理，开始大费踌躇。他深知，利士比在基隆的失败，很可能使法国内阁精心策划的索赔阴谋化成泡影，局面将向骑虎方向发展，法兰西因此可能要大丢颜面。

巴德诺越想越气愤，开始一个人在房间里大骂利士比无能，丢了法兰西的脸。骂过一阵后，巴德诺很丧气地给茹费理拟了一个电报，称："我接到孤拔海军提督电称：八月九日，基隆最近消息不佳。利士比海军提督不得不放弃基隆上的阵地，海军陆战队遇到众多兵力开展逆袭，只得回到舰上。仅将防御工事毁坏。利士比提督估计基隆戍步队有一万五千人，要占领这个地方需要两千人。目前什么都不能进行。"

巴德诺在电报的最后，穷凶极恶地向茹费理建议："立刻通过李凤苞及谢满禄，递一张劝告书给总理衙门，要求它依从我们最近提出的条件。不允，则炮击福州船厂及其各炮台。然后我们的舰队，便可用以占领基隆，并于必要时开向中国北部。我向孤拔提督建议这个计划，要宜速作决定。"

电报刚刚发走，巴德诺便收到曾国荃禀承上谕递交过来的一份照会。

照会口气强硬地向法国宣称："中国理足，廷议金谓难给津贴。"

巴德诺未及把照会读完，便噌地一声蹦将起来，对前来送照会的中国官员大吼道："我国要用军舰说话！我国要用大炮说话！"

来送照会的官员笑道："贵国大炮已被基隆守军获取，大概现在已经沉入海底。如果您不信，可以给利提督发报。"

"我不信！我当然不信！法兰西是战无不胜的！"巴德诺歇斯底里地吼道。

送照会的官员轻蔑地望了巴德诺一眼，微笑着走出领事馆。

观音桥事件发生后，茹费理的心态一直处在动荡之中。依他原来的设想，只要外交上稍施压力，孤拔率舰在武力上给以配合，法国想要多少赔款，大清国便能给多少赔款。但令他没有想到的是，无论外交上如何恐吓，入华的军舰如何示威，大清国就是不肯低头认赔！跟个大无赖一样！

经过一段时间的考虑，茹费理得出结论：不占领中国一二个码头，中国是不会轻易向法国赔款的。

他把自己的想法对内阁的其他成员一说，马上便博得大多数人的赞同。

于是，他让裴龙电令孤拔，命孤拔派出军舰三至四艘，驶往基隆，将基隆占领，并再三强调："务须成功，不许失败"。

裴龙将电报发走之后，茹费理表面上平静如常，内心实际已紧张到极致。

一连十九天，茹费理吃不好饭，睡不好觉，狂躁得像只被猎人追击的野狼，神经每日都游荡在崩溃的边缘。

他实在受不了，便把裴龙传过来，劈头便是一句："你这个混蛋，你到底给该死的孤拔发电报没有？"

裴龙闻言一愣，不相信地反问一句："总理先生，是您在讲话吗？是谁把您变成了这样？美女还是美酒？"

裴龙话毕，小心地近前一步，用手碰了碰茹费理的额头，很快便大叫起来："快来人，把总理送到医院去！总理发烧了！"

茹费理一把把裴龙推到椅子上坐下，口里道："你这个混蛋，你喊什么喊！你再喊，我就把你干掉！你快告诉我，孤拔为什么还没有消息？我快急疯了！"

裴龙看了看茹费理，忽然说道："您说您快急疯了？这刚几天啊？换句话说，就算您当真急疯了，也该有风度啊！您是一国内阁总理啊！您的风度呢？您不要跟我说，满口粗话就是您的风度！"

茹费理沮丧地一屁股坐下去，许久才很不情愿地说了一句："我向您道歉。但我总感觉，有什么地方不对劲。"

裴龙沉吟了一下说道："总理先生，也许，我们的胃口太大了。"

茹费理从桌上拿起一封电报递给裴龙道："这是巴德诺八月九日从上海发给我的电报，它搅得我心烦意乱。如果我们不能顺利地将基隆攻取，那么，我们拒绝美国人调处这件事就有可能是愚蠢的行为。"

裴龙展开电报，见上面写道："总理衙门于八月八日致谢满禄长信一封，撮要如下：'中国不能以单纯的恐吓就允付赔款，并坚持它以前的声明，使用武力，可能强制中国付给赎金，但我们将来在中国所将遭遇到的只是人们的恶感。美国的调停是最好的解决办法。若是我们拒绝，就是我们害怕公断。'赫德先生将一件巴黎的电报给我看，电报说法国五千万就满足。我回答他，这个提议，如早点提出，或可接受，但是现在已太迟了，我们要保持八千万的数目。"

裴龙把电报还给茹费理，穷凶极恶地说道："我坚持认为，我们拒绝美国人的调处是正确的选择。法国有能力，让中国乖乖地把大批的赔款交给我们。我坚信这一点。我们必须承认，赔款，是中国人的专利！这是全世界的共识。"

茹费理忽然问道："部长先生，我们是否选择错了质押地？"

裴龙答道："我个人认为，到目前为止，基隆仍是我们最好的选择。我记得在北黎事件前，利士比将军就多次打电报给我。他认为，在所有的担保中，台湾是最良好的、选择得最适当的、最容易守、守起来又是最不费钱的担保品。我认为，我们不应该怀疑利士比将军的眼光和能力。基隆生产世界上一流的煤炭，我们有了煤，军舰就能运转，就可以在中国的所有港口进出。这样一来，我们想干什么不能干呢？"

茹费理苦笑着说道："我不怀疑所有人，更不怀疑我们的军舰，我只是对自己信心不足。我大概真的病了。"

裴龙接口道："信心不足的应该是中国，不应该是我们。孤拔来电报说，福州江面现在所有的军舰，几乎全是木制的，他要打碎它易如反掌。我们四千人可扰中国七省，有什么可担心的呢？"

茹费理正要讲话，一名军人手拿一封电报急匆匆走进来禀报："总理先生，这是电报局刚刚译出来的电报，是巴德诺先生发给您本人的。"

军人双手把电报放到茹费理的眼前，然后施礼退出。

茹费理一把抓起电报，先对封套看了又看，然后才像下了很大决心似地，展开来阅读。

裴龙这时也倏地睁圆了双眼，一边观察茹费理的表情，一边推测电报的内容。

茹费理看完电报，面无表情地离案走到窗前，对着窗外望了许久，才又走回桌前，用手摁了一下门铃。

裴龙专注地看着茹费理，像在看一个奇怪的动物。

一名文职人员这时走进来说道："总理先生，您有什么事请吩咐。"

茹费理道："请您通知市长到我这里来一下，我有话要对他说。"

来人答应一声快步走出去。

裴龙这时起身道："总理先生，我想我应该走了。"

茹费理站起身来，一边煮咖啡，一边说道："部长先生，您还没有喝过我亲手煮的咖啡呢。我最擅长的不是当总理，而是煮咖啡。"

裴龙一边归座一边笑道："我现在对咖啡并不感兴趣，我现在只对您桌上的那封电报充满了好奇。"

茹费理笑答："我也是的。但我还不能把电报的内容告诉您，因为市长还没有到。"

咖啡的氤氲开始在房间里弥散。

茹费理在给裴龙倒咖啡的时候，巴黎市市长推门走了进来。

裴龙站起身。

市长笑道："部长也在这里。"

市长和裴龙握了握手。

茹费理一边往怀子里倒咖啡，一边说道："我想我们应该在巴黎举行一次盛大的活动。"

市长一边接咖啡，一边问："总理先生，理由是什么呢？"

茹费理望了望裴龙，随手拿起桌上的电报，大声说道："巴德诺向我报告说，利士比专门派'鲁汀'号军舰赶到上海，正式宣告，我们在没有一个伤亡的情况下，便将基隆的防御全部摧毁！利士比下一步，就要派出陆战队员，去占领煤矿和基隆的一切！基隆以后不再是中国的基隆，而是我们法兰西的基隆了！你们说，这个理由充不充分呢？"

裴龙兴奋地大声接口道："利士比真能干！我要呈报海军部为他晋阶！"

市长也说道："我们终于可以从该死的中国人的手里，得到大笔的赔款了！庆祝活动安排在后天怎么样？"

庆祝活动终于在巴黎拉开了大幕。

各国驻巴黎公使、领事，法国上下两院、海军部及内阁成员，都应邀参加了活动。内阁总理兼外长茹费理，在酒会上发表了极具煽惑力的演说，迎来了一阵又一阵热烈的掌声。

演说毕，茹费理很绅士地举起酒杯，向所有来宾敬酒。他的脸上溢满了胜利者的笑容，他的高脚杯里飘荡着讹诈得手后的喜悦。

他和裴龙碰杯后小声嘀咕了一句："如果中国的李凤苞能在这里出现，那将是多么激动人心的一幕！"

他的话音刚落，一名军人手握着一封电报走了过来。

军人把电报悄悄递给茹费理道："已经译出来，是巴德诺先生给总理先生本人的。"

茹费理把酒杯递给旁边的侍者，一边展开电报，一边对裴龙笑道："看样子，海军部是该考虑给利士比晋中将的事了。"

裴龙则兴奋地大声喊道："女士们，先生们，我们暂时静一静，敬爱的总理先生马上又要有更好的消息向大家宣布！"

裴龙话音落下不久，人声鼎沸的大厅马上便安静下来，所有人的目光都投向茹费理。

茹费理此时已把电报看完。

他先是小心地把电报装进封套，然后才抬起头来，四外看了看，很勉强地笑了笑，说道："女士们，先生们，我想，我们应该回去休息了。"

茹费理的声音不大，但大厅里的人却全都愣住了。

茹费理收到的，正是巴德诺向他通报利士比在基隆战败的电报。

第二天，茹费理刚刚在办公桌前坐下，外交部的官员便向他禀报：中国驻法国公使李凤苞请求会面。

会面后，同茹费理想像的一样，李凤苞强硬地拒绝了任何理由的赔款，称："此事中国理足，廷议佥谓难给津贴。"又说："贵国乘会商未定之时，攫取基隆煤矿，恐泰西各国无此阴险办法。我国已请驻京各使公评。"

茹费理气急败坏地大吼道："请各国公评全系空言！中国不认赔款，我国便动手！数目可减，但赔款不免！如汝视基隆为法国失败，可以较量！"

李凤苞离去后，恼羞成怒的茹费理紧急召开内阁会议，很快形成一个议案：筹措经费三十八兆，命令孤拔必须攻取福州、台湾两地作为质押，向中国索取不低于八十万两的赔款。茹费理显然是被大清国逼疯了，他要孤注一掷。

议案提交上下两院，在茹费理等狂热分子的蛊惑下，很快便获得通过。

消息传到驻法使馆，李凤苞连夜给总理衙门发电报告知此事："上下议院两日虽有劝准他国调停，并有谓福呢误者，而三百五十人信从茹，苟为允筹经费三十八兆，令向中国取押，逼照津约；不从者仅百五十二人。明日散院，恐不日将扰各海口。"

茹费理也很快给巴德诺发了封长电：

"上下两院散会以前，给我必要的全权，得在中国沿海作战，并攫取担保（即踞地为质），现在已是最后向中国要求履行契约义务的时候了。你把这个任务交给谢满禄先生。他应限四十八小时答覆。在这时候，他应明显地作启程的准备。这是（他应给中国政府的）照会文：'议会两院投票，决议法国政府使用各种必要方法，使天津条约受到尊重。谢满禄子爵，奉其政府命令，荣幸地通知总理衙门诸位大臣，因七月十六日上谕的公布，结果满足了法国第一个要求，所在赔偿数目被减为八千万，分十年付给。但倘从本照会的日期起，四十八小时内，不接受这个（赔款）要求，谢满禄先生则依所奉命令离开北京，孤拔海军提督则立刻采取他认为有用的一切步骤，以保证法国政府取得它有权取得的赔偿。'我们刚发电致海军提督，如你接到中国否定的回答，他应于知照外国领事及船舰后，立即在福州行动，毁坏船厂的炮台，捕获中国的船只。福州行动后，提督将即赴基隆，并进行一切他认为以他的兵力可做的一切战斗。他将确定地告诉我们须用何种新方法来保证取得矿区，这个矿区，应成为我们补给的中心点。至于其后的作战，我们给他一切抉择的自由，寻求如何可以最有害于中国而最无损于欧洲各国之商务。在原则上，我们愿意避免需要长期占领之作战，我们可以乐意接受关于在北直隶的两个新海口——旅顺及威海卫——作战的计划。但是我们要将上海除外。"

巴德诺接到茹费理的电报，先将茹电照会部分摘出电转谢满禄，另给曾国荃拟了个照会，称："接国内电，不必再议。要么速给赔偿，不允将开战；孤拔海军提督将采取一切步骤，以保证法国取得它有权取得的赔偿。总理衙门将会很快收到谢满禄使的最后通牒。"

曾国荃接到照会一刻不敢耽搁，慌忙电告总理衙门。

曾国荃当晚收到电报转发的上谕：

"据曾国荃电送巴德诺照会，无理已甚！不必再议，惟有一意主战！着曾国荃、陈宝琛即回江宁办防，许景澄同往助理，刘麒祥随同办事。刘连捷率亲兵回江宁，由曾国荃等调遣。吴淞口等处防务责成李成谋、李成斌分别筹办。章合才留上海，会同邵友濂镇抚兵民，加意弹压，保护各国商民，勿稍大意。美国调处现已照会婉谢，毋庸再有游移。除战守机宜另有电旨外，该督等即遵谕行。王德榜一军，饬令仍留广西。"

曾国荃接到圣旨，连夜把上海的防务紧急料理一番，便带上陈宝琛等一应随员、亲兵，乘船连夜疾驶江宁布防。

军机处又连夜转发数道圣旨，一旨寄给沿江沿海将军督抚统兵大臣。旨曰：

"此次法人肆行狡横，恣意要求，业将其无理各节，照会各国。……法使似此骄悍，势不能不以兵戎相见。着沿江沿海将军督抚统兵大臣，极力筹防，严行戒备。不日即当明降谕旨，声罪致讨。目前法人如有蠢动，即行攻击，毋稍顾忌。法兵登岸，应如何出奇设伏以期必胜，并如何悬赏激励悍军士奋勇之处，均着便宜行事，不为遥制。钦此。"

一旨寄给潘鼎新转现在越南保胜一带督军的岑毓英，旨曰：

"法人狡横，无理已甚！现惟一意主战！着岑毓英饬令刘永福先行进兵，迅图规复北圻。岑毓英、潘鼎新关内各军，陆续进发，不日即有明发谕旨宣示，并将刘永福加恩录用。其方友升、王德榜两军，着即募补足额。本日已催令鲍超迅赴云南，会同岑毓英办防，以厚兵力。此旨并着潘鼎新速即知会岑毓英遵照。钦此。"

两道圣旨急递天津，由天津电报局连夜发走。

李鸿章接到圣谕，知开战在即，鉴于中法海上实力相差悬殊，遂飞速给张佩纶致电一封："我自度兵轮不敌，莫如全调他往，腾出一座空厂，彼即暂据，事定必原物归还。否则一经轰毁，从此海防根本扫尽，力难复兴"李鸿章最后电告张佩纶"密图之"。

李鸿章惟恐张佩纶无限膨胀自己的海上实力，认不清形势，又致电总理衙门突勘，建议："两害相形取其轻，事急莫如腾空船厂，撤全军，以顾省城根本为第一要义"，"总以勿呆守马尾，避其锐气，伺隙而为方妙"。

李鸿章久历戎行，看问题的确高人一筹。但热血沸腾、狂妄自大的张佩纶能不能听他的话呢？

第六节 法国驻华使馆下旗

突勘接到李鸿章的电报，紧急和突譞、世铎会在一处。

三个人计议了许久，最终也未想出良策，干脆把李鸿章的电报内容，择要转抄电发给福州将军穆图善、闽浙总督何璟、福建巡抚张兆栋、船政大臣何如璋、会办福建海疆事务张佩纶，着五人商办。

何璟见电，慌忙派人去请穆图善、张兆栋、何如璋、张佩纶四人。

穆图善因在外面布防赶不回来，来总督衙门议事的，只有张兆栋、何如璋、张佩纶三人。

张佩纶早在前一天已收到李鸿章的电报，但他并不说破，专等何璟、何如璋、张兆栋三人讲过话之后，再发表高论。

何璟案上摆着《金刚经》，手里拿着总理衙门的电报，说道："法人船坚炮利，少荃爵相以为我绝难敌，所以向总署提出'腾空船厂'，'兵轮调往他处一避'。总署不知闽省现在情形，着我等相商密图。本部堂不敢擅专，请各位过来，一同计议。大家都说说看，我们应该怎么办才好。"

何璟说完这话，便开始用手一遍一遍地抚胡须。

张兆栋与何如璋互相对望了一下，又一起转向张佩纶。

张佩纶并不言语，用手轻轻地晃动扇子，把个"重任在肩"一会儿冲向何璟，一会儿又冲向张兆栋、何如璋。

何璟等了老半天，见无人肯讲话，不得不开言又说道："本部堂窃以为，总署既然把少荃爵相的电报转发过来，显然有赞同之意，我们自己不能小觑之。不如就抢在法人动手之前，或今晚，或明晚，密调五营军兵开进船局，将局内所有物件悉数搬出；速饬马江各舰，全部开动，驶离江面，向北移进。"

张兆栋这时道："船局搬动倒好办理，水师移动则动静太大，若孤拔拦阻，又当如何？"

何璟道："这项不须多虑，就在各位来前，本部堂已想好主意，若孤拔出舰拦我，我可明告于他，水师刚接奉圣谕，要驶往他处操练。这样一来，他自然不好再说什么。我水师各船，可不就远离马江了吗？张会办，您意如何？"

张佩纶闻听此言，唰地一声将扇子合拢，又倏地站起身来，未及开口，先是一阵冷笑，旋侃侃说道："制军讲出这样一番话，实大出本部院之意料，恐怕连太后也没有想到。想起本部院临出京时，太后说过这样一句话：'泰西各国在我中土日渐肆行，实朝廷心腹大患。'醇王爷也拍着本部院的肩头说出'不挫洋夷凶焰，实难长我大清志气'这样的话。现法舰云集我马江洋面，正是我水师报仇雪恨之时。此时不思歼敌之策，反谈避战良方，何颜对上？大丈夫生于世，当抒尽忠报国之志，而不应心生胆怯偷生之念。若非如此，枉读圣人书耶！"

张兆栋这时小声道："副宪大人可不是说远了吗？又不是制军想腾空船厂，是李爵相的主意。"

张佩纶应声答曰："兵法云：'两军相逢勇者胜'。大战在即，正是我大清雪耻之机。腾空船厂，移船他往，我堂堂福建水师，有何颜面对朝廷耶？此时正应奏请朝廷，速饬南北洋尽发船只，合围孤拔。使法鬼在马江洋面，逃无可逃，躲无可躲！此方为当前良策也！"

何璟、张兆栋、何如璋三人，听了张佩纶的一番高论，面面相觑，再不敢提"腾空船厂"、"移船他往"的话题。

临别，张佩纶忽然笑问何璟一句："制军大人，您老看孤拔率舰到闽，将是何种结局？"

何璟被问的一愣，沉吟许久不能作答。

张佩纶又问张兆栋一句："张抚台，您老看孤拔来我闽江，意欲何为？"

张兆栋答："你张会办倒会问！孤拔此来，不是要攻我福建水师，毁我船厂吗？他总不会是吃饱了撑的跑我这里来消食！"

张佩纶手舞扇子，摇头晃脑笑道："谬矣！孤拔万里来闽，实乃插标卖首者也！因茹费理死期将至，葬费无着，故遣孤拔入闽卖首以换葬银耳！"

张佩纶话毕，大笑而去。

望着张佩纶的背景，何璟忽然冒出这样一句话："莫非诸葛武侯当真再生了吗？太后看人，当真很准啊！"

光绪十年七月初一日（公元1884年8月21日）上午，法驻京署使谢满禄，秉承国内旨意，向总理衙门发来了最后通牒。总理衙门禀承慈禧太后的懿旨，对法国的最后通牒不予理睬，拒绝答复。

谢满禄等不来中国的答复，无奈之下，只好宣布下旗闭馆，旋率所有馆员乘车离京。

离京时，谢满禄电告孤拔和巴德诺，通告闭馆事宜。

巴德诺接到谢满禄的电报，马上电命孤拔动手。

孤拔收到巴德诺的电报后，马上派出快艇，把各舰舰长接到旗舰"窝尔达"号上，布置作战事宜。时间是光绪十年七月初二日（公元1884年8月22日）晚八时。

舰长到齐，孤拔咬牙切齿地说道："该死的中国人，他们竟敢对谢满禄子爵的最后通牒不予理睬！现在，我们的子爵肯定已经下旗闭馆离京，而我们则到了教训他们的时候了！我们的舰队，一定要维护法兰西的尊严！我们要把这里的船厂干掉，把他们的军舰打沉！还有炮台、工事，以及那个叫张佩纶的人，全部消灭掉！本将军已经写好战书，当然，战书也是劝降书，命令他们在明日两点前交出这里的一切，把军舰开到我们指定的地点。若他们敢拒绝，两点钟就是开炮时间！我命令：第一信号旗升起时，鱼雷艇先行攻击'扬武'和'福星'两船；第二信号旗收回时，全队开火。各舰务必牢记一条：我法兰西海军，是世界上的一流海军，是战无不胜的！请各位舰长把本司令的命令重复一遍。"

孤拔向麾下各舰布置任务时，张佩纶却正与张兆栋、何如璋二人在行辕饮酒作乐、高谈阔论。

从总督衙门下来后，张佩纶为了向世人展示他大敌当前，稳如泰山的大帅风采，回到自己行辕后做的第一件事，便是命人置酒备菜，然后派人分头去请张兆栋、何如璋二人，声称："有胆子的，便来与张某痛饮一番。畏惧者，大可不必应邀。张某不与鼠辈同饮！"

张兆栋、何如璋二人见到张佩纶的帖子后，万料不到这张大人请他二人前去，当真是要饮酒，以为是会商布防，计议抗敌的事，便匆匆赶将过来。哪知见了张佩纶后，酒菜已备齐多时，分明是要饮酒。

张兆栋便道："张副宪，外面风雨颇紧，正是布防的大好时机，您老如何还要——大敌当前，我们做事孟浪不得呀！"张兆栋不敢把"饮酒"二字讲出口。

张佩纶舞着扇子笑道："本部院适才已与那孤拔老儿达成了协约，他的那颗人头，本部院决定两个大钱购买了！"

张兆栋一听这话，忽地跳将起来，口里说道："酒坛尚未启封，您老如何便醉成了这样？您老到底是什么托生的？"

张佩纶笑道："抚台当真以为，本部院是在讲醉话吗？谬矣，谬矣！本部院此次不仅要替上头购买孤拔的狗头，还要按着南海老龙王的圣谕，把侵入我大清的各色法鬼，悉数送到海底喂王八！——来人，斟酒！"

张佩纶话毕，强行把张兆栋、何如璋拉到桌前落座。

有军兵飞跑进来为每位大人斟酒。

张佩纶举杯道："孤拔售首，庆功饮酒。连干十杯，不醉不休！——来人！"

张佩纶话音刚落，一名侍卫推门而入。

张佩纶起身，从卧房里拿出一把佩剑，往侍卫的手里一塞道："你在此监酒，不管抚台还是船政，甚或是本部院，若不遵号令连饮十杯者，你抢剑便砍他！"

张佩纶话毕，举杯便饮，竟连饮十杯，甚有古醉臣风采。

张兆栋与何如璋吓得面如土色，心里只叫一声"苦也"，却又不敢不饮十杯。

十杯酒下肚，张佩纶收回佩剑，斥退侍卫，手舞足蹈道："李爵相视法人船坚炮利，本部院偏视法舰如草芥！本部院已将连环阵布置妥当，法舰胆敢妄动，管叫他灰飞烟灭！不是本部院在此夸口，吾一篇檄文，管叫各国洋夷不敢正觑我天朝！你们信不信？"

何如璋听了这话，也仗着酒胆，竟开言说道："大人的文章固然写得好，但洋夷能看懂吗？他看都没看懂怎么能怕呢？"

张佩纶大怒道："放肆！你不过一名小小的少詹事，上头抬举你着你来管船政，也不知是你何家哪辈子积得阴德！你竟敢和本部院抗衡！本部院已经很久没有参人，你竟敢自己往本部院的手里撞！你胆子太大了！"

张兆栋忙道："副宪快快息怒，子峨不过是讲句笑话，您老怎么当起真来了？子峨什么能耐？您老什么名头？"

张佩纶愈发愤怒道："张抚台，你不要在此乱放屁！本部院抬举你，尊称你一声抚台。其实你在本部院的眼里，根本就什么都不是！就算是，也是海里的大王八、烂乌龟！"

张兆栋一听这话，立即跳将起身来大声道："你这人真不识好歹！你不过是名副宪，本部院与何船政念你名头大，处处让着你，你倒尾巴翘到天上了！你不要忘了，本部院再不济，也是一省巡抚！何子峨也是我大清惟一的一位船政大臣！你再敢在此乱放屁，本部院敢着人打你的板子！"

张佩纶哈哈笑道："吾心里只有圣人，吾眼里只有朝廷！什么巡抚，什么船政，统统见鬼去吧！吾不日就要携孤拔的狗头进京面圣，你们还是看好自己头上的顶子吧！哈哈哈！"

何如璋起身一拉张兆栋的衣袖道："抚台大人，眼见这人又醉成天王第二了，我们还是赶紧走吧。再喝三杯，他定然把你我当成孤拔，麻烦可就大了！"

张兆栋听何如璋如此说，急忙命人进来更衣，然后离去。

二人离去不久，张佩纶便命人备轿，然后顶着狂风暴雨，醉眼朦胧地跑到山顶去侦看法舰的动静。

张佩纶坐在山顶，东摇西晃，用手指着法舰，口里一遍一遍地说道："孤拔售首，庆功饮酒！吾不日就要携孤拔的狗头，进京面圣也！"

有奸细飞跑着去法舰上来见孤拔，称："那个张佩纶又喝得烂醉，此时正在山顶胡言乱语。现在如果发炮，能把他打到天上去！"

孤拔听了这话，命人从舱里拿出两瓶白兰地，派人乘快艇交给岸上的防军，称："法国孤拔海军提督怕贵国没有好酒，特奉送两瓶好酒请张钦差笑纳。"

防军接酒在手，一刻不敢耽搁地送到山顶。

张佩纶听了孤拔的话后，哈哈笑道："孤拔老儿，你以为本部院不敢饮吗？本部院偏要饮给你看！"

话毕，命人启掉瓶盖，一边畅饮，一边扶着侍卫，抑扬顿挫地吟咏起苏学士的《水调歌头》："明月几时有？把酒问青天。不知天上宫阙，今夕是何年？我欲乘风归去，惟恐琼楼玉宇，高处不胜寒。起舞弄清影，何似在人间！转朱阁，低绮户，照无眠。不应有恨，何事长向别时圆？人有悲欢离合，月有阴晴圆缺，此事古难全。但愿人长久，千里共婵娟。"吟罢又道："孤拔老儿，吾吟得好吗？吾再为汝吟上一首《柘枝引》，送尔上路！——将军奉命即须行，塞外领强兵。闻道烽烟动，腰间宝剑匣中鸣。好酒配好词，当真快哉，快哉！"

张佩纶在山顶疯态大发，孤拔并不理睬，只是下令各舰调炮擦枪，作着战前的一切准备工作。

靠近"窝尔达"号的福建水师舰只，是"福星"号与"扬武"号二舰。

"扬武"号是旗舰,管带是张成。

张成最得船政大臣何如璋信任。何如璋到任前,张成是游击衔的都司管带。何如璋到后,经过考查,发现福建水师所有管带当中只有张成会写八股文章,又能谈上几句《孙子兵法》,于是对他格外器重。用不几日,一个暗保递进京师,张成竟然成了游击管带,跻身从三品武职大员行列;张成管带的"扬武"号,也被何如璋指定为船政学堂的教习舰,张成本人亦俨然成了学堂的学监。在何如璋面前,张成鞍前马后地伺候,张口不是大人就是卑职,把个词臣出身的何如璋哄得分外开心。何如璋爱喝洋酒,张成就用克扣军饷的银子,花高价从洋人的手里买洋酒送给何如璋;何如璋爱收藏鼻烟壶,张成就把手底下的人打发出去,四处寻那上等的用来孝敬。

张佩纶到后,采用霹雳手段,把何如璋手里的水师和船政大权一一夺去,口口声声要替上头整饬水师和船政。张成见何如璋要靠不住,毫不犹豫便投进张佩纶的怀里。他寻着张佩纶的软肋,知道这张大人最喜欢听奉承话,还爱指点人的文章。他就具了个门生的帖子,也不管张大人愿不愿意,坚持行了拜师大礼。张佩纶虽然口里连称:"这如何使得?"心里已是喜得不行。以后张成每次到行辕来见张佩纶,便不再称大人,而是改称恩师。与属官谈话,每当谈到张佩纶时,张成口里总是"我恩师如何了得"、"我恩师如何能耐"这样的奉承话。这样一来,张佩纶也开始极力保举他。

孤拔率舰侵入马江时,张成已经成了赏二品顶戴福建水师总理营务处兼署闽安协副将,以实缺游击管带"扬武"号,并统率各舰。

"福星"号管驾是许济川,管带是陈英。许济川其时休假,陈英兼署管驾。

当陈英发现法舰异于寻常时,为防敌船突然动作,他便乘小艇联络"飞云"号管驾兼督带高腾云、"振威"号管带许寿山、"济安"号管驾林国祥、"艺新"号管驾林承谟、"伏波"号管驾吕文经、"福胜"号管驾林森林等人,悄悄来到"扬武"号,欲当面向张成陈述当前形势,请求重新布置船位。

哪知张成因昨夜伺候张佩纶饮酒过晚,至今尚未登船视事。

众管事、管驾无奈,只好一同登岸,共同寻找张成。

但张成并未在他岸上的府里,问府里的下人,都说大人一直在忙公事,已经七天未回府里安歇了。

听了张府下人的话,各管带、管驾面面相觑,不知如何是好。

林承谟这时低头想了一想,突然说:"是了,张协台肯定是在那里了!各位兄弟随我来。"林承谟话毕,当先走出张府,向深巷里走去,很有把握的样子。

到了一处很干净的门首，林承谟上前一步轻叩门环，很快便有一个老妈子走将出来。

林承谟与她耳语了几句什么，老妈子颔首快步走进去。

你道这是一个什么所在？这原来却是马江岸上的一个私窝子。主人原本是父女俩，从北方流落到马江一带，一直靠在船上卖唱过活，艰难糊口。后来父亲得急症殁了，女儿一个人不敢再到船上去，便在岸上寻了个僻静的房屋赁下，又找了个老妈子帮衬，便操起了皮肉生意。渐渐传扬开去，过往的商人都来嫖。后来通过别人认识了张成，境况登时好转。不仅新赁了房子，又用了厨子，老妈子也有了三个。以后，这女人便不再接其他的客人，只伺候张成一个。

说起来就是"观音桥事件"发生的第二天，海口风声甚紧，船政何如璋召集各舰会议防务。都到了行辕，就差张成一个。何如璋便差林承谟去寻张成。

林承谟寻了许久不见张成的影子，后来还是从张成贴身的一名亲兵口中知道了这个所在，急忙赶了来，果然就和张成碰了面。林承谟推断，这次张成十有八九还在这里。

此次又让林承谟料个正着，张成很快与众人在小方厅里会了面。

一见张成的面，众人也顾不得施礼，许寿山当先说道："协台大人，法鬼调炮擦枪，大异于以往。我们不能不有所预防啊。"

张成道："法鬼一贯如此，不可太当真。你们不要被他吓住。"

陈英道："协台容禀，非是卑职疑心，孤拔这几日，是当真不同寻常，我们不能不有所准备。"

张成道："本镇昨夜始终跟在钦帅的身边。孤拔的把戏，早已被钦帅看穿。钦帅昨夜断言，不出三日，孤拔见吓我不成，定然退出马江。你们万不可造谣生事，搞得人心惶惶。"

许寿山道："大人容禀，如今船多江窄，并在一处，难以转动。不管孤拔下一步要干什么，我各舰都应该拉开一定距离。"

张成冷笑一声道："你不得胡说八道！现在水师各舰的位置，均系钦帅所定，就算何制军、张抚台、何船政，都不敢妄动一寸。你是什么身价，敢提出这个建议！你若不想活早说话。再说了，如果此时开动兵船，孤拔开炮怎么办？他可早就放过话，我们船敢动，就是开衅。开衅的罪名谁背得起？"

陈英道："大人容禀，卑职以为，许管带所言有一定道理。我各舰现挤作一团，若法舰忽然放炮，我军立烬。须与师船疏密相间，首尾数里，以资救应。若前船有失，后船尚可接战。若孤拔问起，我们就说是按朝廷旨意行事，他自然无话说。"

张成未及答话，林承谟这时道："卑职以为，轮船须与艇船、木哨船相间，首尾分列。胜则可截可追，败则相援相救。尤其目前情形，尤不宜并在一处。"

张成忽地站起身来，气急败坏地说道："你们全都昏了头！一大早，就讲出这么多混话！你们马上回到船上去，不要误了本镇吃早饭！"

众人一听这话，不由自主地互相看了看，便不敢再说下去，全都把头低下，快快地走出来。

到了门外，陈英和许寿山、林承谟小声计议了一下，便决定去见张佩纶。

张佩纶此刻尚在行辕醉乡高卧，众管带、管驾足足在门房等了半个时辰，里面才传出话来，着门房把众人引到方厅里说话。

众人进了方厅，又等了两刻钟，张佩纶才身着常服，手握扇子，东摇西晃地走将进来。

众人慌忙施礼，口称"给钦帅请安"。

张佩纶理也不理，只管一屁股坐到椅子上，许久才说道："昨夜本部院把孤拔骂了个狗血喷头，想来你们一定是知道了。如果本部院没有猜错的话，孤拔已经逃得无了踪影。对不对？"

陈英施礼道："钦帅容禀。卑职们一早便来扰您老的晨梦，是因为，我兵轮与法舰相靠太近，不能相互接应。恳请大人，重新布置队形，以防不测。"

许寿山道："船多江窄，难以转动，甚不合水战规则。若兵轮与艇船、木哨船相间，首尾分列，则胜可截可追。"

张佩纶未及许寿山把话讲完便大喊一声道："你们都给本部院住口！你们适才所讲之话，若被上头预闻，你们都得被革职！我船不与法船紧紧靠在一起，我如何能制他！我水师目前的队形，已让孤拔肝胆俱裂。设若现在再依你们的主意，重新调整队形，法舰一定以为，我福建水师各舰，心生怯意，不敢与他交战。他本打算逃跑，自然不再逃跑；他原本不敢发炮，此时偏要发炮！兵法云'兵者，诡道也'，又云'虚则实之，实则虚之'。你们马上回到舰上去，想唱便唱，想笑便笑，都把法舰当成猪狗。"

陈英说："大人容禀，大人所言，卑职全能做到。但现在法人各船擦枪调炮，分明是要动手。但我各船，眼下只备有几发炮弹，兵勇更是两手空空。为防万一，大人可否把枪械分发各船兵勇的手里？再让小艇把弹药等物，也加紧运到船上？法舰动手，我们总得应战不是？"

　　张佩纶断然说道："你们又在说胡话！你们莫非被法人吓破了胆子？现在两国并未失和，你们让本部院为船上兵勇发枪，还要配足弹药！兵勇手里有了枪械，谁敢保证他不拿在手里玩耍？他一个不小心，把枪弄走了火，法人藉此诬我当先开枪，谁个承担得起？"

　　林承谟急道："大人容禀，卑职们是怕法人突然开炮啊！兵勇的手里有了枪械也好还击不是？我们不能把军兵的性命当成儿戏呀！"

　　张佩纶一挥扇子道："你敢再放屁，本部院命人把你的屁股打成八瓣！有本部院在此，你们怕什么怕？本部院倒是希望法人能开第一枪。这样一来，就是衅自彼开，与我无涉。你们回舰去吧，本部院要用早膳了。"

　　陈英急道："大人——"

　　张佩纶边往里走边说："谁敢在此聒噪，本部院把他的屁股打开花！"

　　众人讨了没趣，个个灰着脸回到舰上，仿佛接到了革职的上谕，全都一肚皮的心事。

　　午饭时分，孤拔把用中、法两国文字写就的战书，派快艇送到"扬武"舰上。

　　张成当时尚未到舰，副管驾梁梓芳一见事情紧急，也顾不得张成到舰，便慌忙派了两名水勇划了快艇，把战书飞送张佩纶。战书刚被送走，张成在亲兵的簇拥下，招招摇摇地来到舰上。

下卷

THE SINO-
FRENCH
WAR

第一章　水师、船厂瞬间凝固

第一节 孤拔好想为张会办颁奖

战书到行辕时，张佩纶正在同着一班马屁属员饮酒诗会。当时正是法字韵，一名马屁随口便吟出一句："泰西有个兰西法"，另一名马屁应声对道："海军提督叫孤拔"。第三名马屁正沉吟间，孤拔的战书到了。

张佩纶在席间把战书读了读，又从怀里摸出一块嘀嗒响的西洋金表看了看，说道："这孤拔老儿太不懂规矩。他说两点钟便要开炮，但现在已经一点多钟，我们如何来得及准备？两国交兵，总要商量好了之后才可交战，哪能由一方说了算！这老儿，肯定是西洋酒喝多了。"

张佩纶话毕，传一名亲兵进来，把战书交给他道："你骑快马，立即把战书递到福州城里制军那里！一分钟都不要耽搁。"

亲兵走后，张佩纶又把文案传进来道："你立即督同通事，给法国提督孤拔，发个快函过去。你告诉他，他所约定的开炮时间，已被本部院驳复，请他另约日期吧。"

文案听了这话，浑身哆嗦着退了出去。

其时，张佩纶收到战书时，何璟也已收到了法国驻福州领事下的战书；亲兵怀揣战书骑马往福州飞奔的时候，福州巡抚张兆栋、福州船政大臣何如璋，也正拿着法领事的战书向张佩纶这里赶。

孤拔收到张佩纶回函的时候，离两点还差五分钟。

孤拔把信函读了读，忽然大笑道："中国的这个张大人，肯定又喝醉了！中国的老太后太会用人了！"

孤拔笑毕，喝令旗手升旗。

随着"窝尔达"号的第一信号旗缓缓升起，法鱼雷艇当先对着"扬武"

号开炮并发射鱼雷。

"扬武"号管炮兵勇杨兆南不敢怠慢，稍事瞄准即打出一炮。炮弹仿佛长了眼睛，不偏不倚，正中法旗舰"窝尔达"舰桥。因战事突起，"扬武"号尚未起锚，为能掉转船身，船上铁匠周宝也不及命令下达，便果断地抢起大斧猛砍锚索。

"扬武"号锚链尚未砍断之时，法国四十六号鱼雷艇发射的一枚鱼雷飞扑过来，正中"扬武"中部。随着船身的一阵抖动，"扬武"舰上的两门小炮，一齐对着四十六号鱼雷艇开火。

张成见舰身开始下沉，竟然用最快的速度，脱掉顶戴官服，翻身跃入江中，凫水而逃。

这时法舰队各船已经全部开火。

"扬武"号一边开炮还击，一边加紧砍断锚索，最先冲出阵来，但旋被两艘法舰围攻，炮火极其猛烈。

这时，"福星"号离"窝尔达"号最近，他一面对着"窝尔达"开炮，一面也砍断锚索并试图靠近"窝尔达"，企图将对方撞沉。

福建水师其他各舰，也在砍断锚链后迎战法舰，毫不退缩。

但因福建水师各舰炮弹有限，兵勇手里又无枪械使用，加之船身全系木制，根本经受不住法舰强烈的炮火轰击。

先是"扬武"号未及靠岸便已沉入江中，接着是"振威"号中炮沉没，"福星"号在火药爆炸后亦在烟火弥漫中没了踪影。然后便是"飞云"号、"福胜"号、"建胜"号相继被法舰击沉，时间总共用了不到三十分钟。

在江面烟雾未消之时，福建水师的两艘小舰"伏波"号和"艺新"号，靠着小巧的船身和机智的应变，好歹冲出重围，向福州方向驶去。

法舰向福建水师各船疯狂轰击之时，岸上的炮台也对法舰实施了轰炸。但因炮台位置离江面太远，角度也偏差太大，对法舰未能构成任何打击。

眼望着舰船一只接着一只被法舰击沉，炮台却毫无办法。这都是张佩纶的"功劳"。

此役，福建水师十一艘舰船被轰沉七艘，逃脱两艘，阵亡官兵八百余人，只有张成等十几名军官逃生。法舰队二十七伤六死。

把大清国历经十余年时间组建起来的福建水师摧毁后，孤拔并未罢手，开始指挥各舰对沿江炮台逐一轰射，只打得硝烟弥漫、火光四散迸射。

说来也煞是奇怪，张佩纶饬命沿岸重筑的炮台，虽对法舰形成不了丝毫的打击，但法舰轰射起来却颇为得力，几乎是一炮一座，无一漏掉。

法舰驶到长门，孤拔命令各舰海军陆战队员登岸作战，想趁势将福州占领。

六百余名海军陆战队登岸不久，便遭到守军的拦截。法军仗着炮利枪快，仍然硬性向前推进，很快便落进福州将军穆图善早就布好的包围圈。随着山顶一面龙旗的快速升起，三面很快响起密集的枪声和炮声。

法军见形势突起变化，连滚带爬便撤了回去。

防军在穆图善的亲自指挥下，奋力追击，分明是想把法军打进海里去喂王八。

孤拔忙命军舰开炮接应，清军追势这才稍缓。

此次登陆作战，清军无一伤亡，法军九伤二死。

见天色已晚，孤拔命令各舰齐开到船厂一带收队泊定。

晚饭的时候，孤拔一面电告国内汇报战果，一面兴高采烈地说道："我要向总统建议，给中国的张佩纶颁发个车轮一般大的勋章！"

第二天一早，法舰开始炮轰岸上的福州造船厂，不仅把厂房悉数轰倒，房内的机器以及一艘已经完工但尚未下水的快船亦被炸成碎片。

穆图善连夜赶到船政局一带布防，专俟法军登岸，便给予痛击。但孤拔吸取教训，只命舰船游弋放炮，并未敢二次登岸。

一连几日，孤拔率舰在马江沿岸到处开炮，大批民房被毁，百姓死伤惨重。孤拔此时极其猖狂，口口声声称自己是上帝。

闽浙总督何璟与福建巡抚张兆栋联衔的电报，夜半时分被天津电报局收悉，翻译出来，电报局全员皆惊，遂一刻不敢延迟，急送李鸿章。

李鸿章未及把电报读完，已然气得破口大骂起来："想不到，我大清十几年才建成的船局和福建水师，竟然眨眼间灰飞烟灭！"

电报当日急送京师军机处。

电曰："初三午刻，法领事照称，本日开战。甫电告马尾、长门，而法人先行开战。水陆将士誓死抵御，鏖战两时久，我火轮、小轮、商艇，势力不敌，致被所毁。闽船、法船、水师弁勇多有伤亡，船厂继又轰焚。长门电线已断，陆路被阻，未知胜负确信。刻法船尽泊马江，窥省城。民怨及各国，省防危而兵单，应请南洋多派兵轮，江西振武五营速赴闽省。惟马江之战，法人先期攻击，致此挫衄，实属痛心，罪无可逭。"

很快，几顶绿呢大轿，分别从礼王府、醇王府、贝勒府开出，慌慌张张向皇宫赶去。

早朝刚刚过去，上海道邵友濂的急电，又飞到了军机处。

邵友濂在电报中，向军机处报告了一个天大的传闻："适从英驻沪领事馆探闻，马江海战，法舰虽击沉中国兵船七艘，但马江山顶的一处炮台，在会办张佩纶的亲自指挥下，连发两炮击中法旗舰'窝尔达'号，将法国海军提督孤拔打落江中淹死。是否确信，尚在密访中，容续报。濂。"

手握电报，世铎连连惊呼："我军原来是胜了！我军原来是胜了！太后着张佩纶去会办闽防，是当真选对了人！想不到，孤拔的克星，原来是张佩纶！本王须好好保举他一回！"

世铎转念又一想："设若孤拔当真被张佩纶打死，何璟与张兆栋联衔的电报，为什么只字未提呢？莫非邵友濂从英国领事馆探来的消息不确？"

世铎依例把邵电递进宫去，然后便按着太后的吩咐，召集军机大臣、在京大学士、总理衙门大臣、各部院尚书、侍郎等，到内阁共同商议办法。同以往一样，慈禧太后专下懿旨一道，着醇亲王奕𫍽一并与议、具奏。

但醇王此次与议又与以往不同，以往与议，他都是极力主战的一方，但此次与议，他的口气明显地不如头几次硬朗。尤其当以左宗棠为首的主战派提出，大清国已无退路，只能对法公开宣战的时候，醇王竟然说了这样一句不着首尾的话："做梦都想不到，法舰能在眨眼之间，把我福建水师化为乌有！"

还有一项也让与议王大臣们没有料到，当此福建水师覆灭、福州船厂被毁之时，阎敬铭、徐用仪、张荫桓等一班总理衙门大臣，却仍坚持改派李鸿章速赴上海，去与法使巴德诺议和！

小儿都知道，法驻华署使谢满禄已经下旗离京，孤拔已在马江大动干戈，这无异等于法国向世界宣布，不管中国做何想，法国已经决定开战了！

阎敬铭、徐用仪、张荫桓等人的提议，自然遭到主战派的一阵猛烈抨击。

奕𫍽、世铎和奕劻全没了主意，一任与会王大臣们互相争吵，竟然全不表态。

其实，大家的心里都异常清楚，除了向法国宣战，大清国已无第二条路可走。

光绪十年七月初六日（公元1884年8月26日），大清国对法宣战的圣谕正式下达。

宣战书下达的同时，慈禧太后又听从左宗棠的举荐，着军机处给漕运总督杨昌浚密发圣谕一道："法人滋扰闽口，船厂被焚，亟须知兵大员统率劲军前往援剿。着派杨昌浚督师克日赴闽，应调何路兵勇，或迅速招募成军，以厚兵力。"

同时，军机处又给军机大臣、大学士左宗棠飞传一旨："大学士、军机大臣左宗棠着为钦差大臣，督办福建军务，福州将军穆图善、漕运总督杨昌浚充帮办、学士张佩纶充会办船政大臣；詹事何如璋着还京任职。"

在世铎的力荐下，张佩纶终于成了名正言顺的船政大臣。

此旨电发至福州，何璟忙派出军兵赶往马尾急传张佩纶、何如璋二人，到省城接旨，但却未见二人踪影。

军兵无奈，只得怏怏回省面禀何璟。

何璟与张兆栋俱各惊诧不已。

商议了许久，只好着文案拟了张告示贴出去，称："有知悉督办船政大臣何大人及会办闽省防务张大人下落者，赏钱一千。"

人们不禁要问，当此战火纷飞之际，张佩纶、何如璋二人究竟到哪里去了呢？须知道，此时虽然福建水师已不复存在，福州船厂已被轰毁，但法舰并未离开马江，法军随时都有登陆的可能。岸上正是需人之时，二人怎么可能不在呢？

第二节 钦差船政亡命彭田

话说张佩纶把改期开战的信函派身边的一名通事送出之后，他便得到密报，称各国驻马尾的领事，正在离岸登船，为的是躲避炮火，免遭轰击。

张佩纶闻报，表面虽镇定如常，内心已是紧张得不行。他勉强把最后一杯酒倒进口里，便命人更衣，又将行辕里的一些书籍及贵重物品，简单清理了一下，让亲兵抬着，便赶到山顶去督战。

哪知刚走到半山腰，江面便传来隆隆的炮声，分明已经开战。

张佩纶心吃一吓，慌忙驻足观看，却正看见福建水师的旗舰"扬武"号向江中下沉，而张成正跟条蛤蟆似的奋力往岸上爬。

他命人将张成拉将上来，未及讲话，偏偏一发炮弹呼啸着飞来，在山脚下炸响，崩起无数的沙石。亲兵都吓得躲到树后藏身，张成则拉起张佩纶拼命地向山后奔去。

是日大雷雨，张佩纶衣裤尽湿，靴亦跑丢一只；张成则赤膊跣足，短裤披发。

两个人好不容易跑到船厂后山，但听江面炮声愈烈，半天空里都是硝烟。

张佩纶心惊肉跳，以为法人很快就要上岸拿他，遂稍事歇息，继续扶着张成，东倒西歪地向前疾奔。

傍晚时分，二人始行至鼓山麓。

张佩纶是无论如何都走不动了，张成也是双足见血，气喘如牛。

张佩纶把自己放倒在路旁一棵大树的后面，喘息了许久才道："这里是什么地方？法人来寻能否被他寻着？"

张成靠着一块石头喘气，回道："大人，这里应该是鼓山麓，卑职以前到过这里。这个地方挺犯邪，听说专出美女和傻子。美女美得个个赛似仙女，傻子傻得趴到美女身上都不会日。"

张佩纶一听这话，一下子睁圆眼睛，奇怪地问："这话怎么说？如何傻成这样？没人教教他？"

张成一面扳过脚来拔刺，一边答："卑职也是听说。大人，我们今晚到哪里歇脚？"

张佩纶道："法人能否寻过来？"

张成道："大人，天色已晚，又雨急风大，法人想来不会寻到这里。"

张佩纶深思了一下道："本部院已是走不动了。张成啊，你到村子里走一趟，找到这里管事的，就说本部院到了，让他们备顶轿子来接本部院。我们今晚就宿在这里吧，顺便看看美女和傻子。"

张成咬着牙站起身，刚想迈步走动，却又扑通倒下去，许久起不来，口里道："大人，卑职这双脚已是走坏了，根本走不了路。"

张佩纶翻身坐起道："你快寻根棍子拄着，本部院同你一起进村。"

张成一听张佩纶话里带气，只好忍气吞声地趴在地上用手乱摸，总算摸到一根棍子。他撑着棍子站起来，慢慢挪到张佩纶的身边扶起张佩纶，两个人便搀扶着向村子里摸去。

好歹寻到一处高宅大院的门首，张佩纶道："本部院没有料错的话，这应该是个管事的住处。你只管砸门，由本部院同他们讲话。"

张成得了这话，一个人挪到门前，扬起棍子便砸门，口里乱叫道："快快开门，张钦帅到了！张大人到了！副宪大人到了呀！"

门终于被砸开，一个老者提着个灯笼走出来问："深更半夜的不睡觉，是哪个狗日的在这里砸门？寻打不是？"

张佩纶忙道："本部院乃都察院左副都御史会办福建海防的张大人。你快打开大门，把本部院接进去。本部院一定饬令这里的地方官，重重嘉奖于你。"

老者闻言，忙走到张佩纶的身边，把灯笼举到张佩纶的面前，细细看了看，说道："你这个人大概是不想活了！竟然冒充什么张大人，还口口声声什么御史！我看你是狗屎！张大人此时正在督率防军与法人斗法打仗，他跑到这里做甚？法人都在船上，如何到得这里？——快滚！"

老者话毕，转身进门，重新闭紧大门，任张成如何拼命敲打，只是不肯打开。

张佩纶摆摆手道："罢罢罢，本部院是让这个孤拔给害苦了！我们另寻个地方歇脚吧。"

张成苦丧着脸道："大人，我们总得寻口东西吃啊！"

张佩纶道："本部院也想弄口酒来去去寒气，可哪得有？"

两人于是又厮架在一起，挪了半夜才挪到村头的一个关帝庙里。

张成在后院寻了两捆稻草铺到关帝的御座下，两个人这才躺下来。

听着外面的风雨之声，张佩纶辗转了半夜才恍惚睡去，却又做了老大一个恶梦，梦到自己被法军搜走，捆了个结结实实，然后抬起来，便向江心抛投，说是喂王八。

张佩纶吓得大叫一声，倏地睁开双眼。他坐起身来，脱掉补服把跣足包上，又拿过张成的棍子，便慢慢地站起身，一瘸一拐地推开门。

走到院中，但见满天星斗闪烁，雨不知何时停了。

张佩纶一屁股坐到石阶上，望着远处黑黝黝的山峦，满天眨眼的星斗，脑海中忽然闪现出自己在京师时的无限风光，眼中竟扑簌簌落下泪来。

他站起身，用手擦掉泪水，忽然手指苍天吟道："明月几时有？把手问青天。"他此时无酒，只好把酒顺口改成手。

一阵冷风吹来，张佩纶激灵灵打了个寒战，于是赶紧住口，又二次走进门里，快快地到草堆上坐下，看张成时，仍在沉睡，活脱脱一头死猪。

张佩纶心头忽然一动，不由暗道："这个人把福建水师害苦了！"

这样想过，一股怒气就升将起来，抬起那只着靴的脚便踢过去，正踢在张成的大腿上。

张成翻身坐起，大叫道："大人快走，孤拔来了！"

张成说过就挣扎着往起站。

张佩纶一惊，一边起身一边问："孤拔在哪里？孤拔在哪里？"

张成起身道："卑职明明看见他从门外闯进来，还踢了卑职一脚，怎么转眼又不见了？"

张佩纶抬眼望了望窗外，见天已有些发白，便起身道："天快亮了，说不准孤拔当真正带着人往这边寻过来。这里不能久留，我们到彭田乡去吧。彭田乡有穆帅的一个营驻防，我们到了那里，好歹能混顿饱饭。"

张成四下看了看，见角落里放着块破布，上面落了许多灰尘。

张成大喜，慌忙挪到角落里，弯腰把那块分不清颜色的布抓在手里，撕作两块，又坐在地上，用布把两只脚分别包上，外面用一根湿草捆了，自己说道："这回就能走到彭田乡了。"

我们再来说说何如璋。法舰把福建水师的最后一艘舰船打沉以后，便开始对沿江两岸的炮台实行轰击。

这时的何如璋在干什么呢？说出来怕没人相信，他正在船政局的办事房里，同着一班属员饮酒。正饮到高兴处，江面上传来了炮声。

听到炮声，属员四散奔逃，何如璋亦被亲兵搀扶着向后山奔跑。

到了山顶，何如璋壮着胆子回首望去，见沿江两岸炮台早已不复存在，法舰正喷着黑烟向船厂驶来。

何如璋不敢耽搁，同着部分属员和五十几名亲兵，拼命向山后狂奔。

正奔走间，见有几大队官兵，打着旗号，从不同的方向向船厂疯赶。

何如璋忙遣亲兵去打探消息，不久回报，说福州将军穆图善已有饬令下来，无论如何也要阻止法军上岸。

何如璋这才去看官军的旗号，见果然是一个斗大的"穆"字。

何如璋正沉吟间，一名属员小声说道："大人快走吧，赁穆帅的那几条枪，是打不过法人的。我福建水师何等了得，还不是转眼间，都被法船打进了海底！"

属员话毕，拉起何如璋便走，一直走到远离船厂的快安施氏祠才停下脚步。

当地百姓见有顶戴官服的人将祠堂占据，便纷纷聚拢过来打探根底。

有嘴不严的亲兵，便对百姓如实说道："这是船政何大人来此避炮，你们若有好酒好饭只管端来，必有好处！"亲兵这么说，其实也想混顿饱饭。

百姓闻知，不仅无人肯孝敬酒饭，反倒怂恿族长出面，让何如璋等人离开祠堂，以免惊扰先人。

何如璋大怒，命亲兵将那族长放翻在地，踢了足有五六十脚才斥退，喝令族长速送酒饭到祠，否则取其性命。

族长含恨而出，很快把村人召集到一起道："这个姓何的，他把朝廷费了许多银两才建起来的船政局送给法人，自己却跑来我们这里要酒要饭，大耍威风！我们如何要受他的气！"

一名百姓道："您老不要听他放狗屁，他要酒饭没有，他要狗屎倒可以给他弄一些。"

另一名百姓道："他是朝廷命官，又带了许多拿枪的人，我们平头百姓如何惹得起？还是好歹给他们弄些酒饭吧，不要把他惹急了，都把我们抓进大牢里，那才叫冤呢！"

族长沉思了一下道："事到如今，我们也只好得罪先人了。你们去寻一些干柴过来，等他们睡熟了，就把干柴都堆到祠堂的后墙上，然后放一把火。就算烧不死他们，也能把他们熏个半死！权当替皇上家惩治他们了。"

一听这话，众人皆称好计。

夜半时分，快安施氏祠堂果然燃起大火。何如璋等人被浓烟呛醒，狼狈逃出。

到了外面，漆黑一团，何如璋睡眼朦胧，茫然不知所措。

这时一名英语通事道："大人，卑职如果没有记错的话，前行一里左右的地方应该有英国人的一个商行。我们不如到那里将就一夜。"

何如璋道："本部院素与洋行无甚往来，如今贸然前去，他如何肯留？"

通事道："大人容禀，洋人都是唯利是图的。只要我们多出几两银子，洋人肯定能答应。"

一行人于是来到洋行，由通事与他们讲好了价钱，便在一处空房子里住下来。

何如璋此时已是饥乏交迫，便又委通事出面去与洋行通融，想再弄些酒饭来吃。通事作好作歹，好不容易用一块金表，求到了一桌饭菜和两瓶洋酒。

何如璋一见洋酒，眼睛登时一亮，一把抓过来，菜也顾不上吃一口，启开盖子便连喝了三大口，竟然喝下去小半瓶。

何如璋做过驻日公使，最爱喝洋酒。回国后，在京里好长一段时间未与洋酒亲近，到福州后，才又开始断断续续地喝起来。行辕里没有人不知他这一癖好。这晚却又与以往不同。他已长久没有进食，胃是空的，洋酒虽然不如土酒性烈，但后劲却比土酒猛上许多。他虽只喝了三大口，便开始头晕目眩，分明是醉了。他胡乱吃了两口东西，便倒地睡去。

第二天，天尚未明，一行人便被洋行的人逐出，声称法人已经登岸搜查，洋行担不了干系，让他们快快离开。

何如璋把剩下的洋酒揣在怀里，便在众人的簇拥下步入城里。

因肚中饥饿，他走几步，便要喝上一口洋酒。沿途百姓看得明明白白，便哄传开去，说船政大老爷被法鬼给打到了这里，法鬼很快就要大队来拿。

何如璋无心理会沿途百姓说什么，只管同着众人深一脚浅一脚地走，直走到两广会馆，一颗心才算放下。

会馆管事的把何如璋接进去，命人置办酒菜招待，又用大锅熬了粥分给亲兵们喝。哪知何如璋刚刚端起酒杯，外面已然喧哗一片，竟然有几百名当地的百姓，谩骂着往里面冲，口口声声要捆了这丧天良的何大人去送给法人。

何如璋见百姓来得凶猛，时间长了亲兵根本拦他不住，便顺手拿了两个馒头揣进怀里，让会馆管事的开了后门，他带着十几名属员逃将出去。同来的亲兵因为在前门和百姓撕打，竟然一个都没跟出来。

出了会馆，又走了许久的路，众人才住下脚，一名属员道："大人，我们要到哪里去？"

何如璋长叹一口气道："只要离开这里，随便到哪里，我们都活命。这里的百姓，全是些没良心的刁民，本部院是朝廷命官，他们竟要把本部院捆翻送给法人！这不是反了吗！若在平常，本部院一定把他们全送到大牢里去！"

一名属官听了这话，想了想便道："大人所言甚是，我们不如到彭田乡去。彭田乡离这里较远，就算法人登岸，想来也不会搜到那里去。"

何如璋此时早已没了主意，别人怎么说，他便怎么办，只图保住性命。

一行人于是慌慌张张地出城，从山间小路直奔彭田乡而去。

马尾海战过后，福建城乡流传着这样一首歌谣："大清气运未曾倾，闽省缘何出佞臣？船政有心私法国，制台索性受夷人。贪心巡抚图自己，舍命将军感鬼神。可笑钦差无用辈，空悬圣诏误朝廷！"

歌谣中的船政，指的自然是何如璋，制台是何璟，舍命将军是穆图善。因为孤拔命令法军登岸后，是穆图善亲自率军将法军赶下船去，使法人欲强占港口为质的阴谋破败。钦差说的是张佩纶。

第三节 中将少将齐聚基隆

孤拔将船厂轰毁后并没有立即离开，而是先把伤舰拖到香港去维修，又把舰船在这一带一字排开，然后便给海军部发了一封长电，得意忘形地指出："要想使中国政府屈服，讹诈和勒索到巨额赔款，法军必须在它的首都附近，在直隶方面给它以打击，如果只在远离北京的地方行动，对于中国政府则不会有多大影响。我建议，旅顺和烟台，只要我们攻取一地，我们所要求的一切，包括赔款，就肯定能达到。"

裴龙把孤拔的电报亲自送给茹费理。

裴龙对茹费理说道："总理先生，孤拔向我报告说，虽然我们的舰队消灭了福建水师，摧毁了炮台和船厂，但仍然不能占领福州，因为他所掌握的海军陆战队非常有限。他建议，把台湾排除在外，直接去攻取靠近北京的旅顺或烟台。"

茹费理静静地把孤拔的电报看完，深思了一下问道："部长先生，孤拔认为补充多少兵力，能达到占领台湾的目的？"

裴龙道："最少应该再加派不得低于两千的人数。"

茹费理果断地说道："给米乐发报，让他抽调三个大队的海军陆战队，炮兵和其他兵种的辅助兵力也要适当调拨一些，马上去向孤拔将军报到。"

裴龙道："总理先生，我个人认为，孤拔说的有一定道理。我们攻取旅顺或者烟台，可能对中国的打击会更大些。"

茹费理正色说道："部长先生，您不能同孤拔一样犯糊涂。您知道，我们的利士比，在基隆并没有失败，只是没有能够占领而已。但如果我们又突然放弃了那里，转而去攻击旅顺或者烟台，其他国家就会以为，利士比在基隆是真的遭到了失败！您要明白，我们只是想从中国人的手里拿到大额的赔款，并不希望与他们进行长时间的大规模的全面战争。部长先生，您想一想，如果孤拔在旅顺或烟台动手，而那里又是李鸿章的势力范围，战争将会升级。中国现在最强大的海军在北洋，而最强大的陆军，又正是李所直接控制的准军。和中国进行无休止的战争，我国眼下无此财力。"

裴龙疑惑地问："总理先生，您认为，李鸿章所控制的北洋，真的很强大吗？"

茹费理："我们不能打持久战，更不能去冒险。"

和茹费理分手后，裴龙一连发了两封电报。

一封电报发给米乐，令米乐在最短的时间内，抽调三个海军陆战队并炮兵等，人数不得低于两千的兵力去支援孤拔；一封电报直接发给尚在上海逗留的巴德诺，请巴德诺转告孤拔，他不久将会得到来自北圻的兵力支援，他的下一个目标仍然锁定在基隆，并转达茹费理的话："这个厂区应成为我们补给的中心点"。

孤拔收到电报后，头嗡地一声炸响，口里不由自主地骂出一句："这个该死的裴龙，他竟然把本人的话当成了耳旁风！"

鉴于北圻的援兵尚没有来到，孤拔决定利用这个空隙，亲自到基隆去侦察一番，做到心中有数。

行前，他把各舰又重新布置了一下，认为无懈可击后，这才放心地离开。

在途中，孤拔收到茹费理直接发给他的电报。

他以为内阁改变了主意，接受了他的放弃台湾攻取旅顺或烟台的建议，不由大喜，命令"窝尔达"减速行驶。但等电报译出来后，他却又不得不很丧气地命令舰船加速行进。

茹费理的电报写的是："台湾守住闽江的入口处，控制北直隶湾，掌握了它便关系到中国沿海的安全，因此，将使中国心惊胆战，坐立不安。"

孤拔把电报收起来，一个人呆呆地望了一会儿海面，忽然小声嘟囔了一句："想不到，总理也变得莫名其妙起来。"

刘铭传此时此刻在干什么呢？

法舰陆战队登陆被击退后，刘铭传见利士比一直不肯离开基隆江面，他便已料定，法人是不肯轻易放过基隆的：要么是在等援兵，要么是在调整战术。

刘铭传推断，前一种的可能性比较大。

刘铭传经过几日的思考，又对敌我双方的优劣之势反复比较，不得不依靠基隆的现有兵力，重新作一番部署。

法舰船坚炮利，基隆的沿岸炮台对其构不成任何打击，刘铭传于是不再在沿岸重筑炮台，却把防御重点设在法舰炮火不能到达之地。这就无形中化解了法军的优势，增大了防军的优势。刘铭传称此为扬长避短，使法人只能逞威于海岸、江面，而不能进一步深入。

刘铭传布防时曾对苏得胜、章高元、曹志军这样说道："把海岸给他，他想轰就轰，想炸就炸，我们只给他个不理。他若想占领这里，就只能登陆来战，我们就还用上一次的战法打他。他攻取基隆，是要踞地为质，勒索兵费，我们让他站不稳脚跟。他这计谋自然也就破了。"

章高元这时说道："法人登陆不成，却坚不退舰，看来是在等大量的援兵。上次他们败回舰上，并非不能战，实在是因为人数太少。他们的枪械、炮械，果然优于我军许多呀！"

刘铭传道；"枪械短缺一项，本抚已电致李爵相，想来爵相正在为此筹措。恨只恨法舰看住了人口，有几只洋轮，分明来自北洋，但均被法舰拦回。本抚担心，北洋送过来的物质，不能进口。"

苏得胜愁云满面道："爵帅，这分明是法人使用的一个计策呀，使我断绝外援，他好觑机下手。长久下去，如何得了啊！"

刘铭传道："你们有所不知，就在我军击退法军的当日，本抚就致电军机处，请军机处奏明朝廷，转饬南、北二洋并闽省督抚，速拨能战兵轮十艘援台。但不知何故，时至今日，竟一只兵轮也未调来！如今事势，海岸已不为我有。曹军门各营逼近海边，如法人添兵添船来攻，即须退守山后。我之所恃者山险，敌之所恃者器利。彼登陆来攻我，我得其长；反之，我往攻彼，彼得其长。"

苏得胜狠狠地说道："若有大炮，我必不惧法舰！"

打退章高元、苏得胜、曹志忠的消极思想后，刘铭传便开始依着自己的思路和基隆的地形，重新布置防线。

刘铭传把第一道防线设置在临海的港口前山，由曹志忠、章高元各率所部分两路踞守；第二道防线设置在法舰炮火不能达到的后山，由刘铭传督率苏得胜部分两路把守。因第一道防线主要担负的是诱敌深入的任务，而第二道防线才是主要阵地，不仅防军人数超过第一道防线，还把所有的陆炮都安设了这里。为防法军添兵，刘铭传又紧急从台南增调了两营兵勇：一营由陆路赶到基隆，由营官陈永隆统带；一营由陆路迂回赶往沪尾（淡水），由营官柳泰和统带。尽管增加了一营军兵，但基隆能够参战的守军仍不足两千人。因为此时基隆正是瘴厉流行大盛期，士兵大多染病，极大地削弱了战斗力。

刘铭传在基隆积极备战的时候，马尾海战已经开始了；陈永隆统带一营军兵刚刚赶到，孤拔也乘坐"窝尔达"号来到基隆。

到基隆的当日，孤拔派快艇把利士比接到舰上，简单询问了一下这里的情况，又向利士比通报了一下马尾海战法军的战况，两个人便开始乘着军舰，对沿岸进行侦看。

孤拔站在甲板上，举着千里镜，一遍一遍地观看岸上的布防情况。他发现，守军已完全放弃了滩头阵地，却在港口高地的山顶上，紧张地修筑着工事，干得热火朝天；在俯瞰市区和港湾的高地上，东西南三方的山巅处，盖有一条几乎连续不断的铺着浅草的肩墙。不用问孤拔也能猜出，这是当地防军特意筑就的墙垒——而在这肩墙上，却飘扬着无数的旗帜——分明有大部队在此驻防。在一定的间隔处，若隐若现地布置着许多门山炮。

孤拔放下千里镜，忽然问了利士比一句："我怎么看不明白？他们这是在干什么？"

利士比答："他们尝了些甜头，想以陆地干掉我们，而我们的舰炮，又打不到那里去。"

孤拔又问："通过这几日的观察，您搞没搞准他们实际的人数？"

利士比很肯定地答："他们在这里，最少布置了一万五千人，有可能是两万人！要想占领这里，我们登陆的人数，不能低于两千人。这里的煤炭非常优质，可惜我们眼下还不能拿到手。"

见孤拔沉默不语，利士比又说道："据这里的税务司帮办鲍琅荣透露，基隆八斗煤厂的各种机器，已经被他们全部拆卸下来，都运到了山后。井口已炸平，房屋已烧毁。显然，刘铭传不想让我们从煤矿取到煤。刘铭传这个人太坏了！"

孤拔忽然说道："我们没有能够占领这里，我就已经推断出，这里的守军很多。利士比将军，我们完全可以放弃这座已经取不到煤的煤矿。我们攻取港口的目的，不过是为了弄到一大笔钱。如果我们放弃台湾，转而去攻占烟台或者旅顺，能不能达到目的？"

利士比毫不犹豫地答道："只要能够成功，同样可以达到目的！但是，我们这么做，总理会同意吗？"

孤拔没有接利士比的话茬，却突然问了这样一句："利士比将军，您说，中国可能在这么一个小岛上，布置两万人吗？这么多人，他们每天吃什么？"

利士比一愣，马上答："没有两万人，也肯定有一万五千人！"

孤拔深思了一下道："请您到'拉加利桑尼亚'号上去指挥，我们分别对海岸打上几炮。我想亲自核对一下中国防军的人数。两万人，多么神奇的数字啊！"

利士比点了一下头，很快乘快艇回到自己的军舰上。

很快，"窝尔达"号与"拉加利桑尼亚"号开始对着岸上开炮。

几炮过后，岸上的防军仿佛窥透了法人的心思，只是伏住不动，亦未还击。

孤拔下令挂旗，公然向岸上防军搦战。

刘铭传饬令不予理睬。

孤拔气得嗷嗷乱叫，用手指着岸上一阵呜哩哇啦，大概是在骂娘。

利士比这时亲自乘快艇来向孤拔请示："中将先生，我们要不要派陆战队登岸，把他们引出来？"

孤拔摇头道："少将，请不要做傻事。对付中国人，本人比您有办法。"

孤拔说这话时胸有成竹的样子，其实心里已有了放弃台湾的念头。

他回到马江的当日，便向法国海军部发了一封要求改变作战计划的电报。他在电报中这样写道：

"本人刚从基隆归来，中国人为预防吾人登陆起见，已在当地四周，构筑了大规模的防御工事。他们部队的人数甚多，我军在联队到来之前，是绝对不能有所尝试的。而且，即使在联队到达以后，出征也是非常困难的事。因为该地多山而多密林，由于生产煤炭的缘故，基隆的占领也许是件有利的事，但这始终是一个不能展开的大的军事行动的根据地。能够停泊大舰的水面甚为狭窄，且经常有着波涛，当东北季候风到来时，波涛尤为险恶。此外，这东部的据点和神州一样远离北京，我们在这里所做的一切，对于北京的决定不会有多大的影响。如果政府有意攫取台湾岛，澎湖岛的港湾会是一个较佳的军事根据地。但为着征服台湾全岛起见，必须有比现在多上三倍的兵力，如果政府无此意图，则以在中国北部采取行动较为有利。"

孤拔坚持认为，无论是攻取旅顺还是烟台，都要比基隆容易得多。孤拔非常害怕山地作战，尤其是在兵力不足的情况下，他更不敢冒险。

但利士比却与孤拔有着不同的想法。他不同意孤拔放弃基隆去转攻烟台或旅顺的观点，他认为，只要给他配备两千人的陆战队，他完全可以把基隆全岛占领。

当他从发报员口中得知电报内容后，马上背着孤拔，通过沪尾税务司法来格，给在上海的巴德诺发了一封电报，直截了当地阐述了自己的观点。利士比不想放过任何一次取代孤拔的机会。他自始至终都认定，孤拔的指挥作战能力弱于自己，海军应该把舰队的指挥大权交给自己而不应是孤拔。

但裴龙按着茹费理的吩咐，既不同意孤拔更改攻击目标，也不想让利士比取代孤拔，只是接二连三地给米乐发报，命令米乐快速按计划为孤拔派出援军，以求早一天把台湾占领，早一天从中国人的手里得到大笔的赔款。

载着两千余名军兵和大量军械的军舰，开始源源地从北圻驶出，开往中国马江。这支远征队伍，由米乐麾下最得力的干将伯多列威兰中校统一指挥，分由伯尔、郎治和拉克罗三名少校管带，是法国海军中比较著名的三个海军陆战大队。

米乐坚信，只要伯多列威兰这头猛虎和伯尔、郎治、拉克罗这三头狮子到了马江，法国舰队便能攻取中国的任何一个港口。

得知米乐如期派出了援军，茹费理心花怒放，口里一连道出三个好来。

他向外交部官员交代说："给巴德诺发报，请他不要离开上海，尽管他与谢满禄在上海已经很困难。但告诉他，米乐已经给孤拔派了最能战斗的三个海军陆战大队，我们很快便能把台湾占领。届时，中国人肯定会主动去找他谈判。我推断，中国人正在各省为我们筹集赔款，我们要有足够的耐心等待！"

伯多列威兰的到来，使孤拔下意识地感到，他的放弃台湾转攻中国北部港口的建议，有可能没有被政府接受。

但利士比得知援军到来的消息后，内心里却充满了喜悦和兴奋。他认为自己在海军部的威望，在一点一点地升起，而孤拔的威望，却正在下降。

光绪十年七月二十九日（公元1884年9月18日），孤拔收到了来自巴德诺转达的国内海军部向基隆进攻的命令。

眼望着电报，孤拔虽然满心的不愿意，却又不敢不去执行。

他把伯多列威兰以及伯尔、郎治、拉克罗并各舰船舰长，用快艇全部接到旗舰上，先由副官把海军的进攻基隆的命令宣读了一遍，这才说道："消灭福建水师和摧毁这里的船厂，仅仅是我们对不讲信义的中国给予的小小惩罚。我们马上要进行的战斗，才是最关键的战斗。它关乎我国能否从中国人的手里，得到大量的赔款，它更关乎我法兰西以后的尊严。所以，本将军把我们马上要进行的战争，称之为掐脖子行动。相信你们会同意这一说法。总理说，台湾是闽江的脖子，它控制北直隶湾，掌握了它，便等于拿到了中国沿海的钥匙。"

见下面毫无反应，孤拔接着说道："台湾是中国美丽的岛屿，那里有优质的煤炭和数不清的矿藏。当然，那里也有美丽的女人。尽管我们还没有看到，但只要占领了那里，她们会走出来的。"

这时，参加过首次攻打基隆的雅格米埃接口说道："将军，我们可以把中国的女人弄回国吗？"

孤拔笑道："上尉，您真的孤陋寡闻哪。福禄诺对我说过，中国女人的脚，比猪蹄子大不了多少，根本走不了路！你背着她回国吗？"

孤拔的话，引来一片的惊讶声。一名舰长边用手比划边说道："啊，这么大！太不可思议了！"

伯多列威兰说道："我在安南国睡过许多中国女人，但脚和正常的人一样大呀。难道我睡过的中国女人不是正宗的？"

孤拔说道："中校你听着，不占领台湾，你永远都休想尝到正宗中国女人的滋味！好了，本将军现在发布作战命令。"

孤拔话毕，从副官手里拿过已经开列好的作战计划书，用手指着说道："我们的舰队要分成两部分，一部分随本将军去攻取基隆，一部分随利士比将军去攻取淡水。"

伯多列威兰急忙问一句："将军，我们不是要攻取台湾吗？只有台湾，才有正宗的中国女人哪！"

孤拔道："基隆和淡水都是台湾的一部分，台湾是中国的群岛啊！您这玩笑开的时间和地点都不对。本将军原打算，派您带一个陆战大队去攻取淡水，但您这么幽默，本将军还是改变主意吧。"

孤拔话毕，突然干咳了一声，便开始严肃地发布攻取两地的参战人员及兵力配置名单。随他去攻取基隆的参战人员，除伯多列威兰辖下的三个陆战大队外，另有由鲁窝特尔上尉统带的装备有六门四厘米山炮的第二十三炮兵中队，由巴利上尉指挥的装备有两门八十毫米山炮的一个陆军炮兵支队并三十兵后勤兵、十二名宪兵，参战人数为二千三百一十二名；参加的舰只除旗帜"窝尔达"号外，还有装甲巡洋舰"巴雅"号、一级巡洋舰"杜居士路因"号、二级巡洋舰"雷诺堡"号、炮舰"鲁汀"号、炮舰"胆"号，炮舰"斗拉克"号亦随同前往。七只攻击舰之外，又配有两艘大型的运输舰"尼夫"号和"棱尼"号。

孤拔重兵对付基隆，是因为他确信，基隆的守军众多，而刘铭传又很会打仗。孤拔不能不把基隆作为重点的攻击目标。而攻击淡水（沪尾）的舰只就相对减少，除旗舰"拉加利桑尼亚"号外，只拨一级巡洋舰"德斯丹"，装甲巡洋舰"凯旋"号、炮舰"蝮蛇"号，共四只舰船，仅派三百名海军陆战队员参战。

第四节 远东舰队兵分两路

孤拔的命令递到利士比手上时，利士比气得跳起脚来大骂孤拔"自私"、"胆小鬼"，却又实在无可奈何。

孤拔为了打消利士比的畏惧心理，在统率军舰赶到基隆后，曾和利士比进行了一番长谈。

孤拔对利士比说："可爱的少将，您知道，为了掌握淡水的真实情况，早在十天前，我便让'鲁汀'号驶向那里，侦察那里的情况。现'鲁汀'号已经完全掌握了那里的情况。那里的守军并不多，有一艘英国戎克商船沉塞在港口门，无非是想靠此阻挡我们进港。另外，中国人在港口安设了几枚鱼雷。"

利士比急忙问道："将军，您能否给鄙人一个明确的答复，中国人到底在那里的港口安设了几枚鱼雷？"

孤拔笑道："不要紧张少将，可能是十枚，也可能不足十枚，当然，也不排除超过十枚。我这么说，是因为安设鱼雷的是中国人，而不是我们。但这并不可怕。我希望您将控制淡水内港及外港的防御工事予以破坏。其次，您也许要除去一道由沉入水中的戎克船所构成的障碍。为安全开放水路起见，尚须清除埋在该水中的鱼雷。"

利士比轻声嘟囔了一句："我必须搞准，中国人一共安设了几枚鱼雷。"

孤拔说道："排除敌人所敷设的鱼雷最稳妥和最迅捷的方法是占领鱼雷的点火哨，破坏鱼雷的点火线。我们对此已经有所布置，领港人会给您指出一个点火哨的准确位置。可是这个点火哨的占领，以及敌炮的破坏工作，必须派兵登陆方能完成。请您自行判断，您所属三舰的陆战队，由一些军用小艇掩护着，是否足够？如果不足，您可以要求增援，或是试着在登陆地点，将鱼雷点火线挖出。以小舰艇十分安全地占领淡水港，并予以封锁，这便是您要达到的目的。少将，我的话，是否已经说得很清楚？"

利士比深思着说道："中将，我仍然不明白，您为什么只给我派三百名海军陆战队？如果您不要求我登陆去破坏鱼雷的点火线，我大概只带领五十名陆战队员就够了。"

孤拔以不容置疑的口吻说道："在占领基隆以前，我只能派给您三百名陆战队员。少将，我祝您好运。如果您在淡水遇到了让您神魂颠倒的美人，请别忘了告诉我一声。"

利士比笑着回敬了一句："我会的，但我不能不提醒您一句，您对美丽的姑娘太专注。您同她们调情的时候，一定要把她们的手掰开。"

孤拔奇怪地问："少将，这是为什么？"

利士比边往舱门走边说道："她们的手里很可能握着刀子。"

"你无权嫉妒我！"孤拔在心里嘀咕了一句。

利士比率舰离开基隆后，孤拔把麾下各舰分布在基隆的四外停泊，然后便在伯多列威兰的陪同下，乘坐炮舰"鲁汀"号，开始细细侦看基隆的地形及防守情况，竟整整用了一天的时间。

孤拔一定要在这里寻找到一个最佳的攻击点，以期一举将基隆占领。

而对法军重兵压境，刘铭传饬令各营不得惊慌，仍按"诱敌深入"的方法作战。

为了鼓舞士气，刘铭传特意移节前沿督战。

孤拔却连夜和伯多列威兰、伯尔、郎治、拉克罗等人，紧急商量攻击方案。

孤拔对伯多列威兰说道："中校，你可能已经发现，西方有一高岭，名为狮球岭，我们绘制的地图上有标注。这个岭本将军反复看了许久，并不陡峭，应该很容易攀登，山脚一直到海。岭后怎么样且不去管它，反正正面对我们很有利。这山控制着邻近的所有山峰，可以真正看作为本处地形的管钥。我们只要占领了山顶，在那里设置炮位，用炮火，便可以轰击中国构筑的所有工事。中校，你听明白了吗？"

伯多列威兰说道："将军，您观察得很细。但您忽略了一个环节，山顶上修有好几座炮台。我想，中国人修的这些炮台，应该是为了对付我们的。"

孤拔说道："这不是问题，我们可以先用舰炮，把这些炮台轰掉，然后由伯尔少校从正面进攻，郎治和拉克罗从两侧沿岸边的山脊路线迂回包抄，基隆就到手了。"

伯多列威兰说道："将军的作战方案非常英明。鄙人在安南国和中国人打了好几次仗，他们的不堪一击，应该是世界第一流的。将军，鄙人说的不错吧？"

孤拔笑了笑，忽然问道："中校，杜森尼怎么样？"

伯多列威兰一愣，但马上回答："杜森尼中校现在可是名人，听说有许多美丽的姑娘向他示爱。"

孤拔忙道："中校，你的意思是说，杜森尼的耳朵又长出来了？"

伯多列威兰笑着说道："杜森尼以后不会再有耳朵了。但许多姑娘给他写信说，没有耳朵的杜森尼比有耳朵的杜森尼更可爱。"

伯多列威兰感叹地自语了一句："可怜的杜森尼！可怜的耳朵！"

孤拔轻声地说了一句："祝福杜森尼，他还欠我二百法郎没有还，他大概是忘了！但愿他只是失去了耳朵而没有失去记忆力！"

孤拔此言一出，杜森尼以及耳朵马上便成了座间校官避讳的字眼。

当日晚，刘铭传亦在大营与曹志忠、章高元、苏得胜等将领，秘密磋商迎敌的方略。

刘铭传此时倒不惧怕法军登岸作战，刘铭传此时最担心法军偷袭沪尾。

刘铭传对曹志忠说道："设若法寇明日战后即扎仙洞，则不致遽攻沪尾。如敌战后马上整队下船，我各营即须预备后援沪尾，以保后路。"

曹志忠道："沪尾有孙军门亲自督防，想来法鬼不易得手。"

刘铭传道："沪尾兵单，我不能不防。"

曹志忠口里的孙军门，便是署福建陆路提督的孙开华。孙开华此时正会同沪尾通商委员候补知府李彤恩，督率李定明、范惠意二将，并当地人张李成自行招募的五百名土勇，在沪尾驻防。因当时法舰封锁基隆海面，内地运济台北的军械及土兵等，均由沪尾卜岸，刘铭传不能不对沪尾格外关注。刘铭传所言之"以保后路"，指的也是此项。

翌日早饭刚过，法舰升旗开战。

法舰"巴雅"号当先开出第一炮，其他舰只紧随其后，一齐向西山丛林的防军阵地开炮。

在硝烟弥漫中，伯尔率麾下六百名海军陆战队员，离开"尼夫"号运输舰，从海滩登上西山脚，鲁窝特尔的山炮中队亦跟手登岸集结。

半小时后，孤拔挥旗命令登岸部队向山顶进攻。

伯尔见到迎风招展的令旗，不由大吼一声："法兰西的勇士们，占领山顶就等于占领了中国的小脚姑娘！冲啊！"

伯尔话音一落，众法军便开始一边射击，一边弯着腰向前推进。在半山腰，法军遭到早已预伏在这里的恪靖营陈永隆部、武毅右军毕长和部的拦截。两部各有百十名兵勇，合起来亦不过二百有余，而伯尔大队却有六百名队员，鲁窝特尔的炮兵中队也有官兵七十二人，显然敌抵不住。但陈永隆、毕长和两部人数虽少，但并无怯意，"往复冲荡，相持两时之久"。

法军枪炮齐鸣，火力甚猛，给中国军兵造成很大的伤亡。陈永隆和毕长和不敢恋战，趁法军装炮装弹之机，率队飞速撤往山顶。

法军以为对方溃逃，慌忙迈开大步追赶，却斜刺里杀出一军，正是章高元部。而撤退的陈永隆、毕长和二部却又翻身杀回。

跑在前面的五名法军被当先打死，后面的法军急忙卧倒还击。

鲁窝特尔见伯尔大队受阻，急忙命令施放大炮。恰逢刘铭传骑马从山顶跃出督战，一发炮弹忽然射将过来，正从刘铭传头顶飞过，落到山后炸响。

众将官见大帅亲到前沿督战，顿时勇气倍增，个个使出浑身解数，奋勇迎战来犯之敌。

战至正午十二时，郎治大队与拉克罗大队相继赶到，法军总人数此时已达一千八百多人。

刘铭传见法军枪械太过优良，人数又众，知山顶阵地已不可守，只好密饬各营，相机次第向山后撤退。

法军历经一上午的激战，在亡八人、伤六十二人之后，总算占据了靠近狮球岭最近的一座山峰。此役，清军亡二十一人，伤八十有九。

法军占据狮球岭山顶后，没有再向山后推进，而是忙于向山下运送伤兵和尸体，重新布置阵地并修筑被轰塌的炮台。

午后四时，孤拔命令炮兵部队，把各种陆战大小山炮，都拖到山顶架设，役夫们则从船下往岸上搬运帐篷、炊具等物。整整忙了一个下午。

是夜，孤拔仍在船上歇息，陆战大队和炮兵则在岸上宿营。

刘铭传却比法人更加繁忙。

简单在通判衙门用过晚饭后，刘铭传怕法舰夜袭沪尾，所以先饬命武毅右军左营连夜赶往沪尾助守，又考虑到法军势众，明日将有一场恶战，须对各营防守位置重新调整，便派人去请曹志忠、苏得胜、章高元等将，来衙门商议。

望着一脸疲倦的刘铭传，梁纯夫感慨地说道："明日迎战法鬼，您老可不能再往前奔了！今日那发炮弹险些把下官吓死！"

刘铭传笑道："他想取本抚的性命，还须斟酌斟酌。本抚随李爵相南征北战了十几年，经历的恶仗何止千万！梁别驾呀，这半日可是把你累得不轻啊！"

梁纯夫道："下官负责后路，哪能让前沿断了弹药！"

刘铭传喝了口水，边深思边道："本抚已料定，明日当有一场恶战。仙洞旁高山为法人所必争，幸我四十磅大炮两尊已移置，可以攻击对面山顶之敌。且今日已经苦战获胜，敌伤亡甚大，我士志已壮，再加犒赏，法奴登岸，可以聚而歼旃矣。"

梁纯夫问道："爵帅以为，我军明日必能夺回山顶炮台？"

刘铭传未及回答，人报曹军门、章军门、苏军门到了。

刘铭传于是道声请字，又让亲兵新沏了茶水摆上。

礼毕，几人依次坐下，一边喝茶，一边计议明日迎敌的事情。

苏得胜当先说道："法鬼占了山顶，明日这仗须不好打。"

章高元接口道："法鬼在山顶安设了许多大炮，一直忙到很晚。"

刘铭传道："他想长久霸占山顶，我们偏就不能让他得逞。曹军门，你明日就从东岸，挑出四营精壮的兵勇，提高赏格，到西岸会同章军门所部，专攻西山。苏军门则燃放大炮，干掉他山顶的炮台。"

苏得胜道："我们的土炮怕是打不过法鬼的炮，我们还是诱他陆战队进到树林深处干他。"

梁纯夫道："法鬼显然是长了心眼儿，他们专挑平坦处走。"

刘铭传道："法人枪炮优于我军，我们不能和他们硬拼，须耐住性子引他上钩。"

这时，一名亲兵匆匆进来，交给刘铭传一封军情快报。

众人全都一愣。

刘铭传拆开看了看，反手把快报递给梁纯夫道："是沪尾李彤恩的急函。"

梁纯夫不言语，慌忙展函阅看，见写道：

"法人明日定攻沪尾，沪尾兵单，孙军门之勇万不可靠，若不派兵救援，沪尾必失。且领事费德里、税务司法来格云：'法人十四日十点钟定攻沪尾，攻破沪尾之后，长驱到台北'。台北空虚，料难抵御。若台北有失，则全台大不可问。以洋人论，则基隆重而沪尾轻，以中国论，则基隆轻而台北重。务请率师救沪尾，以固台北根本。针对基隆，下官曾思李爵相所言：兵单力弱，可守则守，不可守则不勉强争此孤注。实为高论。"

梁纯夫把信递给曹志忠，说道："李太守有些多虑。现孤拔全力攻取基隆，想来沪尾不会分兵太多。"

刘铭传笑道："这也怪不得李太守心焦，法人船坚炮利，当真小觑不得。所幸本抚早有安排，把武毅右军朱焕明所部左营派了过去。"

曹志忠这时说道："按常理推算，沪尾重而基隆轻，爵帅应该坐镇沪尾。但法鬼今日受挫，明日必将疯狂报复，爵帅大驾岂能轻移？"

刘铭传想了想道："曹军门所言甚是，本抚现在就给李太守复函一封，以安其心。"

刘铭传话毕，命人铺纸研墨，他握笔在手，略一思忖，刷刷点点写道："基隆兵尚不敷，不能派队驰救。现已飞调甫到新竹之武毅右军左营赴沪尾助战。基隆今日甫获胜仗，诸将不肯拔队，万难分兵，请坚忍为一两日之守，以顾威名而全大局。至嘱！至嘱！"

将信派员送走，刘铭传又与众将计议了半夜，正要散去，却突又接到李彤恩八百里排单飞递的告急函。函曰："沪尾同日来敌船五只，直犯口门。该处炮台尚未完工，只安炮三尊以保沉船塞口之处。敌炮如雨，孙开华、刘朝祜等饬张邦才等用炮还击。炮台皆新用泥土沙袋堆壅，不能坚固，被炮即毁。阵亡炮勇十余名，张邦才亦受重伤，飞书基隆告急。"

刘铭传未及把告急函阅完，已是惊得汗流满面，握信的手不由自主地抖将起来，失声道："沪尾若有差迟，全台尽陷！似此如之奈何？"

梁纯夫急道："爵帅，莫非沪尾已失？"

刘铭传把信递给梁纯夫，一个人起身踱起步来。

许久，刘铭传缓缓说道："非是本抚弃基隆不顾，实是沪尾干系太重！"

曹志忠惊道："爵帅何出此言？您老千万不要说，您老现在改变了主意！"

刘铭传皱着眉头说道："非是本抚不知此时基隆是紧要之时，实在是沪尾太过重要。沪尾离台北府城仅三十余里，法人火轮又快，几乎呼吸间可达。军装、粮饷以及火药子弹，所有给养，均在府城存放，稍有疏忽，何等了得！"

曹志忠道："爵帅容禀，卑职听说，沪尾在口子不仅有沉船下水，还密布了许多鱼雷。想那法人再善战，也需移开沉船，起出鱼雷后，才能进口攻击。"

刘铭传道："军门有所不知，沉船、鱼雷，在法人眼里全不足惧。他只要抬高炮口，在口外便能将口内岸上所有一切尽皆轰毁。屏蔽失去，加之兵单，法人登岸，如何能敌。沪尾乃全台根本，倘根本一失，则前军不战立溃，必至全局瓦解，不可收拾。"

章高元与苏得胜对望了一下，忽然双双跪倒道："爵帅，非是我等见死不救，实在是因为基隆大而沪尾小啊！爵帅试想，孤拔为何放重兵于基隆？还不是为的八斗煤矿吗？他夺煤矿为何？为的是接济舰船用煤呀！爵帅心里不能没有定算哪！"

刘铭传扶起二人道："你们说的这些，本抚岂能不知？但事不能两全，我们不能失掉根本啊！梁别驾，您以为如何？"

刘铭传有此一问，显然是希望梁纯夫支持自己的观点。

哪知梁纯夫并不赞成放弃基隆。

梁纯夫离座，对着刘铭传深施一礼道："爵帅容禀，依下官想来，孙军门系久经战阵，有勇三营。刘统领新勇营半，另柳太和一营，李太守三百，岂不能为一日之守？不日新勇到，又多生力数百，总请放心。若弃基隆而不守，则基隆以达宜兰、而苏澳非复国家土地矣。况守基隆胜于守艋舺，基隆不守，敌人即有立足之地，不独可以直下艋舺，且到处可扰，其关系大局，殊非浅鲜。总而言之，基隆不可轻弃，战志不能动摇。请爵帅务望三思。"

刘铭传用鼻子哼一声道："此乃迂腐之论。本抚乃全台督防大臣，要统筹全台，而不能着眼于基隆一地。现在事势所迫，沪尾危在旦夕，已不容我等从容商议。立即传令下去，粮草军装弹药行李等物，快速装车，全军即刻拔营沪尾，不准耽搁！"

梁纯夫与曹志忠、章高元、苏得胜三个互相看了看，突然一起离座，扑通一声，全部跪倒在刘铭传的脚前，一齐说道："我大清土地不能轻让于夷人，我等恳请爵帅，收回成命，明日与法鬼，决一生死！"

刘铭传喝道："军令岂能随便收回？"

刘铭传话毕，刷地拔出腰间佩刀，但见刀光闪处，一方案角竟被齐齐削下。

刘铭传把刀插回鞘里，大声说道："有不遵号令者，以此案角为例！"

刘铭传话毕，大步走出衙门。

望着刘铭传的背影，曹志忠忽然失声痛哭道："基隆休矣！基隆休矣！"

梁纯夫、章高元、苏得胜闻听此言，也登时泪流满面，哭作一团。

这时，刘铭传的幕僚记名道朱守谟，从门外走进来道："爵帅大令已颁，你们几位还不作速安排等甚？"

梁纯夫闻听此言，急忙站起身来，对着朱守谟行了个大礼，道："观察大人，您老是爵帅最看好的人，下官恳请大人出面，替基隆的将士劝劝爵帅吧。国土不能轻弃于外人啊！"

朱守谟眼珠子转了三转道："爵帅大令已颁，岂能轻易更改？不过，要想让他老回心转意，倒也不是毫无办法。梁别驾，你先起来，本道送你一计，保爵帅不弃基隆。"

曹志忠等三人一听这话也都慌忙起身。听朱守谟讲话。

朱守谟道："梁别驾，你已在基隆多年，基隆虽一岛屿，但想来也应该有几位乡绅。各位想想，我们的话爵帅可以不听，但如果有地方上的人站出来说话，情形会怎么样？"

朱守谟话音刚落，梁纯夫便一拍大腿道："下官真是昏了头了！怎么就忘了地方上的人！"

曹志忠、章高元、苏得胜也都恍然大悟道："观察大人言之在理呀！我们怎么就忘了？别驾大人，您老快着人分头去请他们吧，再迟延一会儿，行李粮草可就装车装船了！"

梁纯夫一边往门外走一边说道："几位军门且莫心慌，本厅现在就着人去办。"

梁纯夫话毕，大步走出去。

曹志忠小声问朱守谟道："观察大人，爵帅的大令还往下传吗？"

朱守谟弯腰捡起被刘铭传砍掉的桌角道："爵帅的佩刀，当真好锋利呀！"

曹志忠与章高元、苏得胜互相看了看，一起大步走出去。

朱守谟笑了笑，命人亦快速打点撤离物品。

诸事妥帖，朱守谟飞速来见刘铭传，说道："爵帅，职道适才听说，为了阻止您老移师沪尾，梁别驾将请当地乡绅耆老出面，说服您老取消撤离令。"

刘铭传闻言一愣，说道："这个梁纯夫，他这是疯了！本抚讲了大半夜，他怎么听不明白？行装可曾打点齐整？"

朱守谟道："万事诸已妥帖，随时可以开拔。爵帅，职道已单备了只小划艇，请您老先行一步。"

刘铭传再次一愣，说道："大军尚未开拔，本抚如何能先行！本抚随后队撤离。"

朱守谟不慌不忙说道："爵帅容禀，非是职道自作主张，实是因为通往沪尾的大道，已被当地的乡绅和百姓提早守住，正等着您老。大军要撤离，百姓们肯定不许，一旦把动静闹大，被法人知道，趁势扑过来，如何了得！老话讲，官不与民争。您老不能因小失大呀！"

几句话，把刘铭传说的皱起眉头深思起来。

权衡良久，刘铭传叹口气道："罢罢罢，看样子，本抚想从正路走出基隆是不能的了。所幸本抚已着曹军门挑选了三百健勇，留扎狮球岭与法鬼对峙，亦为牵制，想来不会关碍撤离大计。本抚现在就同亲兵乘小艇赶往台北，你即刻持札委，到军前督办撤离各事，万不可再搁延下去。"

刘铭传离开基隆不多一会儿，基隆防军各营除留驻的兵勇外，便开始陆续撤离。

梁纯夫同着当地的十几名乡绅并几百名百姓，守在通往沪尾的要道上，一直静静地等着刘铭传的车驾。

但直到最后，也未见刘铭传的身影出现。乡绅焦躁，百姓愤怒。

梁纯夫见大事不好，慌忙寻了个托辞，这才得以安全脱身。

第五节 法陆战队沪尾受重创

基隆防军撤到台北的第二天，刘铭传便饬命章高元、苏得胜二将，共率奋勇近千人飞赴沪尾。由于此时法军在等待援军，故未能对沪尾陆路发动进攻，加之在三将赶到之前，朱焕明所部已由新竹赶到这里投入防守，气势稍壮。

刘铭传为固台北防守，令曹志忠统带所部六营，由淡水进扎水返脚山岭，以防基隆法军由东路来犯。

当孤拔得到基隆守军已经不见踪影的报告后，先是不相信地反问一句："他们当真跑光了？不可能啊！刘铭传很能战啊。"

前来报告消息的士兵说："除狮球岭有旗号外，其他地方再未见到一名中国军人。应该是全部跑掉了。"

孤拔点了下头，忽然一掌击在桌面上，兴奋地大叫道："中国人是不堪一击的！法兰西是战无不胜的！中国人被我们打跑了！基隆成我们的了！小脚女人到手了！"

士兵这时说道："将军，伯多列威兰中校向您请示，我们何时向狮球岭发起攻击？"

孤拔笑道："刘铭传跑了，狮球岭现在变成了猫球岭，它对我们已经构不成任何威胁。何时对付这只猫，待本将军到岸上后再定。"

孤拔很快与在岸上指挥的伯多列威兰会在一处。

伯多列威兰提议马上对狮球岭发起攻击，孤拔却鉴于战线太长，自己所掌握的兵力很有限，决定先修筑现已占据的阵地，加固沿江防线。

孤拔显然是想长期占领基隆。

伯多列威兰于是命令麾下各陆战大队，先加固防线，然后再去寻找小脚姑娘。

士兵得命，不由个个垂头丧气，无不懈怠。

鲁窝特尔这时向伯多列威兰建议道："中校，我们已经占领了这里，没有必要再为修筑工事付出体力。何况，中国军队是当真撤走了还是分散藏匿了起来，我们并不知道。"

伯多列威兰道："上尉，您请直说，您想怎么办？"

鲁窝特尔道："我们为什么不让当地人来修这些工事呢？"

伯多列威兰笑道："上尉，您这个主意不错，我可以接受。但我们干什么呢？"

鲁窝特尔神秘地答道："我们可以把体力，用在小脚姑娘的身上。中校，我们的勇士都是年轻人，年轻人不能太过寂寞呀！法兰西是战无不胜的。我们不仅能征服中国的男人，也能征服中国的女人！"

伯多列威兰深思了一下道："激活年轻人体内的斗志是必要的，但不能同时行动，我们要时刻防备中国军队反扑。我去同将军商议一下，然后就行动。"

基隆上空很快便布满了阴霾，法军对当地手无寸铁的百姓，开始了抓男奸女的野蛮摧残。

法军在基隆的暴行传到台北，立即在官、民中激起强烈愤慨。他们联名上禀刘铭传，称：

"八月十三日，法船十余号分扰基、沪二口。基隆一仗，又复大胜。士庶引领而观，一战而战，尽歼丑类，大快人心。乃不意十四早突然拔队，将基隆九营一概抽退，营垒皆空，大炮器械尽归乌有，任听法人四五百人从容上山，分扎四路，为长久守御计矣。愚民惊骇，私相偶语，有言用计者，有言弃之者，甚至有言祸不深、功不烈者，啧啧人言。窃爵帅勋高望重，盖世英名称扬四海。今基隆之故，愚民妄言，固在不足有无之数。而在职等，则思基隆为台北府城门户，最为扼要。门户一失，堂奥堪虞。"又说："即现在基隆之奸淫掳掠，无所不为，穷民不能搬者，皆遭其劫，惨难尽状，如在倒悬，望救之殷，日长如岁。况台湾为海外重镇，如此一变，天下大局震动。凡有血气者，莫不捶胸顿足，号哭郊原，痛切剥肤，感动公愤。"

刘铭传收到禀函后，转天就批复如下，其实是对基隆撤防的解释说明："具禀各情，所论实为切要。惟前因沪尾紧要，距府过近，台北万一有失，所关尤重，不得不移师赶回，以固沪口之防。兵力单薄，不敷分布，而外人何得而知？此本爵军门之苦心，亦即军事之机要。昨候沪防布置粗定，业即饬曹镇全部六营由水转脚进取，并添募土勇数千以厚兵力。据曹镇具报，已将水转脚营垒扎定，刻期进取基隆，本爵军门用兵有年，非万不得已，岂肯轻弃要隘！现在惟就现有兵力，竭力防御，以抒绅民士庶义愤之枕。天地神明，实共鉴之！"

刘铭传的批复刚刚在辕门外贴出来，法军便开始了在沪尾的岸上作战。

其实，法军一直把沪尾称作淡水并不准确。在法军看来，淡水就是沪尾，无非是叫法不同罢了。其实，淡水一指淡水河流域，二指淡水同知衙门（治所设在竹堑，凡大甲溪以北地方俱归管辖），三指淡水港。而沪尾不过是淡水河的入海口。沪尾一词，原为当地平埔族人的土语转音，本意是指捞鱼范围的尽头。淡水河的入海口原名"雨屋"，到当地人的口里，便变成了"沪尾"。

沪尾守将孙开华，字赓堂，湖南慈利人。参加湘军，被编入鲍超所部霆军为勇。因作战勇猛，积功至守备。同治初，赏副将，赐号"擢勇巴图鲁"。次年晋总兵，赏提督衔，五年实授漳州镇总兵。同治十三年（公元1874年），募勇号"捷胜军"，命治厦门海防，诏署福建陆路提督。光绪二年（公元1876年）率师渡台，光绪四年（公元1878年）接统已驻台之防军"霆庆军"，办理台北防务，驻扎沪尾。

孙开华面白身硕，大眼浓眉，是湘军不多见的美男子。人们当面称他孙军门，背地里却都叫他孙美人。孙开华作战颇为勇敢，但他同曹志忠一样，对器械都不甚考究。因为从前鲍超与刘铭传之间有过嫌隙，这就使得孙开华对刘铭传也有一些看法。尽管刘铭传办台防后，孙开华的口里，并没有冒出过一句对刘铭传大不敬的话，但在心里，孙开华是不买刘铭传账的。

擢胜营驻沪尾日久，加上久无战事，防务难免松懈。刘铭传渡台之后，多次督饬孙开华整顿防务，赶修炮台。孙开华虽满口答应，但并不按照刘铭传吩咐的话去做。刘铭传无奈之下，只好让多病的候补知府通商委员李彤恩出面，多方劝说孙开华。孙开华碍于李彤恩的情面，才不得不督饬各营，赶修了两座炮台，又撤换了扰民的营官杨龙标和向兴贵。后来，见沪尾兵力实在过单，刘铭传又札委李彤恩，就地招募土勇五百名，交张李成统带。对刘铭传做的这些，孙开华不闻不问，权当与自己无干。

法舰将沪尾沿江炮台摧毁后，利士比即派出小舰艇潜入港内，探测有否水雷，结果发现港内果然布有水雷。

经过详细侦探，当利士比得知港内水雷均在岸上设有电控装置后，他就已经意识到，要拆除这些设施，不到岸上作战是达不到目的的；而要想登岸作战，凭他手里仅有的三百名陆战队员，取胜的希望却又极其渺茫。

反复思虑之下，他只得派"德斯丹"号驶往基隆求援。

孤拔接到利士比的求援信函，当即便派"杜居士路因"号、"雷诺堡"号以及"胆"号三艘军舰，又加拨了三百名海军陆战队员，于清历八月十七日（公历十月五日）驶到沪尾，来增援利士比。

利士比见援军来到，登时心花怒放。他把这六百人划分成三个中队，每个中队二百人。一中队由上尉方丹负责，二中队长是德荷台上尉，三中队则由少尉笛玛出任临时领队。三个中队由马丁中校统一指挥。这六百人之外，利士比还特别组织了两个工兵分队：一个分队负责拆除岸上控制水雷的电控设施，一个分队负责清除港内的水雷。

利士比将作战任务正式下达后，马丁中校却突然病倒在船上。这让利士比措手不及，也在军中引起不小的震动。

马丁浑身乱抖，一会儿喊冷，一会儿喊热，满嘴胡说八道。

眼看黎明将至，战役即将打响，马丁却变成这个样子，利士比急得仿佛热锅上的蚂蚁一般，随船军医也是束手无策。

无奈之下，利士比只好临阵换将，改由"雷诺堡"号舰长波林奴登岸代替马丁指挥作战。波林奴尽管是名老舰长，也是法国海军部一名资深军人，但他并没有陆战经验。但除开波林奴之外，利士比又实在找不出更好的人选。

"该死的马丁，你兜里揣什么不好，偏偏揣着病！"利士比说这话时，法军已用过早饭，正整装待发。

利士比见诸事完备，于九时下达了作战任务。

一时间，法舰上的所有火炮向岸上轰射，沪尾很快便被大团的硝烟笼罩起来。

在这铺天盖地的炮火掩护下，法军登陆小艇，很顺利地载着陆战队员，在预定地点靠岸，六百名法军鱼贯登岸。

按照利士比的命令，方丹带着一中队，从新炮台右翼方向前推进；笛玛率领三中队，从新炮台左翼方向前攻击；德荷台指挥的三中队，从正面后续进发；波林奴随二中队行动。

法军先还迈着猫步小心地前进，走了一段路后，见没有遇到什么阻拦，胆子渐渐大起来。

波林奴原本就是个胆大妄为的家伙。因为没有遇到阻拦，他便以为岸上的清军肯定已被强大的法舰炮火消灭干净了，于是就向三个中队发出了第一道命令：改走为跑，用尽量短的时间将沪尾占领。

三路法军于是很快越过新炮台，跑步冲向炮台后的一块密林。

法军做梦都不会想到，他们冲进的这块密林，正是孙开华布置好的一块阵地。

法舰向岸上开炮时，孙开华便饬令擢胜右营营官龚占鳌，率勇埋伏于假港；命擢胜营营官李定明，统本部人马潜在油车口；饬范惠意管带所部人马守南路，为后应；章高元、刘朝祜各带所部会同武毅、铭中两营共四营，预伏于炮台山后为北路，防敌包抄；李彤恩则督饬张李成土勇，派守北路山涧，为奇兵。

法军进入射程，龚占鳌向法军打响了第一枪，清军阵地跟手便是枪炮齐鸣。

法军先是一阵慌乱，但很快便稳定住阵脚，法舰也延长炮火向密林射击。

法军枪械太过精良，孙开华虽几次组织冲锋，但都被打退，伤亡甚大。

又激战了半个时辰，清军被法军炮火压得步步后退，眼见要抵挡不住。正在危急关头，章高元、刘朝祜各率所部飞速赶到，这才顶住法军前行的脚步。

中法两军渐渐厮杀成胶着状。

清军人众，枪炮却劣；法军人少，枪炮却精。战不多时，清军的阵脚又开始有些慌乱。先是一名守备中枪倒地，两名兵勇一见，掉头便向后面奔跑。法军忽啦一声便压将过来。

值此形势即将逆转时刻，一匹枣红马从道旁忽地跃出，马上那将，脸有麻豆，锦鸡补服，红顶闪亮，正是巡抚衔督办台防的男爵刘铭传。得知法军登陆作战，刘铭传率领亲兵营从台北火速赶将过来。

刘铭传跃马冲出，正逢后路兵勇向后奔跑，刘铭传手起刀落，先将跑在前头的兵勇砍翻，然后振臂一呼："本抚在此，有胆敢后退者，军将阵法！杀敌一星者赏百金！二星者赏二百金！"

刘铭传话音刚落，有朱姓哨官，当先从树后杀出，旋便躺倒连连翻滚，一直翻到法军旗手脚前，挥刀向前，将旗手砍翻。

清军一见朱哨官得手，马上依样跟进，大队翻滚着扑向法军。

旗手一倒，法军登时大乱，又见清军翻着跟头杀出，更加胆寒，一时纷纷后退。

正在这时，一大队兵勇喊叫着又从后面杀出。这些兵勇都埋伏在山坡的草丛中，个个赤身披发，一见法军走近，便以右脚作支撑架枪，跷起左足，竟以脚扣动板机射击。

法军只闻枪声和喊叫声，但却四下里看不到人，都惊骇万分，以为白日里和鬼神打了照面。哪还有心再战，迈开大长腿，只管飞逃。

从后面截杀法军的正是张李成麾下的土勇。这些当地土勇，都使用土枪、长予、大刀以及长铁钩，对远一些的法军实行射击，对稍近些的则投掷石块，再近些的干脆用长铁钩。长铁钩原本就伏在草丛里，法军一到，便对着两支腿下手，放倒之后，奋力钩到近前，旁边的人则手起刀落，砍下人头，作领赏凭据。

波林奴此时已无法组织反击，他逃跑的速度比兔子还快。随着方丹和德荷台相继中弹负伤，信号兵慌忙用手臂向舰艇示意。舰艇舵手不敢怠慢，急忙开足马力向沙滩靠近。

利士比见败局已定，忙命"鲁汀"号炮舰驶近沙滩，开炮向追击甚猛的清军后队轰射。趁着硝烟弥漫，奔逃的法军如潮水一般涌向沙滩。

方丹因伤在腿部，由三名士兵抬着，杂在大队中奔跑，不期却撞在当地土著兵勇伏在草丛中的长铁钩上。方丹于是被长铁钩钩走，三名士兵弯腰来寻，竟也被一一钩翻，接着便是几声失了人音的喊叫。

跑在后面的两名法军慌忙掉头来寻，哪知寻来寻去，除了方丹和三名士兵的尸体，项上的人头竟早已不知了去向。显然已经被人抢先一步割了去。

两名士兵不敢耽搁，拔腿欲逃，但听两声枪响，二人也相继栽倒，人头也马上被土勇砍将下来。

德荷台原本伤在右臂，跑得也极其起劲，但没想到刚一接近沙滩，头部便被一颗飞弹打中，顿时作鬼。

清军冒着炮火追击法军，力欲全歼。

利士比顾不得多想，忙命各舰发炮救援。岂料双方兵勇距离太近，法舰炮轰过后，虽伤及清军，却也轰倒十几名法军，并将驶到沙滩边的两艘载人法艇轰沉。

此场恶战，登岸法军死伤过半，沙滩上及草丛中，到处都是被击毙的法兵，只有二百余人被救护上舰；清军亦亡八十人，伤二百有余。清军同时另缴获法格林炮一门，快枪百余支，战利颇丰。

沪尾战败的消息传到基隆，孤拔全身一震，许久许久才从牙缝里道出一句："刘铭传当真是个魔鬼呀！他主动放弃基隆，就是想在淡水对付我们哪！我上了他的当了！"

孤拔叹过之后，并没有马上派出增援部队，亦没有马上向国内汇报，而是命令一艘炮舰，飞速驶向沪尾，向利士比探询战败的详细经过。

凭孤拔所掌握的兵力，占据基隆已是相当吃紧，根本没有力量对沪尾进行第二次登陆作战。他现在不仅对海军部极其不满，对内阁总理茹费理也是满腹的怒气。他认为国内决策层统统都是蠢货，如果最高当局接受他的建议，去攻取烟台或北方的任何一处口岸，不仅不会有沪尾之败绩，说不定，清朝政府早已经向法国人递了降书顺表和成堆的银子！

其实，有一个内情孤拔并不知悉，法国舰队在对大清国实行武力攻击的时候，法国内阁并未放弃外交上的讹诈。

第六节　醇亲王惊慌失措

当孤拔占领基隆的消息传到巴黎后，茹费理当即致电巴德诺，命巴德诺利用占领基隆的大好时机，逼迫大清国投降。

茹费理在电报中，向大清国提了四条谈判条件：

"1.中国如将北圻各军调回边界，法国则饬在华各水军不再进扰沿海各处；2.中国再批准《天津简明条约》，并照第三款会议通商详细条款；3.法军在淡水、基隆暂不撤回，以俟津约办妥后再行退出。至法国虽驻淡水、基隆，而该处地方官仍照旧办事，有自主之权；4.兵费一事，法国可以不索，亦可毋庸载在章约。但法国要在淡水、基隆暂管煤矿、海关若干年。中国如不愿照办，可由两国公请一国调处，由调处之国秉公详查孰是孰非。或法国不应管理煤、关，或法国应管若干年，均由该调处之国核定。倘核定法国应管，而中国仍不愿其管，自由调处之国，酌定应给银若干两。"

茹费理发此电时已经坚信一点：孤拔既能一战而下基隆，便能一鼓而占淡水。茹费理对孤拔充满了必胜的信心。

巴德诺阅电后，马上便把原天津领事林椿传到身边，着林椿秘返天津去见李鸿章，把国内的意图转达过去。

林椿奉命登船，很快便赶到天津直隶总督行辕。

见到李鸿章后，他把国内的电报华文译件递过去，请李鸿章给予答复。

但此时的李鸿章已非彼时的李鸿章，因朝廷下有"不准议和"的专旨，加之法国擅攻闽口、强占基隆等前提，已不敢轻许议和。

李鸿章向林椿这样说道："贵国在福州的作战，已堵死了议和之路，两国交战已不可避免。老夫不愿再听到赔款或领土让与的话。老夫已遵奉上谕，在我北洋各口做好了交战的准备。老夫可以明白无误地告诉你，贵国在陆地上，不会像海上那样容易得手。老夫的话，你可以转告贵国茹相。孤拔在闽口乘我与彼正在商议，突然开炮，无异于野番、海盗行径。你可以转告孤拔，他欺我闽口统帅不知兵，老夫却不怕他！他有胆，就带船来打我北洋！老夫等着他！"

李鸿章话毕，把电报掷还过去，随后端茶送客。

林椿在李鸿章面前碰了一鼻子灰，下来后即给巴德诺飞电一封，称："我昨见李鸿章，他对我声明，我们在福州的作战，使战争不可避免，他本人不愿再听赔款或领土让与的话；说他准备好了作战，法国在陆地不会像在海上那样容易取胜。"

巴德诺收到林椿的电报后，很是大吃一惊。他万没有想到，大清国在受到强大攻击后，竟仍然不肯低头。他一面电令林椿返沪，一面苦苦地想着主意。

也是事有凑巧，粤海关税务司德璀琳，要进京找赫德汇报公事，正好路过上海。

巴德诺听说之下，眼前登时一亮，心里马上便有了主意。他派人把德璀琳请将过来，先说了一大堆奉承的话，又请德璀琳喝了三大杯法国白兰地。眼见德璀琳飘飘然不知所以然，他才把国内的电报掏出来，由翻译译给德璀琳听。

巴德诺神秘地对德璀琳说道："阁下若能劝说总理衙门，接受我国提出的四项条件，鄙人便向茹费理总理建议，聘请您到基隆、淡水海关去任职。"

德璀琳听了这话满心欢喜，当即拍胸脯把此事承揽了下来。

到京后，德璀琳背着赫德，让随行的华文翻译官写了一个节略，内附法国政府所提之四项条款，其中不乏恫吓之词，力劝清政府无条件地接受。

德璀琳让翻译官将节略誊抄清楚，于一日午后，背着赫德将节略亲自递进总理衙门。

不料，赫德从德璀琳随行翻译的口中很快便知道了这事。

赫德大怒，当即把德璀琳传进办事房，冷笑着说道："听说德税司替法国人给总理衙门转递了一个函件，本总税务司想看看是个什么函件，德税司能否答应啊？"

一听赫德话里带气，德璀琳慌忙站起身，把茹费理给巴德诺的电报的抄件从护书里掏出来，双手递给赫德道："法国的巴大臣和鄙人谈话时，说总税司知道这件事。"

赫德把电报接在手里看了一遍，忽然又问道："德税司干了这么大一个勾当，法国人许了您什么好处啊？"

德璀琳忙正色道："总税司何出此言？鄙人不过是转递一个电报，法国人岂能轻易便许什么好处？总税司大人，您老可不能冤枉鄙人！鄙人胆子小，是经不住吓的！您应该听说过，鄙人曾经两次得过心脏病。"

赫德看又看德璀琳，说道："鄙人理解，德税司涉洋过海来到大清，不过是为了发财。但鄙人来到这里，又是为了什么呢？莫非是为了喝西北风？本总税司要警告您一句，有了银子，要大家一起赚才稳妥！您一定要明白这样的一个道理：就算法国人把好处塞进了您的怀里，本总税司照样能把它弄掉！您信不信？"

德璀琳垂头丧气地说道："以后但凡关涉到法国人的事，鄙人都听您的。"

赫德笑道："本总税司没有看错，您的确很能干。您现在就去收拾一下，我们一会儿就去总理衙门。法国人这件事，我们共同来办。您一个人去，中国会把您当成法国间谍抓起来的。"

赫德同着德璀琳带着一应随员，很快便来到总理衙门，已晋庆郡王的奕劻率同章京接见。

礼毕，奕劻先问德璀琳："贵税司在津议有四条，此事确否？"

奕劻显然把林椿干的勾当安在了德璀琳的头上。

德璀琳眼珠转了三转，将错就错答："台事万紧，我先向法领事林椿探问法国主意，又打电报探问法国福禄诺。福与法相茹斐礼（费理）甚密，是以将法廷之意电报回来。我所拟四条，即照法廷之意，在津告李中堂。李中堂说：'调停之事，我不敢说，惟知有打仗而已'。是以来京与赫大人商量。"

奕劻拿出德璀琳前一天递过来的节略，边看边道："法国所提之第四条，中国万办不到。"

一听这话，德璀琳急道："王爷容禀，我在淡水做过三年税务司，地势情形一切了然。台湾富庶，法国属意比越南东京更甚。中国此时不想办法，若被法国占去，怕是永远不能还的。若淡水听法国收税若干年，基隆煤矿租与法国若干年，是中国台湾尚不损失。"

德璀琳话音刚落，赫德接口说道："我窥法人之意，是愿租基隆；若淡水一关，尚可商办。"

听了翻译的话，奕劻沉吟半晌方问道："本王想问一句：淡水、基隆二关，每年收税若干？"

赫德答："王爷容禀：淡水一切税项，说起来少得很，约二十余万两。而基隆更微不足道，仅有煤税，不过数千两；从前出煤尚少，近年用机器挖取，出煤较旺。"

德璀琳这时说道："王爷容禀，鄙人闻听法国多增兵船，意在取定台湾；大队向北洋行驶，攻打旅顺炮台，绕到乐亭登岸，彼时更不好办了。至暂租煤矿一层，中国如不愿意，两国可公请奥国调处。缘奥与中法均无芥蒂，商务又少，他将两边谁是谁非，凭空公断，事当可行。如以为可，中国可派德璀琳，法国若派福禄诺，鄙人即与福禄诺当面质对，有在津钩抹三条为证，福决不敢有违言。总之，简明条约是福禄诺所议。谅山一役，法国谓伊办理不善，众人讥责，故伊极愿两国和好，以为转脸地步。费斐礼极信福禄诺，从此入手，乃可就绪。此时孤拔欲取台湾，以博声名。若在中国办，断办不成；须要在外国办，有茹、福两人作主，或易转圜。"

见奕劻皱眉思索，德璀琳又道："我日前已发电给法国，说我将赴北京商量，贵国可静候信息，毋遽动兵。亦未知其听从与否。若此事议有成说，赶紧给我一信，我好发电，令其止兵。总之，此事决不可缓。"

德璀琳为了达到说服总理衙门的目的，开始使用说谎伎俩，几近胡说八道，信口开河。

奕劻却不敢轻易向德璀琳许诺什么，只是在沉吟半天之后，才模棱两可地说道："此事非一两天所能定局，当酌定再行告知。"

赫德与德璀琳对望了一下，只好很失落地起身告辞。

当慈禧太后把总理衙门递上来的法国所提四项条款交由各王大臣讨论的时候，与法一战喊声最高的醇王奕譞，此时却一反常态，不仅不再坚持自己以前的观点，反倒声泪俱下地劝说慈禧太后，从速答应法国人的要求，要么把基隆、沪尾交给法国管理，任其收税卖煤，要么给法国一笔赔款。总起来一句话，法国要什么便给什么，只要停战就行。

礼王世铎和庆郡王奕劻，见醇王的态度已软了下来，二人也急忙同奕站到一处，一齐劝太后向法国低头。

三位王爷的态度，很快便遭到一些主战大臣和御史的猛烈抨击。

就在慈禧太后举棋不定，王大臣们争吵不休之时，法兵在沪尾战败的消息飞也似地传了进来。

慈禧太后一览之下，登时勇气倍增，决定和法人抗战到底。

她先着军机处给已到福州的左宗棠下旨，将闽浙总督何璟、福建巡抚张兆栋、督办海疆事务、船政大臣张佩纶以及何如璋四人，即行革职拿问，着左宗棠派员，将四人槛解京师依法问罪；实授带勇援闽的漕运总督杨昌浚为闽浙总督，饬其加紧整顿福建海陆各防；实授刘铭传为福建巡抚，仍驻台湾督办防务。

圣旨同时对沪尾参战中的有功将士，大加奖赏：加恩赏给孙开华骑都尉世职；章高元交部从优议叙；总兵刘朝祜赏加提督衔；提督衔带兵官龚占鳌着赏穿黄马褂；总兵李定明以提督记名，赏换"依博德恩巴图鲁"名号，与提督衔带兵官朱焕明一起，均着交军机处存记，遇有各省总兵缺出先行请旨简放。

受重赏的还不是以上各员，而是布衣白丁张李成。朝廷此次给张李成的奖励是：军功张李成着以守备尽先补用，并赏戴花翎，赏加都司衔。守备是正五品武职官员，而都司则是正四品顶戴。这就是说，布衣白丁张李成，一战过后，便成了四品顶戴的守备，堪称破了大格。

慈禧太后随后又发出内帑银一万两，赏给沪尾参战的出力员弁。

清政府收到沪尾大捷喜报的时候，不仅巴黎的茹费理早已经知道，连赫德也知道了这件事。

天津的李鸿章，在收到刘铭传沪尾捷报的当天，便以个人的名义给尚在天津逗留的林椿写了一封便函，提出，若此时仍由美国人出来公断中法之事，法国是否接受？

李鸿章以为，法国海军在沪尾受挫，肯定不能再向中国索取赔偿。美国人在中国获胜的时候公断此事，法国定能接受。

林椿不敢作主，忙把李鸿章的提议电告给巴德诺。

巴德诺亦不敢作主，接电的当天即致电茹费理，云："直隶总督以自己的名义重行开始美国公使曾经试做过的外交行动，由林椿先生转问我，以何种条件，我们可以接受公断？"

茹费理很快给巴德诺电发了这样一道训令："按照下列基础，法国可与中国恢复商议：中国军队自东京撤退；法国舰队停止作战；批准天津条约及缔结条约所预期的商约；暂时维持基隆的占领，而不让与领士的宗主权，至天津条约完全实行。赔偿字样不提及；但法国保留据有基隆及淡水的海关及矿区若干年，作为同等价值的补偿办法。其年限另行讨论。关于规定占领期限，甚或关于以付款方法缩短期限，得容许友好的一国或数国出面调停。"

巴德诺把茹费理的训令，连日电发给林椿和赫德。

当林椿把茹费理提出的条件交给李鸿章时，李鸿章只是长叹一声，此后再未约见林椿，亦未给林椿任何答复。

但赫德仍想说服总理衙门，答应法国人的要求。

光绪十年九月十七日（公元1984年11月4日），赫德利用德璀琳到德驻京公使馆去拜客的良机，带着翻译等一应随员，匆匆来到总理衙门，指名要见庆王奕劻。

奕劻当日正在醇王府与奕譞商量事情，闻报，急忙乘王驾赶回衙门接见赫德。

一见庆王的面，赫德单刀直入道："王爷容禀，前因德璀琳拟有四条办法，须候中国回信。我已电致上海巴大臣说，法国须按兵不动，以待商议，约以九月十八日给他回信。若明日不发一电给他，他便说我耽误他们的事了。现在议得如何？"

赫德把茹费理拟的四条，说成是德璀琳拟的四条，又无中生有地限定了一个答复日期，想以此来压迫总理衙门尽快答复。

但奕劻此时已奉有太后懿旨，不准轻易同法人议和，加之沪尾大捷壮了底气，所以此次谈话就较上次强硬了许多。

奕劻并未理睬赫德把双眼瞪成老大，只管笑答："尚未定局，但就目前局势来说，大约是不能行。"

奕劻的答话并未让赫德奇怪，他眼珠乱转了转，忽然这样说道："我现接本国朋友的信，有四件事需要说给王爷听：一、是说法相茹费理对人说：'现若仍照津约办理，即可了事'。"

赫德不说法人仍要占据基隆的话，他决定采用欲擒故纵的方法，一点一点地把奕劻套住。

奕劻听了这话果然一愣，马上反问一句："本王想问一句，此话茹相系对谁说的？有何凭据？"

赫德见奕劻上钩，忙答道："王爷容禀，依鄙人想来，茹相这话，大约是对议院说的。议院中人问茹相云：'此话可向外边说否'？茹相答：'可与外边说'。"

赫德见奕劻深思，忙又道："二、是英国办事大臣对下议院说，法未与中国言明决裂，却封禁台湾海口，于英商船不便，现已问法国了，尚无回信。三、是英国大臣现在可与法国商议中法事件。"

奕劻闻言，奇怪地反问一句："英国现在能向法国说话么？曾纪泽来电怎么没有说起过这事？"

赫德脸一红，马上自圆其说："王爷容禀，英国与法国前虽有埃及之事，稍有芥蒂，现却可以说话。此事鄙人可以担保。"

停了停，赫德怕奕劻深究此事，忙又道："四、是英国大臣说，中国若有一定了事办法，英国大臣愿向法国说去。德璀琳所拟四条，既不能行，我又拟了一个办法，这个办法肯定能行。"

赫德话毕，马上掏出他依照茹费理训令自拟的条款递给奕劻。

奕劻一看，见赫德拟的这个办法，除赔款字样不见外，仍同德璀琳所提交的条款无大区别，遂又反手递给赫德道："中法开仗后，津约已作废纸。你此节略内，批准津约一语，恐仍难行。"

赫德忙把节略收起来道："我带回去改好再送来。明日务望给我回信。"

奕劻抚须答："明早商量后，如有话说，再给你回信。"

奕劻话毕，顺手端起桌上的茶碗。

赫德只得起身告辞而去。

茹费理见大清国坚决不肯屈服，遂一面电致巴德诺转告孤拔封锁台湾洋面，掐断台湾与大陆方面的联系和援助，一面加紧向越南运送大量兵员和军火，决定把在沪尾丢掉的面子在越南找回来。

茹费理目前很有些骑虎难下。

第二章 清军西线受阻东线溃败

第一节 冯子材临危受命

法国决定在越南同中国驻越防军大开战端之时，却正是在越督军的广西巡抚潘鼎新处境维艰、焦头烂额之际。先是随潘鼎新入越幕僚、将弁因水土不服，病亡过半，使得其他人员也纷纷告假或辞去。潘鼎新因顾及军务，只准文员辞去，却不允武员告假，致使谤怨横生，人心渐失。

为此，潘鼎新曾有专折言说此事："边军艰苦，人皆视为畏途，疆臣用人之难，十倍于内地。"又道："臣自到防数月，旧日幕僚病亡假旋，星散殆尽；然文事简略，尚无损于军政。惟前敌将弁既经投效来营，予以带兵差使，非奉斥退，即不得任意去留，致开规避取巧之渐。"

还有就是观音桥之战后，参战各将因争功闹出一场风波，也让潘鼎新始料不及。

观音桥之战后，按着以往惯例，朝廷都要对有功将士给予奖赏，但为防冒滥，曾有专旨严饬潘鼎新，请奖时"当秉公保奖，切勿含糊冒滥，致干咎戾"。既然朝廷有旨在先，潘鼎新自然要依旨办理，不敢孟浪。如此一来，这就不能不让大多数将领，对潘鼎新产生了强烈的不满。其后果，较前一项的水土不服，则更加严重。

当得知潘鼎新只为参战各营请奖后，方长华首先找到潘鼎新，公然向潘鼎新提出，观音桥获胜，自己功不可没。

潘鼎新当即向方长华指出："观音桥大战时，老弟未离老哥寸步。若保举单上开列上老弟的大名，其他将领怎么办？尤其是王藩台，观音桥激战时，你二人都与本部院在一起。如今本部院把老弟开列出来，王藩台怎么办？"

方长华自然无言以对，但不满之情尽现脸上。

方长华离去不久，黄玉贤便闯了进来，口口声声禀请发给赏号。

潘鼎新一时气得浑身乱抖，断然拒绝。

潘鼎新斥退黄玉贤不过三天，最不该争功的一个人却站了出来。此人便是在观音桥替潘鼎新督军的唐景崧。

按常理来讲，唐景崧无论从哪方面来看，都不具备争功的资本。但他私下以为，若不是他布置得宜，观音桥之战根本不可能取得胜利。

当他从巡抚行辕文案的口中得知，抚台的保单上，并没有自己的名字后，他便从观音桥大营连夜赶回龙州来见王德榜，说道："观音桥之役，若非方伯筹措有方，断难有此大捷。但下官却听说，抚台的保举单之上，并未把大人开列在内。下官百思不得其解。"

王德榜此时已对潘鼎新窝了一肚子气，听了唐景崧挑唆的话，他便道："维卿老弟，这样的话还是不去说他吧。争功博名，本非老哥长项。提督之权，老哥尚不留恋，况一小胜保举乎？"

唐景崧见王德榜如此说，只好和盘托出自己的来意："方伯是做过大宪的人，自然对事情看得要比别人开些。但下官入越以来，愧无补救，虽激劝刘团屡捷，仍不敢自以为功也。惟北宁陷后，全军败溃，漫不成军，谅山震惊，朝廷震动，防军入越以来未有之局面也。下官以赤手受任于乱军之际，无饷、无粮、无战守具，出万死不顾一生之计，殚力替抚台支持局面，联络士心，整顿各营，这才有观音桥现在之局面也。法寇败后，虽每日增兵，却至今未敢轻犯。自然，于情于理，论功当推方伯为首，但下官名列保单之内，当不属冒滥吧？"

王德榜长叹一口气道："有些话，老弟还是不要讲了吧。老哥入越之初，兵勇数为八营四千人。后又就地募齐两营，合五千人之数。但现在，因瘴毒就已故两千人，水土不服又病倒一十五百人。现在老哥这定边军，只剩了三营人马。方友升带四营入越，现只存两营。现在保胜的岑制军怎么样？想来也好不到哪里去。法寇尚未发动大战，我军已瘴亡过半，这仗还怎么打呀！"

王德榜的一席话，直把个唐景崧说得哑口无言。

唐景崧一到龙州便先来见王德榜，原本是打算想让王德榜出面，在潘鼎新跟前给自己说上句话，讨个密保。哪知道王德榜眼下，最关心的是自己勇丁的瘴亡，全没把瘴亡之外的事情放在心上。

唐景崧与王德榜分手后，本想亲自去见潘鼎新讨个说法，但他权衡再三，还是回了观音桥。

回到军营的当天，唐景崧即把自己的幕僚、与署两广总督张之洞关系密切的唐镜沅传将进来，一边喝茶水，一边说闲话。谈了一些京师掌故，唐景崧忽然话锋一转发起了牢骚。

唐景崧把茶碗往案上重重一顿道："观音桥之战，大挫凶焰，本官探得情报，法人在北宁不甚设备，我防军正可挑精锐走僻径先袭新省。该处有山可据，有粮可食，距北宁城七十里，可就近图之。老弟以为，本官说的是也不是？"

唐镜沅忙答道："京堂所言甚是，下官亦与人谈论过这些。"

唐景崧道："可叹可叹，这么一个好主意，本官屡启琴帅，竟不被采纳。现瘴疫流行，病亡大半，就算他老翻然醒悟，恐怕也有其心而无其力了。尤其可气的是，观音桥大捷，系本官全力督战之结果，但琴帅的保举单上，竟只字未提。如此偏心偏向，哪个还肯与他出力？设若法军大队扑犯，看他如何迎敌！"

事关抚台及统兵大员的得失，唐镜沅未敢接话。但下来后，唐镜沅却偷偷给张之洞发去密禀一封，把唐景崧对自己说的话全部写了上去。

张之洞收到唐镜沅按驿递到的密禀，当即意识到问题的严重性。他思索了两天，认为有必要委托专人，对唐镜沅反映的情况，切实访查一下。

他把自己关在签押房里，把所有在越的官员一个一个考查了一番，最后决定把这项特殊的任务，交给唐景崧来办。

张之洞认为，唐景崧是京堂，与湘、淮、楚三系的人没有瓜葛，与岑毓英也无太多的往来。由他替自己来密查南关各军，当是最合适人选。

张之洞眼下，极需掌握关外各军的实情，有备无患，以防不测。

为谨慎起见，张之洞亲自动手给唐景崧写了封密函，函曰：

"现据有人禀称：月前观音桥连捷，法夷经此大创，坐失机会，致彼族得以养锐整兵，狡谋再犯。据报船头兵轮已陆续驶至，俟我前敌退出险要，即尾缀袭取谅山，近逼南关，势加吃紧。又徐前部院（指徐延旭）移交各路防军，左计十营半，右计二十八营，中计十四营，后路亦不少十营，自裁撤归并，现存五分之一。遣散太急，只图省费，不率旧章，无论勇数多寡，欠饷久暂，将弁功罪，部众强弱，一律用威，仅给千金，驱之使去，吞声饮泣，郁极思逞。谅防九营，悉数裁撤。刻计关外游勇何止万人，无计聊生，必甘心而为盗。万一敌人用为前导，其患尤不可胜言！自太平、龙州、镇安毗连越之芄荢、牧马等处，内外数百里，伏莽煽结，滋蔓已深，大军朝归，乱党夕作，有断然者。又关外各军苦于转糈，病者多，故者亦不少，楚军为尤甚。其故因载粮而渡，暑蒸湿结，瘴发疫流，枕藉道途，伤心惨目。倘乘胜前进百里，地方高敞，水土平和，可免疾，可就粮，足资战守。奉谕一面退兵备战，部曲痛心疾首。一旦敌势掩至，既无可恃之险，又杂以病勇扶携，难民号泣，安能必其不我蹙也。以上节节可虑。各员将间有因事禀陈，无不累牍连篇，痛加呵斥。渐至旧部灰心，宾僚结舌，王藩司楚师十营，力请咨回江南；新调杨提督、方提督两军，代统左路镇南桂军赵道等皆欲告退。此三员受知甚深，相随日久，尚有危不自安之势。两广全局攸关，连日敌情愈急，军事愈繁，揭帖讹言丛起，越南官民携眷潜进关内者相率于道，附边内外，人心皇皇，诚堪痛惜等语。查潘部院威望素隆，抚循有术。今督师边徼，关系非轻。据禀前情，查撤兵一节，系属遵旨办理，粮艰瘴病，乃由地势使然，并非措置不宜之故。至此外各情，本署部堂殊深疑虑。如果所言不谬，则边防大属可虞，不待外寇之来，先有内讧之患。贵主政在彼年余，见闻较确，上项各情，是否属实，请即明查暗访，飞速据实密信函复，以资参考，本署部堂必不宣扬，切勿含糊迁就，是为至要。”

给唐景崧的密函发走的当晚，张之洞又把在广东督办防务的钦差大臣、兵部尚书彭玉麟，请到总督衙门签押房，把唐镜沅的密禀出示给彭玉麟阅看，并说道：“钦帅，您老有何感想？”

彭玉麟放下密函，一边深思一边说道：“香帅呀，依本部堂想来，琴轩久历军戎，声名卓著，又有李少荃的大力支持，局面能坏到哪里去呢？关于瘴疫流行，本部堂亦早有所闻。此乃气候地理使然，非人力所能消弭。”

张之洞长叹一口气道：“钦帅有所不知，瘴疫流行，防军斗志减半，设若此时法寇突然举兵扑犯，如何迎敌？还有将相不和一项，此是古来兵家大忌。这两项，才是本部堂最为担心之事。”

彭玉麟道：“香帅不必多虑，王朗青派员正在原籍招募新勇，想来不日即能出关。关于各路将领与潘琴轩闹意气这件事，香帅也不能光听唐镜沅一面之词，不妨派个体己的人，出关访他一访，一切不就了然了吗？”

张之洞道：“这件事，本部院已函委唐维卿就近访查。维卿出关以后，一直同刘渊亭在一起，北宁失守后，他才离开黑旗军。本部堂委唐维卿来办这件事，相信他能办好。”

彭玉麟抚须说道：“本部堂对唐维卿这个人不是很了解，但听京里的人说，他请缨出关，还是很想干点实事的。他是宝佩衡的得意门生，两个人也走得非常近。不过有一点我们得承认，刘渊亭能坚持抗法，唐维卿是立了大功的。如果没有唐维卿在彼谋划，关外情形如何，恐怕又是另外一种局面。”佩衡是宝鋆的字。

张之洞点了点头，忽然说道："钦帅，本部堂请您老过来，还想商量另外一件事情。本部想奏请重新起用冯萃亭，您老以为如何？"

彭玉麟一愣，随口问了一句："香帅，冯萃亭不是一直在籍养病吗？他今年好像已近七十了吧？"

张之洞道："冯萃亭今年刚好六十有七，本部堂已着人打听过了，他并无大病，是因为与张振帅闹意气，才负气离开军营的。钦帅，冯萃亭统带防军多年，又熟悉关外的地形和气候，是广西一等一的能员啊！"

彭玉麟说道："香帅所言甚是，冯萃亭这个人本部堂是知道的，会打仗，能吃苦，不要说两广，就是我整个大清，也挑不出几个像他这样的统兵大员。关外正是用人之际，朝廷若能重新起用冯萃亭，自然会对边关有所裨益。本部堂只是担心，朝廷不会答应。"

张之洞一愣，问："钦帅，这是为何？您老莫非听到了什么风声？"

彭玉麟叹口气道："本部堂并没有听到什么传闻，本部堂只是觉得，朝廷已着张振轩戴罪统兵出关，您张香帅此时，却奏请起复冯萃亭，朝廷会不会认为是多此一举？何况两个人素来有隙，如何共事？还有一项，香帅也不能不想到，张振轩是李少荃的爱将，朝廷只将张振轩革职但并未拿问，分明是看在李少荃的份上，给张振轩留了条后路。香帅，您以为，本部堂说的在不在理呢？"

张之洞恍然大悟道："钦帅，您老适才这一席话，让本部堂明白了许多事情。难怪本部堂至今还是署理督篆，不授实缺，如今想来，这是朝廷有意这么做的。如果张振轩在关外稍有功绩，朝廷肯定会把两广总督再还给他。"

彭玉麟道："张振轩毕竟不同于徐晓山。徐晓山做过什么？张振轩又做过什么？他毕竟跟随李少荃，出生入死拼杀了许多年哪！"

这时，一名侍卫手持一封书信，急匆匆走进来禀道："二位大人容禀，这是防营张大人行辕紧急递过来的函件。"

侍卫把书信双手递给张之洞。

张之洞接信在手，挥了挥手。侍卫退出去。

张之洞拆开书信，里面却夹着一张讣告。

彭玉麟一愣。

张之洞展开讣告看了看，反手递给彭玉麟道："张振帅薨逝了！"

彭玉麟再次一愣，急问一句："这怎么可能呢？他好像刚过花甲。"

张之洞没有言语，低头看张树声的遗折。

　　彭玉麟一边叹气，一边自言自语道："张振轩驾鹤，分明是让黄卉亭给气的！看样子，不奏请起复冯萃亭是不行了。"

　　当晚，张之洞一面把张树声的遗折递往京师，一面电奏军机处，拟请前广西提督冯子材在原籍募勇十营，以补关外防军的不足。

　　十日后，张之洞接到同意的电旨，马上便派快马给冯子材送札委一道，命其在原籍募勇十营，随时听调。

　　冯子材奉到札委的当日，即开始办理募勇事宜。

　　越五日，张之洞被朝廷补授两广总督。

　　不久，张之洞收到唐景崧从关内龙州江西会馆递过来的私函。张之洞接阅之下才知道，唐景崧在他的密函送到之前，便因瘴病之故，向潘鼎新告假，离开了观音桥大营，入关住进了龙州的江西会馆。

　　唐景崧向张之洞禀称：自己刚接到密函，但因病体未愈，尚不能出关，云云。

　　张之洞无奈之下，只好给唐景崧发了封慰问的函件，称：

　　"比年来请缨绝域，间关瘴海，既佩忠壮，亦稔忧劳，曷胜驰仰！顷披惠书，具悉入关乞假，泛可小休，为慰。弟迂钝不才，猝忝边寄，甫经受事，即值海警纷纭，渴望海内高贤，以启愚陋。阁下夙有伟抱，身在行间，前托令弟代致拳拳，即请直来广州，俾承雅教，幸甚。"

　　唐景崧接信大喜。他其实本无大病，乞假入关养病，只是他自己的一个借口。他因争功不成，在观音桥说了许多对潘鼎新不满的话。他怕这些话传到潘鼎新耳中后，潘鼎新定然不会轻饶于他。不管怎么说，潘鼎新都是从淮军走出来的人。他能惹起潘鼎新，也不敢惹李鸿章。他在此时乞假离营，不过是想另外寻条门路。今接张之洞来函，他马上便复函一封，乘机向张之洞提出"自募一军以助黑旗刘团"的要求。

　　张之洞接函，与彭玉麟计议了一下，便让文案开出札文一道，委派唐景崧在龙州募勇四营，出关与刘永福合力犄角。

　　唐景崧于是改隶广东，不再受广西巡抚潘鼎新节制。

　　消息传到关外广西巡抚行辕，潘鼎新闻听之下，一时气恨交加，认为当此用人之际，张之洞把熟悉越情的唐景崧调离前沿，实属抽薪之举。他抱病亲自拟写奏折，怒劾张之洞。

　　讵料奏折进京，朝廷并不为之所动，反倒电旨关内外督抚，称：

　　"据张之洞电称牵敌以战越为上策，现令唐景崧募勇出关，与刘永福合力犄角，赶筹饷项军火济之。所办甚是。前有旨令滇、桂两军进发。本日战旨已宣，并赏给刘永福记名提督，赏戴花翎，令将法人侵占越地，力图恢复矣。唐景崧着赏加五品卿衔，即着张之洞传旨，令其激励刘永福，奋勇进剿；饷银军火，仍着妥筹接济，并准于粤海关酌拨饷项。岑毓英、潘鼎新务即督率所部，星驰前进，相机筹办。"

军机处电发此旨时，中法关系已彻底决裂。孤拔率兵舰已将福建水师及福州船厂轰毁，大清国已正式向法国宣战。

其实，潘鼎新接奉前电"应以进兵越南，规复北圻，俾彼族不敢悉众内犯"后，虽抱病多时，但仍用最快的速度，按着朝廷的要求和军前实情，将前敌各军做了统一的调整和部署。

潘鼎新先将原守观音桥的左路桂军八营裁并为六营，因统领黄玉贤瘴故，改隶署理广西提督苏元春，合其原统四营共十营约五千人，拟由谷松、坚老向船头一路进发；记名提督王洪顺告病辞差，潘鼎新将其所统桂军四营，改隶贵州安义镇总兵周寿昌管带，合其原统黔勇一营，共五营；杨玉科所部广武军三营，与记名提督方友升所部两营，合并为五营，两部约合四千人，拟由屯梅、观音桥一路进击，与苏元春军分为东西两路，互相犄角，自为战守；王德榜一军因瘴亡太甚，新募湘勇尚未出关，故暂住龙州等待新勇；潘鼎新自率新到的淮军五营、道员赵济川一营，共六营三千人，在谅山整理操练，以备两路策应，并防那阳分窜之路。

第二节 茹费理临阵换帅

清军加紧调兵遣将，即将出击，在越法军总司令米乐，此时却正与总理茹费理闹得形同水火，不亦乐乎。

茹费理对米乐的不满，开始于观音桥事件后。

茹费理认为，法军在观音桥遭遇惨败，完全是因为米乐用人不当所致。他致函海军殖民部部长裴龙，对米乐大加指责道："杜森尼是个全巴黎都知道的疯子，他不会打仗，只会到处捣乱！但米乐却派他去接收北黎，可见米乐比杜森尼还疯狂！你马上给米乐下达训令，我们要求他在最短的时间内占领北黎！使用他尽可能使用的兵力，把中国防军赶出北黎。我们不能再等了！"

裴龙当时未在巴黎，正在外地视察军务，他接到茹费理的信函，转日即给米乐通过电报下发了一道训令。

米乐接到训令后并未照办，而是给裴龙回了一封长电。米乐在电报中，向裴龙讲述了三点不能马上攻取北圻的理由：一、杜森尼一军在北圻战斗中受创颇重，极需休整；二、北圻一带瘴疫流行，波里也旅与尼格里旅均有亡故，病者亦日渐增多；三、兵舰油料多有不继，必须马上补充。

裴龙接到米乐的电报，飞速乘舰船返回巴黎面见茹费理。

裴龙俟茹费理看完米乐的电报后，一边叹气一边说道："米乐讲的都是实情，我们目前在北圻行动起来，的确很困难。"

茹费理把米乐的电报啪地摔到桌上，破口大骂道："米乐和杜森尼一样，都是混蛋！堵布益以前就同我讲过，北圻山高路险，气候恶劣，每年都流行瘴疫。米乐为什么以前不讲，现在才讲？——分明是托辞！胆小鬼！他不是个称职的中将！我刚刚接到谢满禄的电报，中国的总理衙门已正式通知他，将派两江总督曾国荃与巴德诺进行谈判。您知道，外交谈判是需要武力作后盾的。您马上电告孤拔，让他率领他的舰队，立即动身赶到上海去。如果中国人不答应我们的要求，我们就从海上对他们进行武力打击！该死的米乐，让他先休整吧。"

随着中法交涉的逐步恶化，茹费理渐渐把攻击的重点由陆路转向海上。米乐利用这段大好的对峙时光，把自己的部分亲属，从国内纷纷召到北圻，开始对红河三角洲一带已经确定的矿藏进行开采。米乐不想放过任何发财的机会。

米乐的行为传到南圻的西贡，引起了在越法国人的普遍注意。法国人开始传递着这样的一个信息：米乐在北圻发了大财。

这时，法国驻越公使李梅的一个亲戚，也从巴黎赶了过来。他请求李梅帮忙，想在兴化开采矿藏，发笔横财。

李梅的这位亲戚，一直以贩卖军火为业，发了几笔横财，如今想在矿业方面有所作为。他从巴黎出发时，特意包了一艘大型商船，载了许多采矿用的机械和五十余名工程技术人员，分明是要大干一场。

李梅当时也正在越南各地寻找着发财的机会，这位亲戚的到来，使他看到了希望。他给米乐写了封亲笔信，请求米乐能在北圻各省已探查明白的矿藏中划出一块地方，交给这位亲戚开采。为了让米乐重视此事，李梅特派遣自己的参赞官到海阳走了一趟。

米乐读到李梅信的时候，红河三角洲一带探明的矿藏，已经全部有人开采，只有兴化的一处山地完好无缺。因为经技术人员的探查，这里没有任何可供开采的资源。

手握着李梅的来信，米乐眼珠转了三转，很快便把这块地方交给了李梅的亲戚。结果自然是一无所获，反倒赔了一大笔金钱。

接报，李梅表面上不动声色，暗地里却开始收集米乐在海防背着法国政府所干的一切肮脏勾当。从此后，恶梦开始缠绕上了米乐。

有一天，米乐忽然收到裴龙的一封来信。裴龙在信中对他说，孤拔正在中国海面浴血奋战，他却在海防纵欲行欢，他的行径让法国军界一片哗然。又有一天，他收到裴龙的这样一封信：孤拔司令摧毁了中国的福建水师和福州船厂，米乐司令却让两名年仅十三岁的安南幼女怀了孕！

望着裴龙的来信，米乐连连惊呼："见了鬼了！本将军一定要查出这名奸细！"

米乐说过这话不过一天，茹费理便收到巴德诺的电报："孤拔海军提督的报告，现在或已到达你处，其要点如下：'淡水失败严重。七艘军舰的海军陆战队，均被击退，死六人，失踪十一人，伤四十八人，内军官四人。我们军队兵员勉强足供基隆之用。孤拔提督放弃占领淡水，并拟以八艘至十艘军舰由利士比海军提督指挥，封锁台湾西海岸线的全部。其余舰队，由孤拔海军提督自领北上。'"

茹费理马上把裴龙传来，吩咐道："孤拔请求北上去攻击中国的旅顺或烟台，这是个愚蠢的做法。我已得到确报，直隶总督现在的布防已非常坚固。孤拔若轻举妄动，我们将会遭遇比淡水还严重的失败！你直接给孤拔发报，告诉他，他现在的任务，是封锁台湾，把台湾彻底孤立起来。我们必须在东京发动大规模的攻击，才能弥补我们在淡水的损失！"

裴龙道："总理阁下，米乐向我报告说，现在我们在东京的兵力明显不足，要想把中国防军赶回边界，我们必须向东京补充足够的兵力。"

茹费理恶狠狠地说道："你马上搞出一份向东京追加兵费的计划，尽快提交议院通过。大清国即将投降，我们只要再发动一次大的攻击，便万事大吉！这个发财机会，我们决不能错过！"

裴龙急忙起身道："请总理放心，议院很快便能收到殖民部提交的增加兵费的计划书。我今日就给米乐发报，让他作好攻击前的各项准备。"

茹费理却道："部长先生，给米乐发电报是必要的，但不是让他做攻击的准备，而是请他回国休养。他在海防，每天都奋战在越南女人的肚皮上，还让十几岁的小姑娘都怀了孕。他消耗的体力真是太大了！如果他愿意，我可以用政府的名义，把郊外农场的那头老母牛送给他！这个老混蛋，他太让我失望了！"

裴龙一愣道："总理先生，您想将米乐撤任？"

茹费理冷笑着说："米乐是一名将军，不是配种用的公牛！他已经五十多岁了，还在光着屁股到处调情！我替他难过！"

裴龙深思着问道："把米乐撤回来，谁来指挥东京的部队？"

茹费理很肯定地说道："晋波里也中将军衔，出任东京远征军总司令！"

裴龙犹豫着说道："按理说，总理先生决定的事情，殖民部必须照办，但我不能不提醒您一句：尼格里在法国军界的威望高过波里也，波里也晋升少将的时间也没有尼格里长。"

茹费理笑道："部长先生，我也提醒您一句话：波里也有一个可爱的女儿在我的身边担任秘书，尼格里有什么？"

裴龙恍然大悟般地点点头，默默地走了出去。

清历六月二十二日（公历八月十六日），法国议院正式通过海军殖民部追加三亿八千万法郎用于东京的法案，并通过了向东京加派三千名援军的计划。

法案通过的当天，裴龙便电告波里也："不久将到达您处的援兵，将使您有力量重新采取强有力的行动，重要的是，应尽快地消除由于北黎事件造成的后果和影响。"

裴龙的训令到达波里也手上的时候，中国朝廷命令潘鼎新督饬各营主动出击的圣谕，也递进了广西巡抚衙门行辕。

接读圣谕后，潘鼎新不敢耽搁，马上布防。

波里也　面把清军的动向电告给国内："许多华军向谅山进发，他们的给养、军需和军火都充足，在季风未形成之前，应该在这方面扩大我们的行动，迅速把华军驱逐出东京边境。"一面命令第二旅旅长尼格里率全旅分两路迎敌：尼格里本人，率领主力约三千人，向郎甲一路迎战；上校端尼埃，率领一个团约一千人，向船头一路迎战。

尼格里接到命令后，马上向波里也发出电报，质问："援军尚未赶到，此时向中国防军发动攻击，是否唐突？您到底是怎么想的？"

波里也飞速回电："敌人提前发动攻击，我们只有提前迎战。"

尼格里接电大骂："该死的波里也，他爬到本人的头上便指手划脚。"

尽管满腔的怒火，但尼格里又不敢不去执行波里也的作战命令。

两路法军在援军没有到来之前分两路出发了。

清历八月十四日（公历十月二日），苏元春所部在陆岸，先期与法军侦察部队遭遇。双方发生短时间的激战。此役，法军舰"马苏"号中校舰长战死，海军二十一人和陆军十人负伤；苏元春所部游击衔营官陈桂林，被法炮轰击战殁，有兵勇四十余人负伤。

法侦察队怕清军大队赶到，慌忙顺流败去。

清历八月二十日（公历十月八日），记名提督方友升、安义镇总兵周寿昌，率部在屯牙、郎甲一带，与尼格里所率领的法军第二旅主力相遇。自辰至未，双方鏖战四时之久。双方互有伤亡，清军损失尤重。

双方刚一接触，尼格里便调炮队对着向前推进的清军轰射；炮轰一时之久，法军快枪队又跟手扑上，甚是勇猛。有很长一段时间，方友升和周寿昌所部各营，被法军猛烈的炮火打得抬不起头。

但法军的枪炮刚一停顿，方友升麾下副将衔营官王绍武，便当先冲出阵营，下马飞奔，箭一般地来抢夺敌军的炸炮。行至半路，突被敌弹打中，倒地身亡。

眼见爱将被敌弹打倒，方友升振臂一呼，率广武前营游击衔都司黄立均、后营副将衔参将胡延庆两部，奋力冲将出去，一边射击，一边逼向敌军。

法军一见形势不妙，马上便用更加猛烈的炮火，阻挡奋不顾身的清军将士。

周寿昌见势危，立率所部从侧翼向法军发动进攻。

尼格里仗着人众和炮烈枪快，急忙分兵来战。

法军枪炮越来越猛，黄立均、胡延庆等统兵官相继阵亡，大批的兵勇亦血染沙丘。右手腕被炮击穿的方友升无奈之下，不得不饬令各营向后退却。

法军以阵亡三十二人、伤六十六人的代价，很勉强地占领了郎甲。

事后清点，包括王绍武、黄立均、胡延庆统兵官在内，清军阵亡达三百余名，伤者更高达七百余人。

尼格里同着几名军官在打扫战场时，一名身负重伤昏死多时的清兵，偏巧这时突然苏醒过来。见尼格里用脚乱踢清军遗留在阵地没有及时抢运出去的阵亡将士，这名清兵咬牙把枪举起来并扣动了板机。因为力竭手抖，子弹没有打中尼格里的身体，却把他的裤裆射了个洞。这名中国士兵彻底死去。

尼格里吓得嗷的一声便躺倒在地，口里跟着嘟囔了一句："妈妈，我完蛋了！"

尼格里闭上眼睛，开始感受死亡。

士兵把尼格里抬到平坦处，军医飞跑过来进行检查、包扎。

"将军，您还是睁开眼睛吧。您并没有负伤啊。"军医笑着说。

"砰！"军医话音未落，不知从何处飞来一颗子弹，正中军医的左肩。

此役，法军受伤的军官于是由九名上升到十名。

船头方面的这次战斗虽不很激烈，但时间却比前两次都长。

苏元春所部打退法军的侦察部队后，端尼埃上校率九连人马一千余人，第二天就趾高气扬地杀了过来，口口声声要报仇雪恨。

一见法军人数较少，苏元春当即与总兵陈嘉分兵两路进攻。

目空一切的端尼埃，仗着枪炮精良，很快也把队伍分成两路。战役从清历八月十八日（公历十月六日）午后正式打响。

苏元春督饬各营奋勇冲杀，端尼埃指挥各连拼死抵挡。激战了一天，打得满地都是弹壳。当晚收队，清军亡十余人，伤三十余人；法军亡四人，伤二十一人。次日再战，双方仍是各有伤亡。

端尼埃不得不改变原来的作战方针，由主动攻击变成被动坚守。

苏元春不以端尼埃的意志为转移，仍然督饬清军反复冲杀不止。

清历八月二十一日（公历十月九日），苏元春决定集中所有兵力，对法军实行强攻，扫清前行障碍。

端尼埃见清军一交战炮火即猛于往日，便慌忙把两路合为一路，命令各连务必保住阵地，并将在前次战斗中，擅自后退的阿尔及利亚四名先锋队员枪毙。

端尼埃把所有的大炮都调集到前沿，对冲杀不止的清军进行猛烈的轰炸。

苏元春无论怎样调整队形，都无法靠近法军，心下甚是焦躁。

冲杀至天晚，到收队时，苏元春与陈嘉两部伤亡竟高达二百余人，将官亦有多员被法炮轰殁。

眼见损失越来越大，陈嘉不得不向苏元春进言道："军门大人，法寇炮火太烈，我部伤亡太大，这仗不能再打了。"

苏元春瞪起眼睛呵斥道："陈总镇，我兵勇倍于法军，明日一鼓作气，定能把法寇打退。我不信他法人都是钢筋铁骨！"

陈嘉拖着哭腔道："军门大人，再打下去，我们就伤元气了！"

苏元春很果断地说道："陈总镇，法寇曾经喊过大话，四千可扰我七省，他们是战无不胜的。本提此次就是想让法寇知道，我大清也不是好惹的。他四千便想扰我七省，休想！我让他回国去扰他自己的亲娘！"

陈嘉道："军门大人，不是本镇不想战，实在是此际这里瘴疫流行，募勇不易呀。亡一人，便少一人；伤一人，亦少一人。"

苏元春道："本提战前已接到香帅来函，已派王孝祺军门，督率广东提标星夜出关助战；前军门冯萃亭已在原籍募勇十营，又经力请，增募八营，正在钦州加紧操练，随时出关。还有王藩司，据闻已在原籍募齐十营新勇，正日夜兼程赶向这里。本提可以肯定，灭法寇威风，就在明日！"

陈嘉遂不再讲话。

第二天早饭过后，苏元春和陈嘉亲自在阵地督战，冲杀大猛于前日。

法军虽有小股援军到来，但因道路崎岖，弹药运送不便，加之伤亡加剧，端尼埃只得率队后撤十里扎下营盘，等待大批援军的到来。

端尼埃电报波里也，称船头一战，"伤亡惨重，我认为华军勇敢非凡，与我们作战的华军装备有毛瑟步枪，还有远程大炮，并以欧洲方式操练。看到他们的敏捷和技巧，我相信这些军队是中国的精锐部队。"

波里也把端尼埃汇报的情况及时电告给裴龙，希望国内的援军能及时赶到。

第三节　中法激战宣光城

船头一战，重创法军，潘鼎新闻报之下，精神登时一振，马上便抱病含毫命简，上折为苏元春、陈嘉二人请奖。

请奖折这样写道："苏元春谋勇出众，血性过人，每战必胜，三军用命，诚如圣谕以孤军当劲旅，允称强将。其部将总兵陈嘉，忠勇素著，艰苦不渝，尤为武将之所难得。惟有仰恳天恩，俯准将头品顶戴世袭云骑尉提督苏元春，优加奖赏，以励众心；记名总兵陈嘉，拟以提督交军机处记名，遇有提督、总兵缺出，请旨简放，并赏穿黄马褂。"

苏元春、陈嘉之外，对其他参战将士，潘鼎新也按着出力大小，一一请奖。折子最后依例为阵亡员弁请恤。

越三日，潘鼎新无意中听说，左宗棠密请朝廷着王德榜帮办军务，于是亦急电朝廷，奏请让苏元春会办军务。王德榜是左宗棠的人，但潘鼎新却对苏元春怀有好感。

十日后晚饭时节，电旨递进行辕，对潘鼎新所请一一照准，慈禧太后同时又特发内帑银三千两，赏给此次出力兵勇。

二十日后，朝廷电旨又达："苏元春力战屡捷，奋勇可嘉，着派该提督帮办潘鼎新军务。该抚即传知督军速进，恢复各城，渥膺懋赏。钦此。"

显然，朝廷驳复了左宗棠的密请，把帮办军务的职衔，给了资历远不如王德榜的苏元春，堪称破格天恩。

王德榜受到冷落，顿感前路迷茫，于是心生退意，竟然一连三天来见潘鼎新，提出离营回籍养病的请求，极其执拗。

潘鼎新婉言拒绝，两个人的矛盾开始加剧。

这时，驻上海观察时局的巴德诺，却突然收到孤拔从基隆发来的电报。

孤拔在电报中，请巴德诺转告茹费理总理：基隆瘴疫流行，加之水土不服，兵力消耗很大，每日都有士兵莫名其妙地死去，他现在急需补充兵员。

巴德诺于是急电茹费理，请求国内速为孤拔增兵三千名。

巴德诺特别强调："向孤拔增援不少于三千名的士兵，是让中国人尽快低头的最有效的办法。"

给国内的电报刚刚发走，他便收到驻越南公使李梅的电报。

李梅在电报中说："波里也在东京的战争很不顺利，我们每前进一步，都要付出血的代价。军队的进展意想不到的缓慢。波里也现在急需国内增派给他三千名士兵。"

读罢李梅的这封通报东京战况的电报，巴德诺愣了许久才迸出一句："看样子，为孤拔增兵，大概眼下不能完全实现。是谁让战争变成了这个样子？"

他马上给茹费理追加电报一封，曰："必须我们有决定性的胜利，证明我们是东京及台湾局势的主人，商议始有成功的希望。你知道事实全非如此。虽然封锁了，但是中国人完全知道我们可用的军队的定员缺乏，不能补救淡水的失败。孤拔海军提督既没有接到援军，所以还是一样。我前信里说，人家即使让与我一城，我们且无力占领。实际就是这样。"

电报发走，巴德诺感到浑身无力，头昏眼花。他此时已经很悲哀地预感到，对中国所实施的外交讹诈，因为战争不顺利的缘故，成功的概率越来越小。

其实，战争打成这个样子，法国方面怀有悲哀心情的，已经不止巴德诺一人。

当收到波里也从前沿发回的战报后，裴龙和茹费理的心情都很沮丧。

茹费理把裴龙传了过来，用嘶哑的嗓音说道："该死的福禄诺，他以前向我们报告的情况是不真实的，他欺骗了我们！欺骗了整个国家！我们上当了！"

裴龙接口说道："福禄诺固然有错，但我们也有错。我们对中国军队的作战能力，并不是十分了解。我们都犯了轻敌的错误。我们所有人都没有想到，大清国上上下下都是魔鬼！"

茹费理气急败坏地说道："您电告波里也，在国内增援的部队到达之前，他必须停止前进。巴德诺向我报告说，大清国雇用英、美等国船只，日夜向台湾和东京，运送大量的军需品。仅靠孤拔所掌握的军舰，对此无法进行有效的阻止。此次战争，中国虽然费用巨大，而其信用却还没有完全丧失，他随时都能从英国怡和洋行借到大笔款项。巴德诺报告的情况，使我完全没有料到！中国人是魔鬼，魔鬼都是中国人！我们已经被这些魔鬼缠上了。"

裴龙很无奈地感叹一句："想不到，中国人对战争这么热衷，他们真的是魔鬼呀！他们不怕打败仗，越败，越勇猛，太不可思议了！"

"我早晚把狗娘养的福禄诺干掉！"茹费理咬牙切齿地说。

几乎就在东线清军与尼格里与端尼埃两路法军进行殊死博斗时，在西线保胜一带驻扎的黑旗军与滇军，在岑毓英的督饬下，也疾驰到宣光城下，为收复该城进行着战斗。

因兵力不敷，波里也只派不足一千人的法军把守宣光，最高指挥官是独眼大尉福布至。

除去后勤及文职人员，宣光城中实际的作战人数只有七百人。

清军在北宁败撤后，宣光曾有一段时间是黑旗军黄守忠部的驻防地。但因刘永福与黄守忠意见不合，关系日趋恶化。黄守忠所部一千六百人进驻宣光、河阳等城后，刘永福便停发了该部的每月饷需，饬令该部自筹。黄守忠被逼之下，只好转求越南当地巡抚衙门商借。但越南政府此时早已向法国投了降书顺表，有旨下达给各省督抚，不准向华军提供粮饷军火等物，违者严办。当地巡抚衙门自然不肯通融。

眼见军粮无继，饷需无着，人心思变，黄守忠情急之下，毅然率亲兵三百人闯进巡抚衙门，力逼宣光巡抚黄相协速筹粮米五千石、银五千两，并弹药、布匹、骡马等物犒军。黄相协以圣命不敢违相拒绝。

黄守忠大怒，斥责越国认贼作父，忘恩负义。

黄相协无言以对，不仅用沉默相对抗，还不时向黄守忠投以敌视的目光。

黄守忠见黄相协摆出一付死猪不怕开水烫的架势，愈发愤怒，当即命亲兵把宣光布政使黎文缘从衙门后房搜出，命其打开库房。

黎文缘吓得浑身乱抖，慌忙传仓官进来，着仓官将一应库房全部打开。黄守忠到库房一看，登时傻眼，因为仓库里除堆放少许粮食外，再无资军用物。

黄守忠命亲兵将粮食全部运走，又押上黄相协向百姓逐户借粮。

黎文缘见城中纷乱，有机可趁，于是带上自己的家眷并少许护兵，偷开后门，飞速潜出城去，奔向河内向法军求救。

米乐当时尚未被撤任，驻在河内的法军是波里也的第一旅。

黎文缘一到河内，先将家眷及十名美妾安顿好，这才来见波里也，讲述黑旗军缺枪少粮、全军疲弱不堪之情形，请求波里也速发大军攻击，并自愿出任向导。

波里也大喜，急电米乐请战。

米乐很快复电，认为是歼灭黑旗军的大好机会，命令波里也派两千人去攻取宣光。

波里也于是指派上校郑克石也出任最高指挥官，大尉福布至任副指挥官，黎文缘为向导，督率两千马步军兵，星夜进击宣光。

法军赶到宣光城并发起攻击时，黄守忠正在城内指派各营逐户借粮。

法军开炮后，黄守忠急忙集合队伍，但已经无法布防，只好率队从后门撤出宣光，退守河阳；法军跟手追到河阳，黄守忠又弃河阳后退，直退到山竜地方才勉强扎住阵角。

法军在攻击河阳城时，上校郑克石也被流弹击中头部，不治而死。福布至见总指挥官先亡，不敢再继续向前推进，掉头回守宣光。

战后，米乐曾经发电给波里也，指责波里也在选派指挥官上犯了一个不该犯的错误。因为郑克石也的越译音是真该死也。试想，派一位原本就该死掉的上校出任总指挥官，这不是逼着他上西天吗？

观音桥事件后，法军为了在西线发动大的攻势，不得不从宣光又调走一千余人赶往西线，福布至的手里只剩了不足千人的兵力。尽管如此，福布至仍然对防守宣光城很有信心。因为在他的心目中，中国军队是不堪一击的，只要法军不主动出击，中国军队断不敢来攻打城池。

福布至开始在宣光为所欲为。

他把黎文缘叫进司令部，命令黎文缘，每日必须保证给司令部送五十名年轻女人犒军。

黎文缘稍一迟疑，福布至的大马靴呼地便踢将过来。

黎文缘双手捂着肚子，嗷嗷叫着，连滚带爬地逃将出去。

福布至用鼻子哼了三哼，跟手又把宣光巡抚黄相协传进来，让黄相协立即贴出告示，让每户百姓献粮二百斤、鸡两只、羊一只、酒一坛，犒劳法军，违者定杀不饶。

黄相协吓得双膝跪地，恳求减免。

福布至嘿嘿冷笑两声，命令卫兵把黄相协剥光了衣服吊起来打，直到满口答应为止。

福布至如此，手下士兵怎么样呢？他们从进城的当天开始，即随便在百姓家出入，见到年轻的女人，三五个法兵一拥而上，轮番奸污；有敢反抗的，奸完便杀，不留活口。鸡鸭牛羊乃至粮食，更是疯狂抢掠，分毫不给百姓留下。

城中百姓见法兵形同禽兽，开始纷纷出逃，几日光景，便逃走大半。

福布至一见情况不好，忙命人将四门关闭，只准人进城，不准人出城。尽管这样，每天仍有一些百姓冒死逃走。

宣光轻易失守，使岑毓英对黄守忠大为恼火。他派人赶到山竜密访后才知道实情，宣光之所以失守，是因为刘永福停发了黄守忠的饷需。也就是说，黄守忠是在缺粮断饷的情况下，主动撤出宣光的。

岑毓英为防黄守忠部散而为匪，削弱抗法力量，遂在密访人员回来的第二天，即派人给黄部送了二百石粮食并白银两千两，以解该部危困。

岑毓英当日又忧心忡忡地上奏朝廷称：

"刘永福人虽骁勇，而智虑短浅，且赋性悭吝，刻薄寡恩，所部颇有怨望。即如黄守忠一股共一千六百余人，原归其部下，自三月以来，即未分给饷银。臣恐其散而为匪，又另发银二千两，借资羁縻。"

张之洞看到岑毓英的这篇折子后很是吃惊，慌忙致函唐景崧了解情况。

唐景崧回函，向张之洞禀复道：

"北宁失守，刘团折归兴化，继返保胜，守忠仍率所部分往河阳觅食民间，其情形不同可悉。而永福当是时之不能兼顾守忠，亦限于力之无可如何，盖有不得不分之势。第永福多疑善忌，驾驭殊难，财入彼手，欲其分济守忠，万不能期其痛快。若我另济守忠，彼必又生疑忌，守忠转皇然不安，此今年彦帅弹章之所由来也。在永福隐衷，决不肯舍守忠而令其分，更不愿守忠之别开门面，枭雄器识，固不能以圣贤之道义相绳矣。"

唐景崧禀复中所说的彦帅，指的是云贵总督岑毓英。因岑毓英字彦卿，唐景崧故有彦帅之称。后来，张之洞支持唐景崧脱离潘鼎新，自募一军援助黑旗军，也是这封信所起的作用。

七月初三日，法舰在马尾偷袭福建水师成功，摧毁福州船厂。大清国被逼之下，只好下旨对法宣战。

张之洞根据朝廷提出的"战越牵战"之策，电请"图越以用刘为实济。"

刘永福于是得被清廷正式纳入正规武官序列，着以提督记名简放，并赏戴花翎。

张之洞同时又飞函唐景崧，命其率勇也入越境，赶往保胜助滇、刘以攻法。

岑毓英收到潘鼎新转达的圣谕后，当日即带亲兵营，乘小船下文盘州，沿途先后传见刘永福、黄守忠、吴凤典，口头传达圣谕，饬令各部于初十日，移营分道前进。

岑毓英按着行前即已制定的作战计划，命黄守忠、吴凤典各带三营，从山路绕赴陆安州，从后面打击驻在馆司关的法军；刘永福管带四营，会同滇军张世荣、谢有功等五营，沿江直下，从正面向馆司关之敌发起攻击。两路共有人马六千余，对馆司关形成夹击。为确保万无一失，岑毓英特命滇军覃修纲部督后路跟进。

馆司关是宣光法军设立的一个外围据点，只驻有一个连的法兵。这个连的法兵从奸细的口中得知清军大队来攻时，自知不能敌，遂在清军赶到前，便先将炮台烧毁，然后拖炮拉粮，自行退入宣光城中。

清军跟手推进，很快便将宣光城围了起来。

独眼大尉福布至站在城头四处瞭望，见围城的清军人数虽众，却衣破衫烂，缺枪少炮，竟不由哈哈大笑，对身边的几位军官说道："大清国真是已到穷途末路，竟然派一群叫花子来攻城！可笑！可笑！"

其实，围城各营武器落后，仅仅是福布至自负的一个原因，宣光城独特的地理位置，才是福布至自负的最主要原因。

宣光城建在一座陡峭的山丘上，山脚下便是明江。宣光城堡是一个每面都三百米的正方形；城堡前方，在一条已干涸的小河的对岸，有一座宝塔。宝塔曾一度倒塌。法军占据该城后，便将此塔重新修砌，将它作为前沿阵地，安设了一个哨所，随时监视城外的动静。法军与哨所与城堡之间，修筑了一条炮火不能及的深战壕，供两地联络之用。

为加强城防，同时也是为了给自己壮胆，福布至又将随军用的舰艇，停泊在明江之上，每日在江面游弋、示威。

宣光城墙均用青石砌成，墙上安有枪眼及炮位，非有威力巨大且射程较远的大炮不能摧毁。

而滇军和黑旗军，眼下偏偏就缺少这种攻城的利器。

在对法宣战之初，两广总督张之洞便按着圣旨的要求，调拨了一些枪炮，直隶总督李鸿章，也从北洋接济了一些枪炮。但关内运来的这些枪械，并没有分给黑旗军和滇军，大多被潘鼎新截留了下来。

滇军和黑旗军，只收到很少的一部分后膛枪，和李鸿章派员押送过来的格林枪和开花钢炮各十几门。这些都是潘鼎新、王德榜、苏元春各部淘汰下来的，有些根本就不能用。这种开花钢炮虽也颇有威力和杀伤力，却都是近战炮，不能远击，攻城更缺少威力。

与清军相比，法军的器械就精良多了。不仅拥有远击的后膛开花大炮十几门，近战炮也有近百门。守城士兵更是人手一支快枪，机关枪和迫击炮，也有二十几挺、门。

清军一到城下，刘永福与张世荣便督率各营，对城池发起了第一次强攻。

福布至哈哈一笑，命令城头法军枪炮齐发。

在法军强大的炮火轰击下，黑旗军与滇军各营，一边射击，一边向城垣接近，但并未取得实效。黑旗军与滇军反倒伤亡惨重。

黄守忠、吴凤典到后，刘永福、张世荣与黄守忠等人计议了一下，在晚饭前又组织了一次强击，不料仍未成功。

无奈之下，刘永福、张世荣二人只好饬令各营在城外高地添扎营垒，对城池实行围困，俟法军弹尽粮绝之时，再发动大规模的进攻。

福布至把清军围城的消息报给波里也。波里也一阵心慌，开始调兵遣将增援宣光。

在以后的日子里，法军与清军之间便开始了救援与围城打援的战争。

战争规模虽不大，但很频繁。最大的一次战争发生在清历十月初一、初二两日。

波里也派了三艘强大的炮舰，上载有六百名陆战队员，船上装有大量的粮食及弹药等物，沿明江来援宣光。

得到密报后，刘永福立饬黄守忠、吴凤典两部六营共二千余人，配合滇军张世荣、谢有功五营约二千五百人，分两路夹击法军援兵；又命游击张世功与参将谢有功、陆海涵、都司杨春标协同都司吴凤典、千总朱冰清等，挑选劲勇，提前在河边左域一带埋伏；游击黄守忠督带本部三营，伏于河之对岸同章地方一座山后。

法舰到后，吴凤典所部当先出击，滇军张世荣、谢有功二将，亦命令兵勇向法舰开枪开炮。因事起突然，法军无备，当即打死登岸的法兵三人，打伤二十余人。

法舰见状，登时疯狂，三艘军舰一齐开炮，舰上设置的机关枪，也哒哒哒地猛烈扫射起来。

吴凤典、张世荣各营，一时被打得抬不起头来，只好伏住不动。

黄守忠见情势危急，慌忙从山后率队杀出，立马又击毙法尉官一名，打伤法兵十余名。

法军于是不敢轻易登岸，只管用舰炮对着清军连环轰炸。

一时间，枪炮轰鸣，明江两岸腾起一团又一团的滚滚浓烟，两路打援部队被轰射得连连后退，毫无还手之力。

刘永福情急之下，忙将最后的两部围城部队调将过来，增援张世荣、吴凤典部。

福布至见有机可趁，忙命一名中尉率两个连的法兵，从城内杀出，接应援军。

腹背受敌，清军各营一时大乱，开始纷纷后退。

来援法兵乘乱飞速登岸，在舰炮与机关枪的掩护下，把大批的粮食、弹药全部运进城去，然后与守城部队共同把守城池。

得知围城各营放进法军的增援部队，岑毓英函责刘永福指挥失宜，饬令各营尽快攻取城池，以补此过。

第四节　纸作社前的较量

清历十月十七日（公历十二月四日），刘永福在宣光城外大营，召集黑旗军营官以上人员，探讨阻援失利的原因，同时会商下一步的作战计划。

刘永福身着一品武官顶戴官服，高坐大堂之上，各路将官依官职大小，排列左右。

人员到齐，刘永福手指着岑毓英的信函说道："法寇援兵入城，岑宫保责本提失宜，并限令拿下城池，将功补过。据本提所知，法鬼出城接应时，黄游击当先率队撤向山后，致使我各营阵脚大乱。此次阻援失利，全系黄游击一人之过。黄游击，你还有何话说？"

黄守忠呼地站起身来，冷笑着说道："刘军门此言甚谬。据卑职所知，若非您老将围城两营调离城垣，法鬼就算有天胆，岂敢出城接应？他除非不想守城池了！各位兄弟，本官说的是也不是？"

刘永福一拍桌案，大喝道："黄荩臣，你不得狡辩！本提指挥失宜，自有人前来问罪。本提现在是在向你问罪！本提也不是不念旧情，你此次所犯之罪，着实过大，本提岂敢以私情枉国法？来人！"

刘永福话音刚落，早已布置在帐后的刀斧手蜂拥而出，把黄守忠团团围住。

吴凤典见刘永福要杀黄守忠，急忙起身，飞步抢到刘永福跟前说道："军门息怒，军门万万不可感情用事。黄荩臣非比寻常之辈，乃你我之手足也。"

黄守忠这时却手指刘永福冷笑道："刘渊亭你听好，我黄荩臣入越之后对你如何，你知，我知，兄弟们知，天地亦知！但最近两年，你对黄荩臣如何？你愧对黄某！你若不怕朝廷问罪，你只管砍下黄某的人头！黄某若眨一下眼，不是真丈夫！"

刘永福未及黄守忠把话说完便大喝一声道："好你个黄荩臣，竟然对本提讲出这样的话！你当真以为本提不敢杀你吗？左右，把他推出营去砍了！"

座中各营官一听这话，全部跪倒在地替黄守忠求情。刀斧手趁乱，把黄守忠双手反绑，推将出去行刑。

黄守忠一边往外走，一边回头对刘永福说道："刘渊亭，你今日杀我不打紧，我营中的兄弟，明日便会来找你算账！我在阴曹地府等着你！"

黄守忠刚被推出大帐，刀斧手尚未行刑，唐景崧督率募齐的四营景军，偏在这时飞也似地赶到。

唐景崧下马，见一名刀斧手举刀欲对黄守忠下手，便一步跨将过来，大喝一声："放肆！谁敢对黄统领无礼，杀无赦！"

一听这话，跟在唐景崧身后的上百名亲兵，呼啦一声便把刀斧手围在中间。一见有变，刀斧手全部僵在那里。

唐景崧命人给黄守忠松绑，又饬命随行人马把大帐团团包围。

黄守忠扑通跪倒在唐景崧的脚前，一边磕头一边说道："若非主政大人来得及时，卑职已见阎王多时了！"

唐景崧双手扶起黄守忠，说道："荩臣老弟，你受惊了！走，我们一同去见刘军门。"

一见唐景崧与黄守忠携手走进来，刘永福当即一愣，急忙离案下堂，对着唐景崧一边施礼一边道："主政大人怎么来了？"

唐景崧双手扶起刘永福道："刘军门，本京卿受两广张制军指派，在关内招募了景军四营，特来这里助攻宣光。刘军门，收复宣光迫在眉睫，您老怎么反倒与荩臣闹起了意气？这样可不行啊。"

唐景崧回头对黄守忠说道："荩臣，快向军门大人赔个不是。"

黄守忠很不情愿地双膝跪倒道："荩臣不该同军门大人赌气，荩臣已经知错了，请大人怒罪。"

刘永福皱了皱眉，碍于唐景崧的情面，只得弯腰扶起黄守忠道："黄游击，并非本提薄情，你实在不该先行撤退呀。"

黄守忠低头没有言语。

刘永福遂请唐景崧与黄守忠各自落座，继续讨论以后的作战计划。

会商议定，因强攻城池，伤亡太大，仍以围城打援为主。

散会后，黄守忠径直来找唐景崧，恳切提出，所部欲脱离黑旗军，归唐景崧调遣。若唐景崧不答应，他便率部另投。

唐景崧思虑再三，只好答应下来，但却是暗许。唐景崧怕刘永福疑心，特意给刘致函一封，请调黄守忠与自己协同作战。

刘永福一见排斥黄守忠的时机来临，马上便给唐景崧回函，同意黄守忠所部调归唐景崧节制，但却言明，黄部饷粮须自筹。唐景崧同意。

于是，唐景崧的人马，由出关时的四营，顿时猛增到七营。

这时，法国海军部增派的三千名援军，已相继赶到北圻。

波里也大喜，决定重整旗鼓，趁势把西线清军赶出越境。

他一面密令福布至，利用枪炮的精良和宣光的有利地形，拖住东线的黑旗军和近万名滇勇，使其抽不出兵力去增援西线，一面向尼格里下达了在西线发动更大规模战役的命令。

一连十几天，北圻一带笼罩在时大时小的风雨中。越南多蛇，北圻尤甚，风雨天更是肆无忌惮，到处乱钻乱窜，仿佛在欢度节日。夜晚的蚊虫之多也是越南一景，大的如拇指般，小的体型也都超过豆粒，太阳尚未落山，便已成群结队嗡嗡叫着扑将过来。叮到人的身上，始而发痒，继则发红肿涨，不多几日便溃疡流脓。当地人与它们相处日久，都已掌握了它们的习性。傍晚一到，家家闭紧门窗，有不小心挨了咬的，他们只要把从山上采摘的一种植物捣烂敷上，痒痛立消，全无关碍。

苦就苦了外来人。

乱钻乱窜的蛇蝎已让他们心惊胆颤，谁还能顾及到小小的蚊虫？还有潮湿一项，也让外来人苦不堪言。连绵不断的阴雨，使手和脚整日都处在潮湿之中，时间长了，就开始发红发胀，渐渐溃烂。先从脚趾烂起，很快便波及全脚、全腿，乃至全身。在这种极其恶劣的生存环境中，中国各路驻越防军实际在苦苦硬撑。

郎甲、船头之战后，因参战各营兵马消耗太大，趁法军暂时休战待援的时机，潘鼎新加紧设法为各营抢运给养，添募新勇，准备迎接更大的战事。

潘鼎新先札委帮办军务记名提督苏元春新募三营，又因周寿昌病故，其所统黔勇一营、桂军四营改隶苏部，加上苏原统十营，其兵力共为十八营约九千人。

整顿完毕，潘鼎新仍命苏元春当船头一路；札委杨玉科派人回湖南募到两营一千人，合共十二营约六千余人，交杨玉科统带驻扎观音桥一路；王德榜在原籍所募新勇也已赶到，共十营五千人，由王德榜亲自统带，防守那阳一路，同时警戒郎甲、船头之敌绕犯谅山；潘鼎新经与岑毓英函商，命副将马盛治仍率原统六营约三千人，驻扎太原之新街，俟唐景崧、刘永福及围城滇勇收复宣光后，即与唐、刘及滇军会攻太原；潘鼎新自率准军六营三千人，驻守谅山，以备策应各路，同时办理各路军火、粮草转运。

潘鼎新当时是抱病督师，情形甚苦。

法国国内派给波里也的三千名援军到后，鉴于北圻瘟疫流行，风雨不息，法军的战备消耗过大，法国政府又紧急批给用于东京战争的六千万法郎，并电告波里也，为了胜算，三千名援军到后，他不要急于进攻，因为国内将在一月五日，还能为东京加派五千名援兵。

但对中国军队极其蔑视的波里也却认为，只要国内为他加派的三千名援兵全部到后，他便完全可以占领谅山，夺取法军尚末到手的东京领土。因为在他的心目中，法国军队太勇猛了，个个都猛于虎，中国军队几乎不堪一击。

清历光绪十年十一月十八日（公元1885年1月3日），也就是法国首派的三千名援兵到后的第三天，波里也致函法国驻顺化公使李梅，公开提出自己想提前向谅山发动大规模进攻的意图，希望李梅能说服国内，赞成他的观点。

波里也在信中这样对李梅写道：

"现在，我最为关心的是如何阻止中国军队的入侵，并将中国大量部署在沿海至红河两岸包括整个红河三角洲在内的正规军、非正规军，全部驱逐出东京境内。可惜，由于有利于作战的季节业已大大提前，我不得不立即行动，无法等待业已通知我的各路援军的到来，特别是将于一月五日离开法国的五千新兵。在此种情形下，我将率领几乎所有的兵力开赴前线。胜利对你我都很重要。"

李梅接函，当日即把波里也的行动电告病愈后重新担任外交部长的瓦定敦。

瓦定敦把电报从头看到尾，没有发表任何言论，马上转呈茹费理。

茹费理看完电报，很快把瓦定敦请进自己的办公室。

茹费理笑着说："部长，说说您的看法吧。"

瓦定敦很勉强地笑了笑，犹豫着说道："总理，我个人认为，中将有些急于求成。您说呢？"

茹费理："是吗？我怎么没有感觉到？我记得，您以前对波里也有些成见。"

瓦定敦："我年纪大了，一用脑子就犯困。"

茹费理："我们想，现今中国肯听从的惟一谈判者，便是波里也将军。"

瓦定敦只是笑了一笑。

茹费理："部长，您莫非已经同意了我的观点？"

瓦定敦："总理，为什么我最近总是犯困呢？"

瓦定敦离开茹费理不久，裴龙便秉承内阁的旨意，快速地向波里也电发了作战的命令。

波里也接到电报，狂妄地大喊道："中国猪，我要在最短的时间内，把你们打出安南！"

当潘鼎新从细作的口中得知，法军即将大举进攻的时候，恰又接到岑毓英的来函，告知唐、刘及滇军正在攻打宣光。

潘鼎新略一思忖，马上派人将苏元春紧急从船头召回，会商机宜。

一见苏元春的面，潘鼎新顾不得客套，当先说道："本部院刚接岑宫保来函，言称唐维卿、刘渊亭会同滇军张世荣、谢有功五营正在围攻宣光。宫保又说，法军虽有援兵，但宣光城内法兵仍不足两千人，不日可下。宫保嘱我趁机进兵，以雪郎甲之耻。"

苏元春道："抚台容禀，据本提所获情报，法军又添新兵，数量当在三千至五千左右。"

潘鼎新笑道："本部院不仅知道法人骤添新军，而且还知道，他们即将扑犯我军。本部院急把老弟从前沿召回，是想趁法鬼所添新军未稳之时，先挫其锐，以张国威。老弟以为如何？"

苏元春忙道："如果本提所料不错的话，抚台大人对如何进兵已有定算。大人，您老想怎么办，只管讲来就是，本提完全照办，决无二话。"

潘鼎新知道苏元春是在感激他的荐拔之恩，于是便不再客套，直言说道："本部院计议已定，由老弟率毅新中、右、前及副前、副中、副后六营，会同副将李应章、参将黄云高的镇南前、左、右、先锋四营，于明日晚四更许，一到法寇来路的左傍里许深林内埋伏，一到右傍里许僻涧中埋伏。提督陈嘉带同淮部安义等营、毅新左营、镇南中、后两营，先期自坚老老营直出，正面进击法寇。届时，两路伏兵齐出，必出法寇意料。出其不意，攻其不备，必能获胜。老弟以为此计若何？"

苏元春想了想，赞同潘鼎新的作战计划。潘鼎新于是命苏元春速返军营布置。

次日，两个连约三百名法兵，正在纸作社前闹哄哄地列队，不提防偏赶这时，陈嘉竟然率兵杀到。

眨眼之间，枪炮齐鸣，喊杀连天，纸作社上空的硝烟越聚越浓。

战不多时，按着潘鼎新事先的吩咐，陈嘉督队边战边向后撤退。

法军欺陈嘉人少，竟然步步跟进，一丝不肯放松。

法军行至左傍，见密林深厚，怕中埋伏，急忙鸣哨收军，欲返回驻地。哪知哨音未落，苏元春之胞弟苏元瑞，竟然率队从密林中杀出。

法军欲撤不能，慌忙分兵抵抗，讵料黄云高又从右傍僻涧中率兵杀出，陈嘉则饬命各营掉头杀回。

如此一来，清军十四营人马七千余人，竟把三百名法军围在中间。双方对射许久，清军却近前不得。盖因法军一则近炮太多，三面各架五门，连环轰射，一则全部使用快枪。最让清军头痛的是，三百名法军，竟然拥有三挺机关枪。机关枪最适合近战，加之有小钢炮配合，作战甚是得利。

尽管如此，三路清军仍奋勇向前，尽最大努力向法军靠拢。

激战至天晚，清军虽人多势众，但只打死法兵十六人，打伤十九人；一名中尉负重伤，一名少尉负轻伤。

清军自身却伤亡颇大，竟然高达四十一名。另有营官覃志成被法炮弹片伤及腹部，营官彭清章亦被炮弹片击穿左肩。

潘鼎新收到前沿发来的战报，脑海立时空白一片。他万没有想到，他调集七千余人组织的这次战役，竟然只打死法兵十六人，打伤十九人，自身还受到重创！这要传到朝廷那里，岂不被人当成笑柄！但他又不敢不向朝廷奏报此役。若不奏报，参战的有功将士怎么办？阵亡的将士怎么办？这牵涉到怎样奖励有功将士，怎么抚恤阵亡的兵勇，并不是一件想隐瞒便能隐瞒的事情。要知道，参战的几千名将士可都盯着他看呢。

清历光绪十年十一月十六日，潘鼎新正式向朝廷奏报纸作社战役。

潘鼎新在奏折中这样写道："窃臣屡据探报，法人自船头败后，由纸作社沿江一带添泊兵船，增筑炮台，尽扼我军直下谅江之路。十月二十五、六日，又添来七画、五画法酋，率党千余，概穿青衣白裤，情形甚嚣。每日或二千余人，或千数百人，列队纸作社之前十余里，以防我军出击。适接云贵督臣岑毓英咨，现在云军进攻宣光，嘱即督饬各营进剿，以分敌势。臣与苏元春熟商，法人骤添新军，其势益横，不如趁其初到，先挫其锐，较易得手。"

折子随后讲述了布兵情况，但提到战果，笔锋却一转："嗣据南官韦文爵报称，是役法兵捉令附近村民抬尸回屯释放归来，询悉亲见五画受伤甚重，并云阵斩三画、二画、一画是实，其余法教伤亡一百八十余名，法党各有惨色。现在设防益为周密，并赶求河内增队求助等语。"

折子最后依例为阵亡将士请恤，为受伤将士请功，为参战出力将士请奖。

慈禧太后接报大喜，当日即命军机处电发圣谕，奖恤纸作社之战中出力人员及阵亡将弁，并发去内帑银五千两赏给尤为出力兵勇。

第五节　苏元春隔岸观火

苏元春督饬苏元瑞、陈嘉等营在船头纸作社一带与法军开仗时，前福建布政使王德榜，正率本部人马，从那阳、板山、福胜一路向前推进，如期到达板峒。

板峒是个三叉路口，一面距船头七十里，一通海防，一通广安，均距二百余里。王德榜率部疾驰此处，本意是拟由东潮直捣波里也驻地海防，倾其巢穴。王德榜这么做，一是想出其不意，二则也是为了分散法军势力。这不能不说是步妙棋。

但王德榜率部刚行至板峒，却接到苏元春处急函一封，告以各路兵勇在纸作社受阻，后路有虞，提醒王部人马不可冒进，以防被法军包围。

王德榜接报大惊失色，急派快马去向潘鼎新请示机宜，提出拟先助苏军收复船头，然后再疾奔东潮。

潘鼎新复函同意此议，但却一再提醒王德榜："敌悍器精，宜稳扎稳战，切勿轻率失机。"

王德榜急函苏元春，告以将助攻船头，请对方同进。苏元春回函同意。

王德榜只留两营在板峒驻扎，自率八营赶往船头。

但让王德榜没有想到的是，他率部赶到距离船头仅三十里的丰谷、梅苏一带后，苏元春却派快马通知他："新募三营粮械不齐，须暂缓推进。"

王德榜急忙函询苏元春向船头推进的确切日期，苏元春回称："十几日后定能拔队。"

未等王德榜做出任何部署，早已对清军动向侦知清楚的尼格里，已率主力将他包围起来,意欲一口吞掉。随着尼格里进攻命令的颁下,上百门大炮齐向王德榜所部轰射开来,炸得漫天硝烟、尘土飞扬。

面对强敌包围,久经沙场的王德榜临机策应,仗剑督战。敌军重炮轰击,王德榜命令各营各寻掩体躲避;法军炮止发起冲锋,各营便奋力还击,拼死抵挡,真真是一场恶战。

战至天晓,各营军火告乏,形势甚是危急。

王德榜亲自督队,趁法军用饭的短暂时机,硬从包围圈中杀开一条血路,突将出去,留下一路的斑斑血迹和亡殁的将弁。

尼格里被清军的顽强英勇惊得目瞪口呆,等醒过神来,清军已经冲出包围圈,飞速向板峒奔去。眼见功亏一篑,尼格里不敢迟疑,慌忙下令追击。

王德榜率部刚刚赶到板峒,探知法军疯狂追来,忙命拔营撤退,直撤至距那阳八十里的车里才扎下营盘休整。

法军不明真相,不敢再向前推进。

此役,法人仅阵亡二十人,伤六十六人,而王德榜却受创颇重。事后清点,八营足额兵员光阵亡的军官就达三十三人,其中包括花翎总兵黄喜光、花翎参将左廷秀、谭家瑞、王德永(此为王德榜胞弟)、蒋玉堂、黄祖富、左占元等三品以上武职大员;兵勇阵亡近千,伤亦达五百余。

当法军用重炮、机关枪向楚军轰射时,王德榜曾派人赶往苏元春大营请援。但对王德榜素怀不满的苏元春并未拨兵往救,只作壁上观。如若不然,王德榜全军不可能受此大创。

王德榜与苏元春之间的裂痕开始加大。

得知王德榜受到重创后,张之洞大惊失色,当日即派人饬命冯子材,率部飞赴前敌助守谅山;又电命王孝祺,飞赴谅山之东助战。

冯子材接命,当日即在原籍钦州誓师出征。冯子材原募勇十营,后考虑到兵单不能成事,便又请增募八营,全军约九千人。

王孝祺原名王得胜,籍隶安徽合肥,以布衣入淮军。累官副将、总兵、记名提督。张树声督两广,调其主钦、廉防务。

王孝祺既是淮军著名将领,也是两广颇著盛名的领兵大员之一。资历虽不如冯子材、王德榜,但比苏元春等人要老得多。

让张之洞没有料到的是,波里也抢在冯子材、王孝祺两军出关之前,重新组织了两个旅的人马,向谅山发动了更大规模的进攻。

第一旅旅长是约翰尼奈利少将,下辖骑兵、步兵、炮兵,另有一个野战医院负责救护。其中，骑兵为五人，步兵则由两个营的海军陆战队与阿尔及利亚土著两个营、以及东京土著的一个营组成。海军陆战队两个营的营长，分别由上尉郎比内、大尉马衣亚担任；阿尔及利亚两个土著营的指挥官，则分别是上尉米比埃、上尉哥摩亚；东京土著一个营的营长则是大尉东诺。炮兵大队的司令员是中校列夫拉，下辖三个炮兵中队。三个炮兵中队的中队长依次为路塞尔（大尉军衔）、罗北（大尉军衔）、北利可（中尉军衔）。野战医院是一个排的建制，院长为少尉德里若。包括后勤工兵、宪兵、卫兵、通讯兵等在内，全旅人马约近四千人。

第二旅旅长是少将尼格里，所辖军种与第一旅同，但人数却比第一旅多出一些，超过四千人。第二旅拥有中校衔指挥官一人，尉官近百。

法军新组成的两个旅的兵力，合共约在八千人左右。

波里也为了一战功成，竟然由海防赶到前沿，亲自督战。

法军大兵云集，波里也亲到军中督战，王德榜接报之下心吃一惊。凭着自己的临战经验，他急忙快马飞函潘鼎新，告以法寇重兵相逼，必有大战，我军应及时收缩兵力相对抗。

潘鼎新接函，并未意识到问题的严重性，反而在幕僚面前大骂王德榜倚老卖老、临敌怯战。

眼见法军就要赶压过来，潘鼎新不仅不收缩兵力，反而饬令前敌，仍旧分口把守，无命不许擅移营盘。转日，他又听从一名师爷的话，把王德榜驻防之地车里，误当成是法军此次进攻的重点，不但调自己所率淮军中的两个营飞援，还电告张之洞，请张转饬冯子材、王孝祺二军，出关速赴车里与王德榜会合，以厚兵力。

当得知自己的建议被潘鼎新拒绝后，王德榜不由泪流满面，仰天长叹道："潘琴轩如此用兵，谅山必失无疑！"

清历光绪十年十二月二十日（公历1885年2月4日），波里也命令第一旅和第二旅，向苏元春驻扎在船头的前锋陈嘉所部六营发起了猛攻。

陈嘉督率各营奋力抵抗，法军集中所有的炮火轮番轰炸。

激战中，陈嘉受炮伤昏倒，被左右救起。各营统领见主将昏迷，忙各率所部向谷松撤退。法军毫不放松，拼命追打。

潘鼎新接报，心内大慌，忙派驻守屯梅的董履高率淮军龙字营飞援。

陈嘉所部这时已撤至谷松，与苏元春大营会合。因是日天晚，法军未再发起攻击。

苏元春一见法军云集，急忙督饬各营连夜加固营墙，严阵以待，决定明日与法军决战。

次日晨起饭罢，法军气势汹汹地赶了过来。先施以重炮对清军阵地连环轰炸，把苏元春各营连夜加筑的营墙悉数轰毁。炮轰停止，约翰尼奈利与尼格里便命令所部，步步包抄前进，决定全歼清军。

苏元春见法军使用密集推进、步步进攻的策略，忙命各营开枪射击，又施放小钢炮，阻挡法兵前进。

约翰尼奈利用千里镜一看，见冲在前边的法兵尽被清军射倒，不由大惊失色，忙挥旗向尼格里示意。

尼格里下令步队停止前进，接着使用大炮轰炸清军营盘。

令下如山，法军的大炮马上又铺天盖地打将过来。

苏元春命令大炮还击，怎奈清军大炮甚少，又都比较落后，光装药就很费时间；打出去之后，准确率又极低。

尼格里看出对方破绽，忙改变策略，命令大炮队对准清军的大炮开火。讵料此令一下，不足半个时辰，法炮竟然将清军部分大炮炸坏。

尼格里仰天大笑，认为胜利在握。

准将刘思河气急，率部顶着炮火跳出营墙作战，想靠肉搏打退法军，扭转一下被动局面，但马上便被法军的机关枪和炮火阻挡；刘思河当场中枪阵亡，麾下兵勇被轰倒一片，其状惨不忍睹。

苏元春见伤亡太重，加之刘思河阵亡，董履高左腿又被枪弹击断，不得不率部撤出谷松大营。

头天船头一战，法军伤亡近百，陈嘉所部伤亡高达三百余；谷松一战，法军伤亡近二百，清军伤亡近千。

苏元春率部撤到威坡后，潘鼎新始知事急势危，慌忙率亲兵及总兵叶家祥所部淮勇五营，连夜前赴救援。为降低风险，又飞函急调在观音桥驻防的杨玉科、在车里驻防的王德榜二军，分路抄击，对法军形成反包围。

但波里也似乎早就对杨玉科、王德榜二军有所防备，在向船头、谷松发起进攻的同时，他便已提前派出两个小分队，各拖重炮数门、机关枪数挺，开往观音桥、车里的两地之间，占据高山之上，进行佯攻。

王德榜接到潘鼎新的告急函时，法军正在高山对清军大营进行炮轰。

王德榜不揣法军虚实，未敢大队拔营，只派记名提督杨文彪，率所部四营赴援；杨文科接到潘鼎新告急函时，也正督队和隐在山上密林中的法军进行枪战，根本不敢拨兵。

第六节 谅山失守

清历光绪十年十二月二十八日（公历1885年2月12日），波里也督率两旅法军推进到威坡。是时正是北圻冬雾时节，雾霭弥漫，一切都很模糊。

到了威坡，波里也先命令第一旅，趁着大雾，强行把附近的一处高山攻占，得手后，他亲自站到高山之上，用千里镜对清军阵地进行了一番侦看。

波里也下山，很快便下达了攻击的命令。

依照以往作战惯例，法军先用重炮对清军营垒进行轰炸，此次也不例外。

法军大炮连环响起，苏元春不敢怠慢，急忙饬令炮勇还击。

炮战过后，双方的步兵便开始了包围与反包围的鏖战。

望着如蚁的法兵漫山遍野扑将过来，潘鼎新对苏元春气愤地说道："就为这顶帮办的帽子没有戴到头上，他王朗青竟敢屡屡违抗军命！本部院不管他的靠山多大，此战过后，一定重重参他！"

苏元春皱着眉头说道："抚台大人，就算王朗青不过来，杨云阶也该到了啊！这两处人马，怎么一处都不到？——这是最让人疑惑不解的。"

潘鼎新很肯定地说道："杨云阶断无不来之理！大概此时正在路上。"

仗着这个信念，潘鼎新督饬苏元春所部各营，尽管伤亡很大，但仍打退了法军一次又一次的进攻。

激战至午时，大雾渐渐散去，法军步队突然停止不前，炮队跟手便开始对清军实行第二轮炮战。一时间，各种型号的炮弹飞向清军阵地，摧毁了清军无数的营墙、工事以及炮台。

在法炮的强大轰击下，鼎字营统带总兵叶家祥、鼎字左营管带都司饶明奎，以及陈嘉、苏元瑞等统兵官，均被炮弹击伤；三百余兵勇，也在隆隆的法炮声中当场阵亡。

清军炮弹的威力虽不及法军的猛烈，但也给法军造成不小的打击。首先是第一旅炮兵司令员上校列夫拉，因发布命令时得意忘形，有意站到马背上喊话，被清军大炮击中头部，头颅当即飞向天空。不久，又有杜歇中尉、波桑少尉等人，被流弹片打中要害，未及抢救即已毙命。接着，清军一颗极其笨重但未爆炸的炮弹又从天而降，竟把一名法国少尉砸进土里。周围的二十二名法兵一见，都跑过来抢救。讵料法兵刚接近炮弹，炮弹却突然爆炸。转眼间，二十二名士兵都跟着他们的少尉，一起回了巴黎老家。

炮战过后，法军步兵发起了疯狂的冲锋、拼命地压向清军。

苏元春命各营营官亲自带队，各率本部反击法军。

潘鼎新见形势危急，忙将身边的亲兵营遣往阵地；苏元春一见，也忙把亲兵加派到阵地上。

在威坡，清军与法军展开了大规模的阵地争夺战。

清军把前队的法兵击倒，后队的法兵在官长的逼迫下，仍然践尸而上，连环迭进。黑黑的威坡土地，很快便被鲜血染成了红色。

战至三时，潘鼎新见兵勇疲劳已甚，但法兵仍在不停地进攻，只好把苏元春传到身边道："子熙呀，援兵至今不至，想来另有原因。再打下去，我军肯定支持不住。若法寇再从后路包抄，不仅粮道失，归路亦失，则全局危矣。"

苏元春小声问道："大人，您老莫非想撤军？现激战正酣，撤不出来呀！"

潘鼎新道："法寇已激战大半日，想来也快收队了。他一收队，我各营速撤到谅山，当能保住根本。"

苏元春不无忧虑地说道："大人，我一撤兵，法寇肯定追打，损失恐怕更大。大人务必思虑周全啊。"

潘鼎新道："你密饬各营，撤到谅山之后，先将粮草、给养以至军火等物，从速运回关内。然后呢，放起一把火，把谅山房屋全部焚毁，让法寇食无粮，住无所，我军再出关战他，定能功成！"

苏元春长叹一口气道："法寇炮烈枪精，我军伤亡几倍于彼。看样子，只能先撤了。"

午后四时，见麾下各营疲劳过甚，波里也无奈之下，只好下令停止进攻，就地造饭，拟饭后再战。

清军一见法军息战，法阵地升起炊烟，于是饿着肚皮趁势飞速后撤。

饭后，波里也顾不得休息，忙下令对清军阵地发起强攻。趁着硝烟弥漫，大队法军蜂拥进入清军阵地。

一见清军踪影全无，波里也慌忙命令全军追赶，但并未赶上。

波里也气得大骂："大辫子中国人，打仗不行，逃跑却属一流！我一定把你们全部杀光！"

　　威坡一战，清军兵勇伤亡甚大。除统兵官陈嘉、苏元瑞、董履高、叶家祥负伤外，普通将官受伤亦达到十员；兵勇阵亡者五百强，伤者达七百有余。

　　法军伤亡也达到四百余。其中被当场击毙的军官有十人之多，内含上校军衔一人、中校两人、尉官七人，战死士兵亦达六十几人。

　　清军撤到谅山后，潘鼎新命各营先将粮食、军火等，连夜悉数抢运回镇南关，又将房屋、工事焚毁，这才全队拔营，撤至中越边界之巴坪、文渊州一带。

　　临行前，潘鼎新派员向岑毓英通报全队撤出谅山的情况，又飞札王德榜、杨玉科二军，命二人速率所部人马，赶到文渊洲与大队会合。

　　但到文渊州后，潘鼎新得知冯子材前锋八营已赶到镇南关，于是又紧急给王德榜发札文一道，以冯军八营已至南关，饬其所部不必入关，可移驻牛墟；如果谅山有警，可乘虚直捣船头。

　　王德榜得知谅山失守后，一面同山上的法军周旋，一面派人把在那阳屯放的粮草、军火等物，先期转移到禄州，然后尽力摆脱法兵的纠缠。见清军边打边撤，法兵鉴于自己兵少，怕中埋伏，未敢追击。

　　王德榜于是得以率军安全开至禄州，正准备在夜间再拔营撤离，却又突然接到潘鼎新的飞札，命其到牛墟驻防。

　　王德榜无奈之下，只得率队连夜开至距离谅山三十余里的牛墟。

　　话说杨玉科接到饬命，当日即率麾下十二营，由观音桥斜出屯梅。不想全军开到巴坪时，却与法军侦察队相遇。经过枪战，法军溃逃。

　　杨玉科不敢耽搁，飞速赶到文渊州与潘鼎新、苏元春会在一处。

　　见杨玉科率队赶到，潘鼎新命各将抓紧收拢残部，在文渊州一带紧急布防。

　　经与苏元春会商，潘鼎新饬命杨玉科所部，守文渊州以卫镇南关，另派陈嘉所部助守。陈嘉原有六营，威坡一战，已不及五营，能战者，仅只三营强；苏元春率余部驻守关右以为犄角；潘鼎新率本部各营到镇南关以为援应。

　　潘鼎新刚刚布置完毕，王孝祺奉张之洞札委，亦率军赶到了这里。

　　但潘鼎新对王孝祺一军并不欢迎，因为早在威坡大战前，潘鼎新曾接到了张之洞的电报，曰："法意在全占越境，断不轻入华界。"张之洞说这话并没有任何依据，是真正的凭空臆想。

偏偏潘鼎新受此观点的影响，认为只要华军退入关内，法军必止步，而镇南关，自然也就无需重兵驻防。尤其是各路大军云集之后，原本就贫瘠的小小镇南关，无粮可买，无草饱马，困绌情形非同寻常。

在此情形之下，当王孝祺请命协助杨玉科把守文渊州时，潘鼎新不仅断然否定，反命王孝祺率部离开镇南关，到凭祥一带驻守。

冯子材率部行至派站时，也接到潘鼎新的札文，以守镇南关无须萃军，由杨玉科一路担当可也，命萃军以顾东路为要，饬令冯子材所部就地扎营，不准到关。

冯子材接文大惊，凭着自己多年作战的经验，料定法军大军云集，必犯镇南关。他思虑再三，决定先把营盘扎下，然后只带少许亲兵，骑马飞赴镇南关来面见潘鼎新。

潘鼎新与冯子材从未谋过面，一见之下，倒把潘鼎新吓了一跳。

冯子材时年已经六十七岁，加之归籍前一直在广西边关带军，又几次督军入越作战，使他那原本就不强健的身体，看上去更加瘦弱不堪；并不浓密的胡须已经全白，稀疏的头发更是尽染雪霜，乱蓬蓬的不成样子。

潘鼎新再看冯子材的脸色，更是病容毕现，不仅黝黑赛铁，而且遍布皱纹。若非两眼闪有灵光，潘鼎新根本不会相信，此人便是在广西威名远播的冯子材。

礼毕，未及寒暄，冯子材当先说道："抚台大人容禀，如今谅防已撤，法寇必犯关隘。当此危急之时，我各路大军正可聚拢关前，与法寇决一死战。大人札饬本部在派站驻扎，卑职以为不妥，遂冒死前来请战，请大人恕罪。"

潘鼎新却道："老军门哪，本部院以为呀，法寇大军云集，本意在取越南全境。如今我已从谅山撤防，法寇必不来扑犯。军门适才所言，实是危言耸听。请军门速返大营，专顾东路可也，文渊州有杨军门所部十二营把守，本部院不仅为他加派了陈军门的六营，又饬令苏帮办驻关左犄角，谅无大碍。镇南关地窄粮缺，不宜多路驻守。请老军门依命行事。"

冯子材无奈，只好长叹一口气，怏怏起身告退。

望着冯子材那矮小、单薄的背影，潘鼎新对着身边的人连连叹息道："张香帅才名很大，他怎么起用了这么一个棺材瓢子？冯萃亭没有死在路上已是万幸，还要来关前近战法寇！他这不是给本部院添乱吗？还有那个王孝祺，今日说出关，明日说出关，等谅山撤防了他才赶来！越防如此败坏，全是被这些人弄的！本部院早晚一个不留，全把他们都参回家去！"

潘鼎新为什么如此轻视冯子材呢？

说起来，其根由还在张之洞的身上。

还在清历光绪十年六月二十一日（公历1884年8月11日），张之洞曾有函致正在钦州募勇的冯子材："钦州民团自得宏才指麾，谅已日形精整，意拟请阁下速将团练密加部勒，营哨官分别派定，一遇事机紧迫，即将精健练勇酌带二三营，配给军火，取径疾趋，袭彼广安、海防，广张声势，多设疑兵，以为牵制之计。"

冯子材接信后，很快复函认为："兹欲袭广安牵制法夷，此等团勇实不可恃。"又道："如蒙我大公祖垂爱，任以军旅之事，即请奏明，将现在关外尚未遣散之粤勇一并调至谅山、海阳交界之宣安州，并由子材就近募勇，连关外粤军共足一万五千人，均交子材统带调遣，应胥粮饷概照楚军章程给发，所有广安、海阳两夷省，均请大公祖责成子材以克复之，并请将应制枪炮及子药在于折内声明，由天津、上海、苏州各机器局划明分制，及军装等项飞解来钦，俾得迅速进剿。"该函最后则道："既可以寒贼胆，又足以固藩封，且使法夷不敢再窥两粤、滇南边境，一劳永逸，似为全策。"冯子材分明是向张之洞索要前敌统帅大权。

张之洞接函，认为冯子材的建议和要求是大言轻敌，并将自己对冯子材的看法函告了潘鼎新。

潘鼎新接函后，未及读完便大骂冯子材口出狂言，老朽昏庸。

潘鼎新认为，冯子材此时请缨，是想取代自己；但随着关外军情日迫，朝臣却累电张之洞调兵出关助战，以扼敌锋。

张之洞不想把广东的经制之师调走，但朝廷却累催不止。张之洞走投无路之下，不得不再次想起了冯子材。

但对冯子材的才能到底怎样，张之洞并不是很全面的了解。

为了做到心中有数，张之洞特请彭玉麟出面，替自己到钦州实地考察一下，以防冯子材大言骗人，贻误军机。

彭玉麟到钦州后，并没有来见正在练勇的冯子材，而是先访查了几天。很快便发现，冯子材在当地名声甚好，威望颇高。

彭玉麟这才来见冯子材，并与之相商，拟请他带勇出关助战。

冯子材探知彭玉麟的来意后，慨然应诺，但旋又向彭玉麟提出，凭目前的十营勇丁出关助战，兵力太过单薄，若增募十营方能成事。

彭玉麟当日即把冯子材的要求，通过当地衙门转达给了张之洞。彭玉麟同时函告张之洞：冯子材深知越南地形，深通山战要领，实堪大用。

张之洞经与一班募僚商议后，复函彭玉麟转告冯子材："可增募八营，拟先由广东拨给部分枪械，大部枪械已电请南北二洋制造局拨付。"

第三章 李秉衡出手挽危局

第一节 尼格里逞凶镇南关

彭玉麟前脚离开钦州，冯子材后脚便开始增募练勇，并很快募齐八营，连同前募的十营，共十八营九千人。

在以后的几天里，冯子材又陆续收到张之洞拨给他的后门枪二千枝、士乃得枪一千枝。其间，冯子材又截留了广东遵旨拨给刘永福、唐景崧的一千枝后门枪。

冯子材募勇九千之数，而枪枝不及半数。无奈之下，冯子材又急函张之洞，请增拨枪械及大炮。

张之洞为了能让冯子材尽快统所部人马开赴前沿，好不容易又从省内各营，紧急抽调了八百杆抬枪运到钦州。但大炮，张之洞却一门也未拨解。

眼见军情紧急，南北二洋解运的枪炮尚在途中，报国心切的冯子材情急之下，决定自己想办法。

那么，冯子材都想了哪些办法呢？

一是命人火速赶铸大刀八百柄，编成壮士大刀队，聘请当地武师操练；二是征集百姓使用过的油瓶近万，内装火药，瓶口用香炭作引信，名为"先锋煲"，其实就是自制的土炸弹；三是赶制扎枪一千杆，编成扎枪队。冯子材认为，法军炮烈枪精，与其交战，若想取胜，非肉搏不可。大刀、扎枪乃至土炸弹，都是肉搏最得力的器械。

大刀队和扎枪队编成，"先锋煲"也赶制完毕，冯子材便率队毅然踏上了征途。

但张之洞仍对冯军不抱有任何幻想。他曾致函潘鼎新，称："王军老营械足，举动素稳；冯军新集械缺，剽悍轻敌。大约王军宜锐进，冯军宜缓发。"函中的王军指的是王孝祺一军，冯军自然指的是冯子材部。

其实，张之洞和潘鼎新，此次都小看了冯子材。别看冯子材貌不出众，又在耄耋之年，但在募勇、练军乃至作战方面，都很有自己的一套办法。

先说冯子材怎样募勇。

出征前，也就是彭玉麟离开钦州的当日，因张之洞同意增募练勇八营，冯子材便先将已组织的团练改编成军，然后札委各营员弁，到钦州属下各县、乡、里树旗招兵，旗上大书九字："国家有难，应募者速来。"此旗一竖，仅用十五天时间，便募齐十营五千人。募勇之速，不仅彭玉麟连连称奇，连张之洞也感到不可思议。探寻冯子材募勇的秘诀，主要还是因为他镇守边关多年，在当地威信颇高，许多乡间子弟，都以能在他身边为勇感到自豪，所以能一呼百应。

我们再看冯子材怎样练勇。

勇丁募齐之后，冯子材将十营编成中、左、右三军。

中军辖左、右两营：左营由他的三子候补同知冯相荣管带，右营则派他的五子候补同知冯相华管带；右军辖前、中、左、右四营，督带为他的旧部、同在故里养病的副将冯兆金，冯兆金兼统中营；右军左营由他的老部下守备冯骅管带，右营由千总陶烈武管带，前营由旧部守备陈之瑞管带。

左军亦辖前、中、左、右四营，督带为旧部参将梁振基，梁振基兼统中营。左军左营由把总黄万桂管带。

增募八营后，冯子材将其编为前、后两军。

前军辖前、中、左、右四营，督带为旧部游击杨瑞山兼统中营，左营由旧部都司刘积璠管带，右营由知县刘汝奇管带。

后军亦辖前、中、左、右四营，督带为都司麦风标兼统中营，左营由都司冯绍珠管带，右营由把总梁有才管带，前营营官为千总陈荣坤。

为加强管理，张之洞特委派署廉州府知府黄杰为冯子材所募之军办理营务处，又札饬知县蔡简梁、守备陈才业等人，供冯子材差遣、使用。冯子材亦选用一些文员办理文案，同往前敌筹划、赞襄军事。

清历光绪十年十一月初一日（公历1884年12月17日），冯子材在钦州正式誓师出征。

临行前，冯子材为表与法决战斗志，特书示家人曰："万一军有不利，百粤非复我有，亟率我眷属奉香火驰归江南祖籍，永为中国民，免奴外族也。"

为严明纪律，冯子材出征之后即晓谕三军："各路大军，露营住宿，禁入民村，禁住民房。全体官兵，严禁夜出，白天入街，须持手令。如违令者，军法不赦，一律严处，斩首示众。"

到凭祥驻扎后，冯子材更是在各营张贴告示，宣布四斩令："拦路抢劫者斩，强奸妇女者斩，偷牛偷猪者斩，拐带人口者斩。"

此令颁下不久，冯子材所部萃军，便成了前敌各路人马当中装备最差、纪律最好的部队。

在两广督军的钦差大臣兵部尚书原南洋水师统领彭玉麟，得知冯子材率军赶到前敌后，马上便向张之洞建议，若奏请冯子材帮办军务，说不定当真能扭转被动局势。张之洞经过与一班幕僚商议，碍于彭玉麟的情面，当日便与彭玉麟联衔，用电报的形式，奏请冯子材帮办前敌军务。

冯子材离开镇南关不过十日，一道圣谕便风风火火地递进潘鼎新行辕："李鸿章转电潘鼎新电称，法众上犯，日夜鏖战等语，谅山军情紧要，潘鼎新身临前敌，王德榜、王孝祺等军着均听候调遣，以一事权。冯子材着帮办广西关外军务，所统各营亦归潘鼎新调派。该抚暨该帮办等，务当和衷协力，迅速图功。倘各军不遵调度，即严参治罪。陈嘉受伤，曾否平复，殊深廑系。宣光也业已得手，着岑毓英严饬丁槐、唐景崧、刘永福等军，指日攻克，勿稍松劲。钦此。"

显然，此旨下达时，朝廷尚不知谅山失守的事。

潘鼎新很不情愿地让文案把圣谕卷抄数份：一份送达冯子材，另几份派员送岑毓英、王德榜、王孝祺、苏元春、杨玉科等人阅看。

圣谕送走，潘鼎新忽然对一位幕僚发牢骚道："这也不知是哪位大佬向上头进的良言，让冯子材这个棺材瓢子帮办军务，这不是在掣肘本部院吗？"

牢骚过后，潘鼎新这才想起，因加紧在镇南关筹防，尚没有将谅山失守的事向朝廷奏报。于是又赶紧把各种不满放到一边，专心致志地草拟起电报来。

苏元春看到圣谕后，马上致函潘鼎新提出："同为帮办，元春与冯萃亭谁前谁后？"

潘鼎新见信很是为难。因为按常理推算，两个人应该是平行的关系，无先后之分。但为了稳定军心，潘鼎新不得不给苏元春回了这样一封信："子熙帮办在先自然为前，冯萃亭帮办在后自然为后。老弟之英明，非冯萃亭所能比也。"

潘鼎新的信函送达关右时，苏元春正与一帮幕僚在大帐饮茶谈论防务，接函阅过，苏元春把信函向座间幕僚遍示曰："知我者，潘琴帅也！"

一位幕僚马上接口道："军门威名赫赫，冯萃亭焉能比？"

苏元春闻言大喜，满脸的阳光灿烂。

就在清军的统兵大员互相争权夺利的时候，法军已经开始了新的攻势。

因宣光告急，波里也决定把麾下人马一分为二：一路由自己督率约翰尼奈利的第一旅，去救援宣光；一路由尼格里率领第二旅，去攻击已退回境内的清军。

光绪十一年正月初八（公元1885年2月22日），杨玉科接到确切密报：在谅山休整的法军已拔营向边境扑来，其势甚嚣，扬言欲踏平镇南关，全歼中国防军。

杨玉科接报不敢怠慢，一面督饬各营严阵以待，一面函请潘鼎新发兵增援。

潘鼎新接阅之下大惊失色，头晕目眩，连连顿足道："张香帅坑陷本部院！张香帅坑陷本部院！法寇竟然犯境也！"

清醒过来之后，潘鼎新先派快马把敌情通报给在关右的苏元春，一面飞函王德榜、冯子材、王孝祺三军，命其从速来援。

王德榜当时奉命驻扎在牛墟，而牛墟与镇南关相距百里之遥。无论王德榜率军如何飞赶，也不能在大战前赶到镇南关了。何况谅山当时已被法军占据，送信快马需要绕行，只能在山路间穿跋，自然又浪费许多时间。

而冯子材与王孝祺二人，则在第二天早饭前才接到增援令。但此时的法军，已在镇南关发起攻击了。二人自然也赶不上会战。

法军于次日晨到达文渊州时，尼格里马上把部队分成两路：一路由自己亲自指挥，攻击正面防守的杨玉科、陈嘉两部；一路由爱尔明加中校指挥，攻打关右的苏元春部。

随着法炮的震天响起，镇南关战役正式拉开了序幕。

杨玉科集中所有型号钢炮还击法军，但不知是受潮还是其他原因，各炮所发炮弹竟然无一爆炸，只是砸伤了十几名法兵。杨玉科被惊得目瞪口呆，发炮手亦面面相觑，茫然不知所措。

尼格里见清军炮弹不能爆炸，一时大喜过望，下令炮营抓住机会尽力轰射。

一时间，法炮开始铺天盖地肆虐，清军登时陷入被动挨打状态。

眼见法炮排山倒海般地打将过来，兵勇在炮轰之下伤亡惨重，而炮营所打出的炮弹均不炸响，杨玉科心急如焚，不由仰天叹道："莫非天欲亡我大清耶？"

杨玉科言未讫，法军炮队突然停止打炮。但见站在高处的尼格里，把手里的令旗展了三展，如蚁的法国陆战队便嗷嗷叫着扑了过来。

杨玉科一见形势危急，当即飞传大令，饬命抬枪悉数开火；抬枪放过之后，大枪、快枪又上，竟然打退了法兵的五次冲锋。

杨玉科怕员弁后撤，遂策马往来在阵前督战。

尼格里万没有想到，清军在遭受炮击后仍有如此顽强的战斗力。他由一处高地站到另一处高地上，用千里镜反复侦看清军的阵营，不经意间，策马督战的杨玉科进入他的视野。

尼格里见杨玉科在阵前往来巡视，鲜血已将杨玉科的官服染成红色，但他仍右手持刀，左手握枪，甚是英俊潇洒。杨玉科座下战马时而疾奔，时而缓行，不时发出阵阵长啸。

尼格里再一细看，忽然发现杨玉科的头顶有红光闪现。

尼格里大喜，当即认定，此人不是潘鼎新，也肯定是军前主帅。

尼格里于是把炮兵大队司令特都夫维叫到身边，命令他举起千里镜，然后说道："有一个骑马的人，是红顶子，应该是中国军队的最高指挥官。你看到了吗？——他在往来巡视。"

特都夫维看了好一会儿才答道："您指的是那个骑着马到处奔跑的人吗？他好像穿着红衣服。他的马是什么颜色？白色？红色？——哦，应该是匹花马，红白相间的那种。将军，我说的对吗？"

尼格里道："我可以肯定地说，是鲜血染红了他的战服。你马上命领炮队对准他，把他轰到天上去！"

特都夫维得令，迅速跑回炮队，法军很快再次向清军打炮。

法军一排大炮打过，杨玉科左右的人悉被轰倒，或阵亡，或负伤。但杨玉科却没有被打中，战马反倒负伤倒地。

杨玉科飞速换马，继续往来督战。

又一排炸弹在杨玉科的周围炸响，一片迸射的小弹壳，倏地从杨玉科的左耳钻进脑中。杨玉科大叫一声，登时翻身落马，再未醒来。

随着杨玉科的战殁，分统广武军三营的记名提督徐联魁被炮重伤，统带广武中营的游击衔补用都司刘映丰、头品顶戴记名提督余洪胜、副将衔尽先补用参将周开泰、尽先补用游击周志刚、游击衔尽先补用都司潘耀东、都司衔补用守备杨芬等十几名三品以上统兵官，亦相继阵亡。

中军大帅阵亡，各统领亦伤的伤、亡的亡。各营群龙无首，斗志皆无，登时大溃。

在关右替苏元春督战的提督衔记名总兵孙得胜，正督饬各营与爱尔明加所部法军激战，突见杨玉科部大溃，一时心慌，竟被敌枪击中左臂。

为稳定阵脚，孙得胜将伤臂稍事包扎，便策马到前沿督战，旋被法炮击中而殁。随孙得胜一同骑马督战的尽先补用副将沈桂开、副将衔留黔补用参将苏玉龄等大小统兵官，亦相继阵亡。苏元春所部终于也开始招架不住了。

杨玉科、苏元春两军溃散，导致粮草、军火等物遗落遍地，阵地一片狼藉。

法军各部趁势大步推进，一举便将清军阵地占领。

正在关前督战的苏元春一见军溃，登时吓得手抖心慌，许久站不起身。清醒后，他也顾不得许多，急忙带上亲兵奔到关上，保护着潘鼎新等一班文员舍关奔逃，一直逃到距镇南关六十里的海村才停下脚步。

第二节 刘永福巧布火药阵

到了海村，潘鼎新与苏元春各寻一所民宅住下，便一面派出快马，打听清军的动向，一面在村头竖起大旗，收拢溃勇。当时的狼狈情形无以言表。

潘鼎新到海村的当日，即把镇南关失守的事情电告给李鸿章，请李鸿章转递京师。

潘电曰："法众犯镇南关，杨玉科御之，苏元春扎于关右。鏖战一日之久，杀敌甚多。至申刻，杨玉科中炮阵亡，营员哨弁伤亡亦多，该军溃退，幸苏元春连日获胜，法未敢深入。王孝祺许次日挑四成队来助，冯提、王藩司均未见到。彼众我寡，独力难支。"冯提指的是冯子材，王藩司说的自然是王德榜。潘鼎新把镇南关战败的责任，全部推给了王孝祺、冯子材、王德榜三人。

潘鼎新又给张之洞发电曰："新左肘受伤，杨军溃散，冯子材、王德榜二十八营飞催不至，掣肘万分，惟一死以报国恩。"

张之洞接电甚为惊骇。他不仅没有料到法军敢犯华境，且还夺关占隘。

张之洞一面把潘鼎新的电报转发北洋李鸿章，一面飞电冯子材、王德榜、王孝祺三人，追问"飞催不至"的原因。

李鸿章接到潘鼎新和张之洞转发的电报后也是大惊失色。但他毕竟了解潘鼎新的为人。他在把两封电报转致京师的同时，又单给潘鼎新发了封密电，提醒潘鼎新：当前要务以团结诸将为主，不要诿过他人。

李鸿章电报的原话是："第闻弟不得众心，怨谤四起，若有蜚语人告，祸将不测。务望忍忿虚衷，引疾自责，开诚布公，请将一体看待，庶可联络布置，逐渐挽救。"李鸿章统军多年，威名赫赫，深知"诿过他人"是带兵的大忌。

李鸿章的电报送到潘鼎新的手上，潘鼎新阅过之后，忽然失声痛哭道："想不到我潘琴轩沙场征战多年，如今竟落到如此田地！"

在以后的折、电中，潘鼎新果然听从了老上司的劝告，不再提"飞催不至"的话。

尼格里率军只在镇南关停留了两天，便焚关退回谅山。

临行，尼格里为羞辱大清国，竟命人在镇南关大路旁很显眼的地方，立了一块木牌，上书华文曰："保卫国境的不是石头的墙垣，而是条约的履行。中国的广西门户已不复存在。"

法军撤走约一个时辰后，冯子材方率本部人马赶到关前，王孝祺不久也督队赶到。两部人马在各隘口扎下营盘。

冯子材一面传命各营，日夜抢修被法军烧毁的城楼、被法炮轰塌的营墙及炮台，一面骑马来到木牌前，飞身下马，一脚将木牌踢飞，然后命人在关前竖起一根大木柱，上书："我们将用法国人的头颅，重建我们的门户！"

木柱上的字由冯子材亲自书写，刚劲飘逸，甚有古大家风采。

波里也率第一旅从谅山驰援宣光的时候，刘永福、唐景崧并滇军张世荣、谢有功等营，已对宣光城垣发动了大大小小十余次进攻。但因守敌炮烈枪精，加之城墙均由石头砌成，每次攻城都以失败告终。

唐景崧甚是焦虑，苦思不得主意。

其实，这正是波里也施行的一个计策。

深通兵法的波里也在进攻谅山前，最怕岑毓英的滇军和刘永福的黑旗军、潘鼎新的谅山守军会在一处，所以采用各个击破的战略。他先派小股部队在宣光附近的山上，用炮火和流动战术，把岑毓英、刘永福二军牵制住，并不时地增派少量的援军从后路袭扰，使岑、刘二军腾不出手来去援助潘鼎新。他准备歼灭潘鼎新、张世荣等部后，再集中优势兵力来对付岑、刘二军。

清军没有揣透法军的意图，果然上当。

谅山失守的第二天，波里也率领第一旅来救援宣光的消息传到岑毓英的耳中后，岑毓英不敢怠慢，急忙派遣记名总兵丁槐所部滇军三千人飞赴宣光，会同刘、唐以及张世荣、谢有功各部一同打援。

丁槐原本就与刘永福不合，而唐景崧因为黄守忠的缘故也对刘永福蓄了许多不满。

丁槐到宣光后，并不与刘永福商议军事，而是先向唐景崧转达了岑毓英制定的作战方案："张世荣、谢有功二部围城，丁、刘、唐三军，同扎城外左育河一带，堵河截援。各部不可稍涉大意，否则严参不贷！"

丁槐又特别补充道："宫保认为，左育河是宣光城与外面联系的唯一水上通道，法军无论派多少援兵来解宣光之围，必由左育河通过。"

听了丁槐的话，唐景崧沉思了一下说道："丁总镇，对宫保的安排，您老是何主意？本京堂却认为有难行之处。总镇试想，刘渊亭做事一贯专断，容不得半点异议。据本京堂所知，滇军与刘团素来不和。三军共扎一地，两军免不了接触，一旦生衅，如何弹压？不仅截援不成，我部还要受到夹击。后果何堪设想！"

丁槐原本就没打算与黑旗军同扎左育，如今一听唐景崧的话，当即便道："大人所言与本镇暗合。景军是客军，大人的话宫保肯定能听。现在军情紧急，事不宜迟，大人就修书一封，由本镇派快马送给宫保。堵河截援由刘渊亭一军担当，我二军会同张、谢二部继续攻城。收复城池后，我们再增援左育，围歼法援，岂不是一举双得！"

唐景崧于是命人铺纸研墨，当即挥毫给岑毓英写了一封密函。

唐景崧在函中，向岑毓英阐述了六点三军不能同时堵河截援的理由："初谓丁与刘尚可调停也。继察刘之于丁，怨毒深不可解，逼处则祸立生。丁镇纵能含容，而部率岂尽能忍让；一朝激斗，必有伤折，宫保何以处之？其不可一也。刘军人心不固，迥异曩时，一溃则各军胆寒，相率而败，无可救药，其不可二也。功不可争，而过不可诿。十月初二日小挫，滇将、刘将彼此交推，罚既难施，而不和之机愈甚，其不可三也。堵河无炮，无论铁轮上驶矣，即民船亦非手枪所能击毁。堵河之说，有名无实，其不可四也。助人者必先自立于不败之地，崧部与丁军粮道皆在三江口，距敌巢近而距左育转远。不顾根本,致败可虞,其不可五也。若分军半扎中门,半扎左育,接递粮饷弹药,而首尾隔五十里,敌巢居我首尾之中,恐被阻遏。且兵分则两处皆单,其不可六也。"唐景崧最后才道:"窃以为宫保之际,惟责令崧与丁镇誓取宣光,不必问其为堵为攻,自力筹所以取之之法。若虑刘军独处兵单,不如令其稳扎连山,遥为犄角,置彼于不败之地,尤为稳著。"

客观地讲,唐景崧说的也是实情。黑旗军不仅与滇军各部矛盾重重,就是内部,也不再像从前那样团结如一。现在,黑旗军会同滇、景各营攻城,根本不能形成合力,打援也是各自为战。——几千人久围宣光而不破,其症结也正在于此。既不同心亦不协力也。

岑毓英接阅唐景崧的密函后,经过一番思考,认为唐景崧所提的六点都占道理。他又会同幕僚讨论了两天,作了这样一个决定:命丁、唐二部会同张世荣、谢有功部继续攻城,令刘永福率黑旗军全部驻扎左育堵河截援。

刘永福接到札饬后,马上急函岑毓英,认为法军援兵甚众,黑旗军人少,堵河截援恐难奏效,请加派数营驰援。

岑毓英把刘永福的急函一连读了两遍,认为刘永福所言也是实情。

于是,岑毓英把记名提督何秀林传到身边,命何秀林从仅存的四千名滇勇中,挑选出三千六百人,火速赶往左育,会同黑旗军一同堵河截援。

胆小如鼠的何秀林却进言道:"宫保容禀,卑职是记名提督,刘渊亭现在也是记名提督。您老打发卑职去左育与刘渊亭一同堵河打援,刘渊亭岂能听从卑职的调派?您老不是不知道,刘渊亭素来目空一切,在这里,除了您老,他肯听谁的话?他现在连唐维卿都不睬不理呀!"

岑毓英说道:"刘渊亭的秉性本部堂知道,他是个散漫惯了的人。你到左育后,可与黑旗军各守一段,这样就不会生事了。现在大敌当前,朝廷命我尽快规复宣光。以前的事就不要提了。你还是抓紧起程吧。"

何秀林见岑毓英如此说,只好又道:"卑职按您老的吩咐去做就是了。卑职只是担心,您老身边现在只有这四千人马,如今又要派走三千六百人去左育,如果法寇突然杀将过来,可怎么办呢?您老的安危您老自己不放在心上,卑职却不敢马虎啊!"

岑毓英沉思了一下,认为何秀林说的不无道理,便道:"老弟所言也有道理,那就缓缓再说吧。"

何秀林计谋得逞,于是高兴地离去。

刘永福率军到左育驻扎后,眼见风声日紧,岑毓英那里却未加拨一兵一卒,只得再给岑毓英飞函一封,直接提出:法兵此次援兵众于以往,若不增兵添械，不仅堵河截援无成，很有可能前功尽弃。刘永福此时对岑毓英可当真动了真气。

岑毓英接函大惊失色，急忙让文案开出札饬一道，命何秀林督率三千六百名滇军，火速开往左育，不得耽延误事，否则严参不贷。

何秀林奉到札饬后，见语气咄咄逼人，自然不敢抗命，稍事筹备即整队开拔。但到左育后，何秀林并未看到法军援兵，反见围城各营正加紧攻城。

何秀林略一沉吟，即率队离开左育，加入到围城部队当中，意欲合众兵力，在法军援兵到达之前，先行攻取城池，然后再围歼援敌。攻城的清军毕竟多过黑旗军几倍，舍截援而攻城，何秀林认为比较安全。

但守城法军仗着炮烈枪精及地理位置优越顽强抵抗，一丝不肯放松。何秀林部反倒被紧紧咬住，即不能前进一步，又不敢中途撤退，极其尴尬。

就在围城各部与守敌僵持的时候，波里也率第一旅已赶到了左育。

在法军到前，刘永福即带人将左育一带地形踏察明白，以便依地形用兵。

左育大路上靠高山，下为大河。大路有大茅坡，横直数里，茅草丛生。考虑到法军枪炮甚良，刘永福认为非用火攻不能杀敌，而左育的大茅坡正是用火之良地。

刘永福打定主意，当即派员到岑毓英处告求火药，以为用计之用。

大敌当前，岑毓英不敢对刘永福的请求随便驳复，便委员赶到宣光城外，从滇军弹药房调出两万斤炸药，交给刘永福使用。

刘永福连夜将炸药分装进大木箱中，一一放在大路两侧的草丛中，上面堆放大量的稻草，扮成草堆模样。刘永福又命军兵在大路中间筑长墙数道，墙上遍插旗帜，军兵则埋伏在各道长墙的后面阻击；在远离长墙的山上，刘永福又预伏两营，专等法兵一到，即下山厮杀，不给法军开炮的机会。

光绪十一年正月十六日（公历1885年3月2日），波里也率约翰尼奈利的第一旅，分乘舰船浩浩荡荡地来到左育。

刘永福一面饬令吴凤典率两营先行出击，一面派快马去向围城的何秀林部救援，以厚兵力。

何秀林一见法军果派大队来援宣光，忙命麾下马维祺、李章二人各率一营约一千人，从速开到左育去支援黑旗军。临行，何秀林再三叮嘱二人，到左育后，万不可与黑旗军同扎一处，但又不可相距过远，以防被法军各个击破。

马维祺、李章二营到后，吴凤典部正与法军前锋部队厮杀正酣。二将知道刘永福伏兵在后，便到地营一带扎下营盘，准备在此阻击法兵。

吴凤典与法兵枪战多时，两营小有伤亡，法军亦然。

吴凤典按着刘永福事先的吩咐，饬命各营边战边抬起伤员、亡弁后撤，直撤至离长墙不远处，便突然发声喊，尽向山中的草丛中散去。法军以为吴凤典战败，步步紧咬，大踏步跟了过来。

刘永福一见，忙命预伏在长墙后的兵勇开枪接战，做出阻击的样子。

这时，趾高气昂的波里也和约翰尼奈利，统率主力部队赶到。

见前锋部队正在路上与清军交战，他便让郎比内率一个步兵团，从山上包抄过去，想打清军一个措手不及。

郎比内得令，率队向山上进发，很快便遭到吴凤典部的猛烈阻击。约翰尼奈利见包抄失败，马上便亲自率队，向清军的长墙发起强攻，攻势极其猛烈。

刘永福修筑的第一道长墙，很快便被法军冲破；伏在第二道长墙后的黑旗军一见，马上便向法军发起了更加强烈的阻击战。

约翰尼奈利率队分散开来，稳步地向前推进，很快便占领了第二道长墙。

不及休整，波里也便命令约翰尼奈利督率大队，快速向前推进。

刘永福率队刚撤到第三道长墙，法军便气势汹汹地压了上来。刘永福命令所部只稍微反击了一下，便飞速后撤，眼望着绕过草堆，一直向后撤去。

波里也以为将黑旗军全线击溃，登时在马上仰天大笑，旋下令全线进击，奔向宣光。

令下如山倒，走在前边的近千名法兵，呼啦一下便进入刘永福摆好的火药阵中。随着一声枪响，但见上千只火把、火团，从半山腰处一齐投向大草堆。二十几座草堆，登时燃烧起来。

在后面督队的波里也和近千名法兵正发愣间，爆炸声便开始连环响起，登时把法兵炸翻一片，硝烟里到处是鬼哭狼嚎，极其瘆人。

黑旗军不给法军一丝休整机会，趁势回军杀来，喊杀之声响彻云霄。

波里也一时手忙脚乱，忙命大炮队向黑旗军开炮。正在波里也身边督战的约翰尼奈利，竟吓得一头栽落马下，被救起之后仍浑身颤抖不止，鼻子也磕出了血。

波里也在心里大骂一声"胆小鬼"，传令机关枪营，一边扫射一边向前推进，竟然很快稳住了阵脚。

正在冲锋的黑旗军一时之间伤亡猛增。

刘永福见硬冲不行，只得率部后退一里筑墙阻击。

法军并未趁势追击，而是就地扎营，一面掩埋尸体，一面抢救伤员。

是役，法军被刘永福所布下的火药阵当场炸死四百余人，伤者亦超过二百。波里也气得到处骂人，发誓要全歼黑旗军。

第三节 冯子材忧心忡忡

波里也暴跳如雷的时候，围城清军正在使用地雷法攻城。

所谓地雷法，就是在城外向城垣挖地道，直达至城墙根下，内填火药等物，人员撤出后引爆，希图靠此法将城墙炸塌。挖地道须在夜晚进行，各营轮番作业，从三面开挖，一般一夜便可挖成。

此种攻城法由丁槐提出，唐景崧认为可行，何秀林等人也赞同。

讵料地道挖成并将地雷引爆后，竟然全部偏离城墙，不仅丝毫未起作用，反倒炸伤炸死十几名自己人。

丁槐见此法失败，马上又献一计，曰"滚草法"。

提起此法，丁槐振振有词："所谓'滚草法'者，是离敌守城炮台数百丈，潜挖土为垛，挖成一座土山，人在土山后挖壕。掘壕渐长，容人遂多，人行壕中，可避枪炮。乃缚草把长三尺，计数万束，滚掷而进，齐堆至炮台之下，然后点火，炮台敌军即被浓烟熏昏，炮台即被夺占矣。"

唐景崧、何秀林、张世荣、谢有功等将，见丁槐说得有道理，当即决定改用此法先攻炮台，再取城池。

围城各部的分工是：丁、何两军负责挖壕，张世荣、谢有功二部佯攻牵制守敌，唐景崧四营则连夜缚草。

第二天黎明时分，草把捆扎完成。

丁槐于是命哨官都司何天发率队"滚草"。一时之间，上万束大草团，从四面八方滚向城垣，甚是壮观。

城内守敌见之，人人发懵，个个惊诧，猜不透清军在玩何种把戏。

见草团越滚越近，福布命炮台开炮，专轰"草龙"。令下炮响，宣光城的上空马上布满乱飞的干草，不仅死伤兵勇近百，连何天发亦中炮身亡。

丁槐、唐景崧等人被惊得目瞪口呆。"滚草法"亦告失败。

围城清军"滚草"失败的时候，也正是波里也到达左育的第二天。

头一天激战，刘永福使用火药阵，竟然轰毙法军四百余人，内含军官二十五名。波里也光掩埋尸体和向河内运送伤员，就耗时将近一夜；法军报复性的猛烈炮击，也给黑旗军造成极大的伤亡：阵亡七百余，伤者亦在五百左右。

所以，法军连夜埋尸救伤的时候，黑旗军也忙着此项工作。双方一夜无战。

第二天早饭前，刘永福重新调整部署：命吴凤典率本部人马，协同滇军李章所部，摆在正面防守；刘永福自带四营，协同滇军马维祺所部，埋伏在半山腰侧击；饬黄守忠所部，扎营对岸，包抄敌军后路。

九时许，波里也下达了进攻的命令。

法军炮营当先发炮，步兵紧随，波里也与约翰尼奈利在后督战。

强大的炮火，很快便摧毁了清军连夜赶筑的土墙和炮台，使吴凤典部与李章的滇军，全部暴露在法军的眼帘之内。

摧毁了清军的攻势和炮台，法军更加疯狂。在大炮连续轰击的同时，机关枪也全部响起，上百名黑旗军与几十名滇勇相继倒在血泊中。

李章不得不率队一边还击一边后撤，吴凤典部势单力孤，怕被法军吃掉，也只得相率后撤。

刘永福见正面阻击各营阵脚已乱，慌忙率队从山上杀出，马维祺所部亦急忙跟进。

约翰尼奈利下令分出三门大炮轰炸，掩护前队继续推进。

扎对岸的黄守忠一见情况不妙，急忙率本部人马从后路包抄过来。

哪知波里也早在后队预伏了两门大炮，黄守忠部刚一露面，法军的两门大炮便开始轰炸，生生把黄守忠挡在对岸。

激战至午时，黑旗军及滇军双双军火告急，不得不分路撤退：刘永福会同吴凤典部走浪泊，马维祺率队遁山后，李章退到宣光与何秀林会合，黄守忠由对岸后撤至密林中。

法军一路猛进，飞赶到宣光城下，用大炮猛烈轰击围在城外的清军。

唐景崧所部四营无炮，被炸得四处躲避；丁槐与何秀林所部滇军有炮若干门，急忙掉转炮口进行还击。

这时，城内守敌见援军赶到，也百炮轰鸣，使各营腹背受敌。

丁槐一边后撤，一边派快马去向岑毓英请示机宜。岑毓英见左育已失，围城各营零布城下苦战力疲，又军火短缺、粮饷不继，现又腹背受敌，不能挡新寇。遂急函各军都走三江口退回露化，伺机再进。

主意已定，岑毓英马上派出快马赶到宣光城外，宣布谕令；各部其实已开始后退。波里也以胜利者的姿态，率部兴高采烈地开进城内。

战后，两广总督张之洞根据唐景崧的禀报，在上奏朝廷时，对黑旗军左育阻击战，尤其是刘永福本人，给予了很高的评价。

张之洞奏称："该提督近年部众稍离，由于越乱商阻，税失饷缺。今正左育之挫，由于我之重兵俱在宣光，不能分兵往援，该军血战两日，遂不能支。然其勇猛威名，久播四裔。"

但刘永福在左育失利后，却把失败的责任，全部推到黄守忠身上。

他先致函岑毓英，称："查左育失利，全因黄守忠包抄不利，坐视不救所致。福以国家计，恳请宫保秉公严参。"

他第二天又致函唐景崧称："守忠包抄不力，坐视不救，禀请彦帅参劾。"

唐景崧经过调查，很快把黄守忠救援受阻的事情禀告了岑毓英，但还是晚了一步。因为早在前两天，岑毓英已经依着刘永福的禀请，上奏参劾黄守忠。

折曰："臣惟攻城以断贼援为要着，而记名提督刘永福以此自任；今因其部将黄守忠首先失营，遂致全局震动。查刘永福力战一日，杀贼颇多，并杀获五画、一画法酋各一名，解验衣帽，功过尚足相抵。惟花翎补用游击黄守忠，事前不遵调度，安置地雷，临阵首先失营败走，不顾统带，相应请旨即行革职，由臣详细讯质。"

得知岑毓英已向朝廷拜折请旨，唐景崧不由仰天长叹，很是为黄守忠担心。

话说冯子材、王德榜赶到镇南关的第二天，潘鼎新、苏元春二人也带着收拢的残兵败将，从海村赶了过来。

潘鼎新一到镇南关，先对关前关后做了一番布置，又紧急向文渊州一带派出侦察部队，详访法军动态。

忙完这些，潘鼎新这才召集各将，商讨下一步的作战方案。结合先前侦察部队反馈回来的信息，潘鼎新认定，法军已将攻击目标，由广西转向云南。

潘鼎新这样对诸将讲道："法寇焚关而去，现向扣柱方向移动，分明是想由芄葀进窥牧马，两面夹击，尽取越境。法寇此招，瞒得了别人，却瞒不过本部院。本部院跟着李爵相征战多年，本部院的推测，断不会错。"

潘鼎新话毕，不容各将插嘴，便开始调兵遣将：苏元春部十八营、方友升部两营、马盛治部六营、鄂军魏刚所部四营，会同冯子材前部八营，合共三十八营二万余人，连夜拔营开至芄葀一带驻扎；王孝祺所部八营，居后路接应；调王德榜所部移到镇南关外东三十里驻防；命冯子材后部八营，会同陈嘉所部一营，在关前屯扎，驻守镇南关；潘鼎新率鼎军四营，仍到海村屯扎。各部开拔的同时，潘鼎新札饬正在龙州西运局的广西按察使李秉衡，从速派员运送军火、粮饷等物。

冯子材率十营人马风风火火地赶到芄葀时，不料只遇法军的小股侦察部队，并未看到大队的法兵。

冯子材督饬各营把这股法兵击溃后，便一面饬令安营扎寨，一面派人四处搜索，侦看法军的动向，寻找法军的大队人马。

但一连几日过去，芄葀并未有大队法军驻扎，法军亦无向这里移动的迹象。

冯子材经过反复思虑后推断，法军大举攻滇的可能性并不大，潘鼎新有可能是判断失误。

苏元春率大队赶到后，冯子材主动来见苏元春，说道："苏军门，本提已对方圆百里侦看了一回，这里除驻有小股法寇到处流窜外，并未发现大队法寇。本提认为，法寇大举攻我滇境的可能性并不大。军门以为如何？"

苏元春却道："老军门啊，那个法提督波里也，若肯听您老的话，那可真是再好不过了，可他只听茹费理的，不听别人的。您老别看这一带现在平平和和，说不定明日就有大队法寇扑来。这个波里也，您老不能小觑，他当真诡诈得很哪！我们稍一大意，必上他的当。我全军已退出谅山，谁能料出，他竟然越过边境扑犯啊！"

冯子材皱起眉头说道："本提也并非是信不过抚台的判断，本提只是怀疑，法寇若有犯滇的企图，无论大小，都该有个动静啊。本提已到这里多日，怎么一丝风声也听不到啊？这不合乎规矩呀。"

苏元春说道："这正是波里也的诡诈之处啊！老军门，我们在镇南关已经上过他一次当，这次，无论如何，不能再上当了。法寇炮烈枪精，以一便能挡我百，小觑不得呀！无论别人说什么，本提只是相信抚台一个人的话。"

一听这话，冯子材不好再说什么，只得快快回到自己的大营。

当晚，冯子材只简单喝了碗稀粥，便闷闷回到自己的卧房，一边在窗前走动，一边冥思苦想。

见父亲愁眉苦脸，心事重重，冯相荣走进来想劝解一下。

冯子材却皱着眉头说道："大军云集尤萐，每日空耗饷粮，这打的是什么仗啊！"

冯相荣劝道："父亲容禀，琴帅判断有误，朝廷会拿他问罪，又不干父亲的事。苏军门都不说什么，父亲又何必自寻烦恼呢？"

冯子材瞪起眼睛道："你又在胡说！为父是帮办，岂是一般统兵大员！琴帅在镇南关已经失误，否则怎能关焚师溃？如今又重兵扎此无警之地，空耗粮饷，殊非善策呀！为父戎马一生，打过许多恶仗，从未有过如此被动的局面。"

冯相荣小声说道："父亲听儿子一句劝，现如今的局面，已与过去大有不同，潘琴帅现在只靠苏军门的十八营在维持局面，我萃军虽也名为十八营，却无一门大炮，四成以上兵勇的手里尚没有火枪。儿子也知父亲报国杀敌心切，但凭我们目前的样子，岂能扭转大局？"

冯子材连连叹气摇头，却又无可奈何。

两天后，广西按察使李秉衡，亲自押着粮饷和部分弹药来到尤萐。

与苏元春交割完毕，李秉衡又单来面见冯子材，交给冯子材一千二百杆快枪和两车子弹。李秉衡对冯子材说道："老军门，这一千二百杆快枪和子弹，是北洋李爵相从外洋单给萃军购买的。李爵相电嘱本司，务必面交老军门。萃军枪械缺乏太甚，本司回龙州后，再想些办法，从别的省商调一些。还有拨给萃军的粮饷，本司已全部让贵军粮台领收。老军门，您老还有什么要办的事没有？"

望着李秉衡憔悴的面容和布满血丝的双眼，冯子材大受感动。他命人给李秉衡沏了杯好茶，然后离案，对着李秉衡深施一礼道："本提代表萃军全体将士，感谢枭台大人雪中送炭！枭台大人坐好，请受本提一拜。"

一听这话，李秉衡慌忙起身，双手扶起冯子材道："老军门快不要折煞本司。本司做的这些，都是份内的事。"

冯子材坐下，叹口气道："枭台大人哪，您虽比本提年少，但做的这些，却着实让本提感动啊！枭台从打到我广西，便主持龙州西运局，又创设医局，抢救前线伤弁，不遗余力；供应粮饷，又从不厚此薄彼，各路大军无不称道。"

李秉衡笑道："老军门先不要抬举本司。说起来呢，龙州西运局本来是制军大人力请之下才设立的，没有张制军再三奏请，何来西运局呀？——要说感谢，该谢制军大人才是啊。"

冯子材沉吟了一下，忽然重重地叹了一口气。

李秉衡见冯子材欲言又止的样子，不由小声问道："老军门，您老好像还有话要对本司讲。"

冯子材犹豫了一下，忽然压低声音道："大人容禀，潘琴帅一到镇南关，便把各路人马悉调到这里，南关只留王藩司、萃军八营以及陈军门所部一营把守。但本提到芤葑已经多日，既无见大股法寇，亦未侦到大队法寇犯滇的风闻。本提已私下揣度多日，并和苏军门会过一面。本提大胆推想，潘琴帅到底是从哪里得到法寇欲大队犯滇的消息？如果单凭假想，后果堪虞呀！"

李秉衡闻言之下先是一愣，旋又低眉沉吟了良久，终于说道："如果本司所料不错的话，老军门的胸中，已经有了克敌之计。老军门，您老不妨敞开了讲。不瞒老军门，我军各路人马，现在都很被动。像现在这样，被法寇牵着鼻子到处防守，终非上策呀。"

冯子材点头说道："大人所言与本提暗合。依本提大胆揣想，法寇尼格里一路，迭经几次与我大军交战，虽重创我各路人马，但其自身也伤亡颇重；法寇波里也一路经左育一战，虽救援成功，但亦让岑制军的滇军与刘永福的黑旗军炸死炸伤不少。法寇征战不息，正是休整时期，如何还敢犯边？我军莫不如在镇南关主动出战，诱其来攻，然后集重兵歼之。大人以为如何？"

李秉衡沉思了一下说道："军门此言，如何不说与抚台听？"

冯子材摇了摇头道："潘琴帅一直漠视萃军，他老现在无论何事都与苏军门商办，岂能听本提絮聒？"

李秉衡小声道："老军门不要如此说，您老也是朝廷钦命的帮办啊！"

冯子材苦笑道："大人快不要讲这话，本提这个帮办，在潘琴帅眼里形同虚设。本提已思虑多日，大胆以为，现欲扭转战局，非制军那里有话不可。大人如觉本提言之可行，就请向制军进一言；若觉事不可行，就当本提什么话都没有说。如何？"

李秉衡一把抓过冯子材的手，动情地说道："老军门肯把肺腑之言讲给本司听，本司甚觉荣幸。老军门请放心，本司一到龙州，就马上把您老适才的想法电发给制军，请制军定夺。老军门，您老就在这里等我的消息吧。"

第四节 老军门请缨出战

其实，张之洞此时已对潘鼎新蓄了老大的一个不满在心里。

镇南关失守，潘鼎新电告张之洞时，曾用了"掣肘万分"四字。张之洞虽口里没有说什么，但心里却认定，潘鼎新是在影射、嘲讽他这个上宪。

张之洞为什么会这样想呢？张之洞自己找出四点依据：一、张之洞密函唐景崧暗访各路防军的事情，这件事潘鼎新不可能不知道；二、张之洞支持唐景崧募勇成军脱离潘部而去助攻宣光，这件事实际就是公开在拆潘鼎新的台，潘鼎新不可能不对张之洞有想法；三、张之洞欲调扬玉科到广东任职，这件事虽然在潘鼎新的力请之下没有成功，但督抚之间的隔阂，已是闹得沸沸扬扬了；苏元春已经在帮办潘鼎新军务，张之洞和彭玉麟却又奏请冯子材帮办关外军务，这实际等于告诉朝廷，张之洞和彭玉麟信不过潘鼎新举荐的人。

张之洞认为，有以上四点，潘鼎新不可能不对自己有意见。

张之洞虽对潘鼎新有看法，但他同时又知道，潘鼎新是李鸿章比较看好的人。何况督抚掣肘本是朝廷大忌，互相闹得太过，势必两败俱伤。

于是，张之洞便打定主意，无论潘鼎新以后如何布防，他都不干预，以免落人督抚掣肘的话柄。

所以，当接到潘鼎新决定在芜莳设防的电报后，张之洞明知道潘鼎新是在捕风捉影，但回电仍表示赞成，称："应出何路，悉听尊裁。申严赏罚，洞当为助。"

给潘鼎新的回电发走不几日，张之洞又收到李秉衡从龙州发来的电报。

在这封电报中，李秉衡先阐述了一下冯子材个人的观点，接着又道："衡送军火、粮草到芜莳，于路并未见有大队敌寇。衡以为琴有误，冯判断准确。"

读完李秉衡的急电，张之洞呆住了，因为他又认为，李秉衡电转冯子材所言甚为有理。任由潘鼎新捕风捉影下去，说不定要坏大事。

张之洞独自考虑了两天。联想到大敌当前，军机稍纵即逝，如其坐而挨打，不如起而拼之，或许当真能挽狂澜于即倒，定胜负于俄顷。如果继续迁就潘鼎新，设若潘鼎新判断失误怎么办？潘鼎新是一省巡抚，他可是两广总督啊。

　　张之洞打定注意，决定再向潘鼎新"掣肘"一回。

　　张之洞先给李秉衡回电一封，云："冯军既愿以本部克期进战，甚好，自应听其相机下手，往返函商必误事机。"

　　张之洞随后又给潘鼎新急电一封："冯军自请攻文渊，既方有机可乘，自应许之。"

　　两电发走，张之洞思考了一天，怕潘鼎新轻视冯子材的建议，贻误战机，遂又在傍晚，紧急给冯子材发电一封："贵军距琴帅营甚远，兵机瞬变，函商必误，自是至理；但此层宜向琴帅剀切陈明方可，想无不允。进兵时，须预将大略密达琴帅。"

　　表面上读这封电报，感觉张之洞是劝冯子材要尊重潘鼎新，但往深里一想，却又分明是告诉冯子材，不管潘鼎新是何种意见，我张之洞都和你冯子材持同一观点，我支持你。

　　第二天，张之洞又给潘鼎新、李秉衡和冯子材各急电一封，曰："请晓谕前沿各军，能复谅山赏银三万。"

　　为了收复谅山，一雪镇南关之耻，张之洞不经奏请，毅然向各军开出了赏格。

　　张之洞电达龙州时，李秉衡刚巧在头一天收到冯子材从芜葤派快马送来的密函。李秉衡于是给张之洞复电一封，称：

　　"昨得冯函：'十八日午刻，督九营抵板山，来日即扎幕府。窃谓用众不如用谋，法枪炮利，用谋自可制胜。文渊紧接南关，必先战方可。见谅幸有机可乘。惟奉旨进剿，须与琴帅商办。无奈军情顷刻变动，必待缄商，不免坐失机宜。已暗中布置，拟独用敝部克期进战。昨接香帅来电，能复谅山赏银三万。今文渊非重地，但开办始，若不许重赏，不足鼓励将来。现允给大赏，并密商琴帅，嗣后事机，可否便宜行事，免延误。'云云。敢密以闻。秉衡谨电。"

　　李秉衡此电，显然是在为冯子材请求便宜行事的权力。

　　张之洞吸收以往的教训，并未敢向冯子材明示可以便宜行事，但却给李秉衡致电一封，只发了三个字："电达，悉。"

　　李秉衡接电先是一愣，但很快便释然。因为一个悉字表明，张之洞已默许了冯子材便宜行事的权力。李秉衡当日即把张之洞的电报转致冯子材，随附密信一封，请冯子材大胆用兵，不要有什么顾虑，出了事情，由他向上面解释。

　　李秉衡为什么如此深得张之洞的信任和倚重呢？

　　说起这李秉衡，还真是大清国一等一的能员。李秉衡字鉴堂，籍隶奉天海城。捐纳县丞，迁知县，于光绪五年（公元1879年）升任冀州知州。时年岁荒，饿殍遍野。李秉衡请上拨谷济民，不给。冀州重纺织，布匹烂贱，李秉衡派员大量购之，又委员赴外省易米，发给灾民度荒，民皆颂之。此事传至京师，朝廷大悦，遂于光绪七年（公元1881年）破格赏其四品顶戴，升授永平府知府。时人称其为"北直廉吏第一"。光绪九年（公元1883年），得直隶总督李鸿章和山西巡抚张之洞密保，赏三品顶戴，超授浙江按察使，未到任。改授广西按察使。十年初，赏二品顶戴，仍任广西按察使。

当时边防事急，急须有大员在后路统筹粮饷、军火事宜。李秉衡一到广西，就被两广总督张之洞委以重任，赴龙州主持西运局事宜。当时，广西布政使是张梦元，依照常理，到龙州主持西运局的应该是张梦元而不应该是李秉衡。让负责一省刑名的李秉衡去管理西运局，这无异是在侵占张梦元的权力。

但张之洞却打破常规，毅然决然地把李秉衡派到龙州，既负责为各路大军筹运粮饷、军火，还负责传递前沿军情，同时有监督、稽查各军的任务，权力很大。

张梦元虽然气得暴跳如雷，几次向潘鼎新诉苦，最终还是于事无补。

事实证明，张之洞用对了人。龙州西运局创设之初，银粮两缺，军火无着，出关各路人马虽战绩不佳，用度却颇大，每日都有请调粮饷、军火的电报飞来。李秉衡一面向自己的老上司李鸿章告急，一面商请两江总督曾国荃伸手相援，又亲自带员四处奔走，无分昼夜地筹措粮饷，赶运军火。局面稳定后，李秉衡见各路伤员频增，向省城赶运不及，又在龙州用最短的时间设立了医局，为及时救治伤员赢得了时间。尤让张之洞和钦差大臣彭玉麟感到难得的是，关外各军每次立功请赏，李秉衡从未提过自己的功绩，仿佛自己置身事外。

李秉衡越是这样，张之洞却越不敢轻易忘掉他。每次向朝廷奏报关外军情，张之洞都要或多或少褒扬他几句，使他在到龙州不足一年的时间里，由"北直廉吏第一"，成了两广乃至大清的"廉吏第一"。冯子材肯把自己的心里话说给李秉衡，看重的也是李秉衡"爱憎赏罚、并无私曲"这一点。

张之洞与潘鼎新不和是人所周知的事情，而潘鼎新与前福建藩司、左宗棠的老下级王德榜之间有矛盾也是各路防军统领心知肚明的秘密。左宗棠累保王德榜帮办广西军务，潘鼎新就极力密荐能力与资力都不如王德榜的苏元春来做自己的助手。朝廷电询张之洞的意思，但张之洞既不想得罪左宗棠，更惹不起李鸿章，只能含糊其辞敷衍。

朝廷最后把砝码放在了潘鼎新一边。因为潘鼎新不仅是广西巡抚，还是关外督办军务大臣，朝廷不能不对他的意见格外重视。

王德榜因此大为恼火，加之瘟疫流行，麾下的定边军病殁大半，遂生出退意。

李秉衡得到消息后，考虑到关外正是用人之时，王德榜又久经战阵，于是慌忙致函反复劝导加以挽留，这才打消了王德榜的退意。

李秉衡在龙州，名义上是主持西运局事务，实际作用却远大于此。

那么，潘鼎新对冯子材所提的建议，到底是怎样的一个态度呢？

潘鼎新收到冯子材的快报后，不仅不支持，反倒对身边的幕僚连连冷笑道："这个老棺材穰子，他是真疯了！他怎么就敢断定，法寇不会扑犯我滇境呢？"

潘鼎新未再讲出其他别的什么话，因为他对法军下一步的攻击目标，也并不是很清楚。

当文案询问是否给冯子材回函时，潘鼎新沉吟了一下，竟说出这样一番话来："张香涛与李镜堂都倾向于冯萃亭，本部院就算想说什么，想那冯萃亭也未必肯听。等等再说吧。"

说起来也是凑巧，潘鼎新收到冯子材急函时，萃军十营已从艽葑拔营，向镇南关次第推进。军机稍纵即逝，冯子材不想与潘鼎新过多纠缠。

萃军赶到镇南关的当晚，冯子材即带着几名亲兵，飞赴海村来见潘鼎新。

礼毕归座，未及冯子材开口，潘鼎新已抢先说道："本部院深知老军门杀敌心切，但主动出击文渊之敌一项，还须慎行。本部院未收到老军门函前，张香帅与李臬台，已把军门的想法电告于本部院。本部院一再犹豫，不敢贸然行事，一怕我出文渊，敌却突袭滇境；二怕攻敌不成，反被敌咬。据本部院所知，老军门的十八营萃军，至今尚有一半人马没有火枪，大炮更无一门。现在作战，远非从前可比，全靠火枪火炮。未有克敌枪械，何敢轻易出击呀。"

冯子材皱着双眉点了点头道："抚台大人所言甚是，法寇能纵横越国，法船敢锁我台湾，仗恃的就是船坚炮利。但本提以为，法寇也并非全无破绽可寻。本提回籍后，曾读过几本西洋兵法。西洋人作战，喜远不喜近，为的是能把大炮快枪的威力发挥到极致。但若把两军的距离拉近来打，情形肯定会为之一变。大人试想，远战是法之长我之短，而近战则是我之长法之短。刘渊亭斩安邺杀李维业，累败法兵，每次靠的都是肉搏。大人以为本提说得对不对呢？"

听了冯子材的一番话，潘鼎新半晌无语，心里愈加矛盾。他既瞧不起冯子材，却又不得不对冯子材的一番话表示赞同。

冯子材已是急得两眼冒火，连连道："军机稍纵即逝，成败只在呼吸之间。萃亭飞赴海村，就是想呈请大人早定剿贼方略，速饬芜莳各营急返关前，与法决一死战，雪我前耻。"

潘鼎新犹豫着说道："老军门啊，本部院是怕法寇袭我滇境啊！"

冯子材起身说道："大人容禀，据本提所掌握的情报，法国近期未再向越南增兵，我正可趁机出击。波里也就算有心袭我滇境，怕也抽不出更多的兵力。这是决战的良机啊，一旦错过，何年月才能再来？不能等啊！"

潘鼎新突然打断冯子材的话，追问一句："老军门，我军此时进兵文渊，而波里也却突然袭我滇境，又当如何？我们不能不防啊！"

冯子材果断地说道："大人容禀，设若我兵发文渊，而法军却出兵袭我滇境，我正可趁其兵力不足之时收复谅山，断其退路，与黑旗军、滇军夹击于他。抚台大人，我们不能再等了！"

冯子材话毕，开始耐心地等待潘鼎新的答复。潘鼎新却重又陷入深思之中。

冯子材见潘鼎新始终不表态，只得愤然离开海村，很快回到镇南关。

到关的当日，冯子材急电张之洞与李秉衡，把与潘鼎新会面的情形合盘托出。

发走电报，冯子材又派员把王德榜与王孝祺请到关前大营，共同会商主动出击文渊州的相关事宜。

当冯子材把潘鼎新的顾虑说出后，王德榜当先说道："潘琴帅虽久经战阵，但不谙边情。谅山失守，全系他与苏子熙两个措置失宜所致。本司以为，当务之急，是尽快收复谅山，重振我大清国威。老军门，您老是军务帮办，想怎么办，您老只管讲来就是，本司决无二言。"

王孝祺也表态说："本部八营也唯老军门的话是听。今无论湘、粤、淮军，宜并受老军门节度。方伯大人，您老以为如何？"

王德榜笑道："军前不可有二帅。老军门是军务帮办，理应如此。"

王德榜言未讫，一名差官手拿一封电报走进来禀道："老军门，这是李臬台从龙州发来的电报。"

差官双手把李秉衡的电报送给冯子材，然后退出。

冯子材读后说道："制军大人和彭钦差联衔，已电令芜莳迅速回兵，以重南关一路。"

王德榜冷笑一声道："香帅的这个电报，又不知把潘琴帅气成何等模样！"

王孝祺道："潘抚台敢抗张制军的将命，却不敢惹彭宫保。彭宫保的圣恩，可不是一般大臣所能比的！"

在关键时刻，原本可以不出手的钦差大臣兵部尚书彭玉麟终于出手了。

第五节 潘抚台被动督师

苏元春接到张之洞与彭玉麟联衔的电报后，又是何种想法呢？他自然是不敢公然抗命。凭他的资历，张之洞和彭玉麟这两个人，他谁都得罪不起。但他在饬命所部各营由艽葑回返镇南关的同时，仍然给潘鼎新急发了封电报，明着是请示机宜，实际是间接地告诉潘鼎新，他回返镇南关也是迫不得已。

潘鼎新接电既未马上复电表示同意，也未公然制止。

潘鼎新恐怕做梦都不会想到，张之洞会在与彭玉麟联衔饬命苏元春回返镇南关的同时，两个人又联衔电奏朝廷，称：

"近日密查关内外军情，甚为可忧，此间议潘抚者太多，虽道远卒难确考，惟诸军气馁心离，军民多怨，目前边事益难。潘不善驾驭诸将，才力竭蹶，调度未能裕如，桂军断难再振，则已显然。若再不变计，以后法夷谅守日固，全越外陷，桂伏芥内起，便无从挽救，东境亦必蔓延。仰恳朝廷速简知兵大员督办关内广西军务，移潘他处，并请派大员速查桂军情形，以便朝廷早为措置。洞正月电奏，尚望其遵旨戴罪图功，断无苛责之意，当蒙圣鉴。惟边患日急，桂军难望起色。麟受累朝殊恩，有所知不敢缄默；洞蒙恩职在兼辖，疆事至重，尤不敢不言。既维大局，兼可保全潘抚，不然边事日坏，益重潘咎。伏候圣裁。"

镇南关兵败之时，张之洞确曾致电朝廷为潘鼎新说情："谅事甚紧，苏提等军可谓力战，特敌猛耳，不惟非冯、王咎，亦非桂军之咎，关外恐难支，为潘帅急，并为大局忧。"

因为有张之洞这个说情的折子，朝廷遂未深罪潘鼎新，只是令其"戴罪图功，尽快整饬各军收复谅山"。

但现在的张之洞，却又一改前言，把谅山失守以及镇南关战败的原因全部归罪到潘鼎新身上，这不仅让潘鼎新本人始料不及，也让朝廷大感意外。

事关封疆大吏的进退和边防大计，朝廷不敢轻下结论，自然要经过慎重考虑后才能做出决策。

但此时的苏元春，已督率驻扎在芤葑的各营人马，顺利返回到镇南关，苏元春本人也被冯子材请到营中，正会同王德榜、王孝祺、陈嘉、蒋宗汉、方友升等统兵大员，聚在一处，共同商讨进击文渊州事宜。

经王德榜、王孝祺提议，众将公推苏元春、冯子材二人为军前大帅。

苏元春因对主动攻敌毫无胜算，加之资历太浅，竟然抵死不肯答应，反倒把冯子材推到首位，自己甘愿为副。

苏元春为什么要这么做呢？除了"攻敌毫无胜算"与"资历太浅"两项外，他不想得罪潘鼎新也是一个重要因素。苏元春虽名为帮办，但毕竟是广西提督，何况苏元春亦非泛泛之辈。苏元春是广西永安人，字子熙。同治二年（公元1863年）由武童投入湘军席宝田部，积功升至总兵。同治九年晋提督，改勇号"锐勇巴图鲁"为"法什尚阿巴图鲁"。次年因功予云骑尉世职，赐头品秩。

冯子材见苏元春诚心推让，便毅然站起身，朗声说道："萃亭虽老迈，但自忖老而未朽。既苏军门、王方伯及各位信任，萃亭若再推辞不就，便是不识抬举。萃亭先提一建议，我各路人马即将与强敌交战，但月饷不一，自然关碍斗志。为能各部同心，一战克敌，我等应联衔电禀李皋台，请转请潘琴帅与张制军，勇丁战守同此艰辛，必须统一饷章。各位以为如何？"

苏元春迟疑着说道："统一饷章的确能鼓舞士气，但若香帅和琴帅不允又当如何？"

冯子材道："统一饷章是为了同仇敌忾，尽快收复谅山。何况，琴帅早有'减营增饷'的奏请，只因军前战事变化太快而未能切实办理。依本提推测，琴帅不会驳复此请，香帅更不会。"

当时，湘、淮、粤各军勇丁月饷为四两二钱，而从广西本省招募的兵勇月饷则只有二两四钱。如此厚薄悬殊，不可能不影响到军心。

此电发出后，冯子材与苏元春等人商议攻敌大计。

经过反复商讨，冯子材决定：苏元春毅新军，会同陈嘉镇南军，合共十八营，屯幕村，位在关前隘之后五里；蒋宗汉广武军十营，会同方支升两营同扎凭祥，位在幕村后三十里；魏刚所部鄂军四营，驻艾瓦；马盛治六营因从芤葑尚未赶回，仍命在原地驻扎；王德榜所部定边军十营，仍屯在油隘，该处在关外东三十里；萃军原驻扣波六营，仍在原地驻防；冯子材自率萃军左右中三军共十营，驻守距镇南关十里的关前隘，进逼文渊；王孝祺率勤军八营，屯于冯军后半里许，以为犄角。

这样一来，镇南关前后左右，就云集了八十营近四万人的清军。

越两日，潘鼎新带着一营亲兵，来到镇南关冯子材大营，会同苏元春一起，商讨"减营增饷，统一饷章"的事。

冯子材见潘鼎新对自己的态度已经大异于从前，自然满心欢喜，不仅亲自把二人接进大帐，还对潘鼎新施了个大礼。

在冯子材看来，无论潘鼎新以前对自己有何种想法，他现在能亲自赶过来，这本身就是对自己的一种信任和支持。无论怎么讲，潘鼎新此时仍是各路防军的最高统帅，是朝廷钦命的督办军务大臣。

落座后，冯子材和苏元春二人，先向潘鼎新禀报了一下各路人马在镇南关的布防情况 。

潘鼎新听后，略微沉思了一下，这才讲话："冯军门是军中宿将，又久历边关，何况香帅又多次电嘱。"话到此，潘鼎新没有再说下去，而是话锋一转，缓缓说道："本部院一直犹疑不决，是因为各路防军经谅山、镇南关之战，挫伤颇重，士气未复。若稍缓时日，待元气恢复，再整饬出关，胜算或可大些。"

苏元春急忙接口道："老军门，抚台大人所言甚合当前局势。张香帅坐阵广州，他老怎能知道我各路人马当前的境况啊？"

冯子材颔首说道："抚台大人与苏军门说的不错，威坡一役，陈庆余身受重伤；镇南关之战，杨云阶战殁沙场。人心涣散，士气低落，勇丁逃离不回营者十之二三。但萃亭窃以为，与西洋人作战，宜近不宜远，宜伏击不宜硬抗。我军威坡受挫，是因法寇全队扑犯，我军又防守过散，没有集重兵与之相抗；镇南关败溃，犯的亦是同样的错误。现法寇兵分两路，一路被黑旗军与滇军、景军牵制，一路在谅山休整，等待援兵。若等我军元气恢复，法寇元气也已恢复，且援兵必至。若那时再整饬出关，更难胜算。此时法援未至，我军正可出奇兵攻之，此乃最好之时机也。"

潘鼎新用手摸了半天胡子，许久没有讲话。

潘鼎新来到镇南关的时候，左相荣、左相华兄弟二人，正按着冯子材的饬命，督率本部人马，在关前隘口用土石修砌长墙。冯子材此次是请命率队出关作战，萃军大队却在关前隘修工事，这让潘鼎新亦大惑不解。

又喝了一会儿茶，潘鼎新忽然问道："冯军门，本部院坐进大营时，见大队萃军在修筑工事。本部院想问一句：军门即将带队出关作战，萃军大队人马却如何反在这里赶筑长墙？是练兵，还是在检验兵勇的体力？"

冯子材一笑道："镇南关乃中越关界，关界不能无长墙啊。有了长墙，我军进可攻，退可守。"

潘鼎新点了一下头，随口说一句："关前长墙离关口有些远，好像还有些偏离。用过午饭，本部院还要去看看王藩司"。

一听这话，苏元春忙把脸扭到一边说道："去王藩司那里，本提就不陪大人了。本提的营里，还有些事情等着办"。

以后的几天里，潘鼎新便开始在镇南关，会同各将办理"减营增饷，统一饷章"的事。经过反复商量，潘鼎新决定把各路兵勇的月饷，统一提高到四两。

这件事稍稍办出些眉目，潘鼎新便紧急赶往龙州来见李秉衡，会商赏格的事。

收复谅山赏银三万是张之洞最早开出的赏额。但冯子材却通过李秉衡致电张之洞，认为："但开办始，若不许重赏，不足鼓励将士，现允给大赏。"

张之洞经过一番深思熟虑，认为冯子材所提建议甚合当前形势，于是急电潘鼎新、李秉衡："发之始，悬赏励士，无所不可"。

潘鼎新到镇南关后，冯子材、苏元春、王德榜三人经与潘鼎新商量，在三万之外，又向各军开出重赏："克复文渊赏银一万两，按兵勇出力多少赏给，另拿出三万两赏给助攻各军；克复谅山在赏银三万两的基础上，另加二万两，按出力多寡颁行。合共赏银数九万两，由广东、广西藩库分出。"

潘鼎新、冯子材、苏元春三人联衔将赏银额数电告张之洞。张之洞回电称："如获大胜，准赏。"

清军主动进攻法军的时间是越来越近了。

此时，尼格里在干什么呢？

第六节 法国人得寸进尺

仅靠第二旅四千人的人马，便轻易地击溃了中国镇南关守军，使尼格里的威望在法军海军部一路走高。一时间，"常胜将军"、"不败将军"、"虎威将军"、"无敌大将军"，成了尼格里的代名词。

入越以来，尼格里第一次品尝到了陶醉的滋味，使他愈发坚信，法军是战无不胜的！清军是不堪一击的！只要给他相应的权力，他和他的第二旅，不仅能攻占广西全境，而且能打败整个大清国！

光绪十年十二月三十日（公历1885年2月14日），当波里也得知尼格里已经很顺利地将镇南关占领后，便急电国内，一面为尼格里请功邀赏，一面提出"攻取龙州作质押品"的建议。

波里也的电报这样写道："如果政府欲于广西获得质押的话，占领龙州则是可能的。该处为中国军队的军事基地，与河内同等重要。如果政府同意，尼格里将能完成一切。"

当裴龙把波里也的电报兴冲冲送到茹费理手上时，茹费理竟然高兴得一拳砸在桌面上，大声说道："好样的尼格里，他终于挽回了我们在淡水丢掉的面子！我可以肯定，大清国这次死定了！瓦定敦曾经有言在先："我们在战场上多一分胜利，我们在谈判桌前就能多让大清国增加一分赔偿。这个瓦定敦，他真是个外交天才！我以前不该小看他！"

裴龙这时说道："总理先生，波里也建议说，如果我们想占领大清国的一块陆地作为质押，那么广西的龙州将是最好的选择。波里也说，龙州是广西的重要军事基地，那里屯积着大量的粮食和数不清的白银，军火也要从那里运到前线去。大清国的两广总督，派了一个很能干的官员在那里主持这一切。波里也保证说，尼格里能够很好地完成这个任务。当然，我们需要给他补充大量的给养、军火，还有兵员。"

茹费理一边思索一边道："波里也的这个建议很好，他在宣光的进展如何？"

裴龙答："沁冲向我报告说，中国在宣光城外集结了三万人马，波里也打得很艰苦。但沁冲认为，波里也能够击退中国大军。波里也是我国国防部非常著名的将军，是战神转世。"

茹费理笑着说道："这是个好消息。您知道，因为孤拔在台湾的不顺利，我们又与中国恢复了谈判。"

裴龙小声问道："总理先生，您说的是金登干吗？"

茹费理点头道："谈判尚没有公开，是在巴黎的一个不为人知的地方，在悄悄地谈。瓦定敦先生没有出面，是外交部的毕乐在与金登干谈。孤拔让内阁很失望，因为他的缘故，我国甚至想放弃赔款的要求。当然，这一切随着谅山的大捷都化成乌有了。现在，本人可以肯定地说，不管是台湾还是龙州，我们只要很稳固地占领一地，同样能取得我们想要的效果。为了能让我们的英雄尼格里将军在攻占龙州时取得更大的战绩，我提议，先向波里也、尼格里、约翰尼奈利三位将军各授勋章一枚。"

裴龙笑道："总理先生，我们为什么不向他们搞些更实质的奖励呢？"

茹费理两手一摊，苦笑着说道："我想奖励给他们一大笔法郎，可议院能批准吗？我想先派些美女去慰问他们，您的女儿肯去吗？除了勋章，我们现在还能拿出什么？"

裴龙气愤地说道："我们的有些议员真的很该死！他们除了干傻事，就是和内阁做对！"

茹费理说道："您马上给波里也发报，让他尽快把黑旗刘团干掉，把中国人全部撵出边境！还有，尼格里已经占领的地方，一定要好好看守，以防中国人卷土重来。同登紧靠中国的镇南关，还有谷松、船头、郎甲、谅江，以及互相之间的驿站，都要分兵把守，不能给中国人可乘之机。"

裴龙说道："总理先生，我个人以为，只要我们把龙州占领，这一切都可以忽略不计。听波里也和沁冲说，龙州是广西通往安南的脖子，更像一条食管。尼格里只要掐住这个食管，谅山就会牢牢地控制在我们的手里。我建议，马上给波里也发报，让他给尼格里下达向龙州发起进攻的命令。"

茹费理狐疑地问道："部长先生，您对尼格里第二旅的情况掌握多少？他不需要休整一下吗？他的炮弹、粮草，还有大量运送物资的骡子？还有，波里也能不能按计划把中国人逼出安南，还是个未知数。如果波里也受阻，尼格里又陷进中国人的包围圈里怎么办？中国人什么都缺，但就是不缺人！中国的女人有着超强的生育能力。我听福禄诺说过，他在天津的时候，碰到过一个七十岁的中国女人。就是这个老女人，在过完她的七十大寿的第二天，竟然又奇迹般地生了一对双胞胎。听说为了这件事，中国的皇太后还特意下旨，让北洋的李总督，为她颁发了一枚盘子一样大的勋章！——而且是纯金的！"

裴龙吃惊地瞪大了眼睛，许久才从胸膛里迸出一句："中国的女人真是魔鬼呀！七十岁还能生出双胞胎！不可思议，太不可思议了！"

与茹费理分手后，裴龙先向陆军部提交拟授给波里也、尼格里、约翰尼奈利勋章的请示报告，希望陆军部能在最短的时间内批复此报告。然后又飞电波里也，命他尽快把围困宣光的中国军队击退，或者逼进滇境内。

此电之后，裴龙又用个人的名义发了封电报，提前把拟授给他们勋章的事通报了过去。

波里也接电大喜，果然在左育与黑旗军展开激战。

岑毓英统率滇军、黑旗军、景军撤离宣光后，波里也进城当天所办的第一件事，便是向国内报捷。次日，波里也再次给国内发报，重提进攻龙州的问题。

波里也在电报中这样写道："中国军队集中于龙州前沿阵地，据侦察人员报告，其兵力达四万人，俟全部援军（甚至有可能还要等候骡马）到达后，我便向中国的这个州府进击。"

电达国内的当日，裴龙即回电，让他拿出更详尽的作战计划。

波里也接电，当日即给尼格里发报，请他将第二旅的最高指挥权，暂时交给爱尔明加中校，他本人则必须在最短的时间内赶到宣光，会商下一步的作战计划。

尼格里接到命令的时候，却正与谅山当地的一名妓女打得火热。这虽是名当地妓女，但娇小的身躯里，流淌的却是法国人的血液。她的父母原本是南圻西贡的渔民，结婚伊始，西贡被法军夺占，她的母亲被一名法兵奸污后怀上了她。她出生后，随父母逃至北圻一带谋生，后流落到谅山定居。该妓女生得脂白貌美，性情却极其浪漫，尤善交往，与许多法国人都有身体接触，很是有些名气，是当地妓女当中的佼佼者。她在妓院的名字叫"三月雪"，嫖客却偏称她为"明星"。叫得久了，人们只知有"明星"，反倒忘了"三月雪"是谁。

第二旅占领谅山不多几日，"明星"就钻进了第二旅旅长尼格里的怀里。小鸟依人，嗲声嗲气，让尼格里每晚都挣扎在温柔乡里不能自拔。

波里也的电报送到尼格里的手上，脾气急躁的他先气愤地骂上一句："这个捣蛋的将军，不知他又想和我耍什么鬼花招儿！我快让他折磨疯了！"

骂完之后，尼格里并不敢抗命，很快打发人把中校爱尔明加传到旅部。

爱尔明加到后，尼格里先围着爱尔明加前后左右地打量了一番，忽然笑道："听人说，你在中国人的身上，弄到了一块金砖并把他转送给了波里也将军？"

爱尔明加立正答道："报告旅长，您的幽默令鄙人感到震惊！鄙人以人格向您坦白，鄙人只是从中国的一名战死的军官身上，弄到过一块金表。鄙人确实想让金表变成金砖，但至今也未实现愿望。将军阁下，您不该嘲笑一名想金砖想疯了的人！"

望着英俊高大年岁又比自己小许多的爱尔明加，尼格里开心地笑了。

他走到爱尔明加的身边，用手拍着对方的肩头，说道："如果我是你，我会把那块金表，送给自己最尊重的人，比方说旅长。你知道，本旅的两名上校一死一伤。死的已经变成历史人物，伤的那位则回了巴黎。也就是说，你现在是本旅军阶最高的人。当然，还有波塔中校、英纳中校，但我可以把他们调回国内。我有这个权力。爱尔明加，你知道本旅长在说什么吗？"

爱尔明加再次立正回答："旅长的话鄙人明白，旅长是在打劫！但鄙人喜欢这种法兰西似的打劫方式。"

爱尔明加话毕，从手腕上毫不迟疑地撸下金表，恭恭敬敬地交到尼格里的手上，说："这块金表鄙人已经找人鉴定过了，它产自大清国，纯系手工制作。中国人不会打仗，但却能制造出世界一流的金表！"

尼格里把金表举起来，冲着日光看了又看，又把它小心地举到耳边，聆听了一会儿，这才小心地戴到手腕上，很果断地说道："这块金表，只有戴到将军的手腕上，才更像一块金表。其实，波塔中校和英纳中校的手里，也都藏有战利品，但本旅长只想打劫你。因为只有你，才会在最短的时间内，由中校晋升为上校。本旅长在这个时候打劫你，不过是想告诉你，你是本旅长最看重的人。也只有你，才会在本旅长离开之后，担负起全旅在谅山的指挥工作。当然，时间会很短。也许只有三四天或者七八天。"

爱尔明加急忙反问一句："旅长先生，您莫非接到了回国的训令？"

尼格里摇头答道："本旅长若是回国，你将会是法国军界最不幸的一位中校。本旅长从不在下属面前讲笑话。"

爱尔明加不解地问："这是为什么？"

尼格里坐下答："本旅长离开第二旅，国内会很快派一名新旅长过来，你将永远不会再有晋升的机会，因为你已经失去了金表。"

爱尔明加不相信地摇了摇头。

尼格里则道："你只缴获了一块金表，但这块金表，已经戴在了本旅长的手上。你应该知道，约翰尼奈利在国内时的军阶是上校，在第一旅莫里亚旅长的身边混饭吃。但第一旅从巴黎出发时，莫里亚却被调到了殖民部，约翰尼奈利则在一夜之间，由上校晋升为少将，并接替莫里亚出任第一旅代旅长。"

爱尔明加答："旅长说的这些，鄙人早就听人讲过，这件事已经成了法国军界无人不知的传奇故事。据鄙人所知，波里也将军至今还称呼约翰尼奈利为上校先生，鄙人很想知道，这是为什么？据鄙人所掌握的情报，约翰尼奈利的手上并没有金表，更不会有金砖。"

尼格里笑了笑，忽然压低声音说道："你说得不错，约翰尼奈利的手上并没有金表，但他却能在一夜之间成为少将旅长！这是为什么？因为约翰尼奈利养了一个天仙般的女儿！就是这个女儿，让她那个蠢猪一样的父亲，一夜之间飞黄腾达！因为她的肚子里，曾经怀过总理的孩子！当然，她没敢把这个孩子生出来。这件事，只有几个人知道，包括我。"

爱尔明加听得目瞪口呆，许久才嘟囔了一句："可怜的女人！"

尼格里起身话道："我们不说题外话了。本旅长现在正式通知你，本旅长刚刚接到司令的来电，需要本旅长尽快赶到宣光，去研究我们下一步的作战计划。在本旅长离开期间，由你代替我行使旅长职责。你知道，中国军队随时会卷土重来，我们现在的防线非常大。我希望我回来之前，谷松、船头、郎甲、谅江等处的布防都已妥当。还有驿站，它能保证我们通讯联络的顺利畅通。我不希望你把他们搞乱。你要派重兵看好我们的弹药库，它是我们击败敌人的最好保障。中校，请你完整地复述一遍本旅长的话。"

爱尔明加稍稍沉思了一下，然后便立正，把尼格里的话很麻利地复述了一遍，并且还补充了几点被尼格里忽视的问题。

尼格里很满意地点了一下头，微笑着把一柄象征着权力的指挥杖，郑重交到爱尔明加的手上，说道："本旅长祝你好运，中校。"

爱尔明加接杖在手，马上行了个标准的军礼。交接仪式正式完成。

尼格里前脚离开谅山，爱尔明加当晚便把垂涎已久的"明星"揽入怀中，尽情地蹂躏起来。

第四章 孤拔不可一世

第一节 宣光城里的密谋

波里也、尼格里、约翰尼奈利三巨头，在风声鹤唳的宣光城会面了。

当时激战刚过，清军各路人马虽然已远离城垣，但并未撤出越境。法军站在宣光城头用千里镜搜索，还依稀可见清军的旗帜。

但波里也认为，清军此时对宣光城已经构不成任何威胁，只要第一旅全线出击，把清军赶回云南，是完全能够办到的事。法军当务之急，是尽快占领广西龙州，彻底掐断广西与越南的联系，把孤拔丢掉的脸面夺回来。

分析完局势之后，波里也马上又对尼格里提出了批评："中国人被打出了谅山，广西的大门也不复存在了。但我认为，我们还没有把中国人的脊梁骨打断！据我所掌握的可靠情报，他们又纠集了几万人到边境线上！就在我和约翰尼奈利将军在左育与黑旗刘团浴血奋战时，有人却从谅山，一连给我发了三封密报，说第二旅的旅部，每天晚上都能传出女人嗷嗷的疯狂叫声！法兰西是战无不胜的！法国的军队是无坚不摧的！但都是在战场上，而不是在女人的肚皮上！尼格里将军，我希望您能解释这一切！"

听了这话，原本就和波里也平起平坐的尼格里，不慌不忙地喝了口咖啡，然后慢慢地说道："第二旅在镇南关所取得的战绩是有目共睹的，中国人在我们强大炮火的攻击下，已经气息奄奄，本人为拥有这样的军队，而感到骄傲和自豪！本人想问总司令先生一句：我们发动的每一次战争，到底是看过程还是看结果？总司令，本人可从来没有向国内说过一句伤害您的话！"

波里也两手一摊道："尼格里将军，这是两个概念。本人只是想提醒您一句：女人能让人类生生不息，但她也能消磨一位勇士的斗志！"

尼格里笑道："总司令，我们一齐走出军校，一齐在军部供职，本人相信，我们之间是互相了解的。您喜欢斗牛和收藏古董，可我却喜欢写诗和女人调情。如果说写诗和同女人调情不符合军人身份的话，那么请问，斗牛和收藏古董，就是军人的天职吗？"

资历最浅的约翰尼奈利，这时却莫名其妙地说道："二位将军在说些什么？本人怎么越听越糊涂？你们知道本人喜欢什么吗？本人最喜欢破案！夜半时分，一个女人和她的新婚丈夫睡在床上。墙壁上挂着一幅欧洲名画，地钟在有节奏地哒哒着。但第二天早起，妻子却死掉了。您们知道这是为什么吗？"

尼格里望了约翰尼奈利一眼说："那是警察的事情。"

约翰尼奈利辩解道："警察全是蠢蛋。我比他们强！"

尼格里一愣，马上冲着波里也说道："总司令，您都听到了吧？您以为，我们这样谈下去，便能让中国人撤出安南吗？"

波里也苦笑着说道："政府将为我们颁发勋章，我不想让勋章上面沾染上灰尘。好了，我们谈一谈下一步的作战计划吧。左育一战，中国人给我们制造了一点麻烦，使我们的第一旅，出现了意想不到的伤亡。当然，有战争就必然要有伤亡，与我们相比，中国人的伤亡会更大一些。经过请示部长，我已经对我们下一步的作战计划，做出了完整的部署。第一旅下一步的计划，是把中国人全部逼回云南；攻取龙州，则由第二旅就近负责。尼格里将军，您谈谈您的想法。"

尼格里信心十足地说道："总司令阁下，约翰尼奈利旅长先生，本人认为，中国人目前向镇南关集结兵力并不可怕，可怕的是我们运输上的困难。我们眼下向前线运输军火与粮食，主要是靠骡子来完成。我在来前已经几次电告总司令，第二旅目前急需要补充一大批骡子，其数量不得少于六百至八百头。但这个要求，您至今没有答复。您应该清楚，谅山到镇南关沿线，山路崎岖，不携带足够的弹药和粮食，我们怎样发动进攻？骡子问题不能回避呀！"

约翰尼奈利却突然冒出一句："将军，我听总司令讲，您在谅山，俘获了许多安南姑娘？"

尼格里两眼一瞪说："安南姑娘可以代替骡子吗？骡子干的活儿姑娘能干吗？旅长先生，您总是用这种逻辑推理吗？"

一听尼格里的口气，约翰尼奈利知道这位目空一切的将军动了真气，忙吓得低下头去。

波里也摆摆手道："将军，您说的这些情况，我已电告裴龙部长，相信部长很快就能给予明确的答复。我以为，缺少运输工具并不是主要问题，因为我已请求沁冲总督，在西贡急购一批骡子运过来。这件事，我同时也报告了李梅公使，相信李公使也在替我们想办法。"

尼格里说道："总督的话是可信的，但李梅的话我们就不要听了，因为他本人就是头骡子！我们刚刚把中国人从谅山赶出去，他便派了一个愚蠢得跟骡子一样的采矿队开了进去。我希望总司令能尽快把这件事报告给瓦定敦部长。公使馆到处插手，赚的钱又都装进了自己的腰包，这件事不合乎道理。"

波里也说道："这件事，总司令部会电告外交部的。我现在最关心的是，如果骡子配齐，弹药和给养跟上，第二旅能不能攻占龙州？"

尼格里笑着说道："在我的眼里，中国人是不堪一击的。不要说龙州，就是整个广西，要想占领也不是什么难事。本人想知道的是，第二旅去攻打龙州，第一旅干什么？——就在这里休整吗？旅长先生，要不要我给您送一些安南姑娘过来？"

一听尼格里语气里充满着火药味，约翰尼奈利急忙把眼光投向波里也。

波里也严肃地说道："第一旅有第一旅的作战任务。目前宣光周围和保胜一带，还屯积着大量的中国军队。第一旅经过大战之后，部队减员很严重。第一旅需要经过一段很长时间的休整，才能投入到新的战斗中去。"

尼格里皱了皱眉："我个人认为，我们是不是等国内把兵员补足之后，再进行下一次的战斗？还有炮弹和子弹，也需要补充上来。我们和中国作战，靠的是装备的精良。精良的枪炮是我们打败中国人的法宝！——这些都需要大量的骡子！总司令，我的话您还没有听明白吗？"

波里也答："靠从国内补充兵员是很浪费时间的。我个人认为，少量的兵员，我们可以就地招募，只要我们肯花钱。"

尼格里说道："这是一个好办法，但不是最佳办法。安南的男人都笨得出奇，训练他们要浪费大量的时间。他们还胆小、怕死，开小差的总是他们。"

约翰尼奈利说道："我对付安南人倒是有个很有效的办法，每次作战，我都把他们列在队前冲锋，我们的人则用枪口顶着他们的后腰或脑袋。"

波里也笑道："尼格里将军，约翰尼奈利旅长说的方法您用过吗？"

尼格里摇头答："这是本旅惯用的方法，但并不见效。每次与中国人交战，只要中国人一发起冲锋，这些安南人就全部趴到了地上，您搞不准他们是被打死了还是在装死。我个人认为，从当地招募的安南人是靠不住的。总司令，我是否可以问一句：军部是不是已经下达了攻占龙州的命令？"

波里也答："命令很快就会下达的，也许是明天或者后天。部长现在最关心的是，如果命令下达，我们能不能占领龙州。部长让我拿出更详尽的作战计划。否则，我怎么会把您从姑娘的身上拉开？"

尼格里笑着说："我还是那句话，中国人是不堪一击的，但我们必须把弹药和粮食备足。我个人认为，我们现在急需解决的不是什么更详尽的作战计划，而是骡子、军火、粮食、兵员。就算我们占领了龙州，如果没有足够的弹药和粮食，我们同样会被中国人吃掉。关于这一点，总司令在向国内报告的时候必须考虑到。我们作战讲究速战速决。但中国人却正好相反。他们打仗像喝茶一样，喜欢慢慢地来。他们的武器很落后，粮食也不行，但他们有人。我听人说，中国的女人从不出来做事，她们的任务就是躺在床上生孩子。"

波里也说道："您说的这些，我会向部长报告的。但有一点我必须说清楚，只要我们占领了龙州，中国人如果想要回镇南关，他们不仅要履行条约，还必须给我们一大笔的偿款。这才是我们最终想要达到的目的。关于这些，我不想说太多。"

尼格里点头说道："总司令先生，如果在万事未备的情况下，您决定命令第二旅去攻取龙州，我将毫不犹豫地去执行您的命令。本人说了这么多，只是出于对我热爱的国家的一种负责的态度。我是名军人，我非常热爱我们的国家，但我又同时不能违抗您下达的每一项命令。"

约翰尼奈利抢着说道："我也是的，因为服从命令是军人的天职。"

三个人又一连计划了三天，达成一致后，波里也便向国内电交了这样一份作战计划："我的计划是利用已开始的第一次河水上涨之机，将云南军队从上游赶走，并将占领一个牢固的阵地，然后增援尼格里将军，以便在某一公路有可能通车，供给因而得到保证时，或第一批六百头骡子抵达时，与他会师顺流而下，直捣龙州。为使谅山在夏季获得安定，摧毁广西军队的军事基地，势在必行。自龙州起便可通航湛江，因此可能顺流而下驶向广州。我始终认为，只要带着足够的运输工具，尽管路途遥远，还是有可能到达该地的。我希望政府能批准我的这个攻击计划。"

电报发出的当日，波里也命令尼格里尽快返回谅山，部署进攻龙州的作战任务，以期国内命令下达时，军队能够准时开拔。

临行，波里也用手拍着尼格里的肩头说道："您知道，爱尔明加是法国军校培养出的一名非常优秀的校官。他可以帮助您攻破非常麻烦的堡垒。当然，有一点也很清楚，军部并没有任命他为第二旅的副旅长。他只是一名即将晋升上校的中校。还有一点您也该清楚，爱尔明加有一个正在大学学习的妹妹。她有着梦幻一般的身材和天使一样的面孔，她非常非常可爱。"

波里也话毕，从身后的柜子里拿出一封信来，冲着尼格里炫耀般地晃了晃道："这是她从学校寄给我的信，我每月都能收到她的信。"

尼格里不相信地看着得意忘形的波里也说道："将军，我祝您好运，但愿她不是魔鬼。"

波里也把信小心地重又锁进柜子里，笑着道："尼，我从您的话语里听出了嫉妒。能让人嫉妒，我很幸福。祝您好运。"

"会的。"尼格里轻轻地吐出两个字，便转身走了出去。

回到谅山旅部后，尼格里先将"明星"等妓女赶走，然后便发布了一道命令："军营重地，严禁妓女出入，军人亦不准擅自出营去嫖娼。有胆敢违令者，送交军事法庭严惩！"

此令一下，全旅官兵便马上预感到又要有大的战争了。

但尼格里并没有立即部署作战任务，他还要对清军作更深一步的了解。

五天后，尼格里带上爱尔明加及自己的卫队，悄悄来到文渊州据点，开始对中国境内的军队数量及布防情况，进行详细的侦察。

此时的文渊州，只驻有法军的两个排，分散扎在三个炮垒里，由法夫尔中尉统一管带。

第二节 尼格里阳奉阴违

尼格里赶到文渊州时，镇南关的冯子材，却正在督饬各营在关前隘大挖战壕，干得热火朝天，很是认真。

尼格里站在一座高山上，用千里镜一遍遍地侦看清军的防地，许久才对身旁站着的爱尔明加与法夫尔不屑一顾地说道："中国人真的很愚蠢，他们每次都动用大量的人力，来挖这些毫无作用的战壕。中尉，你认为，现在我们对面的中国军队有多少人？"

法夫尔很肯定地答道："报告将军，我派人详细地侦察过，他们在镇南关至少布置了六万人，其中有许多没有和我们交过手的新派过来的部队。"

爱尔明加感叹地说道："这是中国贫穷的根源。中国女人的生育能力，真是太强劲了！"

尼格里重新举起千里镜，一边看一边自语道："和中国人比起来，我们的人数明显有些过单。如果弹药再接续不上，这将使我们真正陷入天罗地网之中。六万人，多么可怕的一个数字！中尉，你能确定他们是六万人吗？"

法夫尔犹豫了一下答："将军，鄙人以为，就算没有六万人，但四万人总该有吧？四万人也不是个小数字啊！"

爱尔明加笑道："中尉的一句话，便消灭了中国两万人。中尉先生，我一直认为，你是个严肃的军人，但没想到你这么幽默！"

法夫尔脸一红道："中校先生，请您原谅，我一直在努力地完成我的任务。但是，中国军队的人数，实在是太多了。"

尼格里皱着眉头说道："中尉，你不用自责。这不是你的错，是中国女人的错。"

爱尔明加笑着说："女人是世界上最可怕的人。"

尼格里面无表情地说道："我也有同感，尤其是中国的女人，上校。"

爱尔明加道："是中校，将军。"

尼格里肯定地说道："是上校。中尉先生，依你的判断，中国人会不会主动向我们发起进攻？他们整日在那里挖来挖去，是不是怕我们去攻击？"

法夫尔毫不犹豫地回答："将军，我个人认为，如果中国人有主动向我们发起攻击的企图，他们就不会在镇南关前到处挖沟了。我已经观察了他们许久，他们一直在拼命地挖沟，这说明，他们只想守住边境线。"

爱尔明加插话道："他们的胆子已经被我们无坚不摧的炮火震破了。他们现在没黑没白地挖沟，不过是一种防守的手段。凭他们落后的装备，能够守住边境，已经是一种胜利了。当然，这是我个人的看法。将军，您是怎么看的？"

尼格里一边思索一边说道："中国已经被我们打怕了，这一点已毋庸置疑。但我坚信，中国人的斗志还是有的。"

爱尔明加急问一句："将军，您是说，到目前为止，我们还没有把中国的斗志彻底摧垮？"

尼格里一边走出炮垒一边说道："本将军的判断不会错。你们喝过茶吗？"

爱尔明加与法夫尔闻言一愣，全都莫名其妙地摇了摇头。

尼格里边走边道："我也没有，但我很想喝一次。"

第二天，尼格里带着爱尔明加与法夫尔又来到法军的另一座炮垒，从另外一个角度来侦看清军在镇南关一带的布防情况。

冯子材这日也正巧到前沿视察防务。

尼格里通过千里镜，对冯子材反复观察了许久。

用午饭的时候，尼格里忽然问了法夫尔这样一句话："本将军听安南国的人说，中国有个冯子材，是个老头儿，他很会打仗。中尉，你知不知道，这个冯子材现在在哪里？"

法夫尔略一沉思回答："报告将军，我可以肯定地说，这个叫冯子材的人没有在镇南关。因为据我掌握的情报，中国派到镇南关领兵的将军当中，只有一个姓冯的。但他并不叫冯子材，而叫冯萃帅。"

尼格里喝了一口白兰地，慢慢说道："本将军今日在中国的阵地上，看到一个老头儿，我怀疑是那个叫冯子材的人。听中尉这样一说，我彻底放心了。"

爱尔明加说道："冯子材很会打仗，那是安南人的看法。但他若和将军您相遇，将会变得微不足道。我坚信这一点。中尉，你以为呢？"

法夫尔忙道："这是真理，世界上没有人敢持怀疑态度。"

尼格里叹口气道："我不怀疑法兰西的伟大，我只是不想让法兰西付出太多的代价。中国人实在是太多了！"

爱尔明加叹道："将军不要自责，是中国的女人太会生孩子了。"

经过三天的观察，尼格里大体掌握了镇南关一带清军的布防情况。

离开文渊州前，尼格里单把爱尔明加叫到身边，吩咐道：经过观察，我已经将中国军队主动进攻的可能性排除掉。但同登（即文渊）对我们太重要了，它是谅山的第一道大门。我经过几天的思考得出结论，我们在同登布置的兵力应该是够用的，但指挥力量却有些薄弱。我在离开宣光的时候，总司令对我说，爱尔明加中校是我们法国军队最优秀的指挥员，他即将晋升上校。在此非常时期，我们要给他充分展示自己才华的机会和舞台。中校，你知道我在说什么吗？"

爱尔明加立正回答："旅长先生，我知道您在说什么。但我认为，如果我跟在您的身边，发挥的作用可能会更大些。"

尼格里笑着说道："我不想埋没人才。作为法国即将晋升上校的军事天才，你必须独挡一面。我离开后，你要密切注意敌人的动向。如果发现他们有反常的举动，你要立即向我报告。如果来不及报告，你就对他们说，你是一名即将晋升上校的中校。我敢肯定，中国人是不敢对一名法国上校发起攻击的，尽管他们的枪膛里射出的子弹没有长着眼睛。"

爱尔明加无可奈何地问道："旅长先生，如果您适才对鄙人讲的话是下达命令的话，我将无条件执行。但我以为，同登是谅山的大门，我们至少需要有一个营的兵力在此把守。可现在，这里只有两个排。这是不是一种冒险呢？"

尼格里笑着用手拍了拍爱尔明加的肩头说："两个排和一个营并没有太大的区别，因为大部队很快要向这里推进。我们下一个要夺取的目标，是广西的龙州。中校，龙州占领后，结束战争的日子就不远了。我们回国后，我会在巴黎选一个幽静的酒馆请你喝酒，就我们三个。你不会拒绝吧？"

爱尔明加道："幽静的环境，悠扬的琴声，这肯定是一个富有诗意和浪漫的夜晚！就我们两个。"

尼格里很肯定地说道："不！应该是我们三个，你要带上你的妹妹。我在总司令那里，看到了她的照片。"

爱尔明加忙道："我的妹妹正在读书，她未必有时间啊！"

尼格里诡谲地一笑道："你的妹妹是搞艺术的，因为美丽、可爱，她的应酬一定很多。但我必须声明一点，如果你不带上你的妹妹，在那个充满诗意和浪漫的夜晚喝酒的，就只能是我自己。中校，我祝你好运。"

尼格里话毕，大步走出炮垒。

爱尔明加一个人愣了许久，忽然破口大骂道："该死的尼格里，我早晚把你的老婆干掉！还有你那个混蛋透顶的儿子，一起见鬼去吧！"

从这天开始直到大战前夕，恶梦便和爱尔明加纠缠在了一起。

尼格里回到谅山旅部的当天便致电波里也，指出：

"按着我们在宣光研究的方案，我亲自到同登侦察了一番。从法夫尔中尉所掌握的情报和我本人所了解的情况来看，中国在镇南关布置了不下八万人的军队。尽管我对他们不敢向我们进攻这一点抱有信心，但在骡子和一些必要的运输工具到达前，我们去攻取龙州是危险的游戏。但有一点我可以向您保证，如果此时在谅山的军队是两个旅而不是一个旅，战胜他们是有把握的。"

尼格里又把在镇南关的中国军队人数，由六万增加到八万，以此来说明此时进兵的难度。

波里也接电，一面把尼格里的电报转发给国内，一面给尼格里回电称："你的意思我已转达部长。但我个人认为，这里的中国军队还没有退走，他们好像在等待一种机会。你离开后，我曾派出小股侦察部队，他们给我反馈的消息并不乐观。因为他们在大山和密林中，发现了大队的中国军人。这些中国军人在密林中生火做饭，大声的说话，还喝酒。他们如此肆无忌惮，这就表明，他们并不打算撤走。所以我要对你说，两个旅去攻取龙州是不现实的。但我可以把东京土著步兵团和一个炮兵连派给你，这样你的人就已经超过四千了。米乐早就说过，法国军队四千人可扰中国七省。但我们现在只想夺取中国广西的龙州。您现在应该同我一起去说服部长，而不应一遍遍地强调什么骡子。我们能够一次次地取得胜利，靠的主要是先进的武器和英勇顽强的军人，而不是什么骡子。我希望您以后的报告中，不要再有骡子字样。骡子是愚蠢的，除了运送粮食和弹药；把骡子的作用无限扩大的人更愚蠢，不包括您。您收到这份电报的时候，我派给您的东京土著步兵团和一个炮兵连，已经动身向谅山疾进。祝您好运。"

尼格里一见波里也的这份电报，登时气得一蹦三尺高。

他手舞着电报，当着旅部所有参谋人员的面，毫无顾忌地大骂道："波里也这头愚蠢的骡子！我现在要的是骡子，他却派来一个步兵团和一个炮兵连！步兵团是骡子吗？炮兵连能把粮食射到同登吗？"

冷静下来之后，尼格里尽量用平和的语气，给波里也发了一封长电："我今天不想谈骡子，我今天只想谈人。收到您电报的时候，我派到龙州去秘密侦探的人正好回来。他们到达龙州时，正有大量军火和粮食装车运往镇南关。中国人的干劲是十足的，士气是高昂的。这里的最高指挥官叫李秉衡，长得并不漂亮，和普通的中国人没有什么两样。但他很结实，也非常能干，很受当地人和中国军队的拥戴，他还是两广总督信任的人。龙州具体有多少中国军队把守，我们至今没有确定下来，但那里复杂的地形仍对我们是一种考验。如果我直捣龙州，镇南关的中国军队，就会在我的后面发起攻击。这样一来，我和第二旅，毫无疑问将陷入可怕的人海之中。如果我先将镇南关一带的中国人消灭，凭我们现在的运输能力，未及赶到龙州，炮弹和子弹将会用尽。我说这些，相信您也会有同感。您如果能支持我的观点，我将非常高兴。"

波里也接到电报的时候，约翰尼奈利已经率领第一旅主力离开宣光，正在向屯扎在远离宣光的密林和大山里的黑旗军、滇军逼近；因为推进速度过于缓慢，法军尚未能确定清军的驻扎地，自然更未与清军交锋。

波里也尽管一再催令第一旅加快进程，但胆小如鼠的约翰尼奈利，仍然坚持自己的行军速度。

波里也气得发疯，却不能奈何约翰尼奈利分毫。

波里也心里非常清楚，尼格里和约翰尼奈利敢对自己的命令置若罔闻，全是兵力过单所造成的后果。而此时若把第一旅也调到谅山，他又确实害怕清军趁势反扑，一举端掉宣光老巢。此时他除了请国内加派援兵外，实在找不出更好的办法。但国内对他的增兵计划，竟迟至今日也未有确切的答复。他不知道事情变成这样到底是哪个环节出了问题。

波里也不想步米乐的后尘。在波里也的心目中，米乐是法国军界非常优秀的指挥官，就是因为作战时太过保守，而断送了自己的军事生涯。波里也升任总司令后，吸取了米乐的教训，一改稳扎稳打为放马推进，果然大见奇效。

他把刚刚征集到的第一批二百头骡子紧急送往谅山的同时，又给交趾支那总督沁冲发了封电报，请沁冲转告越南朝廷饬命北圻各省，因军务所需，必须迅速为法国筹办一百万石军粮，否则，波里也总司令将有权把在北圻各省的总督、巡抚及主政大臣，全部关进大牢里审判。

第三节 波里也极其丧气

光绪十一年一月三十日（公元1885年3月16日），波里也收到了裴龙从巴黎发给他的电报：

"外长正派毕乐与中国总税司赫德的代表金登干谈判，这次谈判是有诚意的。收到您的电报后，总理曾经指示我，认为如果此时能对龙州有所动作，将对索款会大有帮助。您可能已经知道，孤拔提督封锁台湾并未达到预期效果。他和他的舰队在基隆占领港遭遇到很严重的疫病，每天都有伤员的报告。占领龙州或许是一种希望，派北非骑兵前去，将大有裨益。您以为怎么样，请从速电告。"

波里也读完电报，随口自语了一句："这个该死的裴龙，他怎么没有提到援兵？尼格里现在急需援兵和骡子！"

波里也深思了许久，这才给裴龙回了这样一封电报：

"由于给养运输的困难，目前进行大规模的军事行动是不可能的。我已收到尼格里的电报，他为了能很有把握的占领龙州，曾亲自赶到了同登。他派出侦察人员和大批的愿意为我们效忠的安南土著，到龙州一带去收集一切对我们有用的情报。尼格里向我报告说，占领龙州应该是很顺利的，但如果给养及军火供应不上，一切都将前功尽弃。还有镇南关又屯扎了几万名中国军人，我们完全可以把他们击溃，但却不能彻底消灭。但我可以说服尼格里，向镇南关重新发动一次进攻，使中国人相信，我们不久就要向龙州进攻并将这里占领。实际情况　也是这样。我把这里的中国军队赶跑后，就会去增援尼格里。如果有两个旅去进攻，既能占领龙州，又能保证补给线不被中国人掐断。"

电报发走后，波里也在当日的晚饭前，又给尼格里发了一电：

"部长通知我，正与中国进行谈判，这次谈判似乎是严肃有诚意的。他认为若能对龙州有所动作，派北非骑兵前去，将大有裨益。他要我尽可能在这方面做一下。我答应他，由于给养运输的困难，目前军事行动是不可能的。我希望你明天的行动能给中国军队以新的教训。你看一看有什么办法，可以使他们相信，我们不久就要向龙州进攻。我给你派去北非骑兵队，以及由外国人编成队的增援军。你要法国国内兵团的增援吗？"

这封电报之后，波里也特意附上了裴龙的电报。

电报发走，一名负责电报事务的参谋，小声地问了波里也一句："司令，我可以把给北非骑兵队的电报也一同发走吗？"

波里也笑答："参谋，这是本将军与尼格里之间的游戏。游戏，懂吗？北非骑兵队正跟在约翰尼奈利旅长的身后练习猫步行走，旅长不会同意把他们调走的。尼格里将军此时并不需要北非骑兵队，他现在需要的是胆子。何况，我此时只是要让他对镇南关进行一次攻击，又不是当真去占领龙州。"

参谋马上又问一句："国内援兵何时到达？要不要把具体日期电告给尼格里将军？"

波里也用眼睛把参谋看了又看，忽然问道："参谋，请你报告一下你现在的军衔。"

参谋急忙立正回答："报告将军，我的军衔是中尉。"

波里也点了一下头，伸手拍了拍对方的肩头，说："你原来是中尉，本将军以为你是中校呢。作为一名尉官，不该你知道的事你不要问，不该你说的话请你也不要说。你明白吗？"

参谋被训得面红耳赤，诺诺连声。

参谋走出去后，波里也猛然笑着自语了一句："鬼才相信国内会再派援兵！"

第二天一早，因为坚信尼格里会对镇南关发起进攻，波里也又紧急给裴龙补发电报一封，称：

"虽然谅山法军的力量还不足以向龙州推进，但我仍要求尼格里对此要施加威胁，使敌人形成一种害怕我军继续向前推进的心理。我在发这封电报的时候，尼格里很可能已经命令同登守卫部队向镇南关发起了进攻，如果不是尼格里有意违抗命令的话。"

电报发走，波里也的心情愉快极了。

波里也恐怕做梦都没有想到，尼格里此次竟当真违抗了他的命令。

午后刚过，急于想知道战况的波里也，让人给尼格里拟了封电报，询问战斗进展情况。波里也尚没有把话讲完，负责接收电报的参谋，却飞速递进来一封尼格里从谅山发来的长电。

波里也接阅之后，登时像一只泄气的皮球，一屁股便跌坐到椅子上，许久许久，才很不情愿地让参谋给尼格里回了这样一封电报："接到你十八日的信。同意你的估量。尽力把事情做好。我信赖你的机智和谨慎。"

波里也如此垂头丧气，尼格里在长电里到底都说了些什么呢？

尼格里在电报中这样写道：

"将军，我刻下从镇南关回来。我走的时候关上很是平静。我在电报中已经报告你，我在昨天和今天做了一连串的侦察。这使我看出如下的情势：一、相距约二百公尺远，中国军的阵地是在关隘至凭祥的直通大路上；二、在关隘东北方八至九公里的地方，有一座设防的巨大中国军营。这些军营的第一座是在村镇前面，距关隘约七或八公里的地方，即距凭祥三十二公里的地方。这军营包括一串的工事，层累地筑在山谷的两旁；下面的两座堡垒，由一道横穿整个山谷相当高的墙垣连络起来。大路开头沿着一条筑有工事的高地线的脚跟前进，继则突然转向右边；堡垒的堤墙就在这里穿过大道。我是从右边观察这些阵地；可惜炮兵不能调到这边来。总之，这是坚固的阵地，但亦可由侧翼得攻击而夺取。这个阵地夺到手后，如果进攻军长驱入谷中，向凭祥方面进展，他们的地位很危险。他们正面与凭祥的设防营寨相碰。据侦探报告，在凭祥有五十至六十座营寨。左边则将有东面油隘的设防营寨的军队冲出前来。这将会真正陷入罗网之中。因此，根据这些考虑，在向凭祥前进之前，必定要夺取油隘的设防敌营。我们有充分的兵力吗？有，如果增援两旅人的话。若只增援一旅人，我则认为计划太膨大了些。这座敌营共有一万八千至两万人。力量比下华的敌营强大、广阔，被较坚固地据守着。可是我们攻取下华时两旅人并不见过多。根据上面的考虑结果，我认为进攻敌人这样的阵地是艰难的事情，其理由如下：甲、这个计划是严重的，其成功甚至是可疑虑的，因为，如果雨水突来，那定然是要失败的。地方情形很艰苦，土地多泥沙，湿润起来，便不能立足。乙、一经失败我们便要退却，直至谅山，而由于我们交通线的脆弱，缺乏给养，谅山情形将甚严重。

丙、成功亦仅仅使我们进至凭祥，而在凭祥亦同样要夺取该处设壕的敌营。那时我们离谅山有六十公里了；怎样运来粮食和子弹呢？丁、如果我们在夺取油隘的敌营后退回，敌人将跟踪追来，并宣称击退了我们侵入中国境地的进攻企图，并已逼使我们不得不退出中国境外。照我的意思，这将是极为遗憾的事。我的结论是，在我们现刻所处的地位，我们不应当取攻势。目前中国军自限于防守国境线。如果他们进攻，我们便反攻，跟踪追入他们的一个阵地，在击溃他们后，随即回来。以上就是我荣幸地报告你的我个人的意见。部队随时可做一切行动。如果部长一定要威胁龙州，照我的意思，我们是在玩一种危险的把戏；但他可以下命令，军队一定执行，因为他是决定人。这次威胁，即使成功，亦仅仅是一种威胁而已，因为从凭祥到龙州，尚有六十公里路程。将军，你或者以为我变得过度小心谨慎了。远离祖国四千海里，在通常的情况之下，是不应作冒险计划的。我怕的是大雨和暑热。中国军无论人数多少，将可击败，但我刚刚提到，如果部队正在战斗的时候，突为恶劣天气或火热太阳所袭，则可能发生意外事件。中国军队动作很为缓慢；现在开始得势了。军队人数增加了，武器军需运到了；这是要加以考虑的。在谅山建筑坚固的防御工事是十分迫切的。现只有田野的防御工事，需要强大的驻守部队。部队士气很旺盛；健康情形亦良好，天气因早上的浓雾而开始热了。"

冯子材在镇南关日夜筹备着进攻前的一切准备工作，而波里也与尼格里，却在你一封电报我一封电报地互相扯皮。在波里也与尼格里看来，战争的主动权始终掌握在他们的手里。

到底鹿死谁手，中外都在密切关注着镇南关内外中、法两军的动向。

法军在沪尾遭遇意想不到的惨败，逼使孤拔不得不暂时放弃占领沪尾的企图，转而把兵力都集中到防守基隆上来，以图长期困守，达到踞地为质的目的。

孤拔把基隆占领区的防御阵地分成三部分：西方防御区，东方防御区和南方防御区。西方防御区，主要设在基隆港西岸的仙洞山一带，由清军原来修筑的三座炮垒改建而成。孤拔最先曾经派遣过三个中队的士兵把守，并配备了七门大炮。后见清军从未对这里进行过偷袭，于是又调走两个中队和四门大炮。东方防御区原是清军的一座营房，四周筑有土墙，修有三座炮台。孤拔调两个中队五门炮驻最高的那座炮台，另两座炮台各派一个中队配一门大炮防守。而南方防御区则设在基隆外围的高山上，在这里可以俯瞰基隆的街区。孤拔把清军原建在山腰上的一个堡垒改建成一个主炮台，又在主炮台的东南方和西北方的两座险峻山峰的峰顶上，各修一座装甲防舍；基隆市街南面的一所方形大屋子，则被改建成一个方形射击塔。孤拔在这个防御区，共派了三个步兵中队、一个海军炮兵分队以及六门大炮防守。

孤拔及其幕僚都住在海关内几栋平房里，这里既是孤拔的司令部，也是孤拔及其僚属糟蹋当地女人的场所。这里每日都有皮鞭和棍棒的击打声，还有令人毛骨悚然的男人吼叫声、令人不忍耳闻的女人惨叫声。

基隆街上的一座欧式住舍里，则是法军参谋部、勤务部、宪兵队、海军陆战队的预备中队、医院、炮兵厂的办公、住宿场所。为了防止清军及当地民团的武装袭击，孤拔下令焚烧了法军驻地周围的所有房屋，并很快在瓦砾上建起了一道长墙。

为了永久占领基隆港，孤拔在占领这里不久，便组织成立了一个专为管理港口的港务部。为了向大清国和当地居民证明法军将永远占领基隆，孤拔特意致电李维业的女儿，委托她请法国的一位诗人，为法国海军远东舰队写了一首歌词并谱了曲，歌名为《美丽的基隆我的家》，歌词大意是：

你原来栖居在巴黎海湾

一年，一年，一年……

一个风雨交加的夜晚

浪花击打海岸

法兰西的上空划过电闪

你在睡梦中醒来

展开你强劲的翅膀

飞呀，飞呀，飞呀………

飞到了万里之遥的中国台湾

啊，我的天上人间

有黄金又产白银

还有美丽的姑娘浪花里钻

中国人称你为基隆

全世界都知道你盛产煤炭

为了寻找你

孤拔带着他的军舰

越过东京、香港

穿过广州、福建

军服被鲜血尽染

　　子弹把勇士的躯体射穿

　　终于来到你的身边，

　　美丽的基隆我的家

　　法兰西要守卫你到永远，永远……

　　这首歌在基隆法军的各防守大营里一遍遍被唱起，仿佛是一群鬼怪在放声嚎叫。每当这个时候，当地人都以为法鬼中邪了，在念咒驱魔。

　　此时的孤拔恐怕做梦都不会想到，就在他决定一面封锁台湾海峡，一面集结重兵坚守基隆的时候，一个远比清军的进攻更为可怕的敌人，悄悄来到了法军大营：瘟疫和瘴疫。

　　第一个病例出现在南方防御区的方形射击塔的宿舍里。晚饭后，周围开始飘起浓雾，一名士兵推门走出营房，其他人没有在意，以为他此时离开军营很可能是去报仇。因为就在昨天傍晚，一名士兵无意间从山后的一片树林里，看到一个花头巾闪了一下。他把自己的发现讲出来后，大家认定是名女人并怂恿他去把她抓来提供给大家享用。这名士兵于是持枪走了出去，但并未在规定的时间内回来。上尉命令大家分头在营房四周寻找，发现他光着屁股趴在一个土坑里。

　　众人把他翻过来，发现他大腿根部血污一片。用手摸了摸，没有摸到生殖器，显然是被人割走了，但人并没有死。

　　上尉命一名士兵把他送到医院去抢救。上尉这么安排，是因为知道，送他去医院的那名士兵与被抢救的那名士兵关系最好。但那名士兵把人送到医院后，并没有在规定的时间返回军营。大家认定他是要出去找人报仇。

　　但这名士兵并不是要去报仇，他只是出去大便。他回来后不久，便开始全身抽搐，用手捂着肚子在床上翻跟斗。

　　当上尉闻听此事，慌忙来到他的床前时，这名叫杜里思的士兵已经口吐白沫，气息奄奄。

　　上尉问："杜里思，你很难受，是吗？"

　　杜里思闭着眼睛许久才嘟囔了一句："上尉，我想我的妈妈，我要回家！"

　　上尉说："这里就是我们的家，孤拔将军说的。"

　　杜里思的声音已经开始低下去，但他仍用很微弱的语气喃喃地说："我不想变成魔鬼，我想回家。"

　　上尉命人将杜里思抬到医院去救治，但出现在军医面前的只是一具尸体。

　　孤拔命令军医无论怎样都要找到死因，但直到把杜里思卸成三十几块，军医也未寻找出死因。

第二天，东方防御区里又有两名士兵莫名其妙地死去；当日晚，西方防御区里也有了死亡报告。

仅仅十几天的光景，各防御区里的法军已有十二人相继死去，有近七十人住进了医院接受治疗，另有近三百人，因惧怕染病而不敢去执行作战任务。

刘铭传趁此机会，开始一次次地派兵来到基隆，对各防御区的法军进行攻击、偷袭，使基隆占领区的法军，整日处在风声鹤唳之中，不得有半刻安宁。

孤拔一面急电国内增援，一面命令麾下各舰，加大对台湾海面的封锁力度，企图完全掐断大陆与台湾的各种接济，把台湾困成一座孤岛。

法舰所为果然大见成效，终于导致"风声日紧，法船封口，洋商不敢装运"。

第四节 大雾救了南洋三舰

面对台湾日趋严峻的形势，清政府饬命南、北二洋指派舰船前往，"借分法势"，试图打破封锁。

两江总督南洋大臣曾国荃，接到电旨后不敢耽搁，当即从南洋水师中派出"南瑞"、"南琛"、"开济"、"澄庆"、"驭远"五艘军舰，飞速赶往台湾，迎击法舰。

讵料，南洋水师派舰赶往台湾的事，竟被当地的一名日本商人所侦知。该日商得到消息的当日，即乘船飞赶上海来见巴德诺。

巴德诺不敢怠慢，马上把情报电告给基隆的孤拔。

孤拔接电眼珠转了三转，马上派快艇给利士比送快函一封，云：

"巴德诺先生电告我，两江总督派遣了五艘军舰赶往这里，欲对我们封锁台湾的行动实施破坏，在国内的增援部队到达之前，我决定干掉这五个炮靶。我将亲自去实施这个计划，而你则继续封锁海面并有权指挥我们驻守基隆的陆战队。一个小时后，你如果无信送抵，我将率领七艘军舰北上。"

在孤拔的眼里，南洋派过来的五艘木制战船，和炮靶区别不大。

一个小时过后，孤拔率"侦察"号、"梭尼"号"益士弼"号共七艘军舰加足煤炭，飞速驶离基隆向北进发。在途中，孤拔因感于法军在基隆进退维谷的境地，再次致电法国军部，提出"撤出基隆，攻占旅顺和威海卫，封锁北直隶湾，直接威胁北京"的建议。

法国军部把孤拔的电报呈给茹费理后，茹费理经过与内阁成员会议后认为，攻占旅顺和威海卫，最佳时机已过；中国的北洋大臣李鸿章，已在北方各重要港口，作了周密的军事部署。孤拔此时若转攻北方，不仅毫无取胜的把握，且极有可能给自己乃至法国造成不必要的麻烦和损失。

茹费理于是致电巴德诺征求意见。

巴德诺马上复电称：

"现在已不再是占据台湾是否错误的问题，现在是台湾必须占领到缔结和约为止。加之，基隆现在是我们掌中的唯一担保品。如果我们从基隆撤出的话，那么将来在我们可能想要重开谈判的日子，我们便没有可能把担保品还给中国了。遣派提督所要求的援军，是补救时局唯一办法。我接到基隆最近的消息，更证明有此必要。我写信的时候，我们的远征队，虽然已作出极显著地牺牲，尚不能摧毁离我们阵地仅二公里的中国人所建筑的工事，甚至矿区亦不在我们统制之下；按着政府的意思，矿区是我们远征台湾主要的目标。在这种情况下，无怪中国人自以为胜利属于他们；我们如无新的及很严重的牺牲，几全无可能希望获得光荣的和平和大笔赔款。"

茹费理深以为然，急电巴德诺转告孤拔：封锁台湾的方针不可动摇。

孤拔接电，当即电告利士比，马上派舰封锁闽江口。

孤拔率舰沿着海岸巡视，整整三天，并未发现南洋五舰的影子，这时，各舰用煤相继告急。

孤拔此时非常恼火，也很沮丧，不得不命令舰队向舟山群岛进发。在舟山群岛，孤拔乘旗舰侦察群岛各停泊地，但仍未寻到南洋五舰的踪迹。

孤拔气得两眼火星乱迸，跟疯子一样地乱吼乱骂："该死的中国军舰，我不信你能在海底潜行！我就是要把你们找出来，统统干掉！"

孤拔话音刚落，电报员手持一封电报，急匆匆走进指挥舰说："报告将军，巴德诺先生加急电报！"

电报员把电报放到桌上，转身走出去。

孤拔拿起电报一看，见写道："将军，有可靠人士向我透露说，曾总督派出的军舰走的是一条不为人知的水路，他们此时很可能已到达三门湾内。"

孤拔收阅这封电报的时候，法国舰队已经离开舟山群岛，此时正在大敢山停泊。巴德诺电报中所提的"三门湾"，是舟山群岛的一个港湾，如果巴德诺所言是实的话，南洋五舰显然是在和法舰打时间差。

孤拔略一沉吟，当即把"侦察"号舰长传到旗舰指挥舱，命令道："我已得到确报，中国军舰正向三门湾行驶。你马上指挥'侦察'号全力返回去，我将率大队跟进。你作为先驱舰的舰长，必须把中国军舰的方位侦察清楚。你如果已经听明白我的话，请你马上出发。"

"侦察"号出发不久，孤拔命令各舰稍事休整，也驶离大敢山，借着一弯明月，满江的星光，疯狂地扑向舟山。

法国远东舰队，一连几日忽闽忽沪、忽南忽北，如此游移不定的反常行为，引起大清国沿江各督抚的惊恐不安，他们猜测不透法舰到底想袭击何处；只有两江总督曾国荃、两广总督张之洞、直隶总督李鸿章三人，判断出法舰往来驶奔，是在寻找援台的南洋五舰，并实施阻击。

张之洞于是飞电总理衙门，请总理衙门代奏"请调船较精、炮较大，又有德将教习"的北洋舰队之两艘快船，飞赴南下，与南洋五舰会合，共同抗击法舰。

在张之洞看来，只要北洋二舰及时出手，对付孤拔还是可以的。只可惜，有一个情况张之洞不知道，北洋水师较精的两艘战舰，此时都未在国内，而是在朝鲜港维持那里因"甲申政变"而造成的动荡局势。

接到张之洞的电报，朝廷马上电旨张之洞："北洋二船调赴朝鲜未经赴闽，张之洞尚未知悉，嗣后遇有此等紧要军情，着南北洋大臣等随时互相知照，以通消息。"

张之洞接电，反大骂李鸿章畏敌，认为当此形势危急关头，南北二洋应不分畛域，同仇敌忾，方能于事有济，灭法舰于海面之上。张之洞甚至把自己的想法电告了曾国荃。

曾国荃接电，知张之洞明是为国陈词，实是在挑拨南北二洋的关系，不由对一班幕僚连连苦笑道："张香涛这是疯了！他以为法国军舰是他布兜里的核桃，随便一砸，便能砸个稀巴烂！张香涛说话真不嫌腰疼啊！"

曾国荃说这话时，法国"侦察"号已在石浦海面发现南洋五舰，于是一面派出快艇去向孤拔报信，一面尾随其后跟踪。

孤拔收到情报大喜过望，率舰开足马力便扑将过来。

眼见大队法舰跟踪而来，速度较快的南洋巡洋舰"南琛"号、"南瑞"号和"开济"号马上提速南行，而速度太慢装备又极其落伍的"驭远"号和"澄庆"号，看到法舰风一般地压将过来，不敢再前行，而是忽然打舵，双双驶入石浦港内躲避，以作自守之计，同时也希望借岸上炮台的力量保船。

孤拔闻报，心内一阵大喜，他当即命令"凯旋"号、"棱尼"号和"益士弼"号三舰，箭一般地去追赶飞驶的南洋"南琛"号等三舰。

此时，尽管法舰在速度上占绝对优势，但因"南琛"号等三舰的航速也不为慢，加之孤拔在石浦港有些耽搁，南洋三舰已与法舰拉开了较长一段距离，要想追上南洋三舰，法舰在短时间内已难办到。

但孤拔并不放弃，命令各舰把船速提到极限，死力追赶。一时间，但见宽宽的洋面上，船头飘着中国龙旗的南洋三舰全速飞奔，张着法国旗号的四艘战舰，紧赶不放，距离越来越近。

沿岸各炮台守将见法舰越赶越近，无不暗捏一把汗。有心开炮，距离偏偏太远，对法舰构不成任何威胁，只能干着急。

也许是天佑大清，就在法舰与南洋三舰仅仅只有一里之遥时，洋面却突起大雾，转眼之间便把南洋三舰完全遮掩，直到上午十时许，雾才渐渐散去。

孤拔站在船头，用千里镜慢慢搜索，哪还有半点南洋三舰的影子。

孤拔像一头疯狂的野兽，口里连连骂道："活见鬼！真是活见鬼了！"

孤拔命令各舰，四处搜索，但仍一无所获，无奈之下，只好率舰返回石浦。

一场突然袭来的大雾使南洋三舰顺利地摆脱了法舰的追赶，安全地驶入宁波港内。

大队法舰封堵石浦港口，"驭远"号和"澄庆"号二舰闻报之下，慌忙飞电两江总督曾国荃求救。

曾国荃未及把电报读完已然惊出一头冷汗。曾国荃心里异常清楚，孤拔倾全队云集石浦，肯定是想对"驭远"号和"澄庆"二舰下手。

曾国荃一面将法舰封堵石浦的情况电告朝廷，一面电令石浦沿岸炮台，密切注意法舰动向；又急电李鸿章，请北洋拨舰往援。

李鸿章权衡了一下利弊，认为此时就算北洋派舰往援，除为法舰徒增炮靶外，于事无补，遂复电云："五船究在何处？即添北洋两船，亦不足法之多舰。"

李鸿章将曾国荃的电报及自己的回电又发朝廷一份，请朝廷定夺。

慈禧太后接电，经与一班王大臣筹商，认为李鸿章所言甚是，于是给浙江巡抚刘秉璋飞下一旨，命其即饬宁绍道台薛福成，就近电拨防军一营驰往石浦，会同石浦、象山练军以张声援。

薛福成接饬，急挑选道署卫安勇五十名、守波府署巡防勇四十名，飞往石浦，交由石浦都司郑碧山派遣，以备策应照料。

刘秉璋在派防军一营的同时，考虑到法舰众多，兵寡不足以敌，又命浙江提督欧阳利见，从陆路派去提标两营加强石浦炮台防守，亦防法军登陆作战。

"驭远"号是南洋水师的第六号兵轮，由江南制造局制造。船体大多木制，铁箍，排水量为三千四百吨。该舰由美国工程师设计，舰上有炮二十一门，官兵约有一百八十八人，管驾为金荣。

"澄庆"号则是南洋水师的第二十三号兵轮，由福州船政局制造。船体亦木制铁箍，排水量仅一千二百吨。该舰由法国工程师设计，舰上有炮五门，均聘德国人司理。有官兵八十人，管驾是蒋超英。

说起来，金荣与蒋超英二人均非水上良将。金荣不会打仗，却偏爱与人谈论兵书战策；蒋超英胆小如鼠，畏敌如虎，却自号"蒋大胆"。

如此一来，"驭远"号官兵在金荣的管教下，个个都是用兵如神的三国孔明；"澄庆"号官兵受蒋管驾的耳濡目染，人人都胆大赛过猛张飞。

法舰虽将石浦港口封堵，但因对航道不熟，孤拔并未下令军舰入口对南洋二舰发起攻击，而是派"益士弼"号和"侦察"号，先期进港侦察，详绘航道图，探测港内水的深度。

得知法舰两艘驶入港口，金荣并不惊慌，而是顺手拿过桌上摆着的《孙子兵法》一书，随意翻开，用手指着对身边的人说道："就是这里了。法鬼敢妄自开炮，本管驾就让他灰飞烟灭！"

身边的人一听这话，急忙伸长脖子偷觑了一眼翻开的兵法，见上面写的却是"走为上"三个字，不由一愣，猜不透这位蒋管驾心里在打什么算盘。

金荣这时又命人铺纸研墨，很快给石浦厅同知黄贻桥书函一封，请其代示谕当地居民百姓无庸惊慌，其理由则是：若两舰交锋，总在河中进行，于陆路并无关碍，何况自己管驾的"驭远"号兵轮，又是南洋水师中精锐中的精锐、王牌中的王牌，"我军兵丁、军火均皆精锐，谅不至法逆上岸，滋扰居民也。"

金荣随后又在函中向黄贻桥保证说："本管驾早已成谋在胸，岂容法舰鸱张？"

在该函之末，金荣请黄贻桥即饬河内大小商船退避，以免交兵时遇到不测；并着黄贻桥函商石浦附近的水陆各军保护镇口。

黄贻桥接函大受感动，当即饬员分头办理。

黄贻桥和沿岸的大小官员，恐怕做梦都不会想到，金荣函请即饬河面大小商船退避，并非是怕他们交兵时遇到不测，而是为自己疏通水路，供奔逃之用。

金荣与张佩纶从未谋面，但他的一些做法，却和张佩纶如出一辙。这两个人，都为法国立下了汗马功劳。

第五节　"驭远""澄庆"双过年

大清国利用孤拔离开基隆的有利时机，雇用大批的美、英、德等国商轮，分批分期地向台湾运去军兵万余人，饷银一百二十余万两，前后膛枪近二万枝，大炮六十门及大量的弹药、粮食等物。

利士比拼命拦截，终因海面太宽，法舰太少，加之法国军舰此时封锁台湾只针对中国船只，并未对各国公开，只截获了很小一部分物资，大清国运送的大队人马、粮饷、军火，都如愿以偿运抵台北，使刘铭传及台湾各岛军民勇气倍增。

利士比非常丧气地致电孤拔，指责说："因为您的固执及大批军舰离开这里，使中国向台湾运送了大批的军兵、军火以及粮食。我只截获了一点点，却又不敢扣留他们的船只，只能勒令他们回去。我们所谓的封锁台湾、困死台湾进而占领台湾的计划，已经化成泡影。"

孤拔接电，一面大骂利士比无能，一面以自己的名义，向各国公开发布封锁台湾海面的公告。公告全文如下：

"法国远东舰队司令长官孤拔海军中将，照其所有之权力宣布下列事项：自一八八四年十月二十三日起，从南岬经过西部及北部（前者为北纬二十一度五十五分，东经一百一十八度三十分。后者为北纬二十四度三十分，东经一百一十九度三十四分）以至苏澳，所有台湾各港埠、海湾都处于本长官所属海军兵力封锁状态之下，一切武装舰船务希于三月内装载完毕并退出各封锁区域。对于一切企图侵犯上项封锁的舰船，装依照国际法及现行条约之规定办理。"

孤拔发布这篇公告之时，正是大清国光绪十一年春节的头一天。也就是说，这篇公告发布的时间，整整拖后了近四个月。

孤拔为什么不把封锁台湾的时间定在现在（清光绪十年十二月三十日，即公元1885年2月14日），是笔误，还是别有深意，不得而知。

单表清光绪十一年正月初一（公历1885年2月15日），石浦港内大小商船已全部避入深港躲避，而法舰已在前一天晚上，对"驭远"号和"澄庆"的停泊地，全部侦察清楚。

就在石浦沿岸欢度除夕的时候，孤拔却正和戈尔敦中校研究具体的作战方案。

桌上铺着由"侦察"号绘制出的航道图，以及"驭远"、"澄庆"两轮的停泊位置，并岸上炮台的数量。

孤拔左手端着白兰地，右手指着舰道图，脸上泛着红光说道："中校，我这次不想动用大的火力，因为岸上的堡垒威胁太大。我认为，派鱼雷艇就可以完成作战任务，由你全权负责这次战斗。你还需要别的吗？"

戈尔敦小声问道："将军，我有些怀疑，如果没有军舰的配合，仅靠鱼雷艇，能靠近中国军舰吗？"

孤拔说道："我已经想好，鱼艇可以搞一下伪装，都漆成不发光的黑色，夜里不容易被发现。就算被发现，我们已接近他们了。"

戈尔敦苦着脸说道："将军，我还是认为这个计划太过于大胆。您想，我们进入港口，岸上的哨卡自然会发现我们，他们就会把情报传达给军舰。后果会怎么样？"

孤拔肯定地说道："中校，你不是杜森尼，你有勇有谋，会有许多好办法来对付他们。还有，中国人都是很愚蠢的。就算他们发现你们，也不会想到是鱼雷艇，有可能把你们当成闯入港口的鲨鱼。"

戈尔敦笑了笑说道："但愿他们蠢成这样。将军，您已经决定这么干了吗？"

孤拔道："当然！本将军是最高司令，想怎么干就怎么干。"

戈尔敦于是不再讲话，两眉蹙得很高。

孤拔继续说道："战斗可以这样开始：先由'巴雅'号把你们送入港内。你们离开'巴雅'号后，鱼雷艇上的灯光要全部遮盖起来，舷灯也要熄掉。当然，还有各种仪器灯，都用布蒙上。这样，你们就变成两条鲨鱼了。"

戈尔敦想了想问道："将军，您的方案几乎无懈可击，真的好棒。但鱼雷艇的烟囱怎么办？艇一开动，烟囱就要冒烟。中国海洋里的鲨鱼，都是冒烟游行的吗？中国人会问，鲨鱼为什么会冒烟？"

孤拔一愣，许久才道："真是该死！我怎么忘了这一点！中校，你有没有更好的办法？如果实在找不到替代燃料，我们就让鲨鱼冒烟！"

戈尔敦深思了一下道："将军，请您给我一定的时间，让我和一号鱼雷艇的艇长杜波克上尉商量一下。上尉是鱼雷艇专家。"

孤拔笑道："好的中校，你准备好了之后，我便发布作战命令。"

戈尔敦敬礼后退出，很快与一号艇舰长杜波克会在一处。两个人经过研究，又反复试验，终于找到了一种既能作燃料，又不冒烟的很特殊的物质。

戈尔敦大喜，忙把这一喜讯派人报给孤拔。

孤拔欣喜若狂，马上便发布了作战命令。

"巴雅"号军舰乘着浓浓的夜色缓缓驶近港口，然后又悄悄停顿下来。两艘经过伪装的鱼雷艇和一只载着向导的小艇，快速离开军舰，飞也似地向港内驶去。

航行至黎明时分，法负责向导的小艇先期到达"驭远"号停泊的地点。

经过反复寻找，向导员赖威尔上尉和缪列士官惊愕地发现，原本就停泊在这里的"驭远"号军舰，此时竟然不见了。

两艘鱼雷艇赶到后，赖威尔很沮丧地把情况报告给了戈尔敦。

戈尔敦闻听之下，连连顿足道："肯定是有人走漏了消息，我要把这个奸细找出来一枪干掉！"

赖威尔这时问道："中校，我们应该怎么办？我们在这里耽搁太久，会被岸上发现的。如果他们开炮，我们就麻烦了。"

戈尔敦深思了一下问："你搞没搞清楚，中国的另一只军舰，是否还在原地停泊？"

赖威尔闻言，急忙望了望旁边站着的缪列。因为按着分工，"澄庆"号的停泊地归缪列指引。

缪列却嗫嚅着说道："中校，您知道，情况发生得太快，我已经不敢任何保证。但我现在就可以去侦察。"

戈尔敦恶狠狠地说道："不管你侦察到什么情况，你都要及时回来向我报告。我们不能让作战计划全部落空！"

缪列一边后退一边说道："我会的，中校。"

赖威尔这时忽然打了个手势，望着不远处说道："中校快看！"

戈尔敦顺着赖威尔的眼光望过去，发现正有一大团黑乎乎的东西，由深港缓缓向这里飘过来。

戈尔敦急忙举起千里镜细细端详，很快便肯定地说："真是见了鬼了！

这是我们早就发现的那艘中国军舰，它怎么又回来了？"

戈尔敦把千里镜递给赖威尔说道："上尉，你认识它，你来看一下。"

赖威尔举起千里镜看了看，马上很肯定地说："是它！就是它！"

戈尔敦马上下达攻击命令：自己所乘的二号鱼雷艇绕到"驭远"号右侧，并接近船舷，准备冲上去占领要害部位，并发射鱼雷向军舰尾部进攻；杜波克指挥一号鱼雷艇，从正面向军舰冲刺，靠近之后便发射鱼雷。

已经消遁的"驭远"号军舰，怎么突然又冒了出来呢？

说起来，还当真挺有戏剧性。

节日由地方上犒军原本是老例，但因今年情况特殊，岸上军营和地方官都抓紧备战，石浦同知黄贻桥就没有办理这件事。何况法舰封港后，宁绍台道薛福成便行文下来，饬命辖区内各军营、地方官府，不得封印，所有军务、政务，照常办理，违者禀知抚宪严参。

因为"春节"是大清国的传统节日，人们习惯称过春节为过年；节日期间各地衙门不仅封印，军营也要放假几天。

但金荣可不管这些。

午饭一过，他见地方衙门还无丝毫犒军的动静，便把一名守备叫过来，吩咐道："你带上几个人，到同知衙门去见黄大人。你告诉他，今夜就是年三十儿。他过年，我们也要过年。过完年，我舰船就要与法舰打仗。如果我们撤走，法舰就要炮轰陆岸，扰得他吃不稳花酒，也打不成麻雀。"

金荣话毕，从桌上拿起一张清单递给守备，又补充道："这是我们过年所需物品，让他看着办。"

黄贻桥不敢得罪南洋水师的人，很快便把"驭远"号索要的物品置办整齐，又额外杀了一只羊，命人送到舰船上。

"澄庆"号管带蒋超英，见地方上派人担酒担肉犒劳"驭远"号，自然不甘落后，带上亲兵，离舰登岸来找黄贻桥，声称过年。

黄贻桥见蒋超英来势凶猛，分明就是一只饿久的没毛大虫，马上又打发人另置办一份，也额外杀了一只羊，交蒋超英带回。

但蒋超英却并不罢休，回舰的途中，又强行命人从居民家中赶走了一头猪。居民告到同知衙门，黄贻桥无奈，只好自己出银子平息了此事。

天色将晚，金荣命人整理出一桌很丰盛的年夜饭，让舰上所有官兵，都脱光膀子放开腰带猛吃狠喝了一顿。一船人全都喝得东摇西晃。

饭甫，金荣趁着酒兴，由人搀扶着来到甲板上，哈哈大笑道："好！好！这个年过得好！可惜本官与孤拔老儿不曾会面。否则，一定请他同醉！"

回到舱里，金荣怕法舰来攻击，便命舵手发动马达，把军舰开到深港里去，想安安稳稳过个好年。

舵手得令，尽管也喝得烂醉，仍很快将军舰发动起来，开足马力便向深港驶去。但深港多沙滩，水的深浅又大不相同。

舵手全不畏惧，仗着一腔热酒，开着军舰便一遍遍地绕行。有时绕不过去，他便掉转船头重绕。如此一来，船行许久，仍在二里左右的海域打转。

醉眼朦胧的舵手却偏向金荣报告说："军舰已经深入港区，不要说孤拔是肉眼凡胎，就算他长了双火眼金睛，恐怕也发现不了。"

金荣大喜，命令舵手在这一带寻个好位置停泊。

舵手得令，马上便减速，开始慢慢地寻找停泊位。寻来寻去，终于寻到了一处他比较眼熟的好位置，却正是"驭远"号原来的停泊处。

金荣踉踉跄跄地来到甲板上，放眼四处打量，口里却道："好！好！当真是一个好避风处！与原来的竟然一模一样！就这里吧。"

这时一名亲兵说道："饺子都煮好了！"

金荣笑道："先把那串鞭炮放掉，然后吃饺子、睡大觉！大年初一，我们继续闹，一直闹到十五。"

第六节　欧阳利见镇海设防

法二号鱼雷艇此时在戈尔敦的指挥下，正向"驭远"号靠近，相距已不足一百五十米。

鱼雷艇正要发射鱼雷，不提防"驭远"号的船头却突然放射出一团一团的火花，里面夹杂着噼噼啪啪的响声，显然是在燃放爆竹。

但戈尔敦却吓了一大跳，以为军舰发现了鱼雷艇，并据此认定，船炮很快就会发射过来。

二号鱼雷艇当时正行驶到"驭远"号的下艏，慌乱之中的戈尔敦，一面命令鱼雷艇后撤，一面命令向军舰发射鱼雷；岸上的哨卡原本并未发现鱼雷艇，但因"驭远"号燃放鞭炮，他们便也想凑个热闹，一名士兵就胡乱放了一枪。哪知就是这胡乱放的一枪，竟然把法军鱼雷艇上的步枪手阿诺的脑袋打穿。

枪声刚刚落下，阿诺便一头栽倒，糊糊涂涂地上了西天。

戈尔敦一见阿诺毙命，更加确认军舰已经发现了鱼艇，于是命令士兵，连向军舰发射两枚鱼雷。

鱼雷发射之后，因风浪太大，鱼艇被反弹回来，竟然撞到了军舰的尾部，撞坏了许多零部件，所幸鱼雷艇没有熄火。

鱼雷艇于是二次后撤，军舰已开始下沉。

鱼雷的爆炸声，惊醒了正在船舱里吃饺子的全舰官兵。

金荣当先脱掉官服，第一个跳进水里。其他官兵一见，马上像接到命令一样，全部脱掉衣裤，只穿着裤头，纷纷跳进水里逃命。

军舰转瞬之间，只剩了一名炮手和一名士兵。

这名炮手听到爆炸声后，下意识地把炮弹推进膛里，眯起眼睛便向海面搜索，却正发现法军一号鱼雷艇正飞也似地向军舰靠近。

炮手不敢耽延，对着一号鱼艇便开出一炮。炮弹从鱼雷艇的上空飞过，呼啸着射向在不远处停泊的"澄庆"号。

杜波克马上命令发射鱼雷，鱼雷打中了"驭远"号的船身。随着海水的大量涌入，军舰下沉的速度加快。

这时，"驭远"号上那名尚未跳水的士兵，大声对炮手喊道："二驴子，人都跑光了，你等着送命吗？"

被称作二驴子的炮手一听这话，口里先是骂一句："这打的甚鸟仗！"旋纵身一跃跳进水里，奋力向岸边游去。

"澄庆"号被"驭远"号发出的炮弹打中时，蒋超英正躺在指挥舱里搂着个枕头呼呼大睡。听到爆炸，他以为是孤拔率舰杀将进来，便想也没想就打开舱门跳进水里。游到岸上后才发现，他竟然只穿了个裤头。

"澄庆"的其他舰员听到爆炸声，根本不作任何抵抗，都争先恐后各寻出路往水里跳。被炮弹炸伤的十几名员弁，竟然无人理睬，不久便被涌进的海水吞没。

但岸上的炮台听到爆炸声后，马上便做出了一系列的反应，先是用大炮对着法军的三艘舰艇轰炸，跟手又是一排排的快枪扫射。

戈尔敦见势不妙，急率一号鱼雷艇和向导艇，快速撤出港口。

此役，法军除步枪手头上中子弹一命呜呼外，再无其他伤亡；"驭远"号死十二人，其中含一名都司衔的军官，均系水性不好溺毙；"澄庆"号留在船上的伤员无一生还，凫水途中又溺毙七名把总以上军官，总计死亡二十五人。

尽管如此，金荣和蒋超英上岸后，仍然恬不知耻地联衔电告曾国荃称：

"是夜天色昏暗，远望各口门时有法酋小轮窥探，均随时开炮轰击。初一日寅刻，法酋又以小火轮夹杂于被掳渔船之中，乘黑潜入，偷放鱼雷。该两船后艄均被碰伤，其船上水手勇丁素未经战阵，相率凫水潜逃。蒋超英、金荣力为阻扼，犹冀补救。讵两船受伤之处，逼近火药舱，倘被轰燃，不特全船人命均成灰烬，且恐祸延居民，殃及商船；又患法人掳去船炮，不得已亟放水管，引以自沉，救全船炮。时蒋超英、金荣志在与船俱没，经弁勇扶掖上岸。"

但石浦同知黄贻桥却向薛福成禀称：

"是日黄昏，地方文武正在督率兵勇、民团巡防间，连闻炮声，随各驰往港边瞭望，但见我兵轮开炮向三门外轰击，约有数十响，嗣后绝然。当炮声不绝之时，民人并未见有法船进口，接踵往观。四更后，又闻炮数声，复诣天后宫前阅视，仍未见法船。不久炮台哨弁发现法小轮三艘，争相用炮、枪射击时，我两兵轮官兵已纷纷凫水登岸，全无抵抗，殊不可解。"

早就对曾国荃心怀不满的浙江巡抚刘秉璋，收到黄贻桥的禀文后，马上便原样电发给朝廷。

朝廷很快下旨："'澄庆''驭远'两船退入石浦被沉，管驾员弁既未并力抵御，又不小心保护，以致失事，殊堪痛恨！着曾国荃确切查明，严参惩办，不准稍涉回护。"

不久，又有旨下：着将金荣和蒋超英双双枭首，家产抄没充公。

得知戈尔敦大功告成后，孤拔命各舰一面在石浦港外休整，一面派出小艇，侦察南洋另外三舰的去向，借机察看沿岸各炮台的布置情况。

经过几十日的访查，随"侦察"号担负侦察任务的赖威尔和缪列二人，终于从沿岸的一渔民的口中访听出，有三艘中国军舰，确曾从这里经过，驶入宁波；又经过多方打探，赖威尔终于得到确切消息：三艘中国军舰现停泊在镇海港。

赖威尔与缪列乘艇返回石浦，兴高采烈地向孤拔报告侦知到的情况。

孤拔听罢，仰天就是一阵大笑。大笑过后，才从牙缝里恶狠狠迸出一句极其狂妄的话："中国军舰，我看到一只干掉一只！我要把中国人打得跪在我的面前求饶！"

孤拔随后命令舰队，分两批驶往镇海去围歼南洋三舰。

清光绪十一年正月十二日（公历1885年2月26日）晚，法第一批舰队正式开拔，第二批舰队于一个小时后跟进。

石浦同知黄贻桥急忙把法舰队离开石浦的情况，飞速电告给宁绍台道薛福成。薛福成接电不敢耽搁，马上转告浙江巡抚刘秉璋。

刘秉璋稍一沉吟，当即判断出法舰队的目标应该有两个：一是经闽口返基隆，一是已经知道了南洋三舰的停泊地，将扑向镇海。

刘秉璋把法舰队离开石浦和自己的判断，全部电告给福州的闽浙总督杨昌浚。

杨昌浚大惊，连夜电令浙江提督欧阳利见，从速布置，无论如何，都要保证南洋三船的安全，不可稍涉大意。

欧阳利见当时已经在提督府睡下，闻有电报送到，当即披衣而起，大步从卧房走出。

阅电毕，欧阳利见急忙命人更衣备舟，然后只带少许亲兵，由水路疾驰镇海。

欧阳利见到达镇海时已近子时，万家灯火全无，除了沿岸炮台闪有星星灯火外，只有一轮冷月挂在当空，照得满江白茫茫一片。

舟在北岸抛锚，欧阳利见登岸赶到统领亲兵营杨岐山大帐。但见大帐周围哨兵也无一个，帐内更是漆黑一团。

随行亲兵连呼三声，里面才走出三个兵勇来。但见这三人，洋枪斜挎，睡眼惺忪，口里还不三不四地骂着什么，一副很生气的样子。

亲兵抢上前去，大喝道："军门大人到此，快让统领大人接驾！"

三人一听这话，相约似的激灵灵便先打上一个冷战，这才定睛细看，却发现面前站着的果然是一省提督欧阳利见，便一齐跪倒，禀道："禀军门大人，统领大人今夜在府里安歇，未在大帐。"

欧阳利见身边的一名亲兵这时道："快引军门大人到帐里安歇，等什么？"

三人这才起身，由两人引着欧阳利见一行人走进大帐，一人则飞跑着去请杨岐山。

到大帐不多一会儿，杨岐山便赶了过来。

施礼毕，有人捧茶进来。

欧阳利见也顾不得客套，单刀直入道："制军大人急电老哥，说孤拔率舰队已离开石浦，正向这里猛扑过来，目标很可能是我南洋三舰，命我等从速布置，无论如何不能让法酋得手。老弟，军情紧急，刻不容缓，老哥只得来扰老弟的清梦了。"

见欧阳利见如此客气，杨岐山反倒不好意思起来。

他知道欧阳利见在怪罪自己离营回府的事，脸色便一红道："军门大人，您老要说什么，岐山已经知道了。岐山有罪，还望大人宽恕。大人想如何布置，只管讲来就是，岐山一定遵照执行，绝不敢含糊！"

欧阳利见笑道："老弟呀，不是老哥刻薄，当此紧要关头，我们的确该倍加小心哪！"

杨岐山低头说道："军门大人，岐山知错了。"

欧阳利见点了点头，然后便开始布军：北岸仍由提督衔亲兵营统领杨岐山整备，由杨岐山飞传南岸各营严阵以待，并抽调各队赴金鸡山布置；饬达字中营提督衔统领伍金洪率五成队，埋伏西北隧道以备冲锋；饬练军副中营参将衔统领郑洪章，率五成队伏西南隧道以备包抄；饬健左旗副将衔统领费金组，率八成队伏沙湾海滨堤墙之下，以备策应；命楚军练勇各营，各出三成队，轮替分守各段卡墙，仍留七成队驻营听候调遣；凡各要隘密布地雷，责令经管电线熟手，临时引机即发。

杨岐山得令，即将所部亲兵营抽派总兵何乘鳌两哨，连夜出发，各带过山炮，分守北拦江及县城西北隅；飞命左营帮带蔡邦清率两哨人马，分屯洋关福建会馆；令亲兵一哨，携带格林过山炮，驻守东岳宫、长城，兼助新修炮台；调总兵衔中营统领璜瑾，带队驻招宝山迎敌；命游击衔右营统领王鳌、总兵衔后营统领龚锦标，连夜整饬所部，严密戒备。

杨岐山调兵遣将的同时，欧阳利见又将轮船统领吴安康传来，命其督率"南琛"、"南洋"、"开济"三舰，同心御敌，不可上演"驭远"、"澄庆"二舰之闹剧，否则军前正法，绝不宽贷。

吴安康忙道："军门大人容禀，法鬼船多，只由三舰御敌有些过单。大人可否多调几船过来？"

欧阳利见闻言，沉吟了一下，马上又让人把浙江水师营兵船"元凯"号和"超武"号副将衔管驾贝珊泉、都司管驾邹聪保传来，命二舰会同南洋三舰及红单船，分泊椿内，实力扼守。二将领命，匆匆走出去布置。

欧阳利见最后又对杨岐山、吴安康二人说道："法将孤拔率舰入境以来，横行无忌，视我大清洋面如无物，任意攻夺，好不猖狂！我们此次，一定要同他拼一拼，把心中的这口恶气吐出去！二位老弟务必严饬所有炮台、兵船，弹子若能打到敌船方可轰射，切勿虚发炮弹。陆师队伍均各衔枚蹲伏，敌不登岸，不准外露。"

二人一齐道："大人但请放心，我等现在就传令下去。"

欧阳利见起身说道："法寇船行迅速，说来就来，万不可大意呀！"

杨岐山忙道："大人不在这里安歇，还要到哪里去？"

吴安康也道："大人奔波了一夜，又如此高龄，不能再劳顿了。"

欧阳利见摸了把白胡子道："老哥还要到县衙门走一趟，请衙门连夜晓谕渔商各船，严禁在口内出入，以防不测。"

欧阳利见话毕，转身走了出去，很快便带着一应随员来到镇海县衙。

诸事布置妥帖，欧阳利见又赶到金鸡山巡防。

在金鸡山往来巡查的时候，欧阳利见遇到了来此督防的宁绍台道薛福成。

欧阳利见心下大喜，马上便把自己的布防对薛福成讲了一遍。

薛福成称善之余，考虑到招宝山乃紧要之区，又连夜饬调营务处同知衔帮办杜冠英，从速统带一营人马移驻；欧阳利见则加派守备吴杰，带炮兵督守两岸炮台。

薛福成特命杜冠英，何处紧急，不必请令，立即亲督战守。

至此，浙东门户镇海一带，欧阳利见亲统三千五百人，屯金鸡山防南岸；提督衔统领杨岐山带二千五百人，屯招宝山防北岸；总兵钱玉兴统所部三千五百人为游击师；威远、靖远、镇远三炮台，守备吴杰领之，'元凯'、'超武'二兵舰泊海口备策应。

欧阳利见居金鸡山督战，薛福成则往来巡守，临机策应。二人镇、巡结合，取长补短，同心御敌，誓与孤拔一争高下。

欧阳利见和薛福成都不是等闲人物。

欧阳利见是湖南祁阳人，字庚堂，号健飞。咸丰四年（公元1854年）入长沙曾国藩湘军水师为勇，因作战勇猛得曾国藩识拔，擢营官。同治二年（公元1863年）累升至副将，次年补准扬镇总兵。同治四年（公元1865年）率部到山东、江苏等地同捻军作战，光绪六年（公元1880年）调任福山镇总兵，次年赏头品秩擢浙江提督。欧阳利见身经百战，立下赫赫战功，赏穿过黄马褂，得过奇车伯巴图鲁勇号，是大清国不多见的智勇双全的水军统领之一。在提督当中，声名也颇显著。

薛福成生于道光十八年（公元1838年），比欧阳利见整整小十三岁。江苏无锡人，字叔耘，号庸盦。以副贡生参曾国藩戎幕，积劳至直隶州知州。后由曾国藩举荐，随李鸿章办理洋务、外交。光绪初元（公元1875年），下诏求言，上治平六策，又密议海防十事，声名大振。光绪八年（公元1882年），赏道衔。光绪十年（公元1884年），中法构衅，沿海有警，赏三品顶戴按察使衔补宁绍台道。

薛福成颇有识见，又明战守、通外交。在浙江，欧阳利见凡有要务，不与巡抚刘秉璋商讨，却独与薛福成商议，已可概见薛福成之胆识。

第五章 镇南关中法两军再交手

第一节 招宝山炮战大挫凶焰

大队法舰很快便蜂拥着向镇海扑过来了。

见海口有石船堵塞，两岸又炮台林立，遍插旗号，孤拔未敢轻举妄动，决定重施石浦故伎，先对口内航道及布防侦察清楚后再大肆攻击。

他把赖威尔叫到指挥舱里，吩咐道："上尉，这里的情况较石浦更为复杂，你将迎接更大的挑战。你说说你的想法。"

赖威尔用不屑一顾的口吻说道："将军多虑了。鄙人认为，这里和石浦没有什么两样。只要我们的炮声一响，中国人只会拖着长辫子逃命。当然，侦察还是必要的，我们必须节省每一发炮弹和每一颗子弹。"

孤拔笑着说道；"上尉，我对你的表现一直很满意。我个人认为，你如果不能在最短的时间内进入校官行列，那将是法国军界最大的损失。我计议已定，为了能使你圆满完成侦察任务，你可以把法国旗号藏起来，并把侦察艇装扮成一艘普通的商船。这样一来，中国人就会忽视你的存在，你也就可以大胆地去做你想做的事了。上尉，你还有什么顾虑吗？"

赖威尔刷地敬了个标准的法国式军礼，答："将军真是神机妙算，用兵如神！是中国人最崇拜的亮诸葛！我向将军敬礼！"

孤拔一愣，反问一句："上尉，你说的话我听不懂，请你再说一遍！"

赖威尔答："鄙人听人说，中国人最崇拜一个叫亮诸葛的人。据传，这个亮诸葛，用兵如神，从来没有打过败仗！鄙人认为，将军超过了亮诸葛！将军，我说错了吗？"

孤拔自负地哈哈大笑，但很快又眼露凶光地反问一句："上尉，你是否已经访探清楚，这个亮诸葛在哪里带兵？我要用炮轰死他！"

赖威尔答："请将军放心，鄙人一定在最短的时间内，把亮诸葛访寻出来。他逃不出将军的手掌心。"

赖威尔刚刚离去，戈尔敦率各舰舰长，如飞般乘快艇来面见孤拔。

孤拔闻报有些吃惊，不知道发生了什么事。

礼毕，戈尔敦说道："将军，情况有些变化，我不敢不来见您。"

孤拔大声问道："中校，你到底想说什么？"

戈尔敦答："他们向我报告，各军舰煤炭必须很快得到补充，而船上所备食品也已不多。我们如果在此耽搁，很有可能回不到基隆！"

孤拔用眼从每个人的脸上扫过，许久才沮丧地坐下说道："这是本将军的疏忽，告诉赖威尔不要出发，容本将军好好想一想。"

戈尔敦说道："将军，我们最好趁夜色返回基隆，用最快的速度补充粮食和军舰用煤，然后飞返回来消灭中国军舰。鄙人推测，中国军舰是不会这么快溜掉的。他们都很愚蠢。"

孤拔站起身，果断地说道："我命令，'凯旋'号、'尼埃利'号和'棱尼'号，现在就开拔返回基隆，补充粮食和煤炭。本将军随'巴雅'号和'益士弼'号先到马祖，然后再到基隆。其他军舰明日天亮后再开拔。"

法舰云集镇海旋又相继莫名其妙地离去，并未让欧阳利见和薛福成放松警惕。二人推测，法舰行事古怪，肯定另有图谋。

在途中，孤拔急电巴德诺，请巴德诺速寄一份最新出版的镇海航道图，以供他攻击南洋三舰时使用。孤拔在电报的最后，又讲述了一下目前的战局，同时请求速拨运一些肉类和食品。

法舰相继抵达基隆后，很快加足煤炭和食品。

孤拔把防守基隆和摧毁封锁台湾海峡的任务，全部交给副司令利士比，自己亲率"巴雅"号、"尼埃利"号、"凯旋"号、"棱尼"号四艘军舰，疾返镇海，去完成摧毁南洋三舰的任务。

到达镇海口外后，孤拔站到旗舰"尼埃利"号的高处，用千里镜向拦河坝内侦看，心内不由一阵大喜。因为他很清楚地看到，在拦河坝的后面，明晃晃的停泊着几艘插有中国龙旗的军舰。但不是三艘，而是五艘。

孤拔有些疑惑，稍稍沉思了一下，便命令"尼埃利"号，北移靠近距镇海港约一海里的大游山附近，再次举起千里镜，从另一个角度侦看停泊在拦河坝后面的军舰。孤拔通过千里镜，很快便找出南洋三舰。

法舰此时停泊的位置是在招宝山东北角，当地人习惯把这里称作小招宝山。

小招宝山上城堡城垛内修有三层楼炮座，因窥港法舰不在射程之内，山上炮台没有开炮。

　　孤拔愈发不解。因为按以往惯例，炮台只要觑见军舰踪影，不管是否在射程之内，均要先行发炮，以防法舰靠近。孤拔不知此处炮台，缘何毫无反应。

　　孤拔并不知道，宁绍台道薛福成，此时正在山上炮台后面，同样用千里镜密切关注着他的动静。为了不虚掷炮弹，法舰"尼埃利"号移过来时，薛福成挥旗示意炮台不准开炮。炮台守将虽心急如焚，但又不能抗命，只能瞪圆两眼，慢慢看着法舰试探性地越移越近，仿佛在寻找轰炸炮台的最佳位置。

　　孤拔对拦河坝后面的情形侦看明白后，便下令军舰后退，与"巴雅"、"凯旋"、"棱尼"三舰会在一处，商讨进攻策略。

　　午后二时许，赖威尔与缪列奉孤拔之命，乘坐小艇，驶入虎蹲山以北测量水道。

　　虎蹲山炮台一见法艇，急派人把这一情况报给薛福成。

　　薛福成用千里镜目测良久，见法艇已进入炮台射程之内，马上便向虎蹲山的炮台打出开炮信号。

　　炮台得令，相继打出三发炮弹：一发炮弹在法艇前面爆炸，巨大的水浪把法艇掀后二十几米；第二发炮弹在法艇左侧开花，击穿了艇舷，把缪列炸翻，当场死亡；第三发炮弹在法艇右侧落下，未起什么作用。

　　赖威尔见炮台发炮准确，大异于往常，心下大骇。

　　赖威尔忙命快艇掉头后撤，但跟着又飞来一发炮弹，正打在小艇的尾端，使两名水手当场毙命。飞起的弹片亦将赖威尔的左眼打瞎。小艇好不容易才掉过头来，极其狼狈地飞速后撤。

　　孤拔见侦察小艇狼狈逃回，登时大怒，下令旗舰"尼埃利"号开足马力，向招宝山炮台挺进，意欲将炮台夷为平地。

　　孤拔大骂道："胆大的中国猪，敢和战无不胜的法兰西抗衡，我要全部把你们送进地狱！"

　　"凯旋"号、"巴雅"号、"棱尼"号见旗舰发疯，自然不敢懈怠，俱开足马力，衔尾跟进。

　　一场恶战已无可避免。

　　"尼埃利"号刚一驶入炮台射程，未及开炮，早就准备好的招宝山炮台，已当先发射三炮，其中一炮正中"尼埃利"号船头，另两炮落空。

　　孤拔气恼至极，下令军舰用排炮还击，分明是想将炮台轰毁。

　　同知杜冠英见形势紧迫，忙命炮营守备吴杰亲自开炮。

吴杰得令，命炮勇顶着法舰排炮的连环轰炸，快速将一枚二百磅炮弹推入膛中，亲自瞄准，旋发射出去。

好个吴杰，真不愧炮营高明射手。这一炮打将出去，不偏不倚，正中"尼埃利"号的头桅，登时轰毙法兵十几人。

军功炮勇周茂训见吴杰得手，也不甘落后，细细地对着法舰瞄了又瞄，然后发出一炮，竟然重重打在法舰的右舷上。飞起的弹片把正在指挥作战的孤拔打个正着。

孤拔嗷地一声大叫，一跤跌倒，连呼"救命"。

随舰军医慌忙抢进指挥舰中，但见孤拔右手捂着胸部，在舰中连连翻滚，嗷嗷怪叫，极其瘆人。军医当即伏身抢救，发现是胸部受伤。军医先止血，后止痛，折腾了许久才让孤拔安静下来。

军医对孤拔说道："将军，我怀疑弹片打进了您的体内，需要回基隆进行手术治疗。"

孤拔咬牙切齿道："不要管什么弹片，替我传达命令，让各舰猛烈轰击，我要把这里夷为平地！"

跟进的三舰得令，一齐扑将过来。

这时，原本在拦江坝后面待命的南洋三舰和'元凯'号'超武'号二舰，在吴安康的督饬之下，也一齐向气势汹汹的法舰开炮射击。

见这里炮声震天，浓烟四起，杨岐山怕有闪失，快速统带一营亲兵，自威远城飞抵炮台。各炮台见统领亲至，无不奋勇争先，各种型号的炮弹，开始围着四艘法舰连环炸响，打得江面硝烟四起，遮天蔽日。

法舰炮火攻势也极其猛烈，杜冠英、吴杰不仅相继负伤，炮勇也被炸死大半，周茂训还被炸断右腿。

杨岐山毫不含糊，炮勇倒下一批，他便调上去一批，很快又有两炮打中"尼埃利"号；吴杰负伤后射出的一炮，还打在该舰的船尾上。

"巴雅"、"凯旋"、"棱尼"三舰，见"尼埃利"号成了中国炮台的炮靶，慌忙加速抢将过来救护，分明是在掩护"尼埃利"号后撤。

但孤拔此时已近疯狂，他不仅不下命令后撤，反倒命令舵手提速前进，并传舰上炮手延长射程。

招宝山与镇海城一时弹如雨下，烟焰腾障，土石俱飞，声闻数十里。

薛福成命杨岐山饬命各炮台不许慌乱，沉着应战，少开虚炮。

法舰开炮一刻钟，孤拔便进入昏迷状态。

三舰得到消息，只得一边开炮，一边掩护"尼埃利"号后撤，直撤至安全海域方止。

三舰舰长分别各乘快艇，相继赶到"尼埃利"号指挥舰来看视孤拔。

孤拔最初处于半梦半醒状态，时而狂呼，时而乱叫，间或有呻吟声。整整折腾了半个时辰，孤拔的神志才渐渐有些清醒。

"巴雅"号舰长戈尔敦中校一见，急忙趋前说道："将军，事实证明，我们此次攻击，没有任何成果。相反——"戈尔敦没敢把报忧的话说出口。

孤拔命人将他扶起坐在床上，喘息了好大一阵，才问了一句："我们没有把隐藏在拦江坝里的中国军舰干掉吗？"

戈尔敦答："将军容禀，如果不是我们及时开炮，鄙人认为，最先被干掉的，应该是'尼埃利'号。将军，您真是太勇敢了！"

孤拔大怒，抬起右手捂住胸部问："中校，你给我站好！我是在问，中国军舰到底被干掉几艘？你回答我的话！"

戈尔敦急忙立正答道："报告将军，如果我没有眼花的话，中国军舰，应该被我们干掉零艘。因为我们的舰炮打不到它们。"

孤拔气得把牙咬得嘣嘣响，又问："赖威尔和缪列怎么样？"

戈尔敦答："报告将军，可怜的缪列已经去了天国；幸运的赖威尔上尉被打瞎了一只眼睛。"

孤拔点了一下头道："中校，我受伤的事，你先不要透露出去。我们在这里，休息一夜。明日早饭后，由你带领'巴雅'、'凯旋'、'棱尼'三艘军舰，去攻击他们的军舰，务必将它们干掉！'尼埃利'需要检修一下，如无大伤，跟进参战！"

戈尔敦得令，马上带着二舰长退出指挥舱，齐乘快艇到"巴雅"号去商量次日开战的事。

此役，中国方面阵亡将官五人，计总兵衔营官曾照礼、副将衔营官刘义高、千总段有升、把总尤运农、祁文；负伤将官有二，乃吴杰与周茂训也。炮勇阵亡七，伤二十七；法方阵毙二十七，伤三十五，内含孤拔。

第二节 澎湖失陷

经过商量，戈尔敦决定一改孤拔的战法，采用偷袭的方式扭转战局。

为了探明中方各防御阵地及南洋军舰有无变化，第二天早饭一过，戈尔敦便命令"凯旋"与"棱尼"二舰原泊待命，他自率"巴雅"号驶近游山附近，想寻找一个偷袭的好角度。

到了游山，戈尔敦正举千里镜观望之时，招宝山炮台却突发一炮，非常准确地将"巴雅"号的烟筒击穿。

"巴雅"号一边还击一边倒轮而退，甚是狼狈不堪。

炮台守军见状，不由哈哈大笑，险些把自负的戈尔敦气疯。

"巴雅"号好不容易才撤至原泊位。

戈尔敦经过思考，下令将两艘鱼雷艇漆成黑色，灯火俱被黑布遮蔽，同时令两只舢板船整装待命。

天晚，孤拔派人乘小艇来传戈尔敦到旗舰去汇报战况。

戈尔敦微微一笑，提笔给孤拔写了个短信，请孤拔耐下性子等待，马上就会有天大的好消息向他报告。

孤拔气得一阵阵发昏，却又无可奈何。

天色彻底黑下来以后，戈尔敦把一号鱼雷艇艇长杜波克和三号鱼雷艇艇长传到"巴雅"号上，吩咐道："我们连续进攻没得手，我估计，中国人此时正枕着大辫子睡得跟野猪一样香甜。你们各带鱼雷艇悄悄潜进拦江坝，用鱼雷把中国停在那里的军舰干掉。得手之后，我将派军舰接应你们。"

杜波克说道："中校，我们对这一带的航道不熟悉呀。我建议，先派侦察艇去探测一下航道和水位，然后再由我们去完成任务。"

戈尔敦大声说道："赖威尔已经成了独眼龙，我们不能指望他干什么事了。"

杜波克忽然小声说道："中校，您见过赖威尔的妻子吗？她好漂亮啊！"

戈尔敦笑道："上尉，你只是听说吧？但我却和她喝过红酒。好了，你们不要再讨价还价了，我命令赖威尔同你们一起去执行任务。你们准备好后就出发。"

晚上十一时许，法国两艘鱼雷艇，在夜色的笼罩下悄悄出发，赖威尔随同。

鱼雷艇出发不久，因海面风浪太大，杜波克听从赖威尔的建议，转潜至馒头山一带，拟由此潜进拦江坝。

见岸上悄无声息，毫无反应，杜波克心中一阵狂喜，自以为得计。其实，法鱼雷艇的动向，早被岸上守军看个明明白白。

馒头山一带由副将费金组统左旗防守。法鱼雷艇转向这里时，费金组马上传命各炮台：防营尽熄烟火，静静等待法艇的到来。

看看两艇越驶越近，已进入炮程，费金组即时命令炮台对两艇轰炸，跟手又组织排枪猛烈扫射。

法鱼雷艇马上被硝烟包裹起来。

杜波克一边命人还击，一边下令鱼雷艇后撤。

很快，三号鱼雷艇中炮翻沉，一号鱼雷艇尾部也被打坏。

一号艇拼命挣扎，很快加大马力冲将出去。

听到炮声，戈尔敦知道中了埋伏，忙率"巴雅"号军舰扑将过来，一边开炮，一边驶到三号鱼雷艇附近，奋力抢救落水的艇员。

岸上炮台一起对着"巴雅"号轰射。

杜波克一见有机可趁，忙命鱼雷艇掉头回返，想趁乱开进拦江坝，不期两颗流弹却从岸上飞来，一颗正中赖威尔胸部，一颗将驾驶员送上了西天。

杜波克一脚把驾驶员踢开，亲自驾驶着鱼雷艇掉过头来，飞一般地逃了回去。

将落水及伤亡艇员、鱼雷手救上舰后，戈尔敦无心恋战，命令"巴雅"号驶回原泊地。

遭到孤拔的一顿痛骂后，戈尔敦很是窝火。他垂头丧气地回到"巴雅"号指挥舰里，一连喝了三杯白兰地，直喝得头重脚轻。

他并不想睡觉，而是醉醺醺地坐到快艇上，眯着眼睛来到负责救护伤员的"棱尼"号上，想看望一下正在抢救中的赖威尔。

见戈尔敦走进来，已将赖威尔包扎完毕的军医小声说道："上尉伤得很重，这里又不能做手术。他大概挺不到天亮。"

戈尔敦小声问："他一直在昏迷吗？其他人怎么样？"

军医一边收拾器械一边答："还有两名士兵需要尽快包扎。"

戈尔敦挥了挥手。军医拿起医疗包走了出去。

戈尔敦一屁股坐到赖威尔的床边，小声说道："上尉，我是戈尔敦中校，你怎么样？"

戈尔敦对着赖威尔的耳朵一连呼叫了三遍，但赖威尔毫无反应。

戈尔敦无可奈何地摇了摇头，起身嘟囔了一句："上尉，你就这样完蛋了吗？"

赖威尔忽然眼睛动了动，口里接着迸出一句："不！中校！"

戈尔敦慌忙坐下，问道："赖威尔，是你在说话吗？"

赖威尔两眼紧闭，但口里却喃喃说道："中校，我不能完蛋！我还没有报仇！"

戈尔敦小声问道："是找中国人吗？我会替你做的。"

赖威尔喘息了一下道："中校，你见过我的妻子吗？"

戈尔敦犹豫了一下，问："上尉，你想说什么？"

赖威尔狠命地把手攥成一个拳头，说："我很爱兰妮，但她却背着我和人通奸！我要亲手杀死那个人。"

戈尔敦一愣，问："上尉，你怎么知道兰妮和人通奸？和她通奸的那个人是谁？"

赖威尔用微弱的声音说道："中校，兰妮不肯说。但有人对我说，是该死的福禄诺中校，我也认定是他。"

戈尔敦笑了笑，问："上尉，你想怎么做？我能帮你什么吗？"

沉默了许久，赖威尔才断断续续说道："我想亲手干掉福禄诺，然后，再杀死兰妮！我不能容忍她背叛我！"

戈尔敦用手轻轻碰了碰赖威尔的拳头，然后起身走了出去，直接来找军医。

军医已把伤员处理完毕，正坐在一把木椅上喝水。

戈尔敦来到军医的面前，压低声音问："你告诉我，赖威尔上尉肯定活不到天亮吗？"

军医起身答："中校，上尉的胸腔里已经溢满鲜血，全身都开始肿胀。我可以肯定，他活不过天亮。"

戈尔敦点了一下头，笑着说："你休息一下，然后到'尼埃利'号去护理将军。我再去看一眼可怜的赖威尔上尉。"

戈尔敦二次走到赖威尔的床边坐下，小声问道："上尉，你好些了吗？"

赖威尔许久才含糊地答道："中校，是您吗？谢谢您这么关心我。"

戈尔敦俯下身子小声说道："上尉，兰妮很漂亮，对吗？"

赖威尔费力地点了一下头。

戈尔敦接着说道："她有着白雪一样的皮肤，有着一对坚挺的乳房，屁股上还有一块黑痣，对吗？"

赖威尔全身一抖，慢慢地睁大了已经模糊的双眼，疑惑地望着戈尔敦。

戈尔敦说道："她有一头金发，两只眼睛永远都是水汪汪的。她和男人作爱时，会发出一种母狼一样的呻吟声。上尉，我说的对吗？"

赖威尔一声不吭，他的生命已到极限，口里已经发不出任何声音。

戈尔敦笑着说道："上尉，医生对我说，你活不到天亮。但心地善良的我，却不想让你就这样糊糊涂涂地离开这个世界。所以，我决定把事情的真相告诉你。你想知道和兰妮通奸的那个人到底是谁吗？不是福禄诺。美丽的兰妮怎么会和蠢猪一样的福禄诺上床呢？那个人是我，英俊的戈尔敦中校。上尉，你听清我的话了吗？用不用我再重复一遍？"

赖威尔费力地张大了嘴巴，显然是想说什么。

戈尔敦微微笑了笑，慢慢说道："上尉，你真的很可怜！如果不是我突发善心，你肯定会糊糊涂涂地去见上帝！这回好了，您总算明明白白地离开了这个世界。中校祝您一路顺风。"

赖威尔未及戈尔敦把话讲完全身便猛地一抖，随后便瘫软下来，再无任何动静，分明已经上路了。

戈尔敦用手试了一下赖威尔的鼻息，又用手推了推，这才站起身来，推门走出去。

一连十几天，戈尔敦又相继组织了几次进攻，但均被炮台和中国军舰击退。

孤拔眼见各船弹药消耗过大，所带粮食也日渐其少，只好率领各舰含恨回返基隆。

到基隆之后，孤拔越想越气，终于想出了一条报复的毒计。

他连夜把利士比叫到医院的病床边，说道："中国人此时正沉浸在镇海的胜利之中，因为我们没有把他们的军舰干掉。"

利士比道："中将，我们的确没有把他们的军舰干掉啊！"

孤拔气愤地说道："你胡说！是我不想再和他们继续纠缠下去！"

利士比问："中将，我们下一步怎么办？"

孤拔两眼露出凶光说道："杜森尼已到多日，让他守卫这里。你带军舰，继续封锁海面。我将亲自带领'巴雅'号、'凯旋'号和'杜沙福'号去攻击澎湖港，并将那里占领。法国中将的血不能白流！"

利士比吃惊地说道："中将，您不做手术了吗？军医对我说，您的体内，飞进了一块很大的弹片，如不及时取出，您会完蛋的！"

孤拔大手一挥道："你不要在此胡乱放屁。你马上通知郎治大队集结待命，我们明日一早就出发。还有，我在镇海受伤的情况，暂不要向国内报告，我此时还不想离开这里。"

利士比离去不久，孤拔忽然又传下大令，加派三艘军舰、一艘运输舰，参加攻取澎湖之战。

这是孤拔进入中国海面以来从未有过的事情，从中可以看出，孤拔已不再像从前那样自信。镇海之战，对他的打击实在是太大了。

清光绪十一年二月十二日（公历1885年3月28日），孤拔率领六艘军舰，一艘运输舰，连同郎治大队以及各舰原有的海军陆战队员，人数约在千人以上，浩浩荡荡离开基隆，疯狂地扑向澎湖列岛。

澎湖列岛位于大陆与台湾中间，西至金门、厦门约二百二十公里，东抵台南约五十公里，与台湾西部海岸的北港仅隔着一条约三十公里的澎湖水道。和面积大约三点六万平方公里的台湾本岛相比，澎湖列岛仅只一百二十余平方公里。

在法军进攻前，澎湖列岛的防守如下：马公要塞，分为北炮台和南炮台、四角屿炮台、测天岛炮台、渔翁岛炮台，各炮台约配有新式大炮十余门、土炮二十门，由副将周善初统带三营一千五百人在各炮台防守。基隆失守后，刘铭传怕法军兵发澎湖，曾命澎湖通判郑膺杰就近募勇助守，以防法军突袭。

郑膺杰接命不久即回文复命，称已募齐当地土著五百人，请速拨枪械、粮饷以供急需。

刘铭传阅信，当即便札饬台北、台南两府，紧急筹措了一万两银子及粮食若干，委专人送到澎湖；又单给台湾道刘璈发快函一封，让刘璈从台南各防营抽调枪械二百件，速运澎湖交郑膺杰使用。

当日，刘铭传又急函闽浙总督杨昌浚，告以澎湖兵单器少、缺饷少粮，恳以转请朝廷接济。

杨昌浚接函不敢怠慢，当即把台湾的窘迫形势电告朝廷。

朝廷于是电旨南北暨广东、福建督抚："凡有可以援台之处，竭力筹划，切勿畏难坐视。"

李鸿章接旨之后，马上利用列强之间的矛盾，大量雇用英、美以及中立国的船只，开始向台湾及被法舰封锁的岛屿，源源不断地运送给养、军火和大批的军兵。法舰虽四处拦截，但因海洋气候变化多端，时时大雾弥漫，致使许多物资和军兵都顺利通过封锁线，抵达目的地。法舰的拦截收效甚微。

曾国荃和沿海省份督抚，也采用各种办法，利用各种途径，向台湾海峡运送钱粮、军火乃至军兵。许多民船得知台湾告急后，也纷纷行动起来，自动加入到救援中来，致使法舰拦大船就只能放小船，顾东而不能顾西。

利士比整日气得发疯，但毫无办法。

随着大陆各省通过各种途径，将兵勇、枪炮弹药以及大批的饷粮源源不断运抵台北，刘铭传又快速为澎湖调拨了部分枪械、粮饷，心才稍安。

其实，刘铭传此次是上了郑膺杰的一个大当。

郑膺杰并未在澎湖募到一兵一卒，刘铭传费尽心机为他筹拨的大批饷、粮，都进了他的私囊，枪、炮等物，都被他存放进了山洞里。

郑膺杰是这样的一个人，副将周善初又是怎么样的一个人呢？

周善初更无从提起。此人从驻防澎湖之日起，就和当地的衙门以及百姓闹得不亦乐乎。周善初一嗜赌，二贪财，三好色。

他的军营大帐，从早到晚赌局不断，搅得周围百姓家的狗不分昼夜地狂吠。他月月打发专人到台北府去领取饷粮，晚一天都不行。风声稍稍一紧，他更是派人到知府衙门坐催。他见不得有年轻女人从军营走过，一旦看见，登时兽性大发，扛起来就往卧房跑，一刻都不能耽搁。当地百姓恨他恨得牙根冒血。

这样的一位统领镇守澎湖，澎湖的防守也就可想而知了。

清光绪十一年二月十三日（公历1885年3月29日）早七时，七艘法舰来到澎湖。

孤拔用千里镜对澎湖各炮台侦看了一番，便命三艘军舰和运输舰，在口外封锁游弋，自己只带"巴雅号"、"凯旋"号、"杜沙福"号三艘军舰大摇大摆地驶进澎湖港区。

当时，周善初因昨晚玩牌太久，牌局散后，又到军营外面吃了三怀水酒，睡得太迟，法舰进港，他尚在梦中。

闻报，他一面揉着眼睛命令各炮台开炮，让亲兵快速打点财物先行运到台北安置，一面带着亲兵飞速跑到北山赤嵌一带督战。

其时已是炮声大作，已经来到北山赤嵌的周善初，虽然远离炮火，仍被吓得面如白纸，浑身抖个不停，口里还乱叫着："想不到我死在这里！想不到我死在这里！"

法舰这时已开始对港内南北炮台进行轰炸，半小时后，见二炮台再无声响，孤拔又命令各舰对测天岛、四角屿炮台，猛力轰击。

因周善初已先行逃走，各炮台在法军炮火的猛力轰击之下，稍作抵抗便全军退却。被法炮炸死的和炸伤的兵勇，横七竖八地躺在地上，竟然无人料理。

下午五时，郎治大队离舰登陆，竟然未遇任何抵抗，便轻易地占领了马公港。

次日，法军登陆部队开始向岛上其他地方出击，竟在北山赤嵌一带与清军遭遇。两名法军被流弹打死，大批法军成扇形向清军发起进攻，孤拔又命军舰开炮助威。

周善初率军飞速后撤，但还是被打死近五十人，周善初本人也被流弹击中腹部。

当晚，周善初与匆匆赶过来的郑膺杰一起，率军退往湾贝。大批粮饷、军火等物悉被法军收入囊中。周善初到湾贝的第二天流血而死。

第二天，孤拔派人占领了渔翁岛和灯塔。

孤拔登陆后，见澎湖外护周密、内港宽阔，心中不由大喜。他一面急电巴德诺告捷，一面命士兵重修炮垒，准备长期占领此地。

利士比这时却派一艘快艇，来向孤拔传达国内茹费理的训令："利士比通过巴德诺向我报告说，两个月前，提督曾经患过严重的赤痢，而胆寒的发作更使病情复杂，跟着又发生厉害的贫血症，然后便是在镇海负伤。鉴于此种情况，我认为更换远东舰队总司令是必要的。利士比接任远东舰队总司令。孤拔提督或回国内，或在军中养病"。

孤拔未及把训令看完，便扑通一声栽倒在地。被人救起来后，他说的第一句话是："利士比是个混蛋！孤拔既没患病也没有负伤，完全可以继续指挥作战！我要向国内申诉！我要戳穿利士比的阴谋！我要控告利士比！"

孤拔话未说完，马上又昏迷过去。几乎在同一天，刘铭传赶到湾贝，详查澎湖失守的确切原因。尽管郑膺杰极力为自己开脱罪名，但当刘铭传知道事情真相后，还是将其军前正法。

第三节 萃军出击文渊州

越南谅山巡抚衙门按察使衔道员黄原坚冲破重重封锁，辗转来到镇南关，径直来见冯子材。黄原坚五十上下年纪，是巡抚衙门的一名老官员，与冯子材曾经有过交往。法军占领谅山后，对百姓大加勒索，肆意残害，他的家人也未能幸免。先是他已近四十的老胞妹，被强拉进军营里糟蹋致病，后来便是他的两个女儿：一个二十岁，结婚的当天便被法军劫走，生生轮奸致死；一个十六岁，因到河边洗衣服被法军弄到军舰上，至今生死未明。黄原坚恨透了法人，却又不敢表现出一丝不满，整日把泪往肚里流。一次，他从一名醉酒的法兵口里得知，法国即将向谅山加派援兵，波里也此时正在四处为尼格里筹措粮草，据说诸事停当，尼格里就将挥师去攻取中国龙州，把那里当成第二个基隆。

黄原坚见事情紧急，当即以身体不适向抚台告了长假。抚台自然恩准，因为自从法军占领谅山以后，地方上所有事宜，均由法人全权处置，巡抚衙门已许久无公事可办。抚台落得个人情。

黄原坚回到家中后，先把官服脱下，换上一身穷苦人服装，又准备了一些食物藏在身上，便溜出城门，绕开法军各防区，专捡山道僻静处行走，直奔镇南关。

见了冯子材，黄原坚把自己亲耳所听和亲眼所见的事情合盘托出，然后便跪倒在地，恳情冯子材尽早发兵，若等法军援兵赶到，则大势去矣。

冯子材把黄原坚安顿好后，马上带上王孝祺来见苏元春。

听了冯子材的话后，苏元春当即表示，只要制军和抚台同意，他决无二议。

冯子材于是给李秉衡急电一封，把自己的想法通禀过去。

李秉衡接电，毫不迟疑便把电报转发给张之洞。张之洞当即回电表示同意。李秉衡于是又紧急给冯子材回电，称："香帅已许军门便宜行事，临机决断，自可做主"。

冯子材接电的当日，便开始调兵遣将，准备提前对文渊州发起攻击。

光绪十一年一月初七（公历1885年2月21日）夜四更许，冯子材亲率萃字中、左、右三军，各出五六成队，并提前约勤军后应，又知会楚军王德榜部自由村隘会击，悄悄赶往文渊州。

文渊州距离镇南关约十余里，是越南的一个州，因人口稀少，又处山区，该州知府所在地并无城池。

萃军前队刚接近法军法尔贡据守的堡垒，即被法哨发现，法三个炮垒几乎同时开炮。萃军前部不仅受阻，且开始出现大量伤亡。

冯子材督大队赶到后，细细侦看了一下地形，便兵分三路对法军实行包抄。

爱尔明加一见形势不好，慌忙分兵迎战清军，并传令各炮台，加大火力，伺机后撤。

冯子材见法军炮火猛烈的程度完全超出自己的想象，立即派快马传命王孝祺，速拨四营会攻文渊州，同时命萃字后营速由文渊州之西挺进。

未及天亮，法军三面已处在清军重兵包围之中。

这时，法军三座炮台均只剩少许炮弹，一半的法军或毙命西去，或负伤后嗷嗷乱叫，很不成样子。

冯子材见法军发炮见稀，估计是炮弹即将用尽，便决定发起总攻，全歼这股守敌。但当大队人马将法军炮台逐一占领后，见到的却是遍地的尸体和大量的弹壳，并未发现一名军官。

原来，早在清军发起总攻之前，爱尔明加和法尔贡匆忙商议了一下，便带上三十几名没有负伤的士兵，先把三座炮台里的伤员逐一干掉，然后便飞也似地从后山逃往河内。炮台的大炮和近百杆新式快枪以及几石粮食，都成了清军的战利品。

爱尔明加狂奔进谅山尼格里的指挥部里。

当时，尼格里与"明星"正在床上玩生小孩的游戏。闻报，尼格里一脚把"明星"踢到床下，喝令"明星"速裹被单从后门滚蛋，然后用最快的速度把战场打扫一番，这才传爱尔明加进来。

爱尔明加满脸血污地走进来，敬礼后说道："报告将军，中国人疯了！他们用几万人围攻我阵地。若不是弹药告罄，我能把他们全部干掉！"

尼格里瞪起两眼问："阵地怎么样？"

爱尔明加气愤地说道："将军，您不该这么问。您应该问，我们的伤亡情况如何，有多少人逃出来，又有多少人去见了上帝。"

尼格里挥起一掌打在爱尔明加的脸上，大骂道："你这个混蛋！你竟敢把阵地丢给中国人！我要把你送上军事法庭！"

爱尔明加被打得一愣，但很快伸出右手，用迅雷不及掩耳的速度把尼格里露在将军服外面的一条粉带子抓住，狠命一扯，竟然扯出一个女人兜乳房用的抹胸。

爱尔明加举着抹胸冷笑着说道："将军，您送我上军事法庭时，请别忘了带上这个！您在法庭上可以这样说，爱尔明加中校带着勇士们，在同登与中国军队浴血奋战时，他的上司尼格里少将旅长却在谅山的指挥部里玩弄女人！这件事，我要向波里也将军单独报告！"

尼格里劈手把抹胸夺在手里，脸红红地说道："这个该死的婊子！我早晚被她害死！"尼格里说着话，快速地把抹胸揣进兜里，换上一副和蔼的面孔说道："中校，一切都过去了。我一会儿就起草晋升您为上校的电报。说说看，中国人是怎样向我们发起进攻的？他们的装备还像以前那样低劣吗？我们坐下说。"

爱尔明加坐下说道："他们的装备比以前还差，但他们人多，漫山遍野都是人。我向您保证，如果弹药充足，我们的阵地肯定不会丢，还完全有可能把他们打回镇南关去！"

尼格里坐下，亲手沏了两杯咖啡，一杯递给爱尔明加，一杯放在自己的眼前。尼格里喝了口咖啡，忽然问了一句："中校，不！上校，您的脸还疼吗？"

爱尔明加气哼哼地一声不吭。

尼格里沉思着说道："法兰西决不允许他的手下败将，向他做出哪怕是一点点的挑战！我要摧毁他们！把他们统统消灭在炮火之下！战争的主动权，永远掌握在强者的手里！"

爱尔明加反问一句："将军，我们的援军何时能赶到这里？"

尼格里果断地回答："如果等援军赶到，法兰西的尊严已经不存在了！中国会利用同登一战，来吹嘘他们的战果！我和你的名誉，势必都要受到伤害！"

爱尔明加沉思了一下，不无担心地又问道："将军，中国人很多，真的很多。我们刚打倒他们十个，他们很快便能补充上来一百个甚至更多。他们好像不是在进行战斗，仿佛是在同我们玩人海游戏。他们的确有可怕的一面。"

尼格里冷笑一声道："中校，您亲眼所见，他们的装备是不是更差？"

得到肯定回答后，尼格里轻蔑地说道："凭我们现有的部队，想去占领龙州是不可能的，但教训他们一下还是可以的。中校，您马上通知后勤部准备六天的食品，是三千人的。然后，我特批准给您放一天假。你可以脱下军服，到军营外面去放松一天。当然，如果您的行踪被士兵们发现，那不是我的错。中校，您现在是否应该对我说，我们之间已经扯平了？"

爱尔明加沉思了一下道："我讨厌这里的妓女，我在她们的身上，找不到平衡感！如果特许我弄一个姑娘进军营玩上一天，我们才算扯平！"

尼格里笑着问一句："中校，您有目标吗？"

爱尔明加道："将军，从军营出城向西面走，有一道山冈，山冈下面有一户人家，养了十几只羊。"

尼格里急忙打断爱尔明加的话说道："中校，您不要再说了，我决不允许一名中校去和一只羊作爱！如果您执意这么去作，我会以那只羊的名义把您告上法庭！"

爱尔明加起身说道："将军，我现在就去找后勤部长传达您的命令，准备可供三千人六天需要的食品，对吗？"

尼格里笑道："中校，您告诉部长，最低是三千人。还有，请您以后不要在我面前提起那只羊，我会呕吐的。"

爱尔明加一字一顿说道："将军，如果我对您说，管理那群羊的是一位美丽的安南女人，她的年龄最多只有十六岁，您还会呕吐吗？"

爱尔明加话毕，大步走出去。

许久，尼格里才沮丧地一屁股坐下，小声嘟囔了一句："该死的爱尔明加，他怎么对城外的情况这么了解！"

爱尔明加先到后勤部把尼格里的命令传达下去，然后又到机要房，通过一位与自己最要好的电报员之手，给波里也发报一封。

电报先是通报同登失守的事，然后便大肆批评尼格里措置失宜，最后又把尼格里公开在指挥部玩弄妓女的事通报给波里也。

电报的最后一句话是："谅山各处防守变得越来越糟，几乎糟透了。"

波里也接到爱尔明加的电报后甚是气愤，但又不能发电公开指责尼格里，因为他没有亲临谅山去视察防务。

正踌躇间，尼格里的电报到了："将军，我曾经说过：如果他们进攻，我们便反攻。昨天，爱尔明加中校向我报告说，中国组织了几万人越过边界来攻打同登，打死了我们几个人。我于是决定，集合我现有的兵力，跟踪追入他们的一个阵地，在击溃他们后，就立即回来。"

波里也思考了一下，马上给尼格里回电称："将军，我同意您组织这次战斗，起码能施加威胁，使敌人形成一种害怕我军继续向前挺进的心理。但我个人又认为，组织这样一次战斗，没有一个强大的指挥系统是不行的。我决定任命爱尔明加中校为这次战斗的副总指挥。"

尼格里接到电报，马上把爱尔明加叫到指挥部，笑着说道："您如果和山羊之间已经完成了某种交易的话，我将会向您传达一个命令。"

爱尔明加垂头丧气地说道："看样子，将军才是山羊的主人。我承认我去晚了，山羊已被我们的人吃掉，那位漂亮的小姑娘，听说被我们的水手弄到军舰上去了。将军，海军为什么总掠夺我们陆军的战利品？这很不公道啊！"

尼格里笑道："中校，您太不幸了！我只给您放了一天假，可您却白白地浪费掉了！"

尼格里话毕，从桌上拿起波里也的电报说："中校，波里也将军请我任命您担任这次战斗的副总指挥，我同意了。我们现在来共同策划一下这次战斗。"

爱尔明加愣了一下，眼睛里明显有一种光芒闪耀了一下。

经过一番调整后，法军此次能出战的人数仅为二千一百三十七人，计为：一四三团共有四百四十人的一个营、———团共三百三十七人的一个营、外国人编成的共三百七十人的第二营，另有萨克雪炮队以及高达千人的由外国人编队的第三营。除此之外，尼格里另抽调五百人组成了一个后备队，既负责运送军火、给养，又可以临机调动。

第四节　战场摆在关前隘

清光绪十一年二月初七日（公历1885年3月23日），爱尔明加率法军先头部队开出谅山，向文渊州方向挺进；两个小时后，尼格里督率后路全部人马，亦浩浩荡荡地开出谅山城，尾在第一路的后面跟进。

冯子材此时早已率军撤回镇南关，稍事休整，便开始备战，准备迎接更大的战斗。因为冯子材主动进攻文渊州，就是要引诱敌军大队来攻。

冯子材在文渊州战后，曾对身边的同僚这样说道："我军攻取文渊州，杀敌甚多，尼格里肯定不会善罢甘休，定要率大队二次来攻打镇南关。我正好用计！"

一名幕僚问："尼格里很会用兵，他若是不来呢？"

冯子材抚须哈哈笑道："他若不来，我还去打他，一直把他惹恼。你们看他会用计，我看他却和草包一般无二。他以为枪快炮猛就可以纵横四海了，我偏要和他斗上一斗，看谁能笑到最后！"

这话说过不出三天，冯子材便派了几路探马，乔装成越南百姓的模样，潜入谅山一带去监视法军的动向。

冯子材执意引诱法军来攻打镇南关，不过是想和尼格里打一场伏击战。

关前隘地形奇特险要，中间是一条宽不到两丈的狭窄土路，两边高山夹峙。西边有山曰凤尾山，东边有山名为大青山，两山均高达二三十丈。山上长年云雾缭绕，树木繁茂，风光很美。凤尾山向南逐渐倾斜，低到接近平地的地方名为龙门关，该关与镇南关西边峡口的右辅山遥遥相对。大青山也向南倾斜，连接由五个小山峰组成的小青山。小青山再向南延伸，与镇南关东边的马鞍山相连。东西两边的高山延伸出一些低矮的丘陵，连绵起伏，成为关前隘的一道道天然屏障，当地人把这里称作横坡岭。该陵东西之间是一条狭长的山谷，宽二三里，长四五里，藤萝蔓生，八角树遍布整个长谷。这里只住有零星的几户山民。小青山和凤尾山从东西两面各衍伸出一条横岗，互相连接，横截山谷，形成一个山隘，这就是隘口。

清军攻打文渊州之前，为防法军跟手报复，冯子材先督饬萃军将士在隘口筑起一道长约里许、用土石固砌的长墙。长墙横过山谷，截断关道。长墙高七尺余，底厚丈余，上面布满雉堞，供士兵向外观察和射击之用。长墙向外一面开有若干栅门，便于将士出入，冯子材亲自命名曰："先锋栅"。长墙外挖有一条四尺宽、五尺深的堑壕，使法军无法攀爬长墙。长墙后面约里许，又筑有一条与长墙平行的简陋土墙，墙上开有一些栅门通向后方，名为"栏冈栅"。两墙之间设有营帐、临时仓库，供守军食宿用。

文渊州战后，冯子材看到法军枪炮太过优良，为把伤亡降到最低点，使敌军枪炮不能发挥出最大杀伤力，又紧急命令将士在两墙之间，赶挖了三百余个地垒。所谓地垒，就是在地下四尺深处挖一条条坑道。坑道宽六尺，深五尺余，曲折成形。坑道每隔六尺开一垛口供将士出入，两个垛口之中酌留原土以作间隔，高及平地。

依冯子材揣想，法炮威力再大，因坑道深藏地下，也难炸透伤人，就算落入坑道中，只能伤及一垛而不会累连他垛。

为了最大限度地减少伤亡，冯子材可谓煞费苦心，也花去了许多功夫。

但苏元春对冯子材整日督饬萃军在关前隘挖壕挑沟、大兴土木甚是不解，认为是空耗人力物力，于战事并无多大益处，反消耗了无数将士的体力。

潘鼎新听说后也是连打咳声不止，私下里说道："老朽不中用啊！"

潘鼎新与苏元春虽不以为然，但并未出面拦阻。毕竟冯子材现在做的一切都是经过李秉衡和两广总督张之洞同意的。这是两个潘鼎新和苏元春都惹不起的人物。

尼格里统率大军终于开出了谅山。

得到确认后，冯子材当即札饬萃字左军副将衔督带梁振基所部右营、萃字左军拔补把总管带黄万桂左营，连夜疾驰关前隘前面的横坡岭筑垒扼扎,以当前敌;冯子材亲率萃军九营分扎长墙一带,又紧急商调勤军八营王孝祺所部,分扎萃军之后。冯子材特别命令,各营相距均约半里,互为联络。

布置妥当,冯子材又派出快马,分别函告苏元春、王德榜两部,嘱其一闻炮声,各出队伍,或自后接应,或在前包抄,或从旁截剿。

王德榜因对潘鼎新、苏元春二人有气,此后便唯冯子材的将令是从。

接阅冯子材的急函后,王德榜马上整饬队伍,连夜拔营,开始向关前隘步步靠拢;苏元春虽然不大买冯子材的账,但因自己资历太浅,何况也想一雪前耻,倒也未敢观望,接函的当日也很快派出探马,打探法军进止,准备随时出击。

为给法军造成错觉,冯子材将军马尽伏于关前隘的地道之中,而镇南关却未留一人一骑,连百姓都搬得干干净净。

现在的镇南关分明就是一座空关。

爱尔明加率前队法军,小心翼翼地来到镇南关前。

当时晨雾弥漫,空气湿润,法军眼前的一切都变得模模糊糊。

爱尔明加不揣关内虚实,不敢督队进关,而是下令就地集结待命。为防止意外发生,爱尔明加命令炮队开到前沿,把火炮架好。

队伍集结完毕、火炮也都架好后,爱尔明加把法尔贡叫到身边,命令道:"大雾把一切都变得模糊不清。你带上三十人,悄悄摸进去,侦察一下情况,然后向我报告。进关以后,你知道该怎么做。"

法尔贡带上三十人,一步一步地成扇形走进镇南关里,慢慢地搜寻一番,并未见到一兵一卒,而超过十米又看不清东西。

法尔贡蹲在地上想了想,便把三十人分成五组,决定从五个方向扩大侦察范围,希望能有所收获。

法兵搜索到横坡岭时,见地形复杂,未敢再向前一步,而是飞速后撤。但其中却有一组法兵,由一名颇有好奇心的班长带队,到横坡岭后,见土堆林立,岭岭相连,便想前进一步看个究竟。因为早在法军攻占镇南关时,这一带的山岭并没有这么多的土堆。这名法军班长当时并未想到土堆后面全是地道,而地道里已经布满了清军,反大胆地认定,这是清军撤退时来不及运走的军火或是粮食,先用土埋起来,等法军撤后,再来取用。

班长认为自己的想法很好,便命六人一字排开,每人负责一个土堆。

六名法军开始端枪向前推进,但仅仅一刻钟光景,便相继没了踪影。

法尔贡等了许久，也未等回六名士兵，只好带着二十四人走出镇南关，来见爱尔明加。

爱尔明加听完情况后登时大怒，抬手便打了法尔贡一记响亮的耳光。

法尔贡被打得一头栽倒，许久才爬起来。

爱尔明加骂道："你这个混蛋，你不是个称职的军人！你应该把人全部带回来！你说，为什么少了六个？"

法尔贡辩解道："中校，我们并没有看到中国军人。他们六人是突然失踪的，这和我无关。"

爱尔明加问："有没有听到枪声或是喊声？"

法尔贡果断地回答："没有枪声也没有喊声，上帝可以作证！树上的鸟儿也可以作证。"

爱尔明加又问："该死的少尉，你都看到了什么？"

法尔贡立正回答："报告中校，我们看到了数不清的土堆和一道长墙，还有连绵不绝的山岭。我说的这些都是真的，上帝可以作证！老鼠也可以作证！"

爱尔明加仰天重重地长叹了一口气，旋命法尔贡归队。

尼格里督率后队趾高气扬地来到关前。

向爱尔明加和法尔贡问明情况后，尼格里喝令各营开进关内，到关口后面整体编队，商讨进攻方略。

法军全部进关后，仍未看到一兵一卒。

尼格里甚觉不可思议。他用千里镜四处侦看，却什么都看不清楚。

无奈之下，尼格里命令三个骑兵带队，东京土著冲锋兵尾随其后，试探性地向前推进。

法国骑兵一惯骄横跋扈，又欺清军装备低劣，接命初始尚还有一丝小心，待走过一百米后，见并无阻拦，胆子便大起来，前行速度开始加快，眨眼间便把跟行的东京土著冲锋兵甩在后面。

前行一小时左右，突然从斜刺里响起枪声。

枪声刚落，法军一名骑兵先行从马上摔下，转眼之间没了踪影；另一人中枪后，东摇西晃了好一阵才仰面倒下，一支脚却还插在马镫里，被马拖着一直向前奔跑，忽然也没了踪影。剩下的一骑见情况不好，调转马头便跑了回来；后面虽然连续响起枪声，但因马速过快，并未伤着。

尼里格冷笑一声，当即下令东京土著冲锋兵停止前进，然后开始飞速调整队伍。枪声告诉尼格里，清军并未撤走，关前隘连绵的山岭便是他们的阵地。

尼格里把上尉营长由法列叫到近前，用手指着被大雾笼罩着的大、小青山说："你带领两个步兵连和一个炮队，拿下这两个山头。你先用炮把他们的阵地摧毁，然后再让步兵上。"

由法列忙问一句："将军，战斗现在就开始吗？"

尼格里说道："雾还没有散去，现在发起攻击太浪费炮弹。你先去布置，何时发起攻击，我派人通知你。"

由法列走后，尼格里又把一一一团的少校团长浮尔传过来，用手指着前方的横坡岭说："那里是中国的一个阵地，你带着一一一团负责拿下这个阵地，这样我们就接近他们修筑的大长墙了。你占领这个大岭后，将会与寿司少校的一四三团会合。你现在去集结队伍，进攻的时间由我发布。"

晨十时许，大雾散尽，山峰山岭已分辨得清清楚楚。

尼格里站到高处，用千里镜对前、后、左、右细细观看一番，不久便下达了攻击的命令。

接到命令，由法列率三个连的人马向大、小青山推进，一一一团亦按时出发，从正面向横坡岭靠拢。两支队伍行进到大炮能及处，步兵便就地卧倒，法军大炮开始轰响起来。

一时间，大、小青山硝烟弥漫，弹如雨下，清军横坡岭阵地也是土石飞扬、山谷皆鸣。

大、小青山驻有萃军的三营，由远及近依次筑有三个堡垒，每营据守一个堡垒。因萃军没有大炮，法军开炮后根本无法还击，只能静伏垒后耐心等待。

两刻钟后，法炮停止轰击，由法列指挥着两连步队，嗷嗷叫着向清军一号堡垒逼进，很是嚣张。

因法炮过猛，给埋伏在一号垒的萃军造成极大的伤亡。所以当法步队发起冲锋时，萃军虽拼死抵抗，但因枪少人寡，并未阻挡住法军的脚步。情急之下，萃军只好用提前备好的滚木抗敌。

滚木顺坡而下，愈行愈快，当时就把冲在前面的十几名法兵砸翻在地。

由法列万没想到，中国军队会采用这种土办法来对付他，一时气得哇哇乱叫，其他法兵也都东躲西藏。

跟进的炮队此时倒成了清军滚木的靶子，竟然一连砸翻四门小钢炮，砸死两名炮兵。

法军炮队队长被砸得心头火起，命令士兵快速调整好炮位，集中对一号堡垒进行轰炸,直到把堡垒夷为平地才止。

由法列见机会难得,忙从树后钻出,命令步队抢夺阵地。

这时,一号堡垒萃军已有近二百人倒在血泊中,阵殁亦近五十。见法兵又发起冲锋,营官一面传令后队,抬起伤员及阵亡兵勇,飞速向二号堡垒撤退,一面亲自带队,将放在前沿的大块石头推了下去。

上百块流石跳跃着由上滚下,一齐对着法兵冲将过来,势如排山倒海。

由法列大喊一声:"全部藏到大树的后面!"

躲到树后,由法列仍然嘟囔不止:"上帝呀,这些中国人使用的是什么战术啊!"

趁法兵躲石之机,一号堡垒的萃军飞速离开阵地,沿着预先挖好的地壕撤到二号堡垒。

这场流石雨,虽未伤着法兵,但却砸坏法炮队的一门中型山地炮。火炮本是法军作战的攻人利器,最是爱惜不过。

午时三刻,由法列率领三连人员,总算胆战心惊地占领了萃军的一号阵地。

闻报,尼格里同爱尔明加带着所有参谋、机要人员,飞快地来到这里。得知损坏了一门山地炮和死亡了十八名士兵,尼格里心痛得几乎落下泪来。

他对由法列恶狠狠地说道:"就算损失掉一连人,你也要保护好大炮,它是我们战胜敌人的最大法宝!"

第五节 硝烟弥漫镇南关

浮尔对横坡岭的进攻也遇到很大的麻烦。

法军开炮时,王孝祺亦下令炮营发炮还击。只可惜清军的大炮太过落伍,根本就压不住法炮,但仍对法军形成了威胁。

法炮一连摧毁了清军在横坡岭构筑的三座堡垒,浮尔认为达到了目的,便下令停炮,开始指挥步队发起冲锋来抢阵地。

岂料法炮一停,对面却忽地发射出无数子弹,瞬间打倒跑在前面的十几人;几乎与此同时,横坡岭左右两翼也响起枪声,因距离较远,未对法军形成伤害。

浮尔思索了一下,只得命令各营就地卧倒还击,稳步向前推进。靠着枪精炮利，浮尔带着他的一团人马，总算逼退了横坡岭最前沿的清军。

几乎与由法列攻占大、小青山一号堡垒同时，浮尔也勉强攻进了清军在横坡岭布设的第一道防线。

法军占领了第一道防线，王孝祺马上收缩兵力加固第二道防线，并下令各营轮流用饭。

见清军阵地升起炊烟，浮尔也急忙下令自己的人马抓紧用饭。

饭后，法军开始炮轰第二道防线，王孝祺督饬炮营还击。

这时，王孝祺所部已死伤近百人，法军伤十七亡五。

双方炮战毕，法军步兵开始向第二道防线发起冲锋，王孝祺沉着应战。

法军步步为营，越逼越近，浮尔的脸上露出一丝狞笑。

王孝祺见伤亡太大，正要传令后撤，哪知法军的右翼，此时却突然响起密集的枪声。王孝祺一愣，急忙用千里镜观察，原来却是王德榜拨了两营人马来增援。

法军两面受敌，脚步只得放缓。

浮尔用千里镜侦看了一下地形，发现清军的堡垒都筑在比较隐密的地带，仅靠步兵很难夺取胜利，必须另外想办法。

他当即命令部队停止进攻，全部退回到第一道防线坚守，并派人向尼格里提出加派炮队的请求。

法军退回到第一道防线不久，一个炮兵中队便奉尼格里的命令赶到了这里。

浮尔笑了，他认为清军的末日终于来临了。

战斗打响后，法炮开始对横坡岭王孝祺部及右翼王德榜两营实行连环炮轰，猛烈的炮火一时逼得王孝祺所部连连向后退却。

浮尔通过千里镜观察到，清军此次作战大异于以往，只是步步后退，并未溃逃；向右翼侦看，清军竟然没有撤退，更不存在溃逃。

鉴于炮弹消耗太甚，法军不得不放缓发炮速度。

王孝祺马上督饬各营又回到第二道防线，同时飞令炮营对法军开炮。

浮尔见清军如此顽强，仿佛在争夺寸土，一时气得暴跳如雷，马上命令快枪队和机关枪一齐向清军阵地扫射。法军炮队则专门对付右翼。

王德榜麾下两营的压力开始加大，伤亡在不知不觉中增多。无奈之下，只好向后撤退，一直撤出法炮的射程之外，才稳住阵脚。

浮尔抓住良机，全队扑向正面。炮队也一起掉转炮口，配合步队抢夺防线。

危急关头，三营萃军开始向法军投掷早就准备好的"先锋煲"。

"先锋煲"威力虽不够巨大，但却让法军吃尽了苦头。躲闪稍不及时，"先锋煲"炸开的玻璃碎片便打进皮肉里，有两名笨拙的法兵还被炸瞎了眼睛。

对清军这种非常古老的作战方式，浮尔除了命令加大火力外，实在想不出更好的办法。

法军按着浮尔的命令，开始踏着玻璃碎片，一步步逼近了王孝祺的第二道防守线。

王孝祺不敢怠慢，急忙率部抬上负伤和阵亡的将弁，飞速撤到第三道防线。

浮尔率队进入第二道防线，见沟壕里到处血迹斑斑，血腥冲天，惨不忍睹。

浮尔晃动着脑袋感叹一句："中国人的装备这么落后，还这么顽强！中国人真的好可怕！我怀疑，这不是正规的中国军队。"

浮尔命令各营处理一下伤员，借机稍稍休息一下，然后再去夺取清军的第三道防线。他用千里镜对着清军的第三道防线反复侦察了一下，发现第三道防线之后便是一道长墙，长墙上遍插旗号，人员往来穿梭。

浮尔放下千里镜，内心一阵狂喜，他料定，只要拿下横坡岭的第三道防线，就接近了清军的主阵地。

浮尔把千里镜擦了擦，顺手从行军袋里摸出一支雪茄烟。

一名警卫人员见状，急忙讨好地掏出火柴为他点上烟。

雪茄烟点着后，警卫人员把尚未熄灭的半根火柴杆很随意地丢到地上，哪知正丢到一颗"先锋煲"上。

那颗"先锋煲"正躺在浮尔与卫兵之间，是萃军因撤退太匆忙遗留下来的，因上面盖了张纸片，没有被法军发现。

卫兵的火柴丢到纸上，引爆了"先锋煲"。

浮尔的一口烟尚没有完全吸到嘴里，脚前已是一声闷响，旋即腾起一团硝烟。硝烟尚未散尽，周围的法兵便发现，浮尔与卫兵，已经满脸血污地躺到地上，跟睡着了一般。

随军医生飞也似地跑过来进行抢救，两个人却哪还有半点声息！

消息传到尼格里那里，尼格里当即命令——一团一营上尉营长莫卡，接替浮尔继续指挥作战。莫卡接到命令后一阵狂喜。

炮队好不容易把各种炮运到第二道防线后，很快便向王孝祺部发起连坏轰炸。因补充了弹药,法军此次炮战持续的时间较长,整整有半个时辰之多。炮火不仅摧毁了清军的许多工事,还炸坏了清军的十几门大土炮。

仗打到此时,不仅王孝祺、王德榜感到防守吃力,连增援的苏元春、方友升都明显意识到法军此次的进攻大猛于以往,清军的炮火根本压不住对方。

正面防守的王孝祺大惑不解,口里不仅连连大骂:"这些该死的法鬼,哪来的那么多炮弹?狗日的尼格里,他这是和我们比炮弹的数量呢!"

此时天近傍晚,晚雾已开始从山岭中渐渐升起,但法军尚未把横坡岭的最后一道防线打破。

莫卡此时已打红了眼,加之立功心切,便命令两个炮队,集合所有的炮弹,对清军防线实行硬性突破。莫卡决定在天黑以前,把清军的最后一道防线占领。

炮队队长这时却跑来向他报告说:"上尉,炮弹已经所存不多了。要不要等运输军火的车辆全部到达后再开炮?"

莫卡疯狂地吼道:"不!我命令你现在就开炮!杜宾上尉的运输大队,很快就能赶到这里。我们必须在天黑前占领阵地!"

队长不敢违令,回到阵地不久便下令所有大炮开火。

王孝祺此时却收到冯子材派人送来的紧急函件。

冯子材饬命王孝祺率部,速从防线内撤出,在晚雾到来之前,务必退入长墙之内与萃军大队会合,不得有误。

"是不能再和法鬼硬拼了。"

说完这句话后,王孝祺把撤退大令快速颁下,所部各营次第向长墙集结。如此一来,法军的最后一次狂轰乱炸,并未对王孝祺所部造成任何伤亡。

得知清军退走,莫卡率领部队,兴高采列地占领了横坡岭的最后一道防线。

这时,大雾又开始弥漫,一切都变得模糊起来,清军构筑的长墙很快被浓雾所遮蔽。

莫卡推测,清军已经完全溃退了。

几乎与莫卡占领横坡岭同时,由法列所指挥的两个连,也攻占了大、小青山的第二号堡垒。

尼格里与爱尔明加的总指挥部,当晚就设在第二号堡垒。

尼格里命令由法列统带所部,开到左侧的一条峡谷里过夜;总指挥部的警戒,则由另外的两个营担任。

恐怕连尼格里自己都没有想到，此时在横坡岭的莫卡，却在寻找合适的宿营地。

因一——一团所占领的清军第三道防线地处洼地之中，到处都是树木和杂草，蛇也往来游动。如果清军突然从长墙里发起冲击，根本无法抵挡。法军现在只需防范长墙里的清军就可以，因为后路已无须防范，法军的预备队已将大路上袭击的清军全部打跑。

趁着天未全黑，莫卡带上卫队，开始勘察地形，其实是想寻找一个比较适合过夜的宿营地。莫卡和他的卫队，很费力地爬上山谷左边的一个斜坡，发现这里光秃秃一片，根本不能宿营，又离长墙太近，很容易被发现。于是又连滚带爬地赶到山谷的右坡，却猛然发现，就在前面不远处，分明有一条不大的峡谷，一直和大路相接，中间只隔着一道不太陡的土坡。

莫卡大喜，急忙来到这里，发现此处果然是一个宿营的好所在：既不会被长墙里的清军哨卡发现，又能从右翼向长墙发起攻击。

莫卡毫不迟疑地传令所部连同炮队，全部集结到这里宿营。

安顿下来后，莫卡打发一名传令兵，跑着去向尼格里报告所部的宿营位置。

莫卡此时并未发现，因浓雾的遮掩，他和他的部队自以为就宿在大路的旁边，其实已远离大路了，他偏偏又没有留人在大路防守。更让他没有想到的是，因地形复杂，他派出的传令兵，在走出宿营地不久便迷了路。

传令兵先是在山谷间徘徊不定，后来又连跌了两跤，不仅跌丢了头盔和水壶，还跌伤了一条腿。他很懊恼，躺在一块大石头上喘息了一下，又用大脑细细回忆了一下路径，认定是自己走错了路。

此时四周寂静，只有蛇在草间滑动，传来沙沙的声音。他起身辨别了一下方向，便毅然左拐，摸索着走过去。他足足又走了一个时辰，才隐隐听到脚步声。

他心中一阵狂喜，脚下不由加快了速度，却扑通一声摔进一个深沟里，直摔得他头昏眼花。

他大喊一声："是我，尤卡里士官！"哪知话未落音，他的头部便猛地遭到一击，登时毙命。

说起来，这名传令兵竟然神不知鬼不觉地绕开了清军的哨卡，摸进了长墙后面。

若论这场战斗，法军死得最冤的便是这名传令兵，他竟然不知道自己是死在法军的手里还是死在了清军的手里。

第六节　爱尔明加迷路了

晚饭后，苏元春匆匆赶到阵前来见冯子材。

当时，冯子材与王德榜、王孝祺二将正在一起商讨明日战事。

礼毕归座，苏元春叹气说道："老军门，日间交战，我各营炮弹枪子消耗过甚，明日再战恐不能支，莫如趁夜黑雾浓之机，从速撤退。老军门以为如何？"

冯子材沉思了一下问道："苏军门，日间一战，兵勇伤亡具体情况如何？"

苏元春道："我与方军门清点了一下，凡参战各营，或多或少都有伤亡。死亡约略有五十几人，伤残肯定突破一百。"

冯子材皱了一下眉，又问道："苏军门，依你之意，欲退往何处？"

苏元春说道："我与各将领计议已定，我们不妨先退到凭祥。老军门可会同王军门守凭祥之西，我军可守凭祥之东，王藩司统所部可接应我两路。王藩司，您老意下如何？"

王德榜望了望一脸严肃的冯子材，没有说话。

苏元春又转头问王孝祺："日间一战，军门一路挡在法鬼正面，伤亡肯定不小。军门以为，我们还能与法鬼硬拼吗？"

王孝祺冷笑一声道："苏军门，日间一战，法寇连环发炮，本部勤军八营损折弁将及一营，何其惨烈！如此情形，勤军各统领无一人言撤，全待明日与法军再战！贵军十八营仅只折损不足百人，竟如何反倒言撤？试问军门，我各营撤到凭祥，又当如何？有何险可守？是军门大人一人之意，还是琴帅之意？"

苏元春忙道："军门不该如此讲话。我不是怯敌，是不想伤亡过大呀！"

王德榜道："苏军门，有一句话，老哥早就想说，但一直没有寻到合适的机会。但此话若不说，必误明日战事。自古云，天不可有二日，三军不能有二帅。明日我等就将与法寇决一胜负，我已与王军门定议，我们两部人马，全由冯老军门差遣。老哥想问苏军门一句：贵军的一十八营，是自行其事，还是也归老军门统一调动？若想自行其事，军门请速退，莫在此扰我军心，动我战志；若您老所部也归老军门统一调动，军门就不要言撤，进止攻守，但听老军门定夺。各位以为如何？"

王德榜话音刚落，苏元春的脸上已升起红云两块。他踌躇了一下，理了理思路，终于一咬牙说道："王藩司不要和我斗气，我的十八营进退攻守，听从冯老军门调遣就是了。老军门，您老请讲话吧。"

冯子材干咳了一声，用手摸着胡须说道："子熙有所不知，据我目测，敌与我相距不会超过二里。我军此时若撤，敌军能会不知？敌军日间强夺我横坡岭防区，又在大小青山连占我两座堡垒，由此便可推断，尼格里是个很会用兵的人。我若拔营，彼必提军追赶，又有长炮快枪可恃，不独凭祥不守，龙州想亦不保。龙州但有闪失，不仅全省动摇，就我大清来说，也要举国震动。不是老哥说你，你老弟适才所言，实在是下策中的下策呀！值此紧要关头，你不该动摇军心，轻言撤退呀！"

苏元春点头说道："老军门所言甚是，是我一时心急，没有虑及其他。"

冯子材喝了一口茶水，接着说道："你们可否知道，尼格里拼死夺我大小青山堡垒的真实意图何在？如果老哥所料不错的话，他是想占领我设在山顶的堡垒，然后架炮居高临下，轰炸我长墙大营。我已飞调两营，连夜赶到山顶助守，王藩司可抽调三营从法军后路包抄，力争夺其大炮，把法敌轰赶下山，让他前功尽弃！"

苏元春小声问道："弹药将尽，如之奈何？"

冯子材抚须一笑道："此不须多虑。老哥已接到李臬台的电报，军火局蔡其铭委员正押着大量弹药、给养，向这里飞赶，大概一会儿就能解到军前。子熙呀，法敌炮猛枪锐，我军却炮劣枪钝，若讲枪战炮战，势难取胜。但若因陋就简，诱敌近战，则大刀、钢镖、先锋煲群起杀敌，又是何等直接痛快！老哥在这一带遍挖壕沟，纵横交错，其实是给法人布设了一个迷魂大阵，他闯进来一个我杀一个，他闯进来两个我杀一双！"

苏元春沉思了一下道："法寇诡诈，尼格里又最会用兵，我只是担心，他不肯上我们的当啊！"

冯子材起身说道："不瞒各位老弟，老哥已老病复发多日，一直干咳带血，浑身乏力。但老哥今年已六十有八，余年有限矣。老哥决心已定，若明日取胜自当别论，一旦战败，此长墙即是老哥的葬身之所。老哥已将遗言写好交二犬子保留，老哥之贱躯，誓与长墙共存亡！"

冯子材的一席话，说得座间几人都低下头去。

苏元春抬头望着冯子材说道："老军门以身许国，我等还有何话说！明日定与法寇决一生死！"

苏元春话毕，一名亲兵匆匆走进来禀报：军火局运来的弹药和给养到了，正在卸车分发。四人闻言大喜。

清军的弹药和给养准时运到了军前，但法军上尉杜宾和他的运输大队却在文渊州迷了路。

他们整整在文渊州一带转悠到凌晨两点，才找到通往镇南关的大路。到镇南关后，杜宾又犯了难：因为他没有接到前沿的报告，而尼格里派去接应的人又和他们在文渊州的大路上错开了，他不知该把这些弹药和给养送到哪里去。

稍稍休息了一下，杜宾打发五个人顺着大路去寻找队伍。

但大路上却空无一人。无奈之下，他们只好在大路两侧的山谷中搜索一阵，也未看到一名法兵。五名士兵无奈，只好顺原路回到镇南关。

听完汇报，杜宾绕着二十几辆运输车，走了一圈又一圈，最后决定，不再去寻找部队，就在镇南关这里卸车，等部队来找他。

杜宾打定主意的时候，已到后半夜四时左右，全队此时又渴又饿。他下令士兵把运输车赶到一处空屋子面前停下，又布置了一下岗哨，便开始在空屋子里轮流用餐。

晨五时左右，尼格里派来接应运输大队的第三批骑兵到了，弹药车这才上路。

因找不到———团的具体宿营地点，尼格里只好命令运输大队，将一大半军火和给养运到大青山脚下，一少部分留给———团的人取用。

接到命令，杜宾督率运输大队，开始沿大路向前疾奔。但下了公路后，运输车却无法前行一步：一条条壕沟和大土堆，截断了骡车前行的所有道路。杜宾无法可想，只好一面打发人给尼格里送信，一面命人卸车，靠人力往前沿搬运。

这时，尼格里正手指着大青山的山顶，向爱尔明加交代作战任务。

尼格里很是自负地说道："我已派两个连去帮着杜宾搬运弹药，这里现有的子弹足够使用。你带上一四三团和东京冲锋大队，备足子弹，乘着浓雾覆盖山野的时机，攀登到大山顶上。然后，我会集中三个炮队去与你会合。只要把大炮架在山顶上，想怎么轰击就怎么轰击。只要我们的大炮一响，———团就会突然冒出来，我再给他加派两个连的兵力。说不定，我们能一口气打到龙州！这么大的胜利传到国内，你就是下届的总统候选人！中校，不！上校，也不！少将！我应该称呼你少将！——我推测，这次战役之后，你肯定会由爱尔明加中校直接升到少将！"

见爱尔明加愣愣地望着自己，尼格里大声说道："少将，你还在等什么？快去准备战斗吧！山顶上的敌人都在等着送死呢！"

爱尔明加很不情愿地转身离去，口里小声骂道："这个疯子！他会把一切都搞糟的！"

晨七时许，法军的弹药和给养并没有如期运上来。因为道路太过崎岖，杜宾带着人，几乎是连滚带爬地一程一程地往山上搬运，速度比蜗牛快不多少。

但此时的爱尔明加，却已经率领着一四三团和东京人组成的冲锋大队，趁着满天的大雾出发了。

为了不被清军发现，爱尔明加统率部队悄悄绕至东边，试图从不被人注意的地方攀岩到山顶，然后发起攻击。但队伍绕道行至半路，却被突然出现的深谷挡住了去路。爱尔明加命令队伍原地待命，他则亲自带着十几名尉官，极其小心地缓慢走到谷底，然后向对面的大斜坡爬行。可惜斜坡太滑，他无论怎样努力都爬不上去。没有办法，他和他的尉官们只好从原路攀登回到地面。

歇息了一会儿，爱尔明加仍不死心，命令三名士兵去寻找深谷的尽头。

哪知道，三名士兵走了许久也未看到尽头，只好又返回来向他报告。

爱尔明加此时的心情糟糕透了，他决定绕回去从右边寻找突破口。

部队往回走的时候，仍要经过一条不算太陡的斜坡，还要从一条小峡谷中穿过。但走了一个小时，爱尔明加既未看到斜坡也未碰到那条小峡谷，再定睛分辨方位，好像离山顶越来越远了。

爱尔明加紧急下令各营停止前进，他则把向导一把抓过来，大声问道："你这个混蛋！你跟我说实话，你是不是迷路了？我们怎么越走离山顶越远？"

向导吓得浑身乱抖，哆哆嗦嗦答道："报告中校，我也感觉不大对头。但究竟是怎么一回事，我也不知道。这一带的地形太复杂了！我都已经核对过三次地图了！"

爱尔明加气得仰天长叹了一口大气，只好命令部队从山谷中，摸索着向山顶靠近。

——一团这时已经和尼格里联络上，正配合着运输大队，往横坡岭阵地背运弹药和给养。

晨九时许，浓雾尽管尚未散尽，但为了配合爱尔明加攻夺山顶，尼格里命令所有炮队，开始对清军的长墙阵地实行轰炸。但因有浓雾遮掩，法军炮队只能看到清军工事的一半，炮弹大多射入长墙里，没有达到尼格里所预期的效果。

这时，苏元春的大部队开始向长墙挺进，而王德榜所统率的后续部队，则向大小青山一带包抄。

尼格里从千里镜里看到长墙背后人头攒动，心中不由一阵狂喜，当即认定是爱尔明加在完全占领大小青山后，正按原定计划向长墙背后绕袭。

他毫不迟疑地给一一一团的莫卡写了一道命令："爱尔明加副总指挥已经将中国的山顶阵地完全占领，正按着我们商量好的计划，绕到长墙的背后去袭击他们。我正在命令两个炮队向山顶挺进，相信我们的大炮很快就能在山顶响起。我给你加派两个连，希望你在听到炮声响起之前，对长墙发起攻击，和中校的部队形成夹击，大概战斗就可以结束了。"

命令送到莫卡手上时，他的部队刚刚补充进极少部分的快枪子弹，而大炮所用的炮弹，还尚在转运途中。

他爬到一个大土堆上，用千里镜先对长墙侦看了一番，发现大量的清军正从四面八方向长墙方向靠拢，人数最少在一万人。但他并没有看到爱尔明加和他率领的部队。

"这是怎么回事呢？"他一边细细地搜索，一边在心里划着问号："这么多中国军队集结，他们不可能看不到中校的部队啊！"

他走下土堆，沉思了一下，转念又想："中校是个很聪明的人，他一定带着队伍隐藏起来了。这么复杂的地形和连绵不断的山谷，隐藏起几百人是很容易的！"

主意拿定，莫卡下令集合队伍，带上已经运到的子弹，决定向长墙发起猛烈攻击。

他给几名连长打气说："爱尔明加中校已经绕到了敌人的背后，我们的大炮已经架到了山顶上。将军命令我们，马上冲进长墙里面和中校的部队会合！"

莫卡随后向各营下达了进攻的命令及各连攻击的目标：威狄埃连进攻阵地的中央，嘉宁连进攻右边的堡垒，莫卡率领大部队进攻左边的堡垒，马雅连留作后备并负责看护正往这里运送的军火及给养。

莫卡刚刚下达完作战的命令，尼格里加派的两个连赶到了。

莫卡大喜，认为可以稳操胜券了。

不一刻，莫卡便率领着分成三股的法军，向清军的长墙阵地发起了猛攻，虽然没有大炮的配合轰炸，但快枪的杀伤力还是蛮大的。

这时大雾已基本散尽，站在高处一座暗垒里指挥作战的冯子材，一边观阵一边分析局势。他搞不清楚，法军如何只用不足五百人的队伍，便从正面发起了硬冲？莫非诡诈的尼格里另有阴谋？他们到底想干什么呢？冯子材越想越不可解。

长墙的守军进行着顽强的抵抗，逼使冲锋的法军一次又一次后退。但法军非常擅打攻坚战，他们一见硬冲不能靠前，马上便改变进攻方式，采用滚地式进攻法。此法果然奏效，三股法军渐渐逼近了长墙。

冯子材一见形势危急，于是不再犹豫，当即飞传大令，饬命中路守军让开门户，加强左右防守，放法军进入长墙。冯子材就是想看看，尼格里到底在玩什么鬼把戏。

莫卡一见清军中路防线被突破，登时大喜，马上下令左右两路速向中路集结，然后呼啸一声，当先滚杀进长墙之内。大队法兵不敢怠慢，尾随其后疯狂地杀将进来。

冯子材觑得真切，令旗一挥，闪在两侧的守军倏地重新合拢，把莫卡和他的部队重重地包围起来。

法军撞进长墙，登时成了没头的苍蝇，不仅很快被分割成大小十几股，互相之间也都失去联络。

萃军的大砍刀、钢镖、斧头、铁棒开始发挥威力。

法军狼嚎一般的惨叫声，许久才在长墙内平息下去。

这时，爱尔明加带着他的部队却极其狼狈地又与尼格里会了面。

尼格里一见，当时气得发昏，飞起一脚便把爱尔明加踢翻在地，口里大骂道："你这个混蛋！我已下令莫卡带着部队杀进长墙里去接应你，你却在这里冒了出来！你为什么要这么做？"

爱尔明加捂着肚子大叫道："天哪！您怎么不和我联络呀！我们迷了路，怎么转也转不出来。"

这时，一名哨兵匆匆跑过来道："将军，我们的左右两翼，发现了众多的中国兵！少校请示该怎么办。"

尼格里凶狠地说道："架炮！马上架炮！把左右翼的中国人统统干掉！爱尔明加，你立即带人去接应莫卡，要把伤亡降到最低点！"

爱尔明加马上翻身而起，再次集合起队伍，向清军的长墙主阵地冲杀过去。

爱尔明加刚刚走到半路，便和逃回来的马雅连会在一处。

爱尔明加心知不妙，带队便杀向长墙的右翼，但王孝祺率大队已经跳出长墙，从左面向法军截杀过来。爱尔明加下令各连就地寻找掩体作战，很快便逼使王孝祺部放慢了脚步。爱尔明加心稍安定。

王孝祺见法军枪声密集，很有杀伤力，急速把眉头皱了三皱，很快便想出一计。他下令各营全部卧倒，采用滚地法逼近法军，然后采用肉搏战术歼敌。

爱尔明加见清军连滚带爬地杀了过来，不由奇怪地瞪大了眼睛自语："这些该死的中国人！他们什么时候也学会了这样的战法？"

爱尔明加言未讫，萃军副将衔右军督带冯绍金，率所部人马已经跃出长墙，从正面向法军杀来；爱尔明加慌忙拨军来迎，右面喊杀声又起，却是冯子材亲率萃军大队杀过来了。

面对杀红了眼的清军，爱尔明加大惊失色，偏偏此时随团炮队还没上来，想来又是耽搁在了什么地方。

爱尔明加一边组织抵抗，一边不三不四地大骂："炮队上来，我把你们这些大辫子全部轰死！"

一四三团的炮队为什么没有跟上来呢？他们莫非又迷了路？

炮队原来是紧跟在一四三团后面的，但在过一道山梁时，一门榴弹炮不慎滑进了一个深坑里。从上面看，土坑并不是很深，但却有一层很深的淤泥，这就使得榴弹炮滑进去以后很快便没了踪影。

法兵在打捞这门炮的时候，却从远处飞过来一颗跟长了眼睛一样的子弹，非常准确地钻进了炮队队长的头颅。

队长沉重地倒在一棵树旁，哼都没有哼一声。

副领队肖达尔中尉倏地钻进一堆乱草中，许久才敢抬头张望。

等了许久没有等到第二枪，肖达尔爬起身来，下令炮兵就地架炮，声言要为队长报仇。他观察了一下四周，并没有发现清军，但却看到远处的一座小堡垒。肖达尔用手指定小堡垒，下令开炮。十几门大小炮口便开始对着小堡垒开火轰炸，直到把小堡垒炸成平地才停止。

其实，小堡垒里并没有清军驻防，是一座空垒。

肖达尔命人将队长的尸体抬到炮车上继续赶路，走不多远，便碰到了爱尔明加的部队。

爱尔明加因三面受敌，不得不边还击边后撤。见到炮队，爱尔明加一边下令开炮，一边又重整队形。

但三路清军推进的速度太快，根本不给法军充足的时间，就算此时开炮，已经不能很好地阻挡住清军进攻的脚步了。

爱尔明加回天无力，命令各营飞速后撤。炮队因行动迟缓，很多大炮都成了清军的战利品。法炮兵见战局陡变，哪还顾得炮车，都双手抱头，跟随大队逃命。所谓兵败如山倒，说得倒是一点不错。

第六章 法国发财梦的破灭

第一节 决战驱驴墟

眼见法军溃逃，三路追击的清军胆气登时大壮，全放开双脚大步追赶，长短枪支亦向法军射击，其中夹杂着"先锋煲"，很快便放倒上百名法军。

一时间，山谷间到处是喊杀声和法军的嚎叫声。

站在大青山半山腰的尼格里，猛见爱尔明加狼狈而来，数不清的清军拼命追赶，脸色陡然变成死灰。

他一面下令各营向山下大路撤退，一边集结所有炮队，奋力向清军开炮。

尼格里很快与爱尔明加会在一处，但王德榜此时已督队飞速绕过镇南关，把法军的退路先行堵死。

尼格里不敢在大路停留，他命令炮队在前面开路，让爱尔明加带领一四三团残部居后路，抵挡清军的进攻。他居中调度。

尼格里为了保命，集中了所有炮火对付清军，尤其是大炮的轰击，竟生生逼迫王德榜让开大路，只能从法军的侧翼实行攻击。

尼格里预留在文渊州的一个团，听到镇南关一带枪炮声威震环宇，杀声震天，慌忙扑将过来接应。

尼格里率领仅剩一千二百人的队伍，好歹总算撤出了镇南关，在文渊州扎住阵脚。尼格里将各炮队悉调队前和各堡垒中，准备固守待援。

天晚起雾，加之摸不清法军接应部队的人数，冯子材饬命各部在关前扎营。

此役，清军斩杀法军一千一百余，夺获新式大炮二十三门、快枪一千二百余支。另有大量弹药、粮食、骡子，还得到了三十几副被法军军官遗留在阵地的千里镜。

冯子材清点各部，亦均有伤亡，合计亡两千三百人，负伤七百有零。

晚饭的时候，苏元春、冯子材、王孝祺、王德榜等人的捷报尚未发出，却突然接到李秉衡从龙州转交过来的一封电旨。

旨曰："广西关外军务，屡次失利，潘鼎新调度乖方，本日已降旨将该抚及王德榜均即革职，并令苏元春督办广西军务矣。王德榜所带各营，即着苏元春接统，竭力整顿，妥筹抚驭。王孝祺各营及湖南新拨周家盛暨廖长明所带各营，均归该提督节制调遣。此外，潘鼎新所部各军，尚有若干营，均应归并调度，该提督久经战阵，现在肩此重任，务当调和将士，联络军心，边境要隘应如何分派扼守，必先自立于不败之地，再图进取。广西巡抚已令李秉衡先行署理，各军后路饷械，并令源源接济，该提督随时互商办理。冯子材一军，前据彭玉麟等电请调回广东，照经谕令与潘鼎新酌办。军情瞬息万变，该军应否调回，着彭玉麟、张之洞悉心筹商，定议具奏。"

接旨之后，王德榜先来见冯子材与王孝祺，同二人商量所部楚军与苏元春交接的事。

冯子材沉吟了一下却道："老弟莫慌，看苏子熙怎么说，老哥自有话说。"

冯子材于是派人去请苏元春到大营议事。

苏元春接旨后已然精神焕发，因为自己已由帮办上升为督办，而冯子材此时仍是帮办。还有一点也让苏元春感到异常兴奋，因为李秉衡虽然护理了巡抚印绶，但圣旨仍命他在龙州督办军火转解及运送粮饷，这就无异告诉各部，他苏元春此时就是前敌的统帅。

他雄纠纠气昂昂地走进冯子材的大帐时，见冯子材、王德榜与王孝祺正在喝茶说话，而冯子材正坐在土帅的位置上。

他望了望冯子材，见冯子材丝毫没有让开的意思，而王德榜、王孝祺二人，仿佛已好久没有喝到茶水，只是埋头喝茶，作无视状。

他无奈，只好在旁边的凳子上坐下，眼望着冯子材说道："老军门，本督办——"

冯子材摆摆手道："子熙呀，圣旨我们都已经看到了，你就不要再重复了。何况，此圣旨是下在镇南关我军兵败之后、法军兵败之前。以后怎样，还要等我们的红旗捷报进京以后来定。不才以为，我各路军马应从速整饬出关，乘胜向法寇发动攻击，尽快收复失地，雪我前耻，重振军威。子熙，你若有异议我不勉强，但不才不敢不把实情电告彭钦帅、香帅和李抚。如何办理，相信他们自会斟酌。"

王德榜这时把茶碗一顿说道："苏军门，你不要以为我不想把全军交给你，我是怕因此会延误军机！尼格里新败定然不服输，肯定已向波里也请调了援军。我军若不趁此时干他，等他援兵一到，如何了得！我们不能让他二次焚我镇南关啊！"

苏元春在肚里反复思虑了一下，认为冯子材与王德榜说的都在理上，于是抬头说道："就依老军门与王藩司所言，我各部人马，明日就出关围打尼格里！"

王孝祺说道："我可有言在先，各部仍归老军门一人调动。苏军门，你意如何？"

苏元春怕激起众怒，忙道："王军门所言甚是，所部各营听命就是了。"

王德榜所料果然不错，法军扎营的当晚，尼格里即致电波里也飞调援兵，爱尔明加则另外向波里也发了报："这么多的队伍，不管我们士兵的勇敢，不管尼格里将军的巧妙战术，终于把我们打败。事实证明，尼格里将军太轻敌了，他就要变成一头驮粮的骡子。一个旅的人马竟然折损了一半，与这头自以为是的骡子有直接关系。"

第二天一早，大雾尚未散去，清军各部已相继出关，兵分四路向文渊州包抄过来。

听到周围人欢马叫，法军料定是清军追杀过来了，但因大雾弥天加之心神不定，法炮队只能漫无目的地向四周开炮，很快便将炮弹损耗了大半。

得知炮队的炮弹已经消耗过半，尼格里慌忙下令炮队收队先撤，然后便集结队伍，仍让爱尔明加压后，全部人马飞速撤出文渊州直奔驱驴。冯子材挥师跟进，无分昼夜追赶，终于在本月十一日赶到驱驴。

此时，尼格里已将谅山城内的近八百名法兵调到驱驴，城内只留了一个连的人马看护粮饷、军火及把守城池。

尼格里决定在驱驴和清军决一胜负。

谅山的北面有一条小河绕城流过，形成天然的护城河。河的南面是谅山省城，北面即是地形险要的驱驴。尼格里选择驱驴与清军决战，主要看好的就是这里的地形。此处峰谷连绵，山险岭峻，道路狭窄，易守难攻。

布置妥当，尼格里命令一名上尉："你带上一连人，看好通道，必须保证城里军火的运送安全！我要把驱驴变成一个大墓地，把中国军队全部干掉！"

法国第二旅随军记者黎贡德曾对尼格里军队的布置情况，有过这样一段描写："将军想将中国军引诱前来攻击驱驴堡垒，把他的旅部部队配置在一座斜坡很平缓的圆丘上。驱驴城即建筑在这座圆丘南面的斜坡中腰。丘顶为中国军的旧堡。我们保留着它，并用暗道和它连系起来。斜坡面向敌人，下临稻田；稻田在这季节不仅光着，而且很可以行走。所以我们在这方面有一所很好的射击场。我们的队伍开头这样配置：右边，对着东北方，非常展开，从驱驴至东方堡垒，作弓圆形，带两连半人在第一线，一排人作炮队的支援军，拉贡比连作后备，多列盎中尉的一排人亦加入这一线作战。作我军防御阵线中央部分的两座堡垒和一道战壕，由非洲营第三连及费罗地连（狄格营第二连）据守。左边石洞堡和一座往西一点的圆丘由非洲营第三连把守。这道步兵线的第一队后备兵是由狄格营与东京冲锋兵组成的。"黎贡德接着又很啰嗦地描述了一一一团、一四三团及从谅山赶过来的二三团和各炮兵中队的布防情况。黎贡德最后才写到："但有一点已勿庸置疑，尼格里在这里的布防，是比较完善和缜密的，是经过通盘筹划的。"

冯子材、苏元春、王孝祺、王德榜四路大军，于十一日傍晚赶到驱驴墟。

见法军严阵以待，防守甚严，加之晚雾升腾，遂未当即作战。

经过分析敌情，冯子材命王德榜十营楚勇，驻扎在距驱驴墟十里之遥的板泥一带，他自己则统萃军十营与苏元春所部、王孝祺所部绕巴坪一带宿营。

分派妥当，冯子材约定四更造饭，五更拔队，天明即围攻驱驴墟。

楚军脱离大队屯扎板泥的消息被法军侦知后，尼格里马上把爱尔明加叫到身边，命令他统兵三百及两个炮兵中队，连夜去攻打板泥楚军大营。

尼格里道："中校，你不要管什么大雾，我们有充足的弹药。你只要认准大概方向，让炮队尽力轰炸，这支孤立的中国军队肯定会四散逃跑。他们一跑，巴坪这里的中国军也会跟着跑。"

爱尔明加不敢抗命，只得气愤愤地退出指挥所，口里却小声地骂道："这个该死的家伙！他想方设法让我去冒险！"

爱尔明加很快率队顶着浓雾非常不情愿地出发了。

法军在板泥的高山上共建有三个堡垒，各有两个排的人把守。

当王德榜率所部人欢马叫地赶到这里时，堡垒的法兵以为清军发起了攻击，便当先打起炮来。

王德榜一见这里有法军防守，马上便分兵两路对堡垒进行包抄，这样就把大路让开了。

堡垒的哨兵见清军分两路包抄，并把大路让开，当即便向堡内守军发出信号。三座堡垒又掉转炮口轰炸清军。

炮打得正欢，爱尔明加督军从大路赶到。

爱尔明加一边派人向四周搜索，一边便命令炮队架炮。

半山腰的法哨兵突见大路上传来声响，以为清军又从正面攻了进来，慌忙又挥旗示意堡垒抽炮向大路轰炸。

一见旗号，三座堡垒于是各抽一门大炮对着大路轰炸起来。因烟雾太重，堡垒打出来的炮都没有命中目标，但却让爱尔明加意识到，法军设在这里的堡垒已被中国军占领了。于是紧急命令炮队，全数对三座堡垒开火。

王德榜一见情况有变，不敢擅自进攻，下令各营向一处小山谷转移。因为王德榜很清楚，清军没有如此强利的炮具，肯定是法军与法军之间出现了误会，他乐得坐山观虎斗。

爱尔明加也很快发现问题不对，忙命人打出旗号，又派人靠近堡垒喊话，双方这才停止炮战。虽然互无伤亡，但却消耗了一些炮弹。爱尔明加开始带着队伍四处寻找清军，寻来寻去，直寻到夜半，却又寻回了驱驴墟大垒。

尼格里狠狠骂了几句，倒也没有深怪。

第二天雾刚消尽，四路清军从四个方位杀向驱驴墟。各垒法军立即开炮。

苏元春、王孝祺、王德榜三军发炮还击，冯军因无炮具，只能从山谷间抄向法军阵地。但法军布防紧凑，让萃军各营无隙可击。

半个时辰后，双方停止炮战。清军各路人马开始发起冲击，法军施放机关枪和小钢炮阻挡。

冯子材急得火星乱迸，几次想亲自带队冲击，均被身边人拦住。

冯子材气哼哼地骂道："自古道：兵败如山倒。这个尼格里，他还当真了得！本帅一定要想个好办法对付他！"

双方激战至中午，多日不见的日头却突然从云层里冒了出来，烤得大地冒烟。

这场硬仗让清军付出了很大的代价，各部伤亡均超过百人。

法军却仅死尉官三人，士兵三十八人，另有八十几人受伤。这让尼格里很是得意。

耳闻枪声渐稀，尼格里知道，清军大概要用饭了，饭后肯定还要发起猛攻。他必须抢在清军发起攻击前，寻找到他们的软肋。

想到这里，尼格里不得不踱出堡垒，想亲自观察一下对方的阵势，便于他重新布防。这时，站在他身边的六名参谋，十几名卫兵也随他从堡垒里往外面走。

王孝祺部一直在最前沿作战，伤亡也最重，麾下的一名总兵衔统领和一名副将衔统领均被法炮轰殁。

王孝祺为此很是气恼，临挥军后撤时，朝着山上胡乱放了一枪。王孝祺没有想到的是，他无意中打出的这一枪，扭转了整个战局。

尼格里来到堡垒外面的一棵大树下，刚把千里镜举起来，尚未认真侦看，不料偏在这时，一颗子弹竟倏地飞到，极其准确地钻入他的左胸腔。他"啊"了一声，一头栽到地上。卫兵急忙把他抬到堡垒里，旅部的一名参谋急命军医抢救。

军医稍事检查，便紧急包扎，说道："将军胸部中弹，应马上进城手术！"

参谋人员一听这话，一边打发人向在另一座堡垒督战的爱尔明加通报情况，一边带上卫队及两连冲锋兵，抬起尼格里向谅山飞奔。

第二节　尼格里魂归故里

午后，四路清军再次强攻法军驱驴各垒，虽小有收获，但并没有大的进展。

关于此次交战，冯子材曾有电向张之洞禀告："讵本月十二日，我苏、朗、萃、勤各军，方次第拔队征进，营垒未备，贼遽突然直犯，枪炮并发，驰风骤雨；我各军因日前大胜，士气奋懑，亦即分队迎击。自辰至申，虽未全获大胜，然亦略有斩获。"

当晚收队，苏元春、王德榜、王孝祺三将，均苦着脸子来见冯子材。

苏元春说道："老军门，这仗如此打法，我军太不划算啊！"

王德榜与王孝祺虽未言语，但愁绪已尽现眉宇间。

冯子材抚须说道："子熙莫慌，谅山一带的地形我比较熟悉。我日间已思得一计，明日定可见效。"

一听这话，苏元春、王德榜、王孝祺三将精神一振，齐望着冯子材。

王德榜急道："老军门快快讲来，我们不能再和他们僵持了！"

冯子材道："我整整观察了一日，法鬼的军火库以及给养都在城里屯放。我若破敌，必先取谅山城，掐断他的军火和给养。"

苏元春道："老军门有所不知，我已派人侦察了两次。首先，法鬼重兵控制大路，我军无法靠近；再者，谅山城内四角均筑有炮台，又有河流环护。我军未到河边，守敌便已开炮了！可不是干吃亏吗？"

冯子材说道："子熙只知其一不知其二，其实，谅山城的东北面，还有一条陆路与城垣相接。我已密饬萃军杨瑞山五营，夜雾升起后，即穿插到谅山的东北处，伏于驱驴山的一个山窝里。明日次晨，我四路大军从西北方向向驱驴法敌环攻，把他的主力吸引过来，杨瑞山便可下手。杨督带从前一直随我作战，对谅山的地形非常熟悉，肯定能成功。"

王孝祺忧心忡忡地说："老军门，谅山北面即与驱驴相接，杨瑞山穿插过去，风险太大呀。一旦被法鬼知觉，两面夹击，后果何堪设想！"

冯子材抚须道："福臣哪，我也是被逼无奈呀！我深知，用兵最忌用险。可不用险，如何能胜法敌？"

就在冯子材与苏元春等人密谋用计的时候，爱尔明加已与尼格里会在一处。尼格里已经做过手术，身体虽有些虚弱，但头脑仍同从前一样清醒。

尼格里对爱尔明加说道："中校，敌人的子弹，已经从我的胸膛里取出，只要休息几天就没有什么事了。经一日作战，我们给了中国军很大的杀伤，他们很快就会被打败的！"

爱尔明加说道："将军制定的战术很高明。"

尼格里沉思了一下说道："中校，你要负起责任。你要向我保证，你能够打败他们。对吗？"

爱尔明加说道："将军，我一直在忠实地执行您发布的每一道命令！莫非有人对您说了什么吗？"

尼格里点了一下头，对身边的一名参谋说道："去把指挥杖拿来。"

参谋走出病房，很快托着指挥杖走到床前。

尼格里苦笑了一下说："把它交给中校。"

爱尔明加急忙立正并行了个军礼，然后双手接过指挥杖。

尼格里说道："中校，你现在是第二旅最高指挥官，我等着你的捷报！去吧，行使你的权力去吧。"

爱尔明加大步走出病房，先到旅部看了看，然后便带上部分卫队走出去，想到驱驴阵地调整一下防线，却突然接到驱驴前沿哨卡的报告，称发现有大队中国军，人数不下万人，在行进到城垣东北角时，突然没了踪影。

爱尔明加大吃一惊，急忙派人去侦看围攻驱驴的中国军有无减少。派出去的人很快回称：驻扎在驱驴的中国军没有减少。

爱尔明加二次走进旅部，略一沉思便得出结论：中国军又从关内调过来大量的部队，正在设计一个和关前隘一样的陷井，意欲把第二旅整体吞掉！

想到这里，爱尔明加摇头说道："多亏尼格里伤得及时，否则，第二旅将会被全部干掉！"

爱尔明加不再犹豫，带上卫队便赶到驱驴指挥部里，命人把大尉营长狄格、———团临时指挥官莫卡、一四三团少校指挥官由法列等，从前沿指挥所叫过来，说道："我从没有想到中国有这么坚强的组织，打得这么好。现在谁都不能怀疑这事了，我们自己在谅山十分危急了！阵地再不能保守了。你们马上准备一下，趁着中国军松懈，雾又这么大，在尽短的时间内撤到屯梅，那里会安全一些，也会尽早见到援军。"

由法列这时问道："中校，将军知道这件事吗？"

爱尔明加用手扬了扬指挥杖说："将军在向你们致意！"

由法列等人不敢再言语，匆匆走出指挥所，分头去布置撤退的事。

爱尔明加回到谅山旅部，先给波里也发电一封："尼格里将军受重伤，本人担任纵队的指挥。将利用黑夜分成两纵队退至观音桥和屯梅。"

电报发走，爱尔明加一面指派一名大尉负责布置撤退的事，一面来见尼格里，说道："将军，我刚刚做出了一个决定，希望你不要反对。中国军在驱驴前面突然出现很多的部队，我们又要受敌人前后的进攻了。我现在决定撤出谅山到屯梅。驱驴和这里已经开始行动。"

"什么？"尼格里一听这话，猛地瞪大了眼睛，大声说道："中校，你疯了吗？如果我们此时撤军，我们所做的一切，都将前功尽弃！我给你改正错误的机会，马上收回命令！"

爱尔明加说道："将军，这里到处都布满了中国军，我们如不及时撤退，会被他们全部干掉！"

尼格里的伤口一阵疼痛，他稍稍平和了一下心态，说道："中校，我现在决定收回指挥杖！"

爱尔明加笑道："将军，您伤成这样，还拿得动它吗？"

爱尔明加大步走出病房。

为了预防尼格里给波里也发报，更为了避免接到波里也不准撤出谅山的命令，爱尔明加派人将电报线割断。

这时，为尼格里作手术的医生找到爱尔明加，请求能否延缓撤退时间，因为刚做完手术的尼格里非常虚弱，更不能经受大的运动。

爱尔明加一拳把医生砸翻在地，吼道："你想拿全旅官兵的生命作赌注吗？马上把药械装车，全部撤到屯梅！如果你再敢废话，我一枪干掉你！"

医生捂着脸爬起来，边向外退边说："我执行您的命令。我马上让人把将军放到担架上，希望您能加派一连人保护。"

爱尔明加用指挥杖指着医生说道："你给我听好中尉，中国军已将我们层层包围，将军应该迅速撤出谅山！"

医生狐疑地问道："中校，我应该怎么做您才能满意？"

爱尔明加严肃地说道："把将军放到骡车上，随医院同行！告诉车夫，猛力抽打骡子，车子最好能飞起来！"

医生飞快地跑出旅部，一边下令将药械装车，一边在心里感叹一句："将军，这次没人能救你了！"

爱尔明加见各部接到命令后行动极其迟缓，不由勃然大怒，下令将一些笨重的炮弹及医疗器械全部丢到河里去，同时又给正在驱驴布置撤退任务的炮兵大队总司令寿非下了一道命令，让寿非命令各炮兵中队，为行动方便，所有笨重的大炮全部推到山谷里或深沟中。

当军需官来请示，部队在安南搜刮来的十三万银元是用骡驮还是用炮车驮时，爱尔明加想也没想果断地说道："全都丢到河里去！"

法军在浓雾的遮蔽下飞速地撤出了驱驴及谅山城，非常狼狈地赶往屯梅和观音桥。最不可思议的是，爱尔明加临时决定不准尼格里随医院同行，而改由随旅部同行，并亲自监护。

爱尔明加趁尼格里昏睡时，命人将他绑在骡车上，然后命令车夫赶着骡车飞跑。尼格里被颠得时而昏迷，时而大叫，爱尔明加果断地把一条毛巾塞进他的嘴里，并用手枪顶着车夫的后腰命令道："你要让骡子飞起来，你必须让骡子飞起来！这是命令！"

车夫为了保命，抢起鞭子便开始抽打拉车的骡子。爱尔明加还嫌车行太慢，用枪在车夫的腰眼捅个不停。

尼格里的刀口很快破裂，整整流了一路的血，赶到屯梅时，已是气息奄奄。

趁爱尔明加去布置防务的空档，尼格里把一名参谋叫到身边，很吃力地口述了一封给波里也的电报："我现在才晓得爱尔明加中校撤出谅山。他采取这种办法得到你的同意了吗？我在昨天撤退之前，让德过中尉交给他一张不同主张的条子。我无力，不能有所动作。"

参谋手拿电报刚刚离开，尼格里便昏死过去，再未醒来。

尼格里在深知爱尔明加准备撤离谅山时，到底让德过中尉送给他一张什么样的条子呢？

那是由尼格里口述、一名参谋负责记录、然后才由德过之手送交给爱尔明加的一张条子。条子上写的是："照我的意思，要在重要的交通路线，以梯形阵势据守卫街和屯梅大路，扫除凡可以阻碍军事的事物，在这种情况中，观察敌人的行动，只在驱驴留下一部后卫，至所有的部队则驻在左岸高地上，我相信，如果敌军没有意思再进攻的话，这样就可以无须乎撤退了。爱尔明加中校目睹局势，当能更好地判断，所以我对他提出以上意见，不过是我个人的看法而已。"

爱尔明加对尼格里口述的这张条子没有理睬，但在德过的再三要求下，爱尔明加硬着头皮给尼格里回复了一张条子："我已命令军队撤退了，我继续这样做。"

哪知电报线刚刚架好，爱尔明加便收到波里也发给他的电报："我不懂得，你没有敌人的追赶，为什么这样疲劳你的队伍；你是旅部的司令，你以为撤出谅山一事你可以自专作主，你现在应当晓得，以你光荣指挥的队伍这样优良的品质，你可以做多少的事！我要向你指出，在这样的情况之下，你没有向上级请示，尤其是不顾及部队的士气。但是，我估计从此你可以占领山隘，据守屯梅和观音桥，你是在很接近粮食和军火接济的地方，如果你要的话，给养即可运到观音桥和船头来。明天你可得有一队非洲骑兵和有八十公分口径大炮的一支炮队。在数天内，你将得到一千名北非步兵，过些时候约翰尼奈利将军带他旅部的一部分队伍亦要到来。你将这些命令送给寿非司令——他似乎不像你走得这么快——并给约那德拉加司令。"

波里也的电报飞递到爱尔明加的手上，他马上转抄两份，分送给在观音桥设防的炮队司令寿非和约那德拉加。

得知尼格里已经毙命的消息后，爱尔明加用手抚摸着指挥杖对几名参谋说："我们安全撤出了谅山，尼格里将军也已经彻底解除了痛苦，过去的一切都结束了！。"

第三节 乘胜追击

清军进驻谅山后，除从山谷和河中捞出许多大炮和银元外，还意外地在一座军火库的角落里得到近千杆新式快枪。

未及休整，冯子材即将苏元春、王德榜、王孝祺三将，请到城内的临时行辕里，果断地说道："法寇连夜撤兵，遗下许多枪炮弹药，连银元都不及来带走，可见情形是何等狼狈！我各路当乘胜猛追，勿任延息，以收破竹之效！各位老弟以为如何？"

连战连捷，苏元春此时已喜得心花怒放，王德榜也感到前途一片光明，王孝祺更是浑身上下都透着喜悦。

听了冯子材的话，三将一齐道："老军门神机妙算，大败法寇，大扬国威！但有遣调，只管讲来就是！我等惟命是从，绝无二话！"

冯子材哈哈大笑，说道："几位老弟这样一说，倒让不才无地自容了！"

略停了停，冯子材又道："军中无戏言。李抚台赏银正在往这里飞解，何时能发到有功将士手中，尚不得知。我们从河里已打捞出十几万银元，我的意思，我们可不可以先把赏格拿出来发下去，用以鼓舞士气。各位老弟意下如何？"

一听这话，苏元春毫不犹豫地第一个表示赞同，王德榜、王孝祺也当即表态同意。

赏银于是连夜发下，士气果然陡然大振。

次日，冯子材饬命管带萃字前军左营补用都司冯绍珠、萃字后军左营拔补把总梁有才，各率所部，跟踪追剿法敌，不准延缓。派萃字管带前军左营补用都司潘积璠，带领所部随后策应梁有才等。梁有才所部人马沿大路向前推进，冯绍珠所部由小路进追，苏元春则派麾下陈嘉率镇南各营六成行队，并挑毅新七营奋勇，会同王德榜楚军四营、道员魏纲鄂军四营，沿谷松一路进剿。冯子材又分拨调派萃字前后三营，会同王孝祺所部、王德榜余部，直追屯梅、观音桥残敌，苏元春率部接应。

萃军冯绍珠与梁有才两部最先在长庆府与法军遭遇。

因法军在此布置兵力甚稀，清军大队赶到，只稍示抵抗，即收炮退出长庆府。法军在撤退途中，又遭到越南当地的义军袭击。法军虽很快将义军击退，但却被打死一头骡子。

见法军狂逃，冯绍珠、梁有才二将不敢耽搁，连夜追击，很快与冯子材、王孝祺二部会合。四路人马于是浩浩荡荡疾驰观音桥。

在观音桥驻守的法军寿非炮兵大队，突见清军从不同方向包抄过来，遂一面命令各中队开炮，一面派人去向爱尔明加求援。

爱尔明加飞传大令，命寿非统带炮队撤至屯梅一带，情形甚是狼狈。

谅山克复的消息电达岑毓英后，岑毓英抓住东线军威大盛之机，马上饬命滇军各部会同刘永福、唐景崧二部，迅速出击，先收复缅旺府，又连夜克复清山、清水两县。清军在越南西线军威也一时大振。

波里也见形势发生变化，马上收缩战线，将各处法军悉调到宣光附近据守。岑毓英率军连夜奔袭，又相继收复不拔等县，并在临洮等地与法军相遇激战，虽有伤亡，但终将失地收复。岑毓英统率各路大军向宣光步步逼近。

张之洞接到前沿连连告捷的电报后，马上飞电莫善喜一军由钦州拔营，直捣广安，令唐景崧率麾下各营速由牧马进规太原。

光绪十一年二月十日（公历1885年3月30日），东线清军冯子材、苏元春、王德榜、王孝祺各率所部人马，将法军压缩在拉木、郎甲、贵门关（又称鬼门关）一线；西线岑毓英亲督滇军各营会同刘永福所部，在外围对宣光形成合围；莫善喜督军无分昼夜正向广安飞赶，唐景崧率部马不停蹄向太原疾驰。

中法决战的时刻即将到来，但就在这时，一道加急圣谕，流星一般地飞抵前沿：

"法人现来请和，于津约外别无要求，业经允其所请。约定：越南宣光以东，三月初一日停战，十一日华兵拔队撤回，二十一日齐抵广西边界；宣光以西，三月十一日停战，二十一日华兵拔队撤回，四月二十二日齐抵云南边界；台湾定于三月初一日停战，法国即开各处封口。已由李鸿章分电沿海滇、桂各督抚，如约遵行矣。惟条款未定之前，仍恐彼族挟诈背盟，伺隙猝发，不可不严加防范。着传谕沿海各省将军、督抚并云南、广西督抚，及各路统兵大臣，督饬防军，随时加意探察，严密整备，毋稍疏懈，是为至要。钦此。"

接到圣谕，不独胜利在握的冯子材、苏元春等人大惑不解，连斗志昂扬的岑毓英、刘永福、唐景崧等人，也都深觉诧异，大感意外。

这到底是怎么回事呢？

清政府正式对法国宣战后，两国的谈判曾一度中止。虽然法国驻京公使馆下旗，谢满禄带公使馆人员离京赶往上海与巴德诺会合，但巴德诺秉承茹费理的训令，并未带领公使馆人员离沪回国，而是在法国驻沪领事馆住了下来。清政府为了以后的打算，也给自己留了个退路，并未强行勒令法国驻沪人员离开。因为美国调停失败，此时给中、法之间传话的主要是大清国总税务司赫德。

随着战争的不断升级，清军在基隆、北宁水陆两地败北，一直大叫与法决战的醇亲王奕譞与庆郡王奕劻，最先慌了手脚。

奕譞把奕劻请到醇王府的后花园书房，气急败坏地说道："基隆失守，北宁战败，我们可是越来越被动了。这可如何是好啊？"

奕劻也是一脸的愁容，说道："王爷，可否让李少荃偷偷与林椿谈谈？"

奕譞叹气说道："怎么谈？同意向法国赔款？太后恐怕不会答应。"

奕劻说道："赔款自然不能答应他，但我们可以从其他方面给法国些好处。比方说，正式条约签订前，我们暂驻老开和谅山，法军可暂驻基隆。我们可以高息向法国借款，用海关收入或铁路作担保。如果他还不同意，我们就许他法国工程师和工头，来华修筑铁路及其他工程，付给他们高额薪俸。但无论怎样，总要破费几个。"

奕譞深思了一下，又问："你认为这些条件开出以后，法国能不能同意休战呢？你打探清楚没有，太后是什么意思？"

奕劻降低声音答："太后嘱我先给李少荃发个密电，让李少荃和林椿见上一面。如果法国同意呢，就把这事提到桌面上；若法国不答应呢，就当什么都没发生。不过，太后又特别交代，在给李少荃发报之前，务须和您老商议一下。"

奕譞马上说道："太后显然也不想再和法国打下去了。把电报给李少荃发过去吧，只要能休战，法国人想修园子都行！"奕譞此时显然已经懵头转向了。

但法国并没有接受大清国所开出的休战条件，仍一口咬定非向法国赔偿大量兵费不能商谈。谈判再度被迫中止。

利士比攻占沪尾的企图遭到惨败后，恼羞成怒的茹费理电致巴德诺转告孤拔，用军舰先封锁台湾，掐断大陆的所有援台供给线；又向越南大肆增兵，电令波里也对谅山的清军发动更大规模的战争。

法国驻越南顺化公使李梅，这时也不失时机地向茹费理提出了一个更大胆的建议。他致电茹费理说：

"本年七月间，我曾高声主张，如欲使北京朝廷立即妥协，就应向中国北部进攻。我只让大众回忆一八五九年的事（指咸丰八年英法联军发动侵华战争一事），那时虽然联军固守广州城市及河岸的炮台，但是联军的大使们赴津交换一八五八年条约的批准书时，曾受中国政府的炮击。经过的事实告诉我们，中国政府如不直接感觉到威胁，我们就一无所得。当时政府不便给孤拔提督以必要的兵力，获取大沽炮台，直向天津（如不向北京）进军，我想应该是这样；在白河附近加以攻击，此举既稳当而又易行；炮击和占领登州海口及城市；该城居民五万人，距芝罘约六小时路程；芝罘乃兵站的要地，为北方天气恶劣时舰队避藏之所；攻击并毁坏旅顺；以数舰游弋两地之间；这样可封禁北直隶海湾的一切航行。………"

李梅的这个建议，未敢被茹费理接受，因为动用的军费太大，茹费理担心议院不批准。

既不能向法国赔偿大量兵费，其他条件又被法国人拒绝，慈禧太后虽然日夜焦虑，却又不得不提高百倍的精神，连连督饬南北二洋和各省督抚，想尽一切办法，打破法舰对台湾海峡的封锁，向台湾军民输送粮饷、军火及大批兵勇，并同时向谅山赶增援兵、飞解粮饷、枪械等前沿所需。

李鸿章接电，立即着手做了以下各事：一是雇用英美等中立国轮船，日夜向台湾刘铭传赶运所需军火、增援兵勇及大量的粮、饷；二是商借洋款，为台湾和谅山购进了一些新式武器装备；三是尽大可能地从直隶防营中抽调枪炮，紧急运抵台湾和谅山，尽量加强那里的战备。

两江总督曾国荃接旨后，飞速从两江各地筹措到大量的大米等物资运到台湾，又紧急从江南制造总局和金陵制造局，调出成品大炮、抬枪以及弹药，派南洋舰只向台湾日夜运送。其中尽管有一部分被法舰截获，但大部分还是送到了刘铭传手上。

张之洞主要是筹措谅山防军的各种所需。他先是指示广东、广西两省，尽力自筹谅防用度，但当两省藩库力不能及，而各省济饷又不能按时拨解后，他便奏请朝廷，拟用海关作抵押，向英、美等国洋行借款。朝廷鉴于目前的困境，只得同意他的请求。

于是，张之洞便开始与英、美等国洋行广泛接触，大借洋款，前后累计竟高达一千二百六十万两！以致当清政府对战争前景极度迷茫之际，张之洞还信心十足地上折奏称："中法战争，若有洋款可借，则洋军火可买，虽相持一年亦无虑！"

张之洞站着说话的确不嫌腰疼。

第四节 茹费理想干掉福禄诺

清光绪十年底，日本见有机可趁，急忙唆使朝鲜"开化派"策划政变，宣布与大清国断绝藩属关系，这无疑让正与法国交战的清政府感到雪上加霜。

消息传到京城的当日，朝廷便紧急电饬李鸿章马上筹措办法，挽救危局。

李鸿章当机立断，飞速电告在朝鲜办理防务的提督吴兆有率同知袁世凯从速调兵应变。

吴兆有、袁世凯接电，马上率本部人马同朝鲜"叛军"展开搏斗，终将"叛军"击败，很快稳定了朝鲜的局面。

眼见日军的阴谋破产，为防中国进一步向朝鲜增兵，巴德诺紧急致电茹费理，主张抽调远东舰队部分舰船，到朝鲜沿岸游弋、示威。

但此时的孤拔却正被刘铭传死死地拖在基隆岛上，加之疫病流行，清军日夜袭扰，根本无力抽舰游朝。

其实，战争进行到这种程度，对战争前景感到困惑的已不仅仅是大清国的奕譞、奕劻、李鸿章为首的主和派，连法国的茹费理内阁，也在不知不觉中，陷入了两难的境地。法国为发动这场对华战争所付出的代价一点都不比中国少。

见王大臣们都拿不出良策来解困，慈禧太后忽然突发奇想，竟然下诏士民百姓上书言事。此诏一下，万民欢腾，都以为有了展示才能的机会，于是开始纷纷替朝廷出主意献大策。只几日光景，四面八方递上来的折子就堆积如山。

这其中有个捐班知县王文超，本在四川候补，他听说曾国荃与巴德诺会谈不力遭到吏部议处后，便马上递上了个折子，力劾江南防务疏懈，奏请将曾国荃革职拿问，并自请到两江会办防务。

一个七品候补小吏，还是个捐班，竟然自请去会办两江防务。

慈禧太后未及把折子读完，便早已气得浑身抖个不停，险些气坏心脏。

还有一个从九品李昌振更是了得，竟然奏参新疆巡抚刘锦棠、伊犁将军金顺、新疆帮办军务噶什噶尔、提督张曜等人侵蚀军饷，恳请朝廷飞下圣旨命他去查办！还信誓旦旦地表示，若查不明白，甘愿献上自己的人头。

这个李昌振在何处为官呢？慈禧太后不看便罢，一看之下险些没把鼻子气歪！李昌振竟然是山东东平县一名未入流的小公差！

慈禧太后见越闹腾越离谱，慌忙给各省又下一旨，不准再把与战争不相干的折子往京里传递！

赫德这时见大清国朝廷已经乱了方寸，法国方面的调子也有些降低，认为斡旋的时机又到了，赶紧又跳了出来。他为了探明法意，决定先赴沪去暗晤巴德诺，讨到底牌后，再返京与总理衙门商讨。他为掩人耳目，打着办公事的幌子离开京师，先到烟台逗留了一天，然后才突然南下直奔上海。只可惜人算终究不如天算，赫德乘船刚刚离开烟台半个时辰，便接到广州税务司德璀琳急发给他的电报：法军尼格里部在谅山大败清军，不仅把清军打回边界，而且还夺占、焚毁了镇南关！

赫德见形势逆转，知道斡旋难成，只好悻悻返京。

果不其然，谅山获胜，仿佛被注射了兴奋剂，使进退两难的茹费理再度欣喜若狂。他当日竟然对外宣称：中国除了把大笔的法郎送给法国，已无其他道路可走。

受胜利的影响及茹费理本人的蛊惑，法国议院很快又批准了向大量减员的远东舰队加派三千名援兵的计划。

赫德获取这个消息后再度兴奋起来。他经过详细分析后认为，除了向法国人低头，大清国的确已无其他路可走。而要在最短的时间内达到这一目的，则需要有一个第三国站出来说话。这个第三国不应当是美国，而应当是英国。

他经过国内同意后，风风火火来到总理衙门，提出有要事要向庆王禀告。

庆王与赫德见面后，赫德装出一副忧心忡忡的样子说："王爷，法国向孤拔提督增兵的事，总署知道吗？台湾不好保啊！"

奕劻叹口气道："赫总税司，你莫非有了好办法？"

赫德答："王爷，我来是想告诉你，我刚刚接到英国首相葛兰斐尔大人的电报。他说，英国人想出面调解中国与法国之间的事。"

庆王摇头道："美国杨约翰的调停已被法国人拒绝，法国能接受英国人的调停吗？曾劼侯怎么没有说起这事？"曾劼侯便是曾纪泽。因曾纪泽字劼刚，又是通侯，人们习惯称他为劼侯。

赫德把两只眼珠转上三转道："曾纪泽把法国得罪了，葛兰斐尔不想让曾纪泽知道这件事。"

奕劻深思了一下，答："这件事，总署要向朝廷请旨，赫总税务司回去听信。"

赫德道："需要尽快给我信。还有一项我也要申明，如果总署同意英国出面，就不要再请其他国家出面。"

庆王答："总署会尽快答复总税司。"

赫德问："我什么时候来听信？明天怎么样？"

庆王答："如果有了准信，总署会派人去通知你。应该不会太久。"

赫德起身说："那我三天后再来。"

庆王答："也好。"

赫德刚离开总理衙门，俄国驻华公使博白傅便带着一应随员赶了过来。

闻报，奕劻忙把博白傅一行人请进大厅见面。

双方施过礼后，博白傅耸着肩膀说道："王爷，贵国在海陆两地连续遭遇惨败，我国很是忧虑。这样打下去，贵国要灭亡的！"

奕劻最不愿听的就是这句话，当即条件反射地大声说道："我国已经作了巨大的让步。明系法国理亏，他还要我国赔偿，各国又都不出来说话，我们只有和他打！打黄拉倒！谁都休想占到便宜！"

博白傅奇怪地说道："我已得到确切消息，法国的援兵已经起程，即将与孤拔会合。我国认为，贵国在这个时候作出一些让步，还是有好处的！"

奕劻对俄国人是有气的，因为早在中法交战之初，奕劻就禀承太后的懿旨，曾向博白傅提出过请求，希望俄国能同美国、英国一道，一同站出来主持公道，但却遭博白傅的断然拒绝。

博白傅话音刚落，奕劻就赌气般地说道："我大清理直，为什么要让步？我们就和他打！和他打到底！狗娘养的，我就不信整不住他！"

博白傅见话不投机，会谈无法再进行下去，只好起身告辞。

望着俄国人的背影，奕劻发狠地说道："狗娘养的俄国熊！"奕劻现在是见谁想干掉谁。

博白傅在总理衙门碰了老大一鼻子灰，心情很是糟糕。他当日致电俄国外交大臣吉尔斯（又称格尔斯，法国人则习惯称嘎尔斯），添油加醋地指责中国总理衙门不肯听从劝告，也不肯对法国作丝毫的让步，想和法国对抗到底。博白傅在电报中接着又谈了自己的观点："中国如此狂妄，是因为法国军事打击离北京太过遥远；如果孤拔此时若放弃台湾而直捣北洋，中国人马上就会跪地求饶，而战争，也就马上会结束。"

阴险的吉尔斯，马上把博白傅电报的内容偷偷地透露给了正在俄国访问的法国海军部亚贝尔中将。

亚贝尔当即给茹费理飞电一封，称："驻北京俄国公使博白傅先生写信给嘎先生（俄外长）说，中国人什么都不愿意听，也不肯让步，除非我们有武装辉煌的胜利或向北京进攻，使中国受着实际的威胁，来强迫他。嘎先生把台湾作战，比作蜂螫象背，他认为我们不能有所成就。"

茹费理把亚贝尔的电报转发给巴德诺，请巴德诺谈谈自己的看法。

巴德诺接电，很气愤地对谢满禄说道："战争进行到现在，中国仍不肯向我们赔偿，事实证明，中国的财政离崩溃还远得很！我们全让福禄诺给骗了！福禄诺向内阁提交了一份虚假的报告，他应该立即受到军事法庭的审判！"

谢满禄说道："我有不同的看法。我得到准确消息，张之洞利用各种名义向英国汇丰银行借了许多英磅。显然，中国在靠借款同我们打仗，这说明，他的财政已即将崩溃！中国就要完蛋了，他们撑不了多久！"

巴德诺摇头说道："汇丰银行肯把英磅借给中国，说明中国的财政根本不可能崩溃！英国人像狐狸一样狡猾，他肯把英镑借给一个面临倒闭的国家？你和总理一样，都上了福禄诺的当！我要把真实情况向总理说明。"

谢满禄没有再和巴德诺争辩，但从表情上可以看出，他并不赞同巴德诺的观点。

经过一夜的思考，巴德诺于次日午时，给茹费理发了封长电：

"一月十日日本与朝鲜在汉城直接订立了一个协议。我们可以推测，中国政府对于日本方面已没有严重的焦虑，因为自朝鲜事变以来而似乎已被中国抛弃的远征台湾计划，现在又复向前推进，且有迫切实行的消息。但关于此事，我所接到的情报，不幸都有矛盾，所以难作一个结论。在我方面，我总不太相信中国舰队敢到台湾海面去冒险。加之，如果中国舰队去冒险的话，我们无疑将无可遗憾，因为中国这些船只我想现在是无法与我们抗衡的，而且，要恢复我们军事的威信，精神上的胜利是最好的方法；我们的军事威信，自淡水事件以来（指法国陆战队在沪尾遭到失败一事），多少受了损害，这是我们应该好好承认的。我接到台湾最近来的消息，颇难令人安心。孤拔提督电告我，一月十日在侦察的过程中曾作轻率的袭击，意在攻略基隆南方的中国工事，但却出人意料地遭受了失败。我们在死十五人、伤二十七人后，不得不退却。此外人们从'巴雅'号写信告诉我，在同一星期内，我们兵士中三人在兵营附近散步，相继被埋伏兵所获，并当白昼在他们的同伴们目睹之下，遭受杀戮。照这样看来，我们在基隆的据点是不稳固的。我们所派给提督薄弱的兵力，恐至多仅可能维持现状而已。悬挂中立国旗帜，替中国政府运输军队及军需品，仍旧在继续着。'瓦维列'号已到台湾四五次；十余日前又再开至该地，载兵六百人，克虏伯炮两具，银子五十万两。'平安'号挂的也是英国旗。在它方面当已组织起来一条往来于厦门及澎湖之间的真正航线，再由澎湖用民船将兵丁及军需品转运至邻近海岸。作此类营业者，不仅此数船而已。人们确信中国政府接济款项与刘铭传，系由厦门一家英国洋行转汇；该洋行在淡水有交易处。凡此种种，再一次证明中国资源离涸竭之时尚远。关于这一点，我在前此诸信中已强调过。所以福禄诺司令于十月二十日在东京委员会表示的意见，我不能赞成。中国财政的组织，虽有缺点，但它已不能久长继续战争，毫无证明。这个战争，将渐渐使中国困乏，但中国将支持战争，直到我们获得决定的胜利的时候。加之，福禄诺自初对此则已大为谬惑。实际上他五月二十九日上船到法国去的时候，从香港所写的信说：'中华帝国财政上已遭到极大危机：因急办无价值的军备上的开销，海关的存款已尽；商务已告停顿；中国银号在破产后都关了门；国营的大公司，开平的煤矿及招商局，均完全破产；政府不能弥补二百万银两的借款；全国各省的半数，均遭受水灾及饥馑摧残；南方发生武装的暴动，反对官吏特别征收税款的办法'。这样说来，应断定中国八个月前财源已尽。人们可以看见这个估计是如何脱离真情。即以今天的情况来说，我想这个估计也是一样不正确的。最后我要对您说，福禄诺是个狗娘养的，他除了会放几声臭屁，几乎一无是处。我感到难堪的是，竟然有人会相信他的话。"

亚贝尔和巴德诺的电报，使茹费理长期占领基隆、封锁台湾海峡的想法，渐渐产生动摇。从两个人的电报中，茹费理已真切地预感到，长期占领基隆和封锁台湾海峡，很难达到让中国屈服的目的。这样长久僵持下去，说不定在中国财政崩溃以前，法国的财政已先一步崩溃！

他很快召集内阁成员开会，不无忧虑地说："中国人至今不肯向我们赔偿，很可能是在等待孤拔提督更深一步的打击。现在我本人可以肯定，孤拔提督封锁台湾，不仅没有达到效果，反倒把我们的舰队，牢牢钉在了基隆。这种最让人害怕的事，很不幸已经确确实实发生了。"

海军殖民部长裴龙这时说道："总理先生，我们现在还有能力去占领旅顺和威海吗？"

茹费理深思着说道："我想，杜森尼率领增援部队到达基隆后，孤拔是完全可以脱身的。由利士比封锁台湾海峡，杜森尼防守基隆，孤拔带着一部分舰队和陆战队员向北方寻找战机，这应该是当前我们最好的办法。"

财政部一位官员这时说道："波里也将军在安南取得的一系列胜利，不可能不对中国产生影响。"

茹费理苦笑一声答道："镇南关离北京太远。想让北京感到疼痛，我们的舰队只有在北方实施攻击。"

外交部长瓦定敦这时说道："总理先生，有一点我们必须考虑到，北洋是李鸿章总督的势力范围。一位外交界资深人士曾在《政治文学杂志》撰文说：'在谈判上，他是对我们最有利的，他是最能给我们服务的'。"

茹费理笑道："外长先生，您说的这篇文章我看到过，但有一点我们不应该忘记，外交门面是要靠强大的军事力量来支撑的。巴德诺在上海作过许多努力，赫德也帮我们想了许多办法。但中国在赔偿一项上，至今未给我们满意的答复！为什么会这样？因为我们没有真正打疼他！"

瓦定敦说道："我有自己的看法。孤拔提督干掉了中国马江舰队和船厂，波里也和尼格里也在谅山取得辉煌的战绩。中国不可能不感到疼痛！您认为，只有他们大声嚷叫，才算感到疼痛了吗？我不这样认为。"

裴龙这时说道："我个人赞成总理的观点。到目前为止，我们对中国所取得的一系列胜利，并没有让中国人感到真正的疼痛。因为我们至今还没有对北京构成任何威胁！"

瓦定敦这时说道："我提请总理先生和在座的各位先生注意一个事实，我们在对中国作战的同时，还在马达加斯加进行着战争！我们的财政已经出现了危机。"

茹费理笑道："只要中国把大笔的赔偿交给我们，一切都会好起来的！"

茹费理一锤定音，其他内阁成员于是不再言语。

会后，茹费理把裴龙留下，问道："福禄诺那个混蛋在干什么？"

裴龙答："福禄诺退役后，便开始到处演讲，称自己是中国问题专家。"

茹费理霍地起身说道："你派人通知他，让他马上闭上臭嘴！他是一个说话不负责任的人！他最好离开巴黎去外地旅游！"

第五节 大清国议和无门

茹费理即将命令远东舰队对旅顺、威海卫等北洋港口实行军事打击的消息很快便被英、德两国的情报人员侦知。德国从自身的利益出发，更不想听任法国在中国无限制地扩充势力。

消息传到柏林的当天，德国首相俾士麦就紧急约见法国驻德公使，指出："法国舰队如果在中国北方港口采取行动，势必威胁到德国在华商人的生命和财产安全。德国政府提请法国政府慎重行事。"

英国首相葛兰斐尔亦在最短的时间内，照会法国驻英公使："中国北方港口是英国商人的贸易区，如果法国舰队对那一带地区采取军事行动，将会直接给英国商人造成巨大的经济损失，英国政府对此表示忧虑。"

几乎与此同时，德、英两国驻法公使馆也相继向法国外交部递交了与上述观点一致的照会。

瓦定敦把两国的照会急转茹费理。

茹费理整整思考了一天，不得不忍痛取消孤拔下一步的作战计划。

茹费理把改变计划的事及时通报给了巴德诺。巴德诺马上向茹费理建议："既然舰队不能北上占领港口，但可以命令孤拔拨舰封锁吴淞口，断绝中国的漕粮运输，使北京吃不到大米。"

巴德诺在电报中声称此举有困死北京的威力，是目前能让中国屈服的最有力的武器。

茹费理经过思考，采纳了巴德诺的建议，但他只命令孤拔封锁北直隶湾，断绝各省向北京运送大米、漕粮，但不能攻击港口。

茹费理让巴德诺转告孤拔，政府希望此次封锁行动孤拔提督能亲自执行。讵料，法国的这一举动，很快便遭到英、德、美等国的一致谴责，连一盲和法国暗中勾结的俄国也对此事提出了质疑。

因为按着国际上的一条不成文的规矩，两国交兵，不能殃及无辜百姓。大米是北京市民赖以生存的口粮，把大米列为战时禁运品，这无疑是在践踏《万国公约》。但法国政府对各国的反响根本不予理睬，依然我行我素！

慈禧太后也被法国封锁北直隶的行动逼急了，她把醇亲王奕譞、礼王世铎、庆郡王奕劻以及军机大臣等召进宫里，咬牙切齿地说："法国人连饭都不准我们吃了，我们若不拼死一斗，还有何脸面去见列祖列宗！世铎，你马上电告左宗棠和杨昌浚，让他们转饬刘铭传，尽快收复基隆；电告张之洞转饬潘鼎新，尽快收复谅山；电告岑毓英，尽快收复宣光城；电告曾国荃，尽快从南洋抽出得力兵舰援台。"

奕譞这时说道："局面弄成这样，全因李鸿章一人引起。他若和福禄诺订约明白，哪有今天这些事情！"

慈禧太后没有言语，端起茶碗喝了口茶。

见慈禧太后没表态，奕譞没敢再接着往下说。

沉默了好大一会儿，慈禧太后又说道："世铎呀，你问没问李鸿章，烟台和威海卫的防务到底怎么样啊？北洋的防务可不能大意呀！"

世铎答："禀太后，听李鸿章说，北洋的防务一直不敢松懈，各沿岸港口都加派了淮军，炮台上都换上了刚购买的新大炮，弹子都配得很足，谅法酋不敢轻犯。"

慈禧太后叹气说道："我一直心神不定，最怕天津和大沽口有闪失。他若占了大沽口，京城可就陷于危地了！电告李鸿章，法船敢进入北洋，给我往死里打！还有，他说没说派到朝鲜的那两艘巡洋大船，什么时候能赶回来呀？"

世铎答："禀太后，李鸿章电告奴才，两艘巡洋舰船须俟朝鲜事定后才能返回北洋。李鸿章现已查明，日本指使'开化派'叛乱，其实是由法国人在暗中操纵，据说法国还为这次事件提供了佛郎。"

慈禧太后一愣问："佛郎是什么呀？是枪还是炮？"

奕劻这时说道："太后容禀，佛郎是法国人使用的钱币，相当于我大清的银子。李鸿章现在最怕法国与日本、俄国联合起来为难我大清。"

慈禧太后忽然打断奕劻的话，急问一句："我记得李鸿章上几日有个折子递进来，说要从德国请人来操练水师。这件事他办得怎么样了？"

奕譞禀道："禀太后，李鸿章关于雇募德国水师兵官的事已经办妥，雇的这个人叫式百龄，是德国水师的一名总兵，很懂泰西兵船战法。据李鸿章讲，式百龄曾为美国带师船打仗，英锐沉鸷，谋略甚优，是泰西各国有名的良将。"

慈禧太后深思了一下，说："你说的这些，好像是李鸿章折子里的话。你对这个式百龄知不知底呀？"

奕譞汗流满面答道："回太后话，太后真是好记性，奴才适才所讲的这些的确都出自李鸿章之口。奴才从未与式百龄谋过面，不知其端的。"

慈禧太后沉吟良久说道："告诉李鸿章，好好联络这个式百龄。北洋非比寻常，不能有丝毫闪失。电告曾国荃速从南洋拨船援台，北洋先不要动，不要让法船钻空子。"

当日会后，慈禧太后却独把奕譞、世铎、奕劻三人留下，问起赫德的事。

奕劻答："禀太后，奴才按太后的吩咐知会了赫德，赫德现在正在办这件事。"

慈禧太后小声说道："我还是有些担心，怕法国人不会听英国人的话。不过呢，让英国人出面谈谈也好，这么打下去，总得想个辙不是！我好像听李鸿章说，法国好像说过，只有英国人和美国一同站出来讲话，他才肯听。"

奕劻答："禀太后，美国和英国人拧不到一块儿，他们两国各打各的算盘。"

慈禧太后深思了一下，问："李鸿章怎么说？"

奕劻偷偷看了奕譞一眼，奕譞像是无意识地摇了摇头。

奕劻便答："禀太后，英国人出面这件事，李鸿章还不知道。"

奕譞也道："禀太后，李鸿章现在日夜筹防，一直很忙。奴才以为，李鸿章此时不宜分心。赫德这件事，最好不要让李鸿章知道。"

慈禧太后长叹了一口气，许久才道："也好，让赫德先办办看吧。办成办不成，北洋的防务都不能松懈。"

走出皇宫，奕譞一边擦汗一边对奕劻说道："这回与法国议和，无论如何不能再让李少荃掺和了！我昨儿特意到西山找老和尚给李少荃摇了一卦。你说怎么着？他正犯悔约劫呢！我都敢和你击掌，这次英国人出来，若还让李少荃掺和，肯定还是个不成功！"

奕劻临上轿，忽然压低声音对奕譞说道："我是不会让李少荃出面的，就怕太后——"

奕譞果断地说道："总署的事太后还不是听你的？"

奕劻道："我听您老的。"

赫德此时在忙什么呢？虽然奕譞、奕劻二人都把和谈的希望寄托在英国人的身上，但英国首相葛兰斐尔并未当真出面调停。尽管赫德虽再三向总理衙门表示，葛兰斐尔愿意来做这件事，但他说这话时，其实并没有得到葛兰斐尔的同意。这其中的主要原因是：赫德与葛兰斐尔根本就说不上话。

从总理衙门讨到回信后，赫德就开始苦思冥想怎样才能与葛兰斐尔接上头。他先把身边的人挨个思考了一番，一一否决后，他又想到曾在中国任职的戈登。但戈登是个军人，外交上的事，葛相未必肯听他的话。

赫德整整想了三天，想得脑袋都快爆炸了，但仍未找到理想的人选。

"放弃吧！"一个声音对他说："告诉总理衙门，葛相说这件事斡旋的时机还不成熟。等时机成熟以后，英国方面肯定出面！"

但赫德不想放弃，因为有一种感觉告诉他：这件事一旦斡旋成功，他和他的国家，将会得到非常巨大的回报，经济效益会比发动一次战争更划算。何况，法国已经胜利在望，战败的大清国，势必要依国际惯例向战胜国赔偿大笔的兵费，而此时大清国，根本无力支付这笔款项，只能从海关的收入中分期分批地拨给法国。因此所产生的后果必将是：法国趁机将大清国海关的管理权争夺到手。海关由法国人管理，肯定要派自己的人来充任总税务司和各口税务司，而把英国人排除在外！

想到此，赫德吓得险些一头栽倒！

这时，一名电报员手拿一封电报走进来说："赫德先生，刚刚收到金登干先生的电报。"

电报员把电报放到桌上后退出。

金登干是英国苏格兰人，于同治二年（1863年）来中国，在当时的总税务司李泰国手下任秘书长。赫德继任总税务司后，他仍任秘书长，因与赫德脾气相投，竟成至交、亲信。同治十三年（1874年），大清国在赫德建议下在英国伦敦设立中国海关办事处，金登干被派往主持工作，除为清政府举办洋务采购工程技术器材、军舰军械，募借外债及招聘洋员等事外，又受赫德直接指使，往来欧洲各国，进行秘密的外交、间谍活动。

赫德懒洋洋地把金登干的电报看了一遍，却原来是金登干受伦道尔之托请他帮忙推销一艘刚造好的轮船。伦道尔是英国造船业和军火业的工业巨头，与亚欧各国的政要都有来往。请赫德来帮忙推销轮船，这在赫德来说还是第一次。

赫德把电报放下，忽然自语了一句："神通广大的伦道尔，也知道罗伯特·赫德吗？"

赫德说完这话便站起身来，想沏杯咖啡来喝。

他把金登干的电报拿起来，想放到柜子里面去，手却触电般地倏地一动。

"伦道尔——"他喃喃自语。

他再次展开金登干的电报，口里跟着便大叫一声："我这次赢定了！伦道尔，你是上帝派给赫德的天使啊！"

赫德为什么突然之间如此兴奋呢？因为赫德清楚地记得，金登干曾在许多年前对他说过，伦道尔与葛兰斐尔是最要好的朋友！两个人不仅常在一起喝酒、钓鱼，而且常常讨论国政！

赫德当日即给金登干回电一封，请金登干寻机游说伦道尔转请葛兰斐尔出面，调停中法之间愈演愈烈的战事。

金登干很快回电，说事情已经办好，首相认为赫德的建议"可贵"，表示将"立即考虑"。

金登干电达赫德的时候，英国首相葛兰斐尔愿意调停中法之间战事的信，已经寄到法国外交大臣瓦定敦的手上。

经与茹费理商量，瓦定敦决定亲自去见葛兰斐尔。因为瓦定敦有某种预感：中国面对败局已无路可走，很可能同意投降。

与葛兰斐尔会面后，瓦定敦请葛兰斐尔向中国转达两点不可更改的要求：一，完全实行李福简明条约；二，在简明条约全部执行前，法国占据基隆为担保，直到中国把赔偿款如数交给法国为止。

葛兰斐尔当日即把法国的要求面告中国驻英公使曾纪泽，并劝曾纪泽说服国内，答应法国的要求。

曾纪泽断然拒绝，称："法国理亏，中国理直，断无赔偿之理！"

葛兰斐尔忧心忡忡地说道："曾劼侯容禀，贵国在水陆两地连遭败绩，局面越来越糟糕。我国认为，此时作些让步，对贵国以后会有好处。"

曾纪泽说道："葛相容禀，不向法国赔款，是我国的定议，曾某一介外任，何敢参评此事？"

和葛兰斐尔分手后，曾纪泽连夜致电国内总理衙门，称：

"葛面述瓦言，法一索全允津约，二议久居台北，华出偿款则可早退。葛嘱泽请旨。泽答津约可择允，不可全允；法台北兵宜早退。此二事皆已奉旨，不敢再渎云。"

瓦定敦赶往伦敦初始，满怀信心的茹费理便把英国人出面的事电告给了巴德诺；总理衙门收到曾纪泽电报的时候，茹费理也收到了巴德诺发来的电报。

巴德诺在电报中称："巴黎对于最近即可讲和抱有希望，我不以为然。现在与中国开始的谈判，照我的看法，一点真诚都看不出来；赫德先生所通知的对策，我看目的似只为拖延时间而已。"

曾纪泽的电报一到总理衙门，奕譞和奕劻双双傻了眼。他们没有想到，法国此时开出的条件，竟然比以前还高。因为按大清当时的国力，根本无力向法国支付大量的赔款，只好从海关的收入中一点一点地往出挤，可能要十年，也可能要等二十年。而法国却在这漫长的岁月中，继续占领基隆。

两个人把曾纪泽的电报往宫里一递，慈禧太后当即勃然大怒，马上便发下懿旨一道："中国理直，不向法国作一分赔偿，更不允许法国将占领基隆为担保；电告刘铭传，限期收复基隆！"

瓦定敦在伦敦作了短暂的停留后，终于还是无功而返。

离开伦敦前，他先给茹费理拍发了一封电报，称：

"我从葛兰维（斐）尔那里出来，自我所寄给你的备忘录以后，他没有接到曾劼候新的照会。他说，现在要改变中国的情绪，已属无望。他同我说：'我在曾劼侯处已经碰壁了，因他心意绝对坚决。但是这几天来——（实则）许久以来，我以最严厉的语气告诉曾劼侯，如中国延长战争，是冒毁灭及瓦解之祸。战争无疑将使法国人受重大的牺牲，但其结果（中国失败）是无疑义的'，我问他中国公使及其政府用意之所在，葛兰维（斐）尔回答我说：'好像是中国相信：（一）可以使法国疲劳；（二）无论如何，你们的援军两月内不能达到前线；（三）其间可以偶然发生国会或别的事故。但是我一再向他说明，这不是法国内阁变更的问题，而且在议会投票通过后，现在法国的各任内阁对中国必须继续同样的强力政策。'我对葛兰维（斐）尔为和平所作之努力，表示谢意；我又向他声明：事实已证明，而且葛兰维（斐）尔自己也承认，我们不能不认为英国友谊之干涉已告结束，英国深以为憾，我立即将此点向你报告。"

得知葛兰斐尔的斡旋失败后，赫德眼珠一转，又心生一计。

他理直气壮地来到总理衙门，直接找到奕劻，笑着问道："王爷，您知道葛兰斐尔首相调停没有成功，是为什么吗？"

奕劻心不在焉地回答一句："本王愿闻其详。"

奕劻对赫德已不再抱有任何希望，所以说出的话有气无力。

听了翻译的话，赫德振振有词道："王爷，中法构衅以来，法国人最讨厌的人是谁？"

奕劻苦笑着回答："肯定不会是本王！"

赫德道："自然不会是王爷您，那是谁呢？那就是曾经做过驻法公使的曾纪泽大人。法相茹费理宣称曾大人是'不受法国人欢迎的人'，并在私下里对人说，他恨死了曾大人。而现在，总署却让曾大人出面与葛兰斐尔首相谈议和的事。法国会怎么想呢？王爷可能还不知道，葛兰斐尔与法国的总理茹费理和外长瓦定敦，私交都很好啊，否则，一听说葛兰斐尔首相要出面讲解，瓦定敦怎么会亲自跑到伦敦呢？瓦定敦能亲自跑到伦敦，这就说明，法国对英国是很信任的。但曾大人一出面，事情就发生变化了。"

奕劻把赫德的话细细分析了一下，认为赫德所言不无道理，便道："赫总税司，你到底要同本王说什么呢？不妨直言。"

赫德见奕劻上套，便大声说道："英国此次是真心想帮助中国，葛兰斐尔电告我，想同王爷就近商议，朝廷到底有无议和的诚意。"

奕劻答："中国是有议和诚意的，也愿意按天津条约办理，是法国不同意。"

赫德道："既然如此，就请王爷给我一个凭条，只委托我来办。既不要让曾大人参与，也不要再请别的国家。王爷是否同意？"

奕劻深思了一下答："你说的这件事，本王须向上头请旨，明日给你准信。如何？"

赫德起身高兴地说道："好，我明日一早就过来。现在中国还可以议和，若等全败下来，就又发生变化了。"

第六节 目标离法国越来越近

赫德走后，奕劻先到醇王府和奕譞商量了一下，然后又同奕譞一起到军机处和世铎讨论了一番。

三个人达成一致后，奕劻便一个人进宫去向太后请旨。

第二天，奕劻与赫德见面后，便按着太后的吩咐这样说道："你提的条件，总署可以答应你，但目前还不能给你凭条。本王可以给你一个保证，在你出面调解此事期间，总署不委托其他国，也不让曾劼侯参与。但若法国同意与你商办，两国可先停战，然后再具体会商。你还没有说，你到底想怎么办？"

赫德答："王爷说的话我都已记住，我会按自己的方式来办。但总署为什么不给我一个实际的凭信呢？"

奕劻答："你不要疑虑，本王的话就是凭信。"

赫德于是告辞出来，开始寻找和法国接近的方法。但他思考了两天，也没有丝毫结果。

奕劻私下感叹："赫德这个人，除了爱说大话和吹牛皮，一点实事都办不来。"

这话很快便传到赫德的耳中，赫德气得大叫："我非要办成这事堵他的嘴！"骂过之后，赫德愈发愁上愁。

这时，突然发生的一件事，使迷茫中的赫德看到了转机。

当时，尽管法国海军已公开由孤拔宣布封锁台湾海峡，但赫德并没有太把这事放在心上，海关派出的巡船仍照常在台湾海面往来穿梭，整日为海面各灯塔运送给养。利士比对此早就心存不满，但孤拔因为赫德与巴德诺一直在暗中往来，时不时的向巴德诺提供一些中国人的机密，所以不想让赫德的自尊心受到伤害，暗中密饬各舰不要对海关巡船动手。

但当孤拔率舰北上去攻击南洋五艘援台军舰后，大权在握的利士比便决定趁孤拔离开的这段时间，对中国海关的巡船下手，彻底打击一下赫德的嚣张气焰。

这一日，当海关巡船"飞虎"号仍像往常一样出现在台湾海面后，利士比当即命令三舰军舰把"飞虎"号包围，强制其驶向指定区域，悍然扣押了该船。

赫德闻讯后大惊，急忙电致巴德诺，请巴德诺通知利士比，尽快释放"飞虎"号。

巴德诺对赫德的电报熟视无睹，干脆不理。

赫德一连发了多封电报请巴德诺解释此事，并声称："若您仍不作答复，我将到上海。"

巴德诺并不想和赫德见面，尽管中法在以往的谈判过程中得到过赫德的许多帮助。但那毕竟已成过去。

他想了想，给赫德回了一封电报："我收到利士比提督的电报，说'飞虎'号有向台湾军队偷运军火的嫌疑，他不允许这样做。我同时收到国内的训令，对法国远东舰队的行动，我不能干预。您说的这件事，需要向法国政府说明一切。因为远东舰队的行动，由政府直接掌握。我认为我的信，您已经看明白了。"

赫德于是急电伦敦的金登干，速到巴黎交涉此事，要求法国政府尽快释放"飞虎"号。联想到金登干一到巴黎，肯定要与总理茹费理面商，赫德眼前一亮，自忖道："让金登干顺便过问一下中法的谈判事宜，是不是顺理成章呢？"

这个想法一出，赫德竟然兴奋得大半夜还不能入睡。

第二天早起，赫德紧急给金登干加发了一封电报，称："请向费理先生解释：由别的路线直接和他通讯，已不可能；中华帝国海关总税务司与最高当局有直接联络；来源确实的情报，或能使外交行动达到目的。如法国此次愿意和平解决，这是适宜的好机会。总税务司是中国官员，当然想替中国觅取一个最好的、可能的解决办法，但是切愿鼓励各种可能的解决办法。"

金登干接到赫德连续发来的两封电报后，自是大喜，匆匆打点了一下行装，便以向法国内阁索要"飞虎"号为由，登车赶往巴黎。

到巴黎后，金登干指明奉中国海关总税务司之命，要直接面见茹费理总理。

茹费理从瓦定敦的口中听到"中国海关总税务司"字样，马上便联想起巴德诺电报中提到过的赫德，当即同意亲自接见金登干。

见到茹费理后，金登干把"飞虎"号被法舰扣押的事讲述了一遍。

茹费理听后深思了一下道："金登干先生，请您转告赫德先生，如果'飞虎'号当真如您适才所说的那样，只是负责为台湾的灯塔运送给养，没有参与为中国军队运送军火，我可以下令孤拔提督释放该船。但这需要我们确实查明以后才能解决。金登干先生，您还有别的事吗？"

金登干一笑，不慌不忙地从护书里掏出赫德的第二封电报，但并没有马上交给茹费理，而是拿出随身带的自来水笔，在电报的后面写了这样一行字："为和平的利益，他愿意知道天津条约附加一个条款的意见，是否可以接受；如不能接受，何种办法可以接受。"

勿庸说明，金登干话中的他，显然指的是赫德。

金登干笑眯眯地把电报递给茹费理。因电报使用的是英文，茹费理自然不能很快给金登干一个答复。

茹费理在会同内阁成员讨论赫德这份电报的时候，却突然接到巴德诺的一封急电，因为孤拔率军舰在驶离台湾向北游弋，引起了清政府极度不安。

朝廷紧急电告上海道邵友濂通知各国驻沪领事馆，在发现法舰时，将沉船封闭河口，以防法舰突然向上海发起攻击。邵友濂的告示一经发到各国领事馆，登时引起极大反响。英、美、德三国当日即发表声明：法军舰若敢对上海发起攻击，三国将各派军舰赴华保护本国的商人，由此引起的一切后果，由法国全部负责！

巴德诺一见形势对法国很是不利，马上电告茹费理，云："各外国领事馆接到上海道台的通知，在发现我国舰队时，他将命沉船封闭河口。为预防这样有损于国际利益的方法，且为安定人心起见，可否准许我写一信向领事团领袖声明，孤拔海军提督仅得到阻止战事禁止品的训令，我们无意攻击上海及吴淞。"

茹费理未及把巴德诺的电报读完便感觉到了事态的严重性，他现在只想从中国勒索到大笔的赔款，并不想与同为列强的英、美、德等国为敌。

内阁成员离去后，他马上飞电巴德诺，让巴德诺马上照会各国驻沪领事，重复他电报中说过的话，同时让巴德诺转告孤拔："将中国南洋援台的军舰干掉后，马上返回台湾，在尽量短的时间内将澎湖列岛占领。"

与茹费理见过一面后，金登干在巴黎一住就是十几天，但茹费理既没有再接见他，也没有给他任何书面的答复。

金登干有些后悔，他不知道又是哪个环节出了问题。

他很沮丧地给赫德发了这样一封密电："直接找茹费理，政治上是失策的。"金登干在电报中向赫德建议："最好的办法，仍是由英国政府出面调停。"

金登干在电报的最后向赫德诉苦："已经过去了十几天，我都快等疯了！"

那么，茹费理此时到底在打什么算盘呢？他就算不同意与中国讲和，总该给金登干一个明确的态度啊。

其实，茹费理迟迟不向金登干表明态度，并不是他不想讲和，他只是在等孤拔的消息。

茹费理私下里对瓦定敦说："只有我们占领了澎湖，中国人才肯听从英国人的话。"

瓦定敦不无忧虑地说："中国一直不肯向我们赔偿，这一点我非常忧虑。现在国内的舆论对我们非常不利，我不知道我们还能挺多久！"

茹费理笑道："部长先生，您适才说的话，应该从中国人的口里说出才对。现在不是我们能挺多久，而是中国还能挺多久！"

瓦定敦叹道："我不知您的信心来自哪里。我至今还在怀疑，我们是不是在一个错误的地点、一个错误的时间、发动了一场错误的战争？"

茹费理很不情愿地叹了口气，许久才迸出一句："一切都是福禄诺的错。我听说，那个金登干正在打点行装准备离开？"

瓦定敦说道："他等不及了。"

茹费理深思了一下："您去见见他吧。您告诉他，赫德上年底拟定的那个方案，我们不能接受。让他转告赫德，最好劝说中国提出新的方案。有两点必须在新方案里体现：一，法国必须占有老街；二，中国必须提供履行条约的担保品。"

瓦定敦点了点头，忽然若有所思地反问了一句："您好像忘了赔款或赔款等价代替品的问题。这是您的疏忽吗？"

茹费理诡谲地一笑，说："暂不触动神经，向英国人显示我们的诚意。"

法国人作出的姿态让金登干大喜过望。他马上电告赫德，请赫德敦促总理衙门拿出新的方案。

把金登干的电报读完，赫德的眼里倏地射出两道光芒，很像鬼附体一样。

赫德带上随员，旋风一般地闯进总理衙门，大声喊着要见庆王。

见到奕劻后，赫德先上不着天下不着地的把自己吹嘘一番，又夸奖金登干如何能干，应该改叫"真能干"。赫德云山雾罩的一番话，直把个奕劻听得眼睛瞪得老大，但直到最后也没明白赫德到底要说什么。

奕劻歪起头来问赫德："总税司说了这么半天，把本王的耳朵都震疼了，可您到底要说什么呢？本王怎么到现在也没听明白？"

奕劻说完这话，又小声对旁边坐着的陈兰彬小声道："赫德这个人，是越来越不着边际了！"

陈兰彬小声道："看他的样子，好像事情有些眉目了。"

奕劻气哼哼地说道："有没有眉目，你总得说出来看！你自己又喊又叫，算怎么回事呢！"

赫德这时也意识到自己扯得太远了，讲话这才开始切入主题："王爷，在我的一再恳求下，茹费理总算答应与中国讲和。"

奕劻忙道："他同意讲和，就该马上宣布休战啊！"

赫德道："他让总署提出一个新方案。"

奕劻一听这话，登时便像一只泄了气的皮球，有气无力道："他这么说，还是没有讲和的诚意。我们已经提过许多新方案，他哪次也没同意。去他娘的蛋吧！"

赫德道："王爷不能这么讲话。他这次让总署提方案，和以往可大不相同啊。金登干电告我，法国没有提赔款二字，说不定，茹费理真的想讲和了。"

奕劻精神再次一振，问："他不提赔款，提没提别的条件？"

赫德道："金登干告诉我，法国只强调了两点：一是他必须占有老街；二是中国要提供履行条约的担保品。"

奕劻皱眉想了想，说："中国军队撤出谅山这一点不难办到，但他的第二点还是要求索赔款，上头肯定不能答应。这还是在扯他老娘的大蛋！"

赫德道："王爷，我说句不中听的话，这两国讲和是要慢慢来的，该退步的时候就要退步。这仗不能再打了！"

奕劻很无奈地说道："我和上头说说看吧。"

赫德道："我是名英国人，但我却在给中国当差，我是不想看着中国被打垮呀！我是真心为中国好啊。"

奕劻道："总税司啊，你的好本王知道，上头也知道。我大清的事情，不像你想的那么简单哪！咳！"

送走赫德，奕劻正想喝口茶水好好想一想，一封电报却突然递到他的手里。

奕劻拿起电报未及看完便脸色大变："他奶奶的，澎湖怎么说失就失了呢！"

电报从奕劻的手里滑落，飘到案上。

奕劻两眼发直，喃喃自语："镇南关被焚，澎湖又被占领，法国这次，是吃定赔款了！"

他拿上电报先赶到醇王府，一见奕譞的面便连连跌足道："茹费理刚同意讲和，孤拔又攻占了澎湖！看样子，不给他些赔款，他是要一直打下去呀！王爷，您老快拿个主意吧，这仗不能再打了！再打下去，我们都得喝西北风啊！"

奕劻话毕，把赫德的谈话录与杨昌浚转来的刘铭传的电报，一齐递给奕譞，他则坐下来，又是摇头又是叹气，痛苦得不行。

得知澎湖失守，奕譞虽在心里叫苦不迭，但面上却偏装出一副镇定自若的样子，说："孤拔做的这些都在本王的意料之中。他在镇海吃了些苦头，于是就对澎湖下手。法国舰队船坚炮利，他想占哪里，我们如何顶得住？茹费理和赫德说的话，到底是不是真的？他口里说愿意讲和，却又连连给孤拔增兵，他下的这是什么棋？"

奕譞说这话时，双手一直抖个不停。

奕劻一直在偷偷地观察，他断定奕譞此刻比他还慌乱。

奕劻试探性地说道："王爷，您老难道没发现吗？法人打镇海占澎湖，又焚我镇南关，做了这么多，目的不过是两个：一要越南，二要银子。现在看来，越南我们是保不住了，何况越南也不会听我们的。至于赔款呢，我们自然还是要争，但到最后能争回多少——"

奕譞这时忽然问一句："曾劼刚来电报好像几次都说，巴黎并不是太安定，茹费理这个总理好像当不长久。"

奕劻道："王爷呀，曾劼刚这话可一直没断了说，可茹费理呢，一直也没见下来，这仗倒是越打越凶了。曾劼刚现在在伦敦，他对巴黎的情况，到底能知道多少呢？英国人都猜不透法国人的心思，他曾劼刚怎么就能猜出来呢？"

奕譞又问一句："赫德说没说，茹费理要我们必须履行担保，指的是什么呢？"

奕劻答："赫德也没有明说，他好像也不知道。但赫德认为，这仗是不能再打了。我认为赫德说的也占理。"

奕譞深思着说道："仗打成这样，关隘都给人家烧了，京里现在吃不到大米，给台湾的东西，一半儿送到了，一半儿被法船截获了。现在又把澎湖夺了去！你说，我当初犯的是哪门子邪呢？张佩纶喊打，我也跟着喊打！你说张佩纶是个什么东西，我们不仅上了他的当，连太后都让他糊弄了！这个狗娘养的，他这次可把我大清坑得不轻！把他发配军台效力，真是太便宜他了，就该把他千刀万剐才对呀！"

奕劻道："赫德还等着回话呢。"

奕譞起身道："我们一起进宫吧。不管怎么说，先议出个方案吧。可我还是担心法国在要什么花招儿。"

经十几天的商讨、论证，奕譞、奕劻会同世铎等一些王大臣们，终于又议出了一个新的方案。经太后同意，由奕劻打发人交给了赫德。

赫德马上把清政府新议定的议和方案飞速电告金登干。

赫德的电报是这样写的：

"皇帝允准下列四项条款的提款：（一）中国方面，允许批准一八八四年五月的天津条约，法国方面，允许在这个条约规定之外，不再另作任何其他要求。（二）双方同意，凡能发给命令并接受命令各处，迅即停止战斗，法国并同意立即解除对台湾的封锁。（三）法国同意，派遣公使至北方，即天津或北京，详议条约，然后双方规定撤兵日期。（四）金登干先生，税务司兼中华帝国海关总税务司的非常驻秘书，中国二品文官，法国四等光荣勋章获得者，以中国特派专使的资格，受有必要的权限，与法国派定的官员签订议定书，为初步协定。"

这第四项，是赫德在金登干的一再要求下，特别从总署争取来的，不过是为了抬高金登干在法国人心目中的地位，同时也是在抬高他自己。

金登干收到电报的当天即约见茹费理，但茹费理没有出面，而是让瓦定敦在外交部指派官员与金登干接洽。

瓦定敦思考了一下，便指派外交官员毕乐与金登干秘密接触。

金登干没约到茹费理，法国反倒打发了一名普通的外交人员来见他，这让金登干在突然之间有种被愚弄的感觉。

他把赫德的电报交给毕乐后，马上发电报给赫德，气愤地提出："我能感觉出，法国人的着眼点在战争而不在谈判。我三次约见茹费理，但来见我的却是外交部的一名普通官员毕乐。尽管毕乐从我这里取走了中国的新提案，并答应向茹费理转交，但我个人认为，毕乐是个不负责的人。"

赫德接阅金登干的电报后，心情很是沉重。他认为，他已经帮助法国说服中国放弃了许多不应放弃的权力，比方说对越南的宗属权，但法国人为什么还不满意呢？赫德深思了两天之后，认为有必要给茹费理直接发个电报，他赫德无论从哪方面看，都对得起法国。

赫德在电报中说："中国皇帝已经同意，如果法国同意方案，他将发布一道上谕，然后两国便在严守秘密的情况下，作进一步的接触，至我们正式恢复商议的时候为止"。赫德在电报的后面又特别强调了一句："皇帝的意思是指赫德本人，而不是其他的人。"

茹费理接电一笑，很快便以自己的名义给赫德复电一封：

"如果条约内任何赔偿都不规定的话，我想法国舆论是不能接受的；应该坚持商务上的真实利益。这些利益是什么呢？如何才能特别地给与法国呢？我将愿意在详细的条约的基础上，加以说明。你报告有一道上谕下来，是否已经下来了呢？"

赫德手捧茹费理的电报兴冲冲地来见奕劻。

赫德把电报递给奕劻，说道："我早就说过，无论他茹费理怎样，他最后终跳不出我的手心。怎么样？他到底说软话了！"

奕劻把茹费理的电报看了又看，奇怪地问道："你说的都是些什么呀？绕了一个大弯儿，他法国人还是咬住赔款不松口！他到底停不停战啊？"

赫德道："王爷要沉住气，任他打，他总有不想打的那一天。"

奕劻被赫德说得一时哭笑不得。

赫德却道："他法国所谓的赔偿，不过是商务上想得些实惠罢了。王爷，中国不是要建设铁路吗？就把这个给他法国吧。一点实惠不给他，又不赔偿，法国不会停战啊！我是真心为中国好啊！"

奕劻沉思了一下说："这件事本王不敢定，你回去候信吧。"

赫德闻言站起身来，告辞后刚要迈步，奕劻忽然发现有什么地方不大对劲，忙又把赫德叫住。

赫德不知发生了什么事，两眼茫然地望定奕劻。

奕劻却把茹费理的电报翻来覆去看了又看，终于一拍脑门问道："对了，本王总觉着有什么地方不大对劲，可又一时想不起来——孤拔占领澎湖的事，茹费理怎么只字未提呢？他是不是想长期霸占哪？如果他那样想，不仅上头不会答应，一些王大臣也不会答应。你可得去电报问个明白。"

赫德愣了愣道："茹费理一直说什么担保，我想大概指的就是基隆和澎湖吧？我想，这件事可以同他慢慢谈。"

赫德现在采用的方针是两头瞒。其实，金登干早就打电报告诉他，法国人的意思，中国不赔偿兵费，法国就长期占领基隆和澎湖。赫德明明对茹费理的用意心知肚明，但他就是不告诉奕劻。他想先让战争停下来，然后再伙同法国人一起，逼迫大清国就范。

就在太后就赫德交上来的茹费理的电报会同几位王爷、军机大臣商议的时候，法国驻天津领事林椿也接到茹费理的训令，正在通过其他的渠道，向李鸿章进行摸底。但李鸿章此次因被排除在谈判之外，未敢向林椿作任何承诺。

巴德诺这时收到茹费理的电报，电报是这样写的：

"人们可以相信，恢复和平已经开始了，或是北京朝廷已企图恢复和平；因为不仅仅是李鸿章向你提出条件，驻柏林中国使馆的一位官员曾试探过我们大使的意见，此外我与赫德先生通信，已经数星期了；此项通信，由其一位英籍交涉员居间转递。这交涉员是因为中国海关船只被孤拔提督扣留之事件而来至巴黎的。自谅山攻略以后，赫德寄发其交涉员的电报，都被转递给我看。林椿先生留津听听总督的话，毫无不便之处。我向赫德先生交涉员声明，我可以听听话，但我只能回答由总理衙门正式提出并由真正有权的谈判代表携来的提议。赫德先生电称，签订包括休战初步议定书的必要的权限是可以给予他的交涉员的。我回答他：（一）无论如何，在占领未完成以前，不能停战。（二）我愿意知道所说的（交涉的必要）权限是什么。（三）既然已向我们提议以商务的利益代替赔偿，我愿意知道这些利益是什么，以便在实质上联系天津条约，于初步条约的基础上计及这些利益。我现在等候着回答。林椿先生只须以同样的态度对待李鸿章。约十八天，宣光为黑旗军及云南全部军队所围困。波里也将军业于三月三日解除宣光之围。我少数卫戍部队颇奏奇迹，战事激剧。中国方面，防卫异常猛烈，但损失綦重，完全溃败。离开清河（即泸江或称明江）。谅山方面，尼格里将军破坏了边境炮台，炸毁了中国门户（镇南关，即今之睦南关）。用侦察队向中国领土前进六小时，证明中国军队完全溃败。安南人追击并消灭其多数之落伍的兵卒。我们远征队同时接到无数援军，最后且将有骑兵部队。运输米粮，凡来自交趾支那、东京及外国各殖民地者，均准许进入广州及广州南方的各海口，但倘由上海运米到广东，则所不许。其禁止界线独包括香港及广州。"

从电报中可以看出，茹费理此时的心情是何等的得意。这与其说是一封通报情况的电报，不如说是茹费理开出的一份战争和外交两方面的成果单。

总理衙门很快将一份答复交给赫德："皇帝同意前提之四项条款，中国不对法国赔款，但以后中国若建设铁路，将优先考虑购买法国若干材料、钢铁及聘用工程师。"

赫德把中国同意在修建铁路时优先购买法国钢铁及聘用法籍工程师一项电告茹费理，但却把"中国不对法国赔偿"的话隐去。

茹费理将一份照会交给毕乐，让毕乐交金登干转达赫德。

照会如下："（一）我愿意赫德先生自己直接电告我前述的上谕已经下来。（二）我没有听见说要求在中国建设铁路的专权；但中国能否约定若干年（年数再定）内建筑铁路若干公里，为建筑此项铁路，法国工程师及法国冶金工业将被优先使用？（三）至于停战一节，关于东京不必再作此类规定，因为天津条约，已包含有立即从东京尤其是从谅山、高平、室溪及老开各地撤兵的约定。（四）条约经上谕批准，因此将意味着中国军队立刻撤退至边境以外，特别是由老开撤退。（五）法国军队继续前进至中国边境，只是履行天津条约而已。（六）在签订初步协定的时候，得依临时停火的约定而停止之战斗，限于海面及基隆的战斗。（七）虽然处于战争状态，我们还有领事在天津；中国为什么不派一中国大使馆秘书来此协助金登干先生呢？"

赫德接电，毫不犹豫地给金登干复电：

"我直接电告茹费理先生如下：二月二十七日密谕批准四项条款，由金登干君居中转递，并任命该员以特派专使名义，为中国签订议定书。请予证实，并告以李总督是可以被委派谈判商务条约的。"

电报刚刚发走，赫德却又突然发现不妥，怕李鸿章插手此事后，他的调停资格被中国剥夺，于是马上又给茹费理单发一电，很庄重地称："我正式地说，订这初步协定，惟我一人有皇帝授予的权限。"

金登干的电报和赫德的电报几乎同时被放到茹费理的案头。但茹费理此时并不在意细节，他给赫德复电一封曰："我要求总理衙门，将赋予赫德先生的使命以正式的任何路线，秘密通知我们驻天津的领事。"

茹费理及时把情况通报给了巴德诺：

"上星期日赫德先生由北京直接寄我电中，告诉我二月二十七日密谕，准许他将基于天津条约恢复谈判的提案转达于我。他正式地说，订这初步协定，惟他一人有皇帝授予的权限。我要求总理衙门，将赋予赫德先生的使命，以正式的任何路线，秘密通知我们驻天津的领事。因此，请告林椿先生，可能有一机密的通牒，从北京交给他，请他准备转达我们。我想这里有一点郑重、实在的东西了。无论如何，我们决要保持我们的担保品，直到有利的确定条约缔结为止。"

如果说，茹费理在电报中所谓的担保品还不够明确的话，则巴德诺三日后的复电则就近乎于赤裸裸了。

巴德诺复电的最后有这样一段话：

"孤拔海军提督同我说，缔结和约以后，政府的意见，也许也要保持澎湖。我们祝愿这个决议能够获得确定。澎湖自己的出产不多，只勉强能养活那里的居民。但这些岛内有一个极好停泊之所，为这一带所绝无仅有者；我们可以把这地方作为煤炭储藏站和给养的中心；这些对于我们可能将有极大的重要性。其实最近的经验已经证明，我们舰队的给养是可以遇到很多的困难的。为防备将来发生给养困难而先做准备，是智虑的。获得澎湖或者是我们唯一可维持久长的利益；在东京以外，我们将与中国停止战争，但最要紧是不要放弃这个利益。"

法国人的心思至此已完全了然。他此时肯同赫德议和，耍弄的不过是一种障眼法而已。他的真正目的，是准备对中国发动更大规模的战争。

但赫德并未把茹费理的真正意图告诉总理衙门，他此时坚信，只要把李鸿章、曾纪泽等人排除在谈判之外，他完全可以把中国的几位主事王大臣，乃至皇太后，玩弄于股掌之间。

其实，金登干秘密往来于伦敦至巴黎之间，早已引起曾纪泽的注意，但他确知金登干是受赫德的差遣，代表总理衙门正在与法国议和时，曾致书他的叔父两江总督曾国荃，气愤地说："此次赫德遣金登干在巴黎议和，诡秘万端，惟恐侄人其场或以坚执偾事。吾华当事诸公，初亦代为之讳，不愿侄之预闻，盖犹误认侄为卤莽主战之人，虑其从中梗议耳。"

曾纪泽不久又寄信给曾国荃："特以受国厚恩，稔察敌廷情形，竟坐视吾华之一误再误，至于三五，迄今犹稍可望为桑榆之收，而卒不可得，此心不能无愤懑也。"

让英国人去与法国人谈判，而把本国的外交大臣排除在外，清政府当时的做法不仅让曾纪泽感到愤懑，连一直主和的李鸿章也大为不解。

奕譞、奕劻、世铎等人，此时已顾不得这些，只要能停战，不管赫德提什么条件，三人全部进宫请旨给以最大限度的满足。在法国人的眼里，赫德就是大清朝廷，而金登干则是钦差大臣。

当赫德按着茹费理的要求，把总理衙门从太后那里请来的一道密谕派专人送到天津林椿手上的时候，形势却突然发生了翻天覆地的变化：冯子材率部会同苏元春、王德榜、王孝祺各部，取得了镇南关大捷！

惊闻之下，茹费理已经预感到情况和他想象的要发生变化，但他仍对把基隆和澎湖作为担保满怀信心。

茹费理在收到密谕的当天曾致电巴德诺称：

"金登干先生交到提案。总理衙门在你所转来的公文里声明业经许可。这个提案目的在休战。休战是以双方这样的声明为理由的：法国方面声明，它只求此条约的充分的、完全的履行，并不追求别的目标；中国方面，则声明准备实行天津条约。其实就是——你应好好了解——我国的意愿。我国热望战事结束。中国人提出要做第一步并公布一道御旨，谕令实施天津条约；我要求同时命令中国军队撤返边境。确定条约的商议，可留给你；李鸿章可任中国全权。这个条约将规定撤退台湾的日期，这样在谈判的时候，我们有抵押品作担保。不幸尼格里将军曾豪胆地袭击中国领土；他在二十三日在镇南关外，遇到庞大兵力，不得不退出谅山。恐怕这个消息传出后，主战派将恢复他们的自信心。"

巴德诺收到茹费理电报的当天很是吓了一跳。他连夜通过收买的间牒到当地衙门去打探谅山的消息，发现中国并不知道自己的军队已经打了胜仗。

巴德诺于是飞电茹费理，不无侥幸地宣称："我从波里也将军处得悉你所知道的凶耗。此时人们尚一点也不知道。"

第七节 雾里看花朦胧美

茹费理收到巴德诺电报的时候，早就对茹费理内阁及战争不满的巴黎民众正在举行声势浩大的示威游行。他们打着"反对战争，要求和平"的巨幅标语，从四面八方汇集到内阁办公地波庞宫门前，愤怒地高呼："打倒茹费理！打死茹费理！消灭茹费理！"

高呼声环绕在波庞宫的上空，彻底打乱了茹费理的部署，使他意识到：他和他的内阁该结束了。

茹费理料个正着，就在当晚，迫于各界的压力，不得民心的茹费理内阁不得不集体宣布辞职。

茹费理内阁倒台的消息和清军取得镇南关大捷的消息几乎是同一时间传到赫德耳中的。

赫德乍闻之下，犹如五雷轰项，登时昏倒在自己的办事房里。

苏醒后，赫德为了造成事实上斡旋成功，在未向总理衙门请示的情况下，即飞电金登干："总理衙门为欲迅速解决，至觉不耐。一星期的期限，可能使我们的和解办法归于失败。这个办法，是我们三个月来所忍耐地、坚持地求其实现的工作。对此请慎重将事。"

李鸿章是最早知道茹费理内阁倒台与清军收复谅山消息的，他认为此时与法议和当是最好时机，于是飞电总理衙门云："茹退不必专为越事，但新执政必反旧执政所为，且谅山已复，若此时平心与和，和款可无大损，否则兵又连矣。"

但金登干并不能马上在巴黎签字，他复电赫德称："新内阁尚未组成，茹费理先生因不愿使其继任者的政策受束缚，对签字犹疑不决。"

其实，对签字犹疑不决的还有慈禧太后。她担心此时与法国定议，会引起一些主战王大臣的强烈不满和前线督抚、将士的反对。

但奕譞、奕劻、世铎三人都极力主张"趁胜即收"。当慈禧太后问及李鸿章是何想法时，他们马上便搬出李鸿章发来的电报，一致称赞说：有深明远虑还洞彻时局，又最替大清着想的大臣当中，惟李鸿章一人耳。

慈禧太后仍未当场表态。

见慈禧太后迟迟不表明态度，已急不可奈的奕譞，出宫后竟指使奕劻偷偷往见赫德，命赫德转饬金登干，速与法廷定议，不可耽延。

赫德大喜，连夜便电告金登干，称："总理衙门唯恐谅山胜利会使宫廷听从那些不负责任的主战言论，急于迅速解决。一个星期的耽延，也许会使我们三个月以来不断努力和耐心所取得的成就完全搁浅。你可斟酌以上所说的相机行事。"

第二天，因鉴于中国此时已完全由被动转为主动，赫德又给金登干加发了一封电报，用不容商量的口吻请金登干转告法国，应立即把占领的澎湖交还给中国。

赫德电报的全文是："三月二十七日中国兵收复谅山；三月二十九日法国占据澎湖。这些事件，突然发现于商议差不多完成、议定书差不多可以签字的时候。总理衙门，以中国虽有上述的胜利，仍忠诚维持和解办法，并将撤退其已经收复的地方，是故希望法国亦立即退出澎湖。"

电报无疑是在警告法国，因形势逆转，想拿澎湖作担保品来要挟中国已不可能；要么马上把澎湖、基隆交还给中国，立即签字结束战争，要么就打下去，但被打稀巴烂的已经不是中国，而是法国。

同样想结束战争的法国政府在接到金登干转达的电报后，在新内阁还未组成的情况下，由总统直接授权毕乐与金登干在停战议定书上签字，使战事在瞬间停止。

接到撤兵电旨的当日，两广总督张之洞，当先急电总理衙门，提出异议：

"和议已画押，奉旨撤兵。窃谓停战则可，撤兵则不可，撤至边界尤不可。关外兵机方利，法人震，中法用兵年余，未有如今日之得势者。我撤敌进，徒中狡谋，悔不可追。桂边必扼谅山外谷松、观音桥等处；若弃谅堵高平，法必屯兵，沿边无险，无从防守，钦廉亦逼，两广永与法为邻，以后兵力、饷力难支，且电线断数日，连日雷雨，忽通忽阻，前敌递难速达；初一住战，断难接到。粮械繁重，十日亦难撤至界。伏望展限详议，令彼撤鸡笼、澎湖之兵，我方可撤。看北宁能否攻克再定。若得手，更易商。边事重大，迫切上陈，伏侯圣裁。再，正发电间，接冯十九电，已于廿一日亲率本部并王孝祺军攻郎甲，绕袭北宁。洞昨闻法调法防兵往助，当催冯添兵援剿，并饬钦州进兵，欲停不及，只可俟续报战情再请旨。"

兵部尚书督办广东防务钦差大臣彭玉麟也电告总理衙门，称：

"玉麟扶病巡六门并西海，甘三夜回营，奉电旨，知议和撤兵，不胜惶骇！法狡无信，去年春，津约甫定，而观音桥先开仗；夏间越军尽退，而卒攻基隆，且扰沿海。兹谅山受挫，遽然乞和，此缓兵故智。法畏越瘴热，夏多病毙，秋爽则肃，历年如此。今春晚夏近，要我军先撤而台、越法军不言退期，明系狡谋。今既经画押，固难失信，亦必令偿我年余海防兵费千余万；法军先退，我乃可撤。总之，和可许，兵不可先撤。否则，谅山以内，南关无险可扼，龙州无城可守，彼忽要求肆毒，何以御之？后患无穷！玉麟老朽昏愚，以为万万不可先撤我兵，切恳敕统兵诸臣仍各扎原处，整备待战，勿中敌计，蹈覆辙。"

接到张之洞和彭玉麟从广州发来的电报后，慈禧太后和奕𫍽、奕劻、世铎以及军机大臣们商议了两天，很快便由军机处给张之洞发去电旨一道，旨曰：

"撤兵载在津约，现既允照津约，两国画押，断难失信。现在桂甫复谅，法即据澎湖，冯、王若不乘胜即收，不惟全局败坏，且孤军深入，战事益无把握；纵再有进步，越地终非我有；而全台隶我版图，援断饷绝，一失难复，彼时和战两难，更将何以为计？且该督前于我军失利时，奏称只可保境坚守；此时得胜，何又不图收束耶？着该督遵旨，亟电各营，如电信不到之处，即发急递飞达，如期停战撤兵；倘有违误，惟该督是问！"

第二天，军机处又给彭玉麟发去电旨一道，旨曰：

"彭玉麟电奏请饬统兵诸臣仍扎原处等语。撤兵系照津约，断难失信。昨已将办理此事全局利害，谕知张之洞，着即给与该尚书阅看，自可了然。至撤兵回界，仍系整军严防，彼即挟诈背盟，我亦有备无患。该尚书等惟当懔遵前旨，迅速办理，毋误事机。"

停战的训令电达澎湖的时候，恐怕没有人会想到，此时的孤拔，正挣扎在死亡线上。

在停战训令到达的前三天，孤拔自认为身体已经复原，便命刚刚来到澎湖的利士比交出舰队指挥权。

利士比以未奉到国内训命为由，拒不执行孤拔的命令。

孤拔大怒，当即派一名参谋赶到电报房，向国内发报请旨。

利士比闻讯，飞也似地抢先一步派人将电报线掐断，然后下令，没有他亲自签发的手令，任何人不得擅自给国内发报。

手令下发之后，利士比这才命人将申报线路重新接通。为安全起见，利士比调派二十名士兵日夜看守电台，严防孤拔私自发报。

孤拔闻讯，登时气得伤口迸发，血流不止，当晚就卧倒在床上。

接到停战电报后，利士比大步走进孤拔的病房里，医生正在给孤拔擦拭伤口，清理脓血。

见利士比走来，孤拔气哼哼地把脸转向别处。

利士比命令医护人员退出病房，然后拿出电报说道："将军，我有一好一坏两个消息要告诉您。好消息是：中法已经签订了停战议定书，我们很快就能回到巴黎去与家人团聚了；坏消息是：医生明确地告诉我，将军染上了一种非常可怕的瘟疫，回国的队伍当中，大概不会有您的身影了。我很替您惋惜，却又不能不向您请示，您是想把自己埋进巴黎的公墓还是就地安息？"

孤拔蓦地瞪圆双眼大吼一声："你这个法国军界的败类，你给我滚出去！"

利士比微微笑着，边后退边说道："将军，请您放心，鄙人回国后，在同李维业的女儿喝酒调情时会提起您的。"

利士比退出后不及三刻钟，孤拔便陷入昏迷状态，于次日突然死去。

闻报，利士比一边大笑一边说道："孤拔将军身经百战，攻无不克，让许多敌人闻风丧胆！但本将军的一句话便能要他的命！"

孤拔，这个被法国军界称之为"魔鬼的将军"，就这样窝窝囊囊地离开了这个世界。

几乎在同一时刻，代替利士比在基隆督军的杜森尼，在巡查防务的时候，被人吊死在一棵树上。

杜森尼悬在空中，树杈和脖子之间被一根绳子连着；脖颈伸得很长，两条胳膊垂着，两眼瞪得溜圆，舌头几乎全部吐出，极其恐怖。

巴德诺带着一应随员，奉国内旨意来到天津，欲与大清国的钦差大臣李鸿章对毕乐与金登干草签的《停战议定书》履行最后一道程序：钤印画押。

清光绪十一年四月二十七日（公历1885年6月9日），大清国钦命全权代表、钦差大臣李鸿章，会同谈判代表锡珍、邓承修一起，与神情沮丧的法国驻华公使、谈判代表巴德诺正式签订了停战后的条约《中法会订越南条约十款》。《中法会订越南条约十款》主要内容为：

一、清政府承认法国与越南订立的条约；二、在中越边界上指定两处为通商处所，一在保胜以上，一在谅山以北，允许法国商人在此居住，并设领事；三、中国云南、广西同越南边界的进出口货物应纳各税，"照现在通商税则较减"；四、日后中国修筑铁路，自向法国业此之人商办；五、法军退出台湾、澎湖。

从条约中可以看出，法国以勒款为目的发动的这场对华战争，不仅未勒索到分文赔偿，连试图将占领基隆、澎湖作为担保品的设想也化为了泡影。

中法战争虽然结束了，但大清国对前线统兵大员的处罚还在继续。

我们先说徐延旭。徐延旭于光绪十年五月（1884年4月）由潘鼎新在越南派员押解回国后，于十一月初六（12月22日）进京，当日即被关进刑部大牢。两日后，慈禧太后命军机大臣礼亲王世铎出面主审，遴派章京、侍读、司员共同讯问。但徐延旭认为自己无罪有功，并把自己早就写好的辩解词，当堂呈给世铎。

辩解词这样写道：

"维时延旭触瘴感发肝疾几殆，仰蒙天恩，授为粤抚，于光绪九年十一月初二日力疾出关，驻扎谅山，经营后路。旋报法人攻陷山西，刘军败退，北宁愈形吃重。延旭又调募六营，赶赴前敌，切饬两统领督勇挖挑地营，多设伏兵，竭力守御，一面约会滇督岑毓英相见会商。正拟起程，而上思州教堂勾匪潜图内应……延旭复拨兵分头防剿。诚如上谕，内外交讧，事机甚紧，不得不统筹全局。赶即催调王德榜、方长华两军迅速前来，以顾后路。俾延旭得以分身驰赴前敌。适岑毓英闻北宁有警，派刘永福来援。延旭即派员济饷银犒军，解子药助用，并饬两统领激励之以共拒法兵。刘据票申谢。不意该统领面斥刘永福山西之失，致不能并力战守。十年二月十二日，法人轮船由月德江驶上，以巨炮先攻炮台，继攻北宁。我军在扶良、涌球、桂阳及北宁城外，连日血战，阵亡将弁三十余员，勇丁千余。至十五日，教民内应，猝不及防，遂致腹背受敌，宁城失陷。法人进窥谅山，延旭即就续募之营分路扼守，一面招集散勇，亲赴观音桥，复立营全，极力堵御，谅山附近数省得以保全。"

辩词未及读完，世铎已冷笑一声道："徐晓山，看你写的这个东西，你是有功无罪了？也就是说，是朝廷冤枉了你。对不对？"

徐延旭说："王爷容禀，话也不能这么说。总归是罪臣尽力了。"

世铎立起眼睛问："话应该怎么说？你说你尽力了，谅山如何被法人占去了？你这个贱骨头，不给你用刑，你是不知道本王的厉害呀！好，本王就成全你！——来！大刑伺候！"

徐延旭忙道："王爷息怒，罪臣话还没有说完。罪臣是说——"

世铎大喝一声："你说个屁！进了京城，哪还有你说话的份儿！给他上刑。"

站堂的人不由分说，冲上来就把徐延旭放翻在地，然后抬到大刑之上。

徐延旭连喊饶命，谁人肯听他的话。大刑很快便动起来，徐延旭哭爹喊娘，连连昏厥，苦不堪言。

世铎命人用冷水把他浇醒，喝问："徐晓山，你还说你是有功无罪吗？"

徐延旭有气无力地说道："王爷饶命，罪臣无功有罪。罪臣有罪呀！请王爷看在昔日的薄面上，饶罪臣一条狗命吧。罪臣实在受不了了。"

世铎咬牙切齿道："今天本王暂且放过你。回到牢里，从实写来。但有隐瞒，明儿一准送你去见阎王！本王说到做到！把他扔回大牢！"

第二天一升堂，未及世铎问话，徐延旭便把连夜写出的认罪书呈了上来。认罪书这样写道：

"驻扎谅山，布置后路，本拟即赴北宁。旋有上思州教堂勾匪之事，赶即调派姚大瑸、邱世朝、李云梯各军前往防剿。迷时关内关外伏莽堪虞，王、方两军虽经延旭飞函催调，尚未到防；惟恐悉力前敌，首尾不能兼顾，一时糊涂，以致未克前进。延旭见事迟滞，又不能先事预防，贻误时机，辜恩实甚。刘团于二月初六日来援北宁，延旭即饬拨饷银七千两，逼码一万颗，于初十日解交刘军。刘具印票申谢。延旭复函致两统领，派兵会和刘军，谋攻嘉林、芹驿关等处。迨十一日，刘军尚未拔营，而法人以扑犯芹驿关；即以刘军前往抵御，以扼法人来路。当刘初到北宁时，黄桂兰设宴劳之，谈至山西之事，意不相洽；及宴散出门，周炳林复申前说，遂致不和。延旭既不能使之和衷，又不能即时查参，督率无方，负咎綦重。勇丁吸食洋烟，以避越南瘴疠，各营向皆有之，未能概行禁绝。越遭法乱，在彼寄寓之华人，有携带家眷行李避居内地者，延旭饬令遇有携带妇女由凉山一带经过，皆讯明原委，给与护票，遣送入关，节经办理在案，并严饬各军恪遵纪律。至前敌有无骚扰，延旭至愚，究恐有查覈不周之咎。党敏宣因在越南日久，地势人情均尚熟悉，是以令其充统带。及溃败后，延旭虽将该将奏参，悔已无及。知人不明，以致偾事，皆延旭之罪也。黄桂兰二月二十六日在长庆营次来函称疾，延旭因约其暂回谅山，商度军务，就近医治。三月初一日，桂兰回至谅山，延旭劝其整顿各营，再图规复。桂兰亦允以病稍减即行前往，并请发备赏银八百两；延旭于十五日当即拨给。至十六日，忽报桂兰病重。延旭亲往看视，已不省人事。"显然，徐延旭为了减轻自己的罪责，向朝廷讲了一个故事，因为事实与他所讲完全两样。但朝廷能否因为他所讲的故事特别动听便因此将他免于治罪，恐怕就只有慈禧太后一人知道了。徐延旭在最后又说："延旭才庸识暗，致失机宜，辜负天恩，万死莫赎，只求皇上从重治罪。"

赵沃被押进京城刑部大牢后，不久便由兵部、刑部、大理寺牵头主审。

赵沃一上堂，当先拿出死猪不怕开水烫的架势，不仅把罪责全部推到黄桂兰的身上，还往徐延旭身上推，并坚称自己无罪有功。见他放起刁来，主审大臣登时气红了眼，喝令老虎凳加身。一见老虎凳上堂，赵沃马上吓得大小便失禁，口口声声认罪。主审官不理他，命人把他抬到老虎凳上，不由分说便动起刑来，硬生生把他的两条腿压断。用完大刑还不肯就此罢休，又让衙役狠狠打了二百大棒，然后才拖进大牢，命他交代罪行。经过这样一番折腾，徐延旭和赵沃二人，都没有等到正式判决下来，便双双死在牢房里。

唐炯被押进京城后，认罪态度比徐延旭、赵沃都好。经军机处联合兵部、刑部公议，拟定斩监候，秋后处决。唐炯心灰意冷，在狱里老老实实服刑。战后，经反复核查，慈禧太后认为判得有些重了。又想到唐炯以前所立的战功，便命军机处联合兵部、刑部重审。但唐炯仍对自己所犯罪行供认不讳，并不翻供。这样一来，慈禧太后更不忍心了。经过与奕譞、世铎、奕劻商议，决定从轻发落：命将唐炯发往云南交岑毓英差遣。十三年，唐炯再度崛起，被赏还巡抚衔，督办云南矿物；三十一年，病归；三十四年，以乡举重逢，晋太子太保。唐炯一直活到八十而薨。

张佩纶被逮进京师后，未及公开审理便先被狱卒暴打了三顿。脸给打肿了，满嘴的牙齿也被打光。张佩纶遭此大罪，主要缘于狱卒的弟弟在福建水师服役，马尾一战中因船沉被淹死。狱卒摩拳擦掌，早就等着张佩纶的到来。

公审时，张佩纶自知罪孽深重，对所犯罪行全部供认。加之又有左宗棠、李鸿章等人说情，最后只是把他发配军台效力了事。刑满后，张佩纶不敢进京，整日猫在原籍喝稀粥。后来还是李鸿章见他着实可怜，便把他请进府里做文案，不久又把长女嫁给他。张佩纶此后温顺得跟条狗一样。

何如璋也被发配军台效力。期满后回到广东原籍居住，原本打算老死山林，哪知却被两广总督李瀚章延请主韩山讲席。何如璋于是在韩山书院的讲坛上度过了自己的后半生。

中法战争结束后，朝廷依例论功行赏。晋冯子材太子少保，改三等轻车都尉。十三年调贵州提督、云南提督，二十年加兵部尚书衔。冯子材一直活到八十有六方薨。谥号勇毅，予建祠。

战争刚一结束，王德榜先被解除所有处分，官复原职。但王德榜并未接受新的任命，而是上折请求回原籍养病。上感其战争期间忍辱负重，很快恩准。十五年，授贵州布政使。十九年，薨于任所。

法舰队从中国撤走后，刘铭传先是接替张兆栋出任福建巡抚；台湾设立行省，又出任台湾首任巡抚。在巡抚任内，增改郡、厅、州、县，丈田清赋，又兴造铁路、电线，赏太子少保。十六年，加兵部尚书衔，命帮办海军事务。二十一年，薨于原籍。诏念前功，赠太子太保，谥号壮肃，予建专祠。

唐景崧回京后，先是赏戴花翎，赐号霍伽春巴图鲁。不久又赏二品顶戴，接替被革职的刘璈出任福建台湾道。十七年，迁台湾布政使；二十年，赏头品顶戴接替邵友廉出任台湾巡抚，成了一省封疆大吏。

刘永福回国后，先是以提督衔出任南澳镇总兵。二十年，中日衅起，奉命率军援台。战争结束，仍守钦州边境，署理广东碣石镇总兵。宣统三年十月（1911年11月），广东独立后，被推为广东民团总长，旋即辞职回籍。1917年死于故里，寿八十。

中法战争大事记

1. 同治十二年（公元1873年）。

三月二十一日，堵布益大闹河内省。越南朝廷得知消息后，派使者向法国交趾支那总督堵白蕾（Dupre）求援，希望能阻止堵布益的进一步行动。堵白蕾于是派上尉安邺统带麾下五十六名士兵乘四艘快艇赶往河内。

九月末，安邺率军攻破河内，不久又派少许军兵将海宁、宁平、南定三省占据。

十月末，应越南朝廷之请，刘永福率领部分黑旗军将士赶到河内城外设伏，大败法军，并阵斩安邺。

2. 同治十三年（公元1874年）。

二月，法国逼迫越南签订《法越和平同盟条约》。

3. 光绪元年（公元1875年）。

四月，法国驻华临时代办罗淑亚，向清总理衙门递交《法越和平同盟条约》，以此试探中国的态度。

恭亲王奕訢复函罗淑亚："至交趾即越南，本系中国属国。且历史悠久，世界各国尽知。"委婉否定该条约。

4. 光绪五年（公元1879年）。

二月，越南朝廷实授刘永福三宣副提督。

年底，大清国驻英法两国公使曾纪泽正式向法外部交涉侵越一事，无果。

5. 光绪七年（公元1881年）。

六月，法国议院批准侵越经费。曾纪泽得到消息，及时电告国内，建议出动海陆两军，示形于敌。未获答复。

六月二十一日，刘永福借省墓之机，回国寻求支持。广西左江道周星誉派宣化县典史王敬邦暗晤刘永福。

年底，广西巡抚庆裕，命留越桂军统领黄桂兰办理防法事宜。

6. 光绪八年（公元1882年）。

一月，在张佩纶等人力保下，徐延旭擢升广西布政使。

三月，李维业攻占河内。刘永福返回保胜。

四月，援越桂军分左右两路：黄桂兰为左路防军统领，赵沃为右路防军统领。

五月初七，岑毓英署理云贵总督。

五月十九日，清廷饬命徐延旭出关督师。

八月，唐景崧请缨入越。

十月，北洋大臣李鸿章与法国驻华公使宝海签订《李宝协议》。

十二月，唐景崧入越，与越南大臣晤谈时局。

7. 光绪九年（公元1883年）。

一月，茹费理当选新一届法国内阁总理，马上否定《李宝协议》，并将宝海召回国内。

三月初九，唐景崧赶到保胜，与刘永福交谈。

四月，应越南之请，黑旗军出兵收复河内，一战而斩李维业。

四月十八日，张佩纶奏参冯子材。冯子材开缺回籍。黄桂兰接任广西提督。

五月，徐延旭到北宁布防，准其单衔奏事。

七月，孤拔率法国舰队攻占越南都城顺化。越南政府彻底向法国投降。七月十三日，黑旗军与波滑率领的法军大战于怀德。

八月初，两军激战于丹凤。

九月，上命徐延旭为广西巡抚；照左宗棠所请，前福建布政使王德榜率定边军由原籍起程，赶往越南助防。

十月，滇军奉命入越，进扎山西。

十一月，黑旗军与法军战于山西。清军未参战，由黑旗军独挡法军。黑旗军力不能支，退守兴化，法军占据山西。

8. 光绪十年（公元1884年）。

一月，黑旗军奉命驰援北宁。

二月十五日，法军进攻北宁，清军溃败谅山；徐延旭、唐炯被革职逮京问罪；潘鼎新出任广西巡抚；罢黜恭王，改组军机处。此后，大清国由醇亲王奕譞、礼王世铎、郡王衔贝勒奕劻助主持朝政。慈禧太后继续垂帘听政。

三月，法军占领兴化，滇军、黑旗军撤至大滩。

三月十八日，福禄诺带军舰到基隆侦察，并无理取闹。

三月底，福禄诺与德璀琳在香港会面。

四月十二日，李鸿章与福禄诺谈判；法军占领宣光，黄守忠败撤。

四月十七日，李鸿章与福禄诺初步达成《中法天津简明条约》；上命张佩纶会办福建海疆事宜、陈宝琛会办南洋事宜、吴大澄会办北洋事宜，准三人单衔奏事。福禄诺接茹费理电，向李鸿章提出撤兵具体日期，遭拒绝。

五月二十八日，张树声被革职，命张之洞署理两广总督。

闰五月初，米乐命中校杜森尼率军接收谅山，遭拒绝。观音桥事件爆发。在福禄诺的蛊惑下，茹费理决定以此为借口，向大清国大肆勒索。闰五月初四日，诏加前直隶提督刘铭传巡抚衔，督办台湾事务；法驻华参赞、代理公使谢满禄照会总理衙门，正式提出索赔要求。新任公使巴德诺到上海。闰五月中旬，张佩纶抵福州；孤拔率远东舰队到上海。

六月初七，曾国荃与巴德诺在沪谈判。

六月十五日，利士比率舰首次攻打基隆，败撤。

七月初三，孤拔向福建水师宣战，仅三十分钟便将福建水师船只逐一击沉。法陆战队登岸，被福州将军穆图善率军击败。张佩纶逃跑。

七月初四，法舰轰毁福州船政局，船政大臣何如璋逃窜。

七月初六日，大清国发布圣谕，正式向法国宣战；黑旗军被正式接纳。八月十三日，孤拔将军舰分作两路，一路由他率领攻基隆，一路由副司令利士比带领攻沪尾。刘铭传弃守基隆，率军撤至沪尾。法军占领基隆，利士比在沪尾遭遇惨败。

八月十四日，桂军与法军战于陆岸，又战于船头、郎甲，桂军败撤。八月二十日，岑毓英命唐景崧、刘永福及部分滇军围攻宣光。

十月上旬，滇军、黑旗军及唐景崧所部，与法军战于左育，清军败。十月下旬，桂军与法军战于纸作社。

十一月十一日，冯子材在钦州誓师出征。

十一月十八日，王德榜遭法军包围于丰谷，死伤惨重。

9. 光绪十一年（公元1885年）。

一月初三，钦命冯子材帮办广西关外军务。

一月初九，法军攻占镇南关，旋焚关撤离。

一月下旬，冯子材命令萃军扼扎关前隘，日夜挖沟筑墙。

二月初五日，冯子材夜袭文渊州法军堡垒。

二月初六日，潘鼎新被革职，李秉衡署理广西巡抚。

二月初七、初八两日，尼格里率军进攻关前隘，败撤。

二月十一日，冯子材率军收复文渊州。

二月十二日，中法两军激战于驱驴，尼格里受枪伤。法军指挥权移交爱尔明加。爱尔明加率军全线撤退，清军一鼓作气收复谅山等多座城池。二月十三日，法舰队攻占澎湖；同日，法国茹费理内阁倒台。

二月十九日，由金登干与毕乐草签的《中法停战条款》在天津钤印画押。中法战争结束。